W0198292

SCIENCE FICTION

Herausgegeben
von Wolfgang Jeschke

Von Anne McCaffrey erschienen in der Reihe
HEYNE SCIENCE FICTION & FANTASY:

ANNE McCAFFREY

DER WEISSE DRACHE

Science Fiction-Roman

Deutsche Erstveröffentlichung

WILHELM HEYNE VERLAG
MÜNCHEN

HEYNE SCIENCE FICTION & FANTASY
Nr. 06/3918

Titel der amerikanischen Originalausgabe
THE WHITE DRAGON
Deutsche Übersetzung von Birgit Reß-Bohusch
Das Umschlagbild schuf Michael Whelan
Die Illustrationen im Text zeichnete Johann Peterka
Die Karte zeichnete Erhard Ringer

6. Auflage

Redaktion: F. Stanya
Copyright © 1978 by Anne McCaffrey
Copyright © 1982 der deutschen Übersetzung by
Wilhelm Heyne Verlag GmbH & Co. KG, München
Printed in Germany 1991
Umschlaggestaltung: Atelier Heinrichs und Schütz, München
Gesamtherstellung: Elsnerdruck, Berlin

ISBN 3-453-30844-1

INHALT

Inhalt

Prolog

Rubkat im Sagittarius-Sektor war eine goldene Sonne vom G-Typ. Sie besaß fünf Planeten, zwei Asteroiden-Gürtel und einen Wanderstern, den sie angezogen und während der letzten Jahrtausende festgehalten hatte. Als sich Menschen auf Rubkats dritter Welt niederließen und sie Pern nannten, schenkten sie dem Wanderer, der in einer stark ellipsenförmigen Bahn um seine Adoptivsonne zog, wenig Beachtung. Zwei Generationen lang verschwendeten die Kolonisten kaum einen Gedanken an ihn – bis sich der helle Rote Stern im Perihel seiner Stiefschwester näherte. Waren nämlich die Umstände günstig und schoben sich keine anderen Planeten des Systems dazwischen, dann versuchte eine bestimmte Lebensform des Wanderplaneten ihrer unwirtlichen Heimat zu entfliehen und den Raum nach Pern mit seinem gemäßigten, angenehmen Klima zu überbrücken. Zu diesen Zeiten regneten Silberfäden von Perns Himmel, die alles vernichteten, was sie berührten. Die Verluste, welche die Siedler anfangs erlitten, waren erschreckend hoch. Und während des Kampfes ums Überleben ging Perns enge Bindung zum Mutterplaneten verloren.

Um die Gefahr der schrecklichen Fäden in den Griff zu bekommen – denn die Bewohner von Pern hatten gleich zu Beginn ihre Transportschiffe ausgeschlachtet und auf alle technischen Geräte verzichtet, die auf einem ländlichen Planeten nicht unbedingt nötig waren – arbeiteten weitsichtige Männer und Frauen einen langfristigen Plan aus. In der ersten Phase züchteten sie aus einer einheimischen Lebensform eine spezielle Abart und bildeten Menschen mit starkem Einfühlungsvermögen und telepathischen Fähigkeiten aus, diese Tiere zu steuern. Die Drachen – so genannt nach den mythischen Geschöpfen der Erde, mit denen sie Ähnlichkeit aufwiesen – besaßen zwei wertvolle Eigenschaften: sie konnten ohne Zeitverzug von einem Ort an den anderen gelangen, und sie spien Flammen, wenn sie bestimmtes Phosphorgestein fraßen. Da die Drachen fliegen konnten, waren sie in der Lage, die Fäden mitten in der Luft zu versengen und sich blitzschnell an einen anderen Ort zu begeben, wo ihnen die Plage nichts anhaben konnte.

Es dauerte Generationen, bis das Potential dieser Drachen voll entwickelt war. Die zweite Phase der Abwehr gegen die tödliche

Infiltration sollte aber noch länger dauern. Denn die Fäden, Pilzgeflecht-Sporen ohne jeden Verstand, verschlangen in blinder Gefräßigkeit jede organische Materie und vermehrten sich, sobald sie einmal im Boden eingenistet waren, mit erschreckendem Tempo. Man hatte jedoch einen Wurm entdeckt, der eine Symbiose mit den Fäden einging und verhinderte, daß sie sich im Boden ausbreiteten. Diesen Wurm setzte man auf dem Südkontinent aus. Der ursprüngliche Plan sah vor, daß die Drachen Menschen und Herden aus der Luft schützen sollten, während die Würmer alle Fäden vernichteten, die zu Boden fielen und die Vegetation gefährdeten.

Die Leute, die diesen Zweistufenplan ausgearbeitet hatten, bedachten jedoch nicht, daß sich im Laufe der Zeit manches verändern könnte, und sie ließen zudem geologische Besonderheiten außer acht. Der Südkontinent, üppiger und schöner als der rauhe Norden, erwies sich nämlich als instabil, und die gesamte Kolonie mußte schließlich in den Norden ziehen und vor den Fäden Zuflucht in den natürlichen Höhlen der Gebirge suchen, von denen unzählige den gesamten Kontinent durchzogen.

Fort, die erste Siedlung, in die Ostflanke der Großen Westberge gebaut, wurde bald zu eng, um alle Menschen aufzunehmen. Eine neue Kolonie entstand ein Stück weiter im Norden, an einer höhlendurchzogenen Klippe nahe einem großen See. Aber auch Ruatha, wie sich der Ort nannte, war nach wenigen Generationen übervölkert.

Da der Rote Stern im Osten stand, beschlossen die Bewohner von Pern, auch einen Stützpunkt in den Ostbergen zu errichten, falls sich dort geeignete Höhlen finden ließen. Denn nur Felsen und Metall, beides beklagenswert knapp auf Pern, waren ein zuverlässiger Schutz gegen die sengende Sporenplage.

Inzwischen hatte man die geflügelten, feuerschnaubenden Drachen immer größer gezüchtet, so daß sie mehr Raum benötigten, als die Höhlenfestungen boten. Uralte Kegel erloschener Vulkane, einer hoch über der Burg Fort, der andere in den Bergen von Benden, erwiesen sich als bewohnbar, vor allem, da sich auch in ihren Flanken Höhlen fanden. Mit der letzten Kraft der großen Steinschneider, die man einst von der Erde mitgebracht hatte, um Bergwerke anzulegen, sprengte man zwei Drachen-Weyr in den Fels. Alle nachfolgenden Burgen und Weyr mußten von Menschenhand in den Stein gehauen werden.

Die Drachenreiter auf den Höhen und die Bewohner der Burgen und ihrer Dörfer gingen ihren jeweiligen Aufgaben nach, und im Laufe der Zeit entwickelte jede der Gruppen ihre eigenen Gebräuche und Traditionen, die bald so starr wie Gesetze waren.

Dann kam eine Spanne von zweihundert Umläufen des Planeten Pern um seine Sonne; in dieser Zeit befand sich der Rote Stern am anderen Ende seines stark ellipsenförmigen Orbits, ein eisbedeckter, einsamer Gefangener des fremden Systems. Keine Fäden fielen auf Pern. Die Bewohner tilgten die Spuren der Verheerungen, bauten Getreide an und zogen Obstbäume aus den kostbaren Samen, die sie mitgebracht hatten. Ja, sie dachten sogar daran, die kahlen, versengten Berghänge wieder aufzuforsten. Nach und nach vergaßen sie, welche Plage einst ihre Vorfahren um ein Haar ausgelöscht hätte. Dann fielen die Fäden von neuem, als der Wanderplanet in Perns Nähe zurückkehrte; fünfzig Jahre lang litt die Welt unter dem Sporenangriff aus dem Raum. Die Bewohner von Pern gedachten mit Dankbarkeit ihrer Vorfahren, welche die Drachen gezähmt hatten. Die Geschöpfe mit ihrem Feueratem erwiesen sich auch jetzt als die Retter von Pern.

Die Drachenreiter hatten sich während des langen Intervalls ausgebreitet und gemäß dem alten Verteidigungsplan an weiteren vier Orten niedergelassen.

Die Bedeutung der Südhemisphäre und der dort ausgesetzten Würmer war im unmittelbaren Kampf um die neuen Lebensräume verlorengegangen. Mit jeder Generation verblaßte zudem die Erinnerung an die Erde, bis sie den Bewohnern von Pern nur noch als Mythos oder Legende greifbar war oder ganz in Vergessenheit geriet.

Beim dritten Auftauchen des Roten Sterns hatte sich ein kompliziertes wirtschaftliches und soziologisches Gefüge entwickelt, mit dessen Hilfe man die stets wiederkehrende Plage zu besiegen hoffte. Die sechs Weyr, wie man die alten Vulkan-Horte des Drachenvolkes nannte, verpflichteten sich, Pern in Zeiten der Gefahr beizustehen, wobei jeder Weyr ein genau abgegrenztes geographisches Gebiet im wahrsten Sinn des Wortes unter seine Fittiche nahm. Die übrige Bevölkerung leistete den Weyrn Tribut, denn die Drachenkämpfer besaßen auf ihren Vulkankegeln kein Ackerland und konnten auch kein Handwerk erlernen, da sie in ruhigen Zeiten mit der Ausbildung von Drachen und Jungreitern und bei Fädeneinfall mit dem Schutz der Siedlungen genug zu tun hatten.

Kolonien entstanden überall da, wo sich Höhlen fanden – manche natürlich größer oder strategisch günstiger gelegen als andere. Eine starke Hand war vonnöten, um die verängstigten, hysterischen Menschen während der Fädeneinfälle zu leiten; man brauchte eine kluge Vorratswirtschaft, um Lebensmittel zu lagern, wenn der Anbau stets in Gefahr war, und außergewöhnliche Maßnahmen, um das Volk gesund und produktiv zu halten, bis die Zeit der Gefahr wieder vorüber war.

In der Umgebung jeder Felsenburg entstanden auch Werkstätten, wo Leute in den verschiedensten Fertigkeiten ausgebildet wurden. Die Handwerksgilden waren unabhängig von den Burgen, in deren Bereich sie sich befanden, und kein Burgherr konnte die Produkte »seiner« Gildehallen Bewohnern aus anderen Gebieten vorenthalten. Jede Gilde hatte ihre Meister, Gesellen und Lehrlinge, dazu einen Mann, der den Berufsstand nach außen hin vertrat und verwaltete. Er trug die Verantwortung für die Qualität der Waren, die seine Gilde herstellte, und sorgte dafür, daß die Produkte gerecht verteilt wurden.

Natürlich entwickelten sich im Laufe der Zeit gewisse Rechte und Privilegien der Burgherren und Gildemeister, ebenso der Drachenreiter, von denen in Zeiten der Sporenregen ganz Pern abhing.

Es geschah aber auch, daß der Rote Stern durch die Konjunktion der übrigen fünf Planeten Rubkats lange daran gehindert wurde, seine Sporen abzuwerfen. Für die Bewohner von Pern waren das die Großen Intervalle. In diesen Zeiträumen gedieh das Volk, breitete sich weiter aus und baute, nur für den Fall, daß die Fäden wiederkehrten, neue Felsenburgen. Aber die Probleme des Alltags traten in den Vordergrund, bis sie den Gedanken an den Roten Stern ganz verdrängten und die Menschen sich einredeten, die Gefahr sei für immer gebannt.

Keiner merkte, daß nur noch wenige Drachen am Himmel kreisten und ein einziger Weyr auf ganz Pern von Drachenreitern bewohnt wurde. Da jedoch der Rote Stern nicht in Sicht war, kümmerte sich auch keiner darum. Innerhalb fünf Generationen fielen die Nachkommen der tapferen Drachenreiter in Ungnade; die Legenden vergangener Heldentaten, ja selbst der Grund für ihre Existenz gerieten in Vergessenheit.

Band Eins des Zyklus DIE DRACHENREITER VON PERN mit dem Titel DRAGONFLIGHT (DIE WELT DER DRACHEN*) setzt da ein, wo der Rote Stern, den Naturkräften gehorchend, wieder näher an Pern heranrückt und mit tückisch rotem Auge

*HEYNE BUCH Nr. 06/3291

das Opfer von einst beobachtet. Ein Mann, F'lar, der Reiter des Bronzedrachen Mnementh, hatte nie aufgehört, an die Mythen der Alten zu glauben, und es gelang ihm auch, seinen Halbbruder F'nor, den Reiter des braunen Drachen Canth, zu überzeugen. Als das letzte goldene Ei der sterbenden Drachenkönigin in der Brutstätte des Benden-Weyrs heranreifte, ergriffen F'lar und F'nor die Gelegenheit, den Weyr unter ihre Herrschaft zu bringen. Auf der Suche nach einer willensstarken Frau, welche die junge Drachenkönigin für sich gewinnen sollte, entdeckten die beiden Lessa, die einzige Überlebende des stolzen alten Ruatha-Geschlechts. Sie stellte die telepathische Bindung zu Ramoth, der eben ausgeschlüpften Königin, her und stieg damit zur Weyrherrin von Benden auf. Später eroberte F'lars Bronzedrache Mnementh die junge Königin bei ihrem ersten Paarungsflug; nach altem Brauch bedeutete das die Weyrherrschaft für den Bronzereiter.

Lessa, F'lar und F'nor zwangen die Burgherren und Gildemeister, die drohende Gefahr zu erkennen und den nahezu schutzlosen Planeten auf den Fädeneinfall vorzubereiten. Es stand fest, daß die knapp zweihundert Drachen des Benden-Weyrs niemals ausreichen würden, um die weit verstreuten Ländereien zu schützen. Sechs volle Weyr hatte man dazu in der Vergangenheit benötigt, als nur ein Bruchteil des Landes bebaut war. Selbst der halbvergessene Südkontinent kam wieder ins Gespräch.

Während Lessa mit ihrer Drachenkönigin übte, durch die Kälte des *Dazwischen* von einem Ort zum anderen zu gelangen, fand sie heraus, daß Drachen auch Zeitabstände überbrücken konnten. Unter Einsatz ihres Lebens kehrte Lessa mit Ramoth vierhundert Planetenumläufe in die Vergangenheit zurück, in jene Epoche, als kurz nach dem Vorbeiziehen des Roten Sterns auf geheimnisvolle Weise die Bewohner der übrigen fünf Weyr verschwunden waren. Die Weyrleute der alten Zeit, die sich nach einem Leben des Kampfes langweilten und ihren Ruhm im Sinken sahen, erklärten sich bereit, Lessa zu helfen. Ihre Drachengeschwader folgten der Weyrherrin in die Zukunft und retteten Pern vor dem Verderben.

Band Zwei des Zyklus, DRAGONQUEST (DIE SUCHE DER DRACHEN*) nimmt den Faden der Geschichte sieben Planetenumläufe später auf. Die anfängliche Erleichterung und Dankbarkeit der Burgen und Gilden hatte nachgelassen. Die Alten fühl-

---

*HEYNE-BUCH Nr. 06/3330

ten sich nicht wohl in der Welt der Zukunft, die ihre neue Heimat geworden war. In vierhundert Planetenumläufen hatte sich manches geändert. Die Alten, an Unterwürfigkeit und absoluten Gehorsam gewöhnt, gerieten in Streit mit Burgherren und Gildemeistern – besonders aber mit dem Weyrführer von Benden, dem sie vorwarfen, zu liberal zu herrschen.

Die Spannungen zwischen den beiden Parteien erreichte einen Höhepunkt, als der braune Reiter F'nor von einem Angehörigen des ehemaligen Weyrs Fort angegriffen und verletzt wurde. F'nor begab sich in den neu erschlossenen Süden, um dort seine Wunde auszuheilen. F'lar berief inzwischen eine Versammlung ein, zu der alle bis auf zwei Weyrführer erschienen. Man konnte sich auch bei diesem Treffen nicht einigen, aber es zeigte sich, daß die Alten ihre Verantwortung nicht so ernst nahmen, wie es von ihnen erwartet wurde. F'lars Argumente stimmten d'ram von Ista und G'narish von Igen um. Diese beiden stellten sich auf die Seite des jungen Weyrführers. Inzwischen begannen Fäden zu völlig unerwarteten Zeiten zu fallen; die Tabellen, die F'lar nach alten Schriften sorgfältig ausgearbeitet hatte, stimmten nicht mehr. Robinton, der Meisterharfner von Pern und Bewahrer des alten Wissens, sowie Fandarel, der Meisterschmied, versuchten F'lar in dieser neuen Notlage zu unterstützen. Fandarel entwickelte beispielsweise eine Art Telegraph, der eine Verbindung zu den von Fäden bedrohten Burgen und Gildehallen herstellen sollte.

Inzwischen wurde F'nor im Süd-Weyr von Brekke, einer jungen Königin-Reiterin, gesundgepflegt. Durch Zufall entdeckte er die sagenumwobenen Feuer-Echsen, die er wie die meisten Bewohner von Pern für Mythenwesen gehalten hatte. Sie gingen beim Ausschlüpfen ähnlich enge Bindungen mit Menschen ein wie ihre »großen« Artgenossen, die Drachen. Kylara, die egozentrische Weyrherrin des Südens, fand ein Feuerechsen-Gelege, das sie zu Baron Neron von Nabol, einem der starrsinnigsten Burgherren von Pern, brachte.

F'lar, herbeigerufen von F'nors Nachricht über die Feuer-Echsen, traf im Süd-Weyr ein und bemerkte, daß T'bor, der junge Weyrführer, Schwierigkeiten mit seiner Gefährtin, der sinnlichen Kylara, hatte. Als im Süden die Fäden fielen, flog F'lar im Geschwader des Süd-Weyrs mit. Dabei entdeckte er ein Bodeninsekt, das die Vegetation vor den Sporen zu schützen schien, und er brachte einige Exemplare davon dem Herdenmeister Sograny, einem engstirnigen Mann, der sich gegen jede Neuerung sträubte und auch die Würmer ablehnte. Aber F'lar setzte seine Untersuchungen fort, unterstützt von dem inzwischen zurückgekehrten F'nor und N'ton, dem Bronzereiter von Lioth, der von Bauern abstammte und sich mit Pflanzen und Tieren auskannte.

Lytol, der Vormund des jungen Baron Jaxom, dem Lessa ihr Geburtsrecht über Ruatha abgetreten hatte, stattete kurz darauf dem Benden-Weyr einen Besuch ab, um die angespannte Lage auf Pern mit F'lar, Robinton und Fandarel zu besprechen. Da Jaxom die Felessan, dem einzigen Sohn von Lessa und F'lar, befreundet war, brachte er den Jungen mit. Während die Erwachsenen diskutierten, stahlen sich die Kinder durch alte, unbenutzte Korridore des Benden-Weyrs zur Brutstätte der Drachen, um einen Blick auf Ramoths Gelege zu werfen. Unerwartet kam die Drachenkönigin von der Futterstelle zurück, die Jungen ergriffen die Flucht und verirrten sich in dem Gänge-Labyrinth. Dabei stießen sie auf ein paar längst vergessene Gewölbe. Ein Suchtrupp fand die bewußtlosen Kinder in einem stickigen Raum, der eine Reihe seltsamer Geräte enthielt, darunter auch ein Vergrößerungsinstrument. Der Meisterschmied nahm es an sich und enträtselte seinen Aufbau. F'lar schlug vor, daß man unauffällig auch in den anderen alten Burgen und Weyrn nach Spuren verlorengegangenen Wissens forschen sollte.

Kurz danach erschienen Kylara und Baron Meron mit gezähmten Feuer-Echsen bei der Hochzeit von Baron Asgenar und erregten gewaltiges Aufsehen. Mitten in das Fest platzte ein Reiter mit der Nachricht, daß Sporen über Igen niedergingen. F'lar bat die übrigen Weyrführer um Hilfe, aber T'ron nahm den Anlaß wahr, um den Benden-Führer zum Duell herauszufordern. F'lar blieb trotz einer Wunde Sieger und verbannte T'ron sowie die anderen Alten, die ihn nicht als Weyrführer anerkennen wollten. Die Burgherren und Gildemeister sowie D'ram, G'narish und R'mart, die Weyrführer von Ista, Igen und Telgar, stellten sich hinter F'lar. T'kul vom Hochland folgte T'ron mit siebzig Drachenreitern der Alten ins Exil. Trotz seiner Verletzung flog F'lar ins *Dazwischen*, zurück zu dem Zeitpunkt, da der Fädeneinfall in Igen begonnen hatte.

Die ehemaligen Drachenreiter des Südens, vertrieben von T'ron, ließen sich im Hochland-Weyr nieder, der sich in einem völlig verwahrlosten Zustand befand. Brekke, die nicht wußte, daß ihre Königin Wirenth bald zum ersten Paarungsflug aufsteigen würde, begann Ordnung zu schaffen, während sich Kylara, die eigentliche Weyrherrin, mit Baron Meron vergnügte. Auch

Kylaras Königin Prideth war der Paarungszeit nahe, und als Wirenth in Hitze geriet, folgte die ältere Königin ihrem Beispiel und stieg auf. Zwischen den beiden entspann sich ein Kampf; Canth versuchte zwar verzweifelt, Wirenth zu retten, aber die beiden Königinnen waren tödlich verwundet und verschwanden im *Dazwischen*. Kylara verfiel dem Wahnsinn, und Brekke überließ sich einer dumpfen Apathie. Allein F'nors Liebe und Canths Fürsorge, dazu die innige Freundschaft ihrer kleinen Feuer-Echsen hielt sie am Leben.

Inzwischen bauten Fandarel und Wansor nach dem Prinzip des in Benden entdeckten Vergrößerungsapparates ein starkes Fernrohr, mit dessen Hilfe man die wolkenumwirbelte Oberfläche des Roten Sterns und die übrigen Planeten näher heranholen konnte. Lessa, Robinton und eine Reihe von Burgherren, darunter auch der abtrünnige Baron Meron, kamen zum Fort-Weyr, um das neue Gerät zu begutachten. Meron beharrte darauf, daß die Drachenreiter nun, da man die Oberfläche des Roten Sterns scharf genug sah, ihre Tiere ins *Dazwischen* lenken und die Fäden am Ursprung bekämpfen könnten. Um diese Theorie zu untermauern, versuchte er seine kleine Feuer-Echse auf die Reise zu schicken. Das Tier verschwand im Nichts, nachdem es sein Entsetzen an die anderen Echsen übermittelt hatte.

Ramoths Gelege reifte heran, und zur feierlichen Gegenüberstellung der Jungreiter waren auch Baron Lytol und Jaxom eingeladen. Ein Versuch, Brekke aus ihren Depressionen zu reißen, indem man sie erneut als Kandidatin vor dem Königinnen-Ei präsentierte, scheiterte an einer erregten Eifersuchtsattacke ihrer Bronze-Echse Berd. Doch der Zwischenfall holte die junge Frau endlich aus ihrer Trance. Als Jaxom bemerkte, daß das kleinste Ei – ausgerechnet das, welches er bei seinem verhängnisvollen Ausflug in die alten Stollen des Weyrs berührt hatte – auf dem heißen Sand hin und her schaukelte, ohne jedoch zu zerbrechen, zertrümmerte er kurzerhand die Schale und half damit dem kleinen Geschöpf im Innern ans Licht – einem schneeweißen Drachen, der sofort telepathischen Kontakt mit seinem Retter aufnahm. So gehörte nun der künftige Burgherr von Ruatha zu den Drachenreitern. Man erlaubte ihm, Ruth mit auf seine Burg zu nehmen, da alles darauf hindeutete, daß der schwächliche kleine Drache den ersten Planetenumlauf nicht überleben würde.

F'lar nutzte das Zusammentreffen der Barone auf seinem Weyr und demonstrierte die Nützlichkeit der fädenfressenden Würmer aus dem Süden. Andemon, der Saatmeister, erkannte, daß man bisher die Mahnung der alten Lehrballaden: *Achtet auf die Würmer!* falsch ausgelegt hatte, indem man die Tiere vernichtete, anstatt sie zu schützen.

Nach Jahrhunderten konnte die zweite Phase der Fädenabwehr doch noch so eingeleitet werden, wie sie die Vorfahren der Siedler im Sinn gehabt hatten. Mit F'nors und N'tons Hilfe führte F'lar zwei Kampagnen durch: Erstens setzte man überall im Nordkontinent die Würmer aus, und zweitens begann man damit, das Wissen der Ahnen zwischen Gilden, Weyrn und Burgen auszutauschen, um sicherzugehen, daß in Zukunft derartige Mißverhältnisse nicht mehr vorkamen.

Aber die Barone, aufgestachelt von Meron, drängten die Drachenreiter immer stärker, den Roten Stern aufzusuchen und dort die Fäden zu vernichten. F'nor, der befürchtete, daß F'lar nachgeben würde, kam seinem Halbbruder zuvor und dirigierte Canth zu einer Wolkenformation auf dem Roten Stern, die er sich genau eingeprägt hatte. Sie schafften den gewaltigen Sprung im *Dazwischen*, wären jedoch um ein Haar in der wildbewegten Atmosphäre des Roten Sterns umgekommen. Brekkes verzweifelter telepathischer Appell, sie nicht allein zu lassen, rettete Reiter und Drachen vor dem sicheren Ende. F'nors Tat bewies den anderen, daß man den Roten Stern nicht direkt angreifen konnte. Es war einfach zu gefährlich.

F'lar wandte seine Energie wieder den realen Problemen zu. Er überwachte die Ausbreitung der Würmer im Norden und ließ heimlich den Südkontinent beobachten, der wie vereinbart unter der Herrschaft der Alten stand. Ihre Lage wurde allmählich kritisch, denn sie besaßen keine jungen Königinnen mehr, die zum Paarungsflug aufstiegen. Auch von anderen Seiten machte sich Druck bemerkbar, ein Druck, den Meisterharfner Robinton für nicht minder kritisch hielt.

Hier setzt nun Band Drei des Zyklus DIE DRACHENREITER VON PERN ein. Er trägt den Titel THE WHITE DRAGON – DER WEISSE DRACHE.

Zeichnung: Peterka · Ringer · 1980.

High Reaches Weyr Cron Hold

high reaches

Ruatha Hold

ruatha

Nabol Hold

teл

Tillek Hold

tillek

fort

Fort Weyr

Ista Ho

boll

Ista W

Südl. Boll Hold

Süd

pe

Telgar Weyr

bitra

Bitra Hold

Benden Weyr

lemos

Lemos Hold

benden

gar

Igen Weyr

Keroon Hold

igen

keroon

Seehold

old

nerat

eyr

ista

Nerat Hold

hold

Südweyr

rn

I

»Wenn es jetzt noch nicht reicht«, meinte Jaxom, zu N'ton gewandt, und rubbelte Ruths Nacken ein letztes Mal mit dem ölgetränkten Lappen, »dann weiß ich nicht, was sauber ist.« Er wischte sich mit dem Ärmel den Schweiß von der Stirn. »Oder was denken Sie, N'ton?« fragte er höflich, weil ihm plötzlich zu Bewußtsein kam, daß er den Rang des Weyrführers von Fort außer acht gelassen hatte.

N'ton lachte und deutete zum grasbewachsenen Seeufer. Sie stapften durch die Pfützen, die sich gebildet hatten, als Jaxom seinem kleinen Drachen den Seifensand herunterspülte, und begutachteten Ruth, der feucht in der Morgensonne glänzte.

»Ich habe ihn nie strahlender gesehen«, stellte N'ton nach einer Weile fest und fügte hastig hinzu: »Damit will ich nicht sagen, daß du ihn sonst nachlässig pflegst. Aber hol ihn besser aus dem Schlamm, sonst war die Mühe vergeblich.«

Jaxom gab den Vorschlag hastig weiter. »Und halt den Schweif hoch, bis du im Gras stehst, Ruth!« fügte er hinzu.

Aus dem Augenwinkel bemerkte Jaxom, daß Dorse und seine Kumpel sich aus dem Staub machten, aus Angst, N'ton könnte neue Arbeit für sie finden. Irgendwie war es Jaxom gelungen, seine Schadenfreude zu verbergen, als er Dorse und die anderen beim Eimerschleppen beobachtete. Die Jungen hatten nicht gewagt, dem Drachenreiter zu widersprechen, als er sie in seine Dienste einspannte. Jaxoms Laune war beträchtlich gestiegen, als sie über dem »Winzling«, dem »Bastard« schwitzten und ihn nicht einmal hänseln konnten, wie sie es sicher geplant hatten. Er war sich im klaren darüber, daß dieser Zustand nicht lange anhalten würde. Aber wenn die Weyrführer von Benden heute zu dem Schluß kamen, daß Ruth kräftig genug zum Fliegen war, dann konnte Jaxom in Zukunft dem Gespött seines Pflegebruders und dessen Freunden auf Drachenschwingen entgehen.

N'ton verschränkte die Arme und über der naßgespritzten Jacke und runzelte leicht die Stirn. »Eigentlich ist Ruth gar nicht richtig weiß.«

Jaxom starrte seinen Drachen ungläubig an. »Nein?«

»Nein. Siehst du die braunen und goldenen Schatten da – und die blaugrün gesprenkelten Flanken?«

»Sie haben recht!« Jaxom riß die Augen auf, erstaunt, daß er etwas völlig Neues an seinem Freund entdeckte. »Vermutlich sieht man die Farben, weil er heute besonders sauber ist und die Sonne so hell scheint.« Es machte ihm Spaß, mit einem verständigen Partner über sein Lieblingsthema zu sprechen.

»Er – scheint alle Drachenfarben in sich zu vereinen«, fuhr N'ton fort. Er strich mit der Hand über Ruths kräftige Schulter und hielt den Kopf schräg, um den muskulösen Rücken zu betrachten. »Schöne Proportionen. Er ist vielleicht kleiner als die anderen Drachen, Jaxom, aber er sieht prächtig aus.«

Jaxom seufzte und wölbte unbewußt die Brust vor, als habe das Lob ihm selbst gegolten.

»Nicht zuviel Fleisch und nicht zu wenig, was, Jaxom?« N'ton stieß ihn leicht mit dem Ellbogen an und grinste. Wie oft hatte Jaxom den Weyrführer um Hilfe bitten müssen, wenn sein Kleiner wieder einmal an einem verdorbenen Magen litt! Jaxom hatte irrigerweise angenommen, daß der kleine Drache bald die Größe seiner Geschwister erreichen würde, wenn er nur soviel Futter wie möglich in ihn hineinstopfte. Das Ergebnis war meist katastrophal gewesen.

»Glauben Sie, er ist kräftig genug, mich zu tragen?«

N'ton warf Jaxom einen nachdenklichen Blick zu. »Mal überlegen. Im Frühling war er einen Planetenumlauf alt, und nun gehen wir auf die kalte Jahreszeit zu. Die meisten Drachen erreichen ihre volle Größe während des ersten Planetenumlaufs. Ich glaube nicht, daß Ruth in den letzten sechs Monaten auch nur eine halbe Handspanne gewachsen ist. Daraus können wir folgern, daß er seine Entwicklung abgeschlossen hat. Na hör mal!« reagierte N'ton auf Jaxoms traurigen Seufzer. »Er ist um einen halben Kopf größer als jeder Renner, oder nicht? Und die kann man stundenlang reiten, ohne daß sie ermüden. Dazu kommt, daß du nicht gerade ein Schwergewicht bist wie etwa Dorse.«

»Fliegen ist weit anstrengender als Laufen.«

»Sicher, aber Ruths Schwingen sind im Verhältnis zu seinem Körper groß genug . . .«

»Er ist also ein richtiger Drache, nicht wahr?«

N'ton starrte Jaxom an. Dann legte er dem Jungen beide Hände auf die Schultern. »Ja, Jaxom, Ruth ist ein richtiger Drache, auch wenn er nur halb so groß wirkt wie seine Gefährten.

Und er wird es heute beweisen, wenn du mit ihm aufsteigst. Los jetzt, bring ihn zurück in die Burg! Du mußt dich noch fein machen, wenn du neben ihm glänzen willst.«

»Komm, Ruth!«

Kann ich nicht in der Sonne bleiben? entgegnete Ruth, aber er trat gehorsam an die Seite des Freundes und kehrte mit ihm und dem Weyrführer zurück zur Burg.

»Im Hof ist auch Sonne, Ruth«, versicherte Jaxom und legte die Hand leicht auf den Nackenwulst des Drachen. Er bemerkte den blauen Schimmer des Wohlbehagens in Ruths kreisenden Facettenaugen.

Während sie schweigend weitergingen, hob Jaxom den Blick zu der schroffen Klippenwand, die Ruatha beherbergte, den zweitältesten Wohnsitz der Menschen auf Pern. Die Burg unterstand ihm, sobald er großjährig war oder wann immer sein Vormund, Baron Lytol, einst Webergeselle und Drachenreiter, ihn reif genug dafür fand – das hieß, falls die übrigen Barone endlich ihren Widerstand aufgaben, nur weil er durch Zufall den kleinen Drachen Ruht für sich gewonnen hatte. Jaxom seufzte wieder. Nie in seinem Leben würde er diesen Moment vergessen dürfen, dafür sorgten schon die anderen.

Ohne daß er es wollte, hatte die Beziehung zwischen ihm und Ruth jede Menge Probleme gebracht – für F'lar und Lessa vom Benden-Weyr, für die Barone und für ihn selbst, da man ihm nicht gestattete, wie ein richtiger Jungreiter in einem Weyr aufzuwachsen. Er mußte Herr von Ruatha bleiben, sonst hätten sämtliche jüngeren Söhne der Barone, die in der Erbfolge unberücksichtigt blieben, um den Besitz der Burg gekämpft. Aber den ärgsten Kummer hatte er ausgerechnet dem Mann bereitet, dem er so verzweifelt zu gefallen versuchte, seinem Vormund Baron Lytol. Hätte Jaxom nur einen Moment lang überlegt, ehe er auf den heißen Sand der Brutstätte hinauslief, um die zähe Eierschale zu zerbrechen, dann wäre ihm zu Bewußtsein gekommen, welche Qual er dem Mann zumutete, der seinen eigenen braunen Drachen Larth verloren hatte. Es spielte keine Rolle, daß Larth lange Zeit vor Jaxoms Geburt auf Ruatha umgekommen war – die Tragödie blieb schmerzhaft frisch in Lytols Gedächtnis, so bekam Jaxom wenigstens immer wieder zu hören. Wenn das stimmte, überlegte Jaxom oft, weshalb hatte dann Lytol nicht widersprochen, als die Weyrführer und Barone den Entschluß faßten, daß Jaxom versuchen sollte, den kleinen Drachen auf Ruatha großzuziehen?

Ein Blick zu den Feuerhöhen zeigte Jaxom, daß N'tons Bronzedrache Lioth dicht neben Wilth, dem alten braunen Wachdrachen, saß. Was hatten die beiden Drachen zu besprechen? Ging es um Ruth? Um die Entscheidung, die heute bevorstand? Er bemerkte einen Schwarm Feuer-Echsen, die winzigen Verwandten der Drachen, die in lässigen Spiralen die beiden großen Geschöpfe umkreisten. Männer trieben Where und Renner aus den Ställen auf die Weiden im Norden der Burg. Rauch stieg von den kleineren Höfen auf, welche die Rampe zum Großen Hof und die Straße nach Osten säumten. Überall entlang der Zufahrten entstanden neue Hütten, da man die tieferen Höhlen von Ruatha nicht mehr sicher genug fand.

»Wie viele Pfleglinge hat Lytol eigentlich auf Ruatha, Jaxom?« fragte N'ton unvermittelt.

»Pfleglinge? Gar keine, F'nor.« Jaxom runzelte die Stirn. Sicherlich wußte N'ton das.

»Warum nicht? Du mußt andere junge Leute deines Standes kennenlernen.«

»Oh, ich begleite Baron Lytol öfter zu den Nachbarburgen.«

»Ich dachte weniger an Besuche als daran, daß du gleichaltrige Freunde brauchst.«

»Da wären Dorse, der Sohn meiner Amme, und seine Freunde aus den umliegenden Hütten.«

»Ja, das stimmt.«

Etwas im Tonfall des Weyrführers ließ Jaxom aufblicken, aber die Miene des Weyrführers verriet nichts.

»Triffst du dich eigentlich noch mit Felessan? Ich erinnere mich recht gut, wie ihr beide immer im Benden-Weyr umhergeschlichen seid, nichts als Unfug im Kopf.«

Jaxom spürte, wie er bis an die Stirn errötete, aber er konnte nichts dagegen tun. Hatte N'ton womöglich herausgefunden, daß er und Felessan sich durch einen Felsspalt gezwängt hatten, um in die Brutstätten der Königin zu gelangen und Ramoths Eier aus der Nähe zu betrachten? Er konnte sich nicht vorstellen, daß F'lessan diesen Streich verraten hatte. Aber Jaxom stellte sich insgeheim oft die Frage, ob das Berühren des kleinen Eies irgendwie schicksalhaft gewesen war – ob er schon damals den Kontakt zu Ruth geschaffen hatte.

»Ich sehe Felessan in letzter Zeit selten. Da ist die Arbeit mit Ruth – und Lytol braucht mich . . .«

»Ich verstehe«, sagte N'ton. Er schien noch etwas anfügen zu wollen, schwieg dann aber.

Während sie weiterschlenderten, überlegte Jaxom, ob er etwas Falsches gesagt hatte. Aber lange kam er nicht zum Nachdenken, denn N'tons Feuer-Echse Tris landete auf der wattierten Schulter des Weyrführers und zirpte aufgeregt.

»Was ist los?« fragte Jaxom.

»Ich verstehe ihn nicht, er denkt völlig krauses Zeug«, entgegnete N'ton lachend und strich über den Nacken des kleinen Geschöpfs, bis Tris sich beruhigte und die gespreizten Schwingen auf dem Rücken faltete.

Er mag mich, stellte Ruth fest.

»Alle Feuer-Echsen mögen dich«, entgegnete Jaxom.

»Ja, das ist mir auch aufgefallen, und nicht erst heute, als uns ganze Schwärme halfen, ihn zu waschen«, meinte N'ton.

»Warum eigentlich?« Dieses Problem quälte Jaxom schon lange, aber er hatte es nie angeschnitten, da er N'tons kostbare Zeit nicht mit albernen Fragen vergeuden mochte. Heute aber kam ihm die Sache gar nicht so albern vor.

N'ton wandte sich seiner Echse zu. Tris zirpte kurz und begann gleich darauf seine Krallen zu reinigen. N'ton lachte leise. »Er mag Ruth. Mehr erfahre ich nicht von ihm. Ich könnte mir denken, daß es mit Ruths Größe zu tun hat. Die Echsen können ihn betrachten, ohne ein paar Drachenlängen Abstand dazwischen zu legen.«

»Mag sein.« Jaxom hatte immer noch Zweifel. »Was immer der Grund ist, die Echsen kommen von weither, um ihn zu besuchen. Sie erzählen ihm die wildesten Geschichten, aber ihm macht das Spaß, besonders, wenn ich nicht bei ihm sein kann.«

Sie hatten die Straße erreicht und gingen auf die Rampe des Großen Hofes zu.

»Beeil dich mit dem Umziehen, Jaxom, ja? Lessa und F'lar müßten jeden Moment eintreffen«, sagte N'ton, während er geradeaus weiterging, durch das Hofportal auf die Metalltür der Burg zu. »Ist Finder um diese Zeit in seinen Räumen?«

»Ich schätze, ja.«

Dann, als Jaxom und Ruth sich dem Küchentrakt und den alten Stallungen näherte, überfiel ihn von neuem die Sorge wegen der Prüfung. N'ton hätte ihm doch keine Hoffnungen gemacht, wenn er nicht einigermaßen sicher gewesen wäre, daß die Weyrführer von Benden das Vorhaben auch befürworteten?

Er stellte es sich wunderbar vor, Ruth zu fliegen. Außerdem konnte er dann ein für allemal beweisen, daß Ruth ein echter Drache war und nicht nur eine zu groß geratene Feuer-Echse, wie Dorse oft spottete. Und schließlich würde er auf Ruths Rükken mehr Abstand zu Dorse gewinnen. Heute zum erstenmal seit vielen Planetenumläufen hatte er das dumme Gerede seines Ziehbruders nicht ertragen müssen. Der Junge war nicht nur auf Ruth neidisch. Solange sich Jaxom zurückerinnern konnte, hatte Dorse ihn mit seinem Spott verfolgt. Ehe Ruth auf die Burg gekommen war, hatte sich Jaxom oft in die dunklen, abgelegenen Räume der großen Burg zurückgezogen. Dorse mochte die dumpfen, düsteren Korridore nicht und ließ ihn dort in Ruhe. Aber mit Ruths Ankunft konnte Jaxom nicht mehr einfach verschwinden. Er wünschte oft, daß er Dorse weniger zu Dank verpflichtet wäre. Aber wenn Deelan nicht zwei Tage vor Jaxoms unerwarteter Geburt Dorse das Leben geschenkt hätte, wäre Jaxom in den ersten Stunden gestorben. Deshalb, so hatten Lytol und der Harfner der Burg ihm eingeprägt, mußte er alles mit seinem Ziehbruder teilen. Wie Jaxom das sah, profitierte Dorse davon weit mehr als er selbst. Der Junge, eine ganze Handspanne größer als er und kräftig gebaut, hatte sicher nicht darunter gelitten, daß er die Muttermilch mit einem anderen teilte. Und Dorse sorgte schon dafür, daß er von allem, was Jaxom besaß, den größeren Anteil erhielt.

Jaxom winkte den Köchen zu, die eifrig damit beschäftigt waren, ein Festmahl herzurichten. Er hoffte mit ganzer Kraft, daß es auch für ihn einen Anlaß zum Feiern geben würde. Neben seinem weißen Drachen ging er weiter zu den alten Ställen, die man ihnen als Quartier zugeteilt hatte. So winzig Ruth bei seiner Ankunft vor anderthalb Planetenumläufen gewesen war, es zeichnete sich doch rasch ab, daß er nicht lange durch den Eingang der Burg-Suite passen würde, welche dem jungen Herrn von Ruatha traditionsgemäß zustand.

So hatte Lytol beschlossen, die alten Ställe mit ihren hohen Deckengewölben in ein Schlafgemach und einen Arbeitsraum für Jaxom sowie einen geräumigen Weyr für den kleinen Drachen umbauen zu lassen. Fandarel, der Meisterschmied, hatte eigens neue Tore entworfen, die ein schmal gebauter Junge und ein tolpatschiger Drache leicht öffnen und schließen konnten.

Ich bleibe hier in der Sonne, erklärte Ruth seinem Freund und starrte vorwurfsvoll zu den Ställen hinüber. Mein Schlaf-Platz ist noch nicht gefegt.

»Alle sind voll damit beschäftigt, die Burg für Lessas Besuch auf Hochglanz zu bringen«, erwiderte Jaxom und mußte unwillkürlich grinsen. Deelan hatte entsetzt losgezetert, als Lytol ihr mitteilte, daß die Weyrherrin nach Ruatha kommen würde. In den Augen seiner Amme war Lessa immer noch die einzige reinblütige Ruatha; sie allein hatte damals vor mehr als zwanzig Planetenumläufen das schändliche Massaker des machtgierigen Baron Fax überlebt.

Jaxom schälte sich aus seinen feuchten Sachen, nachdem er sein Zimmer betreten hatte. Das Wasser im Krug neben dem Waschtisch war abgestanden. Er schnitt eine Grimasse. Es stimmte schon, daß er zur Feier des Tages ebenso sauber sein sollte wie sein Drache, aber ihm blieb wohl nicht mehr die Zeit, zu den Badequellen der Burg zu laufen, ehe die Weyrführer kamen. Und er durfte auf keinen Fall fehlen, wenn sie eintrafen. So wusch er sich mit Seifensand und dem alten Wasser.

Sie kommen, verkündete Ruth, und gleich darauf begrüßten Lioth und Wilth, der alte Wachdrache, die Besucher mit lautem Trompeten.

Jaxom rannte ans Fenster und sah gerade noch, wie die hohen Gäste im Großen Hof landeten. Er wartete nicht ab, bis die Benden-Drachen wieder aufstiegen zu den Feuerhöhen, begleitet von aufgeregten Echsenschwärmen. Hastig trocknete er sich ab, streifte frische Sachen über und schlüpfte in die Stiefel, die er eigens für diesen Tag bekommen hatte – gefüttert mit weicher Wher-Haut, welche die Kälte abhielt. Da er oft geübt hatte, gelang es ihm mit ein paar Handgriffen, seinem eifrigen kleinen Drachen das Reitgeschirr anzulegen.

Als er mit Ruth losging, überfiel Jaxom von neuem Angst. Wenn sich nun N'ton getäuscht hatte? Wenn Lessa und F'lar entschieden, ein paar Monate abzuwarten, ob Ruth vielleicht doch noch wuchs? Wenn Ruth nicht die Kraft hatte, ihn auf dem Rücken zu tragen? Wenn er Ruth weh tat?

Ruth summte ermutigend. *Du tust mir nicht weh. Du bist mein Freund.* Und er stupste Jaxom liebevoll an, hauchte ihm seinen warmen Atem ins Gesicht.

Jaxom holte tief Luft, in der Hoffnung, daß sich sein rebellischer Magen wieder beruhigte. Dann erst bemerkte er die Menschenmenge, die sich auf den Stufen der Burg versammelt hatte. Weshalb all die Leute?

Es sind doch nicht viele, erklärte Ruth leicht erstaunt. *Nur eine Menge Feuer-Echsen. Und die wollen mich sehen. Außerdem kennen wir die Besucher doch.*

Das stimmte. Jaxom nahm sich ein Beispiel an Ruths Gelassenheit, straffte die Schultern und ging weiter.

F'lar und Lessa, die ranghöchsten Drachenreiter von Pern, waren die wichtigsten Gäste. Auch F'nor, der Reiter des braunen Drachen Danth und Lebensgefährte der unglücklichen Brekke, hatte sich eingefunden, aber er war ein guter Freund von Jaxom. N'ton als Weyrführer von Fort mußte anwesend sein, denn Ruatha leistete dem Fort-Weyr Tribut. Auch Meister Robinton, der Harfner von Pern, war gekommen, und zu seiner Erleichterung bemerkte Jaxom, daß er Menolly mitgebracht hatte, das Harfnermädchen, das sich schon so oft für ihn eingesetzt hatte. Widerwillig mußte er sich eingestehen, daß auch Baron Sangel von Süd-Boll und Baron Groghe von Fort als Vertreter der Burgherren ein Recht darauf hatten, an der Prüfung teilzunehmen.

Anfangs konnte Jaxom Baron Lytol nirgends sehen. Dann trat Finder etwas zur Seite, um mit Menolly zu sprechen, und Jaxom entdeckte seinen Vormund. Er hoffte, daß Lytol wenigstens dieses eine Mal seine Ruth *richtig* anschauen würde.

Sie hatten inzwischen den Hof überquert und blieben am unteren Ende der Stufen stehen. Jaxom legte die Rechte auf Ruths elegant gewölbten Nacken und schaute die Prüfer offen an.

Lessa kam ihnen lächelnd entgegen und begrüßte ihn. Dann wies sie auf Ruth. »Dein Drache hat sich seit dem Frühjahr prächtig entwickelt, Jaxom«, sagte sie anerkennend. »Aber *du* solltest etwas mehr Fleisch ansetzen. Lytol, gibt Deelan dem Jungen denn nichts zu essen? Er besteht nur aus Haut und Knochen.«

Jaxom stellte verblüfft fest, daß er Lessa über den Kopf gewachsen war und sie zu ihm aufschauen mußte. Er hatte sich Lessa immer sehr groß vorgestellt. Daß er auf die Weyrherrin von Benden herunterschauen mußte, brachte ihn irgendwie in Verlegenheit.

»Ich schätze, du bist noch länger als Felessan, und bei dem habe ich schon das Gefühl, daß er in den Himmel wächst«, fügte sie hinzu.

Jaxom begann eine Entschuldigung zu stammeln.

»Unsinn, Jaxom, halte dich gerade, damit wir dich in deiner ganzen Länge bewundern können«, lachte F'lar und trat neben seine Weyrgefährtin. Er warf einen prüfenden Blick auf Ruth, und der weiße Drache hob den Kopf ein wenig, um in Augenhöhe mit dem hochgewachsenen Weyrführer zu sein. »Du hast dich besser entwickelt, Ruth, als ich dir gleich nach der Gegenüberstellung zugetraut hätte. Baron Jaxom, die Pflege hier hat ihm gut getan.« Der Benden-Führer betonte den Titel, als er sich Jaxom zuwandte.

Jaxom zuckte kaum merklich zusammen. Er mochte es nicht, wenn ihn jemand an seine Stellung erinnerte.

»Aber ich nehme nicht an, daß du je die Statur unseres guten Meisterschmieds erreichen wirst, und deshalb glaube ich auch kaum, daß Ruth beim Fliegen durch dein Gewicht überfordert ist.« F'lar warf einen Blick auf die versammelten Gäste. »Ruth ist in der Schulter wesentlich höher und breiter als jeder Renner.«

»Wie sieht es mit der Flügelspanne aus?« fragte Lessa, die Brauen nachdenklich hochgezogen. »Jaxom, könntest du ihn bitten, einmal die Schwingen zu spreizen?«

Lessa hätte Ruth ebensogut selbst ansprechen können, da sie mit jedem Drachen telepathischen Kontakt bekam. Jaxom fühlte sich geschmeichelt durch die Gleichstellung der Weyrherrin und gab die Bitte unverzüglich an Ruth weiter. Mit aufgeregt kreisenden Augen richtete sich der weiße Drache auf. Seine Schulter- und Brustmuskeln wölbten sich unter der Haut, die in allen Drachenfarben zu schillern begann.

»Er besitzt herrliche Proportionen«, stellte F'lar fest und beugte sich unter einen Flügel, um die breite, transparente Membran zu begutachten. »Danke, Ruth«, fügte er hinzu, als der Drache die Schwinge schräg stellte. »Sieht so aus, als sehnte er sich nicht weniger nach dem Fliegen als du.«

»Ja, Sir, denn er *ist* ein Drache, und *alle* Drachen wollen fliegen.«

Der Blick, den F'lar ihm zuwarf, ließ Jaxoms Atem stocken. War seine Antwort vorschnell gewesen? Als er Lessa lachen hörte, schaute er zu ihr hinüber. Aber sie lachte weder ihn noch Ruth aus. Ihr Blick war F'lar zugewandt. Der Weyrführer zog eine Augenbraue hoch und grinste dann breit. Jaxom hatte das Gefühl, daß es hier um Dinge ging, die sich nur zwischen den beiden abspielten.

Dann hob F'lar den Blick zu den Feuerhöhen, wo die goldenen Ramoth, sein Bronzedrache Mnementh und die beiden Braunen Canth und Wilth die Szene im Hof aufmerksam mitverfolgten.

»Was meint Ramoth, Lessa?«

Lessa schnitt eine Grimasse. »Du weißt, daß sie von Anfang an für Ruth gesprochen hat.«

F'lar wandte sich an N'ton, der wortlos grinste, und dann an F'nor, der ihm zunickte. »Keine Einwände, Jaxom. Mnementh begreift gar nicht, warum wir alle so einen Wirbel machen. Steig auf, Junge!« F'lar trat einen Schritt nach vorn, als wolle er Jaxom Hilfestellung geben.

Jaxom fühlte sich einerseits geschmeichelt, daß ihm der Weyrführer von Pern persönlich beistehen wollte, andererseits aber gekränkt, daß F'lar ihm nicht zutraute, er könne allein aufsteigen.

Ruth löste das Problem, indem er die eine Schwinge hochklappte und das linke Knie beugte. Jaxom trat leichtfüßig auf die angebotene Stütze und schwang sich zwischen die beiden Nakkenwülste des Drachen. Im allgemeinen bot der Einschnitt zwischen diesen Erhebungen einem Mann im Flug Sicherheit genug, aber Lytil hatte darauf beharrt, daß Jaxom Schenkelriemen umschnallte. Während Jaxom die Gurte befestigte, warf er verstohlene Blicke in die Menge. Aber niemand zeigte Erstaunen oder Verachtung wegen dieser Vorsichtsmaßnahme. Er beendete seine Vorbereitungen, und noch einmal kroch die Kälte des Zweifels in sein Inneres. Wenn Ruth nun doch nicht...?

Er fing das zuversichtliche Lächeln N'tons auf und sah, daß ihm Meister Robinton und Menolly zuwinkten. Dann hob F'lar die geballte Faust hoch über den Kopf – das Zeichen zum Start.

Jaxom holte tief Luft. »Fliegen wir, Ruth!«

Er spürte die Muskelknoten, als Ruth sich duckte, fühlte die Anspannung im Rücken, das Spiel der Sehnen unter seinen Waden, als die großen Flügel sich zu dem ersten, alles entscheidenden Schwungholen spreizten. Ruth duckte sich noch ein wenig tiefer und stieß sich mit den kräftigen Hinterbeinen vom Boden ab. Jaxoms Kopf ruckte nach hinten. Instinktiv griff er nach den Gurten und hielt sie fest umklammert, während der kleine weiße Drache mit mächtigen Flügelschlägen in die Höhe stieg, vorbei an den ersten Fensterreihen und den verblüfften Gesichtern der Pächter, hinauf zu den Feuerhöhen, so rasch, daß die übrigen Stockwerke ganz verschwommen an Jaxom vorbeihuschten. Dann breiteten die großen Drachen ihre Flügel aus und ermutigten Ruth mit lauten Trompetenstößen. Feuer-Echsen umwirbelten sie und fielen mit ihren Silberstimmen in das Gedröhn ein. Jaxom hoffte nur, daß sie Ruth nicht in die Quere kamen.

Sie freuen sich, daß wir gemeinsam durch die Luft gleiten. Ramoth und Mnementh sind glücklich, daß du mich endlich reitest. Ich bin auch sehr glücklich? Und du? Geht es dir jetzt besser?

Die beinahe vorwurfsvolle Frage löste den Klumpen, der sich in Jaxoms Hals festgesetzt hatte. Er wollte etwas erwidern, aber der Flugwind riß ihm die Worte von den Lippen.

»Natürlich bin ich glücklich! Ich bin glücklich, weil wir beide zusammen sind!« rief er begeistert. »Ich fliege, wie ich es mir immer gewünscht habe. Das wird allen beweisen, daß du ein richtiger Drache bist!«

Du schreist!

Ich bin glücklich. Warum sollte ich nicht schreien!«

Hier oben höre nur ich zu, und ich verstehe dich auch, wenn du leiser redest.

»Aber du sollst merken, wie sehr ich mich freue – für *dich* freue!«

Sie glitten jetzt in einer weiten Kurve dahin, und Jaxom lehnte sich mit angehaltenem Atem in die entgegengesetzte Richtung. Er hatte zwar schon unzählige Male auf einem Drachenrücken gesessen, aber immer als »Mitflieger«, eingekeilt zwischen zwei Erwachsene. Dieser erste Alleinflug war etwas ganz anderes, berauschend, auf angenehme Weise kribbelnd und einfach wunderschön.

Ramoth sagt, du mußt die Schenkel enger an mich pressen, so wie du es bei den Rennern machst.

»Ich hatte Angst, dir die Luft abzuschnüren.« Jaxom drückte die Beine fest in die Wärme des seidigen Nackens, ermutigt durch den Halt, den er dabei spürte.

So ist es besser. Mein Nacken hält allerhand aus. Du kannst mir nicht wehtun. Du bist mein Reiter. Aber Ramoth sagt, daß wir landen müssen. Der letzte Satz klang zornig.

»Landen? wir sind doch eben erst aufgestiegen!«

Ramoth sagt, ich darf mich nicht überanstrengen. Dabei spüre ich dein Gewicht kaum. Ich mag dich durch die Lüfte tragen. Sie meint, daß wir jeden Tag ein Stückchen weiter fliegen dürfen. Das finde ich gut.

Ruth veränderte die Landeschleife so, daß sie vom Südosten her in den Großen Hof einflogen. Die Leute auf der Straße blieben stehen und starrten zu ihnen herauf, um dann begeistert zu winken. Jaxom glaubte, ein paar Beifallsrufe zu hören, aber der Wind dröhnte so laut in seinen Ohren, daß er kaum etwas verstand. Die im Hof Versammelten verfolgten seinen Weg ganz genau mit. In den Fenstern der Burg hingen Trauben von Menschen.

»Jetzt müssen sie alle zugeben, daß du ein richtiger Drache bist, Ruth.«

Das einzige, was Jaxom bedauerte, war die kurze Dauer des Fluges. Jeden Tag ein Stückchen weiter, hm? Er schwor sich, daß ihn weder Fäden, Feuer noch Nebelschwaden von seinen Übungsflügen abhalten würden. Je größer der Abstand, den er zwischen sich und Ruatha legen konnte, desto besser.

Unvermittelt prallte er mit dem Oberkörper gegen Ruths Nakkenwulst, als der Drache geschickt an der gleichen Stelle landete, von der er seinen Flug gestartet hatte.

Tut mir leid, sagte Ruth zerknirscht. *Offenbar muß ich doch noch einiges lernen.*

Jaxom blieb einen Moment lang sitzen und genoß den Triumph des ersten Alleinflugs. Dann sah er, daß F'lar, F'nor und N'ton auf ihn zukamen. Ihre Mienen verrieten Anerkennung. Aber weshalb blickte der Harfner so nachdenklich drein? Und warum runzelte Baron Sangel die Stirn?

Die Drachenreiter sagen, daß wir fliegen können, erklärte Ruth. *Und ihre Meinung zählt.*

In Baron Lytols Zügen konnte Jaxom nicht die geringste Regung entdecken. Das dämpfte seinen Stolz auf die eben vollbrachte Leistung. Wie er darauf gehofft hatte, wenigstens an diesem Tag eine Spur von Lob, eine einzige positive Reaktion bei seinem Vormund zu erleben!

Er kann nun mal Larth nicht vergessen, meinte Ruth sanft.

»Siehst du, Jaxom, ich hatte recht!« rief N'ton, als die drei Drachenreiter neben Ruth traten. »Es ist überhaupt nichts dabei.«

»Sehr schöner Erstflug, Jaxom«, meinte auch F'lar und beobachtete den weißen Drachen aufmerksam. »Und Ruth ist nicht im geringsten erschöpft.«

»Der Kerl kann mit einem einzigen Flügelschlag wenden. Trag besser die Schenkelriemen, Jaxom, bis ihr aneinander gewöhnt seid«, fügte F'nor hinzu und faßte den jungen Baron am Ellbogen. Es war eine Geste unter Gleichgestellten, und Jaxom fühlte sich ungeheuer geschmeichelt.

»Da haben Sie sich getäuscht, Baron Sangel.« Lessas Stimme drang klar zu Jaxom herüber. »Es bestand nie ein Zweifel daran, daß der kleine weiße Drache fliegen konnte. Wir zögerten nur den Moment des ersten Aufstiegs hinaus, bis wir sicher waren, daß Ruth seine volle Größe erreicht hatte.«

F'nor blinzelte Jaxom zu, und N'ton schnitt eine Grimasse, während F'lar die Augen nach oben verdrehte, als wolle er den Himmel um Geduld anflehen. Diese Vertraulichkeiten gaben dem Jungen das Gefühl, daß die drei mächtigsten Drachenreiter von Pern ihn, Jaxom von Ruatha, in ihre Mitte aufgenommen hatten.

»Du bist jetzt ein Drachenreiter, Junge«, sagte N'ton.

»Ja.« F'lar dehnte das Wort ein wenig. »Ja, aber du darfst nicht gleich morgen die ganze Welt auf Drachenschwingen erobern. Und versuche ja noch nicht, ins *Dazwischen* zu gehen! Das wäre viel zu früh. Ich hoffe, du siehst das ein. Schön! Du wirst Ruth von jetzt an täglich trainieren. N'ton, hast du einen Übungsplan mitgebracht?« N'ton reichte dem Weyrführer von Benden eine Schiefertafel, und der gab sie an Jaxom weiter. »Die Flügelmuskeln müssen langsam und sorgfältig gekräftigt werden, sonst überlastest du den Drachen. Darin liegt die Hauptgefahr. Es könnte ein Moment kommen, da Ruth blitzschnell reagieren muß, und dann machen untrainierte Muskeln nicht mit. Du hast sicher von der Tragödie im Hochland gehört?« F'lars Miene war düster.

»Ja, Sir. Finder erzählte mir davon.« Jaxom verschwieg, daß Dorse und seine Kumpane ihn ständig an den Vorfall mit dem Jungreiter erinnerten, der in den Bergen abgestürzt war, weil er von seinem Drachen zuviel verlangt hatte.

»Du trägst stets eine doppelte Verantwortung, Jaxom, gegenüber Ruth und gegenüber deiner Burg.«

»O ja, Sir, das weiß ich.«

N'ton lachte und hieb Jaxom mit der flachen Hand aufs Knie. »Und ob er das weiß – was, Jaxom? Er bekommt es so oft zu hören, daß es ihm sicher schon zum Hals raushängt.«

F'lar wandte sich an den Weyrführer, erstaunt über diese Antwort. Jaxom hielt den Atem an. Konnte es sein, daß N'ton sich unbedacht geäußert hatte? Baron Lytol hämmerte ihm stets ein, erst zu denken und dann zu reden.

»Ich werde Jaxoms Training anfangs selbst beaufsichtigen, F'lar«, fuhr N'ton fort. »Und sein Verantwortungsgefühl ist mehr als ausgeprägt. Mit Ihrer Erlaubnis werde ich ihm auch beibringen, ins *Dazwischen* zu fliegen, wenn ich finde, daß er reif genug dafür ist. Ich glaube . . .« – er deutete auf die beiden Barone, die immer noch heftig mit Lessa diskutierten –, »je weniger wir diese Phase der Ausbildung publik machen, desto besser.«

Jaxom spürte die leise Spannung, die in der Luft lag, als N'ton und F'lar einander ansahen. Unvermittelt trompeteten Mnementh und Ramoth von den Feuerhöhen.

»Sie sind einverstanden«, sagte N'ton leise.

F'lar schüttelte leicht den Kopf und schob die Haarlocke beiseite, die ihm in die Augen fiel.

»Es steht fest, daß Jaxom verdient, ein Drachenreiter zu werden«, erklärte F'nor mit der gleichen Eindringlichkeit. »Und die letzte Entscheidung liegt beim Weyr. Die Barone haben nicht das geringste Mitspracherecht. Ruth ist ein Benden-Drache.«

»Das Hauptgewicht liegt auf der Verantwortung«, sagte F'lar

und betrachtete die beiden anderen Reiter mit düsterer Miene. Dann wandte er sich Jaxom zu, der nicht genau wußte, worüber die drei Männer sprachen; ihm war nur klar, daß es um ihn und Ruth ging. »Also gut, meinetwegen. Er soll lernen, ins *Dazwischen* zu fliegen. Sonst versucht er es eines Tages auf eigene Faust, oder nicht, Baron Jaxom? Immerhin fließt Ruatha-Blut in seinen Adern.«

»Sir?« Jaxom traute seinem Glück noch nicht so recht.

»Nein, F'lar, Jaxom würde so etwas nie tun«, entgegnete N'ton in einem seltsamen Tonfall. »Das ist ja das Problem. Ich fürchte, Lytol hat seine Aufgabe zu gut durchgeführt.«

»Was soll das heißen?« fragte F'lar knapp.

F'nor hielt die Hand hoch. »Da kommt Lytol selbst«, sagte er warnend.

»Jaxom, wenn du nun deinen Freund in seinen Weyr zurückbringen und dann zu uns in den Festsaal kommen könntest?« Der Vormund des jungen Barons verbeugte sich höflich vor den Drachenreitern. Ein Muskel in seiner Wange begann zu zucken, als er sich rasch abwandte und zurück zur Treppe ging.

Er hätte wenigstens jetzt ein Lob aussprechen können ... wenn er gewollt hätte, dachte Jaxom und starrte ihm traurig nach.

N'ton hieb ihm erneut aufs Knie und blinzelte ihm zu. »Du bist ein tüchtiger Junge, Jaxom, und ein guter Reiter obendrein.« Dann schlenderte er hinter den anderen Drachenreitern her.

»Sie lassen doch nicht etwa Benden-Wein zur Feier des Tages auftragen, Lytol?« dröhnte die Stimme des Meisterharfners über den Hof.

»Keiner würde wagen, Ihnen etwas anderes vorzusetzen, Robinton!« entgegnete Lessa lachend.

Jaxom sah ihnen nach, wie sie Treppen hinauf und durch die Flügeltür zum Festsaal gingen. Mit lautem Gekreisch stellten die Feuer-Echsen ihr Luftballett ein und jagten zum Eingang, haarscharf am Kopf des Meisterharfners vorbei.

Der Anblick hob Jaxoms Laune, und er brachte Ruth zurück zu den Ställen. Bei seinem Näherkommen zogen sich die Grafen von den Fenstern zurück. Er hoffte von ganzem Herzen, daß Dorse und seine Kumpane jede Sekunde des Fluges miterlebt hatten – und daß ihnen auch der Händedruck F'nors und sein Gespräch mit den drei wichtigsten Drachenreitern von Pern nicht entgangen war. Dorse mußte nun vorsichtiger sein, da für Jaxom die Chance bestand, ins *Dazwischen* zu fliegen. Damit hatte sein Ziehbruder wohl nie gerechnet. Jaxom selbst konnte sein Glück noch kaum fassen. War es nicht einfach großartig von N'ton, diesen Vorschlag zu machen? Den Brocken sollte Dorse erst mal verdauen!

Ruth untermalte seine Gedanken mit einem selbstzufriedenen Summen. Sie betraten den alten Stallhof, und der Drache neigte die linke Schulter, damit Jaxom absteigen konnte.

»Wir können jetzt fliegen, Ruth, und uns aus der Burg entfernen. Und eines Tages werden wir sogar ins *Dazwischen* gehen. Dann gehört ganz Pern uns. Du hast deine Sache heute sehr gut gemacht, und es tut mir nur leid, daß ich ein so ungeschickter Reiter war. Aber ich lerne es schon noch – du wirst sehen!«

Ruths Augen wirbelten liebevoll in einem schimmernden Blau, als er Jaxom in den Weyr folgte. Der Junge lobte ihn immer noch, während er den gröbsten Staub und die Hautfitzel entfernte, die sich im Laufe der Nacht in Ruths Schlafmulde gesammelt hatten. Der Drache legte sich hin und hielt den Kopf schräg. Jaxom strich ihm sanft über die Augenwülste. Er ging nicht gern zu einem Fest, bei dem der eigentliche Ehrengast fehlte.

Gewarnt durch das Geschrei der Feuer-Echsen, drückte sich Robinton rasch gegen den rechten Flügel des großen Metallportals und schützte das Gesicht mit den Händen. Er war schon zu oft in Echsenschwärme geraten und ging lieber kein Risiko ein. Allerdings mußte er zugeben, daß sich die Feuer-Echsen in der Harfner-Halle dank Menollys Erziehung einigermaßen gut benahmen. Er lächelte, als er Lessas überraschten und etwas verärgerten Aufschrei hörte. Und er blieb noch einen Moment lang stehen, nachdem die wilde Jagd an ihm vorbeigebraust war. Wie vermutet, stob die Schar Sekunden später wieder ins Freie. Er hörte, wie Baron Groghe seine kleine Königin Merga zur Vernunft rief. Dann entdeckte ihn seine eigene Bronze-Echse Zair und flog ihm schimpfend auf die Schulter, als habe sich der Meisterharfner absichtlich vor ihr verborgen.

»Braver Kerl!« sagte Robinton und streichelte die aufgeregte Echse mit einem Finger, bis sie ihr Köpfchen an seine Wange schmiegte. »Ich würde dich nie allein zurücklassen, das weißt du doch. Hast du Jaxom auch auf seinem Flug begleitet?«

Zair hörte zu schimpfen auf und gab zufriedene kleine Laute von sich. Dann reckte der Kleine den Hals und schaute in den Hof hinunter. Robinton beugte sich vor, um zu sehen, was Zairs Neugier geweckt hatte, und entdeckte Ruth, der zu den Ställen

trottete. Der Harfner seufzte. Fast wünschte er, die Drachenreiter hätten Jaxom nicht gestattet, den weißen Drachen zu fliegen. Wie vorausgesehen, war vor allem Baron Sangel strikt dagegen, daß der Jungbaron die Vorrechte eines Drachenreiters genoß. Und er blieb bestimmt nicht der einzige der älteren Burgherren-Generation, der Jaxom die neue Freiheit mißgönnte. Robinton glaubte zwar, daß es ihm geglückt war, wenigstens Baron Groghe für den Jungen einzunehmen, aber Groghe besaß mehr Verstand als Sangel. Außerdem hatte er eine Feuer-Echse, und das beeinflußte sein Urteil. Robinton überlegte, ob Sangel keine Echse gewollt hatte oder ob es ihm nicht gelungen war, eine für sich zu gewinnen. Er mußte Menolly fragen. Ihr Prinzeßchen legte sicher bald Eier. Ganz nützlich, daß seine Harfnergesellin eine Königin besaß, so daß er Echsen-Eier da verteilen konnte, wo sie am meisten Eindruck machten.

Er starrte noch eine Weile aus dem Fenster, gerührt von dem Anblick. Zwischen Jaxom und Ruth gab es eine Aura der Unschuld und Verwundbarkeit; die beiden hingen stark voneinander ab und beschützten sich gegenseitig.

Jaxom hatte das Licht der Welt im denkbar ungünstigsten Moment erblickt: Geboren aus dem Leib der toten Mutter, war ihm auch der Vater eine halbe Stunde später im Duell gestorben. Robinton dachte an das Gespräch, das er kurz vor Jaxoms Flug mit N'ton und Finder geführt hatte, und er machte sich Vorwürfe, daß er bisher nicht besser auf den Jungen geachtet hatte. Lytol war nicht so verknöchert, daß er keinen Tip vertragen konnte, besonders wenn es um Jaxoms Wohl ging. Aber Robinton hatte zu viele Dinge zu regeln und zu bedenken, daß ihm ständig die Zeit davonlief – obwohl Menolly und Sebell sich redlich bemühten, ihm einen Teil seiner Last abzunehmen. Zair tschilpte und rieb sein Köpfchen gegen das Kinn des Harfners.

Robinton lachte leise und streichelte die Echse. Die kleinen Geschöpfe waren höchstens eine Armspanne lang. Sie besaßen nicht die Intelligenz der Drachen, aber sie waren gute Freunde der Menschen und erwiesen sich oft als sehr nützlich.

Nun, er gesellte sich jetzt besser zu den anderen und versuchte irgendwie, Lytol seinen Vorschlag zu unterbreiten. Der junge Jaxom paßte hervorragend in seinen Plan.

»Robinton!« rief F'lar ihm vom Eingang der Empfangshalle entgegen. »Beeilen Sie sich! Ihr Ruf steht auf dem Spiel.«

»Mein was? Ich komme ja schon . . .« Mit langen Schritten erreichte der Harfner den Raum. Aus dem Lächeln der anderen und den herumstehenden Weinkaraffen erkannte er sofort, worum es ging.

»Pah! Ihr glaubt wohl, daß ihr mich überflügeln könnt?« rief er und machte eine dramatische Geste zu den Weinschläuchen hin. »Keine Sorge, das schafft ihr nicht.«

Lessa lachte, schenkte ein Glas randvoll mit dunkelrotem Wein und reichte es Robinton. In dem Wissen, daß alle Blicke auf ihn gerichtet waren, ging der Harfner mit betont schweren Schritten zum Tisch. Sein Blick fiel auf Menolly, und sie blinzelte ihm ein wenig zu. Sie hatte ihre Schüchternheit in seiner Nähe völlig abgelegt. Wie der kleine weiße Drache war sie bereit zum Ausfliegen. Sie hatte einen langen Weg von dem unsicheren, verachteten Mädchen aus der einsamen Fischerbucht bis hierher zurückgelegt. Er mußte dafür sorgen, daß sie allmählich die Harfnerhalle verließ und sich ganz auf eigene Füße stellte.

Robinton kostete mit ernster Miene den Wein, wie es von ihm erwartet wurde. Er prüfte die Farbe, indem er das Glas gegen die Sonne hielt, atmete tief die Blume ein und nahm dann einen Schluck, den er lange im Mund hin und her wälzte.

»Hmm, ja. Der Jahrgang ist nicht zu verkennen«, sagte er fast ein wenig arrogant.

»Nun?« Baron Groghes Wulstfinger zupften an dem breiten Gürtel herum, in den er seine Daumen gehakt hatte. Er wippte ungeduldig auf den Zehenspitzen.

»Beim Wein muß man sich Zeit lassen.«

»Entweder Sie wissen Bescheid oder nicht!« warf Sangel ein und rümpfte skeptisch die Nase.

»Aber sicher weiß ich Bescheid. Es ist die Benden-Kelter – elf Planetenumläufe alt. Habe ich recht, Lytol?«

Robinton, dem die Stille im Raum auffiel, erschrak ein wenig über den Ausdruck auf Lytols Zügen. Erregte sich der Mann etwa immer noch über Jaxoms Flug? Nein, das Zucken seines Wangenmuskels hatte aufgehört.

»Ich habe recht«, sagte Robinton und stach mit erhobenem Finger in Lytols Richtung. »Und Sie wissen es, Baron. Noch genauer, es ist die zweite Kelter, da der Wein einen fruchtigen Beigeschmack hat. Außerdem handelt es sich um die erste Benden-Ausfuhr überhaupt. Sie haben dem alten Baron Raid vermutlich mit dem Hinweis auf Lessas Ruatha-Abkunft einen Teil davon abgebettelt.« Er imitierte Lytols dumpfen Bariton. »Die Weyrherrin von Pern muß Benden-Wein vorfinden, wenn sie ihren einstigen Stammsitz besucht. Habe ich nicht recht, Lytol?«

»Aber ja, in allen Punkten«, gab Lytol zu, und um ein Haar hätte er gelächelt. »Wenn es um Wein geht, sind Sie unschlagbar!«

»Welch ein Glück!« F'lar hieb Robinton auf die Schulter. »Ich hätte es nicht ertragen, Ihren Ruf schwinden zu sehen.«

»Es ist jedenfalls der rechte Tropfen zur Feier des Tages. Ich trinke auf Jaxom, den jungen Herrn von Ruatha und stolzen Reiter von Ruth.« Robinton wußte, daß er mit seinen Worten einen Stachel in die Herzen der Barone pflanzte, aber es hatte keinen Sinn, die Augen vor der Tatsache zu verschließen, daß der künftige Baron von Ruatha nun auch zu den Drachenreitern gehörte. Baron Sangel räusperte sich, ehe er antrank. Lessas Stirnrunzeln verriet, daß sie lieber einen anderen Trinkspruch gehört hätte.

Dann, nach einem zweiten Räuspern, griff Sangel das Thema auf, wie Robinton es erhofft hatte. »Darüber müssen wir wohl noch sprechen – ich meine, inwieweit der junge Jaxom als Drachenreiter zu gelten hat. Nach der Gegenüberstellung gab man mir zu verstehen, daß dieser Winzling von einem Drachen . . .« – er deutete vage in Richtung der alten Ställe – »nicht überleben würde. Nur deshalb erhob ich damals keinen Widerspruch.«

»Wir haben Sie nicht absichtlich getäuscht, Baron Sangel«, warf Lessa scharf ein.

»Es wird kaum Probleme geben, Sangel«, meinte F'lar diplomatisch. »Wir haben genug große Drachen im Weyr und benötigen Ruth deshalb nicht bei unserem Kampf gegen die Fäden.«

»Wir haben auch genug junge Edelleute, die eine Burg verwalten können«, entgegnete Sangel und schob das Kinn kampflustig vor. Robinton war erleichtert, daß dieser Einwand kam. Der alte Sangel tappte ihm glatt in die Falle.

»Keinen einzigen mit Ruatha-Blut in den Adern«, sagte Lessa, und ihre grauen Augen blitzten. »Als ich damals in den Weyr zog, gab ich mein Geburtsrecht nur auf, um dem einzigen männlichen Nachkommen mit Ruatha-Blut Platz zu machen – Jaxom. Solange ich lebe, lasse ich nicht zu, daß ausgerechnet Ruatha zum Ziel kontinentweiter Duelle und Fehden zwischen den jüngeren Söhnen der Barone wird. Jaxom bleibt Burgherr von Ruatha; er wird nie einem Kampfgeschwader der Drachenreiter angehören.«

»Ich habe nur gern Klarheit«, antwortete Sangel und trat ein wenig zur Seite, um Lessas Blick zu entgehen. »Und Sie müssen zugeben, Weyrherrin, daß der Ritt auf einem Drachen nicht ganz ungefährlich ist, auch nicht in eingeschränkter Form. Sicher wissen Sie von der Angelegenheit im Hochland . . .«

»Wir überwachen Jaxoms Ritte«, versprach F'lar und warf N'ton einen warnenden Blick zu. »Er soll keine Fäden bekämpfen. Diese Gefahr wäre in der Tat zu groß.«

»Jaxom ist ein sehr umsichtiger junger Mann«, mischte sich Lytol in die Debatte. »Und ich habe dafür gesorgt, daß er seine Verantwortung kennt.«

Robinton sah N'tons Grimasse.

»Allzu umsichtig vielleicht, N'ton?« fragte F'lar, dem die Miene des Fort-Weyrführers ebenfalls nicht entgangen war.

»Vielleicht«, entgegnete N'ton taktvoll und warf Lytol einen Blick zu, der um Verzeihung bat. »Eher noch gehemmt. Ich will Sie nicht kränken, Lytol, aber ich entdeckte heute, daß der Junge sehr – abgekapselt von seinen Altersgenossen aufwächst. Das liegt zum Teil wohl daran, daß er seinen Drachen versorgen muß. Da man den Jungbaronen, mit denen er gelegentlich zusammentrifft, keine eigenen Feuer-Echsen zugesteht, begreifen sie seine Probleme wohl nicht so recht.«

»Hat Dorse ihn wieder einmal gequält?« fragte Lytol und kaute an seiner Unterlippe.

»Dann sind Sie sich über die Situation im klaren?« N'ton wirkte erleichtert.

»Aber ja. Es war mit ein Grund, daß ich F'lar bat, sein Einverständnis zum Fliegen zu geben. Jaxom könnte dann andere Burgen besuchen, wo er junge Leute in seinem Alter und von seinem Stande antrifft.«

»Aber Sie haben doch sicher Pfleglinge?« rief Lessa und sah sich im Raum um, als sei ihr die Anwesenheit von Jungbaronen bisher nur durch Zufall entgangen.

»Ich hatte die Absicht, Jaxom ein halbes Jahr auf eine andere Burg zu schicken, aber dann kam die Gegenüberstellung dazwischen.« Lytol breitete hilflos die Arme aus.

»Ich bin dagegen, daß Jaxom Ruatha verläßt«, sagte Lessa mit gefurchter Stirn. »Immerhin ist er der letzte seines Geschlechts . . .«

»Mir gefällt der Gedanke auch nicht«, erwiderte Lytol. »Aber es ist notwendig, daß so etwas im Austausch geschieht . . .«

»Absolut nicht!« warf Baron Groghe ein und schlug Lytol auf die Schulter. »Ich fände es im Gegenteil einen Segen, wenn ich keinen Pflegling annehmen müßte. Und ich habe einen Jungen in Jaxoms Alter, der sich mal anderen Wind um die Nase wehen lassen soll. Wenn ich sehe, was Sie geleistet haben, um Ruatha wieder auf die Beine zu bringen, dann glaube ich, daß der Lümmel allerhand von Ihnen lernen könnte. Das heißt, *falls* er eines Tages in die glückliche Lage kommt, einen eigenen Besitz zu übernehmen.«

»Das ist auch so eine Sache, über die ich mir den Kopf zerbreche«, hakte Baron Sangel ein und trat neben Groghe, als suche er dessen Unterstützung. »Was sollen wir Burgleute nur tun?«

»Tun?« fragte F'lar, einen Moment lang verwirrt.

»Es geht um die jüngeren Söhne der Burgen«, warf Robinton ruhig ein, »für die es keinen Landbesitz mehr gibt. Ich nenne nur die größten Familien wie Süd-Boll, Fort, Ista und Igen.«

»Der Süd-Kontinent, F'lar . . . wann können wir damit beginnen, den Süd-Kontinent zu besiedeln?« fragte Groghe. »Glauben Sie, daß dieser Toric, der im Süden blieb, einen tatkräftigen, ehrgeizigen jungen Mann aufnehmen würde – vielleicht auch zwei oder drei?«

»Auf dem Süd-Kontinent leben die Alten«, erklärte Lessa scharf. »Dort können sie wenig Schaden anrichten, denn die Würmer schützen das Land vor Sporen.«

»Ich hatte nicht vergessen, wo die Alten leben, Weyrherrin«, stellte Baron Groghe mit hochgezogenen Brauen fest. »Ist auch der beste Ort für sie. Sie können tun und lassen, was ihnen Spaß macht, und sie fügen uns keinen Schaden zu.« In Groghes Tonfall war bemerkenswert wenig Bitterkeit, fand Robinton, wenn man in Rechnung stellte, wie sehr gerade die Burg Fort unter der Diktatur von T'ron gelitten hatte. »Aber der Süd-Kontinent ist riesig und überall von Würmern durchsetzt. Es spielt also gar keine Rolle, ob die Alten dort unten die Fäden bekämpfen oder nicht.«

»Waren Sie schon mal bei Sporenregen außerhalb Ihrer Burg?« fragte F'lar Baron Groghe.

»Ich? Nie! Halten Sie mich für wahnsinnig? Wäre zwar kein Wunder bei meinem Jungvolk, das ständig um nichts und wieder nichts ins Streit gerät . . . Keine Sorge, sie verprügeln sich nur. Ich achte darauf, daß die Klingen stumpf bleiben. Aber das Geschrei allein reicht, um einen alten Mann ins *Dazwischen* zu treiben . . . Ach, nun verstehe ich, Weyrführer!« Groghe nickte düster und trommelte mit den Fingern gegen seinen breiten Gürtel. »Das erschwert die Sache, was? Wir sind nicht dazu geschaffen, ohne ein festes Dach über dem Kopf zu leben. Und Sie glauben nicht, daß Toric seinen Besitz ausdehnt? Irgend etwas muß mit den jungen Hitzköpfen geschehen. Nicht nur auf meiner Burg, habe ich recht, Sangel?«

»Darf ich einen Vorschlag machen?« warf Robinton rasch ein, als er F'lars Zögern bemerkte. Der Weyrführer nickte – wie es schien, erleichtert. »Sehen Sie, vor einem halben Planetenumlauf hat Benelek, der fünfte Sohn von Baron Groghe, ein Ackergerät so verbessert, daß sich der Meisterschmied Fandarel ganz begeistert zeigte. Der junge Mann ging zur Schmiede-Gilde von Telgar und überredete einen der Hochland-Söhne, ihn zu begleiten, da er wußte, daß der Junge ebenfalls großes Geschick für mechanische Dinge besaß. Um es kurz zu machen – inzwischen arbeiten acht Jungbarone in der Schmiede-Gilde.«

»Was wollen Sie damit sagen, Robinton?«

»Dumme Flausen und Unfug entstehen aus Langeweile. Ich sähe es gern, wenn sich junge Leute aus allen Gilden und Burgen regelmäßig träfen, um ihre Gedanken auszutauschen – anstatt, wie bisher, Beleidigungen.«

Groghe knurrte. »Meine Söhne suchen Land. Von Theorie halten sie nicht viel. Wie steht es nun mit dem Süden?«

Robinton bemühte sich, Groghes Beharrlichkeit zu übergehen, ohne den Mann zu kränken. »Damit sollte man sich durchaus näher beschäftigen«, sagte er. »Die Alten leben schließlich nicht ewig.«

»Wir haben wirklich nichts dagegen, die Kolonien im Süden auszudehnen«, sagte F'lar. »Es ist nur so . . .«

»Der Zeitpunkt muß sorgfältig gewählt werden«, warf Lessa ein, als er zögerte. Aber in ihren Augen lag ein merkwürdiger Glanz, und der Harfner spürte, daß es noch andere Gründe für ihre Zurückhaltung gab.

»Sollen wir etwa warten, bis der Rote Stern wieder abwandert?« fragte Sangel übelgelaunt.

»Nein – nur bis wir nicht mehr in Gefahr sind, unser Wort zu brechen«, entgegnete F'lar. »Wenn Sie zurückdenken, waren die Weyr sich einig, den Südkontinent zu erforschen . . .«

»Die Weyr wollten auch die Fäden und den Roten Stern vernichten«, erklärte Sangel, jetzt deutlich verärgert.

»F'nor und Canth tragen heute noch die Spuren ihres Kampfes gegen den Stern«, erinnerte ihn Lessa, entrüstet über die Kritik an den Weyrn.

»Ich wollte die Anwesenden nicht kränken«, murmelte Sangel, aber er konnte seinen Zorn nur schlecht verhehlen.

Robinton war mehr als zufrieden mit Sangels Verhalten. Er hatte F'lar und Lessa erst vor kurzem darauf hingewiesen, daß die älteren Barone immer noch glaubten, Drachenreiter könnten, wenn sie sich nur Mühe gaben, die Sporen auf dem Roten Stern selbst bekämpfen und damit die Plage, welche die Menschen in den Schutz der Burgen trieb, für immer vernichten. Nun, da er seine Warnung unterstrichen sah, wechselte er das Thema.

»Es gibt noch mehr Gründe, die jungen Barone auch für die Gildenarbeit zu gewinnen«, sagte er. »Mein Archivar, Meister Arnor, bekommt immer schlechtere Augen, weil er sich mit den halbverwischten Schriften der alten Häute abplagen muß. Er leistet gewiß Großes, aber manchmal habe ich den Eindruck, daß er gar nicht alles versteht, was er da für die Nachwelt zu retten versucht. So schreibt er schwer leserliche Worte hin und wieder falsch ab. Fandarel hat dieses Problem auch schon angedeutet. Er ist der festen Überzeugung, daß sich manche Mißverständnisse vermeiden und manche Rätsel lösen ließen, wenn jemand die alten Schriften richtig kopiert . . .«

»Das wäre vielleicht eine dankbare Aufgabe für Jaxom«, meinte Lytol.

»Ich hatte auf diesen Vorschlag gehofft.«

»Nun machen Sie aber keinen Rückzieher, Lytol«, lachte Groghe. »Sie hatten versprochen, mich von einem meiner Söhne zu erlösen.«

»Wenn Jaxom . . .«

»Das eine schließt das andere doch nicht aus«, vermittelte Robinton. »Wir hätten dann auf Ruatha junge Leute von Jaxoms Rang, die sich mit ihm zusammen auf spätere Verwaltungspflichten vorbereiten; andererseits sollte er sich von Zeit zu Zeit mit Gildeangehörigen treffen und mehr über ihre Arbeit erfahren.«

»Nach den mageren die fetten Jahre?« sagte N'ton so leise, daß nur Robinton und Menolly ihn verstanden. »Aber da kommt ja unser Ehrengast.«

Jaxom blieb zögernd auf der Schwelle stehen und verbeugte sich vor den Besuchern.

»Ist Ruth versorgt, Jaxom?« fragte Lessa freundlich und winkte den Jungen neben sich.

»Ja, Lessa.«

»Wir haben inzwischen auch einiges geregelt«, fuhr sie fort und lächelte, als sie seinen besorgten Blick sah.

»Du kennst doch meinen Sohn Horon, oder?« mischte sich Baron Groghe in das Gespräch. »Er müßte in deinem Alter sein.«

Jaxom nickte verwirrt.

»Also, er kommt eine Weile als Pflegling nach Ruatha, um dir Gesellschaft zu leisten.«

»Und vielleicht noch der eine oder andere junge Edelmann dazu«, ergänzte Lessa. »Würde dir das Spaß machen?«

Robinton sah, wie sich die Augen des Jungen ungläubig weiteten. Jaxom schaute von Lessa zu Groghe und dann zu Lytol. Der Burgverwalter nickte feierlich.

»Und wenn Ruth gut genug fliegt, könntet ihr uns mal in der Harfnerhalle einen Besuch abstatten«, meinte Robinton. »Sicher gibt es da noch einiges über Pern zu lernen, das Lytol dir bisher unterschlagen hat.«

»Sir?« Verwirrt schaute Jaxom seinen Vormund an. »Darf ich das wirklich?« Unverfälschte Freude und Erleichterung schwangen in seiner Stimme mit.

II

Benden-Weyr, 13. Planetenumlauf
seit Wiedererscheinen des Roten Sterns

Der Abend legte sich über den Benden-Weyr, als Robinton zum Königinnen-Weyr hinaufstieg. Wie oft hatte er diesen Weg in den letzten dreizehn Planetenumläufen erklommen? Er blieb stehen, um Atem zu schöpfen, und wandte sich dem Mann zu, der ihm folgte.

»Wir haben einen günstigen Zeitpunkt gewählt, Toric. Ich glaube nicht, daß jemand unsere Ankunft bemerkt hat. Und N'ton stellen sie bestimmt keine Fragen.« Er deutete hinunter zum Weyrführer von Fort, der quer durch den Benden-Kessel zu den erleuchteten Küchengewölben ging.

Toric schaute nicht in die Tiefe. Er starrte hinauf zu dem Felsensims, wo Mnementh, der Bronzedrache, saß und mit glitzernden Augen die beiden Neuankömmlinge musterte. Robintons Echse Zair krallte sich in die Schulter des Harfners und wickelte ihm den Schweif eng um den Hals.

»Er tut dir nichts, Zair«, sagte Robinton, in der Hoffnung, seine Worte würden auch den Baron des Südens beruhigen, der wie erstarrt dastand.

»Er ist fast doppelt so groß wie die Drachen der Alten«, meinte Toric mit gedämpfter Stimme. »Und ich hielt schon N'tons Lioth für riesig.«

»Ich glaube, Mnementh ist der mächtigste Bronzedrache, den es je gab«, erklärte Robinton und überwand die letzten paar Stufen. Er spürte schon wieder diesen stechenden Schmerz in der Herzgegend. Dabei hatte er gehofft, daß die erzwungene Ruhepause sich günstig auf seine Gesundheit auswirken würde. Er mußte bei Gelegenheit mal mit Meister Oldive darüber sprechen.

»Guten Abend, Mnementh«, sagte er und neigte sich zu dem großen Bronzegeschöpf hin. Dann murmelte er Toric zu: »Irgendwie erscheint es mir immer respektlos, mich ohne Gruß an ihm vorbeizudrücken.« Er hob die Stimme wieder. »Und das hier ist mein Freund Toric. Lessa und F'lar erwarten ihn.«

Ich weiß. Ich habe eure Ankunft bereits gemeldet.

Robinton räusperte sich. Er erwartete nie eine Reaktion auf

sein Geplauder, fühlte sich aber ungemein geschmeichelt, wenn Mnementh etwas erwiderte. Allerdings gab er die Antwort des Drachen nicht an Toric weiter. Der Mann schien sich in der Nähe des Bronze-Giganten nicht wohl zu fühlen.

Toric hastete auf den kleinen Korridor zu und achtete darauf, daß Robinton zwischen ihm und Mnementh stand.

»Ich sage Ihnen am besten gleich, daß Ramoth noch größer ist«, erklärte Robinton und bemühte sich, jeden Spott aus seiner Stimme zu verbannen.

Toric knurrte etwas und hielt dann die Luft an, als der schmale Gang sich zu einer großen Felsenkammer weitete, dem Schlafplatz der Drachenkönigin von Benden. Ramoth hatte den keilförmigen Kopf auf den Pfoten liegen und döste. Ihre Haut schimmerte golden im Schein der Leuchtkörbe.

»Robinton, wir haben Sie also unversehrt wieder!« rief Lessa. Sie kam ihm strahlend entgegengelaufen. »Und so braungebrannt!«

Sie warf ihm die Arme um den Hals und zog ihn kurz an sich.

»Ich sollte mich öfter von einem Sturm umwehen lassen«, meinte er leichthin, obwohl ihm das Herz bis zum Hals klopfte. Lessas Körper war zart und vibrierend wie Schmetterlingsflügel.

»Unterstehen Sie sich!« Lessa blitzte ihn an. Dann wandte sie sich mit einem zurückhaltenden Lächeln dem zweiten Besucher zu. »Herzlich willkommen, Baron Toric. Und vielen Dank, daß Sie unseren guten Meisterharfner gerettet haben.«

»Ich tat überhaupt nichts dazu«, entgegnete Toric erstaunt. »Er hatte ein geradezu unverschämtes Glück. Bei dem Sturm wäre jeder normale Mensch ertrunken.«

»Menolly ist nicht umsonst die Tochter eines Fischerbarons«, warf Robinton ein und schluckte, als er an jene bitteren Stunden zurückdachte. »Sie sorgte dafür, daß der Kahn über Wasser blieb. Obwohl ich zwischendurch lieber abgesoffen wäre, so elend fühlte ich mich.«

»Sie sind also nicht der geborene Seemann, Robinton?« fragte F'lar lachend. Er streckte dem Südländer die Rechte entgegen und hieb Robinton mit der Linken kräftig auf die Schulter.

Unvermittelt kam Robinton zu Bewußtsein, daß sein Abenteuer im Benden-Weyr wohl große Angst und Sorge ausgelöst hatte. Er war darüber zugleich geschmeichelt und betrübt. Sicher, während des Sturms war er zu sehr mit seinem rebellischen Magen beschäftigt gewesen und hatte nur von einer Sturzwelle bis zur nächsten gedacht. Menollys Geschick hatte dazu beigetragen, daß er die Gefahr, in der sie sich befanden, gar nicht richtig einschätzte. Erst danach war ihm die Lage voll zu Bewußtsein gekommen, und er fragte sich, ob Menolly ihre eigene Furcht unterdrückt hatte, um sich nicht vor ihm zu blamieren. Sie hatte ruhig den Großteil der zerfetzten Segel geborgen, einen provisorischen Meeresanker ausgeworfen und ihn an den Mast gebunden, als er von der Seekrankheit so geschwächt war, daß er sich nicht mehr festhalten konnte.

»Nein, F'lar, ich bin ganz sicher kein geborener Seemann«, sagte Robinton mit einem Schaudern. »Da lasse ich gern anderen den Vortritt.«

»Ich hoffe, Sie hören in Zukunft auch auf den Rat von geborenen Seeleuten«, meinte Toric trocken. Er wandte sich an die Weyrführer. »Ihm geht nämlich auch jedes Gefühl für das Wetter ab. Und Menolly konnte nicht ahnen, wie stark die Weststörmung zu dieser Jahreszeit reißt.« Er hob die Schultern, als wollte er andeuten, daß er gegen soviel Starrsinn machtlos gewesen sei.

»Wurden Sie deshalb so weit vom Süd-Weyr abgetrieben?« fragte F'lar und brachte die Gäste zu einem Rundtisch am anderen Ende des Raumes.

»Es scheint so«, meinte Robinton und schnitt eine Grimasse, eingedenk der langen Vorträge, die man ihm über Strömung, Gezeiten, Drift und Windrichtung gehalten hatte. Er wußte jetzt mehr über diese Aspekte der Seefahrt, als er je zu erfahren gewünscht hatte.

Lessa lachte bei seinem gedehnten Tonfall und schenkte ihm Wein ein.

»Überlegen Sie mal!« sagte er und wirbelte die Flüssigkeit im Glas umher. »Kein einziger Tropfen Wein an Bord!«

»Das darf nicht sein!« entgegnete Lessa mit gespieltem Entsetzen. F'lar lachte laut los. »Soviel Wasser, und Sie saßen auf dem Trockenen!«

Doch dann kam Robinton auf den Zweck seines Besuchs zu sprechen. »Nun, das Abenteuer hatte auch seine gute Seite. Der Südkontinent, meine Lieben, ist nämlich weit größer, als wir je geglaubt hatten.« Er warf einen Blick auf Boric, und der breitete ein Pergament aus, das er in aller Eile von einer größeren Karte in seiner Burg kopiert hatte. F'lar und Lessa halfen ihm, die Ränder zu glätten. Der Nordkontinent war in allen Details eingetragen, ebenso das erforschte Gebiet des Südkontinents. Robinton deutete auf den daumenähnlichen Vorsprung der Süd-Halbinsel, die den Süd-Weyr und Torics Besitz beherbergte. Dann fuhr sein Finger links und rechts dieser Landmarke die Küstenlinie entlang, wo ein breiter Streifen, abgegrenzt von zwei Flüssen, bereits in topographischen Einzelheiten skizziert war. »Toric hat in der Zwischenzeit einiges geleistet. Ihr seht, wie weit er seit F'nors Aufenthalt im Süden das Terrain erkundet hat.«

»Ich bat T'ron um sein Einverständnis für die Forschungsexpeditionen.« Die Miene des Südländers spiegelte Verachtung und Feindseligkeit wider. »Aber er hörte mir kaum zu und meinte, ich könnte tun und lassen, was ich wollte, solange sein Weyr ausreichend mit Fleisch und frischem Obst beliefert werde.«

»Beliefert?« F'lar schüttelte den Kopf. »Ein paar Drachenlängen vom Weyr entfernt finden sie alles, was sie zum Leben brauchen.«

»Manchmal versorgen sie sich selbst. Mir ist es aber fast lieber, meine Pächter übernehmen das. Dann belästigen sie uns nicht.«

»Belästigen?« Lessas Stimme klang entrüstet.

»Ganz recht, Weyrherrin«, erwiderte Toric mit eisiger Stimme. Dann wandte er sich wieder der Karte zu. »Meine Leute konnten bis hierher ins Landesinnere vordringen. Sehr unwegsames Gelände. Dichter Dschungel, der selbst die schärfsten Buschmesser nach einer Stunde stumpf werden läßt. Ich habe noch nie eine so verfilzte Vegetation gesehen. Wir wissen, daß sich hier ein Höhenzug und dort hinten ein Gebirgsstock befindet« – er deutete auf bestimmte Stellen der Karte –, »aber das Gelände ist kaum bezwingbar. So arbeiteten wir uns entlang der Küstenlinie vor, entdeckten die beiden Flüsse da und drangen mit Booten so weit vor, wie wir konnten. Der Westfluß endet in einem flachen Moorsee, der Südostfluß an einem Wasserfall, sechs oder acht Drachenlängen hoch.« Toric richtete sich auf und betrachtete den kleinen Fleck erforschten Südens mit leiser Verachtung. »Ich schätze, selbst wenn das Land nicht weiter in den Süden reicht als bis zu dieser Bergkette, dann hat es immer noch die doppelte Größe von Süd-Boll oder Tillek.«

»Und die Alten haben keine Lust, ihren Besitz zu erforschen?« Robinton merkte, daß F'lar diese Gleichgültigkeit verärgerte.

»Nein, Weyrführer, nicht die geringste. Und, offen gestanden, wenn mir keine einfachere Methode einfällt, diese Vegetation zu durchdringen . . .« – Toric klopfte mit dem Fingernagel auf die Karte –, »bringe ich weder die Leute noch die Energie auf, mich weiter mit den Expeditionen zu befassen. Ich habe eine Menge

Land, das ich verwalten und vor den Fäden schützen muß.« Er machte eine Pause. Obwohl Robinton ziemlich genau wußte, weshalb er zögerte, wollte der Harfner, daß die Weyrführer aus erster Hand erfuhren, was dieser energische Südländer dachte.

»Die meiste Zeit kümmern sich nämlich die Drachenreiter auch *darum* nicht.«

»Was?« fuhr Lessa auf, aber F'lar legte ihr die Hand auf die Schulter.

»Ich hatte mir schon meine Gedanken gemacht, Toric.«

»Wie können sie es wagen!« ereiferte sich Lessa, und ihre grauen Augen blitzten. Ramoth wälzte sich unruhig auf ihrem Lager.

»Sie wagen es eben«, meinte Toric mit einem ängstlichen Blick auf die Königin.

Aber Robinton spürte, daß Lessas Empörung über die Nachlässigkeit der Alten dem Mann wohltat.

»Aber . . . aber . . .«, stammelte sie zornentbrannt.

»Kommen Sie allein zurecht, Toric?« fragte F'lar und beruhigte seine Gefährtin mit einem festen Händedruck.

»Ich mußte es lernen«, entgegnete er. »Wir besitzen dank F'nor eine Menge Flammenwerfer. Wir lassen kein Gras in der Nähe unserer Häuser wachsen und treiben die Herden während des Sporenregens in Ställe aus Stein.« Er zuckte die Achseln und lächelte über die düstere Miene der Weyrherrin. »Sie fügen uns keinen Schaden zu, Lessa, auch wenn sie uns nicht viel nützen. Keine Sorge. Wir werden schon mit ihnen fertig.«

»Darum geht es nicht«, meinte Lessa gereizt. »Sie sind Drachenreiter und haben die Pflicht, das Land zu schützen . . .«

»Man hat sie in den Süden verbannt, weil sie dieser Pflicht nicht nachkamen«, erinnerte Toric sie. »Man wollte verhindern, daß sie hier Unheil anrichteten.«

»Das gibt ihnen noch lange nicht das Recht . . .«

»Ich sagte doch schon, Lessa, sie fügen uns keinen Schaden zu. Wir kommen ganz gut allein zurecht.«

Die Herausforderung in Torics Tonfall ließ Robintons Atem stocken. Lessa war bekannt für ihr aufbrausendes Temperament.

»Gibt es hier im Norden Dinge, mit denen wir euch aushelfen könnten?« fragte F'lar, fast als wolle er sich für seine Standesgenossen entschuldigen.

»Ich hatte auf diese Frage gehofft«, sagte der Südländer mit einem Lachen. »Ich weiß, daß Sie nicht das Wort brechen können, das Sie den Alten gaben. Obwohl ich bestimmt beide Augen zudrücken würde . . .«, fügte er rasch hinzu, als er merkte, daß Lessa erneut auffahren wollte. »Aber uns geht vor allem Stahl für die Schmiedewerkstatt zur Neige. Außerdem brauchen wir Ersatzteile für die Flammenwerfer, die angeblich nur Fandarel herstellen kann.«

»Ich werde alles Nötige beschaffen lassen.«

»Und dann würde es mich freuen, wenn Sharra, eine meiner jüngeren Schwestern, bei eurem Heiler Oldive Unterricht nehmen könnte. Im Süden gibt es mitunter rätselhafte Fieberanfälle und Infektionen.«

»Sie ist jederzeit willkommen«, sagte Lessa rasch. »Und unsere Manora versteht sich auf das Brauen von Heiltränken und das Herstellen von Heilsalben.«

»Und . . .« Toric zögerte einen Moment lang und schaute Robinton an, doch der nickte ihm aufmunternd zu. »Und wenn es ein paar wagemutige junge Männer und Frauen gibt, die im Süden Land nehmen möchten, so könnte ich sie wohl ohne das Wissen der Alten einschleusen. Nur ein paar, wohlgemerkt, denn wir haben zwar Platz genug, aber die meisten Leute werden unruhig, wenn sie während des Sporeneinfalls keine Drachen am Himmel sehen.«

»Hm – ja«, entgegnete F'lar mit einer gespielten Gleichgültigkeit, die Robinton beinahe zum Lachen brachte. »Da findet sich bestimmt der eine oder andere junge Abenteurer, der Ihr Angebot annimmt.«

»Gut. Wenn ich Hilfe beim Landbau bekomme, kann ich in der nächsten kühlen Jahreszeit meine Forschungsexpeditionen vielleicht über die beiden Flüsse ausdehnen.« Torics Erleichterung war klar zu erkennen.

»Sagten Sie vorhin nicht, das sei unmöglich . . .«, begann F'lar.

»Nicht unmöglich – nur schwierig«, entgegnete Toric und setzte mit einem Lächeln hinzu: »Ich habe einige Männer, die es trotz der harten Bedingungen hinauszieht, und ich möchte selbst brennend gern wissen, was sich in den unerforschten Gebieten verbirgt.«

»Wir auch«, sagte Lessa. »Die Alten werden nicht ewig leben.«

»Dieser Satz tröstet mich oft«, erklärte Toric. »Aber da ist noch etwas . . .« Er machte eine Pause und betrachtete die Weyrführer mit zusammengekniffenen Augen.

Bis jetzt hatte Torics Schwung Robinton begeistert. Der Harfner war auch zufrieden mit sich selbst, daß er den Mann dazu gebracht hatte, genau das zu fordern – oder anzubieten – was der

Norden am dringendsten brauchte: einen Ort, an den man die tüchtigen, freiheitsliebenden jungen Männer schickte, die im Norden keine Chance hatten, zu eigenem Besitz zu kommen. Das Auftreten des hochgewachsenen Südländers war sicher etwas Ungewohntes für die Benden-Herrscher: nicht unterwürfig und schüchtern, aber auch nicht aggressiv fordernd. Toric war unabhängig geworden, weil es keinen gab, der ihn im Notfall schützte – weder Drachenreiter noch Gilden oder andere Barone. Daß er dennoch überlebt hatte und daß sein Besitz gedieh, machte ihn selbstbewußt. Er verstand es, seinen Willen durchzusetzen. Deshalb wandte er sich als Gleichgestellter an Lessa und F'lar.

»Eine kleine Sache, die ich gern geklärt wüßte«, fuhr er fort.

»Ja?« F'lar schaute ihn fragend an.

»Was geschieht mit dem Süden, mit meinen Pächtern und mir, wenn der letzte der Alten gegangen ist?«

»Ich würde sagen, daß Sie es verdient haben, das Land zu *behalten*...« ... F'lar betonte das letzte Wort –, »das Sie dem Dschungel abgetrotzt haben.«

»Gut.« Toric nickte entschieden und sah dabei dem Weyrführer fest in die Augen. Dann huschte ein Lächeln über seine Züge. »Ich hatte vergessen, wie ihr Nordländer seid. Schickt mir ruhig ein paar von eurer Sorte...«

»Werden sie auch behalten, was sie sich schaffen?« fragte Robinton rasch.

»Was sie sich erarbeiten, gehört ihnen«, entgegnete Toric ernst. »Aber überschwemmt mich nicht mit Leuten! Ich muß sie einschmuggeln, wenn die Alten mich gerade nicht beachten.«

»Wie viele könnten Sie denn ohne Probleme aufnehmen?« erkundigte sich F'lar.

»Hm, sechs bis acht, fürs erste. Dann, wenn sie ihr Land abgesteckt haben, vielleicht noch einmal so viele.« Er lachte. »Die Neuen müssen bereits eingewöhnt sein, ehe der zweite Schwung eintrifft. Aber es gibt genug Platz bei uns.«

»Das ist tröstlich, denn auch ich habe meine Pläne für den Süden«, sagte F'lar. »Eine andere Frage, Robinton: Wie weit sind Sie und Menolly eigentlich in den Osten vorgedrungen?«

»Ich wollte, ich könnte Ihnen darauf eine Antwort geben. Ich weiß, wo wir landeten, als der Sturm endlich nachließ. Der schönste Platz, den ich je im Leben sah, eine Halbkreis-Bucht mit weißem Sandstrand, und weit draußen im Wasser dieser riesige Bergkegel...«

»Aber Sie sind doch der Küste entlang zurückgekehrt, oder?«
F'lars Stimme klang ungeduldig. »Wie sah die Landschaft aus?«

»Die Küste war da«, meinte Robinton mit einem Achselzukken. »Mehr weiß ich nicht . . .« Toric schmunzelte, und der Harfner warf ihm einen strafenden Blick zu. »Wir hatten die Wahl, entweder hart entlang der Küste zu segeln, was nach Menollys Ansicht unmöglich war, da wir die Beschaffenheit des Meeresgrunds nicht kannten, oder so weit entfernt von der Weststömung, daß sie uns nicht wieder in jene Bucht spülen konnte. Wie gesagt, es war ein herrlicher Fleck, aber ich empfand es nicht als Unglück, ihn wieder für eine Weile zu verlassen. Der langen Rede kurzer Sinn – wir sahen zwar Land, aber nur sehr verschwommen.«

»Zu schade.« F'lar sah betrübt drein.

»Ja und nein«, meinte Robinton. »Wir brauchten insgesamt neun Tage zurück. Wenn Toric den ganzen Streifen erforschen will, bekommt er eine Menge zu tun.«

»Ich bin gern bereit dazu, wenn ich die nötigen Vorräte erhalte . . .«

»Wie schaffen wir das Zeug in den Süden, Toric?« erkundigte sich F'lar. »Ich wage es nicht, Drachenreiter damit loszuschicken, obwohl das meiner Ansicht nach die einfachste und beste Methode wäre.«

Robinton lachte leise und blinzelte den anderen zu. »Wenn nun durch Zufall noch ein Schiff vom Sturm verblasen wird – sagen wir mal südlich von Ista . . . Ich unterhielt mich vor einiger Zeit ausgiebig mit Meister Idarolan, und er erwähnte die steifen Brisen, die heuer herrschen.«

»Sind Sie auf diese Weise in den Süden gelangt?« fragte Lessa.

»Wie sonst?« entgegnete Robinton mit Unschuldsmiene. »Menolly gab mir gerade Segelunterricht, als plötzlich ein böses Unwetter losbrach und uns geradewegs in Torics Hafen spülte. So war es doch, Toric, oder?«

»Wenn Sie es sagen, Harfner!«

III

**Morgen auf Ruatha und in der Gilde-Halle
der Schmiede von Telgar,
9.5.15 seit Wiedererscheinen des Roten Sterns**

Jaxom hieb mit beiden Fäusten auf den schweren Holztisch, so hart, daß die Tassen und Teller klirrten.

»Jetzt reicht es«, sagte er in das verdutzte Schweigen. Er stand aufrecht da, die breiten, knochigen Schultern gestrafft. Die Wucht der Faustschläge ließ seine Arme schmerzen. »Jetzt reicht es wirklich!«

Er schrie nicht, und das gab ihm eine merkwürdige Befriedigung, wenn er später an diese Szene zurückdachte, aber seine Stimme wirkte voll und dunkel durch den Ausbruch lange aufgestauten Ärgers und durchdrang jeden Winkel des großen Raumes. Die Magd, die eben einen Krug mit heißem *Klah* hereinbrachte, blieb verwirrt stehen.

»Ich bin Herr auf Ruatha«, fuhr Jaxom fort und starrte seinen Ziehbruder Dorse an. »Ich bin Ruths Reiter und weiß, daß er alle Eigenschaften eines guten Drachen besitzt.« Er wandte sich an Brand, dem vor Schreck der Mund offenstand. »Es geht ihm prächtig wie immer.« Jaxoms Blicke streiften die vier Pfleglinge, die noch so neu auf Ruatha waren, daß sie es bestimmt nicht gewagt hätten, gegen ihn zu sticheln. »Und noch eines . . .« – er schaute geradewegs seine Amme Deelan an, deren Unterlippe zu zittern begann –, »ich habe heute in der Gilde-Halle der Schmiede zu tun und bekomme dort sicher eine Mahlzeit vorgesetzt, wenn ich hungrig bin. Also ist es sinnlos, all die wohlbekannten Argumente in meiner Gegenwart noch einmal aufzuwärmen. Habe ich mich klar genug ausgedrückt?«

Er wartete die Antwort nicht ab, sondern verließ mit festen Schritten den Raum, erleichtert, daß er endlich den Mut gefunden hatte, etwas zu sagen, und ein wenig schuldbewußt, weil ihm die Selbstbeherrschung entglitten war. Er hörte, wie Lytol nach ihm rief, aber zum erstenmal achtete er nicht darauf.

Auch wenn er der Jüngere war, diesmal würde er nicht nachgeben und sich entschuldigen. Zu oft hatte er bei ähnlichen Vorfällen seinen Ärger heruntergeschluckt oder logische Gründe für das Verhalten der anderen gesucht. Nun aber war das Maß voll, und er dachte nur noch daran, einen möglichst großen Abstand zwischen sich und seinen allzu gewissenhaften und vernünftigen Vormund zu legen, seiner mißlichen Lage zu entfliehen und dem lästigen Gespött gewisser Leute, die glaubten, sie könnten sich alles leisten, nur weil sie ihn von klein auf kannten.

Ruth, der den Kummer seines Reiters spürte, kam aus dem alten Stall gerannt, den Lytol in einen kleinen Weyr umgewandelt hatte. Die beinahe transparenten Schwingen des weißen Drachen waren halb ausgespannt, als er herbeistürmte, um seinen Gefährten zu trösten.

Mit einem tiefen Atemzug, der ein halbes Schluchzen war, schwang sich Jaxom auf Ruths Rücken und befahl ihm, sofort zu starten. Sie schwebten noch über dem Hof, als Lytol vor dem schweren Portal erschien, das den Eingang zur Burg bildete. Jaxom wandte sich ab, um später wahrheitsgetreu sagen zu können, er habe Lytol nicht winken sehen.

Ruth stieg mit kräftigen Flügelschlägen in die Höhe; es fiel ihm leichter als den normal großen Drachen, sich vom Boden zu lösen.

»Du bist doppelt so tüchtig wie die anderen Drachen – jawohl, doppelt so tüchtig! Du schaffst alles weit besser als sie!« Jaxoms Inneres war so aufgewühlt, daß Ruth erregt lostrompetete.

Der braune Wachdrache stimmte verwirrt ein, und gleich darauf umkreisten sämtliche Feuer-Echsen der Burg den weißen Drachen mit lautem Gekreisch.

Ruth ließ die Feuerhöhen hinter sich und verschwand im *Dazwischen*, um den hochgelegenen Bergsee anzusteuern, den sie zu ihrem Zufluchtsort gewählt hatten.

Die beißende Kälte des *Dazwischen* brachte Jaxom wieder zur Vernunft; er spürte sie zwar nur einen Moment lang, aber da er nur seine ärmellose Weste trug, begann er mit den Zähnen zu klappern. Ruth glitt in einer geübten Schleife zum Seeufer.

»Es ist ganz einfach gemein und unfair!« sagte Jaxom und hieb mit der Rechten so hart auf seinen Schenkel, daß Ruth erschrocken zusammenfuhr.

Was bereitet dir heute so großen Kummer? fragte der Drache, als er elegant landete.

»Alles! Nichts!«

Was nun? Wollte Ruth ganz logisch wissen und drehte den Kopf nach hinten, um seinen Reiter kritisch zu mustern.

Jaxom rutschte von dem glatten weißen Nacken in die Tiefe und schmiegte sich eng an den Kopf seines besten Freundes.

Warum läßt du dich von ihnen so hochbringen? fragte Ruth, und seine kreisenden Facettenaugen drückten zärtliche Zuneigung aus.

»Eine sehr gute Frage!« entgegnete Jaxom, nachdem er einen Moment lang überlegt hatte. »Aber sie wissen auch ganz genau, wie sie es anstellen müssen.« Dann lachte er. »Da redet sich Robinton den Mund fusselig von wegen Objektivität – und was hilft es? Rein gar nichts!«

Der Meisterharfner ist seiner Weisheit wegen hochgeachtet. Ruth klang unsicher, und sein Tonfall rief ein Lächeln bei Jaxom hervor.

Da hieß es immer, Drachen hätten nicht die Fähigkeit, abstrakte Begriffe oder komplexe Zusammenhänge zu verstehen. Aber Ruth überraschte ihn ständig mit Bemerkungen, die ihn an dieser Theorie zweifeln ließen. Drachen – und ganz besonders Ruth, wie Jaxom fand – begriffen weit mehr, als ihnen die Menschen zugestehen wollten. Selbst Weyrführer wie Lessa und F'lar, ja sogar N'ton unterschätzten die Intelligenz ihrer Gefährten. Bei dem Gedanken an den Weyrführer von Fort fiel Jaxom wieder sein Vorhaben ein, zur Schmied-Gilde nach Telgar zu fliegen. N'ton wollte sich auch dort einfinden, um die Erklärungen Wansors anzuhören, und er war wohl der einzige Drachenreiter, der ihm helfen konnte.

»Beim Ei!« Wütend kickte Jaxom einen Stein in den See und sah zu, wie sich um die Aufschlagstelle Ringe bildeten und nach allen Richtungen ausbreiteten.

Robinton hatte den Vergleich mit den Wasserringen oft benutzt, um aufzuzeigen, welche vielfältigen Reaktionen ein winziges Geschehen hervorrief. Jaxom knurrte. Vorhin, als er im Sturmschritt die Burg verließ, waren die Wogen sicher übergeschwappt. Aber warum hatte er sich ausgerechnet heute so reizen lassen? Es war losgegangen wie an vielen Morgen, mit Dorses spitzen Kommentaren über zu groß geratene Feuer-Echsen, mit Lytols gewohnter Frage nach Ruths Befinden – als ob der Drache über Nacht vom Fleisch fallen würde! – und mit Deelans Altweibergeschwätz, daß es in der Gildehalle der Schmiede nie etwas Vernünftiges zu essen gäbe. Sicher, Deelans übertriebene Sorge um sein leibliches Wohl ärgerte ihn schon eine ganze Weile, vor allem, da ihn die treue Seele vor den Augen ihres eifersüchtigen leiblichen Sohnes Dorse verhätschelte. Aber alles Dinge, mit denen auf Ruatha ein Tag, jeder Tag, begann. Warum war er also gerade heute aufgesprungen und aus der Burg geflohen, die ihm gehörte, vor Menschen, die theoretisch seine Untertanen waren und ihm zu gehorchen hatten?

Und mit Ruth war alles in Ordnung! Absolut alles in Ordnung!

Aber sicher, bekräftigte Ruth und fügte dann ungehalten hinzu: *Nur zum Schwimmen bin ich heute noch nicht gekommen!*

Jaxom strich ihm sanft über die Augenwülste und lächelte. »Tut mir leid, daß ich dir den Tagesanfang verdorben habe!«

Hast du doch nicht. Ich schwimme hier im See. Ist ohnehin ruhiger. Ruth stupste Jaxom an. *Mach es dir auch schön!*

»Ich will es versuchen.« Zorn war Jaxom fremd, und er ärgerte sich über die Heftigkeit seiner Gefühle nicht weniger als über jene, die ihn gereizt hatten. »Schwimm am besten gleich! Wir müssen nämlich noch in die Gilde-Halle der Schmiede.«

Ruth hatte kaum die Schwingen ausgebreitet, da tauchte aus dem Nichts ein Schwarm Feuer-Echsen auf und kreischte begeistert. Man konnte unschwer erkennen, wie sich die kleinen Geschöpfe freuten, daß sie den weißen Drachen entdeckt hatten. Eine braune Echse verschwand sofort wieder im *Dazwischen,* und Jaxom spürte, wie Groll in ihm aufstieg. Sie spionierten ihm nach, was? Den Punkt mußte er auch noch regeln, wenn er auf die Burg zurückkehrte. Glaubten die vielleicht, er sei ein kleines Kind – oder einer der Alten?

Er seufzte reumütig. Es war ganz klar, daß sie sich Sorgen machten, wenn er einfach so davonrannte. Obwohl er kaum einen anderen Fleck als den See aufsuchen würde. Obwohl ihm mit Ruth kaum etwas zustoßen konnte. Und obwohl es auf ganz Pern kaum einen Ort gab, wo die Feuer-Echsen ihn und Ruth nicht aufstöberten.

Sein Zorn flackerte von neuem auf, diesmal gegen die dämlichen Feuer-Echsen. Warum hatten es die neugierigen Biester ausgerechnet auf Ruth abgesehen? Wo immer er auf Pern mit seinem weißen Drachen auftauchte, sammelten sich im Nu sämtliche Echsen der Umgebung und starrten ihn an. Im allgemeinen hatte diese Tatsache Jaxom eher belustigt, denn die Echsen übermittelten Ruth oft unglaubliche Bilder von Dingen, an die sie sich erinnerten, und der Drache gab dann die schärfsten Eindrücke an Jaxom weiter. Aber heute ärgerte ihn einfach alles.

»Du mußt analysieren«, predigte ihm Lytol immer. »Objektiv denken! Du kannst nie und nimmer andere steuern, wenn du keine Selbstbeherrschung besitzt und das größere Ziel aus den Augen verlierst.«

Jaxom atmete ein paarmal tief durch. Auch das war eine Lehre von Lytol: Sammle dich, ehe du zu sprechen beginnst! Ordne deine Gedanken!

Ruth flog über das tiefblaue Wasser des kleinen Sees, umringt von Feuer-Echsen. Dann legte er unvermittelt die Schwingen an und tauchte. Jaxom schauderte. Wie konnte Ruth die eisige Kälte des Sees ertragen, der von einem Gletscherbach aus dem Hochgebirge gespeist wurde? In der sengenden Hochsommerhitze fand Jaxom das Wasser manchmal erfrischend, aber jetzt, da der Winter kaum vorbei war? Wieder fröstelte er. Nun ja, wenn die Drachen die Kälte des *Dazwischen* nicht spürten, dann machte ihnen ein Bad in einem Bergsee sicher noch viel weniger aus.

Ruth tauchte auf, und Wellen klatschten neben Jaxoms Füßen ans Ufer. Der junge Mann zupfte spielerisch ein paar dicke Nadeln von einem Ast und warf sie nacheinander in das gekräuselte Wasser. Eine Reaktion seines Ausbruchs war also, daß man ihm die Feuer-Echsen auf die Spur setzte.

Und eine zweite: Dorses völlig erstarrter Gesichtsausdruck. Es war das erstemal geschehen, daß Jaxom sich gegen seinen Ziehbruder zur Wehr setzte. Beim Ei, wie oft hatte er sich danach gesehnt, dem Kerl die Meinung zu sagen, aber immer hielt ihn der Gedanke zurück, Lytol könnte ihm das als unbeherrschtes Benehmen auslegen. Dorse kannte kein größeres Vergnügen, als Jaxom wegen Ruths schwächlicher Statur zu hänseln. Er tarnte seine Bosheiten als brüderliches Geplänkel, weil er genau wußte, daß Jaxom sich dann nicht rächen konnte, ohne von Lytol getadelt zu werden. Und Deelan mit ihrer übertriebenen Sorge um sein Wohlergehen ging ihm längst gründlich auf die Nerven, aber Dankbarkeit und eine angeborene Scheu davor, anderen Menschen wehzutun, hatte ihn bisher daran gehindert, ihre Entlassung zu fordern.

Warum also war heute der Kessel übergelaufen?

Ruths Kopf tauchte wieder aus dem Wasser. Das helle Morgenlicht brach sich in den Facettenaugen, die leuchtend grün und blau strahlten. Die Feuer-Echsen bearbeiteten seinen Rücken mit ihren Krallen und rauhen Zungen, schrubbten ihm die Staubkörnchen aus den Poren und schaufelten mit ihren Schwingen Wasser über ihn.

Eine grüne Echse wandte sich zwei blauen zu und begann laut zu keifen, bis sie gehorchten und genau da rubbelten, wo sie es verlangte. Unwillkürlich mußte Jaxom lachen. Es war Deelans Grüne und im Verhalten seiner Pflegemutter so ähnlich, daß er an den alten Weyr-Spruch denken mußte: Ein Drache ist nicht besser als sein Reiter.

In diesem Punkt hatte Lytol seinem Mündel keinen schlechten Unterricht erteilt. Ruth war der beste Drache von ganz Pern. Wenn – und nun erkannte Jaxom den unterschwelligen Grund für seine Rebellion – man ihm je die Möglichkeit gab, das zu zeigen. Unvermittelt kehrte all der Ärger vom Morgen zurück und verdrängte das Körnchen von Objektivität und Einsicht, das er am stillen Seeufer gewonnen hatte. Weder er, Jaxom, Baron von Ruatha, noch Ruth, der kleine weiße Drache aus Ramoths Gelege, durften das sein, was sie in Wirklichkeit waren.

Jaxom war nur dem Namen nach Herr auf Ruatha, weil Lytol die Burg verwaltete, alle Entscheidungen traf und selbst im Rat für Ruatha sprach. Noch mußte Jaxom von den übrigen Baronen als Herr von Ruatha bestätigt werden. Sicher, das war nur eine Formsache, da es außer ihm auf ganz Pern keinen männlichen Nachfolger mit Ruatha-Blut in den Adern gab. Und Lessa, die letzte Überlebende der Hauptlinie, hatte zu seinen Gunsten auf ihr Erbrecht verzichtet.

Jaxom wußte, daß er nie Drachenreiter werden konnte, weil er Baron auf Ruatha bleiben mußte. Nur besaß er nicht die Handlungsvollmacht eines Barons, denn er wagte es nicht, vor Lystol hinzutreten und zu sagen: »Ich bin jetzt alt genug, um selbst nach dem Rechten zu sehen. Vielen Dank und adieu!« Lytol hatte zu lange und schwer geschuftet, um Ruatha vor dem Verfall zu retten. Man konnte ihm nicht zumuten, daß er nun die zweite Stelle hinter einem unerfahrenen Halbwüchsigen einnahm. Lytol lebte nur für Ruatha. Er hatte in seinem Leben schon soviel verloren: erst seinen Drachen, dann, durch die Habgier von Fax, seine kleine Familie. Sein ganzes Denken drehte sich nun um Ruathas Weizenfelder, Ruathas Läufer-Herden und Wherböcke . . .

Nein, es war nur fair, daß er wartete, bis Lytol eines Tages den Besitz selbst übergab.

Aber, dachte Jaxom weiter, wenn Lytol sich so aktiv um Ruatha kümmerte, weshalb konnten dann er und Ruth sich nicht als Kampfreiter ausbilden lassen? Man brauchte im Moment, da die Fäden des Roten Sterns in völlig unregelmäßigen Abständen fielen, jeden feuerspeienden Drachen. Warum mußte er bei den Bodentrupps bleiben und einen sperrigen Flammenwerfer mitschleppen, wenn er die Sporen auf Ruths Rücken viel wirksamer bekämpfen konnte? Weil man Ruth nicht erlaubte, Feuerstein zu kauen! Der weiße Drache mochte zwar kleiner als seine Artgenossen sein, aber er hatte sich bisher in jeder Hinsicht als echter Drache erwiesen.

Klar doch, bestätigte Ruth vom See her.

Jaxom schnitt eine Grimasse. Er hatte sich Mühe gegeben, seine Gedanken zu unterdrücken.

Ich habe auf deine Gefühle und nicht auf deine Gedanken geachtet, erklärte Ruth gelassen. *Du bist verwirrt und unglücklich.* Er hob sich aus dem Wasser und schüttelte seine Flügel trocken. Dann paddelte er ans Ufer. *Ich bin ein Drache. Du bist mein Reiter. Kein Mensch kann das ändern. Bekenne dich zu dem, was du bist. Ich tue es auch.*

»Aber sie lassen uns einfach nicht!« rief Jaxom. »Sie zwingen mich, alles andere als ein Drachenreiter zu sein.«

Du bist ein Drachenreiter. Du bist aber auch – und Ruth sagte das langsam, als versuche er die Zusammenhänge selbst zu begreifen – *ein Burgherr. Du lernst in der Schmiede- und in der Harfner-Gilde. Deine Freunde sind Menolly, Mirrim, F'lessan und N'ton. Ramoth kennt deinen Namen. Ebenso Mnementh. Und sie kennen mich. Du mußt eine Menge Leute zugleich sein. Das ist schwer.*

Jaxom starrte Ruth an, der seine Schwingen ein letztes Mal schüttelte und dann sorgfältig zusammenfaltete.

Ich bin sauber. Ich fühle mich wohl, verkündete der Drache, als würde das sämtliche Zweifel auslöschen, die in Jaxoms Innern brodelten.

»Ruth, was würde ich je ohne dich anfangen?«

Ich weiß nicht. N'ton erwartet dich. Er war auf Ruatha. Der kleine Braune, der vorhin verschwand, gehört ihm.

Jaxom hielt nervös die Luft an. Typisch Ruth, daß er wußte, wem welche Echse gehörte. Er selbst hatte angenommen, daß der Braune irgendwo auf Ruatha daheim war.

»Warum hast du mir das nicht eher gesagt?« Eilig schwang sich Jaxom auf Ruth. Er wollte N'ton unbedingt sprechen, und ihm lag viel daran, sich die Freundschaft des Weyrführers von Fort zu erhalten. N'ton aber hatte wenig Zeit zur Verfügung.

Ich wollte vorher schwimmen, erklärte Ruth. *Wir kommen nicht zu spät.* Kaum hatte Jaxom es sich bequem gemacht, da startete der Drache senkrecht in die Höhe. *Wir werden sogar noch vor N'ton da sein.* Und ehe Jaxom seinen Freund darauf hinweisen konnte, daß es ihnen verboten war, Zeitsprünge zu machen, hatte der Drache sich schon eigenmächtig darüber hinweggesetzt.

»Ruth, wenn N'ton das herauskriegt!« sagte Jaxom mit klap-

pernden Zähnen, als sie aus dem *Dazwischen* in den strahlenden
Vormittag von Telgar stießen und über der Gilde-Halle der
Schmiede kreisten.

Er wird nicht danach fragen.

*Jaxom fand Ruths Lässigkeit entnervend. Aber der weiße Drache
mußte auch nicht N'tons Gepolter ertragen, wenn sie erwischt wurden.
Dabei war ein Sprung durch das Zeitkontinuum verdammt gefährlich.*

Ich weiß immer, welchen Zeitpunkt ich ansteuern muß, erklärte Ruth
völlig ungerührt. *Und das können nur wenige Drachen von sich behaupten.*

Sie hatten eben zum Landen angesetzt, als N'tons großer Bronzedrache Lioth über ihnen auftauchte.

»Und ich werde nie begreifen, wie du es schaffst, diesen Zeitpunkt so knapp zu berechnen«, meinte Jaxom.

Ach das, entgegnete Ruth leichthin. *Ich habe mitgekriegt,* wann
die Braune Echse zu N'ton zurückkehrte und wählte genau dieses Wann.

Jaxom wußte, daß Drachen eigentlich nicht lachen konnten,
aber das Gefühl, das Ruth ausstrahlte, war einem Gelächter so
nahe, daß er keinen Unterschied sah.

Lioth flog nahe an Ruth und Jaxom heran, und der junge Baron konnte den Gesichtsausdruck des Bronzereiters erkennen –
ein fröhliches Lachen. Hatte Ruth nicht erwähnt, daß N'ton auf
Ruatha gewesen war? Dann sah Jaxom, daß der Weyrführer von
Fort etwas hin- und herschwenkte – seine Reitjacke aus Wherleder.

Während sie in die Tiefe glitten, erkannte Jaxom, daß sie keineswegs die ersten waren. Er zählte fünf Drachen, darunter F'lessans Golanth und Mirrims Path, der Ruth sofort begrüßte. Der
weiße Drache landete elegant auf der Wiese vor der Gilde-Halle.
Sekunden später setzte Lioth neben ihm auf. Während N'ton von
der Schulter des Bronzedrachen rutschte, tauchte Tris, seine
braune Echse, aus dem *Dazwischen* auf und tschilpte selbstgefäl-
lig.

»Deelan sagte mir, daß du deine Reitjacke vergessen hättest«,
meinte N'ton und warf Jaxom das Kleidungsstück zu. »Nun, ich
schätze, meine alten Knochen sind empfindlicher gegen Kälte als
die deinen. Oder sollte das ein Überlebenstraining sein?«

»Bitte, N'ton – nun fangen Sie nicht auch noch an!«

»Womit denn, junger Mann?«

»Sie wissen sicher . . .«

»Ich weiß gar nichts.« N'ton musterte Jaxom. »Oder hatte Deelans aufgeregtes Geschnatter heute morgen etwas zu bedeuten?«

»Sie haben nicht mit Lytol gesprochen?«

»Nein. Deelan lief mir über den Weg, als ich dich suchte. Und sie schluchzte, weil du ohne deine Jacke losgeflogen warst.« N'ton ahmte Deelans zitternde Unterlippe nach. »Ich kann heulende Weiber nicht ausstehen – zumindest nicht in dem Alter – also packte ich die Jacke und versprach beim Großen Ei, sie eigenhändig über deinen zarten Leib zu streifen. Dann schickte ich Tris auf die Suche nach Ruth – und hier sind wir nun. Sag mal, hat sich heute morgen etwa eine Tragödie ereignet? Ruth sieht prächtig aus.«

Verlegen wich Jaxom dem durchdringenden Blick des Weyrführers von Fort aus; er schlüpfte umständlich in seine Jacke.

»Ich habe heute morgen sämtliche Bewohner von Ruatha angebrüllt.«

»Und ich habe Lytol prophezeit, daß es über kurz oder lang dazu kommen würde.«

»Was?«

»Wer hat das Gewitter denn ausgelöst? Deelan mit ihrem ewigen Geflenne?«

»Ruth *ist* ein richtiger Drache!«

»Aber sicher«, erwiderte N'ton so energisch, daß Lioth sich umdrehte und ihn erstaunt anstarrte. »Wer behauptet das Gegenteil?«

»Alle. Auf Ruatha. Und anderswo. Sie spotten, er sei nur eine zu groß geratene Feuer-Echse. Das haben Sie sicher auch schon gehört.«

Lioth zischte. Tris flatterte erschrocken hoch, aber Ruth summte zufrieden vor sich hin, und die anderen beruhigten sich wieder.

»Ich weiß, daß viel Unsinn geredet wird«, erklärte N'ton und legte Jaxom eine Hand auf die Schulter. »Aber jeder Drachenreiter, den ich kenne, weist solches Geschwätz scharf zurück – hin und wieder sogar handgreiflich.«

»Wenn ... wenn Sie ihn *auch* für einen Drachen halten – warum darf er dann keiner sein?«

»Darf er doch!« N'ton warf Ruth einen schrägen Blick zu, als habe der sich in den letzten Sekunden irgendwie verändert.

»Ich meine – ein Drache wie alle anderen, die Feuerstein fressen und gegen die Fäden ankämpfen.«

»Ach so.« N'ton schnitt eine Grimasse. »Das ist es also. Sieh mal, Junge ...«

»Da steckt Lytol dahinter, habe ich recht? Er will nicht, daß ich mit Ruth auf Sporenjagd gehe. Deshalb darf ich Ruth auch nicht beibringen, Feuerstein zu kauen.«

»Da täuschst du dich, Jaxom . . .«

»Woran liegt es dann? Es gibt keinen Fleck auf ganz Pern, den wir nicht auf Anhieb finden. Ruth ist klein, aber fliegt schneller als die meisten Drachen und besitzt eine ungeheure Wendigkeit . . .«

»Es geht nicht darum, ob er kämpfen kann, Jaxom«, sagte N'ton und hob die Stimme ein wenig, damit sich der junge Baron seine Worte einprägte. »Es geht darum, ob es auch ratsam ist.«

»Schon wieder Ausflüchte!«

»Nein.« N'tons bestimmte Antwort durchdrang Jaxoms Abwehr. »Der Flug mit einem Kampfgeschwader während des Fädeneinfalls ist gefährlich. Ich will deinen Mut nicht heruntersetzen, aber, so tüchtig du sein magst, und so flink und geschickt Ruth ist – ihr wärt ein Hindernis in einem Kampfgeschwader. Du hast weder das Training noch die Disziplin . . .«

N'ton packte Jaxom hart an beiden Schultern, um seine Aggressivität zu durchbrechen.

»Es ist nicht nur das Training.« N'ton holte tief Luft. »Ich sagte bereits, daß deine oder Ruths Fähigkeiten nicht zur Debatte stehen; das Ganze ist einzig und allein eine Frage der Taktik. Pern kann es sich nicht leisten, den jungen Herrscher von Ruatha oder den einzigen weißen Drachen, den es gibt, zu verlieren.«

»Aber ich bin auch nicht Herrscher von Ruatha! Noch nicht. Lytol bestimmt. Er trifft alle Entscheidungen . . . Ich höre nur zu und nicke mit dem Kopf wie eine Wherhenne, die zu lange in der Sonne gesessen hat.« Jaxom stockte, als ihm zu Bewußtsein kam, daß er Lytol kritisierte. »Ich meine, mir ist klar, daß Lytol die Burg verwalten muß, bis mich die Barone bestätigen . . . und ich will im Grunde auch nicht, daß Lytol von Ruatha fortgeht. Aber wenn ich als Drachenreiter leben könnte, käme es gar nicht zu diesem Konflikt. Begreifen Sie das?«

Als Jaxom den Ausdruck in N'tons Augen las, ließ er die Schultern sinken. »Sie begreifen es, aber die Antwort bleibt Nein! Es würde noch mehr Konflikte heraufbeschwören, größere Streitereien, nicht wahr? Also muß ich wie bisher weitermachen – kein echter Burgherr, kein echter Drachenreiter . . . höchstens ein echtes Problem für alle.«

Nicht für mich, widersprach Ruth gekränkt und stupste ihn mit der Schnauze an.

»Du bist kein Problem, Jaxom, aber ich sehe, daß du eines hast«, erwiderte N'ton ruhig und freundlich. »Wenn ich entscheiden dürfte, würde ich dich in einem Geschwader mitfliegen lassen. Dir täte es gut, und du hättest den anderen Baronen etwas voraus.«

Einen hoffnungsvollen Moment lang glaubte Jaxom, N'ton würde ihm das sehnlich erwartete Angebot machen.

»*Wenn* es meine Entscheidung wäre, Jaxom. Aber sie ist es nicht und kann es nicht sein. Dennoch . . .« – N'ton machte eine Pause, und sein Blick glitt prüfend über Jaxoms Züge –, »man sollte die Angelegenheit zur Diskussion stellen. Du bist alt genug, um als Herr von Ruatha bestätigt zu werden – oder zumindest, um etwas Nützliches zu leisten. Ich werde mit F'lar und Lytol sprechen.«

»Lytol wird sagen, daß ich der Burgherr bin, und F'lar wird sagen, daß Ruth nicht groß genug für ein Kampfgeschwader ist . . .«

»Und ich werde überhaupt nichts sagen, wenn du dich wie ein bockiges Kind benimmst.«

Ein lautes Trompeten unterbrach sie. Zwei Drachen kreisten über der Wiese und gaben zu verstehen, daß sie landen wollten. N'ton winkte ihnen zu und begab sich mit raschen Schritten zur Gilde-Halle, gefolgt von Jaxom. Kurz vor dem Eingang hielt er den jungen Baron noch einmal zurück.

»Ich vergesse die Sache nicht, Jaxom, nur . . .« N'ton grinste mit einem Mal. »Beim Ersten Ei, laß dich nicht dabei *erwischen*, daß du Ruth Feuerstein zu fressen gibst! Und sei verdammt vorsichtig, *welche* Zeiten du ansteuerst!«

Reichlich verdattert starrte Jaxom den Weyrführer von Fort an, doch der winkte einem Bekannten zu, den er im Innern der Gilde-Halle erspäht hatte. N'ton verstand ihn also doch! Jaxoms Niedergeschlagenheit war wie fortgeblasen.

Am Eingang zur Gildehalle blieb er einen Moment lang zögernd stehen; nach dem hellen Licht der Frühlingssonne mußten sich seine Augen erst an das Halbdunkel in der Gilde-Halle gewöhnen. Völlig abgelenkt von den eigenen Problemen, hatte er vergessen, wie wichtig diese Zusammenkunft war. Meisterharfner Robinton saß an der langgestreckten Werkbank, die man für diesen Tag freigeräumt hatte, in ein Gespräch mit F'lar von Benden vertieft. Jaxom erkannte drei weitere Weyrführer und den neuen Herdenmeister Briaret. Die meisten Barone waren gekommen und mindestens ein halbes Geschwader Bronzereiter, dazu die ranghöchsten Angehörigen der Schmiede-Gilde und einer Reihe anderer Gilden. Jaxom meinte mehr Harfner als sonst zu sehen.

Jemand flüsterte scharf seinen Namen. Jaxom wandte den Kopf nach links und sah, daß sich F'lessan und die anderen Schüler an der Wand unter dem Fenster versammelt hatten, mit einem Respektabstand von den wichtigen Versammlungsteilnehmern. Die Mädchen saßen auf Arbeitshockern.

»Halb Pern ist gekommen«, stellte F'lessan erfreut fest, während er ein Stück zur Seite rückte und für Jaxom Platz an der Mauer machte.

Jaxom nickte den anderen zu, aber die beachteten ihn kaum, sondern starrten neugierig hinüber zu den Gästen. »Ich hätte nie geglaubt, daß sich so viele Menschen für Wansons Vortrag über Sternenmathematik interessieren«, wisperte Jaxom F'lessan zu.

»Pah! Die versäumen keine Gelegenheit, auf einem Drachen mitzufliegen.« F'lessan grinste. »Ich habe allein vier hergebracht.«

»Viele Leute haben Wansor beim Sammeln von Material geholfen«, mischte sich Benelek im Schulmeisterton ein. »Nun wollen sie natürlich erfahren, ob sich der Aufwand auch gelohnt hat.«

»Wegen des Essens sind sie ganz sicher nicht da!« bemerkte F'lessan mit einem boshaften Lachen.

Also, warum regt mich der Satz bei F'lessan nicht auf? überlegte Jaxom verwundert.

»Unsinn, F'lessan«, entgegnete Benelek, der immer alles zu wörtlich nahm. »Das Essen hier ist nicht schlecht. Du faßt jedenfalls immer nach.«

»Ich bin wie Fandarel«, erklärte F'lessan. »Ich verwerte alles Eßbare. *Psst!* Da kommt Wansor. Du liebe Güte!« Der junge Bronzereiter schnitt ein Gesicht. »Könnte ihn nicht mal jemand dazu bringen, seine Kluft zu wechseln?«

»Als ob Kleider bei einem Mann mit Wansors Geist eine Rolle spielten!« Benelek senkte die Stimme, zischte aber seine Verachtung für F'lessans Oberflächlichkeit förmlich heraus.

»An einem Tag wie heute könnte auch Wansor einigermaßen gepflegt aussehen«, erklärte Jaxom. »Das hat F'lessan gemeint.«

Benelek rümpfte die Nase, verfolgte das Thema aber nicht weiter. F'lessan stieß Jaxom in die Rippen und blinzelte ihm zu.

Auf der Schwelle schien Wansor plötzlich bewußt zu werden, daß der große Raum vollgepackt mit Menschen war. Er blieb stehen und schaute sich zaghaft um. Dann, als er hier und da vertraute Gesichter sah, nickte er und lächelte scheu. Von allen Seiten ermutigten ihn Zurufe und Grußworte.

»Sowas – also, das ist ja – nur wegen meiner Sterne? Du liebe Güte, alles wegen meiner Sterne!« Seine Reaktion rief ein allgemeines Schmunzeln hervor. »Das freut mich aber sehr. Ich hatte keine Ahnung – das freut mich wirklich. Und Robinton, auch Sie sind gekommen . . .«

»Warum nicht?« Der Meisterharfner setzte eine würdevolle Miene auf, aber Jaxom sah, wie seine Mundwinkel zuckten. Robinton nahm Wansor am Arm und schleppte ihn mit festem Griff zu einem Podium vorne im Saal.

»Fangen wir an, Wansor!« sagte Fandarel mit dröhnender Stimme.

»Ja, ist schon gut – ich meine, es tut mir leid. Ich wollte keinen warten lassen. Ach – Baron Asgenar. Nett, daß Sie gekommen sind. Was ich fragen wollte, ist N'ton auch hier?« Wansor drehte sich im Kreis und blinzelte kurzsichtig in das Meer von Gesichtern. »Er sollte eigentlich . . .«

»Hier bin ich, Wansor.« N'ton hob den Arm.

»Ach.« Die besorgte Miene des Sternen-Schmieds, wie Menolly ihn respektlos, aber treffend genannt hatte, glättete sich. »Mein lieber N'ton, Sie müssen mit nach vorne kommen! Sie haben die Hauptarbeit geleistet, sind mitten in der Nacht aufgestanden und haben die Sterne zu den unmöglichsten Zeiten beobachtet. Bitte . . .«

»Wansor!« Fandarel richtete sich ein wenig auf, damit sein Baß noch besser zum Tragen kam. »Jeder im Saal hat mal Sternenwache gehalten. Sie können nicht sämtliche Besucher hier vorne aufreihen. Die Leute sind doch hergekommen, um zu erfahren, welchen Nutzen ihre Arbeit hatte. Nun machen Sie schon! Sie verplempern kostbare Zeit. Sowas von Getrödel . . .«

Wansor widersprach und entschuldigte sich in einem Atemzug, während er auf das Podium stolperte. Er sah tatsächlich so aus, als habe er in seinen Kleidern geschlafen. Den Knitterfalten nach zu urteilen, hatte er sich seit dem letzten Sporenregen nicht mehr umgezogen.

Aber an den Karten mit den Sternpositionen, die Wansor nun an der Wand befestigte, war keine Spur von Schludrigkeit zu sehen. Woher hatte er nur die leuchtende Farbe, mit der er den Roten Stern kennzeichnete? Sie pulsierte geradezu auf dem Papier. Auch sein Vortrag hörte sich flüssig und exakt an. Aus Respekt vor dem Redner bemühte sich Jaxom, Wansors Worten aufmerksam zu folgen, aber seine Gedanken kehrten immer wieder zu N'tons Abschiedssatz zurück: »Laß dich nicht dabei erwischen, daß du Ruth Feuerstein zu fressen gibst!«

So dämlich war er nun auch wieder nicht! Hier zögerte Jaxom. Er kannte zwar theoretisch das Wie und Warum des Feuerstein-Kauens, hatte im Unterricht jedoch immer wieder erfahren müssen, daß zwischen Theorie und Praxis Abgründe klafften. Ob er F'lessan um Rat und Hilfe bitten konnte?

Er warf seinem Freund aus Kindertagen, der vor zwei Planetenumläufen einen Bronze-Drachen für sich gewonnen hatte, einen prüfenden Blick zu. Wenn Jaxom ehrlich war, so betrachtete er F'lessan immer noch als halbes Kind, das seine Verantwortung als Drachenreiter nicht ernst genug nahm. F'lessan würde mit einem Witz oder einem Achselzucken über seine Fragen hinweggehen.

Mirrim? Jaxoms Blicke wanderten zu ihr hinüber. Die Morgensonne zauberte einen Goldschimmer in ihr braunes Haar, der ihm noch nie vorher aufgefallen war. Sie sah und hörte nichts außer Wansor. Vermutlich würde sie ihm eine Predigt halten, daß er dem Weyr nicht noch mehr Probleme aufhalsen solle, und ihm dann heimlich eine ihrer Feuer-Echsen auf die Fährte setzen, damit er keinen Unfug anstellte.

Innerlich war Jaxom davon überzeugt, daß auch T'ran, der zweite junge Bronzereiter vom Ista-Weyr, Ruth nur für eine zu groß geratene Echse hielt. Er bedeutete wohl noch weniger Hilfe als F'lessan.

Benelek kam auch nicht in Frage. Drachen und Feuer-Echsen waren ihm so gleichgültig, wie er ihnen. Aber eine Skizze oder Maschine, die man Benelek gab, ja schon ein rostiges Teil, das irgendwo in einem vergessenen Winkel der alten Weyr und Burgen auftauchte – und er verbrachte Tage damit, um Sinn und Funktion herauszufinden. Im allgemeinen setzte er jede Maschine wieder in Gang, selbst wenn er vorher das ganze Ding auseinandernehmen mußte. Benelek und Fandarel verstanden sich ohne Worte.

Menolly? Menolly war genau die Richtige, wenn es um eine Verschwörung ging, trotz ihrer Vorliebe, alles, was um sie geschah, in Balladen zu fassen – ein Tick, der einem manchmal auf die Nerven ging. Aber dieses Talent machte sie zu einer ausgezeichneten Harfnerin; ja, sie war das erste Mädchen, das Aufnahme in die traditionsreiche Lehr-Gilde gefunden hatte. Er beobachtete sie lange und sah, wie sich ihre Lippen lautlos bewegten. Ob sie für Wansors Sterne eine Melodie ausdachte?

»Die Sterne helfen uns, den Lauf der Zeit zu markieren und einen Planetenumlauf vom anderen zu unterscheiden«, sagte Wansor gerade, und Jaxom wandte seine Aufmerksamkeit schuldbewußt dem Redner zu. »Die Sterne haben Lessa bei ihrem mutigen Ritt in die Vergangenheit geleitet, als sie die Alten aufsuchte und hierherholte.« Wansor räusperte sich, als sei ihm nicht ganz wohl bei der Erwähnung der Alten. »Und die Sterne werden unsere ständigen Begleiter auf künftigen Planetenumläufen sein. Landmassen, Meere, Menschen und Orte können sich ändern, doch die Sterne bewegen sich stets in geordneten, sicheren Bahnen.«

Jaxom erinnerte sich an ein Gerücht, das vor einiger Zeit in Umlauf gekommen war – daß man versuchen wolle, den Roten Stern aus seiner Bahn zu drängen und von Pern abzulenken. Hatte Wansor mit seinen Worten eben angedeutet, daß sich dieses Vorhaben nicht durchführen ließ?

Wansor schilderte mit großem Nachdruck, daß man die Position eines Sterns am Himmel für jeden Zeitpunkt genau berechnen konnte, sobald man seine Bahndaten und Geschwindigkeit kannte und die Einflüsse der Nachbargestirne während der Konjunktion berücksichtigte.

»Wir sind deshalb sicher, daß wir in Zukunft den Fädeneinfall exakt vorhersagen können, wenn wir den Roten Stern in Bezug zu seinen Nachbarn am Himmel betrachten.«

Jaxom stellte lächelnd fest, daß Wansor *wir* sagte, wenn er eine Folgerung vortrug, und *ich*, sobald er eine Neuentdeckung ankündigte.

»So glauben wir fest, daß die Sporen wieder nach dem von F'lar errechneten Plan fallen werden, sobald der blaue Stern hier sich aus dem Einfluß des gelben Sterns am Frühlingshorizont löst und nach Osten weiterwandert.

Mit dieser Gleichung ...« – Wansor schrieb rasch eine Zahlenreihe an die Tafel, und wieder wunderte sich Jaxom, wie exakt die Schrift im Vergleich zu Wansors nachlässigem Auftreten wirkte – »können wir auch die späteren Konjunktionen berechnen, welche den Fädeneinfall bis zum Abwandern des Roten Sterns beeinflussen werden. Mehr noch, wir sind nun in der Lage festzustellen, wann die jeweiligen Sterne an welchem Punkt des Himmels standen – und stehen werden.«

Er schrieb mit atemberaubendem Tempo und erklärte dazu,

welche Sterne von welchen Gleichungen erfaßt wurden. »Mit Hilfe der neuen Erkenntnisse läßt sich sogar vorausberechnen, wann der Rote Stern das nächste Mal an Pern vorbeizieht. Das liegt natürlich so viele Planetenumläufe in der Zukunft, daß wir uns darüber nicht den Kopf zerbrechen müssen. Aber ich finde das Wissen dennoch tröstlich.«

Gekicher da und dort ließ ihn verwundert aufschauen. Erst jetzt merkte er, daß sein letzter Satz der Grund dafür war, und er lächelte zögernd.

»Außerdem müssen wir sichergehen, daß während des nächsten langen Intervalls keiner mehr den Roten Stern vergißt.« Fandarels grollender Baß schreckte die Zuhörer auf, die immer noch Wansors sanften Tenor im Ohr hatten. »Deshalb auch diese Zusammenkunft«, fügte er hinzu und erfaßte mit einer großen Geste alle Anwesenden.

Einige Planetenumläufe zuvor, als Ruths Lebenserwartung noch sehr gering gewesen war, hatte Jaxom eine eigene, etwas egozentrische Theorie hinsichtlich der Zusammenkünfte in der Gilde- Halle der Schmiede entwickelt. Er war davon überzeugt gewesen, daß man ihn dazu einlud, um seinem Leben einen Sinn zu geben, falls Ruth starb. Die heutige Versammlung entlarvte diesen Gedankengang als reine Illusion, und Jaxom schämte sich ein wenig für sein aufgeblähtes Ichbewußtsein. Je mehr Leute in den Burgen und Weyrn Bescheid wußten, was in den einzelnen Gilde-Hallen geleistet wurde, desto geringer war die Gefahr, daß die ehrgeizigen Pläne zur Erhaltung Perns eines Tages wieder in Vergessenheit gerieten.

Jaxom, F'lessan, Benelek, Mirrim, Menolly, T'ran, Piemur, dazu eine Reihe von tüchtigen Hoferben und begabten Gilde-Gesellen bildeten den Kern einer jungen Truppe, die ihr Wissen austauschte und im Gespräch mit anderen ergänzte. Auf diese Weise lernten sie auch fremde Arbeitsgebiete kennen und besser einschätzen.

Kontakte sind wesentlich. Das war einer von Robintons Lehrsätzen. Sagte er nicht immer: »Tauscht Wissen aus, lernt, mit Verstand über jedes Thema zu reden, lernt, eure Gedanken in Worte zu fassen, seid bereit, neue Konzepte anzunehmen, prüft sie, untersucht sie! Denkt objektiv! Denkt in die Zukunft!«

Jaxom ließ seine Blicke durch den Saal schweifen und überlegte, wie viele der Anwesenden Wansors Erklärungen ganz verstanden. Gewiß, er besaß den Vorteil, daß er wie die meisten seiner Freunde hier die Sterne in ihrer Bahn beobachtet hatte, Nacht für Nacht, Jahreszeit um Jahreszeit, bis sich die erhabenen Kreise auf Wansors Skizzen und Zahlen übertragen ließen. Das Problem lag darin, daß die Leute im Saal alle gewillt waren, sich neuen Gedanken zu öffnen. Es galt jedoch, diejenigen zu beeinflussen, die sich gegen den Fortschritt wehrten – wie etwa die Alten, die jetzt in der Verbannung des Südkontinents lebten.

Jaxom vermutete, daß man die Geschehnisse im Süden heimlich beobachtete. N'ton hatte einmal eine versteckte Anspielung über Torics Besitz gemacht. Man besaß zudem einen genauen Plan des Landstrichs um die Burg und der benachbarten Gebiete; die Karte deutete darauf hin, daß sich der Süd-Kontinent viel weiter ins Meer erstreckte, als man noch vor fünf Planetenumläufen angenommen hatte. Im Gespräch mit Lytol hatte Robinton angedeutet, daß er selbst erst vor kurzem im Süden gewesen war. Mit einem leisen Lächeln überlegte Jaxom, was wohl die Alten von den Vorgängen auf dem Hauptkontinent mitbekamen. Es gab eine Reihe von augenfälligen Veränderungen, die selbst dem gleichgültigsten Beobachter nicht verborgen bleiben konnten. So etwa die Waldflächen, die den Alten ein Greuel gewesen waren und die sich nun immer weiter ausdehnten – geschützt von den Würmern, welche die Farmer einst auszurotten versucht hatten, in der irrigen Annahme, sie stellten eine Plage dar.

Jaxom schrak aus seinen Gedankengängen, als die anderen mit den Füßen stampften und zu klatschen begannen. Er schloß sich dem Applaus hastig an und überlegte schuldbewußt, ob er etwas Wichtiges versäumt hatte. Er mußte später Menolly fragen. Sie merkte sich einfach alles.

Der Beifall hielt so lange an, daß Wansor rot vor Stolz und Verlegenheit wurde. Dann erhob sich Fandarel und gebot mit einer entschiedenen Geste Schweigen. Aber der Hüne kam nicht zum Sprechen. Einer der Teilnehmer von Ista war aufgestanden und fragte, warum eigentlich das Dreigestirn, das man die »Tag-Schwestern« nannte, immer an der gleichen Stelle verharre. Das sei eine Anomalie. Ehe Wansor sich damit befassen konnte, erhob sich ein anderer und entgegnete, er sähe darin keineswegs eine Anomalie. Eine hitzige Debatte entspann sich.

»Ich frage mich, ob uns Wansors Gleichungen beim Zeitsprung in die Zukunft helfen könnten«, meinte F'lessan nachdenklich.

»Mann, setz dein letztes Fünkchen Verstand ein!« fuhr ihm Mirrim scharf über den Mund. »Du kannst nur eine Zeit ansteuern, die schon vorbei ist! Woher willst du wissen, wie es in der

Zukunft aussieht? Du könntest an einer Klippe zerschellen, mitten in einer Menschenmenge landen oder während eines Sporenregens auftauchen. Es ist gefährlich genug, in die Vergangenheit zurückzukehren, aber da läßt sich wenigstens nachprüfen, was geschehen ist oder wer sich wo befand. Obwohl man auch da ganz schön pfuschen kann, besonders wenn man F'lessan heißt! Schlag dir die Idee aus dem Kopf!«

»Ein Sprung in die Zukunft hätte im Moment auch gar keinen logischen Zweck«, warf Benelek in seiner trockenen Art ein.

»Das nicht, aber er würde Spaß machen«, meinte F'lessan unbeirrt. »Man könnte beispielsweise in Erfahrung bringen, was die Alten vorhaben. F'lar ist überzeugt davon, daß sie eine krumme Sache planen. Sie halten sich viel zu still da unten.«

»Du verplapperst Weyr-Geheimnisse, F'lessan!« zischte Mirrim und schaute sich ängstlich um, ob einer der Erwachsenen zugehört hatte.

»Tauscht Wissen aus! Teilt eure Gedanken mit!« spottete F'lessan.

»Es ist ein kleiner Unterschied zwischen einer Diskussion und Tratsch«, meinte Jaxom.

F'lessan warf seinem Freund aus Kindertagen einen langen, prüfenden Blick zu. »Weißt du, ich habe diese Lehre anfangs für ganz vernünftig gehalten. Aber inzwischen finde ich, daß sie uns alle in eine Schar von Quasselköpfen und Philosophen verwandelt hat.« Er rollte die Augen zur Decke. »Wir zerreden und zerdenken alles. Wir packen nichts mehr richtig an. Ein Glück, daß ich wenigstens beim Fädeneinfall erst handeln und dann denken darf.« Er drehte sich auf dem Absatz herum, blieb dann stehen und verkündete strahlend: »He, es gibt was zu essen!« Er begann sich durch die Menge zum Portal zu schlängeln, wo Küchenmägde mit schwerbeladenen Tabletts erschienen.

Jaxom wußte, daß F'lessan ihn nicht persönlich gemeint hatte, aber der Hieb mit dem Fädeneinfall saß.

»Dieser F'lessan!« flüsterte Menolly neben ihm. »Er will den Ruhm seines Geschlechts ein wenig aufpolieren. Der kleine Held . . .« Und ihre meerblauen Augen funkelten spöttisch, als sie hinzufügte: »Soll ich ihm zu Ehren eine Ballade verfassen?« Dann seufzte sie. »Weshalb regt er sich auf? *Er* denkt nur an sich und keinen Schritt weiter. Aber er hat einen guten Kern. Komm! Wir helfen den anderen beim Verteilen des Essens.«

»In Ordnung. Handeln, nicht denken ist die Devise!« sagte er, und Menolly zog ihn lachend mit sich.

Beide Aspekte hatten etwas für sich, entschied Jaxom, als er eine keuchende Magd von ihrer Last befreite. In der Küche der Schmiede-Gilde hatte man sich auf das große Ereignis vorbereitet, und neben saftigen Fleischpasteten gab es Fischfrikadellen, würzigen Käse aus dem Hochland, Brot und zwei riesige Kessel mit Klah.

Während er die Tabletts herumreichte, kam Jaxom zu Bewußtsein, daß ihn noch eine andere Sache ärgerte. Die Barone und Gildemeister erkundigten sich alle freundlich nach Ruth und Lytol. Sie schienen durchaus gewillt, mit ihm zu plaudern, aber keiner von ihnen erwähnte Wansors Theorien auch nur mit einem Wort. Vielleicht, dachte Jaxom zynisch, hatten sie die Gleichungen nicht verstanden und schämten sich, ihre Unwissenheit vor dem Jüngeren einzugestehen. Jaxom seufzte. Würde er je alt genug sein, daß man ihn als gleichberechtigten Gesprächspartner behandelte?

»He, Jaxom, leg das Zeug hin!« F'lessan packte ihn am Ärmel. »Ich will dir was zeigen.«

Jaxom fand selbst, daß er genug gearbeitet hatte. Er stellte das Tablett ab und folgte seinem Freund nach draußen. F'lessan grinste wie ein Idiot und deutete dann auf das Dach der Gilde-Halle.

Die Halle war ein geräumiger Bau mit spitzen Giebeln. Vom Dach aber sah man im Moment nichts. Riesige Schwärme von Feuer-Echsen in allen Farben hockten auf den grauen Schieferplatten und schienen in ernsthafte Debatten vertieft – eine perfekte Parodie der eifrigen Diskussionen, die im Innern des Gebäudes geführt wurden. Jexom begann zu lachen.

»Die Echsen da droben können gar nicht alle den Besuchern gehören«, sagte er zu Menolly, die neben ihn getreten war. »Oder hast du inzwischen noch ein paar Schwärme für dich gewonnen?«

Sie wies entrüstet jede Schuld weit von sich. »Mir reichen meine zehn – und die kleben nicht ständig an mir. Im Gegenteil, es vergehen Tage, an denen ich sie überhaupt nicht sehe. Ich würde sagen, außer Prinzessin sind höchstens zwei oder drei in der Nähe.« Ihre Miene verdüsterte sich. »Wißt ihr, diese Echsen werden allmählich zu einem echten Problem. Nicht meine, denn die gehorchen mir, aber das hier zum Beispiel . . .« Sie deutete zu dem Gewimmel auf dem Dach. »Die Kleinen sind entsetzlich geschwätzig. Ich möchte wetten, daß die wenigsten den Gästen der Schmiede-Gilde gehören. Die Drachen haben sie angelockt, vor allem dein Ruth.«

»Wo immer ich mit Ruth auftauche, haben wir eine Wolke von Feuer-Echsen um uns«, bestätigte Jaxom ein wenig mürrisch.

Menolly schaute über das Tal zum sonnenbeschienenen Flußufer, wo Ruth mit drei anderen Drachen lag, umflattert von eifrigen Echsen.

»Stört das Ruth?«

»Nein.« Jaxom lachte. »Im Gegenteil, ich glaube, *ihm* macht es Spaß. Sie leisten ihm Gesellschaft, wenn ich in der Burg zu tun habe. Und er sagt, daß sie die verrücktesten Bilder ausstrahlen. Er nimmt die Eindrücke gern auf – meistens jedenfalls. Hin und wieder behauptet er auch verärgert, daß sie übertreiben.«

»Wie denn?« Menollys Stimme klang skeptisch. »Echsen besitzen doch kaum eigene Phantasie. Sie geben nur das wieder, was sie sehen.«

»Vielleicht auch das, was sie zu sehen glauben . . .«

Menolly überlegte. »Ihre Bilder sind meist recht zuverlässig. Ich weiß zum Beispiel . . .« Sie verschluckte den Rest des Satzes und wandte sich verwirrt ab.

»Schon gut«, sagte Jaxom. »Ich müßte ja völlig bescheuert sein, wenn ich nicht merken würde, wie sehr ihr Harfner euch mit dem Süden beschäftigt.« Jaxom drehte sich nach F'lessan um, aber der war verschwunden.

»Ich will dir etwas verraten, Jaxom.« Menolly senkte die Stimme. »F'lessan hatte recht. Irgend etwas braut sich im Süden zusammen. Meine Echsen regen sich entsetzlich auf. Ich empfange immer wieder das Bild von einem Ei, aber es befindet sich nicht in einem geschlossenen Weyr. Erst dachte ich, Prinzessin hätte vielleicht wieder ein Gelege versteckt. Manchmal tut sie das nämlich. Dann bekam ich den Eindruck, daß das, was sie sah, schon lange Zeit zurücklag. Aber Prinzessin ist nicht älter als Ruth. Wie kann sie Ereignisse übermitteln, die länger als fünf Planetenumläufe her sind?«

»Deine Feuer-Echsen erliegen dem Wahn, das Erste Ei entdeckt zu haben!« Jaxom lachte schallend.

»Irgendwie finde ich das weniger lustig als du. Die Echsen wissen die verrücktesten Sachen. Erinnerst du dich noch, wie F'nors Grall sich sträubte, auf den Roten Stern zu fliegen? Ich habe herausgebracht, daß *alle* Feuer-Echsen den Roten Stern fürchten.«

»Wir vielleicht nicht?«

»Sie *wußte* um die Gefahr, Jaxom, ehe die Menschen auf Pern eine Ahnung davon hatten.«

Instinktiv wandten sich beide nach Osten, dem unheilvollen Stern zu.

»Was schließt du daraus?« fuhr Menolly geheimnisvoll fort.

»Ich? Gar nichts. Warum?«

»Feuer-Echsen besitzen ein Erinnerungsvermögen.«

»Jetzt hör aber auf, Menolly! Du willst mir doch nicht weismachen, daß Feuer-Echsen weiter in die Vergangenheit blicken als die Menschen?«

»Hast du eine bessere Erkärung?« fragte Menolly streitlustig.

»Nein, aber das bedeutet nicht, daß es keine bessere gibt.« Jaxom grinste sie an. Dann verdüsterte sich seine Miene mit einemmal. »Du – wenn nun einige der Echsen da droben aus dem Süd-Weyr stammen?«

»Das bereitet mir weniger Kummer. Erstens sitzen sie auf dem Dach und nicht im Saal. Und zweitens können sie nur das in Bilder fassen, was sie verstanden haben.« Menolly lachte leise, eine Angewohnheit, die sie von den schrill kichernden Mädchen aus den vornehmen Familien wohltuend unterschied. »Stell dir mal vor, was für ein Quatsch herauskommt, wenn ein Mann wie T'kul Wansors Gleichungen, übermittelt von einer Feuer-Echse, auszuwerten versucht!«

Jaxom selbst kannte den einstigen Weyrführer vom Hochland kaum, aber er hatte genug von Lytol und N'ton gehört und wußte, daß der Alte sich stur gegen jeden Fortschritt verschloß. Nun, vielleicht hatte der lange Aufenthalt im Süden seinen Starrsinn ein wenig gemildert.

»Sieh mal, ich bin nicht die einzige, die sich Sorgen macht«, fuhr Menolly fort. »Mirrim empfindet ähnlich. Und wenn jemand etwas von Feuer-Echsen versteht, dann ist es Mirrim.«

»Na, setz dich nicht herunter – für eine schlichte Harfnerin gehst du recht geschickt mit ihnen um.«

»Vielen Dank, Baron.« Sie verneigte sich tief. »Hör mal, könntest du rauskriegen, was die Echsen Ruth erzählen?«

»Reden sie denn nicht mit Mirrims grünem Drachen?« Im Moment war Jaxom nicht scharf darauf, sich mehr als nötig mit Feuer-Echsen zu beschäftigen.

»Drachen vergessen alles. Das weißt du. Aber Ruth ist anders . . .«

»*Ganz* anders.«

Menolly entging sein trotziger Tonfall nicht. »Was ist dir heute über die Leber gelaufen? War etwa Baron Groghe bei Lytol?«

»Baron Groghe? Weshalb denn?«

In Menollys Augen funkelte der Schalk. Sie winkte ihn näher und flüsterte ihm zu: »Ich glaube, Baron Groghe hat seine dritte Tochter – die häßliche mit dem flachen Busen – als Braut für dich auserkoren.«

Jaxom stöhnte entsetzt.

»Keine Sorge! Robinton will ihm das ausreden. Dieses Unglück tut er dir nicht an.« Menolly musterte ihn belustigt. »Aber wenn du schon eine Auserwählte hast, wird es Zeit, daß du den Mund auftust.«

Jaxom war wütend, eigentlich nicht auf Menolly, sondern wegen der Neuigkeit, die sie ihm übermittelt hatte; aber es fiel schwer, Botschaft und Botin auseinanderzuhalten.

»Eine Frau hat mir gerade noch gefehlt!«

»Oh? Schon versorgt?«

»Menolly!«

»Schau nicht so empört! Wir Harfner wissen um die Schwächen des Fleisches. Du bist gut gewachsen und siehst prima aus, Jaxom. Und Lytol hat den Auftrag, dich in *allen* Dingen zu unterweisen . . .«

»Menolly!«

»Jaxom!« Sie ahmte ihn perfekt nach. »Läßt dir Lytol nie so viel Spielraum, daß du dich mal amüsieren kannst? Ehrlich, Jaxom . . .« Ihr Tonfall verriet jetzt Ungeduld. »Ich schätze Lytol und Robinton, und ich mag auch F'lar, Lessa und Fandarel – aber was machen sie aus dir? Ein blasses Abbild ihrer selbst! Wo bleibt *Jaxom*?«

Ehe ihm eine passende Antwort auf diese Unverschämtheit einfiel, fuhr sie mit zusammengekniffenen Augen fort: »Man sagt, der Drache sei wie ein Reiter. Kommt es daher, daß Ruth so – *anders* ist?«

Mit dieser rätselhaften Frage ließ sie ihn stehen und schlenderte zu den anderen zurück.

Jaxom war empört über die neue Kränkung. Jeder beleidigte ihn. Am liebsten hätte er Ruth bestiegen und wäre weggeflogen.

»Wie ein bockiges Kind!« N'tons Worte fielen ihm wieder ein. Mit einem Seufzer lagerte er sich ins Gras. Nein, er würde nicht ein zweitesmal die Flucht ergreifen. Er mußte Reife beweisen. Menolly sollte nicht die Befriedigung erleben, daß ihre herausfordernden Worte ihn getroffen hatten.

Er starrte zum Fluß hin, wo sein Freund in der Sonne lag, und überlegte: Warum ist Ruth anders? Ist der Drache wirklich wie sein Reiter? Gewiß, sie hatten einige Besonderheiten gemeinsam. Seine Geburt zum Beispiel war genauso merkwürdig verlaufen wie Ruths Ausschlüpfen – er aus dem Leib einer Toten geholt, Ruth aus einer Eischale, die zu hart zum Durchbrechen war. Und Ruth lebte nicht im Weyr, obwohl er ein Drache war; ihm selbst gehörte Ruatha, aber keiner bestätigte seinen Rang als Baron.

Nun, vielleicht konnten sie sich beide noch beweisen!

Laß dich nicht dabei erwischen, daß du Ruth Feuerstein zu fressen gibst! hatte N'ton gesagt.

Also gut, das sollte sein erstes Ziel sein.

IV

Ruatha, Fidellos Hof und verschiedene Orte *dazwischen*,
10. 5. 15–16. 5. 15

Im Laufe der nächsten Tage erkannte Jaxom, daß zwischen dem Entschluß, Ruth mit Feuerstein zu füttern, und der Durchführung dieses Plans Abgründe klafften. Es war unmöglich, auch nur eine freie Stunde herauszuschinden. Jaxom hegte flüchtig den häßlichen Gedanken, daß N'ton seinem Vormund einen Tip gegeben hatte und Lytol ganz bewußt seinen Tag mit allen möglichen Aktivitäten füllte, doch er verwarf diesen Verdacht genauso schnell.

N'ton war weder hinterlistig noch unehrlich. Bei nüchterner Betrachtung mußte Jaxom zugeben, daß sein Tageslauf ihm auch vorher selten eine Verschnaufpause gegönnt hatte: Erst galt es, Ruth zu versorgen, dann kamen der Unterricht und Pflichten auf der Burg und, während der letzten Planetenumläufe, Zusammenkünfte bei anderen Burgherren, die er nach Lytols Ansicht besuchen mußte – als stiller Beobachter – um sein Wissen als künftiger Baron zu erweitern.

Jaxom hatte den Umfang seiner Verpflichtungen einfach unterschätzt – bis zu dem Moment, da er verzweifelt Zeit für sich selbst brauchte, die er nicht eigens erklären oder im voraus einplanen konnte.

Das zweite Problem, mit dem er sich nicht gründlich genug auseinandergesetzt hatte, war die Tatsache, daß, wo immer er mit Ruth auftauchte, garantiert auch eine Feuer-Echse erschien. Menolly hatte recht, wenn sie die Kleinen Klatschtanten nannte, und er war alles andere als scharf darauf, sich von ihnen bei seinem verbotenen Tun über die Schulter schauen zu lassen. Er wagte einen ersten Versuch und lenkte Ruth zu dem Berghang im Hochland, der ihnen als Übungsgelände für ihre ersten Sprünge ins *Dazwischen* gedient hatte. Die Gegend war kahl und menschenleer, und auf dem Grat lag noch die harte Schneedecke des Winters. Jaxom hatte Ruth die Koordinaten übermittelt, als sie sich in der Luft befanden, in einem Moment, da ihn gerade keine Echsen umschwirrten. Er hatte nicht mehr als zweiundzwanzig Atemzüge gezählt, ehe Deelans Grüne und die Blaue des Gesindeverwalters über Ruths Kopf auftauchten. Sie zeterten erstaunt und begannen sich dann über die entlegene Landestelle zu entrüsten.

Darauf versuchte es Jaxom mit zwei weiteren Plätzen, die ebenso einsam lagen, in der Ebene von Keroon und auf einer unbewohnten Insel vor der Küste Tilleks. Die kleinen Biester verfolgten ihn auch dorthin.

Anfangs schäumte er vor Wut über diese hautnahe Bewachung und beschloß, Lytol scharf die Meinung zu sagen. Die Vernunft siegte jedoch. Er konnte sich kaum vorstellen, daß sein Vormund den Verwalter oder Deelan beauftragt hatte, ihre Feuer-Echsen auf seine Spur zu hetzen. Übereifer – das war es wohl eher. Wenn er aber Deelan offen zur Rede stellte, würde sie losflennen, die Hände ringen und sofort zu Lytol laufen. Bei Brand dagegen, dem Verwalter des Hauswesens, sah die Sache anders aus. Man hatte ihn vor zwei Planetenumläufen von Burg Telgar geholt, als sich der damalige Verwalter unfähig zeigte, mit den übermütigen Pfleglingen fertig zu werden. Jaxom dachte nach. Brand hatte sicher Verständnis für die Probleme eines jungen Mannes.

Als daher Jaxom nach Ruatha zurückkehrte, suchte er Brand sofort in seinem Büro auf. Der Verwalter hielt gerade einigen Mägden vor, daß er Tunnelschlangen in den Vorratskammern entdeckt habe. Bei Jaxoms Eintreten entließ er die Frauen mit der finsteren Drohung, er würde ihnen ein paar Tage die Kost kürzen, wenn nicht jede von ihnen mindestens zwei Schlangen fing.

Der Jungbaron war erstaunt. Nicht daß es Brand je an Höflichkeit ihm gegenüber hatte fehlen lassen, aber eine so prompte Aufmerksamkeit überraschte ihn doch, und er mußte sich erst wieder fangen, ehe er zu sprechen begann. Brand wartete mit der gleichen Ehrerbietung, die er Lytol oder hochstehenden Besuchern zollte. Ein wenig verlegen entsann sich Jaxom seines Ausbruchs vor einigen Tagen und überlegte, ob da ein Zusammenhang bestand. Nein, Brand war nicht der Typ des Kriechers. Er hatte den festen Blick, die ruhige Hand und die entschlossene Haltung, die nach Lytols Worten einen vertrauenswürdigen Mann auszeichneten.

»Brand, es scheint, daß ich nirgends hingehen kann, ohne von Feuer-Echsen aus der Burg verfolgt zu werden. Deelans und – mit Verlaub – auch Ihr Flattergeist sind ständig hinter mir her. Halten Sie eine solche Aufsicht wirklich für nötig?«

Brands überraschte Miene wirkte echt.

»Gelegentlich«, fuhr Jaxom in aller Hast fort, »habe auch ich das Bedürfnis, ungestört zu sein – *völlig* ungestört. Und wie Ihnen bekannt sein dürfte, schwätzen die Feuer-Echsen das dümmste Zeug zusammen. Sie könnten einen falschen Eindruck verbreiten – wenn Sie verstehen, was ich meine.«

Brand wußte, was er meinte, aber seinen Zügen ließ sich nicht entnehmen, ob er belustigt oder erstaunt war.

»Ich bitte um Verzeihung. Baron Jaxom. Eine Nachlässigkeit, das versichere ich Ihnen. Sie wissen, wie ängstlich Deelan war, als Sie und Ruth die ersten Flüge ins *Dazwischen* wagten, und so folgten Ihnen die Feuer-Echsen als eine Art Geleitschutz. Ich hätte diese Vorsichtsmaßnahme längst aufheben sollen.«

»Seit wann bin ich für Sie *Baron* Jaxom?«

Die Lippen des Verwalters zuckten kaum merklich. »Seit – jenem Morgen, Baron Jaxom.«

»Ich hatte das nicht so gemeint, Brand.«

Brand verneigte sich leicht und kam jeder weiteren Entschuldigung zuvor. »Wie Baron Lytol ganz richtig feststellte, sind Sie alt genug, um in Ihrem Rang bestätigt zu werden, Baron Jaxom, und wir . . .« – nun grinste Brand ungezwungen – »sollten uns entsprechend verhalten.«

»Ach so – nun, dann vielen Dank.« Jaxom schaffte es, Brands Büro in aufrechter Haltung zu verlassen, und ging hoch erhobenen Hauptes noch bis zur ersten Biegung des Korridors.

Dort blieb er stehen und dachte über die Bedeutung des Gesprächs nach. »*Alt genug, um in Ihrem Rang bestätigt zu werden . . .*« Zu einem Zeitpunkt, da Baron Groghe die Absicht hatte, ihn mit seiner Tochter zu verheiraten. Sicher tat das der schlaue Burgherr von Fort nur, wenn absolut kein Zweifel daran bestand, daß Jaxom in seinem Rang bestätigt wurde. Die neuen Rechte, die ihm am Vortag noch ungeheuren Aufschwung gegeben hätten, begannen Jaxom jetzt zu beunruhigen und zu verärgern. Sobald man ihn offiziell zum Herren über Ruatha machte, war jede Chance, in einem Drachengeschwader zu reiten, endgültig dahin. Er wollte nicht Herr von Ruatha sein – zumindest nicht sofort. Und er wollte ganz sicher keine Braut, die er nicht selbst ausgewählt hatte.

Er hätte bei Menolly andeuten sollen, daß er durchaus das eine oder andere Mädchen bekommen konnte – wenn er es darauf anlegte. Nicht daß er sich so benahm wie einige dieser geilen Pfleglinge. Er wollte nicht in den Ruf eines Schürzenjägers kommen wie Meron oder dieser eitle Sohn von Baron Laudey, den Lytol mit einer für alle durchschaubaren Ausrede heimgeschickt hatte. Es schadete nicht, wenn ein Baron das eine oder andere Halbblut in seinem Haushalt zeugte, aber es hatte wenig Sinn, die Linie durch Beziehungen außerhalb der Burg zu schwächen. Dennoch, er mußte sich ein nettes Mädchen suchen, das ihm ein Alibi verschaffte – und dann die Zeit für wichtigere Dinge verwenden.

Jaxom straffte die Schulter und ging weiter. Brands Ehrerbietung hatte ihm gut getan. Jetzt, da er darüber nachdachte, merkte er, daß es noch mehr Zeichen einer veränderten Haltung ihm gegenüber gab, Zeichen, die er bei seiner totalen Beschäftigung mit dem Feuerstein-Problem bisher nicht beachtet hatte. Ihm fiel plötzlich auf, daß Deelan ihn am Frühstückstisch nicht mehr bedrängte, mehr zu essen, als er wollte, und daß Dorse sich in den vergangenen Tagen kaum hatte blicken lassen. Auch Lytols morgendliche Fragen zielten nicht auf Ruths Wohlbefinden, sondern betrafen den Burgalltag.

Als er damals aus der Gildehalle der Schmiede zurückgekehrt war, hatten Lytol und Finder reges Interesse an Wansors Sternen bekundet und ihn den ganzen Abend mit Fragen belagert. Wenn die Pfleglinge und die übrigen Anwesenden auffallend still gewesen waren, so hatte Jaxom dies ihrer Begeisterung für das Thema zugeschrieben.

Am nächsten Morgen war nur Zeit für eine Tasse Klah und ein paar Bissen Fleisch und Brot gewesen, da man im Südwesten mit Fädeneinfall auf den bestellten Frühjahrfeldern rechnete und sie einen langen Ritt vor sich hatten.

Ich hätte mich schon vor Monaten wehren sollen, dachte Jaxom, als er seine Wohnräume betrat.

Es war vereinbart, daß ihn niemand störte, wenn er sich um Ruth kümmerte; erst jetzt begann er diese Momente der Zurückgezogenheit zu schätzen. Im allgemeinen versorgte Jaxom seinen Drachen am frühen Morgen oder späten Abend – schrubbte ihn und rieb seine Haut mit Öl ein. Da der weiße Drache öfter eine regelmäßige Mahlzeit brauchte als seine großen Brüder, nahm er ihn jeden vierten Tag mit auf die Jagd. Dabei begleiteten sie meist die Feuer-Echsen, die sich über die Reste hermachten. Zwar fütterten die meisten Leute ihre kleinen Lieblinge täglich, aber die Lust auf frisch gerissene oder selbst gefangene Beute ließ sich bei den Feuer-Echsen nie ganz unterdrücken, und man hatte entschieden, nicht gegen diesen Instinkt anzukämpfen. Feuer-Echsen waren rätselhafte Geschöpfe, und obwohl es keinen Zweifel daran gab, daß sie eine echte telepathische Bindung zu den Menschen entwickelten, die sie gleich nach dem Aus-schlüpfen versorgten, zeigten sie doch sonderbare Launen und Ängste und verschwanden oft über längere Zeiträume spurlos. Wenn sie zurückkehrten, taten sie, als sei nichts geschehen, oder sie übermittelten in seltenen Fällen ziemlich wirre Bilder.

Jaxom wußte, daß Ruth an diesem Tag zur Jagd wollte, und spürte die Ungeduld seines Gefährten. Lachend streifte er die schwere Reitjacke über, schlüpfte in die Stiefel und erkundigte sich höflich, was Ruth zu speisen beliebte.

Einen Wherhahn, zart und saftig – nicht diese flachsigen Biester aus den Bergen. Ruth betonte seine Abscheu vor letzteren mit einem Schnauben.

»Selbst deine Gedanken klingen hungrig«, meinte Jaxom, während er das Drachenlager betrat.

Ruth drückte seine Nase leicht gegen Jaxoms Brust. Sein Atem drang kühl durch die schwere Reitjacke. Die Augen kreisten und hatten den roten Schimmer, der kräftigen Appetit verriet. Er ging auf die großen Metalltore zu, die sich zum Wirtschaftshof hin öffneten, und schob sie mit seinen Vorderpfoten auf.

Aufgescheucht durch Ruths Hungergedanken, wirbelten die Feuer-Echsen der Burg eifrig herbei. Jaxom bestieg den Drachen, und sie erhoben sich in die Luft. Der alte Braune auf den Feuer-höhen wünschte ihnen gute Jagd, und der Wachreiter winkte ih-nen zu.

Die sechs Weyr auf Pern besaßen aus Tributabgaben ihre eige-nen Herden, die den Weyrdrachen als Nahrung dienten. Aber kein Baron oder Pächter murrte, wenn hin und wieder ein Reiter seinen Drachen auf Burgbesitz jagen ließ. Da Jaxom Baron von Ratha und innerhalb der Ruatha-Grenzen absoluter Herrscher war, mußte er, wenn er mit Ruth auf Jagd ging, im Grunde nur gewisse Anstandsregeln beachten. Lytol hatte ihm nicht ein-schärfen müssen, seine »Besuche« auf den einzelnen Pachthöfen gerecht zu verteilen.

An diesem Morgen gab Jaxom seinem Drachen die Koordina-ten eines prächtigen Weidegebietes, auf dem nach Lytols Aussa-gen gerade Wherhähne für das Frühjahrsschlachten gemästet wurden. Der Pächter war auf seinem Renner im Freien, als Jaxom und Ruth auftauchten, er begrüßte den jungen Baron mit gebüh-rendem Respekt und beantwortete höflich seine Fragen nach dem eigenen Befinden und dem Erfolg der Wherhennen-Zucht.

»Da wäre noch eine Angelegenheit, die ich gern zu Baron Ly-tols Gehör gebracht hätte«, setzte der Mann hinzu, als das Gespräch stockte. »Ich habe immer und immer wieder um ein Feuerechsen-Eí gebeten. Das ist mein Recht als Großpächter – und ich brauche so ein Tierchen dringend. Ich kann die Zucht nicht in den Griff bekommen, wenn mir immer wieder Räuber an die Nester gehen und die Schalen zerbrechen. Vier oder fünf Eier eines jeden Geleges verliere ich an Schlangen und ähnliches Viehzeug. Feuer-Echsen würden dieses Geschmeiß fernhalten. Zumindest tun sie es für den Pächter des Ödsee-Hofes und andere, mit denen ich sprach. Feuer-Echsen sind sehr nützliche Geschöpfe, Baron Jaxom, und ich führe diesen Hof nun immerhin seit zwölf Planetenumläufen. Da habe ich wohl ein gewisses Vorrecht. Balon vom Ödsee ist erst seit zehn Planetenumläufen Pächter, und er besitzt längst eine.«

»Ich kann mir nicht vorstellen, weshalb man Sie übersehen hat, Tegger. Aber ich werde dafür sorgen, daß etwas geschieht. Wir besitzen zwar im Moment kein Echsen-Gelege, aber sobald es wieder soweit ist, denke ich an Sie.«

Tegger bedankte sich brummig und gab Jaxom dann den Rat, einen Hahn aus der Herde am anderen Ende der Grasebene zu nehmen. Wie er erklärte, wollte er die Tiere, die näher am Hof weideten, in Kürze schlachten, und ein Drache auf der Jagd erschreckte sie so, daß sie beträchtlich an Gewicht verloren.

Jaxom bedankte sich, und auch Ruth summte zufrieden, ein Laut, der den Renner von Tegger fast in Panik versetzte. Der Hofpächter riß hart an den Zügeln.

Tegger wird es kaum schaffen, eine Feuer-Echse für sich zu gewinnen, dachte Jaxom, als er sich auf Ruths Rücken schwang.

Ruth pflichtete ihm bei. *Der Mann erhielt schon mal ein Ei. Das Kleine flatterte aber ins* Dazwischen *und kehrte nie mehr an den Ort zurück, wo es ausgeschlüpft war.*

»Woher weißt du das?«

Die Echsen erzählten es mir.

»Wann?«

Als es geschah. Es ist mir eben wieder eingefallen. Ruth klang sehr selbstzufrieden. *Sie erzählten mir viele Neuigkeiten, wenn du nicht dabei bist.*

Jaxom kam erst jetzt zu Bewußtsein, daß sie nicht von dem gewohnten Echsenschwarm umgeben waren, und das, obwohl Ruth jagte. Er hatte mit seiner Beschwerde nicht bewirken wollen, daß Brand nun alle Feuer-Echsen aus seiner Umgebung verbannte.

Ruth fragte vorwurfsvoll, ob es denn nun endlich etwas zu

fressen gäbe, weil er völlig ausgehungert sei. So flogen sie in das angegebene Gebiet, und Ruth setzte Jaxom auf einer grasbedeckten Anhöhe ab, wo er bequem die Jagd mitverfolgen konnte. Kaum befand sich Ruth wieder in der Luft, da tauchte ein Schwarm Feuer-Echsen auf und kreiste erwartungsvoll in der Nähe des weißen Drachen.

Manche Drachen ließen sich Zeit, wenn sie ihre Mahlzeit auswählten, schwebten lange über der Herde und trieben sie auseinander, um die fettesten Brocken abzusondern. Entweder hatte sich Ruth rasch entschieden, oder er ließ sich von Jaxoms Wissen beeinflussen, daß Tegger abgehetzte Wherhähne nicht schätzte. Jedenfalls fing sich Ruth das erste Tier mit einem blitzschnellen Tauchmanöver und tötete es gleich im Anflug durch einen Hieb in den langen Nacken.

Ruth ließ den begeisterten Echsen genug Fleisch an den Knochen und holte sich einen zweiten Hahn, den er ebenso rasch verspeiste. Die Herde war noch nicht am anderen Ende der Weide angelangt, da stieß er unerwartet ein drittes Mal zu.

Ich sagte dir doch, daß ich ausgehungert bin, meinte er so verlegen, daß Jaxom loslachte und erklärte, daß er sich so vollstopfen könne, wie er nur wolle.

Ich stopfe mich nicht voll, entgegnete Ruth mit mildem Vorwurf. *Wie kannst du so etwas überhaupt von mir denken? Man wird doch seinen Hunger stillen dürfen.* ·

Jaxom betrachtete nachdenklich die Feuer-Echsen, die ein Festmahl abhielten. Er überlegte, ob welche von Ratha dabei waren. Ruth entgegnete sofort, daß es sich um einheimische Geschöpfe handelte.

Also, überlegte Jaxom, *habe ich nur das Problem gelöst, mir die Echsen des eigenen Haushalts vom Leibe zu halten.* Aber was eine Feuer-Echse wußte, schienen alle anderen zu wissen, und das bedeutete, daß er irgendwie versuchen mußte, auch den fremden Schwärmen zu entkommen.

Jaxom hatte gelernt, daß ein Drache Zeit brauchte, um den Feuerstein gut zu zerkleinern und zu verdauen. Drachenreiter begannen ihre Tiere im allgemeinen einige Stunden vor dem errechneten Fädeneinfall zu füttern. Wieviel von den Felsbrocken mußte Ruth kauen, damit aus seinem Schlund ein kräftiger Feuerstrahl kam? Das ließ sich nicht vorhersagen. Es war besser, mit wenig zu beginnen. Da Drachen ganz verschieden auf den Feuerstein ansprachen, mußte jeder Reiter die Eigenheiten seines Tieres selbst herausfinden. Wenn er nur mit Ruth in einem

Weyr aufgewachsen wäre, unter der Aufsicht eines erfahrenen Lehrers . . .

Nun, der Feuerstein ließ sich leicht beschaffen. Da der alte Wachdrache damit versorgt werden mußte, lag auf den Feuerhöhen ein hübscher Vorrat. Außerdem brauchte Ruth sicher nicht so viel wie ein großer Drachen.

Das Hauptproblem blieb der Zeitpunkt. Zwar hatte Jaxom an diesem Vormittag frei, um Ruth zu versorgen, aber es wäre unvernünftig gewesen, den Drachen mit vollem Magen ins *Dazwischen* zu bringen – die Kälte schadete dem Verdauungsprozeß. So blieb Jaxom keine andere Wahl, als Ruth auf normalem Wege nach Ruatha zu fliegen. Am Nachmittag wollten sie die Frühjahrsaussaat bei einem der Pächter beaufsichtigen, und es ging nicht an, daß sich der künftige Burgherr vor solchen Pflichten drückte.

Ruth rülpste zufrieden und watschelte seinem Reiter entgegen. Er legte sich in das sonnenwarme, duftende Gras und begann, reinlich wie immer, seine Klauen zu lecken.

»Kannst du überhaupt fliegen, wenn du so vollgestopft bist?« fragte Jaxom, als Ruth mit seiner Toilette fertig war.

Ruth drehte den Kopf zu ihm herum, und seine Augen kreisten vorwurfsvoll. *Ich kann immer fliegen!* Der Drache schnaubte kräftig. *Du machst dir schon wieder zu viele Sorgen.*

»Ich wünsche mir nur, daß wir ein richtiges Kampfgespann werden, das sich auch bei Fädeneinfall bewährt – du mit deinem Feueratem, ich mit einem Flammenwerfer auf deinem Rücken.«

Und wo liegt da das Problem? fragte Ruth mit großer Ruhe. *Ich bin ein Drache, du bist mein Reiter. Das schaffen wir schon.*

»Denkst du! Wo immer ich mit dir üben möchte – diese verflixten Feuer-Echsen folgen uns.«

Du hast dem Dicken mit der blauen Echse – das war Ruths Umschreibung für Brand, – *doch gesagt, daß sie nicht mitkommen sollen. Sie sind heute daheim geblieben.*

»Dafür kamen andere, und du weißt, wie geschwätzig die kleinen Biester sind.« Dann erinnerte sich Jaxom an Nemollys Worte. »Woran denken sie jetzt überhaupt?«

An ihre vollen Bäuche. Die Wherhähne waren sehr zart und saftig. Ein Festmahl. Ihr Gedächtnis ist nicht besonders gut.

»Glaubst du, sie verschwinden, wenn du sie darum bittest?«

Ruth schnaubte, und seine Augen kreisten. Er strahlte Belustigung aus. *Sie würden sich fragen, weshalb ich sie wegschicke, und nachsehen kommen. Ich bitte sie trotzdem, wenn du darauf bestehst.*

»Sieht den Biestern ähnlich – die Neugier ist größer als der Verstand. Aber wie sagt Robinton immer? Jedes Problem hat seine Lösung. Wir müssen sie nur erst finden.«

Während ihrer Rückkehr nach Ruatha rumpelte Ruths Magen besorgniserregend. Der Drache hatte keinen anderen Wunsch, als sich auf einem sonnenwarmen Felsen zusammenzurollen und zu schlafen, und da der braune Wachdrache seinen gewohnten Posten verlassen hatte, blieb Ruth gleich auf den Feuerhöhen. Jaxom wartete im Großen Hof, bis er sah, daß sein Gefährte bequem auf dem Felsplateau lag, dann suchte er Lytol auf.

Falls Brand seine Bitte an Lytol weitergegeben hatte, so ließ sich sein Vormund jedenfalls nichts anmerken. Er begrüßte Jaxom mit der gewohnten Zurückhaltung und bat ihn, rasch eine Kleinigkeit zu essen, da sie einen weiten Weg vor sich hätten. Tordril und noch einer der älteren Pflegesöhne, die unter Lytols Aufsicht lebten, sollten sie begleiten. Saatmeister Andemon hatte einen neu gezüchteten Samen geschickt, der angeblich besonders widerstandsfähig war und schneller reifte als die herkömmlichen Sorten. Auf den Feldern im Süden hatte sich daraus ein prächtiger Weizen entwickelt, der kaum von Fäulnis befallen wurde und auch längere Trockenzeiten unbeschadet überstand. Andemon wollte nun wissen, ob die Kreuzung auch im feuchteren Klima des Nordens gedieh.

Leider lehnten viele der älteren Pächter moderne Anbaumethoden stur ab. »So engstirnig wie die Alten«, murmelte Lytol manchmal, aber irgendwie schaffte er es immer, sich durchzusetzen. Bei Fidello allerdings, auf dessen Feld sie das neue Saatgut ausprobieren wollten, gab es diese Schwierigkeiten nicht. Er war ein junger, aufgeschlossener Mann, der den Hof zwei Planetenumläufe zuvor übernommen hatte, als sein Vorgänger bei der Jagd auf Wildwhere einen tödlichen Sturz erlitt.

Jaxom aß eine Kleinigkeit, dann ritten die Männer auf einigen der kräftigen Renner los, die einen ganzen langen Sommertag durchtraben konnten, ohne zu ermüden. Obwohl es Jaxom im allgemeinen langweilig fand, Stunden für einen Weg zu verwenden, den er auf Ruth mit einem einzigen Sprung ins *Dazwischen* schaffte, genoß er es doch hin und wieder, über Land zu reiten. Besonders an diesem Tag, da alles nach Frühling roch und Lytol ihm nichts nachzutragen schien, fand er die Reise herrlich.

Fidellos Hof lag im Nordosten von Ratha, auf einer Hochfläche mit den schneebedeckten Bergen Croms im Hintergrund. Als sie die Anhöhe erreichten, kreischte die blaue Echse, die auf Tordrils Arm saß, zur Begrüßung los und flatterte zu einem Braunen, der wohl Fidello gehörte und die Aufgabe hatte, nach den Besuchern Auschau zu halten. Sofort verschwanden die beiden Winzlinge im *Dazwischen*. Tordril und Jaxom wechselten bedeutsame Blicke. Sie wußten nun, daß bei ihrer Ankunft ein Krug dampfender Klah und ein paar Schüsseln mit Gebäck auf dem Tisch stehen würden – keine schlechte Aussicht, denn der Ritt hatte sie hungrig gemacht.

Fidello selbst kam ihnen entgegen und begleitete sie auf dem letzten Stück des Weges. Er saß auf einem gedrungenen Arbeitsrenner, dessen Sommerfell bereits samtig durch die Zottelreste des Winterpelzes schimmerte. Sein Hof, auf dem er sie ernst und zurückhaltend willkommen hieß, war klein, aber blitzsauber. Das Gesinde, darunter die Leute des verstorbenen Pächters, hatte sich versammelt, um die Besucher zu begrüßen.

»Er hat eine gute Köchin«, raunte Tordril Jaxom zu, als die drei jungen Männer über das vorbereitete Mahl herfielen. »Und eine verdammt hübsche Schwester«, fügte er hinzu. Seine Blicke hefteten sich auf ein junges Mädchen, das mit einem Krug dampfender Klah hereinkam.

Sie ist wirklich hübsch, dachte Jaxom, als er sie näher betrachtete. Typisch Tordril, daß der sofort Ausschau nach einem lohnenden Flirt hielt. Brand würde gut auf ihn achten müssen, wenn er die Handwerkerhütten am Fuße der Burg aufsuchte. Diesmal hatte er jedoch Pech. Das Mädchen bedachte Jaxom und nicht Tordril mit einem schüchternen Lächeln, und obwohl der künftige Herr von Ista sie mehrmals in ein Gespräch zu verwickeln suchte, gab sie ihm nur knappe Antworten und widmete ihre Aufmerksamkeit weiterhin Jaxom. Sie wich erst von seiner Seite, als ihr Bruder kam und meinte, es sei wohl besser, jetzt mit dem Säen zu beginnen, damit die Gäste nicht bei Dunkelheit heimreiten müßten.

»Ich glaube nicht, daß du sie so schnell rumgekriegt hättest, wenn ich der Baron von Ratha gewesen wäre«, meinte Tordril, als sie draußen die Sattelgurte festzogen.

»Rumgekriegt?« Jaxom starrte Tordril verständnislos an. »Wir haben doch nur ein paar Worte gewechselt.«

»Mann, die gehört dir, sobald ihr das nächste Mal . . . äh . . . ein paar Worte wechselt. Oder stört es Lytol, wenn im Bereich der Burg ein paar Ableger des Ruatha-Blutes herumlaufen? Vater meint, ein wenig Konkurrenz hält die Hauptlinie in Schwung. Müßte doch leichtes Spiel für dich sein, sie aufs Kreuz zu legen –

Lytol kommt immerhin aus einem Weyr und denkt in diesen Dingen bestimmt nicht prüde.«

Lytol und Fidello gesellten sich zu ihnen, aber Tordrils Worte spukten Jaxom im Kopf herum und lenkten seine Gedanken in eine bestimmte Richtung. Wie hieß das Mädchen? Corana? Nun, Corana war vielleicht ein Faktor, der sich in seine Pläne einbauen ließ. Es gab nur eine Feuer-Echse auf dem Hof – und wenn er ihr klarmachte, daß sie ungestört bleiben wollten . . .

Als sie spätabends auf die Burg zurückkehrten, erklomm Jaxom heimlich die Feuerhöhen und nahm von dem Steinevorrat einen Sack voll mit, während der alte Wachdrache und sein Reiter zu einem kurzen Patrouilleflug unterwegs waren.

Am nächsten Morgen fragte er Lytol beiläufig, ob das Saatgut, das sie Fidello gebracht hatten, für das riesige Feld ausreiche. Lytol betrachtete seinen Schützling einen Moment lang mit zusammengekniffenen Augen und meinte dann, die Frage sei berechtigt. Tordrils Miene spiegelte Erstaunen und, wie Jaxom schien, Bewunderung für die schlaue Ausrede wider. Lytol ließ Brand in der Saatkammer noch einen halben Sack der neuen Sorte abfüllen, und Jaxom zog damit ab, um seine Reitkleider anzulegen.

Ruth, nach der üppigen Mahlzeit sehr selbstbewußt, erkundigte sich, ob in der Nähe des Hofes ein hübscher See zu finden sei. Jaxom entgegnete, daß er bei seinem Ritt eigentlich nicht an Wassersport gedacht habe, Ruth aber durchaus im Fluß ein Bad nehmen könne. Es gelang ihnen, die Burg zu verlassen, ohne daß jemand den zweiten Sack oder die Kampfriemen um Jaxoms Schenkel bemerkte. Obwohl die Feuer-Echsen wie gewohnt herbeischwirrten, als Ruth in die Luft stieg, tauchte keine einzige mit ihnen zusammen auf der Hochfläche auf.

Fidello nahm das Saatgut persönlich in Empfang und dankte Jaxom so überschwenglich, daß sich der seiner List fast ein wenig schämte.

»Ich wollte vor dem Burgverwalter nicht aufdringlich erscheinen, Baron Jaxom, aber das vorbereitete Feld ist wirklich sehr groß, und ich möchte einen guten Ertrag erzielen, um das Vertrauen zu rechtfertigen, das Baron Lytol im mich gesetzt hat. Darf ich Ihnen vielleicht eine Erfrischung anbieten? Meine Frau . . .«

Nur seine Frau? »Gern. Der Morgen ist ziemlich kühl.« Er gab Ruth einen liebevollen Klaps, stieg ab und folgte Fidello ins

Haus. Anerkennend stellte er fest, daß der große Wohnraum genauso ordentlich wirkte wie damals für ihren erwarteten Besuch. Corana war nirgends zu sehen, aber Fidellos hochschwangere Frau erriet sofort den wahren Grund seiner Rückkehr.

»Die anderen arbeiten auf der Flußinsel«, meinte sie mit einem leichten Lächeln, während sie heißen Klah servierte. »Sie schneiden Schilf. Mit Ihrem prachtvollen Drachen, Baron Jaxom, ist das sicher nur ein Sprung.«

»Glaubst du wirklich, daß der Baron unseren Leuten beim Schilfschneiden zuschauen will?« fragte Fidello, aber seine Frau gab darauf keine Antwort.

Nachdem sie noch ein paar höfliche Floskeln ausgetauscht hatten, stieg Jaxom mit Ruth auf und kreiste eine Weile über dem Hof, dann lenkte er den Drachen ins *Dazwischen* und zu einem Berg, der weit entfernt von jeder Siedlung lag. Die braune Echse Fidellos folgte ihnen.

»Beim Ei! Ruth, sag ihr, daß sie verschwinden soll!«

Im nächsten Augenblick war die braune Echse nicht mehr zu sehen.

»So – und nun bringe ich dir bei, wie ein Drache Feuerstein frißt!«

Das kann ich schon.

»Denkst du! Ich habe mich oft genug mit Drachenreitern unterhalten und weiß, daß das gar nicht so einfach ist.«

Ruth schnaubte verächtlich, während Jaxom einen faustgroßen Feuersteinklumpen aus seinem Vorrat klaubte.

»Und jetzt stell dir deinen zweiten Magen vor!«

Ruth deckte beide Lider über die Augen, als er den Brocken in Empfang nahm. Das krachende Geräusch beim Zermahlen des Gesteins ließ ihn zusammenzucken. Er riß die Augen weit auf, und Jaxom fragte verwirrt: »Mußt du solchen Lärm machen?«

Es ist immerhin Stein!

Er zog das innere Lid über die Augen und schluckte. *Ich denke an meinen zweiten Magen,* erklärte er mit Nachdruck, ehe Jaxom ihn erneut daran erinnern konnte. Später schwor der Jungbaron, daß man die zerkauten Brocken geradezu in den Schlund des Drachens rollen hörte. Die beiden saßen da und schauten einander an; sie wußten beide nicht so recht, was als nächstes geschehen sollte.

»Eigentlich müßtest du jetzt rülpsen.«

Weiß ich. Und ich weiß auch, wie man rülpst. Aber ich schaffe es nicht auf Befehl.

Jaxom bot ihm höflich einen zweiten, etwas größeren Brocken an. Diesmal fielen die Kaugeräusche leiser aus. Ruth schluckte und schien ein wenig auf seinen Hinterpfoten zu schwanken.

Oh!

Diesem Gedankenstöhnen folgte ein Rumpeln; Ruth starrte ängstlich seinen weißen Bauch an und öffnete das Maul. Mit einem leisen Aufschrei warf sich Jaxom zur Seite, gerade noch rechtzeitig, ehe ein dünner Flammenstrahl aus der Drachenschnauze drang. Ruth zuckte zurück, und nur der aufgestützte Schwanz verhinderte, daß er vor Schreck umkippte.

Ich schätze, ich brauche noch mehr Feuerstein, um eine ordentliche Flamme zu erzeugen.

Jaxom bot ihm mehrere kleine Brocken an. Ruth zermalmte sie rasch. Und noch rascher stieß er Gaswolken aus.

So sieht die Sache schon besser aus, meinte er befriedigt.

»Gegen Fäden würden die paar Flämmchen aber nichts ausrichten.«

Statt einer Antwort sperrte Ruth nur den Rachen auf und verlangte mehr Feuerstein. Der Vorrat, den Jaxom mitgebracht hatte, ging im Nu zur Neige. Aber am Ende schaffte es der Drache, einen breiten Feuerstrahl gegen die Felsen zu hauchen. Ein schwarzer Streifen zog sich quer durch Flechten und Unkraut.

»Ich glaube, das klappt immer noch nicht so recht.«

Warte ab, bis wir die Fäden aus der Luft bekämpfen!

»Damit lassen wir uns erst mal Zeit. Für den Anfang reicht der Beweis, daß du Feuerstein verträgst.«

Daran habe ich nie gezweifelt.

»Ich auch nicht, Ruth, aber . . .« – Jaxom seufzte schwer – »wir werden eine Menge von dem Zeug brauchen, ehe du es schaffst, eine schön gleichmäßige Flamme zu erzeugen.«

Ruth wirkte so niedergeschlagen, daß Jaxom ihn sofort tröstete und an den Augenwülsten kraulte.

»Wir hätten eben zusammen mit den anderen Jungreitern üben müssen. So ist es einfach nicht fair. Das habe ich von Anfang an gesagt. Du trägst keine Schuld daran, daß es heute Schwierigkeiten gab. Aber beim Ersten Ei, wir beide schaffen es!«

Ruths Laune besserte sich merklich. *Wir strengen uns in Zukunft noch mehr an, dann geht es. Aber die ganze Sache wäre einfacher, wenn wir mehr Feuerstein hätten. Wilth benutzt doch kaum etwas von dem Vorrat. Er ist im Grunde schon viel zu alt, um überhaupt Feuerstein zu schlukken.*

»Deshalb hat er ja die Burgwache übernommen.«

Jaxom schüttelte die letzten Feuersteinkrümel aus dem Sack, schnürte ihn zusammen und hakte ihn an seinem Gürtel fest. Er wollte Ruth eben den Befehl geben, nach Ruath heimzufliegen, als ihm einfiel, daß es vielleicht besser war, sein Alibi für künftige Gelegenheiten zu festigen. Die Schilfsammler auf der Flußinsel waren rasch gefunden, und Corana begrüßte ihn mit großer Herzlichkeit. Sie sah wirklich hübsch aus mit ihrer zart geröteten Haut und den großen, grünlich schillernden Augen. Ein paar dunkle Strähnen hatten sich aus ihren Flechten gelöst und hingen in Kringeln um ihre Stirn und Schläfen.

»Hat es Fäden geregnet?« fragte sie, und ihre Miene wirkte mit einem Mal besorgt.

»Nein. Warum?«

»Ich rieche Feuerstein.«

»Ach so – sicher meine Reitkleider. Ich benutze sie immer, wenn wir Fäden bekämpfen. Da hat sich der Geruch festgesetzt. Mir war das nicht aufgefallen.« An dieses Risiko hatte er gar nicht gedacht, und er mußte sich etwas dagegen einfallen lassen. »Ich habe deinem Bruder noch etwas Saatgut gebracht . . .«

Sie dankte ihm mit großer Wärme, daß er sich all die Mühe für einen so kleinen Hof machte. Dann stand sie ein wenig verlegen herum. Jaxom machte es Spaß, diese Verlegenheit zu schüren, und er begann ihr beim Schilfschneiden zu helfen.

»Ich muß schließlich alle Arbeitsvorgänge auf den Pachthöfen kennenlernen«, sagte er, als sie ihn daran hindern wollte.

Jaxom genoß das Spiel. Als sie ein großes Schilfbündel zusammengetragen hatten, bot er an, es zum Hof zu fliegen, wenn Corana mit aufsaß. Sie zögerte, weil sie Angst vor Ruth hatte, aber Jaxom versprach ihr, nicht ins *Dazwischen* zu fliegen, weil sie dafür nicht warm genug gekleidet war. Er fand Gelegenheit zu ein paar Küssen, während Ruth über dem Hof kreiste, und kam bald zu dem Schluß, daß Corana für ihn mehr war als eine bloße Ausrede.

Nachdem er sie und das Schilf abgeladen hatte, steuerte er Ruth ins *Dazwischen* und landete an ihrem Bergsee. Obwohl ihm nicht nach einem kalten Bad zumute war, wußte Jaxom, daß er und sein Drache den Feuersteingeruch besser herunterspülten, ehe sie nach Ruatha zurückkehrten. Es dauerte eine Weile, bis er Ruth mit Sand gescheuert hatte. Dann mußte Jaxom noch warten, bis seine Kleider in der Sonne getrocknet waren. Inzwischen brach der Nachmittag an, und er hatte viel mehr Zeit vertrödelt, als er für seinen Besuch auf Fidellos Hof plausibel machen konnte. So ging er das Risiko ein und lenkte Ruth ein Stück zurück zu einem Zeitpunkt, da die Sonne den Zenit noch nicht überschritten hatte. Alles klappte – bis auf eine Kleinigkeit, die sie um ein Haar verraten hätte.

Er saß gerade beim Essen, als sein Drache ihm einen drängenden Hilferuf zusandte. »Ruth!« sagte er nur hastig, sprang von seinem Stuhl auf und rannte quer durch den Saal nach draußen.

Mein Magen brennt! teilte ihm Ruth verzweifelt mit.

»Verdammt, das sind die Steine«, murmelte Jaxom, während er den menschenleeren Korridor entlangeilte. »Geh ins Freie, zu den Feuerhöhen! Du weißt, wo Wilth die Asche immer hinspuckt!«

Ruth entgegnete verzagt, daß er in seinem Zustand bestimmt nicht fliegen könnte.

»Unsinn! Du kannst immer fliegen.« Ruth mußte seinen zweiten Magen unbedingt außerhalb des Lagers entleeren. Jaxom befürchtete, daß Lytol auftauchen könnte, um nachzusehen, was dem Drachen fehlte.

Ich kann mich nicht rühren. In meinem Bauch liegt ein Riesengewicht.

»Du wirst gleich die Feuersteinasche hochwürgen. Kein Drache behält das Zeug im Magen; aber der Darm scheidet es nicht aus. Deshalb erbrichst du es.«

Genauso fühle ich mich.

»Nicht im Lager, Ruth, ich flehe dich an!«

Kaum eine Sekunde später schaute ihn Ruth zerknirscht an. Mitten auf dem Boden seiner Schlafkammer lag ein dampfendes kleines Häufchen, das an graubraunen Sand erinnerte.

Jetzt fühle ich mich sehr viel besser, erklärte Ruth, immer noch verlegen.

»Kommt Lytol mir nach?« fragte Jaxom; sein Herz hämmerte vom schnellen Laufen so laut, daß er sonst nichts hörte. Er raste durch das metallene Schwingtor zum Küchentrakt und holte aus dem Hof einen Eimer und eine Schaufel. »Wenn ich das Zeug nur nach draußen schaffen kann, ehe der ganze Raum schwefelig riecht . . .«

Er arbeitete in fieberhafter Eile. Zum Glück reichte der eine Eimer aus, um die Asche aufzunehmen. Etwas anderes wäre es wohl gewesen, wenn Ruth Feuerstein für eine vierstündige Sporenabwehr zerkaut hätte.

Jaxom stellte den Kübel ins Freie und streute Duftsand über die bewußte Stelle der Schlafkammer.

»Kein Lytol?« fragte er einigermaßen überrascht.

Nein.

Jaxom atmete erleichtert auf und tätschelte Ruth. Das nächste Mal durfte er nicht vergessen, seinen Drachen an einen sicheren Ort zu bringen, wo er seinen zweiten Magen in aller Ruhe entleeren konnte.

Jaxom gab keine Erklärung ab, als er sich wieder an den Tisch setzte, und es wurde auch keine verlangt – ein weiteres Zeichen für den neugewonnenen Respekt seiner engsten Vertrauten.

In der nächsten Nacht stahlen er und der Drache soviel Feuerstein, wie Ruth nur schleppen konnte – an dem einzig logischen Ort für ein solches Unternehmen, den Feuerstein-Minen von Crom. Ein halbes Dutzend Echsen erschienen während des Raubzugs, aber Ruth schickte sie wieder fort, sobald sie aufgetaucht waren.

»Sag ihnen, daß sie uns ja nicht folgen sollen!«

Sie haben es nicht böse gemeint. Sie mögen mich eben.

»Es ist schon eine Last, wenn man allzu populär ist.«

Ruth seufzte.

»Wird dir der Feuerstein zu schwer?« fragte Jaxom. Er wollte den Freund auf keinen Fall überlasten.

Aber nein! Ich bin sehr stark.

Jaxom steuerte Ruth ins *Dazwischen* und von dort in die Wüste von Keroon. Dieser Fleck eignete sich besonders gut für die verbotene Ausbildung, weil sie anschließend im Meer baden konnten und mehr als genug Sand hatten, um den Feuersteingestank abzurubbeln. Außerdem schien die Sonne so heiß, daß Jaxoms Kleider im Nu trockneten.

V

Vormittag in der Harnerhalle und auf Burg Fort, Nachmittag im Benden-Weyr, Spätnachmittag in der Harfnerhalle, 26. 5. 15

Ein weiterer Sporenregen ging nieder, ehe Jaxom wieder Zeit für einen Besuch auf der Hochfläche fand. Bei Corana schien er schneller ans Ziel zu kommen als bei dem Versuch, Ruth zu einem feuerspeienden Drachen zu erziehen. Sein weißer Freund versengte sich fast den Schlund, wenn zu den ungünstigsten Zeiten plötzlich Feuer-Echsen auftauchten und er mühsam die Feuerschwaden zurückhalten mußte. Jaxom war überzeugt davon, daß ihnen inzwischen jedes der neugierigen Biester von Keroon seine Aufwartung gemacht hatte. Selbst Ruths Geduld war allmählich am Ende; außerdem mußten sie meist sechs Stunden in die Vergangenheit zurückspringen, damit ihre lange Abwesenheit nicht auffiel. Diese Zeitsprünge ermüdeten Jaxom, und so fiel er am Abend total erschöpft und entnervt ins Bett.

Zu allem Übel hatte er den Auftrag, am nächsten Morgen den Harfner von Ruatha zur Gildehalle zu bringen, weil Finder dort mehr über Wansors Sternengleichungen erfahren sollte. Man verlangte von den Burgharfnern, daß sie sich genügend mit diesen Dingen auskannten, um dem jeweiligen Baron bei der Vorausberechung der Sporeneinfälle zur Seite zu stehen.

Die Gildehalle der Harfner gehörte zu einem ausgedehnten Gebäudekomplex inner- und außerhalb der Burgklippen von Fort. Als Jaxom und Finder über der Harfnerhalle erschienen, gerieten sie mitten in ein Chaos. Feuer-Echsen wirbelten mit aufgeregtem Gekreische umher, und der Wachdrache auf den Feuerhöhen der Burg peitschte halb aufgerichtet mit den Schwingen. Sein wildes Trompeten erfüllte die Luft.

Wütend! Sie sind wütend! lautete Ruths erschrockener Kommentar. *Ruth! Ich bin es, Ruth! Ruth!* rief er mit seinem unnachahmlich hellen Schmettern.

»Was ist geschehen?« fragte Finder dicht an Jaxoms Ohr.

»Ruth erklärt, daß sie wütend sind.«

»Wütend? Ich habe noch nie zuvor einen Drachen erlebt, der so getobt hat.«

Höchst beunruhigt steuerte Jaxom seinen weißen Drachen in

den Hof der Harfnerhalle. Menschen rannten umher, und Feuer-Echsen schossen durch die Luft. Es fiel ihm schwer, ein Plätzchen zum Landen zu finden. Kaum hatte Ruth festen Boden unter den Krallen, da umflatterte ihn eine Echsenschar und übermittelte aufgeregte, ängstliche Gedanken, die der Drache nicht verstand. Auch für Jaxom ergaben sie wenig Sinn, als Ruth sie wiederholte. Er begriff nur, daß es sich bei dem Schwarm um Menollys Echsen handelte, offensichtlich ausgesandt, ihn zu holen.

»Da bist du ja! Hast du meine Botschaft erhalten?« Menolly kam aus der Halle herbeigerannt, die schweren Reitkleider in einem Bündel unter dem Arm. »Wir müssen sofort zum Benden-Weyr. Sie haben das Königinnen-Ei gestohlen.«

Sie saß hinter Finder auf, entschuldigte sich kurz, daß sie ihm den Platz stahl, und drängte Jaxom zum Aufbruch. Erst dann merkte sie, daß der weiße Drache zu zögern schien. »Sind drei Leute zuviel für Ruth?« fragte sie besorgt.

Niemals!

»Wer hat Ramoths Ei gestohlen? Wie? Wann?« fragte Finder.

»Vor einer halben Stunde. Sie trommeln alle Bronzedrachen und die Königinnen der übrigen Weyr zusammen. Sie wollen mit einer ganzen Streitmacht zum Südkontinent fliegen und die Alten zwingen, das Ei herauszugeben.«

»Woher wissen sie, daß die Bewohner vom Südkontinent dahinterstecken?« erkundigte sich Jaxom.

»Wer sonst käme auf den Gedanken, ein Königinnen-Ei zu stehlen?«

Dann trug Ruth sie geschickt ins *Dazwischen,* und das Gespräch verstummte. Sie tauchten über dem Benden-Weyr auf, und plötzlich schossen drei Bronzedrachen mit flammendem Atem auf sie zu. Ruth kreischte und verschwand im *Dazwischen,* um gleich darauf über dem See zu kreisen und mit lautem Trompeten ihre Angreifer zu schelten.

Ich bin Ruth. Ich bin Ruth. Ich bin Ruth.

»Das war knapp!« Finder schluckte und krallte die Hände hart in Jaxoms Arm.

Ihr hättet beinahe meinen Flügel versengt! Ich bin Ruth. Etwas ruhiger wandte sich der weiße Drache an seinen Reiter. *Sie haben sich entschuldigt.* Aber er drehte die Schwingspitze nach vorn und untersuchte sie genau.

Menolly stöhnte. »Ich vergaß euch zu sagen, daß alle Drachen sich beim Auftauchen mit Namen melden sollten. Aber Ruth hätten sie doch durchlassen können. Er ist wirklich nicht zu verwechseln.«

Noch während sie sprach, erschienen weitere Drachen und trompeteten den drei Wächtern auf den Feuerhöhen ihre Namen zu. Die Neuankömmlinge senkten sich in engen Kreisen und landeten neben dem Eingang zur Brutstätte. Jaxom, Finder und Menolly liefen durch den Kessel, um sich ihnen anzuschließen.

»Jaxom, hast du je so viele Drachen versammelt gesehen?« Menolly warf einen Blick zum Kesselrand, wo die großen Geschöpfe dichtgedrängt auf den Felsvorsprüngen saßen, die Schwingen halb gespreizt, zum Angriffsflug bereit. »Was soll nur werden, wenn eines Tages Drachen gegeneinander kämpfen?«

Das Entsetzen in ihrer Stimme spiegelte seine Gefühle wider.

»Diese verrückten Alten müssen in einer verzweifelten Lage sein«, meinte Finder grimmig.

»Aber wie konnte ihnen ein derart dreister Diebstahl glükken?« wollte Jaxom wissen. »Ramoth läßt ihr Gelege nie lange allein.«

Zumindest nicht seit der Zeit, da F'lessan und ich uns in die Brutstätte schlichen, dachte er schuldbewußt.

»F'nor brachte uns die Nachricht«, entgegnete Menolly. »Er berichtete, daß Ramoth die Brutstätte kurz verlassen hatte, um zu fressen. Die Hälfte der Benden-Echsen bewachten die Eier. Das machen sie immer . . .«

»Sicher hatten sich einige aus dem Süd-Wyr darunter gemischt«, fügte Finder hinzu.

Menolly nickte. »Das vermutet F'nor auch. Auf diese Weise erfuhren die Alten, wann die Königin ihr Lager verlassen hatte. Sie riß eben ihre Beute, als drei Bronzedrachen erschienen, am Wachdrachen vorbeiflogen . . . ich meine, weshalb sollte der Wachdrache drei Bronzedrachen mißtrauen? Sie jagten durch den oberen Tunnel zur Brutstätte. Ramoth stieß einen lauten Schrei aus und ging ins *Dazwischen.* Als die drei Räuber wieder aus dem Tunnel geflogen kamen, tauchte plötzlich Ramoth vor ihnen auf und griff an. Aber sie waren im *Dazwischen* verschwunden, ehe sie etwas ausrichten konnte.«

»Hetzte man ihnen keine Verfolger auf die Spur?«

»Ramoth selbst flog ihnen nach, begleitet von Mnementh. Aber es half nichts.«

»Weshalb nicht?«

»Die Bronzedrachen machten einen Zeitsprung.«

»Und nicht einmal Ramoth wußte, in welche Zeit?«

»Genau. Mnementh suchte den ganzen Süd-Weyr, die Burg und die Hälfte der heißen Strände ab.«

»Nicht einmal die Alten sind so dumm, daß sie ein Königinnen-Ei direkt in den Süden befördern lassen.«

»Aber die Alten wissen doch gar nicht, daß wir sie im Verdacht haben«, wandte Finder müde ein.

Inzwischen hatten sie das Gedränge aus Drachenreitern, Burgherren und Gildemeistern erreicht, die in aller Eile zusammengeströmt waren. Lessa stand am Felsensims ihrer Weyrs neben F'lair, Fandarel und Robinton. Die beiden Letztgenannten wirkten ungewöhnlich ernst und besorgt. N'ton stand auf halber Höhe der Steinstufen und diskutierte erregt mit zwei anderen Bronzereitern. Etwas seitlich hielten sich die drei übrigen Königin-Reiterinnen von Benden auf, dazu einige Fremde, wohl die Herrinnen der anderen Weyr. Die Atmosphäre des Zorns und der Niedergeschlagenheit lastete schwer auf der Menge. Beherrscht wurde das Bild von Ramoth, die vor der Brutstätte auf und ab wanderte und nur gelegentlich anhielt, um einen Blick auf die verbliebenen Eier zu werfen, die im heißen Sand lagen. Ihr Schweif peitschte, und ihr zorniges Trompeten überlagerte die heftigen Debatten ringsum.

»Es ist gefährlich, ein Ei ins *Dazwischen* zu bringen«, sagte jemand vor Jaxom und Menolly.

»Ich glaube, daß der kurze Aufenthalt nichts schadet, wenn das Ei gut durchwärmt war und nicht beschädigt wurde.«

»Man sollte einfach in den Südkontinent fliegen und diese Alten aus ihrem Weyr vertreiben.«

»Drachen gegen Drachen? Du bist nicht besser als die Alten!«

»Wir dürfen es nicht zulassen, daß Drachen ein Königin-Ei stehlen! Das ist die schlimmste Kränkung, die Benden je von den Alten hinnehmen mußte. Und ich sage es noch einmal – diese Tat schreit nach Rache!«

»Der Süd-Weyr befindet sich in einer verzweifelten Lage«, raunte Menolly Jaxom zu. »Keine ihrer Königinnen ist zum Paarungsflug aufgestiegen. Die Bronze-Drachen siechen dahin. Sie haben nicht einmal genug Grüne.«

In diesem Moment stieß Ramoth einen mitleiderregenden Schrei aus, warf den Kopf hoch und starrte Lessa an. Alle Drachen im Weyr beantworteten den Schrei – ein ohrenbetäubender Chor. Jaxom konnte erkennen, daß sich Lessa über den Sims beugte, eine Hand nach der verzweifelten Königin ausgestreckt.

Plötzlich – er stand etwas oberhalb der dichtgedrängten Menge und schaute zufällig in die Richtung – sah er einen dunklen Schatten in die Brutstätte flattern. Er hörte einen unterdrückten Schmerzensschrei.

»Da! Was ist das? In der Brutstätte!«

Nur die Leute dicht neben ihm hörten seinen Ausruf und folgten mit den Blicken seinem ausgestreckten Arm. Jaxom hatte nur den einen Gedanken, daß die Südländer in ihrer Verzweiflung die allgemeine Verwirrung ausnützen und noch ein Bronze-Ei stehlen wollten.

Er rannte los, gefolgt von Menolly und Finder, wurde jedoch unvermittelt von einem Schwächegefühl befallen und mußte stehenbleiben. Etwas schien ihm die Kraft aus den Knochen zu saugen.

»Was ist los, Jaxom?«

»Nichts.« Jaxom schüttelte Menollys Hand von seiner Schulter ab und drängte sie zur Brutstätte. »Die Eier, die Eier!«

Seine Worte wurden übertönt von Ramoths jubelnden Trompeten. »Das Ei! Das Königin-Ei!«

Als sich Jaxom von seinem unerklärlichen Schwindelanfall erholt und die Brutstätte erreicht hatte, starrten bereits alle erleichtert das goldene Ei an, das wieder sicher zwischen Ramoths Vorderpfoten lag.

Eine Feuer-Echse, von Neugier getrieben, flatterte über den Sand der Brutstätte. Sie kam nicht eine Schwingspanne weit, da wurde sie von Ramoths Wutgebrüll verscheucht.

Erleichtert entfernte sich die Menge von der Brutstätte, wo der Boden unangenehm heiß gegen die Sohlen brannte. Jemand stellte die Vermutung an, daß das Ei vielleicht zur Seite gerollt sei und Ramoth es nur gestohlen geglaubt habe. Aber zu viele hatten die leere Kuhle gesehen. Und welche Erklärung gab es für die drei Bronze-Drachen, die durch den oberen Felstunnel entwichen waren? Eher glaubhaft erschien die Version, daß den Alten Bedenken nach ihrem Diebstahl gekommen waren – daß auch sie zögerten, Drachen gegen Drachen zu hetzen.

Lessa war in der Brutstätte geblieben und redete Ramoth gut zu, ihr eine Untersuchung des Eies zu erlauben. Bald darauf kam sie zu F'lar und Robinton geeilt.

»Es ist das gleiche Ei, aber älter und härter. Mit anderen Worten – die Jungkönigin kann jeden Moment schlüpfen. Holt die Mädchen zusammen!«

Zum drittenmal an diesem Vormittag herrschte im Benden-

Weyr helle Aufregung – diesmal war das Chaos allerdings mit freudiger Erwartung gemischt. Jaxom und Menolly sicherten sich einen Platz, wo sie nicht im Wege standen, aber doch das Wesentliche mithören konnten.

»Wer immer dieses Ei wegnahm, er hat es mindestens zehn Tage behalten«, sagte Lessa zornig. »Das erfordert unser Eingreifen.«

»Das Ei befindet sich wieder sicher in der Brutstätte«, meinte Robinton besänftigend.

Sie wandte sich von ihm ab und musterte die Drachenreiter. »Sind wir Feiglinge, daß wir so eine Kränkung einfach übergehen?«

»Wenn *Tapferkeit* . . .« – Robinton legte eine Spur von Verachtung in das Wort – »wenn Tapferkeit bedeutet, Drachen gegen Drachen aufzuhetzen, dann gelte ich lieber als Feigling.«

Lessas Zorn kühlte sich merklich ab.

Drachen gegen Drachen. Die Worte gingen wie ein Echo durch die Menge. Der bloße Gedanke machte Jaxom elend, und er konnte spüren, daß sich auch Menolly gegen die Konsequenzen einer solchen Entscheidung sperrte.

»Das Ei war so lange in einer anderen Zeit, daß die Schale sich hart und spröde anfühlt«, fuhr Lessa mit grimmiger Miene fort. »Ich nehme an, daß es von der Kandidatin des Süd-Weyrs versorgt wurde. Und wenn sie es nun so beeinflußt hat, daß die Jungkönigin keines unserer Mädchen mehr annimmt?«

»Es gibt keinen Beweis dafür, daß ein Ei vor dem Ausschlüpfen durch den Kontakt mit Menschen beeinflußt wird«, warf Robinton ruhig ein. »Zumindest höre ich das immer von euch Drachenreitern. Ich glaube nicht, daß die Südländer da irgend etwas tun können, es sei denn, sie setzen ihre Kandidatin bei der Gegenüberstellung genau vor das Ei.«

Die versammelten Drachenreiter wirkten immer noch angespannt, aber ihre Rachegelüste waren mit der Rückkehr des goldenen Eies deutlich geschwunden. »Fest steht ab heute«, meinte F'lar und warf einen Blick zu den Wachdrachen hinauf, »daß wir uns nicht mehr auf die Unverletzlichkeit der Brutstätte verlassen können. *Keiner* Brutstätte«, fügte er hinzu. Nervös schob er eine Strähne aus der Stirn. »Beim Ersten Ei, die haben Nerven, eines von Ramoths Eiern zu entführen.«

»Der erste Schritt, diesen Weyr wieder sicher zu machen, besteht darin, die verdammten Feuer-Echsen zu verbannen«, sagte Lessa hitzig. »Sie sind kleine Schwätzer, total nutzlos . . .«

»Nicht alle, Lessa.« Brekke trat neben die Weyrherrin. »Einige leisten sogar hervorragende Botendienste.«

»Das ist mir egal«, fauchte Lessa und starrte die versammelte Menge wütend an. »Ich lasse es nicht mehr zu, daß Ramoth von den lästigen Biestern geplagt wird. Etwas muß geschehen, damit sie bleiben, wo sie hingehören.«

»Wir kennzeichnen sie mit Farben«, warf Brekke rasch ein. »Wir kennzeichnen sie und bringen ihnen bei, ihre Namen und Herkunft zu nennen wie die Drachen. Sie sind durchaus fähig, Manieren zu lernen. Zumindest die von Benden.«

»Richtet sie so ab, daß sie sich bei Brekke oder Mirrim melden!« schlug Robinton vor.

»Aber sorgt dafür, daß sie weder mir noch meinem Drachen zu nahe kommen!« Lessa warf einen Blick auf ihre Königin und wirbelte dann herum. »Jemand soll den Wher bringen, den Ramoth gerissen hat. Sie ist noch hungrig. Wir besprechen diesen Überfall auf den Weyr später. In allen Einzelheiten.«

F'lar gab einigen Drachenreitern den Auftrag, die Beute zu holen, und dankte den Versammelten höflich für ihr rasches Erscheinen. Dann bat er die Weyrführer und Robinton, ihm in den Versammlungsraum zu folgen.

»Es ist keine einzige Feuer-Echse in Sicht«, sagte Menolly zu Jaxom. »Ich befahl Prinzeßchen, sich von hier fernzuhalten. Ihre Antwort klang völlig verstört.«

»Auch Ruth scheint unruhig«, erwiderte Jaxom, als sie quer durch den Kessel auf den Drachen zugingen.

Ruth war mehr als unruhig. Er zitterte am ganzen Leib.

Etwas stimmt nicht. Etwas stimmt nicht, erklärte er seinem Reiter, und in seinen heftig kreisenden Augen überwogen die grauen Farbtöne der Angst. »Haben sie deinen Flügel doch versengt?«

Nein. Ich meine doch nicht meinen Flügel. In meinem Kopf stimmt etwas nicht. Ich fühle mich ganz wirr. Ruth richtete sich auf und legte sich gleich darauf wieder hin, die Schwingen halb gespreizt.

»Kommt es daher, daß alle Feuer-Echsen verschwunden sind? Oder ist es die Aufregung um das gestohlene Ei?«

Ruth entgegnete, es sei beides und doch keines von beiden. *Die Feuer-Echsen sind verstört. Sie erinnern sich an etwas, das ihnen Entsetzen einflößt.*

»Sie erinnern sich? Woran denn, beim Ei?« Jaxom bekam allmählich einen Zorn auf die Echsen und ihr Gemeinschaftsgedächtnis, auf die lächerlichen Bilder, die sie ausstrahlten und die seinen sensiblen Ruth so erschreckten.

»Jaxom?« Menolly hatte einen Umweg zu den Unteren Höhlen gemacht und teilte mit ihm die Fleischfladen, die sie der Köchin abgebettelt hatte. »Robinton ließ mir durch Finder ausrichten, daß ich zur Gildehalle zurückkehren und berichten soll, was sich hier abgespielt hat. Außerdem muß ich meine Echsen markieren. Schau doch!« Sie deutete auf den oberen Weyrrand und die Sternsteine. »Der Wachdrache kaut Feuerstein. Ach, Jaxom!«

»Drachen gegen Drachen.« Ein Schauder überfiel ihn.

»Jaxom, dazu darf es nicht kommen!« sagte sie bedrückt.

Keiner von ihnen mochte die Fladen fertigessen. Schweigend kletterten sie auf Ruths Rücken, und der Drache trug sie nach oben.

Als Robinton die Stufen zum Weyr erklomm, dachte er angestrengter nach als je zuvor. Zuviel hing davon ab, was jetzt geschah – die gesamte Zukunft des Planeten, wenn er die Reaktionen richtig auslegte. Er wußte über die Verhältnisse im Süd-Weyr mehr, als er sollte, aber dieses Wissen hatte ihm nicht geholfen, die heutigen Geschehnisse vorauszusehen. Er machte sich bittere Vorwürfe, daß er so naiv, so blind und starrköpfig gewesen war wie die Drachenreiter, die einen Weyr für unantastbar und die Brutstätte für heilig hielten. Piemur hatte ihn mehr als einmal gewarnt; aber es war ihm nicht gelungen, die Warnungen richtig einzuordnen. Dabei hätte er einfach folgern müssen, daß die verzweifelten Bewohner des Südkontinents diesen Wahnsinnsschritt wagen würden, um ihren heruntergekommenen Weyr mit dem Blut einer jungen, lebenstüchtigen Königin aufzufrischen. Doch selbst wenn er diesen Schluß gezogen hätte, dachte Robinton bitter, wäre es ihm wohl kaum gelungen, Lessa und F'lar zu überzeugen. Die Weyrführer hätten eine solche Anschuldigung einfach als lächerlich zurückgewiesen.

Heute dagegen fand es keiner lächerlich. Kein einziger. Seltsam, daß so viele Leute angenommen hatten, die Alten würden sich ohne Murren ins Exil fügen und gehorsam auf ihrem Kontinent bleiben. Man hatte sie nicht im Lebensraum beschnitten, ihnen aber jede Hoffnung auf die Zukunft genommen. T'kul war sicher die treibende Kraft gewesen – T'ron hatte all seinen Kampfgeist nach jenem Duell mit F'lar verloren. Robinton glaubte nicht, daß Merika und Mardra, die beiden Weyrherrinnen, von dem Plan gewußt hatten; ihnen lag sicher nicht daran, von einer jungen Königin und deren Reiterin verdrängt zu werden. Hatte vielleicht eine von ihnen das Ei zurückgebracht?

Nein, dachte Robinton, es mußte jemand gewesen sein, der sich in der Brutstätte des Benden-Weyrs genau auskannte ... oder jemand, der blind auf sein Glück vertraute, als er durch das *Dazwischen* das Höhleninnere ansteuerte.

Robinton durchlebte noch einmal kurz das Entsetzen, das er empfunden hatte, als das Ei verschwunden war. Bei dem Gedanken an Lessas Zorn verkrampfte sich sein Inneres. Er traute ihr zu, daß sie auch jetzt noch die Drachenreiter des Nordens zusammentrommelte. Sie war dazu fähig, die ungezügelte Wut, welche die Ereignisse des Morgens überlagert hatte, neu anzufachen. Wenn sie weiterhin auf Rache gegen den Süd-Weyr bestand, konnte das zur gleichen Katastrophe für Pern werden wie der erste Sporeneinfall.

Jemand hatte das gestohlene Ei zurückgebracht. Robinton klammerte sich an den Gedanken, daß es in der Zeitspanne, die subjektiv verstrichen war, keinen Schaden erlitten hatte. Lessa ließ sich vielleicht bis zum Ausschlüpfen der Jungkönigin in Schach halten. Aber wenn das Kleine irgendwie negativ beeinflußt worden war, würde sie auf Vergeltung bestehen.

»Das ist in der Tat ein schwarzer Tag«, sagte hinter ihm jemand mit dunkler, ernster Stimme. Der Harfner drehte sich um, dankbar für die ruhige Art des Schmiedemeisters. Fandarels schwerfällige Züge wirkten besorgt, und zum erstenmal fiel Robinton auf, wie sehr sein Gesicht vom Alter gezeichnet, wie müde sein Blick war. »Ein solcher Verrat muß bestraft werden – doch genau das darf nicht geschehen!« Der Gedanke, daß Drachen gegen Drachen kämpfen könnten, rann erneut heiß durch Robintons Gedanken. »Zuviel steht auf dem Spiel!« sagte er zu Fandarel.

»Sie haben bereits alles verloren, was ihnen teuer war, als wir sie ins Exil schickten. Ich rechnete eigentlich schon eher mit einer Rebellion.«

»Jetzt ist es soweit. Sie beginnen zu kämpfen.«

»Und fordern immer neue Kämpfe heraus. Mein Freund, wir müssen heute unser Sinne mehr denn je zusammenhalten. Ich fürchte, Lessa kann im Moment nicht kühl und logisch denken. Gefühle überlagern ihre Vernunft.« Der Schmied deutete auf den Lederfleck an Robintons Schulter, wo für gewöhnlich die Bronzeechse Zair saß. »Wo befindet sich Ihr kleiner Gefährte?«

»In Brekkes Weyr bei Grall und Berd. Ich wollte, daß er mit Menolly zur Harfnerhalle zurückkehrte, aber er weigerte sich.«

Der Schmied schüttelte wieder langsam und schwermütig den Kopf, und die beiden Männer betraten den Beratungsraum.

»Ich besitze zwar selbst keine Feuer-Echse, aber ich habe bisher nur Gutes über die kleinen Geschöpfe gehört. Mir kam nie der Gedanke, daß sie eine Drohung darstellen könnten.«

»Dann werden Sie mich in diesem Punkt unterstützen, Fandarel?« fragte Brekke, die in Begleitung von F'nor hinter ihnen den Raum betreten hatte. »Lessa läßt nicht mit sich reden. Ich verstehe ja ihre Sorgen, aber wir dürfen nicht zulassen, daß sie alle Feuer-Echsen verbannt, nur weil eine oder zwei sich einen dummen Streich erlaubt haben.«

»Einen Streich?« F'nor zog besorgt die Brauen hoch. »Laß Lessa ja nicht hören, daß du den Zwischenfall von vorhin einen dummen Streich nennst. Ein Königin-Ei zu stehlen – also wirklich, das ist mehr als ein Streich.«

»Ich spreche ja nur von der Rolle, welche die Feuer-Echsen bei der Geschichte spielten . . . sie schauten sich in Ramoths Höhle um wie so viele andere, die neugierig auf das Gelege waren.« Brekkes Stimme klang schärfer als gewöhnlich, und ein paar harte Linien um F'nors Augen und Mund verrieten Robinton, daß die beiden einem Streit nahe waren. »Feuer-Echsen haben kein Gefühl für Recht oder Unrecht.«

»Dann werden sie es eben lernen müssen . . .«, begann F'nor hitzig.

Robinton versuchte den Frieden zu retten. »Ich fürchte«, warf er ein, »daß wir, die wir keine Drachen besitzen, die kleinen Tiere zu sehr verhätschelt haben. Wir schleppen sie überall mit uns herum und lassen ihnen alles durchgehen. Allerdings hat unser künftiges Verhalten gegenüber den Feuer-Echsen nur am Rande mit den Geschehnissen des heutigen Tages zu tun.«

F'nor hatte seinen Ärger geschluckt und nickte dem Harfner jetzt zu. »Angenommen, das Ei wäre verschwunden geblieben, Robinton . . .« Seine Schultern zuckten, und er rieb sich die Stirn, als versuche er die Erinnerung an jene Szene auszulöschen.

»Wenn das Ei verschwunden geblieben wäre«, sagte Robinton unerbittlich, »hätten Drachen gegen Drachen gekämpft.« Er betonte jedes Wort und legte soviel Abscheu hinein, wie er nur konnte.

F'nor schüttelte rasch den Kopf. »Nein, dazu wäre es nicht gekommen, Robinton. Nicht, nachdem Sie so klug . . .«

»*Klug?*« Die Weyrherrin zischte das Wort wütend hervor. Sie stand im Eingang zum Beratungsraum, die schmale Gestalt hart wie eine Feder angespannt, das Gesicht bleich von unterdrückten Emotionen. »Klug? Den Alten ein solches Verbrechen durchgehen zu lassen? Damit sie wieder neue Gemeinheiten planen können? Warum nur hielt ich es damals für notwendig, sie in die Zukunft zu holen? Wenn ich daran denke, wie ich diesen Abschaum T'ron gebettelt habe, uns zu helfen! Aber hilft er uns? Er schaut nur darauf, daß er selbst nicht zu kurz kommt! Stiehlt mein Königin-Ei!«

»Ihre Dummheit liegt in Ihrem augenblicklichen Verhalten«, sagte der Harfner kalt. Er wußte, daß die Dinge, die er den versammelten Weyrherrschern und Gildemeistern ins Gesicht sagen mußte, sie alle befremden würde. »Das Ei wurde zurückgebracht . . .«

»Ja, aber . . .«

»Das war es doch, was Sie vor einer halben oder einer Stunde wollten, nicht wahr?« Robinton hob die Stimme. »Sie wollten das Ei zurückhaben. Um dieses Ziel zu erreichen, hatten Sie das Recht, Drachen gegen Drachen zu hetzen, und keiner hätte Ihnen einen Vorwurf daraus gemacht. Aber das Ei wurde zurückgebracht. Wollen Sie nun die Drachen aufwiegeln, um Ihren persönlichen Rachedurst zu befriedigen? Nein, Lessa, dazu haben Sie kein Recht. Nicht zur Rache!

Und wenn Sie oder Ihre Königin unbedingt einen Trost brauchen, dann denken Sie einfach: Die Leute vom Süd-Weyr haben versagt. Sie besitzen das Ei nicht mehr. Ihr Handeln hat alle Weyr aufgeschreckt, so daß ihnen ein zweiter Überfall niemals glücken würde. Sie haben ihre einzige Chance vertan, Lessa. Ihre letzte Hoffnung, den sterbenden Bronzedrachen zu neuem Blut zu verhelfen. Ihre Pläne sind durchkreuzt. Und sie stehen vor dem Nichts: Keine Hoffnung, keine Zukunft.

Schlimmeres kann man ihnen nicht antun, Lessa. Nach der Rückgabe des Eies haben Sie daher kein Recht, etwas zu unternehmen und den Frieden von Pern aufs Spiel zu setzen . . .«

»Ich habe das Recht, die Kränkung, die mir, meiner Königin und dem Weyr zugefügt wurde, zu rächen.«

»Kränkung?« Robinton lachte kurz und trocken. »Meine liebe Lessa, das war keine Kränkung. Das war ein Kompliment ersten Ranges.«

Sein unerwartetes Lachen sowie seine verblüffende Auslegung der Vorgänge ließen Lessa verstummen.

»Wie viele Königin-Eier sind in diesem Planetenumlauf gelegt worden?« fragte Robinton und sah die übrigen Weyrherrinnen an. »In Weyrn, welche die Alten genauer kannten als Benden! Nein, sie wollten unbedingt eine Königin aus Ramoths Gelege.

Für sie mußte es das Allerbeste von ganz Pern sein.« Geschickt machte Robinton eine Pause, um dann voller Wärme und Mitgefühl fortzufahren: »Kommen Sie, Lessa, diese Sache hat uns allen zugesetzt! Keiner von uns kann im Moment klar denken . . .« Er wischte sich mit der Hand über die Stirn, und das war keine Scheingeste. Es kostete Schweiß, die Stimmung von so vielen Leuten herumzuschwenken. »Die Gefühlswellen schlagen hoch. Und Sie stehen mitten in der Brandung, Lessa.« Er nahm die starre, widerstandslose Weyrherrin am Arm und führte sie an ihren Platz, wo er mit großer Fürsorge und Ehrerbietung ihren Stuhl zurechtrückte. »Ramoths Verzweiflung muß Sie halb um den Verstand gebracht haben. Sie ist jetzt wieder ruhiger, nicht wahr?«

Lessas Mund klappte auf, und sie starrte Robinton groß an. Dann fuhr sie sich mit der Zunge über die Lippen und nickte.

»Auch Sie werden das Gleichgewicht bald wiederfinden.« Robinton reichte ihr einen Becher Wein. Immer noch beeindruckt von seiner Fürsorge, begann sie daran zu nippen. »Und Sie werden zu der Einsicht kommen, daß es die schlimmste Katastrophe für unsere Welt wäre, wenn Drachen gegen Drachen kämpften.«

Lessa setzte den Becher so hart ab, daß der Wein auf die Steinplatte des Tisches schwappte. »Sie . . . Sie mit Ihren klugen Worten . . .« Sie schnellte vom Stuhl wie eine Stahlfeder. »Sie . . .«

»Er hat recht, Lessa«, sagte F'lar vom Eingang her. Er stand schon eine ganze Weile dort und beobachtete die Szene. Nun trat er an Lessas Tisch. »Wir wären in den Südkontinent eingedrungen, um nach dem verschwundenen Ei zu suchen – aber nur darum! Nun, da es wieder in der Brutstätte liegt, würde ganz Pern uns verdammen, wenn wir uns zu einem Racheakt hinreißen ließen.« Er sprach mit ihr, aber seine Blicke schweiften über die anderen Weyrführer und die Gildemeister, als versuchte er ihre Reaktion zu erforschen. »Wir, die Drachenreiter von Pern, stellen uns außerhalb der Gemeinschaft, falls wir nicht mit allen Kräften verhindern, daß unsere Drachen sich gegenseitig bekämpfen.«

Er warf Lessa einen langen, strengen Blick zu, den sie starr und unversöhnlich erwiderte. Breitbeinig stand er da und betrachtete die anderen. »Ich bedaure aus tiefstem Herzen, daß wir damals auf Telgar keine andere Lösung für T'ron und T'kul fanden. Der Südkontinent erschien uns als Ausweg. Wir dachten, dort könnten sie Pern am wenigsten schaden . . .«

»Sie wollen nicht Pern schaden, sondern *nur* – Benden allein!«
Lessas Stimme enthielt Bitterkeit. »T'ron und Mardra haben es
wieder einmal auf uns beide abgesehen.«

»Mardra sähe es sicher nicht gerne, wenn eine andere Königin
sie entmachtete«, warf Brekke ein und blieb ruhig stehen, als
Lessa zu ihr herumwirbelte.

»Brekke hat recht, Lessa«, meinte F'lar und legte seiner Gefährtin betont lässig die Hand auf die Schulter. »Mardra würde die
Konkurrenz scheuen.«

Robinton konnte sehen, daß die Finger des Weyrführers an
den Knöcheln weiß vor Anspannung waren, aber Lessa ließ sich
nicht im geringsten anmerken, daß sein Griff ihr Schmerzen bereitete.

»Das gleiche gilt für Merika, T'kuls Weyrherrin«, sagte D'ram,
der Weyrführer von Ista. »Ich kenne sie gut genug.«

Robinton empfand stärker als die anderen im Raum, daß für
D'ram die Ereignisse besonders schmerzlich sein mußten. Er war
ein aufrechter, loyaler Mann. Er hatte sich damals gezwungen
gesehen, F'lar gegen die eigenen Zeitgenossen zu verteidigen.
Durch sein Beispiel hatte er R'mart und G'narish, die übrigen
Weyrführer aus der Vergangenheit, dazu bewogen, sich auf die
Seite von Benden zu stellen. So viele unterschwellige Strömun-
gen und Konflikte durchdrangen den Raum, dachte Robinton.
Wer immer auf den Gedanken gekommen war, das Ei der Königin zu entführen, hatte zwar sein Ziel nicht erreicht – er hatte es
aber geschafft, die Solidarität der Drachenreiter gründlich zu er-
schüttern.

»Ich kann gar nicht zum Ausdruck bringen, wie schlimm ich
das Ganze empfinde, Lessa«, fuhr D'ram kopfschüttelnd fort.
»Als ich davon hörte, wollte ich es erst nicht glauben. Ich begreife einfach nicht, welchen Vorteil ihnen dieser Schritt bringen
sollte. T'kul ist älter als ich. Sein Salth hätte es nie geschafft, eine
Benden-Königin im Flug zu überwinden. Das gilt im übrigen für
alle Drachen des Süd-Kontinents.«

D'rams verwirrte Worte trugen ebenso wie zuvor Robintons
Offenheit dazu bei, die Anspannung im Beratungsraum ein wenig zu entschärfen. Ohne es zu merken, hatte D'ram Robintons
Theorie unterstrichen, daß der Raub im Grunde ein Kompliment
für Benden sei.

»Vermutlich leben die Bronzedrachen gar nicht mehr, bis die
junge Königin zum ersten Paarungsflug aufsteigt«, fuhr D'ram
nach einer kleinen Pause fort. »Acht Drachen des Süd-Konti-

nents sind, wie wir alle wissen, im Laufe des letzten Planetenumlaufs gestorben. Also haben sie das Ei umsonst gestohlen – völlig umsonst.« In seiner Miene spiegelte sich tiefe Trauer wider.

»Nicht ganz umsonst«, entgegnete Fandarel mit dumpfer Stimme. »Denn seht nur, was mit uns geschehen ist, die wir seit vielen Planetenumläufen Freunde und Verbündete sind! Ihr Drachenreiter . . .« – sein Zeigefinger schien sie aufzuspießen – »wart nur einen winzigen Schritt davon entfernt, eure Tiere gegen die des Südens zu hetzen.« Fandarel schüttelte langsam den Kopf. »Ein furchtbarer Tag war das heute, ein furchtbarer Tag! Wenn man ihn nur ungeschehen machen könnte!« Sein Blick ruhte lange auf Lessa. »Ich habe Angst um uns und um Pern, wenn nicht der Zorn schwindet und die Vernunft siegt. Lebt wohl, ich gehe jetzt.«

Mit großer Würde verneigte er sich vor jedem der Weyrführer und ihren Gefährtinnen, vor Brekke und zuallerletzt vor Lessa. Sie hielt den Blick gesenkt. Seufzend verließ er den Raum.

Fandarel hatte klar zum Ausdruck gebracht, was Robinton Lessa beizubringen versuchte – daß die Drachenreiter ihren Einfluß auf Burgen und Gilden verlieren würden, wenn sie sich von Zorn und Rachelust leiten ließen. Man hatte in der Hitze des Augenblicks ohnehin fast zuviel gesagt – und das vor Zeugen, die sich nur ungern der Vorherrschaft des Weyrvolkes beugten.

Aber wie kam man an Lessa heran, die stur auf Rache sann und alles andere zu vergessen schien? Zum ersten Mal in seiner langen Amtszeit als Meisterharfner von Pern fehlten Robinton die Worte. Als ob es nicht reichte, daß er Lessas Wohlwollen verloren hatte! Wie konnte er sie nur zur Vernunft bringen?

F'lar räusperte sich. »Fandarel hat mich daran erinnert, daß Drachenreiter mit weitreichenden Folgen rechnen müssen, wenn sie Privatfehden austragen. Ich ließ es einmal so weit kommen, daß eine Kränkung mir die Vernunft raubte. Der heutige Tag ist die Konsequenz von damals.«

D'ram schaute auf, starrte F'lar an und schüttelte dann langsam den Kopf. Auch die anderen Drachenreiter murmelten entrüstet. Alle fanden, daß F'lar damals in Telgar richtig gehandelt hatte.

»Unsinn, F'lar«, sagte Lessa und schüttelte mühsam ihre Starre ab. »Das war doch keine Privatfehde! Du mußtest an jenem Tag gegen T'ron antreten, um Pern zusammenzuhalten.«

»Und heute darf ich *nicht* gegen ihn oder T'kul antreten, sonst besteht von neuem die Gefahr, daß Pern zerfällt.«

Lessa löste den Blick lange nicht von F'lars Zügen. Dann sanken ihre Schultern nach vorn; sie gab sich zögernd geschlagen.

»Aber – wenn dem Ei irgendein Schaden zugefügt wurde – wenn die kleine Königin stirbt oder sonst etwas . . .«

»Dann werden wir uns ganz sicher noch einmal mit der Angelegenheit befassen«, versprach F'lar und hob feierlich den Arm.

Inbrünstig hoffte Robinton, daß sich die Kleine als gesund und kräftig erweisen würde – daß sie dieses Abenteuer ohne Folgen überstanden hatte. Bis zu dem Zeitpunkt, da sie ausschlüpfte, wußte er vielleicht schon mehr und konnte Lessa endgültig besänftigen.

»Ich muß jetzt zu Ramoth«, verkündete Lessa. »*Sie* braucht mich.« Sie verließ den Raum mit energischen Schritten. Die Drachenreiter machten ihr ehrerbietig eine Gasse frei.

Robinton warf einen Blick auf den Becher Wein, den er ihr gereicht hatte, nahm ihn vom Tisch und leerte ihn in einem Zug. Seine Hand zitterte, als er das Gefäß abstellte. Er spürte F'lars Blick auf sich gerichtet.

»Wir könnten alle eine Erfrischung gebrauchen«, sagte F'lar und winkte die Gäste an den Tisch, während Brekke sich rasch erhob und die Pflichten der Gastgeberin übernahm.

»Warten wir erst einmal die Gegenüberstellung ab«, fuhr F'lar fort. »Ich muß wohl nicht eigens betonen, daß ihr Vorsichtsmaßnahmen gegen einen ähnlichen Überfall treffen solltet.«

»Keine unserer Brutstätten beherbergt im Moment ein Gelege«, sagte R'mart vom Telgar-Weyr. »Und keiner von uns besitzt Benden-Königinnen.« Er schaute den Harfner mit einem listigen Blinzeln an. »Wenn im Laufe des letzten Planetenumlaufs wirklich acht Drachen auf dem Südkontinent starben, dann sind es insgesamt noch zweihundertachtundvierzig – und nur fünf Bronze-Reiter. Wer von ihnen mag wohl das Königin-Ei zurückgebracht haben?«

»Das Ei ist wieder an seinem Platz – das allein zählt«, erwiderte F'lar und nahm einen tiefen Zug. »Obwohl ich jenem Reiter zutiefst dankbar bin.«

»Es ließe sich herausfinden«, warf N'ton ruhig ein.

F'lar schüttelte den Kopf. »Vielleicht mag ich es gar nicht wissen. Vielleicht ist es besser, nichts darüber zu erfahren – wenn nur aus dem Ei eine gesunde kleine Königin schlüpft.«

»Fandarel hat den Finger in die Wunde gelegt«, meinte Brekke, während sie anmutig Wein nachschenkte. »Seht nur, wie sich alte Freunde und Verbündete heute gegenüberstehen! Das bereitet mir mehr Kummer als alles andere. Und . . .« – sie schaute die Anwesenden der Reihe nach an – »ich finde es schlimm, daß man die Feuer-Echsen plötzlich mit Haß verfolgt, nur weil einige aus Loyalität zu ihren Besitzern in dieser schrecklichen Angelegenheit eine Rolle spielten. Ich weiß, ich urteile in diesem Punkt nicht objektiv . . .« – sie lächelte traurig –, »aber ich habe auch mehr Grund als alle anderen, den kleinen Geschöpfen dankbar zu sein. Ich wäre froh, wenn auch in ihrem Fall die Vernunft siegen würde.«

»Ich verstehe dich, Brekke«, antwortete F'lar, »aber wir müssen im Moment behutsam sein. In der Aufregung dieses Morgens fiel manches Wort, das nicht so ernst gemeint war.«

»Ich hoffe es, ich hoffe es von ganzem Herzen«, sagte Brekke. »Aber Berd übermittelt mir Bilder von Echsen, die vom Feuer der Drachen versengt wurden.«

Robinton stieß einen erstaunten Ruf aus. »Ich erhielt die gleichen wirren Eindrücke von Zair, ehe ich ihn zu dir schickte, Brekke. Aber kein Drache hier hat . . .« Er ließ seine Blicke über die anderen Weyrführer schweifen. Einige nickten, andere zeigten Besorgnis und Ungläubigkeit.

»Noch nicht . . .«, meinte Brekke und warf einen bedeutsamen Blick zu Ramoths Lager.

»Dann müssen wir dafür sorgen, daß die Königin durch den Anblick von Echsen nicht mehr verärgert wird«, erklärte F'lar energisch. Er hob beschwichtigend die Hand, als die ersten Proteste laut wurden. »Wenigstens im Augenblick! Ich weiß, daß sie nützlich sind. Einige haben sich sogar als sehr zuverlässige Boten erwiesen. Viele von euch schätzen die kleinen Tierchen. Aber schickt sie zu Brekke, wenn es unbedingt nötig ist, Benden eine Nachricht zu übermitteln.« Bei seinen letzten Worten schaute er Robinton an.

»Feuer-Echsen meiden Orte, an denen sie nicht willkommen sind«, sagte Brekke. Dann, um ihren Worten den Stachel zu nehmen, fügte sie mit einem schwachen Lächeln hinzu: »Außerdem wirken sie im Moment total verängstigt.«

»Wir tun also gar nichts, bis die junge Königin geschlüpft ist?« erkundigte sich N'ton.

»Doch – eines. Holt die Mädchen in den Weyr, die man bei der Suche entdeckt hat! Lessa möchte Ramoth sicher langsam an ihre Nähe gewöhnen. Wir sehen uns dann bei der Gegenüberstellung wieder, Weyrführer.«

»Ich wünsche viel Glück für den großen Augenblick«, sagte D'ram sehr ernst. Die anderen pflichteten ihm bei.

Robinton hatte halb gehofft, daß F'lar ihn zurückhalten würde, bis die anderen gegangen waren. Aber F'lar vertiefte sich in ein Gespräch mit D'ram, und Robinton spürte mit leiser Bitterkeit, daß seine Anwesenheit nicht erwünscht war. Es schmerzte den Meisterharfner, daß ein Mißklang das Verhältnis zwischen ihm und den Weyrführern von Benden trübte, und er fühlte sich müde, als er den Rückweg antrat. Immerhin, F'lar hatte seine Bitte um Bedachtsamkeit unterstützt. Als er die letzte Biegung des Korridors erreichte, sah er Mnementh auf dem Felsensims kauern und zögerte, mit einemmal unsicher, ob er sich Ramoths Gefährten nähern sollte.

»Nun machen Sie kein so langes Gesicht, Robinton!« N'ton war neben ihn getreten und faßte ihn am Ellbogen. »Sie hatten vollkommen recht, daß Sie Lessas Wahnsinn den Riegel vorschoben – und Sie waren vermutlich der einzige, der die Macht dazu besaß. F'lar weiß das sehr gut.« N'ton grinste. »Aber er muß schließlich mit Lessa leben.«

»Meister Robinton!« F'nor hatte die Stimme gesenkt, als wolle er nicht, daß jemand seine Worte hörte. »Hätten Sie noch Zeit, Brekke und mich zu besuchen? Sie auch, N'ton, wenn man Sie nicht auf Fort zurückerwartet?«

»Ich stehe gern zu Ihrer Verfügung«, meinte der jüngere Bronzereiter freundlich.

»Brekke kommt gleich nach.« Der Geschwaderzweite ging voraus durch den Weyrkessel, der unnatürlich still wirkte. Nur das Stöhnen und Schnauben, das Ramoth in der Brutstätte ausstieß, hallte dumpf wider. Mnementh hielt auf seinem Felsensims Wache. Er drehte den Kopf beständig von einer Seite auf die andere, um die Sandfläche bis in den letzten Winkel im Auge zu behalten. Kaum hatten die Männer den Weyr betreten, da stürzten ihnen vier hysterische Feuer-Echsen entgegen, die auf den Arm genommen und beruhigt werden mußten. Alle schienen die Furcht zu teilen, daß die Drachen sie mit ihrem Flammenatem versengen wollten.

»Was bedeutet dieses riesige Dunkel, das ich in Zairs Bildern erkenne?« fragte Robinton, nachdem er seine kleine Bronze-Echse einigermaßen zur Vernunft gebracht hatte. Zair zitterte am ganzen Körper, und sobald der Harfner aufhörte, sie zu streicheln, stupste sie gebieterisch seine Hand an.

Berd und Grall saßen auf F'nors Schultern, schmiegten die

Köpfe an seine Wangen uand ließen die gelb gesprenkelten Augen ängstlich kreisen. »Sobald sie ruhiger sind, werden Brekke und ich versuchen, diese Eindrücke zu ordnen. Ich habe das Gefühl, daß sie sich an irgendein Ereignis erinnern.«

»Doch nicht an etwas wie den Roten Stern?« fragte N'ton. Dieser Name fiel im ungünstigsten Moment, denn Tris, der bis dahin still auf seinem Arm gelegen war, begann heftig mit den Flügeln zu schlagen, und die anderen kreischten ängstlich. »Das wollte ich nicht! Nun beruhige dich, Tris!«

»Nein, das nicht«, erwiderte F'nor.

»Wir wissen, daß sie in telepathischem Kontakt mit Angehörigen ihrer Rasse stehen können und offensichtlich alles ausstrahlen, was sie stark empfinden oder erleben.« Robinton fiel es schwer, seine Gedanken in Worte zu kleiden. »Das hier könnte also eine Art Massenreaktion sein. Nur – von welcher Echse haben sie das Bild aufgefangen? Auf der anderen Seite könnten Grall, Berd oder gar Merons kleine Echse niemals durch Artgenossen erfahren haben, daß der . . . ihr wißt schon, was . . . eine entsetzliche Gefahr barg. Woher dann jene Hysterie, jenes Entsetzen? Wie war es möglich, daß sie davon wußten?«

»Auch Renner scheinen sich stets in tückischem Gelände zurechtzufinden . . .«, warf N'ton ein.

»Instinkt?« Robinton überlegte. »Möglich.« Dann schüttelte er den Kopf. »Nein, das Zurechtfinden in tückischem Gelände hat nichts damit zu tun. Das gilt immer. Dagegen die Angst vor dem R-O-T-E-N S-T-E-R-N . . .« – er buchstabierte das kritische Wort – »war etwas ganz Spezielles.«

»Feuer-Echsen besitzen im Grunde die gleichen Anlagen wie Drachen. Aber mir ist noch nie aufgefallen, daß Drachen ein nennenswertes Gedächtnis haben.«

F'nor hob den Blick zur Decke. »Dann vergessen sie hoffentlich rasch, was sich heute zugetragen hat!«

Robinton seufzte tief. »Was Lessa ganz sicher nicht tut . . .«

»Nun, Lessa ist alles andere als dumm, Meisterharfner.« Geschickt fügte N'ton den Titel an, um seinen Respekt vor dem alten Mann zu unterstreichen. »Das gleiche gilt für F'lar. Aber die beiden sind in tiefer Sorge. Sobald sie sich etwas gefaßt haben, werden sie Ihr heutiges Eingreifen sicher richtig sehen.« N'ton räusperte sich und schaute dem Meisterharfner fest in die Augen. »Wissen Sie, wer das Ei weggenommen hat?«

»Ich hörte gewisse Gerüchte. Und ich wußte – wie jeder andere, der die Planetenumläufe zählt –, daß die Drachen und ihre

Reiter im Süden an Altersschwäche leiden. Ihre Lage ist verzweifelt. Nun kann man Zair nicht mit einem Drachen vergleichen, aber ich erlebte vor kurzem mit, wie er in Hitze geriet . . .« Robinton machte eine Pause und dachte an das verblüffende Wiedererwachen von Wünschen, die er für längst abgeklungen gehalten hatte. Dann hob er die Schultern. N'ton warf ihm einen belustigten Blick zu. »Ich kann mir in etwa vorstellen, welchen Druck brünstige Braune oder gar Bronzedrachen auf ihre Reiter ausüben . . .«

F'nor runzelte die Stirn. »Wieviel wissen Sie von den Vorgängen im Südweyr, Robinton? Ich erinnere mich, daß ich Ihnen alle Karten aushändigte, die ich während meiner Genesungszeit drunten im Süden skizziert hatte.«

»Offen gestanden, weiß ich mehr über die Ereignisse auf den Höfen und Burgen. Aber Piemur schickte mir vor kurzem eine Botschaft, in der es hieß, daß sich die Drachenreiter auffällig zurückgezogen hätten. Sie pflegen, gemäß der Tradition ihrer eigenen Zeit, ohnehin wenig Umgang mit Hofbesitzern, aber gewisse Beziehungen hatten sich doch gebildet. Die brachen nun abrupt ab. Plötzlich ließ man keine Außenstehenden mehr in die Nähe des Weyrs. Gründe wurden nicht genannt. Und die Drachen flogen immer seltener. Piemur berichtete, daß man sie zwar aufsteigen sah, aber nicht zu Patrouillen. Sie verschwanden einfach im *Dazwischen*.«

»Zeitsprünge«, meinte F'nor nachdenklich.

Zair begann mitleiderregend zu kreischen, und Robinton besänftigte ihn. Wieder strahlte die Echse das Bild von Drachen aus, die Feuer spien. Dann schwarzes Nichts – und ganz kurz der Blick auf ein Ei. »Habt ihr von euren kleinen Freunden die gleichen Eindrücke erhalten?« fragte Robinton, obwohl die überraschten Ausrufe der anderen diese Frage unnötig machten.

Der Harfner drängte Zair, ihm Einzelheiten zu übermitteln, und erkundigte sich, wo das Ei lag; doch statt einer Antwort sandte das Tierchen wieder Angstgefühle aus.

»Wenn die Biester nur etwas mehr Verstand besäßen!« seufzte Robinton. Er verdrängte mühsam seinen Ärger. So nahe dem Ziel – und doch nichts zu erreichen, weil das Aufnahmevermögen der Echsen beschränkt war!

»Sie sind jetzt zu erregt«, beschwichtigte F'nor. »Später werde ich Grall und Berd noch einmal aushorchen. Ich möchte nur wissen, ob Menolly von ihrem Schwarm die gleichen Bilder erhält. Erkundigen Sie sich doch, Meister Robinton, wenn Sie in die Gildehalle zurückkehren! Bei zehn Echsen ergibt sich vielleicht mehr Klarheit als bei einer.«

Robinton nickte und erhob sich, doch dann fiel ihm noch etwas ein. »N'ton, gehörten Sie nicht zu den Bronzereitern, die in den Süden flogen, um nach dem Ei zu suchen?«

»Ja. Und der Weyr lag verlassen da. Vollkommen verlassen. Nicht ein alter Drache war zu sehen.«

»Ja. Das wäre die logische Folge, nicht wahr?«

Als Jaxom und Menolly über der Burg Fort auftauchten, rief Ruth dem Wachdrachen seinen Namen zu. Gleich darauf wurde er von Feuer-Echsen fast erdrückt. Sie behinderten ihn so sehr, daß er einige Längen absackte, ehe sie ein wenig von ihm abließen und er seine Schwingen wieder bewegen konnte. In dem Moment, da er landete, schwärmten die Echsen von neuem herbei und kreischten angsterfüllt. Menolly redete beruhigend auf die Tiere ein, die sich in ihrem Haar verkrochen und an ihre Kleider hängten. Auch Jaxom bestürmten sie, kauerten auf seinen Schultern, schlangen ihm die Schweifenden um den Hals und flatterten in Augenhöhe vor ihm.

»Was ist denn in die gefahren?«

»Sie haben entsetzliche Angst. Angeblich hauchen ihnen Drachen Feuerstrahlen entgegen«, rief Menolly. »Aber hier tut euch doch keiner etwas, ihr albernen Geschöpfe! Ihr müßt nur dem Benden-Weyr eine Zeitlang fernbleiben.«

Harfner, herbeigelockt von dem Aufruhr, kamen ihnen zu Hilfe. Sie lockten die eigenen Echsen zurück und befreiten Menolly und Jaxom von den anderen. Als Jaxom begann, die kleinen Geschöpfe von Ruth fortzuscheuchen, meinte der weiße Drache, das sei nicht nötig, mit den Echsen werde er schon fertig. Und da die Harfner sie mit Fragen nach den Vorgängen auf Benden überhäuften, gab Jaxom nach und ließ Ruth mit den Quälgeistern allein.

Die Harfner hatten von den Echsen, die völlig verschreckt in die Gildehalle zurückgekehrt waren, nur verzerrte Bilder erhalten: Der Benden-Weyr, voll von riesigen Bronzedrachen, die Feuerstein kauten und sich kampfbereit machten; Ramoth, die wie ein gepeinigter Wachwher kreischte; das Königin-Ei, das einsam im Sand lag. Und über allem die furchteinflößende Vision von Drachen, die Feuer-Echsen versengten.

»Unsinn! Kein Benden-Drache hat je eine Echse angegriffen!« erklärten Jaxom und Menolly gleichzeitig.

»Aber sämtliche Feuer-Echsen sollen im Moment einen gro-ßen Bogen um Benden machen!« fügte Menolly energisch an. »Wichtige Botschaften nehmen nur Brekke oder Mirrim entgegen. Und wir haben vereinbart, alle Tiere, die zu uns gehören, mit den Gildefarben der Harfner zu kennzeichnen.«

Jaxom und Menolly gingen nach drinnen, wo man ihnen Wein und dampfend heiße Suppe anbot. Doch kaum hatten sie Platz genommen, da prasselten erneut Fragen auf sie ein. Menolly erzählte, und Jaxoms Respekt vor dem Harfnermädchen wuchs, als er merkte, mit welchem Geschick sie die Ereignisse wiedergab, wie sie Empfindungen in den Zuhörern zu wecken verstand, ohne das Geschehen zu verzerren. Einer der älteren Harfner, der eine blaue Echse auf dem Arm hielt und streichelte, nickte vor sich hin, als sei er sehr zufrieden mit ihrer Leistung.

Sobald Menolly schwieg, entspann sich eine erregte Diskussion. Die wichtigste Frage blieb, wer das Ei zurückgebracht hatte – und vor allem, *warum.* Wie sollten sich die Weyr in Zukunft gegen solche Überfälle schützen? Waren auch die großen Burgen in Gefahr? Wer konnte sagen, was die Alten noch alles im Schilde führten, wenn sie nicht einmal vor solchen Freveltaten zurückschreckten? Da waren überdies einige rätselhafte Vorfälle – unbedeutend an sich, aber im Lichte der Ereignisse doch verdächtig – die man nach Ansicht der Harfner im Benden–Weyr erwähnen sollte. Die unverständlichen Liefer-Engpässe in den Eisenerzminen zum Beispiel. Oder die Sache mit den jungen Mädchen, die spurlos verschwunden waren, allem Anschein nach verschleppt von Drachenreitern. War es möglich, daß die Alten im Norden noch mehr an sich reißen wollten als Drachen-Eier?

Menolly löste sich aus dem Kreis der Zuhörer und winkte Jaxom, ihr zu folgen. »Ich habe mir den Mund total fransig geredet«, stöhnte sie und führte ihn den Korridor entlang zu dem hohen Archivgewölbe, wo alte, halb verschimmelte Schriften kopiert wurden, ehe ihre Botschaften für immer verlorengingen. Ihr Echsenschwarm tauchte mitten im Raum auf, und sie erlaubte den Tieren, auf einem der Tische zu landen. »So, meine Kleinen, dann verpasse ich euch eben die neueste Mode!« Sie kramte in den Schubladen. »Ich brauche Gelb und Weiß. Hilf mir mal suchen, Jaxom! Die Dose hier ist ausgetrocknet.« Sie warf den Behälter in einen Abfallkorb.

»Was soll das denn für ein Kunstwerk werden?«

»Hmm. Da ist ja Weiß. Dunkelblau für die Harfnergilde und Hellblau als Zeichen des Gesellenstandes, beides getrennt durch einen weißen Strich und eingerahmt mit dem gelben Gitter von Fort. So hat alles seine Richtigkeit, oder?«

Jaxom nickte. Menolly verdonnerte ihn dazu, die Feuer-Echsen festzuhalten, während sie malte. Das war um so schwieriger, weil die kleinen Biester sich durchaus einbildeten, sie müßten ihm dabei tief in die Augen schauen.

»Wenn die versuchen, mir eine Botschaft zu übermitteln, so muß ich gestehen, daß ich den Sinn nicht begreife«, meinte Jaxom, während er geduldig die fünfte seelenvolle Betrachtung über sich ergehen ließ.

»Ich vermute . . .« – Menolly sprach abgehackt, während sie ihre Wurzelfarben auf den Rücken der Echsen pinselte –, »daß du als einziger auf ganz Pern . . . einen Drachen besitzt . . . vor dem sie sich nicht fürchten. Schließlich frißt Ruth . . . keinen Feuerstein.«

Jaxom seufzte. Es sah wieder einmal so aus, als würde Ruths Beliebtheit seine Pläne zunichte machen. So sehr er die Aussicht verabscheute, er mußte in Zukunft wohl wieder mit Zeitsprüngen arbeiten; wenn die Echsen nicht wußten, in welche Zeit sich Ruth begab, konnten sie ihm auch nicht folgen. Bei diesem Gedanken fiel ihm siedendheiß sein ursprünglicher Auftrag wieder ein.

»Ich kam heute morgen eigentlich her, um Wansors Gleichungen abzuholen . . .«

»Ach ja, richtig!« Menolly lachte ihn über eine zappelnde blaue Echse hinweg an. »Das scheint Planetenumläufe zurückzuliegen. So, verzieren wir noch Onkelchen, dann bekommst du das Zeug. Und dazu noch ein paar Karten über die Winter- und Sommersternbilder, weil du dich so nützlich gemacht hast. Sie sind Piermurs Werk. Sehr viele gibt es davon noch nicht.«

Eine blaue Echse schoß ins Archiv und zirpte erleichtert, als sie Jaxom entdeckte.

Die gehört dem Dicken, erklärte Ruth von draußen.

»He, ich habe doch nur eine Blaue, und die ist bereits gekennzeichnet, oder?« fragte Menolly erstaunt.

»Das ist Brands Echse«, sagte Jaxom. »Ich glaube, ich muß schleunigst nach Ruatha. Die warten sicher seit Stunden auf mich.«

»Mann, paß bloß auf, daß du dir nicht mal selbst begegnest!« meinte sie lachend. »Aber diesmal hast du doch eine echte Entschuldigung für dein langes Wegbleiben.«

Jaxom zwang sich zu einem Grinsen, als er die Rolle auffing, die sie ihm zuwarf. Spielte sie etwa auf sein heimliches Treiben an? Ach was, er reagierte überempfindlich! Ein Zeichen von schlechtem Gewissen!

»Dann bekomme ich von dir ein Alibi für Lytol?«

»Jederzeit, Jaxom.«

Auf Ruatha angelangt, mußte er die ganze Geschichte noch einmal schildern. Die Zuhörer waren ebenso verwirrt, empört und erleichtert wie die Harfner in der Gildehalle. Unbewußt ahmte Jaxom Menollys dramatischen Vortrag nach. Als er es merkte, überlegte er mit einem Lächeln, wie lange es wohl dauern würde, bis sie eine Ballade aus dem Stoff geschrieben hatte.

Am Ende ordnete er an, alle Echsen von Ruatha in den Farben der Burg zu kennzeichnen: Braun mit roten Quadraten, umrahmt von Schwarz und Weiß. Während er seine Anweisungen erteilte, fiel ihm auf, daß Lytol immer noch in seinem Lehnstuhl saß, einen Finger an den Mundwinkel gelegt, den Blick starr in die Ferne gerichtet. »Lytol?«

Der Burgverwalter kehrte mühsam in die Gegenwart zurück und sah Jaxom stirnrunzelnd an. Dann seufzte er. »Ich habe von Anfang an befürchtet, daß dieser Konflikt zu einem Kampf zwischen den Drachen führen könnte.«

»Noch ist es nicht soweit, Lytol.« Jaxom gab seiner Stimme einen beruhigenden Klang.

Der Mann schaute Jaxom forschend an. »Aber viel fehlt nicht, mein Junge, viel fehlt nicht. Und du und ich, wir beide schulden Benden eine Menge. Glaubst du, die Weyrführer brauchen mich jetzt?«

»Finder ist dortgeblieben.«

Lytol nickte und fuhr sich mit der Hand über die Augen. »Besser so. Er verträgt den Drachenflug.« Wieder starrte er geradeaus.

»Du fühlst dich nicht gut, Lytol. Einen Becher Wein?«

»Nein, es geht schon wieder, Junge.« Lytol gab sich einen Ruck und stand auf. »Ich fürchte, daß du bei all dem Durcheinander die Gleichungen vergessen hast.«

Erleichtert, daß sein Vormund wieder so barsch wie gewohnt klang, brachte ihm Jaxom die Schriften und auch die Sternkarten. Von da an bis zum Abendessen bereute er das allerdings fast wieder, denn Lytol holte Brand, und die beiden ließen sich von ihm in allen Einzelheiten erklären, wie man den Sporeneinfall vorausberechnete.

Einen Vorteil hatte die Lektion allerdings, fand Jaxom, als er später über seinen privaten Gleichungen saß. Wenn man etwas erklären mußte, verstand man es hinterher selbst besser. Er hatte sich die Karte des Südkontinents vorgenommen. Im Norden von Pern herrschte einfach zuviel Aktivität, und es war gefährlich, Zeitsprünge mit Ruth zu wagen. Falls er den Freund aber in den Süden brachte, zwölf Planetenumläufe in die Vergangenheit, zu einem Zeitpunkt, da die Alten den Kontinent noch nicht bewohnten ... Er wußte sogar, wo er dort unten Feuerstein finden konnte. Die Nachtgestirne waren über den halben Himmel gewandert, ehe er die Zeit, in die er zurückkehren wollte, genau berechnet hatte.

Kurz vor Tagesanbruch weckte ihn Ruth mit einem jämmerlichen Wimmern. Jaxom wühlte sich aus seinen Fellen, stolperte barfuß über den kalten Steinboden und rieb sich den Schlaf aus den Augen. Ruths Vorderpranken zuckten, und seine Schwingen waren halb gespreizt. Offenbar quälte ihn ein böser Traum. Feuerechsen umschwirrten ihn. Die wenigsten trugen Ruatha-Farben. Jaxom verscheuchte die fremden Geschöpfe, und sein Drache fiel in einen tiefen, ruhigen Schlaf.

VI

Ruatha und Südkontinent, 27. 5. 15–2. 6. 15

Der Tag auf der Burg begann damit, daß man Feuer-Echsen an alle kleineren Höfe und Handwerkshütten losschickte. Sie überbrachten die Botschaft, daß jede Echse mit den Farben von Ruatha markiert und ausdrücklich gewarnt werden sollte, den Benden–Weyr zu meiden. Im Laufe des Vormittags strömten dann die Pächter und Siedler aus der Nähe beunruhigt nach Ruatha, weil sie sich die wirren Bilder ihrer Echsen nicht erklären konnten. So kamen Lytol, Jaxom und Brand keine Minute zum Verschnaufen. Für den nächsten Tag war ein Sporenregen angekündigt, und er fiel genau in dem Moment, den Lytol vorausberechnet hatte. Das befriedigte ihn ungemein und beruhigte die Ängstlicheren unter den Pächtern.

Jaxom nahm wortlos seinen Platz bei den Bodensuchtrupps ein, obwohl den Drachengeschwadern vom Fort–Weyr selten ein Fadenknäuel entging. Aber insgeheim hoffte er, daß er bereits das nächstemal in der Luft gegen die Sporen kämpfen würde.

Am dritten Tag nach dem Diebstahl des Königin-Eis erklärte Ruth, er sei am Verhungern, und Jaxom nahm ihn mit auf die Jagd. Obgleich ihn die Feuer-Echsen in ganzen Schwärmen begleiteten, riß er nur einen Bock und fraß ihn mit Haut und Haaren.

Ich denke nicht daran, denen da Futter zu besorgen, erklärte er so trotzig, daß Jaxom verwundert den Kopf schüttelte.

»Was ist denn mit dir los? Ich denke, du magst die Kleinen?«

Jaxom setzte sich zu seinem Drachen ins Gras und streichelte ihn.

Sie erinnern sich an etwas, das ich getan haben soll, aber ich weiß, daß ich es nicht getan habe. Rote Funken sprühten in Ruths Augen.

»Was sollst du denn getan haben?«

Ich war es nicht. In Ruths Gedanken schwangen Angst und Unsicherheit mit. *Ich weiß, daß ich es nicht war. So etwas würde ich nie tun. Ich bin doch ein Drache. Ich bin Ruth. Ich stamme selbst von Benden ab!* Seine letzten Worte klangen verzweifelt.

»Woran erinnern sie sich denn, Ruth? Sag es mir – bitte!«

Ruth senkte den Kopf, als wolle er sich verkriechen, aber dann warf er Jaxom einen mitleiderregenden Blick zu. *Ich würde niemals*

Ramoths Ei nehmen! Ich weiß, daß ich es nicht genommen habe. Ich war die ganze Zeit über hier mit dir am See. Ich erinnere mich genau daran. Und sie wissen auch, daß ich da war. Aber irgendwie behaupten sie trotzdem, daß ich Ramoths Ei genommen hätte.

Jaxom umklammerte Ruths Nacken, weil er vor Schreck beinahe umgekippt wäre. Dann holte er ein paarmal tief Luft.

»Zeig mir die Bilder, die sie dir übermittelt haben, Ruth!«

Und Ruth gehorchte. Die Eindrücke wurden klarer, als der weiße Drache sich unter Jaxoms Zuspruch allmählich beruhigte.

Das ist es, woran sie sich erinnern, meinte er schließlich mit einem tiefen Seufzer der Erleichterung.

Jetzt ganz logisch bleiben! dachte Jaxom. Und so sprach er seine Gedanken laut aus, um sie besser zu ordnen. »Feuer-Echsen können nur das erzählen, was sie gesehen haben. Du sagst, daß sie sich an den Vorfall erinnern. Weißt du, *wann* sie dich Ramoths Ei nehmen sahen?«

Ich könnte dich zu diesem Wann *hinbringen.*

»Wirklich?«

Da waren zwei Königinnen – sie haben mich am meisten bedrängt, weil sie sich am besten erinnern.

»Sie erinnern sich nicht zufällig an die Sternbilder, hm?«

Ruth verneinte. *Feuer-Echsen sind so klein, daß sie nur einen Teil des Himmels überblicken. Außerdem wurden sie zu dem Zeitpunkt versengt. Die Bronzedrachen, die das Ei bewachen, kauen Feuerstein. Sie dulden keine Echsen in ihrer Nähe.*

»Schlau von ihnen!«

Kein Drache mag die Feuer-Echsen mehr! Und wenn sie wüßten, was die Echsen über mich wissen, würden sie mich auch nicht mehr mögen.

»Dann ist es um so besser, daß du der einzige Drache bist, der auf Feuer-Echsen hört, oder?« Diese Feststellung war weder für Ruth noch für Jaxom ein großer Trost. »Aber ich verstehe nicht, warum dich die Echsen noch bedrängen, wo das Ei doch längst wieder im Benden–Weyr ist.«

Weil sie sich nicht erinnern, daß ich bereits dort war.

Jaxom hatte ein weiches Gefühl in den Kniekehlen. Vor allem die letzte Feststellung erforderte gründliches Nachdenken. Nein, widersprach er sich. F'lessan hat schon recht. Wir denken und reden alles kaputt. Er überlegte kurz, ob auch F'lar und Lessa im Augenblick ihrer Entscheidungen von diesem irrationalen Zwang befallen wurden. Er kam zu dem Schluß, daß er auch darüber besser nicht nachdachte. »Du kennst also den genauen Zeitpunkt, den wir ansteuern müssen?« fragte er Ruth nochmal.

Zwei Echsenköniginnen schossen mit Gezirpe herbei. Eine landete sogar auf Jaxoms Arm. Ihre Augen kreisten und strahlten Freude aus.

Sie kennen ihn, und ich kenne ihn.

»Gut. Ich freue mich, daß sie uns hinführen. Nur schade, daß sie sich nicht den einen oder anderen Stern gemerkt haben.«

Jaxom holte noch einmal tief Luft, dann schwang er sich auf Ruth und ließ sich zurück zur Burg bringen.

Nun, da er den Entschluß zum Handeln gefaßt hatte, fiel es ihm erstaunlich leicht, auch den Rest zu erledigen. Wortlos holte er seine Reitkleider, einen Strick und eine Felldecke für das Ei. Er schlang ein paar Bissen hinunter und blinzelte Band mit Verschwörermiene an, als er die Burg verließ, froh um die prächtige Ausrede, die ihm seine sogenannte »Affäre« mit Corana bot.

Länger dauerte es, Ruth zu überzeugen, daß er sich im schwarzen Schlamm des Telgar-Deltas wälzen solle, aber Jaxom gab seinem Gefährten zu bedenken, daß eine weiße Haut sich gegen die Tropennacht ebenso auffällig abhob wie gegen die Schatten der Brutstätte.

Aus den Bildern, die Ruth von den beiden Königinnen erhielt, glaubte Jaxom mit einiger Sicherheit schließen zu können, daß die Alten das Ei zwar zurück in die Vergangenheit getragen hatten, der Ort jedoch unverändert geblieben war. Der warme Sand des alten Vulkans, in dem später der Süd-Weyr entstehen sollte, schien auch der einzig geeignete Platz. Jaxom hatte die Sternbilder des Südens auswendig gelernt und hoffte, daß er ungefähr erkennen würde, in welcher Zeit er landete. Wenn nur Ruths kühne Behauptung stimmte, das Wann eines Zeitsprungs bereite ihm überhaupt keine Schwierigkeiten!

Die Feuer-Echsen tauchten über dem Flußdelta auf und halfen ihm begeistert, Ruths weiße Haut mit dem klebrigen schwarzen Schlamm zu verkleistern. Jaxom rieb das Zeug auch über die glänzenden Teile seiner Ausrüstung und färbte Gesicht und Hände dunkel.

Irgendwie kam dem jungen Baron das ganze Wagnis unwirklich vor, so als sei er nur Beobachter, nicht aber Handelnder. Und doch bewegte er sich unaufhaltsam dem vorbestimmten Ereignis entgegen. Jaxom schwang sich ganz ruhig auf den Drachen, vertraute wie nie zuvor auf die Fähigkeiten des Gefährten. Er atmete zweimal tief durch.

»Du kennst das *Wann,* Ruth. Bringen wir die Sache hinter uns!«

Es war ohne Zweifel der längste Sprung, den er je gemacht hatte. Er hatte einen Vorteil gegenüber Lessa – er rechnete mit der Eiseskälte und der grauenhaften Stille, die ihn umgab. Aber das änderte nichts daran, daß der Aufenthalt im *Dazwischen* ihn halb erstarren ließ und das Schweigen wie ein Druck auf seinen Ohren lag. Die Kälte fraß sich bis ins Mark. Den Rückweg durfte er nicht in einem Sprung wagen, denn da hatte er das Ei bei sich, das unbedingt warm bleiben mußte.

Unvermittelt schwebten sie über einer dunklen, feuchtwarmen Welt; es roch nach üppigem Grün und überreifen Früchten. Einen Moment lang hatte Jaxom das scheußliche Gefühl, daß alles nur ein Sonnen-Traum der Feuer-Echsen war. Aber etwas – Ruths lautlose Schwingenschläge, ein besonderer Hauch in der sanften Nachtbrise – machte die Szene echt und gegenwärtig. Dann sah er das Ei in der Tiefe, einen weißen Fleck rechts unter Ruths vorgestrecktem Kopf.

Jaxom ließ den Drachen ein Stück weitergleiten, um sich den Ostrand des Weyrs anzusehen, die Stelle, von der aus er in der Frühdämmerung eindringen und blitzschnell angreifen wollte. Dann gab er Ruth die neuen Zeitkoordinaten ein; ein paar Sekundenbruchteile im *Dazwischen* – und gleich darauf spürte er die Strahlen der Morgensonne warm auf Schultern und Rücken. Ruth schoß in die Tiefe, dicht über die schläfrigen Bronzedrachen und ihre dösenden Reiter hinweg. Ein geschicktes Tauchmanöver, und die Klauen des Drachen schlossen sich um das Ei. Ehe die verwirrten Bronzedrachen sich erhoben hatten, verschwand Ruth im *Dazwischen*.

Eine Planetendrehung später tauchte der weiße Drache wieder auf, dicht über dem Weyr. Er besaß gerade noch Kraft genug, das Ei vorsichtig in den warmen Sand zu legen. Jaxom schwang sich von seinem Rücken und untersuchte die Schale nach Sprüngen, aber sie wirkte unbeschädigt. Und das Ei war noch warm. Er schaufelte rasch Sand darüber, dann ließ er sich neben Ruth zu Boden fallen und rang nach Luft.

»Wir können nicht lange bleiben. Wenn sie schlau genug sind, probieren sie sämtliche Tage durch. Sie können sich ausrechnen, daß wir das Ei nicht in einem einzigen Sprung zurückbringen.«

Ruth nickte, immer noch völlig außer Atem. Dann spannte er sich so unvermittelt an, daß Jaxom herumwirbelte. Zwei Feuerechsen beobachteten sie von der Weyrkante aus. Jaxom sah sie nur einen Moment lang, da sie sofort ins *Dazwischen* gingen, aber er entdeckte keine Farbmarkierungen.

»Kennst du sie?«

Nein.

»Wo sind die beiden Königinnen, die dir das Wann zeigten?«

Ich weiß nicht. Sie blieben zurück, weil sie glaubten, daß du sie nicht mehr benötigst. War das falsch?

Jaxom ärgerte sich, daß er nicht auf ihrer Begleitung bestanden hatte. Allein fühlte er sich ziemlich unsicher.

Da ist Feuerstein, stellte Ruth fest. *Und sieh mal, hier – Flammenspuren! An dieser Stelle haben die Bronzedrachen die Feuer-Echsen angegriffen. Vor langer Zeit. Über den versengten Streifen wächst schon Unkraut.*

»Drachen gegen Drachen!« Böse Ahnungen bedrängten Jaxom. Er wußte, daß er sich erst wieder wohl fühlen würde, wenn das Ei da war, wo es hingehörte – in Benden.

»Wir machen noch einen Sprung, Ruth. Hier können wir nicht länger warten.«

Entschlossen hüllte er das Ei in die Felldecke, verknotete sie und schlang den mitgebrachten Strick um die Zipfel. Er befestigte das Bündel eben zwischen Ruths Schultern, als er ein lautes Knirschen und Mahlen hörte.

»Ruth! Du denkst doch nicht im Ernst daran, andere Drachen mit deinem Feueratem anzugreifen!«

Nein, natürlich nicht. Aber glaubst du, sie wagen es, mich anzugreifen, wenn ich Flammen speien kann?

Jaxom war so beunruhigt, daß er nicht widersprach. Er begann die Knoten zu überprüfen, doch eine innere Stimme drängte ihn vorwärts, und so stieg er einfach auf.

»Wir gehen fünf Planetenumläufe weiter nach Keroon, an unseren gewohnten Platz. Kannst du dir die Koordinaten vorstellen?«

Ruth dachte einen Moment lang nach und bejahte dann.

Im *Dazwischen* quälte Jaxom die Sorgen, ob die Sprünge nicht zu lange dauerten und das Ei zu sehr abkühlte. Wenn er am Ende die kleine Königin bei seinem Rettungsversuch umbrachte? Ihm schwindelte von all den Zeitsprüngen. Mühsam beruhigte er sich. Er befand sich immerhin auf dem Rückweg. Und noch waren die Drachen nicht gegen ihre Artgenosen zum Kampf angetreten. Noch nicht.

Die flimmernde, heiße Luft der Keroon-Wüste wärmte sein niedergedrücktes Inneres ebenso wie seine durchfrorenen Knochen. Ruth wirkte aschfahl unter der Schlammschicht. Jaxom löste den Strick und legte das Ei in den Sand. Ruth half ihm, es einzuscharren. Es war Vormittag, nicht weit von dem Moment entfernt, da das Ei zurückkehren würde, aber noch mindestens sechs Planetenumläufe früher.

Ruth erkundigte sich, ob er nicht endlich im Meer baden könne, aber Jaxom entgegnete, daß sie damit besser warteten, bis sich das Ei wieder in der Brutstätte befand. Keiner hatte erkannt, wer es zurückgebracht hatte; keiner durfte es erkennen, und das bedeutete, daß der weiße Drache getarnt bleiben mußte.

Was ist mit den Feuer-Echsen?

Das hatte auch Jaxom beunruhigt, aber er glaubte die Antwort zu kennen. »An jenem Tag war keine einzige in der Brutstätte – und was sie nicht sehen, können sie auch nicht wissen.« Jaxom beschloß, nicht genauer über das Thema nachzudenken.

Er war völlig erschöpft, als er sich gegen Ruths warme Flanke lehnte. Sie würden eine Weile ausruhen und das Ei in der Vormittagssonne liegenlassen, ehe sie den letzten und schwierigsten Sprung wagten. Sie mußten genau an der Stelle innerhalb der Brutstätte landen, wo der Eingangsbogen sich abrupt absenkte und die Sicht vom Weyrkessel ins Innere der Brutstätte versperrte. Also genau gegenüber der Felsenspalte, durch die Jaxom und F'lessan vor so vielen Planetenumläufen Ramoths Eier heimlich beobachtet hatten. Ein Glück, daß Ruth so klein und wendig war! Und er rühmte sich ja immer, daß ihm das Aufsuchen des richtigen Zeitpunkts keinerlei Schwierigkeiten bereitete.

Selbst in der heißen Wüstenebene von Keroon herrschte keine vollkommene Stille. Insekten surrten, eine Brise raschelte im vertrockneten Gras, Schlangen glitten durch den Sand, und in der Ferne schlug die Brandung ans Ufer. Das Verstummen solcher Geräusche kann wie ein Donnerschlag wirken, und so war es die unvermittelte Stille und ein kaum wahrnehmbares Schwanken des Luftdrucks, das Jaxom und Ruth aus ihrer Schläfrigkeit riß.

Jaxom schaute hoch, gefaßt auf einen Angriff von Bronzedrachen, die ihnen ihre Beute entreißen wollten. Der Himmel über ihnen wölbte sich klar und blau. Jaxom stand auf, spähte in die Ferne und erkannte die Gefahr: Ein silbriger Schleier verdeckte den Rand der Wüste – es regnete Sporen. Mit einem Sprung war er neben dem Ei. Ruth buddelte in höchster Eile den Sand beiseite. Während Jaxom es in die Felldecke hüllte, rechnete er in aller Hast nach, wann die Fädenfront sie erreichen würde, und überlegte zugleich, weshalb keine Kampfdrachen auftauchten, um die Sporen zu versengen.

Sie waren schnell, aber nicht schnell genug. Die ersten Fäden bohrten sich zischend in den Sand ringsum, als sich Jaxom auf Ruth schwang und ihm befahl aufzusteigen. Ruth jagte einen Feuerstrahl nach oben, versuchte einen freien Streifen zu schaffen, um ins *Dazwischen* zu tauchen.

Eine Feuerschleife versengte Jaxoms Wange, die rechte Schulter unter der Wherlederjacke, den Arm, die Hüfte. Dann waren sie in der Schwärze des *Dazwischen*, und er spürte Ruths Schmerzgebrüll mehr, als er es hörte.

Irgendwie gelang es Jaxom, seine Gedanken auf das *Wo* und *Wann* zu richten. Irgendwie erreichten sie die Brutstätte und hörten Ramoth draußen wütend kreischen. Ruth stieß einen leisen Schmerzenslaut aus, als der heiße Sand in die Wunde an seiner Hinterpfote drang. Jaxom biß sich auf die Lippen und kämpfte gegen die Knoten des Strickes. Sie hatten so wenig Zeit; es schien Planetenumläufe zu dauern, bis er die Schlinge gelöst hatte. Ruth legte das Ei in den Sand, aber es rollte die leichte Schräge hinunter, fort aus dem dunklen Winkel der Brutstätte. Sie durften keine Sekunde verlieren. Ruth schoß zur Gewölbedecke und ging ins *Dazwischen*.

Doch nun mußte kein Drache mehr gegen seine Artgenossen kämpfen.

Es überraschte Jaxom nicht, daß Ruth über dem kleinen Bergsee auftauchte. Das *Wann* war ihm im Moment egal. Seine ganze Sorge galt dem Drachen. Ruth wimmerte vor Schmerzen; er hatte keinen anderen Wunsch, als die Brandwunden an der Pfote und am Bein zu kühlen. Jaxom sprang ins seichte Wasser und spritzte es dem Freund über die graue Haut, wobei er sich bittere Vorwürfe machte, daß er keine Heilsalbe mitgenommen hatte. Arrogant, wie er war, rechnete er gar nicht damit, daß einem von ihnen etwas zustoßen könnte!

Das kalte Wasser linderte den brennenden Schmerz, aber Jaxom befürchtete nun, daß der Schlamm eine Infektion auslösen könnte. Er hätte auch etwas weniger Gefährliches als Flußschlick zur Tarnung aussuchen können! Er wagte nicht, die Verletzungen mit Sand auszuwaschen: Das war sicher zu schmerzhaft für Ruth und konnte den verdammten Schmutz noch tiefer in die Wunde reiben. Zum erstenmal seit langem bedauerte Jaxom, daß keine Feuer-Echsen in der Nähe waren. Sie hätten ihm geholfen, Ruth zu säubern. Einmal schaute er kurz in den Mittagshimmel und überlegte, in welcher Zeit sie sich befinden mochten.

Es ist der Tag nach dem Abend, an dem wir aufbrachen, verkündete

Ruth. *Ich weiß immer, in welche Zeit ich fliege,* fügte er stolz hinzu. *Links am Rücken juckt es fürchterlich. Da klebt noch Schlamm.*

Jaxom säuberte seinen Drachen mit Sand, zumindest da, wo die Haut verletzt war. Er achtete nicht darauf, daß die Körnchen in seinen eigenen Wunden scheuerten. Endlich schimmerte Ruths Haut wieder weiß, und Jaxom erlaubte ihm, ein Stück in den See hinauszuwaten und kurz unterzutauchen; er selbst setzte sich total erschöpft hin. Das Klatschen der Wellen erinnerte ihn an den noch gar nicht so lange zurückliegenden Moment, da er auf Ruatha den Aufstand geprobt hatte. Er lachte leise vor sich hin.

»So, nun haben wir doch Fäden bekämpft!« Daß sie noch einiger Übung bedurften, hatten sie am eigenen Leibe erfahren.

Aber nur, weil wir nicht voll auf die Fäden achten konnten! erinnerte ihn Ruth vorwurfsvoll. *Jetzt kenne ich mich aus. Das nächstemal mache ich keine Fehler mehr. Ich bin schneller als die großen Drachen. Ich kann mitten im Flug wenden und schon eine Länge vom Boden entfernt ins Dazwischen gehen!*

Jaxom bestätigte Ruth dankbar und mit Nachdruck, daß er der beste, klügste und geschickteste Drache von ganz Pern sei. Ruths Augen schillerten grünlich, und er patschte mit gespreizten Flügeln an Land.

Du frierst und hast Schmerzen. Mein Bein tut auch weh. Fliegen wir heim!

Jaxom wußte, daß dieser Vorschlag vernünftig war; er mußte dafür sorgen, daß auf Ruths und seine Brandwunden Heilsalbe kam. Aber wie erklärte er die Angelegenheit Lytol? Der ehemalige Drachenreiter würde auf den ersten Blick erkennen, woher die Verletzungen stammten.

Was willst du lange erklären? fragte Ruth logisch. *Wir haben getan, was wir tun mußten.*

»Na ja.« Jaxom tätschelte Ruths Nacken, ehe er sich müde aufrichtete. Zögernd und nicht ohne Gewissensbisse befahl er seinem Drachen, nach Ruatha zurückzukehren.

Der Wachdrache begrüßte sie lautstark, und ein halbes Dutzend Echsen, alle mit den Farben von Ruatha gekennzeichnet, umkreisten Ruth, als er im Hof vor seinem Weyr landete.

Eine der Mägde kam aus der Küche gelaufen, ganz atemlos vor Aufregung.

»Baron Jaxom, die kleine Königin ist geschlüpft! Man hat nach Ihnen geschickt, aber wir konnten Sie nirgends finden!«

»Ich hatte Wichtigeres zu tun. Bring mir rasch Heilsalbe!«

»Heilsalbe?« Die Magd machte große Augen.

»Ja, Heilsalbe! Ich habe einen Sonnenbrand.«

Eine alberne Ausrede, wo er in nassen Kleidern steckte und nühsam ein Zähneklappern unterdrückte! Er sorgte dafür, daß Ruth sich in seinem Lager ausstreckte, und schob ihm eine weiche Decke unter das verletzte Bein.

Jaxom fiel es schwer, sich aus seinen Reitkleidern zu schälen. Das Fadenknäuel hatte sich tief in die Schulter gefressen, ihn am Handgelenk erwischt und eine lange Furche über den Schenkel gebrannt.

Ein schüchternes Klopfen an der Tür kündigte die Rückkehr der Magd an. Jaxom öffnete nur einen Spalt breit, nahm den Krug mit der Salbe entgegen, bedankte sich und rief nach draußen:

»Vielen Dank! Und besorg mir bitte etwas zu essen! Suppe, Klah, was eben auf dem Herd steht!«

Jaxom schloß die Tür, schlang sich ein Badetuch um die Hüften, und ging dann zu Ruth. Er schmierte eine Handvoll von der Salbe auf das Bein des Drachen und lächelte über den tiefen Seufzer der Erleichterung, den Ruth ausstieß.

Doch er teilte die Gefühle seines Drachen, nachdem er die eigenen Wunden versorgt hatte. Das Zeug linderte auf der Stelle den Schmerz. Nie wieder würde er maulen, wenn es galt, das stachelige Kraut zu sammeln, aus dem die Heilsalbe zusammengebraut wurde! Er warf einen Blick in den Spiegel. An der Wange blieb wohl eine fingerlange Narbe. Dagegen ließ sich nichts tun. Wenn er nur irgendwie um Lytols Zorn herumkam . . .

»Jaxom!«

Lytol war nach einem ganz knappen Klopfen eingetreten. »Du hast die Gegenüberstellung in Benden versäumt und . . .« Beim Anblick seines Zöglings stockte Lytol mitten im Satz. Da Jaxom außer dem Badetuch nichts trug, waren die Sporenverletzungen an der Schulter und im Gesicht absolut nicht zu übersehen.

»Dann ist dem Ei nichts zugestoßen? Wie gut!« entgegnete Jaxom und nahm sein Hemd mit einer Gleichgültigkeit, die er nicht fühlte. »Ich . . .« Er unterbrach sich, einmal, weil Lytol ohnehin nichts verstehen konnte, während er sein Hemd überstreifte, und zum anderen, weil er eben im Begriff gewesen war, in gewohnter Offenheit von seinem Abenteuer zu berichten. Etwas in ihm sperrte sich dagegen. Ruth hatte recht. Sie hatten getan, was sie tun mußten. Es war in gewisser Weise seine und Ruths Privatangelegenheit. »Ich hörte auf Benden, daß man sich Sorgen um die Gesundheit der kleinen Königin machte, nach all den Sprüngen ins *Dazwischen*.«

Lytol trat langsam näher, den Blick fragend auf den jungen Mann gerichtet.

Jaxom streifte das Hemd glatt und rieb noch etwas Heilsalbe in den Schnitt an der Wange. Er wußte nicht, was er sagen sollte.

»Ach, Lytol, könntest du so nett sein und dir einmal Ruths Bein ansehen? Ich weiß nicht, ob ich es richtig versorgt habe.« Jaxom hielt den Blick fest auf Lytol gerichtet. Und er sah, daß die Augen seines Vormunds dunkel vor Rührung waren. Er schuldete dem Mann soviel, besonders in diesem Augenblick, und er begriff nicht, warum er Lytol je für streng oder gefühllos gehalten hatte.

»Es gibt einen Trick, Fäden auszuweichen«, sagte Lytol ruhig. »Und vielleicht solltest du ihn Ruth beibringen.«

»Wenn du mich unterweisen könntest, Lytol . . .«

VII

Vormittag auf Ruatha, 2. 6. 15

»Ich wollte dir nur sagen, daß wir Gäste oben haben, Jaxom. Meister Robinton, N'ton und Menolly warten auf dich; sie kommen eben von der Gegenüberstellung zurück. Aber zuerst sehen wir uns Ruth an!«

»Warst du nicht auf Benden?« erkundigte sich Jaxom.

Lytol schüttelte den Kopf, während er auf Ruths Lager zuging. Der weiße Drache hatte sich zu einem wohlverdienten Schlaf niedergelegt. Lytol verneigte sich höflich vor ihm, ehe er die dick mit Salbe bestrichenen Brandwunden aus der Nähe betrachtete.

»Ich nehme an, du hast sie zuerst im See ausgewaschen.« Lytols Blick glitt über Jaxoms feuchtes Haar. »Das Wasser dort ist sauber genug, und die Heilsalbe kam noch rechtzeitig auf die offenen Stellen. Wir sehen in ein paar Stunden noch einmal nach, aber ich glaube, das Schlimmste hat er überstanden.« Er musterte Jaxoms Wange, auf der sich unverkennbar die Spur des Fädenknäuels abzeichnete.

»Ich hatte keinen Grund, dich bei unseren Gästen zu entschuldigen.« Er seufzte. »Sei froh, daß N'ton gekommen ist und nicht F'lar. Menolly war wohl ohnehin in deine Pläne eingeweiht, oder?«

»Ich sprach mit keinem Menschen über meine Absichten, Baron Lytol«, entgegnete Jaxom ein wenig steif.

»Na, wenigstens hast du gelernt, zur rechten Zeit zu schweigen.« Der Burgverwalter zögerte und sah seinen Mündel forschend an. »Also gut, ich werde N'ton bitten, dich zu Übungsflügen in den Weyr zu holen – das ist sicherer, und du hast den Vergleich mit anderen Jungreitern. Robinton wird sich seinen Reim auf die Geschichte machen, aber er hätte so oder so davon erfahren. Ihm kann man einfach nichts verheimlichen. Komm, sie fressen dich bestimmt nicht! Obwohl du mehr als eine Abreibung verdient hättest. Dich selbst und Ruth so in Gefahr zu bringen! Und gerade jetzt, da sich ohnehin alles in Auflösung befindet . . .«

»Es tut mir leid, Baron Lytol, daß ich immer wieder Anlaß zu Sorge gebe . . .« Der Mann warf seinem Schützling noch einmal einen scharfen Blick zu.

»Schon gut, Jaxom. Die Schuld liegt bei mir. Ich hätte erkennen müssen, daß sich dein Wunsch, Ruths Fähigkeiten zu beweisen, nicht unterdrücken ließ. Wenn du nur etwas älter wärst und wir in gesicherten Zeiten lebten, dann könnte ich dir die Burg übergeben . . .«

»Ich will die Burg nicht haben, Baron Lytol . . .«

»Im Moment wäre ein Wechsel auch kaum möglich, wie du gleich selbst hören wirst. Komm, Jaxom, wir haben unsere Gäste lange genug warten lassen!«

N'ton stand an der Tür zum kleinen Saal, der auf Ruatha benutzt wurde, wenn Gäste sich zu ungestörten Gesprächen zurückziehen wollten. Der Bronzereiter stöhnte leise, als er Jaxoms Wunde bemerkte. Überrascht drehte sich Meister Robinton in seinem Sessel herum. Jaxom glaubte in seinen gequälten Zügen so etwas wie Billigung zu lesen.

»Du bist von Fäden versengt, Jaxom!« rief Menolly entsetzt. »Wie konntest du gerade jetzt so ein Risiko eingehen?« Ausgerechnet sie, die ihn immer gehänselt hatte, weil er zu lange nachdachte und nicht handelte, war jetzt wütend auf ihn!

»Ich hätte wissen müssen, daß du es versuchen würdest, Jaxom«, meinte N'ton mit einem schwachen Lächeln und seufzte dann. »Ich rechnete sogar damit, aber du hast dir einen denkbar ungünstigen Zeitpunkt ausgesucht.«

Jaxom wollte schon einwenden, daß es angesichts der Tatsachen der einzig mögliche Zeitpunkt gewesen war, aber N'ton fuhr fort: »Ruth ist doch nichts zugestoßen, oder?«

»Eine einzige Fädenspur an Schenkel und Hinterpfote«, warf Lytol rasch ein. »Gut versorgt.«

»Ich habe Verständnis für deinen Ehrgeiz, Jaxom«, sagte Robinton ungewöhnlich ernst. »Aber ich muß dich bitten, im Moment Geduld zu üben.«

»Mir wäre es lieber, er lernt von jetzt an gleich richtig fliegen, Robinton«, unterbrach ihn N'ton, und Jaxom empfand Dankbarkeit für den Drachenreiter. »Zusammen mit meinen anderen Schülern. Besonders, wenn er verrückt genug, tapfer genug ist, es allein zu versuchen, ohne Anleitung.«

»Ich bezweifle, daß Benden dazu sein Einverständnis geben wird«, meinte Robinton kopfschüttelnd.

»*Ich* gebe mein Einverständnis«, erklärte Lytol mit fester Stimme und entschlossenem Gesichtsausdruck. »Und ich bin Baron Jaxoms Vormund, nicht etwa F'lar oder Lessa. Sie sollen sich um ihre eigenen Belange kümmern. Es kann ihm wenig zustoßen, wenn er mit den Jungreitern von Fort übt.« Lytol warf Jaxom einen ernsten Blick zu. »Und er verspricht uns, daß er seine neugewonnenen Kenntnisse nicht erprobt, ohne uns vorher zu fragen. Kann ich mich darauf verlassen, Baron Jaxom?«

In seiner Erleichterung, daß die Weyrführer von Benden nicht eingeschaltet werden sollten, ließ sich Jaxom auf größere Zugeständnisse ein, als er es sonst getan hätte. Er nickte und fühlte sich gleich darauf von widerstreitenden Empfindungen bedrängt: Belustigung, weil sich alle auf der falschen Fährte befanden, und Ärger, daß er nun, nachdem er soviel geschafft hatte, mit der Ausbildung ganz von vorne anfangen mußte. Dennoch, das Erlebnis von Keroon hatte ihm klar vor Augen geführt, wie viel er noch über die Vernichtung der Sporen lernen mußte, um mit heiler Haut davonzukommen und seinen Drachen nicht zu gefährden.

N'ton hatte Jaxom genau beobachtet; auf seiner Stirn stand eine tiefe Falte. Einen Moment lang fürchtete Jaxom, daß N'ton irgendwie erraten hatte, was er und Ruth wirklich getrieben hatten, als sie in den Sporenregen gerieten. Wenn das je ans Licht kam, würde man ihm noch viel härtere Einschränkungen auferlegen.

»Ich glaube, ich muß dir ein weiteres Versprechen abnehmen, Jaxom«, sagte der Bronzereiter. »Keine Zeitsprünge mehr! Davon hast du in letzter Zeit zu viele absolviert. Das erkenne ich an deinen Augen.«

Überrascht schaute Lytol seinen Mündel an.

»Mit Ruth ist das überhaupt kein Risiko«, meinte Jaxom, erleichtert, daß sein eigentliches Handeln verborgen geblieben war. »Er weiß immer, in welcher Zeit er sich befindet.«

N'ton tat den Hinweis auf dieses Talent mit einer ungeduldigen Geste ab. »Möglich, aber die Gefahr liegt woanders. Wenn man sich selbst in der subjektiven Zeit zu nahe kommt, kann das ungeahnte Folgen haben. Außerdem erschöpfen Zeitsprünge Drachen und Reiter. Du bist noch jung, Jaxom. Du hast dein Leben vor dir und kannst nach und nach alles erreichen, was du planst.«

Bei N'tons Worten fiel Jaxom wieder die unerklärliche Schwäche ein, die ihn in der Brutstätte überfallen hatte. War es möglich, daß er in genau jenem Augenblick . . .?

Robinton unterbrach seine Gedankengänge. »Ich nehme an, Jaxom, du weißt nicht, wie ernst die Lage auf Pern ist. Aber du solltest dir klar darüber werden.«

»Falls Sie auf den Vorfall mit dem Eierraub anspielen, Meister Robinton, und auf die Gefahr, daß Drachen gegen Drachen kämpfen könnten – ich war an jenem Vormittag selbst im Benden-Weyr . . .«

»Tatsächlich?« Robinton zeigte sich leicht erstaunt und schüttelte den Kopf, als hätte ihm das nicht entgehen dürfen. »Dann kannst du dir Lessas Laune vorstellen. Ein Glück, daß die junge Königin gesund und kräftig ist . . .«

»Aber das Ei kehrte zurück, Meister Robinton.« Jaxom war verwirrt. Worüber regte sich Lessa eigentlich noch auf?

»Ja«, entgegnete der Harfner. »Offenbar waren nicht alle Bewohner des Süd-Weyrs blind gegenüber den Folgen dieses Diebstahls. Leider läßt sich Lessa dadurch nicht besänftigen.«

»Benden wurde eine Kränkung zugefügt«, sagte N'ton. »Das kann die Weyrherrin nicht verwinden.«

»Aber Drachen dürfen auf keinen Fall gegen ihresgleichen kämpfen!« Jaxom war entsetzt. »Deshalb wurde doch das Ei zurückgebracht.« Sollte der schwierige Ritt, sollte Ruths Verletzung umsonst gewesen sein . . .?

»Unsere Lessa ist eine Frau mit starken Gefühle, Jaxom – und ihr Rachedurst ist mit am stärksten ausgeprägt. Weißt du noch, auf welche Weise du in den Besitz dieser Burg kamst?« Robintons Miene verriet, daß es ihm leid tat, Jaxom an seine Herkunft zu erinnern. »Ich möchte damit die Weyrherrin keineswegs heruntersetzen. Eine derartige Beharrlichkeit selbst angesichts geringer Erfolgsaussichten ist durchaus lobenswert. Aber ihre starre Haltung wegen dieses Zwischenfalls könnte sich katastrophal für ganz Pern auswirken. Bis jetzt hat die Vernunft überwogen, aber es handelt sich um ein schwankendes Gleichgewicht.«

Jaxom nickte. Er begriff nun, daß er seine Rolle in dieser Angelegenheit niemals preisgeben durfte, und war froh, daß er Lytol sein Abenteuer nicht in der ersten Aufregung gebeichtet hatte. Niemand durfte erfahren, daß er, Jaxom, das Ei geholt hatte – ganz besonders nicht Lessa. Er schickte einen telepathischen Befehl an Ruth, der schläfrig erwiderte, er sei viel zu müde, um mit irgend jemand über irgend etwas zu sprechen.

»Da ist noch etwas.« Robintons ausdrucksstarkes Gesicht verriet plötzlich tiefen Kummer. »Etwas, das unsere Lage in Kürze noch mehr erschweren kann.« Er schaute N'ton an. »Ich spreche von D'ram.«

Der Bronzereiter nickte. »Ganz recht, Robinton. Er wird wohl nicht Weyrführer bleiben, falls Fanna stirbt.«

»Ersetzen Sie das ›falls‹ ruhig durch ›wenn‹. Und Meister Oldive meint, je früher sie Erlösung findet, desto besser für sie.«

»Ich hatte keine Ahnung, daß Fanna krank ist«, sagte Jaxom, und seine Gedanken eilten voaus zu dem offenbar unabwendbaren Ereignis. Bei Fannas Tod würde Mirath, ihre Königin, Selbstmord im *Dazwischen* begehen. Und der Tod einer Drachenkönigin belastete jeden Artgenossen – auch Ramoth und ihre Reiterin Lessa.

Lytols Miene erstarrte, wie immer, wenn ihn etwas an den Tod seines eigenen Drachen erinnerte. Und Jaxom schluckte seinen letzten Ärger darüber, daß er mit der Ausbildung ganz von vorne anfangen mußte, hinunter. Nie wieder würde er das Risiko eingehen, daß Ruth sich verletzte!

»Fannas Kräfte schwinden dahin«, sagte Robinton. »Niemand kann sich erklären, was sie aufzehrt. Meister Oldive hat sich nach Ista begeben, um ihr beizustehen.«

»Seine Feuer-Echse wird mich benachrichtigen, sobald er aufbricht«, warf N'ton ein. »Ich möchte D'ram in seinem Kummer nicht gern allein lassen.«

»Feuer-Echsen, hmm.« Robinton schüttelte den Kopf. »Noch ein wunder Punkt im Benden-Weyr.« Er betrachtete die Bronze-Echse, die zufrieden auf seiner Schulter saß. »Ich fühlte mich bei der Gegenüberstellung ohne meinen Zair richtig nackt. Doch, mein Wort darauf!« Sein Blick wanderte zu Tris, der auf N'tons Arm schlief. »Sie haben sich allem Anschein nach beruhigt.«

»Ruth ist hier«, meinte N'ton und streichelte Tris. »In seiner Nähe haben sie keine Angst.«

»Nein, daran liegt es nicht«, widersprach Menolly, und ihre Blicke ruhten auf Jaxom. »Sie wirkten auch in Ruths Gegenwart aufgeregt und verschreckt. Aber die heftige Unruhe ist jetzt vorbei. Sie übermitteln keine Visionen mehr von dem gestohlenen Ei.« Sie musterte Prinzeßchen. »Das ist auch verständlich. Der kleinen Drachenkönigin fehlt nichts. Was immer die Echsen quälte, es ist nicht geschehen. Oder doch?« Unvermittelt starrte sie Jaxom an.

Der suchte seine Verwirrung zu verbergen.

»Du glaubst, daß sie sich um das Königin-Ei sorgten, Menolly?« fragte Robinton. »Das sollten wir eigentlich Lessa sagen. Es trägt vielleicht dazu bei, daß sie ihren Zorn über die kleinen Geschöpfe vergißt.«

»Nein«, entgegnete Menolly streng. »Es war höchste Zeit, daß sie etwas wegen der Echsen unternahm.«

»Mein liebes Kind . . .«, begann Robinton erstaunt.

»Ich spreche nicht von unseren Echsen, Meister Robinton. Die haben sich als äußerst nützlich erwiesen. Aber zu viele Leute nehmen ihre Dienste ganz selbstverständlich in Anspruch und denken gar nicht daran, sie richtig auszubilden.« Sie lachte leise. »Jaxom kann ein Lied davon singen. Sie stürzen sich auf Ruth, wo immer er auftaucht, bis er ins *Dazwischen* flieht. Stimmt doch, Jaxom, oder?« Etwas in ihrem Blick gab ihm Rätsel auf.

»Ruth hat gar nichts dagegen . . . meistens«, erwiderte er kühl und streckte die langen Beine unter dem Tisch aus. »Aber irgendwann will jeder mal allein sein.«

Lytol räusperte sich vielsagend, für Jaxom ein Beweis, daß Brand doch das eine oder andere Wort über Corana verloren hatte.

»Wozu? Um Feuerstein zu schlucken?« N'ton grinste breit.

»Hast du deine . . . äh . . . Zeit etwa damit zugebracht, Jaxom? erkundigte sich Menolly mit einem unschuldigen Augenaufschlag.

»Wer weiß?«

Robinton kam ihm zu Hilfe. »Stellen die Echsen in der Tat ein Problem dar, Jaxom, wenn sie Ruth ständig umkreisen?«

Jaxom hob die Schultern. »Nun ja, wo immer wir auftauchen, versammeln sich im Nu sämtliche Echsen der Umgebung, um meinem Drachen einen Besuch abzustatten. Im allgemeinen macht mir das aber nichts aus, weil sie Ruth Gesellschaft leisten, während ich mit Burgangelegenheiten beschäftigt bin.«

»Glaubst du, sie würden Ruth verraten, was sie so verstört hat? Oder wußtest du über ihre Visionen Bescheid?« Robinton beugte sich angespannt vor.

»Sie meinen diese Bilder, in denen Echsen von Drachen versengt wurden? Die große Finsternis und das Ei? O ja, sie haben Ruth mit diesem Unsinn halb zur Verzweiflung getrieben«, sagte Jaxom. Er runzelte die Stirn, als sei er seines Freundes wegen verärgert, und schaute dabei absichtlich nicht in Menollys Richtung. »Aber das scheint vorbei zu sein. Vielleicht hing ihre Aufregung mit dem gestohlenen Ei zusammen. Das ist ja nun ausgebrütet, und ich muß sagen, daß sie sich seitdem längst nicht mehr so hektisch benehmen. Ruth kann wieder in aller Ruhe schlafen.«

»Wo warst du eigentlich während der Gegenüberstellung?« überfiel Menolly ihn. Ihre Frage kam so unvermittelt, daß Robinton und N'ton ihr einen erstaunten Blick zuwarfen.

»Hmm...« Mit einem schwachen Grinsen tippte Jaxom an seine verbrannte Wange. »Ich habe versucht, Fäden zu bekämpfen.«

Seine rasche Antwort verwirrte Menolly, und sie schwieg, während Robinton, Lytol und N'ton gemeinsam über seinen Leichtsinn losschimpften. Er ertrug die Zurechtweisungen schon deshalb mit Gelassenheit, weil sie Menolly daran hinderten, ihn mit ihrer Neugier zu verfolgen. Sie war also doch mißtrauisch gewesen. Schade, daß er ihr nicht die Wahrheit sagen konnte. Von allen Bewohnern auf Pern war sie die einzige, der er sich gern anvertraut hätte; aber er wußte, daß es klüger war, die anderen in dem Glauben zu lassen, ein Drachenreiter vom Südkontinent habe das Ei zurückgebracht. Dennoch – es hätte ihm Spaß gemacht, irgend jemandem zu erzählen, was er geleistet hatte.

Das Essen wurde aufgetragen, und die Diskussion drehte sich um Last oder Nutzen der Feuer-Echsen, bis Jaxom festellte, daß alle am Tisch eigentlich begeisterte Anhänger der kleinen Tiere waren. Im Moment kam es vor allem darauf an, Lessa und Ramoth zu versöhnen.

»Ramoth vergißt ihren Ärger sicher bald«, meinte N'ton.

»Lessa ist dafür um so nachtragender. Allerdings sind die Probleme wohl nicht so kritisch, daß ich Zair in nächster Zeit zum Benden-Weyr schicken muß.«

Während N'ton und Lytol den Meisterharfner gemeinsam beruhigten, erkannte Jaxom, daß Robinton merkwürdig zurückhaltend wirkte, wenn er Benden oder die Weyrherrin erwähnte. Robinton war nicht nur wegen Lessas Haltung gegenüber den Feuer-Echsen in Sorge.

»Die Sache hat noch einen Aspekt, der mir Kummer bereitet«, erklärte er. »Jedermann richtet seine Blicke jetzt auf den Süd-Kontinent.«

»Warum ist das so schlimm?« wollte Lytol wissen.

Robinton nahm einen Schluck Wein und schwieg einen Moment lang versonnen. »Weil die jüngsten Ereignisse allen klargemacht haben, daß dieser riesige Kontinent nur von einer Handvoll Menschen bewohnt wird.«

»Und?«

»Ich kenne mehr als einen Baron, dessen Burg für die Nachkommen zu eng wird. Und die Weyr, anstatt die Unantastbarkeit des Südkontinents zu schützen, waren halb entschlossen, mit Gewalt dort einzudringen. Was soll die Barone daran hindern, die Initiative zu ergreifen und sich große Stücke von dem Kuchen da unten zu holen?«

»Es gibt einfach nicht genug Drachen im Süden, um große Landflächen zu schützen«, wandte Lytol ein. »Die Alten denken gar nicht daran, neue Aufgaben zu übernehmen.«

»Im Grunde braucht man im Süden keine Drachenreiter«, sagte Robinton langsam.

Lytol starrte ihn an, entsetzt über diese Feststellung.

»Das stimmt.« Er nickte. »Der Boden ist gründlich mit Würmern durchsetzt. Händler haben mir berichtet, daß die Bewohner den Sporenregen mehr oder weniger ignorieren; der junge Toric achtet nur darauf, daß Menschen und Herden sich nicht im Freien befinden, wenn Fädenfronten heraufziehen.«

»Es wird eine Zeit kommen, da man auch im Norden keine Drachenreiter mehr benötigt«, sagte N'ton langsam und faßte mit seinem Satz Lytols Entsetzen noch einmal zusammen.

»Solange es Fäden gibt, braucht man Drachenreiter auf Pern!« Lytol hieb mit der Faust auf den Tisch, um seine Aussage zu unterstreichen.

»Zumindest noch zu unseren Lebzeiten«, warf Robinton besänftigend ein. »Aber mir wäre es lieber gewesen, wenn der Süden weniger im Blickpunkt stünde. Überlegen Sie doch selbst, Lytol!«

»Schon wieder ein Stück voraus, Robinton, was?« Lytols Stimme klang etwas gequält, und er setzte ein mürrisches Gesicht auf.

»Voraussicht hilft uns mehr, als über die Fehler der Vergangenheit zu jammern«, meinte Robinton. Er hielt die geballte Faust hoch. »Ich hatte alle Fakten in der Hand, aber ich sah vor lauter Bäumen den Wald nicht.«

»Sie waren öfter auf dem Südkontinent, Meisterharfner?«

Robinton warf Lytol einen abwägenden Blick zu. »Ja. Unauffällig, versichere ich Ihnen. Es gibt gewisse Dinge, die muß man sehen, damit man sie glaubt.«

»Zum Beispiel?«

Robinton streichelte gedankenverloren Zair und starrte an Lytols Kopf vorbei in die Ferne.

»Manchmal kann übrigens ein Blick in die Vergangenheit auch ganz nützlich sein«, sagte er und wandte sich wieder dem Burgverwalter zu. »Wußten Sie eigentlich, daß wir ursprünglich alle aus dem Südkontinent kamen?«

Lytols erstes Staunen über die unerwartete Wende des Gespächs machte einem nachdenklichen Stirnrunzeln Platz. »Ja, das ließ sich den ältesten Schriften entnehmen.«

»Ich habe mich oft gefragt, ob nicht irgendwo im Süden noch ältere Dokumente vor sich hinmodern.«

Lytol rümpfte die Nase. »Vor sich hinmodern – das ist der richtige Ausdruck. Nach all den vielen Planetenumläufen ist wohl nichts mehr von solchen Aufzeichnungen übrig.«

»Da bin ich nicht so sicher. Unsere Vorfahren kannten Methoden, Metall so zu härten, daß es weder Rost ansetzte, noch Verschleißerscheinungen zeigte. Denken Sie an die Platten vom Fort-Weyr oder Instrumente wie dieses Fernrohr, das Wansor und Fandarel so fasziniert! Ich glaube nicht, daß die Zeit alle Spuren eines so klugen Volkes vernichtet haben kann.«

Jaxom warf Menolly einen Blick zu. Ihm fielen einige Bemerkungen wieder ein, die ihr entschlüpft waren. Ihre Augen leuchteten nun vor unterdrückter Erregung. Sie wußte mehr, genau wie der Harfner. Jaxoms Blicke wanderten weiter zum Weyrführer, und er erkannte, daß auch N'ton in das Geheimnis eingeweiht war.

»Wir haben nun mal den Südkontinent den Alten überlassen«, sagte Lytol hart.

»Aber sie halten sich längst nicht mehr an ihren Teil des Paktes«, entgegnete N'ton.

»Ist das ein Grund, daß auch wir wortbrüchig werden?« fragte Lytol. Er straffte die Schultern und sah die beiden Männer finster an.

»Sie leben auf einer kleinen Landzunge, die ins Südmeer hereinragt«, besänftigte Robinton in seiner ruhigen Art. »Und sie merken nicht, daß sich in anderen Gebieten – gewisse Dinge abspielen.«

»Sie erforschen den Süden bereits, Robinton?«

»Wir haben diesen Schritt reiflich überlegt.«

»Und Ihr – reiflich überlegtes Eindringen ist nicht bemerkt worden?«

»Nein«, entgegnete Robinton langsam. »Ich beabsichtige auch, das Wissen, das wir gewonnen haben, in Kürze bekanntzugeben. Aber ich will nicht, daß jeder enttäuschte Lehrling und jeder Kleinbauer ohne Land losrennt und das zerstört, was erhaltenswert ist – nur weil diese Leute nicht den Verstand besitzen, den wahren Wert der Funde zu begreifen.«

»Was haben Sie bis jetzt entdeckt?«

»Alte Bergwerke, abgestützt mit einem leichten, aber so unverwüstlichen Material, daß es heute noch aussieht wie an jenem Tag, als man die Schächte anlegte. Werkzeuge, angetrieben von einer uns unbekannten Energie – Teile und Fragmente, die nicht einmal der junge Benelek zusammensetzen kann.«

Es entstand ein langes Schweigen. Lytol brach es schließlich mit einem verdrießlichen Räuspern. »Harfner! Harfner haben die Aufgabe, die Jugend zu belehren!«

»O nein. Sie haben vor allem die Aufgabe, das Erbe unserer Vorfahren zu erhalten.«

VIII

Ruatha, Fort-Weyr, Fidellos Hof, 3. 6. 15–17. 6. 15

Jaxom war enttäuscht, daß der Harfner trotz Lytols bohrenden Fragen nichts Näheres über seine Erkundungsreisen in den Süden verriet. Später dann, als er bereits gegen den Schlaf ankämpfte, merkte er, daß es Robinton doch tatsächlich gelungen war, Lytol für seine und N'tons Ansicht zu gewinnen, daß man in der Öffentlichkeit im Moment so wenig wie möglich vom Süden sprechen solle.

Jaxoms letzter bewußter Gedanke war Respekt vor den raffinierten Methoden des Harfners. Kein Wunder, daß Robinton sich nicht gegen seine Ausbildung zum Drachenreiter ausgesprochen hatte. Der Harfner benötigte den erfahrenen alten Lytol noch als Burgverwalter von Ruatha. Und wenn der junge Baron mit seinem Drachen beschäftigt war, hatte er sicher nicht den Wunsch, Lytols Stelle auf der Burg einzunehmen.

Am nächsten Morgen war Jaxom überzeugt davon, daß er sich während der Nacht nicht ein einzigesmal umgedreht hatte. Er war vollkommen steif, und die Wunden im Gesicht und an der Schulter brannten. Das erinnerte ihn jäh an Ruths Verletzung. Ohne auf den eigenen Schmerz zu achten, warf er die Felldecken beiseite, erwischte im Losstürmen den Topf mit der Heilsalbe und rannte zu Ruth hinüber.

Ein leises Brummen verriet ihm, daß der weiße Drache noch fest schlief. Er schien sich ebenfalls nicht bewegt zu haben, denn seine Pfote lag genauso aufgestützt wie am Abend zuvor. Das erleichterte Jaxom die Arbeit; rasch strich er eine neue Lage der schmerzbetäubenden Salbe über die Wunde. Erst jetzt kam ihm der Gedanke, daß seine und Ruths Wunden erst verheilen mußten, ehe sie mit den Jungreitern vom Fort-Weyr üben konnten.

Lytol schien diese Ansicht nicht zu teilen. Jaxom sollte ja lernen, wie man solche Zwischenfälle vermied und seinen Drachen am besten vor den Sporen schützte. Wenn ihn die anderen Jungreiter hänselten, weil er nicht rasch genug ausgewichen war, geschah ihm das nur recht. Also flog Jaxom gleich nach dem Frühstück mit Ruth zum Weyr.

Zum Glück waren zwei der Jungreiter etwa in seinem Alter, und er kam sich nicht so verloren vor – obwohl es Jaxom kaum gestört hätte, mit Jüngeren zu trainieren, solange er nur Ruth richtig ausbilden durfte. Es fiel ihm allerdings nicht leicht, den wahren Grund für Ruths Brandwunden zu verschweigen und den Tadel des Ungeschicks auf sich sitzen zu lassen. Er suchte Zuflucht bei dem Gedanken, daß er immerhin mehr geleistet hatte, als sie alle ahnten – ein schwacher Trost.

Sein erstes Problem bei den Jungreitern bestand darin, die Schwärme von Feuer-Echsen zu verscheuchen, die Ruth wie immer umkreisten. Kaum war eine Gruppe der hartnäckigen Flattergeister vertrieben, da tauchte schon die nächste auf, sehr zum Mißbehagen von K'nebel, dem Ausbilder der Drachenreiter.

»Geht das den ganzen Tag so, wenn du mit deinem Drachen unterwegs bist?« erkundigte er sich ungeduldig.

»Mehr oder weniger. Sie – sie tauchen einfach auf. Besonders seit den Ereignissen auf dem Benden-Weyr.«

K'nebel knurrte noch ein wenig, nickte dann aber verständnisvoll. »Ich mag auch nichts von solchen Ideen wissen. Drachen, die Feuer-Echsen mit ihren Flammen angreifen – wann hätte es das je gegeben! Aber du bringst Ruth nie in die Lüfte, wenn die Biester ihn nicht in Frieden lassen. Und wenn sie ihn nicht in Frieden lassen, kriegt die eine oder andere schließlich aus Versehen einen Flammenstrahl ab.«

So gab Jaxom seinem Drachen den Befehl, die Echsen zu verscheuchen, sobald sie auch nur in die Nähe kamen, aber es dauerte eine Weile, bis alle verschwunden waren. Dann allerdings blieb der Unterricht für den Rest des Vormittags ungestört.

K'nebel ließ die Jungreiter arbeiten, bis der Gong zum Mittagessen ertönte. Jaxom nahm die Einladung zum Bleiben an, und man wies ihm einen Platz bei den ausgebildeten Drachenreitern zu, um seinem Rang Rechnung zu tragen.

Das Gespräch drehte sich immer noch um das geheimnisvolle Verschwinden des Königin-Eis; wilde Vermutungen, welcher von den Reitern aus dem Süden es zurückgebracht hatte, machten die Runde. Die Diskussion verstärkte Jaxoms Entschluß, die Wahrheit für sich zu behalten. Er ermahnte Ruth, ebenfalls zu schweigen, was sich als völlig unnötig erwies, da der weiße Drache mehr an Feuerstein und den Kampf gegen die Sporen dachte als an vergangene Ereignisse.

Die Feuer-Echsen ringsum hatten ihre Nervosität und Angst völlig abgelegt. Ihre größte Sorge galt nun wieder dem Futter und ihre zweitgrößte der Hautpflege. Mit dem Anbruch des wärmeren Wetters begannen sie sich nämlich zu schälen und litten unter Juckreiz. Die Bilder, die sie an Ruth übermittelten, hatten keinen außergewöhnlichen Inhalt mehr.

Da Jaxom die Vormittage nun im Fort-Weyr verbrachte, konnte er kaum noch an den Zusammenkünften in der Harfner- und Schmiedegilde teilnehmen. Das bedeutete, daß er nicht länger Menollys prüfenden Blicken und Fragen ausgesetzt war, und irgendwie erleichterte ihn das. Belustigt stellte er obendrein fest, daß Lytol ihm die eine oder andere Freistunde am Nachmittag zugestand. Pflichtbewußt begab er sich mit Ruth zu Fidellos Hof auf der Hochfläche – natürlich, um nachzusehen, wie die neue Weizensorte gedieh.

Corana war im Haus, da die Frau ihres Bruders kurz vor der Niederkunft stand. Als sie sich besorgt wegen seiner Verbrennungen zeigte, ließ er sie bei dem Glauben, er habe sich die Wunde geholt, als er die Burg und damit auch ihren Hof vor den einfallenden Sporen verteidigte. Sie belohnte ihn für seine »Heldentat« in einer Weise, die ihn anfangs verlegen machte, ihm jedoch ein Gefühl der Befreiung und des Glücks schenkte. Als sie später noch ein wenig plauderten, kam Corana auf Echsen-Gelege zu sprechen.

»Jeder Strand im Norden wird im Moment abgesucht und überwacht«, erzählte er. Als er ihre Enttäuschung spürte, fügte er schnell hinzu: »Aber es gibt eine Menge leerer Strände auf dem Südkontinent.«

»Könntest du mit Ruth hinfliegen, ohne daß die Alten das merken?« Offensichtlich wußte Corana wenig von den jüngsten Ereignissen, eine weitere Erleichterung für Jaxom, dem die ständigen Debatten zu diesem Thema allmählich auf die Nerven gingen.

»Ich glaube schon.« Er zögerte etwas, weil ein Flug in den Süden bedeutete, daß er sich eine Ausrede für seine längere Abwesenheit zurechtlegen mußte. Corana allerdings hielt sein Zögern für ein Abwägen der Gefahren – und er widersprach nicht.

Zwei Tage später begab er sich erneut auf die Hochfläche, aber diesmal lag Fidellos Frau in den Wehen, und Corana war so beschäftigt, daß sie sich nur kurz für den Wirbel entschuldigte, in den er hineingeraten war. Jaxom fragte, ob er die Heilerin der Burg schicken sollte, aber Fidello lehnte dankend ab. Er hatte, wie er sagte, auf dem Hof eine erfahrene Hebamme, und ihrer Meinung nach würde es keine Komplikationen bei der Geburt geben. Jaxom murmelte noch ein paar passende Worte und brach

dann auf, ein wenig enttäuscht, daß sich seine Erwartungen nicht erfüllt hatten.

Warum lachst du? fragte Ruth, als sie zur Burg zurückflogen.

»Weil ich ein Idiot bin, Ruth. Ein richtiger Idiot.«

Ich finde das nicht. Sie gibt dir doch ein schönes Gefühl. Weshalb hältst du dich da für einen Idioten?

»Genau deshalb, du einfältiges Drachentier! Weil ich mit einer ganz bestimmten Hoffnung zu ihr gegangen bin ... und nun hat sie zu tun. Dabei habe ich vor einer Siebenspanne noch nicht einmal geahnt, wie glücklich sie mich machen kann. Deshalb komme ich mir wie ein Idiot vor. Ruth.«

Ich liebe dich immer, entgegnete Ruth, weil er das Gefühl hatte, daß Jaxom diese Antwort brauchte.

Jaxom tätschelte den Nackenwulst seines Drachen, aber es gelang ihm nicht ganz, das Selbstmitleid zu unterdrücken. Als er auf die Burg zurückkehrte. stieß er auf ein zweites Hindernis. Lytol teilte ihm mit, daß der Rest von Ramoths Gelege allem Anschein nach am nächsten Tag schlüpfen würde. Man erwartete Jaxom zur Gegenüberstellung auf dem Benden-Weyr. Der Burgverwalter sah sich Jaxoms verheilte Wunde aus der Nähe an.

»Geh F'lar und Lessa lieber aus dem Weg«, riet sein Vormund. »Die beiden erkennen auf den ersten Blick, was das ist. Hat wenig Sinn, deinen Leichtsinn auch noch an die große Glocke zu hängen.«

Jaxom fand zwar insgeheim, daß ihm die Narbe ein reiferes Aussehen verlieh, aber er versprach Lytol, sich von Lessa und F'lar fernzuhalten.

Die Nachricht, daß die Gegenüberstellung unmittelbar bevorstand, erreichte den Fort-Weyr, als Jaxom gerade mit anderen Jungreitern einen Formationsflug übte. Er beendete das Manöver, entschuldigte sich bei K'nebel und brachte Ruth durchs *Dazwischen* nach Ruatha, damit er sich noch umkleiden konnte. Lytol kam ihm schon entgegen, begleitet von Menollys Rocky, und bat ihn, die junge Harfnerin in der Gildehalle abzuholen, da Robinton sich im Ista-Weyr befand und den Drachenreiter der Harfnerhalle selbst benötigte.

Jaxom nickte. Er konnte sich nicht gut weigern, die Bitte zu erfüllen, aber er beschloß, das neugierige Harfnermädchen so rasch zum Weyr zu bringen, daß ihr keine Zeit für Fragen blieb.

Als er mit Ruth über der Harfnerhalle eintraf, wurde Jaxom wütend. Auf der Landewiese befanden sich genug Drachen, um die halbe Gilde nach Benden zu bringen. Weshalb hatte sich

Menolly ausgerechnet an ihn gewandt? Er war fest entschlossen, kein Wort mehr als nötig mit ihr zu wechseln; so bat er Ruth nur, er möge ihren Echsen Bescheid geben, daß er auf der Wiese wartete. Kaum hatte er den Gedanken übermittelt, da kam die Harfnergesellin auch schon aus dem Torbogen geschossen, begleitet von den wild zirpenden Echsen. Noch im Laufen streifte sie ihre Reitjacke über. Er sah, daß sie mit einer Hand eine Dose umklammert hielt wie eine kleine Kostbarkeit.

»Steig ab, Jaxom!« drängte sie. »Ich schaff das nur, wenn ich dir dabei ins Gesicht schauen kann.«

»Was?«

»Frag nicht, sondern beeil dich!«

»Warum?«

»Mann, nun stell dich nicht so an! Wir verplempern unsere kostbare Zeit. Das hier ist eine getönte Creme, mit der ich deine Wunde abdecken will. Oder möchtest du lieber, daß Lessa und F'lar dir unangenehme Fragen stellen? Los! Wir kommen noch zu spät – und du weißt genau, daß du im Moment keine Zeitsprünge wagen kannst!« Er zögerte immer noch, weil er ihrem Edelmut nicht ganz traute.

»Ich habe eine Haarsträhne über die Stelle frisiert.«

»Die vergißt du nach einer Viertelstunde und schiebst sie zurück.« Sie schraubte den Deckel von der Dose ab, und er stieg endlich ab. »Oldive war so nett und hat mir einige Cremes ohne Duftstoffe zusammengebraut. So. Ein paar Tupfer reichen.« Sie wischte vorsichtig mit den Fingern über die Wunde. »Siehst du? Der Farbton stimmt genau.« Sie starrte ihn kritisch an. »Das genügt. Nun erkennt kein Mensch mehr, was mit dir los ist.« Sie kicherte. »Was sagt denn Corana zu deinem Schmiß?«

»Corana?«

»He, nicht gleich so sauer! Steig auf, wir kommen ehrlich zu spät. Kein schlechter Gedanke von dir, Corana als Vorwand zu benutzen. Du bist fast so raffiniert wie ein Harfner.«

Jaxom schwang sich auf Ruth, wütend, aber fest entschlossen, nicht auf ihre Köder anzubeißen. Echt Menolly, solche Dinge auszukundschaften! Sie wußte, womit sie ihn in Verlegenheit bringen konnte! Nun, diesmal sollte sie Pech haben.

»Danke für die Salbe, Menolly«, sagte er, nachdem er ein paarmal ruhig durchgeatmet hatte. »Ich möchte Lessa wirklich nicht verärgern, aber Lytol bestand darauf, daß ich an der Gegenüberstellung teilnehme.«

»Mit gutem Grund.«

Sie schien mehr zu wissen als er, aber er hatte keine Zeit mehr, darüber nachzudenken, denn Ruth wechselte ins *Dazwischen* und steuerte den Benden-Weyr an. Nein, Menolly brachte ihn nicht aus der Ruhe, die nicht! Aber verdammt schlau war sie, das mußte man ihr lassen.

Ruth tauchte auf und meldete sich beim Wachdrachen. *Hier ist Ruth, hier ist Ruth!*

Das brachte Jaxom wieder in Erinnerung, was geschehen war. Er drehte den Kopf nach hinten und warf einen Blick auf Menollys Schulter.

»Keine Sorge. Sie sind in sicherer Obhut. Brekke hat sie aufgenommen.«

»Alle?«

»Beim Großen Ei, natürlich nicht! Nur Prinzeßchen und die Bronze-Echsen. Die Kleine steht dicht vor der Paarung, und ihre drei Beschützer lassen sie keine Sekunde aus den Augen.« Menolly lachte leise.

»Äh – hast du schon Abnehmer für das nächste Gelege?«

»Was? Soll ich die Eier etwa zählen, ehe sie da sind? Wo denkst du hin!« Menollys Stimme klang gelangweilt. »Warum, du brauchst doch keines, oder?«

»*Ich* bestimmt nicht!«

Menolly lachte los, und er zuckte die Achseln. »Ich habe Corana versprochen, daß ich versuchen würde, ihr eine Echse zu verschaffen. Sie – sie war sehr nett zu mir, weißt du.« Es befriedigte ihn, daß Menolly einen Moment lang verblüfft schwieg.

Dann versetzte sie ihm mit der geballten Faust einen Hieb zwischen die Schulterblätter. Er zuckte zusammen.

»Hör doch auf, Menolly! Ich habe auch auf der Schulter was abbekommen.« Seine Stimme klang wütender als beabsichtigt. Gleich darauf bereute er seine Worte. Er brachte das Gespräch ja selbst auf Dinge, die er eigentlich verschweigen wollte.

»Tut mir leid, Jaxom«, sagte sie so zerknirscht, daß Jaxom sofort besänftigt war. »Wo haben dich die Fäden überall erwischt?«

»Im Gesicht, auf der Schulter und an der Hüfte.«

Sie legte ihm eine Hand ganz leicht auf die unversehrte Schulter. »Hörst du? Die Drachen summen schon. Und da drüben ziehen bereits die Kandidaten ein! Können wir direkt in der Brutstätte landen?«

Jaxom lenkte Ruth durch den oberen Eingang der Brutstätte. Immer noch brachten Bronzedrachen Besucher aus Teilen des Kontinents herbei. Jaxoms Blicke wandten sich unwillkürlich der

Stelle am Torbogen zu, wo er und Ruth das erstemal aufgetaucht waren, um das Ei an seinen Platz zurückzulegen. Mit einem Mal stieg Stolz in seinem Innern auf.

»Ich sehe Robinton, Jaxom. Dort, in der vierten Reihe. Nahe den Farben von Ista. Kommst du mit zu ihm?« Ihr Tonfall klang so bittend, daß Jaxom stutzte. Wer saß nicht gern in der Nähe des Meisterharfners von Pern?

Ruth flog dicht an die Ränge heran, fing sich mit den Klauen am Felsvorsprung ab und blieb lange genug in der Schwebe, daß Menolly und Jaxom absteigen konnten.

Während Jaxom seine Kleidung glattstrich, konnte er Meister Robinton gut beobachten. Er begriff mit einemmal Menollys Bitte. Der Harfner schien verändert. Gewiß, er begrüßte Jaxom mit einem festen Händedruck und warf seiner Gesellin ein freundliches Lächeln zu, aber er wirkte geistesabwesend und bedrückt. Der Meisterharfner von Pern hatte ein längliches, schmales Gesicht, in dem sich meist lebhaft seine Empfindungen widerspiegelten. Während er nun zur Brutstätte hinunterblickte, wo die Kandidaten langsam über den heißen Sand auf die Eier zugingen, wirkten seine Züge zerfurcht, und unter den tiefliegenden Augen zeichneten sich dunkle Schatten ab. Die Haut von Kinn und Wangen hing schlaff nach unten. Er sah alt, müde und illusionslos aus. Jaxom wandte sich erschrocken ab und mied Menollys Blick; das scharfäugige Harfnermädchen las ihm jeden Gedanken von der Stirn ab. Meister Robinton alt? Müde, sorgenbeladen, ja. Aber alt? Eine kalte Leere machte sich in Jaxom breit. Was sollte Pern ohne den Humor und die Weisheit seines Meisterharfners anfangen? Oder gar ohne seine kluge Voraussicht, sein waches Interesse an allem Neuen? Ärgerlich über sich selbst, schüttelte Jaxom seine düsteren Gedanken ab und versuchte sich auf die Gegenwart zu konzentrieren.

Ein kehliges Summen lenkte seine Aufmerksamkeit zurück zur Brustätte. Er hatte genug Gegenüberstellungen mitverfolgt und wußte, daß Ramoths Anwesenheit etwas Ungewöhnliches darstellte; schließlich war kein Königinnen-Ei mehr im Gelege. Er hätte nicht an der Stelle der Kandidaten sein mögen, die sich vor ihren ärgerlich kreisenden, rotglitzernden Augen und dem pendelnden Kopf zu fürchten schienen und immer enger zusammenrückten, anstatt sich im Kreis um die Eier zu scharen.

»Zu beneiden sind die nicht«, raunte Menolly ihm zu.

»Läßt sie die Kandidaten überhaupt an die Eier heran?« fragte Jaxom.

Der Harfner schaute mit einem grimmigen Lächeln auf. »Hat den Anschein, als würde sie sich vergewissern, daß keiner der Anwärter vom Südkontinent kommt.« Wenn er sprach, wirkte Robinton wieder so energisch und lebhaft wie eh und je, und Jaxom fragte sich, ob sein Eindruck von vorher falsch gewesen war, beeinflußt vielleicht vom düsteren Licht in der Brutstätte. »Ein Glück, daß sie mich nicht so genau betrachtet.«

Menolly hüstelte. Jaxom schloß aus dem Verhalten der beiden, daß sie erst vor kurzem im Süden unten gewesen waren. Was mochten sie dabei entdeckt haben?

Mit einemmal stand ihm der kalte Schweiß auf der Stirn. Himmel, die Bewohner des Südens *wußten,* daß keiner von ihnen das Ei zurückgebracht hatte. Wenn Robinton nun ebenfalls im Besitz dieses Wissens war?

Ein wütendes Zischen erklang von der Brutstätte. Bewegung kam in die Zuschauer. Eines der Eier war gesprungen, aber Ramoth stellte sich schützend davor und ließ keinen der Kandidaten in die Nähe. Mnementh, der draußen auf seinem Felsensims kauerte, trompetete los, und die Bronzedrachen im Innern des Kessels begannen zu summen. Ramoth hob den Kopf, spreizte die grüngolden schimmernden Flügel und stieß einen heftigen Antwortschrei aus. Die Bronzedrachen versuchten sie zu besänftigen; Mnemenths Schmettern dagegen war eindeutig ein Befehl.

Ramoth ist sehr aufgeregt, berichtete Ruth seinem Freund. Der weiße Drache hatte sich unauffällig an einen sonnigen Fleck neben dem Badeteich des Weyrs zurückgezogen. *Mnementh meint, sie solle nicht albern sein. Erst wenn die Jungen ausgeschlüpft sind und die Kandidaten ihre Schützlinge in Empfang genommen haben, wird wieder Sicherheit einkehren.*

Der Zuspruch der Bronzedrachen verstärkte sich, und Ramoth trat langsam, immer noch wütend, von den Eiern zurück. Einer der älteren Jungen, der sich tapfer in die erste Reihe gestellt hatte, verbeugte sich tief vor ihr und trat dann auf das gesprungene Ei zu, aus dem sich kreischend ein kleiner Bronzedrache hervorarbeitete.

»Der Kerl besitzt Mut und Geistesgegenwart«, meinte Robinton anerkennend. Er beobachtete das Geschehen jetzt aufmerksam. »Genau, was Ramoth gebraucht hat – einen Beweis der Hochachtung. Ihre Augen kreisen jetzt langsamer, und sie senkt die Schwingen. Gut – sehr gut!«

Zwei weitere Kandidaten folgten dem Beispiel, verneigten sich vor Ramoth und gingen rasch auf die Eier zu, die heftig umherschaukelten, während die kleinen Drachen von innen die Schale zu sprengen versuchten.

»Da, seht, der Bronze-Drache gehört ihm! Er hat ihn verdient«, sagte Robinton und klatschte Beifall, als der Junge mit dem tolpatschigen Geschöpf dem Ausgang der Brutstätte zustrebte.

»Wer ist das?« wollte Menolly wissen.

»Der Statur und den Farben nach ein Sohn des Baron von Telgar – scheint den scharfen Verstand des Vaters geerbt zu haben.«

»Kirnety von Fort bekommt ebenfalls einen Bronze-Drachen«, berichtete Menolly erfreut. »Hab' ich es nicht gesagt?«

»Ich kann mich auch mal täuschen, Mädchen, oder nicht?« entgegnete Meister Robinton friedfertig. »Unfehlbarkeit wäre langweilig. Sind auch von Ruatha Bewerber hier, Jaxom?«

»Zwei, aber ich kann sie von hier aus nicht erkennen.«

»Es ist ein großes Gelege«, meinte Robinton. »Die Chancen stehen gut.«

Jaxom beobachtete fünf Jungen, die sich um ein großes, grüngeflecktes Ei scharten. Er hielt den Atem an, als der Kopf des kleinen Drachen durch die Schale stieß. Das winzige Geschöpf schüttelte sich und ließ die Blicke von einem der Kandidaten zum anderen wandern. »Und doch gibt es immer wieder Enttäuschungen«, warf Jaxom ein, als der kleine braune Drachen an den fünf Jungen vorbei über den heißen Sand taumelte und mitleiderregend schrie.

Der Winzling stolperte, fiel mit der Nase in den Sand und begann heftig zu niesen. Ramoth zischte warnend, und die Jungen, die ihr am nächsten standen, ergriffen die Flucht. Einer von ihnen, ein dunkelhaariger Junge mit abgeschundenen Knien, wäre um ein Haar über den kleinen Drachen gefallen. Er ruderte mit den Armen, richtete sich halb auf und sah dem Tier in die Augen. Und dann – war der Kontakt hergestellt.

Jaxom dachte zurück an seine eigene Gegenüberstellung, und ein Gefühl der Wärme durchrieselte ihn.

»Schon wieder alles vorbei«, sagte Menolly mit einem Seufzer. »Die könnten sich ruhig etwas mehr Zeit lassen.«

»Na, mir reicht es für heute nachmittag«, entgegnete Robinton und deutete auf Ramoth. Die Königin starrte den jungen Drachen und ihren Begleiter nach und trat dabei gereizt von einer Pfote auf die andere.

»Ob sich ihre Laune jetzt bessert, da alle versorgt sind?« fragte Menolly.

»Und die von Lessa ebenfalls?« Robinton unterdrückte ein Grinsen. »Zweifellos werden sich beide beruhigen, sobald Ramoth wieder frißt.«

»Hoffentlich«, wisperte Menolly inständig. Ihre Antwort war wohl nicht für den Harfner bestimmt gewesen, der sich bereits abgewandt hatte und nach jemandem auf den Rängen Ausschau hielt.

Robinton hatte sie jedoch gehört und lächelte seiner Gesellin zu. »Schade, daß wir die Sitzung nicht aufschieben können, bis dieser glückliche Umstand eingetroffen ist.«

»Darf ich Sie nicht wenigstens dieses eine Mal begleiten?«

»Um mich zu beschützen, Menolly?« Der Harfner legte ihr einen Arm um die Schultern. »Nein, es ist leider keine öffentliche Zusammenkunft, und ich möchte die Teilnehmer nicht vor den Kopf stoßen.«

»Er darf natürlich . . .«, Menolly wies mit dem Daumen auf Jaxom und warf ihm einen mißmutigen Blick zu.

»Ich darf was?«

»Hat Lytol dir nichts davon gesagt, daß sich nach der Gegenüberstellung der Rat der Barone auf Benden zusammenfindet?« fragte der Harfner. »Du sollst Ruatha vertreten.«

»Den Meisterharfner konnten sie natürlich nicht ausschließen«, warf Menolly mit gereizter Stimme ein.

»Warum sollten sie?« frgte Jaxom, verblüfft über Menollys ungewöhnliche Abwehrhaltung.

»Weil . . .«

»Jetzt reicht es, Menolly. Ich finde es nett, daß du dich um meine Person sorgst, aber alles zu seiner Zeit. Keiner will mir an Kopf und Kragen. Und sobald Ramoth ihren Hunger gestillt hat, geht die Nervosität im Weyr vorüber.« Robinton klopfte ihr beruhigend auf die Schulter.

In diesem Moment verließ die Königin die Brutstätte und erhob sich in die Lüfte.

»Da – seht ihr! Sie begibt sich zu den Weidegründen!« sagte der Harfner. »Ich habe nichts mehr zu befürchten.«

Menolly warf ihm einen langen, düsteren Blick zu. »Ich wollte Sie ja auch nur begleiten, mehr nicht.«

»Ich weiß. Ah – Fandarel!« Der Harfner hob die Stimme und winkte dem hochgewachsenen Schmiedemeister zu. »Los, Baron Jaxom, der Rat tritt zusammen!«

Das hatte Lytol wohl gemeint, als er sagte, seine Anwesenheit bei der Gegenüberstellung sei dringend erforderlich. Aber warum kam Lytol nicht selbst, wenn die Angelegenheit so wichtig war, wie Menolly andeutete? Jaxom fühlte sich geschmeichelt, daß sein Vormund ihm so großes Vertrauen entgegenbrachte. Auf ihrem Weg aus der Brutstätte begegneten sie weiteren Gildemeistern. Der Ernst, der aus ihren Mienen sprach, unterstrich Menollys Andeutung, daß es sich um eine außergewöhnliche Sitzung handelte. Wieder wunderte sich Jaxom, weshalb Lytol nicht hier war. Er hatte doch zugesagt, daß er Robinton unterstützen würde.

»Einen Moment lang sah es ganz so aus, als wolle Ramoth die Gegenüberstellung verhindern«, meinte Fandarel und nickte dann Jaxom zu. »Wie ich höre, vernachlässigen Sie mich wegen Ihres Lieblingssports, mein Junge, was?«

»Jeder Drache muß lernen, Feuerstein zu kauen, Meister Fandarel.«

»Bei meiner Seele«, meinte Bergwerksmeister Nicat. »Ich hätte nie geglaubt, daß der Kleine durchkommt.«

Jaxom hatte schon eine scharfe Entgegnung auf den Lippen, milderte sie jedoch ab, als er den warnenden Blick des Meisterharfners bemerkte. »Ruth schafft das Training spielend, vielen Dank.«

»Man merkt kaum, wie die Zeit vergeht, Meister Nicat«, warf Robinton geschickt ein. »Plötzlich sind jene, die wir noch als Kinder in Erinnerung haben, reif und erwachsen geworden. Oh, Andenon, wie geht es?« Der Harfner winkte dem Saatmeister, der sich zu ihnen gesellte.

Nicat blieb neben Jaxom. »Dann frißt der kleine weiße Drachen nun auch schon Feuerstein!« Er schüttelte den Kopf und lachte. »Ob deshalb unsere Vorräte auf den Feuerhöhen so rasch schwinden?«

»Meister Nicat, ich werde auf dem Fort-Weyr ausgebildet und bekomme dort soviel Feuerstein, wie ich brauche.«

»Bei den Drachenreitern – tatsächlich?« Nicats Grinsen wurde noch breiter. Seine Blicke hefteten sich einen Moment lang auf Jaxoms Wange und wanderten dann weiter. »Nun, Baron, dann viel Spaß!« Jaxom hatte das Gefühl, daß er den Titel ganz besonders betonte, aber er wischte das Mißtrauen beiseite, denn sie näherten sich den Stufen zum Königinnen-Weyr.

Mnementh, der sonst den Eingang bewachte, war seiner Gefährtin zu den Weidegründen gefolgt und beobachtete sie beim Fressen. Jaxoms Gedanken wanderten zum Badeteich. Er spürte Ruths Nähe.

»Ganz schön spannend diesmal, die Gegenüberstellung«, meinte Nicat beiläufig.

»Waren auch Angehörige Ihrer Gilde unter den Kandidaten?« erkundigte sich Jaxom höflich.

»Nur einer. Aber bei der letzten Gegenüberstellung im Telgar-Weyr brachten wir gleich zwei Bewerber durch. Wir können uns nicht beklagen, wirklich nicht. Wenn ich allerdings – also, wenn ich an das eine oder andere Echsen-Ei heran käme – da würde ich nicht Nein sagen.«

Nicats Blick war offen, und Jaxom gelangte zu der Überzeugung, daß er seine Bemerkung mit dem Feuerstein nicht ernst gemeint hatte.

»Im Moment haben wir keine, aber man weiß nie, wann ein Gelege entdeckt wird.«

»Ich erwähne es auch nur nebenbei. Die kleinen Echsen sind tödlich für die lästigen Tunnelschlangen, die sich in den Stollen herumtreiben. Außerdem entdecken sie Giftgase viel schneller als wir. Und im Moment scheinen wir in unseren Bergwerken nur noch auf Gaseinschlüsse zu stoßen.«

Der Bergwerksmeister wirkte niedergeschlagen und beunruhigt. Jaxom fragte sich, was wohl in der Luft lag, daß die allgemeine Stimmung so gedämpft und sorgenvoll war. Er hatte Meister Nicat immer sehr geschätzt. Vom Unterricht im Bergwerk wußte er, daß der Gildemeister ein äußerst tüchtiger Mann war, der in seiner Jugend selbst unter Tage gearbeitet hatte. Während sie die Stufen zum Königinnen-Weyr erklommen, bereute Jaxom wieder einmal, daß er N'ton versprochen hatte, keine Zeitsprünge mehr durchzuführen. Er war tagsüber so stark eingespannt, dabei hätte Ruth sicher rasch ein Echsen-Gelege an den Stränden im Süden aufgestöbert. So wäre Meister Nicat und Corana geholfen gewesen – und vielleicht auch dem mürrischen Tegger, der inzwischen wohl gelernt hatte, wie man mit Feuer-Echsen richtig umging. Aber im Moment war es Jaxom unmöglich, einen Tag freizukommen, und ein Zeitsprung – nun ja . . .

Eben als sie den Eingang erreichten, tauchte mit lautem Trompeten ein Bronzedrache über dem Sternstein auf. Der Wachdrache antwortete. Jaxom fiel auf, daß alle stehengeblieben waren und nach oben blickten. Die Nervosität auf Benden wurde immer schlimmer. Er fragte sich, wer da wohl eingetroffen war.

Der Weyrführer von Ista, teilte ihm Ruth mit.

D'ram? Die anderen Weyrführer mußten nicht an Gegenüberstellungen teilnehmen, aber im allgemeinen kamen sie – es sei denn, in ihren Schutzgebieten fielen gerade Sporen. Jaxom hatte bereits N'ton entdeckt, R'mart vom Telgar-Weyr, G'narisch von Igen und T'bor vom Hochland. Dann fielen ihm die Worte des Meisterharfners über den Gesundheitszustand von Fanna, D'rams Lebensgefährtin, wieder ein. Ging es ihr schlechter?

Als sie den Beratungssaal erreichten, trennte sich Nicat von ihm. Jaxom warf einen Blick auf Lessa, die mit düster gerunzelter Stirn auf dem viel zu großen steinernen Sitz am Ende des langen Tisches thronte, und begab sich rasch in die entgegengesetzte Ecke des Raumes. Hier würden nicht einmal ihre scharfen Augen seine Wunden entdecken.

Der Harfner hatte angedeutet, daß es sich um eine Versammlung im engsten Kreise handelte. Jaxom sah die Gildemeister und Weyrführer, dazu die Barone der größeren Burgen, jedoch keine Weyrherrinnen oder Geschwader-Zweite mit Ausnahme von Brekke und F'nor.

D'ram trat mit F'lar und einem jüngeren Mann ein, der Jaxom unbekannt war, obwohl er die Rangabzeichen eines Geschwader-Stellvertreters trug. Wenn Jaxom vorhin wegen Robintons schlechtem Aussehen besorgt gewesen war, so empfand er nun beim Anblick von D'ram Entsetzen. Der Mann hatte sich in einem einzigen Planetenumlauf völlig verändert. Er wirkte leer und ausgehöhlt. Seine Schultern waren tief gebeugt, und unsicher setzte er einen Fuß vor den anderen.

Lessa erhob sich mit einer ihrer schnellen, geschmeidigen Bewegungen und ging dem Weyrführer von Ista mit ausgestreckten Händen entgegen. In ihrem Gesicht lag ein unerwartet weicher Ausdruck. Ihre ganze Aufmerksamkeit war D'ram zugewandt.

»Wir haben uns nach Ihrem Wunsche versammelt, D'ram«, begann Lessa und begleitete ihn zu dem Platz neben sich, wo sie ihm ein Glas Wein einschenkte.

D'ram dankte ihr und trank einen Schluck, aber er setzte sich nicht. Im Stehen ließ er seine Blicke über die versammelten Gäste schweifen. Jaxom sah, daß tiefe Sorgenfalten sein Gesicht zerfurchten.

»Die meisten von euch wissen bereits, wie es um mich und . . . Fanna steht«, begann er leise und zögernd. Er räusperte sich und holte tief Luft. »Ich habe den Wunsch, die Führung des Ista-Weyrs aufzugeben. Zwar ist im Augenblick keine unserer Königinnen zum Paarungsflug bereit, aber ich kann so nicht weitermachen. Der Weyr billigt meinen Entschluß. G'dened . . .« –

D'ram deutete auf den Mann, der ihn begleitet hatte – »hat während der letzten zehn Sporeneinfälle unsere Drachengeschwader auf seinem Barnath angeführt. Ich hätte meinen Platz schon früher räumen sollen, aber . . .« – er schüttelte mit einem traurigen Lächeln den Kopf – »wir hatten so gehofft, daß Fanna genesen würde.« Mühsam straffte er die Schultern. »Caylith ist unsere älteste Königin und Cosira eine gute Weyrherrin. Barnath hat sich bereits einmal mit Caylith gepaart. Ein großes Gelege mit kräftigen Jungdrachen war das Ergebnis.« D'ram stockte erneut und sah Lessa unsicher an. »Bei uns Alten war es Sitte, wenn ein Weyr führerlos wurde, den nächsten Paarungsflug den jungen Bronzereitern aller Weyr anzukündigen. Auf diese Weise erhielten alle eine faire Chance. Ich möchte diesen Brauch wieder einführen.« Er sagte den letzten Satz mit hartem Nachdruck, sah Lessa dabei aber beinahe flehend an.

»Dann müssen Sie sehr überzeugt von G'deneds Barnath sein.« R'marts Stimme erhob sich ein wenig spöttisch über das erstaunte Murmeln der anderen.

G'dened lächelte, vermied es aber, den Sprecher herauszufordern.

»Ich möchte den besten Weyrführer für Ista«, erklärte D'ram steif und wies mit seinem Tonfall R'marts Andeutung zurück, daß es sich um einen Wettbewerb mit vorher feststehendem Sieger handeln könne. »G'dened hat mir seine Tüchtigkeit unter Beweis gestellt. Aber er sollte sie auch den anderen beweisen.«

»Ein vernünftiger Vorschlag.« F'lar stand auf und hob die Hand, bis alle schwiegen. »Ich bezweifle nicht, daß G'dened eine gute Chance hat, R'mart, aber D'rams Angebot ist in dieser Zeit der Krisen ungeheuer großzügig. Ich werde meinen Bronzereitern Bescheid geben, aber darauf bestehen, daß nur jene am Wettbewerb teilnehmen, die noch keine Königin geflogen haben. Der Kampf sollte gerecht bleiben.«

»Ist Caylith eigentlich eine Benden-Königin?« fragte Baron Corman von Keroon.

»Nein, sie stammt von Mirath ab. Pirith ist die Königin, die von Benden kam.«

»Dann gehört Caylith zu den Königinnen der Alten?«

»Caylith ist eine Ista-Königin«, warf F'lar ruhig ein.

»Und G'dened?«

»Ich wurde in der alten Zeit geboren«, entgegnete der Mann und schaute Baron Corman offen an.

»Er ist außerdem ein Sohn von D'ram«, wandte sich Baron

Warbret von Burg Ista direkt an Baron Corman, als könne diese Tatsache den unterschwelligen Widerstand des Mannes brechen.

Corman nickte. »Gutes Blut«, meinte er anerkennend.

»Es geht hier um seine Anwartschaft als Weyrführer, nicht um seine Herkunft«, erklärte F'lar. »Der Brauch der Alten erscheint mir gut . . .«

Jemand stellte halblaut fest, das sei der einzige vernünftige Brauch der Alten, von dem er je gehört habe. Jaxom verstand die geflüsterte Bemerkung sehr genau und hoffte nur, daß sie nicht bis zu dem Neuankömmling vordrang.

»Niemand könnte D'ram daran hindern, seine Rechte als Weyrführer bis zuletzt auszuüben«, fuhr F'lar fort, an die Gildemeister und Barone gewandt. »Ich danke ihm von ganzem Herzen für sein Angebot und die Bereitschaft, den Weyr auch anderen Bewerbern zu öffnen.«

»Ich will nichts als die bester Führung für meinen Weyr«, wiederholte D'ram. »Das hier ist der einzige Weg, sie zu erhalten. Der einzig richtige Weg.«

Jaxom erkannte Zustimmung in den Mienen der übrigen Weyrführer. Das war verständlich, denn immerhin konnte es sein, daß sich einer ihrer Bronzereiter durchsetzte. Jaxom hoffte jedoch, daß G'deneds Barnath Caylith erobern würde. Dann ließ sich beweisen, daß die Alten aus gutem Holz geschnitzt waren. Und niemand konnte sich gegen die Führung von G'dened wenden, wenn sie im ehrlichen Wettkampf errungen war.

»Ich habe hiermit Istas Willen kundgetan«, fuhr D'ram mit müder Stimme fort. »Nun muß ich zurück. Lebt wohl.«

Er verneigte sich vor Lessa und dann vor den anderen. Die Weyrherrin stand auf, reichte ihm die Hand und verabschiedete ihn mit herzlichen Worten. Zu Jaxoms Staunen erhoben sich alle, als D'ram den Raum verließ, aber der Kopf des Weyrführers von Ista blieb gesenkt, und Jaxom bezweifelte, daß er die spontane Geste der Ehrerbietung überhaupt bemerkt hatte. Schmerz schnürte ihm die Kehle zu.

»Ich möchte mich ebenfalls verabschieden – falls ich auf Ista gebraucht werde«, sagte G'dened und verbeugte sich formell vor den Weyrführern Bendens und den übrigen Anwesenden.

»G'dened?« Lessa sprach den Namen fragend aus.

Der Mann schüttelte langsam den Kopf. »Ich werde alle Weyr in Kenntnis setzen, wenn Caylith in Hitze gerät.« Damit eilte er D'ram nach.

Als seine Schritte im Korridor verklungen waren, begannen alle gleichzeitig zu sprechen. Die Barone zweifelten die Richtigkeit der Entscheidung an. Auch die Gildemeister waren geteilter Meinung, obwohl Jaxom glaubte, daß Robinton von der Entscheidung D'rams gewußt und sie gebilligt hatte. Die Weyrführer dagegen drückten Befriedigung aus.

»Hoffentlich stirbt Fanna nicht ausgerechnet heute«, murmelte ein Gildemeister zu Jaxoms Linker. »Ein Todesfall am Tage der Gegenüberstellung bringt Unglück.«

»Ganz abgesehen davon, daß es den Festschmaus verdirbt. Ich möchte schon wissen, wie stark G'deneds Bronzedrachen ist. Stellt euch vor, wenn ein Bronzereiter von Benden Ista für sich gewinnen könnte . . .«

Bei dem Wort »Festschmaus« merkte Jaxom erst, wie sehr ihm der Magen knurrte. Er war so früh wie immer aufgestanden, hatte mit den Jungreitern geübt und gerade noch Zeit gefunden, sich für die Gegenüberstellung umzuziehen. So schob er sich langsam und unauffällig dem Ausgang entgegen. Eine der Frauen in den Küchengewölben brachte ihm sicher eine Kleinigkeit zu essen, wenn er sie darum bat.

»War das der ganze Zweck des Zusammentreffens?« fragte Baron Begamon von Nerat in das Schweigen der anderen hinein. Seine Stimme klang grämlich. »Haben die Weyr noch nicht herausgefunden, wer das Ei stahl? Oder wie es wieder in die Brutstätte gelangte? Ich dachte, darüber würden wir heute Näheres erfahren.«

»Das Ei wurde zurückgebracht, Baron Begamon«, erklärte F'lar und legte seine Hand auf Lessas Arm.

»Das weiß ich. Ich war ja selber dabei. Genau wie bei der Gegenüberstellung der kleinen Königin.«

F'lar führte Lessa dem Ausgang zu. »Heute haben wir eine andere Gegenüberstellung, Baron Begamon«, sagte er. »Ein freudiger Anlaß für uns alle. Unten gibt es Wein.« Damit verließen die beiden den Beratungsraum.

»Ich verstehe das nicht.« Begamon wandte sich verwirrt an seinen Nachbarn. »Ich dachte, wir würden endlich etwas erfahren.«

»Das haben Sie doch«, meinte F'nor, der eben mit Brekke an ihm vorbeiging. »D'ram gibt das Amt des Weyrführers ab.«

»Das betrifft mich doch nicht.« Begamon wurde immer ärgerlicher über die Antworten, die er erhielt.

»Das betrifft Sie mehr als alle Mutmaßungen über das verschwundene Ei«, sagte F'nor, ehe auch er den Raum verließ.

»Ich fürchte, mehr werden Sie dazu nicht herausbringen«, sagte Robinton mit einem schwachen Lächeln.

»Aber – aber unternehmen sie denn gar nichts? Wollen sie die Kränkung der Alten etwa widerspruchslos hinnehmen?«

N'ton hatte den Wortwechsel mitverfolgt und trat nun näher. »Im Gegensatz zu den Burgherren können und dürfen Drachenreiter ihren Leidenschaften nicht freien Lauf lassen. Ihre erste Pflicht besteht darin, ganz Pern vor den Fäden zu schützen, Baron Begamon.«

»Kommen Sie, Begamon!« Baron Groghe von Fort nahm den Burgherrn von Nerat am Arm. »Diese Weyr-Geschichten gehen uns nichts an. Da sollten wir uns nicht einmischen. Die Drachenreiter werden schon wissen, was sie tun. Außerdem wurde das Ei zurückgebracht. Jammerschade, daß es so schlimm um D'rams Gefährtin steht. Ich sehe ihn ungern scheiden. Er war ein tüchtiger Bursche!« Er sah den Meisterharfner fragend an. »F'lar hat es zwar nicht ausdrücklich erwähnt, aber ich nehme an, daß man uns zur Feier des Tages mit Benden-Wein bewirtet?«

Robinton nickte lachend und begleitete die beiden Männer aus dem Saal. Jaxom schlenderte langsam hinterher. Als er am Fuße der Treppe anlangte, stürzte sich Menolly auf ihn.

»Sag schon, was war? Haben sie überhaupt mit ihm gesprochen?«

»Wer soll mit wem gesprochen haben?«

»F'lar und Lessa – haben sie das Wort an den Harfner gerichtet?«

»Dazu gab es keinen Anlaß.«

»Hmm. Nun erzähl schon!«

Mit einem Seufzer schilderte Jaxom den Verlauf der Sitzung. »D'ram teilte den anderen mit, daß er die Führung des Ista-Weyrs niederlegen wolle ...« Menolly nickte, als sei ihr das nichts Neues. »Und er wollte, daß sein Nachfolger gemäß der alten Tradition bestimmt wird. Sobald wieder eine Königin von Ista zum Paarungsflug aufsteigt, sind alle Bronzereiter von Pern eingeladen, sie zu erobern.«

Menolly riß die Augen auf. »Das muß eingeschlagen haben! Gab es irgendwelche Einwände?«

»Von den Baronen, ja.« Jaxom grinste. »Von den anderen Weyrführern natürlich nicht. Nur R'mart spöttelte, daß G'dened wohl von vornherein den Sieg in der Tasche habe.«

»Ich kenne G'dened nicht persönlich, aber ich weiß, daß er ein Sohn von D'ram ist.«

»Das muß noch gar nichts heißen.«

»Stimmt auch wieder.«

»D'ram hob hervor, daß er den besten Führer für Ista wolle und daß man ihn nur auf diese Weise bestimmen könne.«

»Armer D'ram . . .«

»Arme Fanna, meinst du.«

»Nein, du hast schon richtig gehört. D'ram war als Weyrführer sehr stark.« Menolly kam wieder auf ihre anfängliche Frage zurück. »Und Meister Robinton – hat er gar nichts gesagt?«

»Er unterhielt sich mit Begamon.«

»Nicht mit F'lar und Lessa?«

»Dazu gab es keine Gelegenheit. Warum?«

»Sie waren so lange seine besten Freunde – und ich finde, sie verhalten sich jetzt nicht fair. Er mußte in diesem Fall einfach eingreifen. Drachen dürfen nicht gegen Drachen kämpfen.«

Jaxom nickte heftig, doch in diesem Moment knurrte sein Magen so laut, daß Menolly ihn verdutzt ansah. Er wußte nicht recht, ob er sich entschuldigen oder loslachen sollte, und entschied sich für letzteres. Die Harfnerin seufzte.

»Also komm, aus dir bringe ich doch kein vernünftiges Wort heraus, bevor du nicht etwas gegessen hast!«

Es wurde weder ein besonders prunkvolles noch ein besonders fröhliches Fest. Die Drachenreiter wirkten zurückhaltend. Jaxom wollte gar nicht herausfinden, ob das mehr auf D'rams Rücktritt oder auf den Diebstahl des Königin-Eis zurückzuführen war. Und er fühlte sich in Menollys Gesellschaft nicht wohl, weil er den Verdacht nicht loswurde, daß sie wußte, wer das Ei zurückgebracht hatte. Die Tatsache, daß sie ihre Vermutung nicht aussprach, beunruhigte ihn noch mehr, denn irgendwie spürte er, daß sie ihn absichtlich zappeln ließ. Zu F'lessan und Mirrim wollte er sich aber auch nicht gesellen; die beiden hätten ganz sicher seine Brandwunde bemerkt. Benelek gehörte nicht zu seinen engeren Freunden, und an den großen Tischen, wo die übrigen Barone saßen, mochte er erst recht nicht Platz nehmen. Dann kam Oharan und holte Menolly an den Harfnertisch; sie stimmten die alten Balladen an, und die Gäste sangen begeistert mit.

Ruth schien ganz zufrieden mit der Gegenüberstellung; was ihm ein wenig fehlte, war die Gesellschaft der Echsen.

Sie sind gar nicht gern in Brekkes Weyr eingesperrt, erklärte Ruth seinem Reiter. *Warum können sie nicht herauskommen? Ramoth hat einen vollen Bauch und schläft. Sie würde es nicht einmal merken.*

»Da wäre ich an deiner Stelle nicht allzu sicher.« Jaxom warf einen Blick auf Mnementh, der zusammengerollt auf dem Felsensims vor dem Weyr lag. Seine Augen glommen im Halbdunkel des Weyrkessels.

So brachen Jaxom und Ruth schon bald nach dem Festschmaus auf und kehrten zurück nach Ruatha. Der junge Baron machte sich Sorgen wegen Lytol. Der Burgverwalter regte sich vermutlich stark auf, wenn Fanna starb und ihre Königin ins *Dazwischen* ging. Er wußte, daß Lytol dem Weyrführer der Alten großen Respekt entgegenbrachte, und zögerte, ihm die Nachricht von seinem Rücktritt zu übermitteln. Außerdem – wie mochte sich Lytol zu dem offenen Wettbewerb für alle Bronzedrachen stellen?

Lytol aber nickte nur kurz und fragte Jaxom, ob man mehr über den Diebstahl erfahren habe. Als Jaxom von Baron Begamons Beschwerde berichtete, knurrte der Burgverwalter verächtlich. Dann wollte er wissen, ob wieder Echsen-Gelege aufgetaucht seien, weil ihn zwei weitere Pächter um Eier gebeten hätten. Jaxom versprach, N'ton am nächsten Morgen danach zu fragen.

»Wenn man bedenkt, in welchen Verruf die Echsen geraten sind, wundert man sich, daß sie überall so heiß begehrt sind«, stellte der Weyrführer am nächsten Tag fest, als Jaxom ihm Lytols Frage ausrichtete. »Aber vielleicht geschieht es gerade deswegen. Jeder glaubt nun, daß seine Zeit gekommen sei, weil die anderen keinen Wert mehr auf Feuer-Echsen legen. Nein, ich besitze keine. Aber ich wollte dich ohnehin sprechen. Wir vom Fort-Weyr begleiten morgen die Hochland-Geschwader während des Sporenregens im Norden. Wären auch über Ruatha Fäden gefallen, hätte ich dich eingeladen, mit den anderen Jungreitern daran teilzunehmen. So möchte ich lieber darauf verzichten. Ich hoffe, du verstehst meine Entscheidung richtig.«

Jaxom nickte, bohrte aber nach: »Heißt das, daß ich beim nächsten Sporeneinfall über Ruatha mitfliegen darf?«

»Ich habe mit Lytol darüber gesprochen.« N'tons Augen blitzten, und er lachte. »Lytol meint, die Drachen fliegen so hoch, daß niemand von Ruatha es merkt, wenn du dein Leben für die Burg aufs Spiel setzt. Also kann dich auch niemand bei Lessa und F'lar verraten.«

»Ich riskiere weit mehr, wenn ich mit der Flammenwerfer-Mannschaft durch die Wälder streife.«

»Wahrscheinlich, aber wir wollen doch vermeiden, daß die Sache im Benden-Weyr zur Sprache kommt. K'nebel ist sehr zufrieden mit dir. Und Ruth besitzt in der Tat alle Fähigkeiten, die du an ihm gelobt hast – er ist schnell, klug und ungeheuer wendig.« Wieder lachte N'ton. »Unter uns gesagt, K'nebel meint, daß der Kleine ohne weiteres in der Lage sei, mitten im Flug in die Gegenrichtung zu schwenken. Er hat nur Angst, einige der anderen Jungreiter könnten auf die Idee kommen, dieses Kunststück auch mit ihren Drachen auszuprobieren – und dann kämen die Burschen nur so aus dem Himmel gepurzelt.«

So jagte Jaxom am nächsten Vormittag mit Ruth und brachte ihn dann zum See, wo er den Drachen gründlich abschrubbte und ihm dann ein Bad genehmigte. Während die Feuer-Echsen Ruths Nackenwülste bearbeiteten, versorgte Jaxom die Wunde an seinem Schenkel.

Plötzlich begann der weiße Drache zu wimmern. Schuldbewußt schaute Jaxom auf. Auch die Feuer-Echsen hatten in ihrer Arbeit innegehalten. Sie legten die kleinen Köpfe schräg, als horchten sie auf etwas in weiter Ferne.

»Was ist denn, Ruth?«

Die Frau stirbt.

»Bring mich zurück zur Burg, Ruth. Schnell!«

Jaxom biß die Zähne zusammen, als die feuchten Kleider in der Kälte des *Dazwischen* an seiner Haut festfroren. Fröstelnd beobachtete er beim Auftauchen den Wachdrachen auf den Feuerhöhen. Merkwürdig, das Tier sonnte sich, als sei nichts geschehen.

Jetzt stirbt sie noch nicht, erklärte Ruth.

Es dauerte einen Moment, bis Jaxom verstanden hatte, daß Ruth einen Zeitsprung gewagt hatte und noch vor dem kritischen Moment angekommen war.

»Wir haben doch versprochen, daß wir das lassen, Ruth.« Jaxom war dem Drachen zwar dankbar, aber er wollte auf gar keinen Fall sein Wort brechen.

Du hast es versprochen. Ich nicht. Und Lytol braucht dich jetzt, nicht später.

Ruth setzte Jaxom im Burghof ab, und der junge Mann rannte die Treppe hinauf zum großen Saal. Er scheuchte eine Magd, die gerade die Böden wischte, mit der heftigen Frage auf, wo Lytol im Moment sei. Sie schickte ihn zu Brand. Jaxom wußte zwar, daß Brand in seinem Arbeitszimmer eine Karaffe Wein stehen hatte, aber vorsichtshalber ging er in die Vorratskammer, packte einen Weinschlauch an der Trageschlinge, nahm zwei Becher in die freie Hand und lief zu Brands Räumen. Ohne anzuklopfen, drückte er die Türklinke mit dem Ellbogen herunter und platzte mitten in ein Gespräch der beiden Männer.

»Was gibt es, Baron Jaxom?« rief Brand und sprang auf. Lytols Miene verriet Unmut über Jaxoms unhöfliches Eindringen, doch in diesem Moment hielt Brands blaue Echse den Kopf schräg und lauschte. Jaxom deutete auf das Tierchen.

Die Echse richtete sich hoch auf, spreizte die Flügel und stieß einen schrillen, langgezogenen Klagelaut aus. Jegliche Farbe wich aus Lytols Gesicht. Zugleich hörten die Männer das dunklere, ebenfalls durchdringende Geschrei von Ruth und dem Wachdrachen, die ihrer Trauer um den Tod der Drachenkönigin freien Lauf ließen.

Jaxom goß einen Becher randvoll mit Wein und drückte ihn Lytol in die Hand.

»Ich weiß, das macht den Schmerz nicht ungeschehen«, sagte er rauh. »Aber du kannst dich wenigstens betrinken, bis die Erinnerung betäubt wird.«

IX

Frühsommer in der Harfnerhalle und auf Ruatha, 3. 7. 15

Der erste Hinweis, den Robinton erhielt, kam von Zair, der unvermittelt aus seinem Vormittagsschlaf auf dem Fenstersims hochschreckte, dem Harfner auf die Schulter flog und sich an seinem Hals festklammerte. Robinton machte sich vorsichtig frei, denn der Schweif der kleinen Echse schnürte ihm die Luft ab. Wimmernd rieb Zair das Köpfchen gegen seine Wange.

»Was ist denn los mit dir?«

In diesem Moment erhob der Wachdrache auf den Feuerhöhen sein schrilles Trompeten. Ein anderer Drache tauchte auf, beantwortete den Ruf des Wachdrachen und setzte dann in einer steilen Spirale zur Landung an.

Jemand klopfte kurz und riß die Tür auf, ohne das »Herein« abzuwarten. Robinton hatte schon einen Tadel auf den Lippen, als er Menolly erspähte. Prinzeßchen schmiegte sich eng in ihr Haar, während Rocky, Taucher und Poll sie kreischend umflatterten.

»F'lar und Mnementh sind gekommen!«

»Das habe ich eben selbst bemerkt, meine Liebe. Weshalb die Panik?«

»Panik? Ich bin doch nicht in Panik. Nur aufgeregt. Es geschieht zum erstenmal seit jenem Raub des Königin-Eis, daß der Weyrführer uns hier aufsucht.«

»Dann müssen wir uns anstrengen, mein Kind. Frag Silvina, ob sie ein wenig Kuchen zum Klah hat.« Er seufzte sehnsüchtig. »Leider ist es noch etwas zu früh, um ihm Wein anzubieten.«

»Auf Benden ist es längst nicht mehr so früh wie bei uns«, meinte Menolly, ehe sie das Zimmer verließ.

Robinton starrte auf die leere Tür und seufzte noch einmal tief. Das Mädchen hatte sich die Entfremdung zwischen ihm und dem Benden-Weyr sehr zu Herzen genommen. Ihm selbst war die Geschichte natürlich auch nicht angenehm gewesen. Energisch schob er diese Gedankengänge beiseite. Mnementh hatte völlig ruhig geklungen, als er sich beim Wachdrachen anmeldete. Aber was brachte F'lar hierher? Und – eine wichtige Frage – kam er mit Lessas Wissen? Mit ihrem Einverständnis?

Mnementh war inzwischen gelandet. F'lar überquerte jetzt sicher die Wiese. Robintons Ungeduld wuchs. Diese letzten Minuten vor dem Zusammentreffen waren quälender als die vier Siebenspannen der Kälte zwischen Weyr und Gildehalle.

Robinton erhob sich und trat ans Fenster; F'lar überquerte eben mit langen Schritten den inneren Hof. Aber das mußte nichts bedeuten, denn F'lar war immer in Eile.

F'lar grüßte einen Gesellen, der gerade ein Packtier für eine längere Reise belud. Feuer-Echsen versammelten sich auf dem Dach. Robinton sah, wie F'lar den Kopf hob und die kleinen Geschöpfe musterte. Einen Moment lang spielte der Harfner mit dem Gedanken, Zair fortzuschicken, solange F'lar bei ihm weilte. Es hatte wenig Sinn, den Groll noch zu schüren.

F'lar betrat die Halle. Durch das offene Fenster vernahm Robinton die Stimme des Weyrführers. Eine Frau antwortete ihm. Silvina? Nein, wohl eher seine Gesellin, dachte Robinton mit einem Lächeln. Sicher hatte sie bereits auf der Lauer gelegen. Ja, genau – F'lar und Menolly kamen die Treppe herauf und plauderten. Ihre Stimmen klangen ruhig. Tüchtiges Mädchen! Locker bleiben – so war es richtig.

»Hallo, Robinton! Menolly erzählte mir gerade, daß ihre Echsen Mnementh ›den Größten‹ nennen«, sagte F'lar mit einem schwachen Lächeln, als er den Raum betrat.

»Sie gehen mit Auszeichnungen sehr sparsam um, F'lar.« Robinton nahm Menolly das Tablett ab, und die Harfnerin zog sich leise zurück. Das bedeutete allerdings nicht, daß sie ohne Informationen blieb. Prinzeßchen und Zair pflegten einen engen Kontakt und tauschten gern Neuigkeiten aus.

»Es gibt doch keinen Kummer auf Benden?« fragte Robinton und reichte dem Weyrführer einen Becher Klah.

»Kummer nicht gerade.« Robinton wartete. »Aber ein Rätsel, und wir dachten, daß Sie uns vielleicht weiterhelfen könnten.«

»Wenn es in meiner Macht steht – gern.« Der Harfner deutete auf einen Stuhl.

»Wir können D'ram nirgends finden.«

»D'ram?« Robinton schaute überrascht auf. »Weshalb denn nicht?«

»Er lebt. Soviel steht fest. Aber wir wissen nicht, wo er sich aufhält.«

»Kann denn Ramoth keinen Kontakt zu Tiroth aufnehmen?«

F'lar schüttelte den Kopf. »Ich hätte wohl besser sagen sollen, wir wissen nicht, *in welcher Zeit* er sich aufhält.«

»In welcher Zeit? D'ram ist in eine andere Zeit gesprungen?«

»Das scheint die einzig mögliche Erkärung. Und wir glauben nicht, daß er in seine eigene Epoche zurückgekehrt ist. Soviel Kraft besitzt Tiroth nicht mehr. Zeitsprünge setzen sowohl dem Drachen wie dem Reiter enorm zu. Aber D'ram bleibt verschwunden.«

»Das kommt nicht ganz unerwartet«, entgegnete Robinton langsam und ging im Geiste rasch die Möglichkeiten durch, die für D'ram am ehesten in Frage kamen.

»Nein, nicht unerwartet.«

»Zum Süd-Weyr hat er sich nicht begeben?«

»Nein. Dort würde ihn Ramoth ohne weiteres aufstöbern. Und G'dened ging auf Ista selbst in die Zeit vor dem Fädeneinfall zurück, weil er dachte, D'ram könnte sich da aufhalten, wo seine Erinnerungen am glücklichsten waren.«

»Baron Warbret hat D'ram eine der Wohnhöhlen auf der Südseite der Insel Ista angeboten. Er schien geneigt, sich dort niederzulassen.« Als F'lar die Achseln zuckte, nickte Robinton und fügte hinzu: »Ja, er schien bereit – allzu bereit.«

F'lar erhob sich und ging auf und ab. »Haben Sie eine Ahnung, wohin er sich begeben hat? Sie waren doch oft mit ihm zusammen. Können Sie sich an irgendwelche Äußerungen erinnern?«

»Er sprach kaum etwas – saß einfach da und hielt Fannas Hand.« Robinton schluckte. Auch wenn ihm das Sterben etwas Vertrautes war, hatte ihn doch die Liebe D'rams zu seiner Weyrgefährtin und seine grenzenlose Trauer über ihren Tod tief erschüttert. »Auch Baron Groghe und Sangel boten ihm ihre Gastfreundschaft an. Ich glaube, man hätte ihn überall mit offenen Armen aufgenommen. Aber er scheint es vorzuziehen, mit seinen Erinnerungen allein zu sein. Darf ich fragen, ob es einen besonderen Anlaß gibt, daß Sie ihn suchen?«

»Keinen besonderen Anlaß – nur unsere Sorge um ihn.«

»Oldive erklärte, daß er im Vollbesitz seiner geistigen Kräfte sei – falls Sie in dieser Richtung Zweifel hegen, F'lar.«

F'lar winkte ab und strich ärgerlich eine Haarsträhne zurück, die ihm immer wieder über die Augen fiel. »Offen gestanden, Robinton, die Suche geht von Lessa aus. Ramoth kann Tiroth nirgends entdecken. Lessa befürchtet nun, daß er weit genug in die Vergangenheit zurückgegangen ist, um Selbstmord zu begehen, ohne uns zu belasten. Das sähe D'ram ähnlich.«

»Wenn es nun aber sein ausrücklicher Wille wäre . . .«, wandte Robinton leise ein.

»Ich weiß, ich weiß. Jeder von uns versteht ihn. Aber Lessa

gibt nun mal nicht auf. Auch wenn D'ram sein Amt als Weyrführer nicht mehr ausübt, so sind doch sein Wissen und seine Ansichten von großem Wert für uns. Im Moment mehr denn je. Schlicht gesprochen, wir brauchen ihn . . . brauchen seinen Rat.«

Robinton dachte kurz über diese Worte nach. Hatte D'ram diese Entwicklung vorausgesehen und sich bewußt zurückgezogen, damit die anderen selbständig entschieden? Auf der anderen Seite konnte er sich nicht vorstellen, daß D'ram Pern und die Drachenreiter einfach im Stich ließ.

»Vielleicht braucht er Zeit, um seinen Schmerz zu überwinden, F'lar.«

»Die Pflege Fannas hat ihn gesundheitlich ausgehöhlt. Sie wissen das ebenso wie ich. Möglicherweise ist er krank. Wer soll ihm aber helfen, wenn wir seinen Aufenthalt nicht kennen? Ich teile Lessas Unruhe.«

»Ich . . . ich mache diesen Vorschlag nicht gern, aber hat Brekke schon die Feuer-Echsen gefragt? Ihre und die vom Ista-Weyr?«

Ein Lächeln zuckte um F'lars verkniffene Mundwinkel. »O doch. Das hat sie sich nicht nehmen lassen. Aber es nützte nichts. Die Feuer-Echsen brauchen genau wie die Drachen eine Richtungsangabe, wenn sie in eine andere Zeit wechseln.«

»Ich dachte nicht daran, sie selbst auf die Suche zu schicken. Aber man könnte sie fragen, ob sie sich nicht *erinnern*, einen einsamen Bronzedrachen gesehen zu haben.«

»Erinnern?« F'lar schüttelte ungläubig den Kopf. »Die kleinen Tierchen besitzen ein Gedächtnis?«

»Ein sehr gutes sogar, das man ohne weiteres anzapfen kann. Sehen Sie, F'lar, wie hätten die Feuer-Echsen sonst wissen sollen, daß der Rote Stern . . .« Zair kreischte entsetzt los und flatterte so unvermittelt von der Schulter des Harfners auf, daß seine Krallen Robinton an der Stirn streiften. »Da – er haßt sogar den Gedanken an dieses Gestirn.« Robinton fuhr mit der Hand über den Kratzer. »Ich wollte sagen, daß alle Feuer-Echsen um die Gefährlichkeit des Roten Sterns wußten, *ehe* F'nor und Canth dort zu landen versuchten. Die Kleinen reagieren zwar äußerst hysterisch, wenn man den Roten Stern nur erwähnt; aber wir haben sie geduldig befragt und erfahren, daß sie sich an eine schreckliche Angst vor dem Roten Stern *erinnern*. Sie oder ihre Vorfahren – vielleicht, als unsere Vorfahren irgendwann versuchten, ihn zu erreichen?«

F'lar warf dem Meisterharfner einen forschenden Blick zu.

»Und es war nicht das erstemal, daß sie diese Fähigkeit bewiesen«, fuhr Robinton fort. »Meister Andemon hält es beispielsweise für durchaus möglich, daß sich diese Geschöpfe an außergewöhnliche Ereignisse erinnern, die nicht sie selbst, sondern einer ihrer Artgenossen erlebt oder gespürt hat. Instinkt spielt bei allen Tieren eine Rolle – warum sollte sich das nicht auch auf die Erinnerung auswirken?«

»Hmm. Ich verstehe nur nicht, wie Sie dieses . . . dieses Feuerechsen-Gedächtnis dazu einsetzen wollen, D'ram zu finden.«

»Ganz einfach. Wir fragen sie, ob sie einen einsamen Drachen gesehen haben. Das wäre außergewöhnlich genug, um in ihrer Erinnerung haften zu bleiben.«

F'lar bezweifelte, daß sie sich befragen ließen.

»Am ehesten bringt Ruth sie dazu.«

»Ruth?«

»Als die Echsen sich damals so sehr vor dem Feueratem der Bronzedrachen fürchteten, drängten sie sich in Scharen um Ruth. Jaxom erklärt, daß sie mit seinem weißen Drachen plaudern, wo immer sie ihm begegnen. Irgendeines der Tierchen erinnert sich vielleicht an das, was wir in Erfahrung zu bringen versuchen.«

»Wenn es mir gelänge, dadurch Lessas Sorgen zu vertreiben, könnte ich sogar meinen Ärger über diese kleinen Quälgeister vergessen.«

»Ich werde Sie an diese Worte erinnern.« Robinton grinste den Weyrführer von Benden an.

»Begleiten Sie mich nach Ruatha?«

In diesem Moment fiel Robinton Jaxoms Wunde ein. Sie war zwar sicher längst verheilt, aber er wußte nicht, ob N'ton je mit F'lar über Jaxoms Ausbildung zum Drachenreiter gesprochen hatte.

»Sollten wir uns nicht zuerst vergewissern, ob Jaxom auf der Burg ist?«

»Wo sollte er denn sonst sein?« F'lar runzelte die Stirn.

»Nun, er sucht oft die Pächter auf und kümmert sich um die Anpflanzungen. Oder er nimmt mit den anderen jungen Leuten Unterricht bei Fandarel.«

»Also gut.« F'lars Blicke schweiften einen Moment lang in die Ferne. »Nein«, sagte er dann, »Mnementh erklärt mir, daß Ruth auf der Burg weilt.« Lachend fügte er hinzu: »Wie Sie sehen, habe ich meinen eigenen Boten.«

Robinton hoffte, daß Ruth seinem Herrn von dem Gedankenaustausch mit Mnementh erzählen würde. Schade, daß ihm keine Zeit mehr blieb, Zair mit einer Botschaft nach Ruatha zu schicken. Aber ihm fiel keine passende Ausrede ein, und er wollte es sich mit F'lar nicht gleich wieder verderben.

»Zuverlässiger als meiner und weitreichender als Fandarels Drähte.« Robinton schlüpfte in die gefütterte Wherlederjacke und setzte einen Schutzhelm auf. »Fandarel hat seine Anlage übrigens schon bis zu den Bergwerken von Crom ausgedehnt.« Er nickte F'lar zu, und die beiden verließen den Raum.

»Ja, ich weiß. Das ist mit ein Grund, weshalb wir D'ram suchen.«

»*Was?*«

F'lar lachte über die verblüffte Frage des Harfners, ein zwangloses Lachen, das Robinton hoffen ließ, die Verstimmung zwischen ihm und dem Weyrführer sei nun endgültig beigelegt.

»War denn Nicat nicht auch bei Ihnen, Robinton? Er möchte, daß wir uns die Bergwerke drunten im Süden anschauen.«

»Diese Gruben, von denen Toric sprach?«

»Genau.«

»Ich weiß, daß Nicat sich Sorgen wegen unserer Minen macht. Die Erzvorkommen werden immer spärlicher. Und Fandarel läuft ebenfalls mit düsterem Gesicht umher. Er kann nämlich nur Metalle von hoher Qualität gebrauchen.«

»Wenn wir erst den Gilden gestatten, in den Süden vorzudringen, gibt es für die Söhne der Burgherren kein Halten mehr . . .« F'lar senkte unwillkürlich die Stimme, obwohl der Hof, den sie überquerten, menschenleer war.

»Der Südkontinent ist groß genug, um mühelos ganz Pern aufzunehmen. Wir kennen doch erst einen winzigen Streifen davon, F'lar. Mann – beim Großen Ei!« Robinton blieb stehen und schlug sich mit der flachen Hand gegen die Stirn. »Und da rede ich über das Gedächtnis der Feuer-Echsen! Das ist die Lösung! Dorthin muß sich D'ram begeben haben!«

»Wohin?«

»Zumindest nehme ich es an . . .«

»So reden Sie doch endlich!«

»Das Problem bleibt immer noch die Zeit«, murmelte der Harfner. Entschlossen setzte er seinen Weg fort. »Ohne Ruth schaffen wir es nicht.« Sie hatten nur noch einige Drachenlängen zu gehen, bis sie Mnementh erreichten, der auf der Wiese wartete. Zair umflatterte Robinton aufgeregt, wagte sich aber nicht in die Nähe des Bronzedrachen, obwohl Robinton ihn auf seine Schulter zu locken versuchte.

»Ich fliege nach Ruatha, zu Ruth, dem weißen Drachen. Warte dort auf mich, du albernes, kleines Ding!«

»Mnementh macht es nichts aus, wenn Zair mitkommt«, sagte F'lar.

»Ich fürchte, die Sache liegt genau andersherum«, meinte Robinton.

Eine Spur von Ärger blitzte in den Augen des Bronzereiters auf. »Kein Drache hat je eine Feuer-Echse versengt!«

»Nicht hier, Weyrführer, nicht hier! Aber alle erinnern sich daran, daß es geschehen ist. Und Feuer-Echsen können nur das berichten, was sie – oder zumindest eine von ihnen – gesehen haben.«

»Dann fliegen wir nach Ruatha und fragen nach, ob eine von ihnen D'ram gesehen hat.«

Die Feuer-Echsen waren also immer noch ein heikles Thema, dachte Robinton traurig, als er sich hinter F'lar auf Mnementh schwang. Er ärgerte sich ein wenig, daß Zair seine Furcht vor Mnementh so offen gezeigt hatte.

Jaxom und Lytol warteten bereits auf den Eingangsstufen der Burg, als Mnementh sich beim Wachdrachen anmeldete und in einer weiten Spirale zur Landung ansetzte. Bei der Begrüßung warf Robinton einen prüfenden Blick auf die Wange des jungen Mannes. Er konnte nicht die Spur einer Narbe entdecken und hoffte nur, daß die Wunde bei Ruth ebenso glatt verheilt war. Andererseits schien F'lar so mit seinem Problem beschäftigt, daß er vermutlich gar nicht auf die eine oder andere Narbe achtete.

»Ruth berichtete mir, daß Mnementh Kontakt mit ihm aufgenommen hatte, F'lar«, sagte Jaxom. »Ich hoffe, daß alles in Ordnung ist.«

»Ruth könnte uns vielleicht helfen, D'ram aufzuspüren.«

»D'ram aufzuspüren? Er hat doch nicht . . .« Jaxom unterbrach sich und warf einen besorgten Blick zu Lytol, der mit gerunzelter Stirn den Dialog mitverfolgte.

»Nein, aber er ist in eine andere Zeit gegangen«, erklärte Robinton. »Ich dachte mir, wenn Ruth vielleicht die Feuer-Echsen ausfragt . . . die wissen so manches.«

Jaxom starrte den Harfner an; Robinton entging weder der rasche Blick zu F'lar noch das krampfhafte Schlucken, und er wunderte sich, weshalb der Junge mit einemmal so verwirrt, ja geradezu schuldbewußt dreinsah.

»Wenn ich mich recht entsinne, hast du mir einmal erzählt,

daß die Feuer-Echsen deinem weißen Drachen sämtliche Neuigkeiten berichten«, fuhr Robinton fort, betont lässig, damit Jaxom Zeit fand, sich wieder zu fassen. Was mochte in dem Jungen vorgehen?

»Von anderen Orten, Meister Robinton, das schon. Aber von einer anderen Zeit . . . ich weiß nicht.«

»Ich habe so eine Ahnung, wo sich D'ram aufhalten könnte. Würde das helfen?«

»Ich verstehe nicht ganz.« Lytol schaute von einem zum anderen. »Was soll das alles?« Der Burgverwalter hatte die Besucher nach drinnen geleitet und öffnete nun die Tür zu ihrem privatem Wohnraum. Auf dem Tisch standen bereits Gläser und eine Platte mit Käse, Brot und Obst.

»Sofort.« Robintons Augen leuchteten beim Anblick des Weinschlauches auf. »Ich werde alles erklären . . .«

»Aber zuerst trinken wir einen Schluck«, meinte Jaxom und trat an den Tisch, um die Gläser vollzuschenken. »Es ist Beden-Wein, Meister Robinton. Reserviert für unsere Gäste von Rang.«

»Der Junge wird erwachsen, Lytol«, meinte F'lar.

»Er *ist* bereits erwachsen«, entgegnete Lytol mit düster gerunzelter Stirn. »Was nun die Echsen angeht . . .«

Zair tauchte aus dem Nichts auf, flatterte mit einem erregten Kreischen umher und landete auf der Schulter des Harfners, sichtlich erleichtert, daß seinem Herrn auf dem Rücken »des Größten« nichts zugestoßen war.

»Einen Augenblick noch.« Robinton streichelte Zair, bis sich der Kleine beruhigt hatte. Dann erklärte er Lytol seine Theorie, daß die Feuer-Echsen aus dem Wissen und dem Gedächtnis einer ganzen Rasse schöpfen konnten. Falls die Bilder und Emotionen, welche die Tierchen ausstrahlten, keine Tagträume waren – hier mußte Robinton erneut den erbosten Zair beschwichtigen – dann gelang es vielleicht, D'ram mit Ruths Hilfe zu entdecken. D'ram war offensichtlich in eine Zeit zurückgekehrt, wo Ramoth keinen Kontakt mehr mit ihm aufnehmen konnte. Das beunruhigte Ramoth und Lessa; sie befürchteten beide, daß D'ram bei seinem schlechten gesundheitlichen Zustand ernstlich erkranken könne und dann hilflos sei. Auch wenn D'ram als Weyrführer zurückgetreten war – Pern brauchte seine Erfahrung, und man wollte die Verbindung zu ihm nicht verlieren.

Robinton räusperte sich. »Nun war ich in den letzten Planetenumläufen mehrmals im . . . äh . . . Süden. Bei einer solchen Fahrt wurden Menolly und ich weit nach Osten abgetrieben, wo wir in einer herrlichen Bucht mit weißem Sandstrand landeten. Bäume mit üppigen Früchten erstreckten sich landeinwärts, und im Wasser wimmelte es von schmackhaften Fischen. Die Sonne schien warm, und ein Bach in der Nähe des Ufers versorgte uns mit klarem Süßwasser.« Er betrachtete sehnsüchtig sein Glas. »Ich erzählte D'ram von diesem Paradies, weshalb, das weiß ich nicht mehr. Aber ich bin ziemlich sicher, daß ein Drache mit Tiroths Fähigkeiten die Stelle nach meiner Beschreibung finden könnte.«

»D'ram möchte wohl keine Komplikationen hervorrufen«, meinte Lytol langsam. »Also wird er in eine Zeit zurückkehren, zu der die Alten noch nicht im Süd-Weyr weilten. Einen Sprung von zehn oder zwölf Planetenumläufen in die Vergangenheit schafft Tiroth ohne weiteres.«

»Da ist allerdings ein Punkt, der die Suche erschweren könnte«, wandte F'lar ein. »Wenn sich diese Geschöpfe an bedeutende Ereignisse erinnern können, die ihre Vorfahren miterlebten . . .« – man merkte F'lar seine Skepsis an –, »dann kann keine der Echsen hier etwas wissen, das unseren Nachforschungen nützt. Es gibt bei uns keine Abkömmlinge aus jener Gegend.« Er deutete auf Zair. »Er stammt aus dem Gelege, das Menolly in der Halbkreis-Bucht aufzog, oder?«

»Feuer-Echsen von überall suchen Ruth auf«, meinte Robinton und schaute Jaxom an, als wolle er eine Bestätigung.

Der junge Mann hob die Schultern. »F'lars Einwand ist berechtigt.«

»Nicht, wenn du diese Bucht aufsuchst, Jaxom. Ich bin sicher, daß uns die Faszination, die Ruth auf sämtliche Feuer-Echsen von Pern ausübt, weiterhelfen wird.«

»Sie möchten, daß ich zum Süd-Kontinent fliege?«

Robinton entging weder das Staunen noch die aufflammende Begeisterung in Jaxoms Blick. Der Junge hatte also bereits entdeckt, daß ein Leben als Drachenreiter ihn nicht voll befriedigte.

»Ich würde am liebsten niemanden in den Süden schicken«, erklärte F'lar. »Das stellt einen Bruch unserer Vereinbarungen dar. Aber ich sehe keine andere Möglichkeit, D'ram aufzuspüren.«

»Die Bucht ist weit entfernt vom Süd-Weyr«, warf Robinton leise ein. »Und wir wissen, daß die Alten ihn kaum verlassen.«

»Die jüngsten Ereignisse deuten eher das Gegenteil an, oder?« In F'lars Stimme schwang Zorn mit, und seine Bernsteinaugen blitzten.

Robinton erkannte, daß der Bruch zwischen Harfnerhalle und Benden-Weyr nur oberflächlich vernarbt war.

»Baron Lytol«, fuhr der Weyrführer von Benden fort, »ich vernachlässige meine Pflichten. Gestatten Sie, daß ich Jaxom für diese Suche einsetze?«

Lytol schüttelte den Kopf und deutete auf Jaxom. »Das liegt allein bei Baron Jaxom.«

Robinton sah, daß F'lar diese veränderte Lage erst verdauen mußte. Er warf dem jungen Mann einen langen, scharfen Blick zu. Dann lächelte er. »Nun, Baron Jaxom?«

Der Herr von Ruatha verneigte sich mit unbewegter Miene. »Ich fühle mich geschmeichelt, Weyrführer, daß ich meinen Beitrag leisten darf.«

»Es gibt hier auf der Burg nicht zufällig ein paar Karten des Südkontinents?« erkundigte sich F'lar.

»Doch, ich habe welche«, erklärte Jaxom und fügte hastig hinzu: »Fandarel gab uns Unterricht im Kartenzeichnen.«

Die Skizzen waren jedoch unvollständig. F'lar sah, daß es sich um Kopien der Karten handelte, die F'nor bei seinen Erkundungen des Südkontinents angelegt hatte, als er Ramoths erstes Gelege zum Schutz gegen die Sporeneinfälle zehn Planetenumläufe in die Vergangenheit gebracht hatte.

»Ich besitze genauere Karten des Küstengebiets«, meinte Robinton beiläufig und schrieb eine kleine Notiz an Menolly, die er in die Klammer unter Zairs Halsband schob. Er schickte die kleine Bronze-Echse zur Harfnerhalle los und schärfte ihr ein, den Auftrag nicht zu vergessen. »Wird er die Karten hierherbringen?« fragte F'lar zweifelnd, beinahe etwas verächtlich. »Brekke und F'nor versuchen mich auch ständig von der Nützlichkeit dieser kleinen Plagegeister zu überzeugen.«

»Ich schätze, bei einer so wichtigen Angelegenheit wie den Karten wird Menolly den Wachdrachen bitten, daß er sie selbst hierherfliegt.« Robinton seufzte in sich hinein. Schade, daß er nicht daran gedacht hatte, Zair als Boten einzusetzen. Man durfte keine Gelegenheit versäumen, die Echsen ins rechte Licht zu rücken.

»Wie viele Zeitsprünge hast du hinter dir, Jaxom?« fragte F'lar unvermittelt.

Röte stieg Jaxom ins Gesicht. Erschrocken sah Robinton die feine weiße Narbe, die sich mit einemmal auf seiner Wange abzeichnete. Zum Glück war die verräterische Gesichtshälfte von F'lar abgewandt.

»Äh . . . ich . . .«

»Komm, mein Junge, ich kenne keinen Jungreiter, der diesen Trick nicht benutzt hätte, um rechtzeitig zum Essen daheim zu sein. Ich möchte nur wissen, wie gut Ruths Zeitgefühl ist. Einige Drachen besitzen überhaupt keines.«

»Ruth weiß immer, in welcher Zeit er sich befindet«, entgegnete Jaxom stolz. »Ich würde sagen, er besitzt das beste Zeitgefühl von ganz Pern.«

F'lar dachte eine Weile darüber nach. »Hast du es je mit längeren Sprüngen versucht?«

Jaxom nickte zögernd und warf einen verstohlenen Blick zu Lytol hinüber, dessen Miene unbewegt blieb.

»Kein Schwanken nach dem Sprung? Kein allzulanger Aufenthalt im *Dazwischen*?«

»Nein, F'lar. Außerdem läßt sich der Zeitpunkt haargenau errechnen, wenn man nachts springt.«

»Das verstehe ich nicht ganz.«

»Erinnern Sie sich an die Stern-Gleichungen, die Wansor ausgearbeitet hat? Ich glaube, Sie waren damals auch in der Gildehalle der Schmiede, als er sie erläuterte . . .« Der junge Mann warf ihm einen unsicheren Blick zu und sprach nicht weiter. F'lar nickte ihm aufmunternd zu. »Wenn man die Position der wichtigsten Gestirne am Nachthimmel ausrechnet, kann man die Zeit exakt ermitteln.«

»Wenn man nachts springt . . .«, murmelte der Meisterharfner verblüfft. Ihm war nie der Gedanke gekommen, daß man Wansors Gleichungen auf diese Weise nutzen könnte.

»Das ist ja etwas völlig Neues«, meinte auch der Weyrführer überrascht.

»Nicht ganz.« Robinton grinste ihn an. »Es gibt einen Präzedenzfall in Ihrem eigenen Weyr, F'lar.«

»Lessa nahm die Sterne eines Wandteppichs als Orientierungshilfe, um zu den Alten zurückzukehren, nicht wahr?« Jaxom hatte das völlig vergessen. Und er hatte, wenn man seine erschrockene Miene richtig deutete, auch vergessen, daß die Erwähnung der Alten im Moment ein wenig riskant war. »Wir können sie nicht totschweigen«, sagte der Weyrführer mit größerer Toleranz, als Robinton erwartet hatte. »Sie leben nun mal unter uns und müssen in unser Denken miteinbezogen werden. Aber zurück zu unserem gegenwärtigen Problem, Robinton. Wie lange wird Ihre Echse wohl benötigen, bis sie die Botschaft ausgerichtet hat?«

Genau in diesem Moment hörte man vor dem Burgfenster ein vielstimmiges Gezeter. Sie schauten nach draußen.

»Menolly ist noch schlauer, als ich dachte«, flüsterte Robinton dem jungen Baron zu. Laut rief er: »Sie sind da, F'lar!«

»Wer? Menolly mit dem Wachdrachen?«

»Nein, F'lar.« Jaxoms Stimme klang triumphierend. »Zair, Prinzeßchen und die drei Bronze-Echsen von Menolly. Sie haben die Karten mitgebracht.«

Zair flog ins Zimmer, gefolgt von Menollys Schar. Die kleine Königin begann heftig zu schelten, als sie F'lar bemerkte, und ließ sich absolut nicht zum Landen bewegen. Lytol beobachtete ausdruckslos Robintons und Jaxoms Versuche, die Echsen herunterzulocken.

»Ruth!« rief Jaxom, als er die Erfolglosigkeit seines Bemühens einsah, »sag bitte Prinzeßchen, daß sie sich nicht so albern aufführen soll! Sie macht alles kaputt, was wir eingefädelt haben.«

Prinzeßchen zeterte empört, landete aber gleich danach auf der Tischkante. Sie beschimpfte Jaxom, als er die Karten aus ihrem Halsband löste, und schwieg erst, als sich auch die drei Bronze-Echsen vorsichtig neben ihr niederließen. Sobald alle von ihrer »Post« befreit waren, flatterten die Bronze-Echsen aus dem Fenster. Prinzeßchen bedachte sie noch mit einem schnarrenden Monolog und verschwand dann unvermittelt im *Dazwischen.* Zair vergrub seinen Kopf auf der Brust des Harfners, als schäme er sich für das Benehmen seiner Artgenossen.

»So«, meinte Robinton, als es im Raum endlich wieder still wurde. »Das ging doch schnell, oder?«

F'lar lachte schallend los. »Na, ich weiß nicht. Wenn die sich bei jeder Sendung so aufführen . . .«

»Das war nur, weil Menolly sich nicht in der Nähe befand«, erklärte Jaxom. »Prinzeßchen wußte einfach nicht, wem sie vertrauen konnte und wem nicht.« Er sah F'lar an und fügte hastig hinzu: Äh . . . ich wollte sie nicht kränken, Weyrführer.«

»Aha – die hier brauche ich.« Robinton rollte umständlich eine der Karten aus und gab den anderen durch eine Geste zu verstehen, daß sie die Ecken festhalten sollten. Sie beschwerten die Ränder mit Weingläsern, bis die Karte glatt liegenblieb.

»Ich werde das Gefühl nicht los, Robinton«, meinte Lytol mit leisem Spott, »daß der böse Wind Sie quer durch den ganzen Südkontinent geblasen hat.«

»Oh, das täuscht, Lytol«, entgegnete der Harfner liebenswürdig. »Die Seebarone waren mir eine große Hilfe, hier zum Beispiel – und hier, und hier.« Er deutete auf die Westküste, die in allen Einzelheiten eingetragen war. »Das ist das Werk von Idarolan und seinen Kapitänen.« Er überlegte einen Moment lang, ob er hinzufügen sollte, daß die Echsen der Schiffsmannschaften nicht unwesentlich zu Idarolans Entdeckungen beigetragen hatten. Doch dann beschloß er, die Angelegenheit auf sich beruhen zu lassen. »Toric und seine Pächter haben außerdem das Recht, ihr Land so weit wie möglich zu erforschen. Von ihnen stammt dieser Teil der Karte . . .« Seine Hand umriß die daumenähnliche Halbinsel des Süd-Weyrs und ein Stück Festland dahinter.

»Wo befinden sich diese Minen, von denen Toric sprach?«

»Hier.« Robinton deutete auf ein landeinwärts gelegenes Vorgebirge, das sich westlich des besiedelten Gebiets erstreckte.

F'lar betrachtete aufmerksam die Stelle und verglich sie mit der Position des Süd-Weyrs. »Und wo liegt nun die Bucht, von der Sie sprachen?«

Robinton deutete auf einen Fleck, der vom Süd-Weyr etwa so weit entfernt lag wie Ruatha vom Benden-Weyr. »In dieser Gegend. Da es eine ganze Reihe kleiner Buchten entlang der Küste gibt, kann ich nicht genau sagen, welche diejenige war, aber sie lag etwa in dieser Höhe.«

F'lar wandte ein, daß diese Argumente zu allgemein seien und ein Drache genauere Informationen benötigte, um diese Bucht im *Dazwischen* anzusteuern.

»Genau in der Mitte der Bucht liegt ein völlig symmetrischer Bergkegel.« Robinton deutete ins Wasser. »Zair war bei mir und könnte Ruth das richtige Bild übermitteln.« Robinton wandte den Kopf ein wenig zur Seite und blinzelte Jaxom zu.

»Ruth kann von einer Feuer-Echse Richtungsanweisungen entgegennehmen?« fragte F'lar mit gerunzelter Stirn.

»Das hat er schon des öfteren getan«, stellte Jaxom fest, und Robinton sah das Aufblitzen in den Augen des jungen Barons. Er begann sich zu fragen, wohin die Feuer-Echsen den weißen Drachen geleitet haben mochten. Ob Menolly Bescheid wußte?

»Was ist das eigentlich?« fragte F'lar plötzlich. »Eine Verschwörung, um die Feuer-Echsen ins rechte Licht zu rücken?«

»Ich dachte, wir versuchen gemeinsam, D'ram zu finden?« entgegnete Robinton mit leisem Vorwurf.

F'lar rümpfte die Nase und begann die Karte zu studieren.

Alles, so erkannte Robinton, hing nun von Ruth ab. Das Unterfangen stand und fiel damit, ob es dem weißen Drachen gelang, die Echsen des Süd-Weyrs zu sich zu locken.

Brand kehrte mit einigen Pflegesöhnen der Burg von einer Felder-Inspektion zurück. Jetzt erst merkten sie, daß sich der Nachmittag seinem Ende entgegenneigte. F'lar stellte fest, daß er viel länger geblieben war, als er beabsichtigt hatte. Er ermahnte Jaxom noch einmal, sich die Zeitsprünge sorgfältig einzuteilen und kein Risiko mit Ruth oder sich selbst einzugehen. Wenn es ihm nicht gelang, die Bucht aufzuspüren, sollte er weder Zeit noch Energie verschwenden, sondern sofort zurückkehren. Und falls er D'ram tatsächlich fand, sollte er sich nur Zeit und Ort merken und mit den Daten sofort nach Benden kommen. F'lar wollte D'ram nicht in seinem Schmerz stören, und deshalb wäre es ihm am liebsten gewesen, wenn Jaxom den Weyrführer von Ista aufspürte, ohne selbst gesehen zu werden.

»Ich glaube, wir können Jaxom freie Hand lassen«, warf Robinton ein und beobachtete den jungen Mann aus den Augenwinkeln. »Er hat bereits bewiesen, daß er Diplomatie und Diskretion besitzt.« Seltsam, daß der Junge auf ein so schlichtes Kompliment mit Entsetzen reagierte! Robinton rollte umständlich die Karte zusammen, unterstützt von F'lar und Lytol, denen Jaxoms Verwirrung auf diese Weise entging.

Robinton empfahl dem Jungreiter, lange zu schlafen, ein ordentliches Frühstück zu sich zu nehmen und danach zur Harfnerhalle zu kommen. F'lar und Robinton verließen die Burg. Als Mnementh den Harfner zurück zur Gildehalle brachte, beschränkte sich Robinton auf einige sparsame Höflichkeitsfloskeln. Die Geschicke von Pern hatten den Weyrführer von Benden dazu gebracht, ihn wieder um Rat zu fragen. Aber Robinton durfte nun nichts überstürzen. Ein Schritt nach dem anderen.

Während Robinton zuschaute, wie sich der mächtige Bronzedrache zu den Feuerhöhen hinaufschwang und dann im *Dazwischen* verschwand, tauchte Prinzeßchen auf und kreischte Zair an, der inzwischen wieder seinen gewohnten Platz auf der Schulter des Harfners eingenommen hatte. Zair blieb ungerührt von dem Gezeter, und Robinton grinste vor sich hin. Menolly brannte sicher vor Neugier, etwas über den Verlauf des Nachmittags zu erfahren. Sie selbst wagte es nicht, ihren Lehrmeister zu belästigen, doch das hielt Prinzeßchen nicht davon ab, seine Bronze-Echse zu plagen. Ein prächtiges Mädchen, diese Menolly. Man konnte sie nicht mit Gold aufwiegen. Er hoffte, daß ihr eine Reise in den Südkontinent in Begleitung des jungen Jaxom Spaß machen würde. Da F'lar ihm vor langer Zeit das Versprechen abgenommen hatte, nichts über seine heimlichen Reisen in den Süden zu verraten, hatte Robinton in Lytols Gegenwart verschwiegen, daß Menolly an dem Unternehmen teilhaben sollte. Zair allein würde die Bucht nämlich nicht finden; Menolly aber hatte jene stürmische Expedition mitgemacht, und wenn sie ihre Feuer-Echsen als Mittler einsetzte, gab es sicher keine Probleme. Nur – je weniger Leute darüber Bescheid wußten, desto besser.

Als der Harfner am nächsten Tag Jaxom von der Verstärkung erzählte, die er bekommen sollte, wirkte der junge Mann zugleich erleichtert und überrascht.

»Wohlgemerkt, Jaxom, es soll sich nicht herumsprechen, daß Menolly und ich so weit unten im Süden auf Entdeckungsfahrt waren. Genau genommen hatten wir die weite Reise auch nicht geplant . . .«

Menolly lachte. »Ich hatte Sie gewarnt, daß ein Sturm im Anzug war.«

»Vielen Dank für die Erinnerung. Dabei weißt du genau, daß ich seit jenem Tag deine Wetterprophezeiungen heilig ernst genommen habe.«

Er schnitt eine Grimasse, als er sich an jene drei Tage erinnerte, in denen er, von Übelkeit geplagt, auf den Deckplanken gelegen hatte und Menolly ganz allein mit dem leichten Boot gegen den Sturm ankämpfte.

Er drängte die beiden jungen Leute noch, genügend Proviant aus der Küche mitzunehmen, und verabschiedete sie mit den besten Wünschen. »Hoffentlich kommt ihr mit einem günstigen Bericht zurück.«

»Über D'rams Aufenthalt?« Menollys Augen funkelten. »Oder über die Klugheit der Feuer-Echsen?«

»Beides natürlich, mein vorlautes Kind. Los, ab mit euch!«

Er war zu dem Schluß gekommen, Jaxom wegen seines merkwürdigen Verhaltens am Vortag nicht weiter auszuhorchen. Als er Menolly von seiner Absicht berichtet hatte, sie und ihre Feuer-Echsen mit Jaxom in den Süden zu schicken, hatte sie nur mühsam ein Kichern unterdrückt und auf seine Frage, was denn so lustig an der Sache sei, prustend den Kopf geschüttelt. Er konnte sich nicht vorstellen, was die beiden da heimlich unternommen hatten. Während er nun beobachtete, wie Ruth immer höher stieg, dachte er noch einmal über das Verhältnis der beiden nach. Sie schienen sich zu mögen, aber mehr wie gute Freunde, die auch mal stritten und einander hänselten. Obwohl Menolly bestimmt eine ausgezeichnete Burgherrin abgeben würde, falls die beiden tatsächlich ... Der Harfner schalt sich insgeheim, daß er die Nase schon wieder in Dinge steckte, die ihn nichts angingen. Er kehrte um. Die Gildepflichten warteten. Er hatte sie ohnehin schon zu lange vernachlässigt.

X

Von der Harfnerhalle zum Süd-Kontinent,
Abend im Benden-Weyr, 4. 7. 15

Als Ruth von der Wiese aufflog, empfand Jaxom eine gewaltige
Erleichterung, vermischt mit jenem Gefühl erregter Spannung,
das ihn immer ergriff, wenn er einen langen Sprung im *Dazwischen* machte. Prinzeßchen und Taucher saßen auf Menollys
Schultern, die biegsamen Schwänze fest um ihren Hals gewik-
kelt, während sich Poll und Rocky an Jaxom klammerten. Diese
vier Echsen waren auch auf der ersten Reise von Robinton und
Menolly in den Süden dabei gewesen. Jaxom hätte sich gern näher erkundigt, was der Harfner mit seinen Segelausflügen im
Südkontinent bezweckte. Aber in Menollys Blicken lag ein
kampflustiges Funkeln, das seine Fragen im Ansatz er-
stickte.

Sie legten eine kleine Rast auf der Landspitze von Nerat ein.
Während Ruth einige langsame Spiralen zog, konzentrierten sich
Menolly und ihre Echsen auf das Bild der Bucht weit im Südosten. Jaxom hätte den Ort gern zu einem Nachtzeitpunkt ange-
steuert; er hatte stundenlang die Sternpositionen auf der südli-
chen Hemisphäre errechnet. Menolly und Robinton waren jedoch dagegen gewesen. Sie meinten, das bliebe immer noch als
letzter Ausweg, wenn Ruth durch die Echsen keine klare Vorstellung von der Bucht erhielt.

Ein wenig zu Jaxoms Verdruß verkündete Ruth, daß er sein
Ziel deutlich erkennen könne. *Menolly übermittelt sehr scharfe Bilder*, fügte er hinzu.

Jaxom blieb keine andere Wahl, als seinen Drachen ins *Dazwischen* zu schicken.

Das erste, was Jaxom nach dem Sprung auffiel, war die veränderte Luft: sanfter, reiner und weniger feucht. Ruth glitt auf die
kleine Bucht zu und verriet Vorfreude auf ein ausgiebiges Bad.
Der Bergkegel, den sie als Orientierungshilfe benutzt hatten,
schimmerte in der Sonne, heiter und vollkommen symmetrisch.

»Ich hatte schon völlig vergessen, wie schön es hier ist«, sagte
Menolly mit einem Seufzer.

Das Wasser besaß eine Klarheit, die sie bis auf den Grund sehen ließ, obwohl es nach Jaxoms Schätzung nicht gerade seicht

war. Gelbschwänze und Weißfinger schossen umher. Vor ihnen lag ein halbmondförmiger Sandstrand, gesäumt von früchtebeladenen Bäumen. Als Ruth tiefer flog, sah Jaxom, daß sich ein dichter Wald bis zu den Hügeln erstreckte, die in jenem prachtvollen Bergkegel gipfelten. Zu beiden Seiten der Bucht gab es weitere Nischen und Einschnitte, nicht ganz so regelmäßig wie ihr Ziel, aber ebenso friedlich und unberührt.

Ruth landete auf dem Sandstreifen und drängte seine Reiter, endlich abzusteigen, damit er ein tüchtiges Bad nehmen könne.

»Na los, verschwinde!« Jaxom tätschelte liebevoll Ruths Schnauze und lachte, als der weiße Drache in seinem Eifer ziemlich plump ins Wasser watschelte.

»Der Sand hier ist fast so heiß wie in der Brutstätte«, erklärte Menolly und lief mit langen Schritten in den Schatten der Bäume.

»Finde ich gar nicht«, meinte Jaxom, der ihr etwas gemächlich folgte.

»Meine Sohlen sind noch immer empfindlich«, entgegnete sie und ließ sich flach auf den Sand fallen. Sie schaute umher und zog dann ein Gesicht.

»Nichts zu sehen, was?« fragte Jaxom.

»Von D'ram?«

»Von Feuer-Echsen.«

Sie öffnete das Paket mit dem Proviant.

»Wahrscheinlich schlafen sie noch nach der Morgenjagd. Ach, Jaxom, du stehst noch – könntest du mal nachsehen, ob auf dem Baum da drüben schon ein paar reife Rotfrüchte hängen? Fleischbrote machen Durst.«

Jaxom fand genug Rotfrüchte, um einen ganzen Burghaushalt damit zu versorgen, und schleppte so viele, wie er nur tragen konnte, zu Menolly. Er kannte ihre Leidenschaft für dieses Obst. Ruth tollte übermütig und mit mächtigem Gespritze im Wasser umher, ermutigt vom schrillen Kreischen der Feuer-Echsen.

»Wir haben Flut«, stellte Menolly fest und biß mit kräftigen Zähnen in eine Frucht. »Hmm, das schmeckt himmlisch! Warum ist hier im Süden alles so besonders gut?«

»Verbotene Genüsse – das wird es sein. Glaubst du, daß die Flut etwas mit dem Ausbleiben der Feuer-Echsen zu tun hat?«

»Kann ich mir nicht denken. Ich rechne fest mit der Neugier der kleinen Biester.«

»Das heißt, wir müssen wohl warten, bis sie Ruth entdeckt haben.«

»Das wäre die einfachste Methode.«

»Wissen wir überhaupt, ob es in diesem Teil des Süd-Kontinents Echsen gibt?«

»Aber ja. Hatte ich das nicht erwähnt?« Menolly tat zerknirscht. »Wir erlebten einen Paarungsflug mit und hätten Rocky und Taucher beinahe an die fremde Königin verloren. Prinzeßchen war unheimlich wütend.«

»Gibt es sonst noch Dinge, die ich wissen muß und die du zufällig nicht erwähnt hast?«

Menolly grinste ihn an. »Mein löchriges Gedächtnis braucht ein Stichwort, damit es in Schwung kommt. Ich werde dir meine Weisheit jeweils im gegebenen Moment zuteil werden lassen.«

Jaxom zuckte die Achseln und biß in eine saftige Rotfrucht. Es war so warm, daß er Reitjacke und Helm abstreifen mußte. Ruth planschte ausgiebig im Meer, umflattert von Menollys Feuer-Echsen.

Die Hitze wurde immer stärker. Der helle Sand schmerzte in den Augen, und selbst hier im Schatten ließ es sich kaum aushalten. Das klare Meer und Ruths Badevergnügen zogen Jaxom unwiderstehlich an. Er schnürte die Stiefel auf, schlüpfte blitzschnell aus den Kleidern und rannte zum Wasser. Menolly war neben ihm, ehe er sich eine Drachenlänge vom Ufer entfernt hatte.

»Wir müssen bloß aufpassen, daß wir nicht zuviel Sonne erwischen«, riet sie ihm. »Das letztemal bekam ich einen fürchterlichen Sonnenbrand.« Sie schnitt eine Grimasse, als sie daran dachte. »Ich habe mich wie eine Tunnelschlange gehäutet.«

Ruth tauchte neben ihnen auf, prustete ihnen Wasser entgegen und ertränkte sie fast in den Wellen, die er mit seinen Schwingen aufwirbelte. Als er merkte, daß sie keine Luft mehr bekamen, streckte er ihnen reumütig das Schweifende als Rettungsanker entgegen.

Menolly war schlanker und straffer als Corana, stellte Jaxom fest, als sie ans Ufer wateten, herrlich erschöpft von ihrem Bad mit Ruth. Sie hatte längere Beine und sehr schmale Hüften. Vielleicht war der Busen ein wenig flach, aber sie bewegte sich mit einer Grazie, die Jaxom mehr faszinierte, als er sich eingestehen wollte. Er wandte sich bewußt ab; als er sich wieder umdrehte, war sie bereits in ihre Sachen geschlüpft und rubbelte sich das Haar trocken. Obwohl Jaxom bei Mädchen langes Haar liebte, begriff er, daß Menolly diese Mode nicht mitmachen konnte. Als Assistentin des Meisterharfners mußte sie oft genug auf Drachenrücken eine Botschaft übermitteln, und da wäre es lästig gewesen, eine lange Haarmähne unter dem Helm zu verstauen.

Sie teilten eine gelbe Frucht, die Jaxom noch nie zuvor gegessen hatte. Das milde Aroma wurde durch den Salzgeschmack in seinem Mund herrlich ergänzt.

Ruth kam aus dem Wasser gestelzt und schüttelte sich, daß die Tropfen flogen.

Es ist doch warm, meinte er, als sie sich über die Dusche beschwerten. *Eure Kleider trocknen gleich wieder. Wie auf Keroon.*

Jaxom warf Menolly einen vorsichtigen Blick zu, aber sie hatte die Bemerkung offensichtlich überhört, weil sie damit beschäftigt war, den klebrigen Sand von ihren feuchten Kleidern und Armen zu wischen.

»Es ist nicht die Nässe, die uns stört«, erklärte Jaxom seinem Drachen, »sondern der Sand.«

Ich mag Sand. Ruth begann sich eine große Kuhle zu buddeln, und die Feuer-Echsen ließen sich mit müden, aber zufriedenen Zirplauten dicht neben ihm nieder.

Jaxom fand zwar, daß wenigstens einer von ihnen wachbleiben sollte, um zu sehen, ob die hiesigen Feuer-Echsen sich von dem weißen Drachen angezogen fühlten, aber das Schwimmen, die Wärme und das gute Essen waren stärker als er.

Ruths Gedanken weckten ihn. *Rühr dich nicht! Wir haben Besuch.*

Jaxom lag auf der Seite, den Kopf in die linke Hand gestützt. Nun öffnete er vorsichtig die Augen. Ruth befand sich halb im Schatten, umringt von Echsen. Jaxom zählte zwei Königinnen, drei Bronze-Echsen, vier Grüne und eine Blaue. Keine einzige trug die Farbenzeichen des Nordens. Noch während er die fremden Tiere beobachtete, glitt eine weitere Bronze-Echse herbei und landete neben einer der Königinnen. Die beiden begrüßten sich, hielten die Köpfe schräg und schienen mit Ruth zu plaudern.

Prinzeßchen, die auf der anderen Seite der Kuhle geschlafen hatte, trippelte nun über die Schulter des weißen Drachen und begrüßte die Fremden.

»Frag sie, ob sie in dieser Gegend einen Bronze-Drachen gesehen haben«, erinnerte Jaxom seinen Gefährten.

Schon geschehen. Sie denken gerade darüber nach. Sie mögen mich sehr. Sie haben noch nie einen weißen Drachen gesehen.

»Du bist eben einmalig.« Jaxom mußte über Ruths Eitelkeit lächeln. Der weiße Drache sonnte sich darin, daß ihn ganz Pern liebte.

Vor langer Zeit war ein Drache da, ein Bronze-Drache, und ein Mann, der am Strand auf und ab ging. Sie störten ihn nicht. Und er blieb nicht lange, fügte Ruth nach einer kleinen Pause hinzu.

Was kann das bedeuten? überlegte Jaxom. Entweder, daß wir ihn zurückholten – oder daß er mit Tiroth Selbstmord beging.

»Frag, was sie sonst noch von Menschen wissen«, bat Jaxom seinen Drachen. Vielleicht hatten sie F'lar mit D'ram gesehen.

Die fremden Feuer-Echsen antworteten so erregt, daß Ruth mit einem Ruck den Kopf hob und seine Augen ängstlich zu kreisen begannen. Prinzeßchen rutschte ein Stück seinen Nacken herab und kreischte empört.

Sie erinnern sich an Menschen. Warum erinnere ich mich nicht an solche Dinge?

»Und Drachen?« Jaxom unterdrückte eine aufkeimende Angst. Wie beim Ei konnten die Alten wissen, daß er und Menolly hier waren? Dann siegte sein gesunder Menschenverstand. Sie konnten es einfach nicht wissen.

Er wäre vor Schreck beinahe hochgesprungen, als ihm Menolly die Hand auf den Arm legte.

»Frag nach dem Zeitpunkt, Jaxom«, wisperte sie. »Wann war D'ram hier?«

Keine Drachen. Aber viele, viele Menschen, erklärte Ruth und fügte hinzu, daß die Echsen im Moment zu aufgeregt seien, um an den einen Mann und seinen Drachen zu denken. Er begreife nicht, woran sie sich erinnerten; jede schien eine andere Erinnerung zu haben.

»Wissen sie, daß wir hier sind?«

Sie haben euch nicht gesehen. Sie betrachten nur mich. Aber ihr seid nicht die Menschen, die sie meinen. Ruths Gedanken verrieten, daß er über die Botschaft ebenso verwirrt war wie Jaxom.

»Kannst du ihre Aufmerksamkeit nicht wieder auf D'ram lenken?«

Nein, meinte Ruth traurig und ein wenig enttäuscht. *Sie wollen sich nur an die Menschen erinnern. Nicht an meine Menschen, sondern an ihre Menschen.*

»Vielleicht erkennen sie in mir einen Menschen, wenn ich aufstehe.« Langsam erhob sich Jaxom und gab Menolly einen Wink, das gleiche zu tun. Was die Feuer-Echsen brauchten, war die richtige Perspektive.

Ihr seid nicht die Menschen, an die sie sich erinnern, sagte Ruth, als die Echsen, erschreckt durch die beiden Gestalten am Waldesrand, die Flucht ergriffen. Sie schwebten noch einen Moment in sicherer Entfernung und verschwanden dann.

»Ruf sie zurück, Ruth! Wir müssen herausbringen, in welcher Zeit sich D'ram befindet.«

Ruth schwieg einen Moment lang, und seine Augen kreisten langsamer. Dann schüttelte er den Kopf und erklärte seinem Reiter, daß sie fortgeflogen seien, weil sie den Erinnerungen an ihre Menschen nachhängen wollten.

»Die Südbewohner haben sie wohl nicht gemeint«, sagte Menolly, die von ihren Echsen Eindrücke des Gedankenaustausches erhalten hatte. »Denn dieser Bergkegel war im Hintergrund all ihrer Bilder.« Sie wandte sich um, obwohl sie den Berg jenseits des Waldes nicht sehen konnte. »Aber vielleicht Robinton und mich, als wir vom Sturm abgetrieben wurden – erinnerten sie sich an ein Boot, Ruth?« fragte Menolly den weißen Drachen und schaute Jaxom erwartungsvoll an.

Keiner hat mir gesagt, daß ich nach einem Boot fragen sollte, beschwerte sich Ruth. *Aber sie erinnerten sich an einen Menschen und einen Drachen.*

»Würden sie reagieren, wenn – wenn Tiroth ins *Dazwischen* gegangen wäre?«

Von sich aus? Um sein Leben zu beenden? Ja. Sie erinnerten sich nicht an Trauer. Ich erinnere mich an Trauer. Ich weiß noch genau, wie Mirath ging. Die Gedanken des weißen Drachen spiegelten seinen Schmerz wider. Jaxom eilte zu ihm und tröstete ihn.

»Was ist?« fragte Menolly angespannt; sie hatte den Gedankenaustausch zwischen den beiden Gefährten nicht verstanden.

»Ruth glaubt nicht an einen Selbstmord. Außerdem würde es ein Drache nie zulassen, daß sich sein Reiter etwas antut. D'ram kann gar keinen Selbstmord begehen, solange Tiroth lebt. Und Tiroth geht nicht ins *Dazwischen*, solange D'ram ihn braucht.«

Menolly seufzte. »Dann fehlt uns immer noch die Zeit, in der sie sich aufhalten.«

»Das stimmt. Mal überlegen . . . Wenn D'ram hier war und zwar lange genug, daß sich die Feuer-Echsen an ihn erinnern – wenn er plante, sich für ganz niederzulassen – dann hat er doch sicher eine Art Unterkunft gebaut. Es gibt Niederschläge in diesem Teil von Pern. Und Sporenregen . . .« Jaxom hatte sich dem Waldesrand genähert und ließ die Blicke suchend umherschweifen. Plötzlich blieb er stehen. »He, Menolly – die Fäden fallen doch erst seit fünfzehn Planetenumläufen! Das ist ein Sprung, den Tiroth ohne weiteres schafft. Die Alten kamen in Etappen von fünfundzwanzig Planetenumläufen zu uns. Ich möchte wetten, daß D'ram eine Zeit gewählt hat, als es noch keine Sporen regnete. Er hatte sicher mehr als genug von dieser Plage.« Jaxom lief zurück über den heißen Sand und schlüpfte in seine Kleider.

»Ich würde sagen, D'ram ist zwanzig bis fünfundzwanzig Planetenumläufe zurückgegangen. Ich probiere erst mal die längere Spanne. Sollte ich eine Spur von D'ram oder Tiroth entdecken, komme ich sofort zurück – Ehrenwort.« Er schwang sich auf Ruths Rücken und befestigte seinen Helm, als der Drache bereits in der Luft kreiste.

»Jaxom, warte! Wir wollen nichts überstürzen . . .«

Menollys Worte gingen im Flügelrauschen des Drachen unter. Jaxom grinste vor sich hin, als er sie wütend im Sand hin- und herlaufen sah. Dann konzentrierte er sich auf den Zeitpunkt, den er ansteuern mußte: kurz vor Beginn der Morgendämmerung, wenn der Rote Stern ganz im Osten stand, ein blaß glimmender Punkt, noch nicht nahe genug, um das ahnungslose Pern mit Sporen zu überschütten. Aber noch während des Sprungs spürte er, daß Menolly das letzte Wort behalten hatte: Ein biegsamer, dünner Echsen-Schweif klammerte sich an seinem Hals fest, als er Ruth den Befehl zum Wechsel ins *Dazwischen* gab.

Es schien ein langer Übergang zu sein; er schwebte im Nichts des *Dazwischen*, und die Kälte sickerte langsam durch seine sonnengewärmte Haut bis an die Knochen. Er biß die Zähne zusammen. Und dann hatten sie es geschafft. Kühle Dämmerung umgab sie, und der Rote Stern glänzte matt am Horizont.

»Spürst du Tiroth, Ruth?« Jaxom konnte im Halbdunkel des jungen Tages, der so viele Planetenumläufe vor seiner Geburt lag, nichts erkennen.

Er schläft. Der Mann auch. Sie sind beide hier.

Freude und Erleichterung machte sich in seinem Innern breit. Jaxom bat Ruth, zu Menolly zurückzukehren, aber keinesfalls zu früh. Die Sonne diente ihnen als Orientierung. Sie stand hoch über dem Wald, als Ruth in der Bucht auftauchte.

Einen Moment lang sah er Menolly nirgends am Strand. Dann fielen Prinzeßchen und die beiden übrigen Bronze-Echsen – Rocky hatte ihn begleitet – mit schrillem Gezeter über ihn her. Menolly trat aus dem Wald, beide Arme in die Hüften gestemmt, und wartete einfach. Noch bevor er ihre Miene sah, wußte er, daß sie unheimlich wütend war. Sie blieb reglos stehen, bis Ruth landete.

»Nun?«

Ihre Augen blitzten gefährlich, und Jaxom fand, daß sie in diesem Moment schön und verwegen zugleich aussah.

»Wir haben D'ram aufgespürt. Fünfundzwanzig Planetenumläufe in der Vergangenheit. Der Rote Stern zeigte uns den Weg.«

»Ist dir klar, daß zwischen deinem Start und jetzt Stunden vergangen sind?«

»Du hast doch gewußt, daß alles in Ordnung ist. Rocky war schließlich mit von der Partie.«

»Das hat überhaupt nichts genutzt. Der Sprung war so groß, daß Prinzeßchen den Kontakt nicht aufrechterhalten konnte. Wir hatten keine Ahnung, wo du warst.« Sie ruderte heftig mit den Armen. »Du hättest auf diese anderen Leute stoßen können, an die sich die fremden Echsen erinnern. Du hättest dich verrechnen können. Dann wärst du nie wieder zurückgekommen.«

»Entschuldige, Menolly, ich wollte dich nicht ängstigen.« Jaxom war ehrlich zerknirscht, als er erkannte, welche Sorgen sie sich um ihn gemacht hatte. »Aber ich wußte nicht genau, zu welcher Zeit wir aufbrachen, deshalb legte ich einen größeren Abstand ein. Wäre scheußlich, sich selbst zu begegnen, oder?«

Sie wurde etwas versöhnlicher. »Trotzdem – ich wollte eben Prinzeßchen zu F'lar losschicken.« Sie schlüpfte in ihre Reitjacke und setzte den Helm auf. »Übrigens habe ich die Reste einer Hütte gefunden, an einem kleinen Wasserlauf da hinten.« Sie zeigte zum Wald. Dann reichte sie ihm seinen Rucksack und schwang sich geschickt hinter ihm auf Ruth. »Es kann losgehen.« Die Feuer-Echsen flatterten ihnen auf die Schultern, und Jaxom gab Ruth den Befehl, ins *Dazwischen* zu gehen.

Als sie über Benden auftauchten, trompetete Ruth dem Wachdrachen seinen Namen zu. Menollys Echsen zirpten unsicher.

»Ich wollte, ich könnte euch mit in den Königinnen-Weyr nehmen. Aber fliegt lieber mal zu Brekke!« Kaum waren die vier Echsen verschwunden, da stieß der Wachdrache ein wütendes Geschrei aus, spreizte die Schwingen und machte den Nacken lang. Seine Augen glommen rot. Verwirrt drehten sich Menolly und Jaxom um; sie entdeckten einen Schwarm Feuer-Echsen, der ihnen folgte.

»Die sind sicher aus dem Süd-Kontinent, Jaxom. Ruth, sag ihnen, daß sie sofort ins *Dazwischen* gehen sollen!«

Im nächsten Moment war der Schwarm weggetaucht.

Sie wollten nur sehen, woher wir kamen, erklärte Ruth traurig.

»So etwas geht auf Ruatha, aber nicht hier.«

Keine Sorge, sie kommen nicht wieder. Wir haben sie erschreckt.

Inzwischen hatte der Wachdrache mit seinem Lärm den halben Weyr aufgescheucht. Jaxom und Menolly sahen mit gemischten Gefühlen, wie Mnementh sich auf seinem Felsensims erhob. Ramoth trompetete, und noch ehe sie im Weyrkessel gelandet waren, brach ein Höllenspektakel los. Zwei Gestalten traten neben Mnementh, unverkennbar Lessa und F'lar.

»Jetzt bekommen wir etwas zu hören«, wisperte Jaxom.

»Unsinn! Wir bringen doch eine gute Nachricht. Denk lieber daran!«

»Ich bin viel zu müde, um an irgend etwas zu denken«, entgegnete Jaxom hitziger, als er beabsichtigt hatte. Seine Haut brannte, vielleicht von dem rauhen Sand, vielleicht auch, weil er zuviel Sonne erwischt hatte. Jedenfalls fühlte er sich scheußlich.

Ich bin sehr hungrig, meinte Ruth mit einem sehnsüchtigen Blick zu den eingezäunten Weiden des Weyrs.

Jaxom stöhnte. »Du kannst hier nicht jagen, Ruth.« Er gab dem Freund einen aufmunternden Klaps und strich noch einmal seine Reitkleider glatt, ehe er den Weyrführern entgegenging.

Mnementh wandte den mächtigen, keilförmigen Kopf F'lar zu und schaute ihm in die Augen. F'lar sprach kurz mit Lessa, und die Weyrherrin nickte. »Laß Ruth hier bei uns ein Weidetier reißen, Jaxom«, sagte sie. »Seine Haut sieht ja ganz grau aus.«

Und wirklich – der weiße Drache wirkte alles andere als ansehnlich. Erleichtert bedeutete Jaxom seinem Gefährten, daß er das Angebot annehmen durfte.

Mnementh ist ein treuer Freund, stellte Ruth fest. *Ich fühle mich ganz schwach vor Hunger.*

Ich auch, dachte Jaxom, als er neben Menolly auf die beiden Weyrführer zuging. Er spürte, wie seine Knie nachgaben, und taumelte gegen Menolly. Sie faßte ihn am Arm und stützte ihn.

»Was ist los mit ihm, Menolly? Ist er krank?« F'lar kam ihr zu Hilfe.

»Er ist fünfundzwanzig Planetenumläufe in die Vergangenheit gesprungen, um D'ram zu finden. Er muß völlig erschöpft sein.«

Jaxom wurde es schwarz vor den Augen. Er kam erst wieder zu sich, als ihm jemand ein Fläschchen mit einer scharf riechenden Essenz unter die Nase hielt. Unwillig zuckte er zurück. Jetzt erst merkte er, daß er auf den Stufen des Königinnen-Weyrs saß, gestützt von F'lar und Menolly, während sich Lessa und Manora ängstlich über ihn beugten.

Ein kurzer, durchdringender Schrei verriet ihm, daß Ruth Beute gefunden und getötet hatte. Mit einem Mal fühlte er sich besser.

»Trink das hier – aber langsam!« befahl Lessa und drückte ihm eine Schale in die Hand. Es war eine dicke Fleischbrühe mit vielen Kräutern, und sie hatte genau die richtige Wärme. Er nahm zwei tiefe Schlucke und setzte die Schale dann ab, um etwas zu sagen, aber Lessa schüttelte den Kopf und bedeutete ihm, weiterzutrinken.

»Menolly hat uns das Wesentliche bereits berichtet«, meinte die Weyrherrin und schüttelte streng den Kopf. »Mußtest du wirklich so lange ausbleiben, daß unsere Harfnerin halb verrückt vor Sorge um dich wurde? Wie beim Ei bist du darauf gekommen, daß er genau fünfundzwanzig Planetenumläufe zurückgegangen war? Nein, du sollst nicht antworten. Trink! Du siehst total erschöpft aus, und ich möchte mir von Lytol keine Vorwürfe anhören.« Sie warf ihrem Weyrgefährten einen zornigen Blick zu. »Es stimmt zwar, daß ich große Angst um D'ram hatte, aber ich hätte nie und nimmer Ruths Haus riskiert, um jemanden zu suchen, der es mit aller Gewalt darauf anlegte, verschwunden zu bleiben. Außerdem sind schon wieder diese Echsen im Spiel.« Sie verteilte ihre finsteren Blicke jetzt gleichmäßig zwischen Menolly und Jaxom. »Ich halte sie einfach für eine Plage. Mischen sich überall in Dinge, die sie nichts angehen. Ich vermute, diese fremde Schar ist euch aus dem Süden hierher gefolgt? Das kann ich nicht billigen.«

»Ich schaffe es einfach nicht, sie von Ruth fernzuhalten.« Jaxom war viel zu müde, um sich höflichere Worte zu überlegen. »Sie ahnen ja nicht, was ich schon alles versucht habe!«

»Das glaube ich dir gern, Jaxom.« Lessas Tonfall klang versöhnlich. Ruth hatte sich auf die nächste Beute gestürzt.

»Ich schlage vor, daß du heute nacht im Weyr bleibst, Jaxom«, fuhr Lessa fort. »Menolly, schick eine dieser verdammten Echsen nach Ruatha, damit Lytol Bescheid weiß. Ruth braucht eine Weile, bis er verdaut hat; ein erschöpfter Reiter und ein satter Drache ergeben ein schlechtes Gespann.«

Jaxom erhob sich. »Mir geht es schon viel besser.«

»Dafür schwankst du aber noch ganz schön.« F'lar legte Jaxom den Arm um die Schultern. »Los, in den Weyr mit dir!«

»Ich bringe ihm gleich etwas Ordentliches zu essen«, versprach Manora. »Du kannst mir helfen, Menolly. Und schick deine Echse los!«

Menolly zögerte und warf einen Blick auf Jaxom.

»Ich fresse ihn nicht, Kind«, lachte Lessa. »Mir macht es mehr Spaß, ihm die Meinung zu sagen, wenn er wieder fest auf den Beinen steht. Komm zu uns, sobald du deine Botschaft abgeschickt hast!«

F'lar brachte ihn zu den Wohnräumen und bettete ihn in einen großen Sessel. Lessa schob ihm einen Schemel unter die Füße und breitete eine Felldecke über ihn. Mit einem Mal wurden ihre Augen schmal. Sie fuhr mit den Fingern leicht über seine Wange.

»Woher kommt das denn, Baron Jaxom?« fragte sie und zwang ihn, ihr in die Augen zu schauen.

F'lar kam näher, verwundert über ihren scharfen Ton. »Oh, der junge Mann hat seinem Drachen beigebracht, Feuerstein zu kauen – aber nicht, wie man den Fäden ausweicht!«

»Ich denke, es war vereinbart, Jaxom in die Pflichten eines Burgherrn einzuweisen?«

»Hast du nicht eben selbst erklärt, daß du ihm erst die Meinung sagen willst, wenn er sich erholt hat?« F'lar blinzelte Jaxom zu.

»Da ging es um Zeitsprünge. Das hier . . .« – sie deutete wütend auf die Narbe –, »das hier ist etwas ganz anderes.«

»Wirklich, Lessa?« fragte F'lar in einem Tonfall, der Jaxom verlegen machte. Sie schienen ihn im Moment vergessen zu haben. »Ich erinnere mich an ein Mädchen, das verzweifelt darum kämpfte, seine Drachenkönigin fliegen zu dürfen.«

»Das Fliegen stellt keine Gefahr dar. Aber Jaxom könnte . . .«

»Jaxom hat ganz offensichtlich seine Lektion erhalten und wird in Zukunft besser auf die Fäden achten.«

Der Jungreiter nickte. »Das stimmt. N'ton bildet mich inzwischen im Fort-Weyr aus.«

»Weshalb habe ich nichts davon erfahren?« fragte Lessa.

»Jaxoms Ausbildung liegt in Lytols Hand, und er hat seine Aufgabe bisher ausgezeichnet gelöst. Und was Ruth betrifft – ich meine, daß auch er unter N'tons und nicht unseren Herrschaftsbereich fällt. Wie lange geht das schon, Jaxom?«

»Nicht sehr lange, F'lar. Ich bat N'ton darum, weil . . . nun . . .« Jaxom stockte. Lessa durfte auf keinen Fall den Eindruck gewinnen, daß er etwas mit der Rückkehr des gestohlenen Eies zu tun hatte.

F'lar kam ihm zu Hilfe. »Weil Ruth ein richtiger Drache ist und Drachen nun mal Fäden bekämpfen? Habe ich recht?« Er schaute Lessa an und zuckte die Achseln. »Was hast du anderes erwartet? In seinen Adern fließt Ruatha-Blut.« Er wandte sich wieder Jaxom zu. »Aber gib in Zukunft besser auf dich und deinen Drachen acht!« Er versetzte dem Jungen einen freundlichen Klaps auf die Schulter; dann runzelte er die Stirn. »Wurde Ruth dabei verletzt?«

»Ja.« Der Schmerz darüber spiegelte sich deutlich in Jaxoms Zügen wider.

F'lar nickte Lessa zu, die Jaxom immer noch wütend anstarrte. »Siehst du? Das ist das beste Abschreckungsmittel, das es gibt. Ruth hat doch nichts Ernstliches gefehlt? Du warst in letzter Zeit selten bei uns . . .«

»Nein«, sagte Jaxom hastig. »Die Sache ist längst verheilt. Man kann die Narbe kaum erkennen. Auf der linken Hüfte.«

»Ich kann nicht sagen, daß ich von dieser Entwicklung begeistert bin«, beharrte Lessa.

»Wir hätten Sie gefragt, Weyrherrin«, erklärte Jaxom. »Aber Sie hatten damals andere Sorgen . . .«

»Nun . . .«, begann sie.

F'lar winkte ab. »Im Grunde geht uns die Geschichte nichts an, Lessa. Aber begreifst du, Jaxom, wie schlimm es gerade jetzt wäre, wenn dir etwas zustieße? Wir können es uns nicht leisten, daß die Nachfolge von Ruatha in Frage gestellt wird.«

»Ich verstehe das, F'lar.«

»Und was deine künftigen Aufgaben als Burgherr betrifft . . .«

»Ich möchte nicht, daß Lytol meinetwegen abdankt. Nicht jetzt und nicht später.«

»Diese Loyalität ehrt dich, und ich weiß, daß du dich in einer scheußlichen Lage befindest. Es ist nicht immer leicht, Geduld zu üben, mein Freund, aber es kann sich lohnen.«

Wieder tauschte F'lar einen Blick mit Lessa, der Jaxom ein wenig in Verlegenheit brachte.

»Und«, fuhr der Weyrführer fort, als er Jaxoms Unbehagen bemerkte, »du hast heute bereits bewiesen, was du alles kannst. Ich muß allerdings sagen, daß ich dir genauere Anweisungen gegeben hätte, wenn ich geahnt hätte, daß du so gründlich zu Werke gehst.« F'lars Miene war streng, aber seine Augen blitzten vergnügt. »Fünfundzwanzig Planetenumläufe in die Vergangenheit . . .« Der Weyrführer schüttelte den Kopf.

Lessa räusperte sich mißbilligend.

»Eigentlich bin ich durch Ihre Zeitsprünge auf die Idee gekommen, Lessa«, erklärte Jaxom. »Mir fiel ein, daß die Alten in Etappen von fünfundzwanzig Planetenumläufen aus der Vergangenheit hierhergelangt waren. Ich vermutete, D'ram könnte die gleiche Spanne wählen. Außerdem war damals der Rote Stern noch so weit entfernt, daß er keine Gefahr für Pern darstellte.«

F'lar nickte zustimmend, und Lessa wirkte etwas besänftigt.

Ramoth hob den Kopf und schaute zum Eingang.

»Das Essen«, meinte Lessa mit einem Lächeln. »Und kein Wort mehr, bis du satt bist. Ruth hat schon einen gewaltigen Vorsprung.«

Wie zur Bestätigung kreischte eine Wherhenne, und Jaxom fuhr erschrocken auf. Aber F'lar lachte nur. »Mach dir keine Sorgen wegen einem Happen mehr oder weniger. Das kann der Weyr verkraften.«

Menolly keuchte unter der Last eines Riesentabletts herein. Lessa meinte, das würde für ein ganzes Geschwader reichen, aber die Harfnerin entgegnete, Manora habe gleich das Abendessen für alle heraufgeschickt.

Jaxom erhob sich und trat einen Moment auf den Felsensims hinaus, um nach Ruth zu sehen, doch der weiße Drache lag friedlich neben dem See und pflegte sich. Als er die paar Schritte zu den anderen zurückging, begannen seine Knie wieder zu zittern. Menolly musterte ihn unauffällig und schob ihm dann eine dicke Scheibe Fleisch auf den Teller.

»Und jetzt möchte ich noch einmal ganz genau hören, was die Feuer-Echsen über die Menschen im Süden erzählten«, meinte F'lar nach dem Essen, als sie um den Tisch saßen und sich entspannten.

»Das Dumme ist, daß man Feuer-Echsen so schwer eine logische Antwort entlocken kann«, erwiderte Menolly. »Als Ruth fragte, ob sie sich an Menschen erinnerten, wurden sie so aufgeregt, daß ihre Gedankenbilder keinen Sinn mehr ergaben. Das heißt . . .« – Menolly runzelte nachdenklich die Stirn –, »die Bilder, die sie ausstrahlten, waren so verschieden, daß man nicht viel erkennen konnte.«

»Und was hat das zu bedeuten?« erkundigte sich Lessa. Trotz ihrer Abneigung gegenüber den Echsen hatte sie das Gespräch aufmerksam mitverfolgt.

»Im allgemeinen übermittelt eine Gruppe ein ganz bestimmtes Bild . . .«

Jaxom schloß einen Moment lang die Augen. Sie würde doch nicht etwa die Sache mit dem Ei erwähnen . . .

»So zum Beispiel Canths Sturz vom Roten Stern. Meine Freunde liefern oft erstaunlich klare Bilder von Orten, an denen sie sich aufgehalten haben. Ich schätze, daß sich ihre Ausstrahlungen überlagern und verstärken.«

»Menschen!« sagte F'lar nachdenklich. »Das könnte bedeuten, daß noch anderswo im Süden Menschen leben. Der Kontinent ist riesig.«

»F'lar!« Lessas Stimme klang schneidend. »Bis jetzt hat niemand den Südkontinent erforscht. Und ich meine, wenn es dort unten irgendwo Menschen gäbe, hätten sie sich längst so weit in Richtung Küste gewagt, daß F'nor oder die Leute von Toric auf sie gestoßen wären. Sie hätten deutlichere Spuren hinterlassen als verschwommene Abbilder in Echsen-Gehirnen.«

»Du hast höchstwahrscheinlich recht, Lessa«, pflichtete F'lar ihr bei, aber die Enttäuschung stand ihm im Gesicht geschrieben. Zum erstenmal kam Jaxom der Gedanke, daß die Position des Weyrführers als Erster Drachenreiter von Pern vielleicht doch nicht so beneidenswert war, wie er immer geglaubt hatte.

In jüngster Zeit stand er so oft vor der Entdeckung, daß die Dinge nicht das waren, was sie schienen. Alles hatte seine verborgenen Seiten. Glaubte man etwas fest in der Hand zu halten, so nahm es unter den Fingern plötzlich eine völlig neue Form an.

»Das Problem liegt darin, Jaxom, daß wir . . .« – F'lars Geste schloß Lessa und den ganzen Weyr ein – »andere Pläne für den Süden haben als die Barone, die nur darauf warten, ihn unter ihren jüngeren Söhnen aufzuteilen.« Er schob sich eine Strähne aus der Stirn. »Die Alten haben uns eine wertvolle Lektion erteilt. Wir wissen, was mit einem Weyr geschieht, wenn der Rote Stern unsere Welt längere Zeit nicht mehr bedroht.« F'lar grinste breit. »Wir haben uns alle Mühe gegeben, die Würmer aus dem Süden auch auf unseren Feldern auszusetzen. Bis zum nächsten Vorbeizug des Roten Sterns wird der gesamte Nordkontinent sicher sein, zumindest davor, daß sich die Fäden ins Erdreich eingraben. Wenn die Barone schon vor dieser Maßnahme glaubten, wir Drachenreiter seien überflüssig, so werden sie das nächstemal um so mehr Grund für diese Annahme haben.«

»Aber der Anblick der Drachen ist allen eine Beruhigung«, warf Jaxom hastig ein. Er hatte das Gefühl, die Drachenreiter verteidigen zu müssen.

»Sicher, aber ich sähe es lieber, wenn die Weyr nicht mehr vom Wohlstand der Burgen abhängig wären. Wenn wir eigenes Land besäßen . . .«

»*Ihr* wollt den Süden!«

»Nicht den ganzen Süden.«

»Nur das beste Stück davon«, erklärte Lessa mit Entschiedenheit.

XI

Spätvormittag im Benden-Weyr, Morgen in der Harfnerhalle, Mittag auf Fidellos Hof, 5. 7. 15

Jaxom und Ruth verbrachten die Nacht in einer leeren Weyrkammer, aber Ruth fühlte sich in der Kuhle, die für einen größeren Drachen angelegt war, so unbequem, daß Jaxom seine Felldecken nahm und sich neben den Freund kuschelte. Er träumte von einer weichen schwarzen Grube, in der er versank . . .

»Ich weiß, du bist todmüde, Jaxom, aber du mußt aufwachen!« Menollys Stimme durchdrang das behagliche Dunkel. »Außerdem bekommst du einen steifen Nacken, wenn du noch lange auf dem Stein schläfst.«

Jaxom blinzelte. Menolly schwebte irgendwo über ihm, Prinzeßchen auf der Schulter. Er spürte, daß Ruth sich herumwälzte.

»Jaxom, wach auf! Ich habe dir einen Riesenkrug Klah mitgebracht.« Nun kam Mirrim in sein Blickfeld. »Hörst du zu? F'lar möchte endlich aufbrechen, und er will, daß Mnementh vorher mit Ruth Kontakt aufnimmt.«

Menolly blinzelte ihm mit Verschwörermiene zu. Jaxom brummte der Kopf. Wie sollte er sich je merken, wer nun in die jeweiligen Geheimnisse eingeweiht war und wer nicht! Er stöhnte, denn sein Hals war tatsächlich steif.

Ruth öffnete das innere Augenlid einen winzigen Spalt und betrachtete seinen Reiter mit Mißbehagen. *Ich bin erschöpft. Ich brauche noch Schlaf.*

»Du kannst jetzt nicht mehr schlafen. Mnementh will dich sprechen.«

Warum hat er das nicht gestern nacht getan?

»Weil er sich vermutlich die Einzelheiten frisch einprägen wollte.«

Ruth hob empört den Kopf. *Glaubst du, Mnementh kann sich solche Dinge nicht eine Nacht lang merken? Er ist der größte Drache von ganz Pern.*

»Du siehst ihn verklärt, weil er dir ein tüchtiges Abendessen verschafft hat. Außerdem will *er* dich sprechen. Beschwer dich also nicht bei mir! Bist du nun wach?«

Wenn ich mit dir spreche, träume ich doch nicht mehr, oder?

»Du bist heute ganz schön aggressiv.« Mit einem Seufzer kletterte Jaxom aus der Kuhle, schleifte die Felldecken hinter sich her und stolperte zu dem Tisch, an den sich Mirrim und Menolly rücksichtsvoll zurückgezogen hatten. Der dampfende Klah weckte seine Lebensgeister. Er bedankte sich bei den Mädchen.

»Wie spät ist es?«

»Vormittag – Benden-Zeit«, erklärte Menolly. Ihre Miene blieb betont ausdruckslos.

Jaxom schloß einen Moment lang die Augen. Sie alle hörten, wie Ruth sich geräuschvoll dehnte und streckte.

»Wann haben dich denn die Sporen versengt, Jaxom?« fragte Mirrim, direkt wie immer. Sie beugte sich vor und fuhr mit einem Finger mißbilligend die Narbe nach.

»Als ich Ruth beibrachte, Feuerstein zu kauen.« Er machte eine Pause, wartete, bis sie Luft zum Schimpfen holte, und fügte dann hinzu: »Auf dem Fort-Weyr.«

»Weiß das Lessa?« hakte Mirrim nach.

»Ja.« Er hoffte, daß er Mirrim damit abgespeist hatte. Aber so leicht ging das nicht.

»Ich muß sagen, daß ich N'ton mehr zugetraut hätte. Läßt es zu, daß einer seiner Schüler sich versengt!«

»Das war nicht seine Schuld«, murmelte Jaxom zwischen zwei Bissen.

»Und Lytol? Was hat der gesagt? Du solltest wirklich nicht soviel aufs Spiel setzen.«

Jaxom kaute heftig. Er ärgerte sich, daß Menolly ihre energische Freundin mitgebracht hatte.

»Außerdem sehe ich nicht ein, weshalb du überhaupt mit den Drachenreitern übst. Ruth darf ja doch keine Fäden bekämpfen.«

Der Jungbaron schluckte. »Ruth wird genauso kämpfen wie alle anderen Drachen, Mirrim.«

»Und er war bereits im Einsatz«, erklärte Menolly und deutete auf die Narbe. »Aber nun halt den Mund und laß den Mann endlich essen!«

»*Mann?*« Mirrims Stimme nahm einen spöttischen Klang an, und sie warf Jaxom einen vernichtenden Blick zu.

Menolly seufzte. »Also, wenn Path nicht bald zum Paarungsflug aufsteigt, Mirrim, führst du Krieg gegen den halben Weyr. Wie kann man so eklig sein!«

Jaxom warf einen erstaunten Blick auf Mirrim, die tiefrot angelaufen war.

»Ach so ist das! Na, dann wirst du ja etwas von deiner Überheblichkeit verlieren. Und dazu sonst noch einiges.« Es tat ihm wohl, sie ein wenig zu necken. »Hat Path schon einen bestimmten Bronzedrachen im Auge? Aber, aber – das ist doch kein Grund zum Rotwerden. Ich kann es nicht glauben – unsere Mirrim hat die Sprache verloren. Hoffentlich wird es der wildeste Flug, seit Mnementh Ramoth eroberte!«

Mirrim ballte die Hände zu Fäusten und fauchte ihn an: »Wenigstens verhält sich mein Path normal! Das ist mehr, als man von dir und deiner weißen Mißgeburt behaupten kann!«

»*Mirrim!*« Bei Menollys scharfem Tonfall zuckte das Mädchen zusammen, aber die Worte ließen sich nicht mehr zurückholen. Jaxom starrte Mirrim an und wußte nicht recht, wie er auf ihren Angriff antworten sollte. »Ich glaube, du gehst jetzt besser, Mirrim«, sagte Menolly. »Du scheinst etwas überarbeitet zu sein.«

»Und ob ich gehe! Steig du meinetwegen zu Fuß in den Weyrkessel hinunter!« Damit rannte Mirrim aus dem Raum.

»Beim Großen Ei, bin ich froh, wenn das große Ereignis erst mal vorüber ist! So wie Mirrim sich benimmt, steigt Path heute noch auf.« Menolly bemühte sich um einen gleichgültigen Tonfall.

Jaxom schluckte. Er hatte eine trockene Zunge. Eisern kämpfte er die aufwallenden Gefühle nieder; er durfte seinen Gefährten nicht in Unruhe versetzen. Ein unauffälliger Blick zu Ruth hinüber zeigte ihm, daß der Drache sich immer noch räkelte. Er hoffte nur, daß Ruth zu schläfrig gewesen war, um das Gespräch mitzuverfolgen. Jaxom beugte sich zu Menollys Ohr und deutete auf den Drachen.

»Wißt ihr etwas, das ich nicht weiß?«

»Über Path?« Menolly tat absichtlich, als habe sie seine Frage falsch verstanden. »Also, falls du noch nie miterlebt hast, wie sich eine Weyrbewohnerin aufführte, sobald ihr Drache in Hitze gerät – Mirrim war eben ein klassisches Beispiel.«

Path ist fast erwachsen, meinte Ruth nachdenklich. Jaxom stöhnte und bedeckte das Gesicht mit einer Hand; er hätte wissen müssen, daß dem Freund wenig entging.

Menolly stieß ihn gebieterisch an und zog fragend die Augenbrauen hoch.

»Würdest du Path gerne fliegen?« erkundigte sich Jaxom bei Ruth und schaute Menolly bedeutungsvoll an.

Warum sollte ich? Ich habe sie bei jedem Wettflug auf Telgar besiegt. Sie ist in der Luft längst nicht so schnell wie ich.

Jaxom wiederholte die Antwort für Menolly und versuchte

seiner Stimme den gleichen verwunderten Tonfall zu geben, den er bei Ruth wahrgenommen hatte.

Menolly lachte los. »Oh, ich wollte, Ruth hätte das in Mirrims Beisein gesagt. Vielleicht wäre sie dann eine oder zwei Sprossen von ihrer Leiter heruntergestiegen.«

Mnementh will mich sprechen, erklärte Ruth. Er hatte den Kopf gehoben und schaute zu Mnemenths Sims hinauf.

»Weißt du etwas, das ich nicht weiß? Über Ruth?« wisperte Jaxom und packte Menolly am Arm.

»Du hast doch selbst gehört, was er meinte.« Menollys Augen blitzten vor Vergnügen. »Er ist nicht an der Drachendame interessiert – noch nicht.«

Jaxoms Griff wurde härter.

»Nun denk doch mal logisch, Jaxom!« sagte sie. »Ruth ist klein, er reift langsamer als andere Drachen.«

»Du meinst – er wird vielleicht nie die Reife erlangen, die man braucht, um zu einem Paarungsflug aufzusteigen?«

Menolly hielt seinem Blick stand. Er las darin weder Mitleid noch ein Ausweichen. »Fühlst du dich bei Corana nicht wohl?«

»Doch.«

»Du hast Angst. Unnötige Angst, wie ich meine. Ich habe nie etwas gehört, das dich beunruhigen müßte. Nur daß Ruth ein außergewöhnlicher Drache ist – und das läßt sich nicht abstreiten, oder?«

Ich habe Mnementh alles erklärt, was er wissen wollte, berichtete Ruth. *Sie brechen jetzt auf. Glaubst du, daß ich in dem See hier ein Bad nehmen kann?*

»Bestimmt«, entgegnete Jaxom. »Aber paß auf, daß Lessa keine Feuer-Echsen in deiner Nähe sieht!«

Und wer schrubbt mir den Rücken? fragte Ruth vorwurfsvoll. Er kroch langsam aus der Schlafkuhle.

»Was möchte er denn?« wollte Menolly wissen, als sie Jaxoms düstere Miene bemerkte.

»Daß ihm jemand den Rücken schrubbt.«

»Ich schicke dir meine Freunde, Ruth, sobald du am See draußen bist. Lessa wird es nicht merken.«

Ruth hielt den Kopf schräg und spähte aus der Weyröffnung ins Freie. *Mnementh ist fort, und Ramoth hat ihn begleitet. Du hast recht, wir werden ungestört sein.*

»Tut mir leid, daß ich dir Mirrim angetan habe, Jaxom«, sagte Menolly, als Ruth zum See flog. »Aber sie haben dich ganz schön hoch einquartiert, und da brauchte ich Paths Hilfe.«

Jaxom nahm einen kräftigen Schluck Klah. »Na ja, wenn Path in der Hitze ist, muß man ihr Benehmen wohl entschuldigen.«

»Ich weiß nicht.« Menollys Stimme klang hart. »Irgendwie kommt sie mit ihren Unverschämtheiten immer durch.«

Jaxom runzelte nachdenklich die Stirn. »Glaubst du eigentlich, daß Mirrim sich vor der Gegenüberstellung in die Brutstätte geschlichen haben könnte? Sie schwört zwar, daß es nicht so war, aber soviel ich weiß, gehörte sie eigentlich gar nicht zu den Kandidatinnen . . .«

»Ebensowenig wie du damals, das stimmt. Mann, nun friß mich nicht – man wird doch noch die Wahrheit sagen dürfen! Nein, ich glaube nicht, daß sie Path noch vor der Gegenüberstellung zu beeinflussen versuchte. Sie hatte ihre Feuer-Echsen und war immer zufrieden mit ihnen. Drei Stück reichen auch voll und ganz. Außerdem weißt du sicher noch, wie wütend Lessa war, nachdem sie Path an sich gebunden hatte. Wenn jemand Mirrim in der Brutstätte gesehen hätte – das wäre damals sicher ans Licht gekommen. Mirrim kann einen manchmal zur Verzweiflung bringen, herrisch, taktlos und schwierig, wie sie ist – aber einen hinterhältigen Plan traue ich ihr nicht zu. Du warst damals gar nicht dabei? Da hast du aber was versäumt. Path kam zu dem Platz gestolpert, an dem Mirrim saß. Die kleine Königin jammerte zum Erbarmen, hatte aber jede der Kandidatinnen, die sich um sie bemühten, verschmäht, bis F'lar zu dem Schluß kam, daß sich die Kleine jemanden von den Zuschauerrängen ausgesucht hatte.«

Menolly zuckte die Achseln. »Dieser Jemand entpuppte sich als Mirrim. Und komisch – ihre Echsen wehrten sich keine Sekunde dagegen. Nein, ich glaube, diese Verbindung war ebenso vorbestimmt wie die von dir und Ruth. Ganz im Gegensatz zu der Geschichte zwischen Poll und mir.« Sie schnitt eine Grimasse. »Als ob mir meine neun Echsen nicht schon gereicht hätten! Aber die Schale platzte genau in dem Moment, als ich das Ei diesem tolpatschigen Sohn von Baron Groghe überreichte. *Er* hat mir übrigens nie einen Vorwurf deswegen gemacht, und der Junge bekam noch eine Grüne. Eine Bronze-Echse wäre bei dem Bengel aber auch verschwendet gewesen.«

Jaxom deutete anklagend auf Menolly: »Du redest und redest, um von meiner Frage abzulenken. Was weißt du über Ruth, das ich nicht weiß?«

Menolly schaute Jaxom offen an. »Ich weiß gar nichts, mein Freund. Aber deinen eigenen Worten nach hat sich Ruth von der

Nachricht über Paths Zustand genauso begeistert gezeigt wie ein Jungreiter von dem Befehl, die Leuchtkörbe zu putzen.«

»Das heißt nicht . . .«

»Eben. Das heißt *überhaupt nichts.* Also ist es unsinnig von dir, in die Defensive zu gehen. Ruth reift eben verspätet. Mehr Gedanken brauchst du dir darüber nicht zu machen – besonders jetzt, da du mit Corana beschäftigt bist.«

»Menolly!«

»Reg dich ab, sonst war der schöne lange Schlaf umsonst! So elend hatte ich dich noch nie gesehen.« Sie legte ihm einen Moment lang die Hand auf den Arm. »Was die Sache mit Corana betrifft – glaub ja nicht, daß ich schnüffeln will! Ich stelle lediglich Tatsachen fest, auch wenn du den Unterschied nicht wahrhaben willst.«

»Ich finde nur, daß die Burg Ruatha nicht in das Einflußgebiet der Harfner fällt«, sagte er langsam. Eigentlich lag ihm ein anderer Satz auf der Zunge, aber er unterdrückte ihn heldenhaft.

»Das stimmt nur zum Teil. Jaxom, der junge Herr von Ruatha, geht uns Harfner überhaupt nichts an. Jaxom, der Reiter des weißen Drachen Ruth, muß dagegen genau beobachtet werden. Ihr beide seid ein einmaliges Gespann.«

»Sind das nicht Spitzfindigkeiten?«

»Ich weiß nicht.« Ihre Stimme klang ernst, aber in ihren Augen blitzte leiser Spott. »Wenn Jaxom die Geschehnisse auf Pern beeinflußt, dann müssen sich die Harfner mit ihm befassen.«

Jaxom starrte sie an, ein wenig verwirrt, daß sie ihren Verdacht nicht offen aussprach. Dann sah er den merkwürdig warnenden Ausdruck in ihrem Blick; aus irgendeinem Grund, den er nicht begriff, wollte sie nicht, daß er seine Tat bestätigte.

»Du spielst mehrere Rollen zugleich, Jaxom«, fuhr sie ernst fort. »Du bist unbestreitbar Herr einer großen Burg, dazu der Reiter eines außergewöhnlichen Drachen – und ein junger Mann, der nicht recht weiß, wer oder was er sein soll. Du kannst alles und mehr sein, ohne deine Verpflichtungen gegenüber anderen oder dir selbst zu brechen.«

Jaxom schnaubte geringschätzig. »Und wer sagt das? Menolly, die Harfnerin, oder Menolly, die ihre Nase in fremde Angelegenheiten steckt?«

Menolly hob die Schultern und lächelte schwach. »Zum Teil die Harfnerin, weil ich die meisten Dinge nun mal aus der Sicht unserer Gilde beurteile. Hauptsächlich aber Menolly, deine Freundin. Ich glaube, es ist falsch, wenn du dir Sorgen machst.

Besonders nach dem anstrengenden Flug, den du gestern unternommen hast.« Ihr Lächeln strahlte nun Wärme aus.

Ihr Echsen-Schwarm kam in den Weyr geschossen. Jaxom verbarg seinen Ärger über die Unterbrechung, denn es kam selten vor, daß Menolly so offen mit ihm sprach. Aber die Feuer-Echsen waren eindeutig erregt, und ehe Menolly sie so weit beruhigt hatte, daß sie vernünftige Bilder ausstrahlten, landete Ruth in der Felsenkammer. Seine Augen funkelten in allen Farben und kreisten.

D'ram und Tiroth sind angekommen, und alles befindet sich in hellem Aufruhr, erklärte Ruth und streckte Jaxom den Kopf entgegen. Sein Reiter kraulte ihn an den Augenwülsten. *Mnementh ist sehr zufrieden mit sich selbst.* Ein wenig Kummer schwang in dieser Feststellung mit.

»Ohne deine Hilfe hätte Mnementh die beiden niemals zurückbringen können«, tröstete ihn Jaxom. »Habe ich nicht recht, Menolly?«

Ich brauchte die Feuer-Echsen, um sie aufzuspüren, warf Ruth bescheiden ein. *Und du bist auf den Gedanken gekommen, fünfundzwanzig Planetenumläufe zurückzugehen.*

Menolly seufzte. Ihr war der Gedankenaustausch zwischen den beiden Gefährten wieder einmal entgangen.

»Eigentlich verdanken wir auch den Echsen im Süden eine ganze Menge . . .«

»Genau das hat Ruth eben festgestellt.«

»Drachen sind ungeheuer ehrliche Geschöpfe.« Menolly atmete tief durch und stand dann auf. »Komm, wir verschwinden jetzt von hier! Wir haben unsere Aufgabe erfüllt. *Gut* erfüllt. Das ist wohl die einzige Befriedigung, die uns zuteil wird.« Sie warf ihm einen belustigten Blick zu. »Oder nicht?« Dann schwang sie sich den Rucksack über die Schulter. »Eine bittere Tatsache, aber wir werden uns damit abfinden.«

Sie lächelte ihm mit Verschwörermiene zu.

Als sie auf den Sims hinaustraten, konnten sie das Gewimmel in der Nähe des Königinnen-Weyrs erkennen. Drachenreiter, aber auch die Bewohner der Unteren Höhlen strömten herbei, um D'ram und seinen Bronzedrachen zu begrüßen.

»Ich muß zugeben, daß sich meine Stimmung bei diesem Anblick beträchtlich hebt«, meinte Menolly, als Ruth sie und Jaxom in die Lüfte trug.

Jaxom beabsichtigte, Menolly in der Harfnerhalle abzusetzen und dann gleich mit Ruth heimzukehren. Aber kaum hatte Ruth sich beim Wachdrachen gemeldet, da flatterten ihnen Zair und eine kleine Echsenkönigin in den Harfner-Farben entgegen und landeten vorsichtig auf Ruths Nacken.

»Das ist Sebells Kimi! Er ist wieder da!« Menolly stieß einen Jubelschrei aus, und Jaxom drehte sich verwundert um. So überschwenglich kannte er die Harfnerin gar nicht.

Der Wachdrache sagt, daß der Harfner uns sprechen möchte, übermittelte Ruth seinem Freund und setzte stolz hinzu: *Er meint auch mich.*

»Warum denn das?« überlegte Jaxom. »Robinton hat uns doch schon gebührend gelobt.« Er tätschelte Ruth liebevoll, um seine Antwort etwas abzumildern, und der Drache setzte zum Landeflug im Innenhof an.

Robinton und ein Mann mit dem Meister-Emblem auf der Schulter kamen die Stufen herunter. Der Gilde-Oberste breitete die Arme aus und drückte sowohl Menolly wie Jaxom begeistert an sich. Jaxom war dieser Überschwang ein wenig peinlich, aber ihm blieb vollends die Luft weg, als der andere Harfner Menolly packte, sie herumwirbelte und immer wieder küßte. Anstatt sich zu beschweren, schienen die Echsen damit einverstanden, denn sie vollführten in der Luft fröhliche Kapriolen und schlossen die fremde kleine Königin in ihre Tänze mit ein. Jaxom schielte vorsichtig zu Robinton hinüber, doch der beobachtete das Schauspiel mit einem zufriedenen Lächeln. Erst als er Jaxoms Blick bemerkte, wurde er wieder ernst.

»Komm, Jaxom, Menolly und Sebell haben sich ein paar Monate nicht gesehen und müssen allerhand Neuigkeiten austauschen! Ich möchte gern deine Version von den Ereignissen im Süden hören.«

Als Robinton und Jaxom auf die Halle zugingen, löste sich Menolly aus Sebells Armen und trat zögernd näher. »Meister?«

»Was!« Robinton schüttelte streng den Kopf. »Du bringst nicht einmal eine Stunde Zeit für Sebell auf, nachdem er so lange fort war?«

Jaxom sah mit Vergnügen, daß Menolly unsicher und verwirrt wirkte. Sebell grinste breit.

»Laß dir von ihm einen ausführlichen Reisebericht geben, Mädchen«, meinte der Meisterharfner freundlich. »Ich komme mit Jaxom schon klar.«

Als Jaxom sich noch einmal nach den beiden umdrehte, gingen sie eng umschlungen auf die Wiese jenseits der Harfnerhalle zu.

»Du hast also D'ram und Tiroth zurückgebracht?« begann der Harfner.

»Ich habe sie nur entdeckt. Die Weyrführer von Benden holten sie heute vormittag persönlich heim.«

Robinton blieb an der Treppe stehen. »Sie waren also tatsächlich in dieser Bucht?«

»Ja – fünfundzwanzig Planetenumläufe in der Vergangenheit.« Und Jaxom berichtete noch einmal von ihrem Abenteuer im Süden. Sein Zuhörer war aufmerksamer und mitfühlender als die Weyrführer, und begann Jaxom seine Rolle zu genießen.

»Menschen?« Robinton, der sich bis dahin bequem in seinem Sessel zurückgelehnt hatte, saß mit einem Male aufrecht da. »Die Echsen strahlten Bilder von Menschen aus?«

Einen Moment lang war Jaxom verwirrt. Während die Weyrführer sich eher beunruhigt und skeptisch zu dieser Beobachtung geäußert hatten, gewann er nun den Eindruck, als habe der Meisterharfner diese Nachricht beinahe erwartet.

»Ich habe schon immer vermutet, daß wir alle aus dem Süden stammen«, murmelte der Harfner vor sich hin. Dann gab er Jaxom mit einer Geste zu verstehen, daß dieser mit seinem Bericht fortfahren solle.

Jaxom tat es, merkte aber bald, daß der Harfner ihm nicht mit voller Aufmerksamkeit zuhörte, auch wenn er gelegentlich nickte oder eine Frage einflocht. Jaxom erzählte von seiner und Menollys sicherer Rückkehr zum Benden-Weyr und vergaß auch nicht zu erwähnen, daß Mnementh seinem Drachen zu einem üppigen Abendessen verholfen hatte. Dann schwieg er. Er hätte Robinton gern selbst die eine oder andere Frage gestellt, aber der Harfner saß mit gerunzelter Stirn da, in Gedanken vertieft.

»Schildere noch einmal ganz genau, was die Feuer-Echsen über diese Menschen sagten!« Robinton beugte sich vor, die Ellbogen auf den Tisch gestützt, den Blick starr auf Jaxom geheftet. Zair auf seiner Schulter stieß ein fragendes Zirpen aus.

»*Gesagt* haben sie nicht viel, Meister Robinton. Das ist ja das Problem. Sie regten sich über die Frage so auf, daß ihre Bilder kaum einen Sinn ergaben. Menolly könnte Ihnen vielleicht mehr erzählen, weil sie Prinzeßchen und die drei Bronze-Echsen bei sich hatte. Aber . . .«

»Was hast du von Ruth erfahren?«

Jaxom zuckte die Achseln, ein wenig unglücklich darüber, daß er keine genauere Antwort geben konnte.

»Er meinte, die Bilder seien zu verworren; aber sie handelten alle von Menschen, den Menschen dieser Echsen. Und wir, Menolly und ich, seien nicht die Menschen, an die sie sich erinnerten.«

Jaxom griff nach dem Krug mit Klah. Sein Mund fühlte sich ausgedörrt an. Höflich schenkte er dem Harfner einen Becher ein. Der nahm ihn und nippte geistesabwesend daran.

»Menschen«, murmelte Meister Robinton. Er schüttelte den Kopf und schnalzte leise mit der Zunge. Dann erhob er sich so unvermittelt, daß Zair zu schimpfen begann und sich an seiner Schulter festkrallte. »Menschen – und das liegt so weit zurück, daß die Feuer-Echsen nur noch vage Eindrücke von ihnen besitzen. Das ist aufschlußreich, äußerst aufschlußreich sogar.«

Der Harfner begann auf und ab zu gehen.

Jaxom warf einen Blick aus dem Fenster. Ruth sonnte sich m Hof, umflattert von den Echsen der Gildehalle. Chorstimmen drangen an sein Ohr. Sie übten eine Ballade, immer wieder von neuem, obwohl Jaxom nicht die leiseste Dissonanz feststellen konnte. Eine sanfte Brise trug Sommerdüfte herein. Er zuckte zusammen, als Robinton ihm eine Hand auf die Schulter legte.

»Du hast deine Sache ausgezeichnet gemacht, mein Junge, aber jetzt fliegst du besser nach Ruatha zurück, sonst schläfst du mir noch im Stehen ein. Dieser Zeitsprung hat mehr Kraft gekostet, als du dir eingestehen willst.«

Als der Harfner Jaxom in den Hof begleitete, ließ er ihn noch einmal wiederholen, welche Bilder die Feuer-Echsen übermittelt hatten. Diesmal nickte der Harfner bei jedem Punkt, als wolle er sich den Bericht dadurch genau einprägen.

»Daß ihr D'ram und Tiroth entdeckt habt, Jaxom, erscheint im Lichte dieser Entdeckung als der kleinere Erfolg des Unternehmens. Ich wußte, daß ich recht hatte, als ich dich und Ruth um Hilfe bat. Sei nicht überrascht, wenn ich bald wieder auf dich zukomme – natürlich nur, falls Lytol nichts dagegen hat.«

Lytol legte ihm noch einmal freundschaftlich den Arm um die Schultern und trat dann zurück, damit sich Jaxom auf Ruth schwingen konnte. Die Feuer-Echsen gaben ihrer Enttäuschung über das Ende des Besuchs lautstark Ausdruck. Während Ruth in einer Spirale immer höher aufstieg, winkte Jaxom der schwindenden Gestalt des Harfners noch einmal zu. Am Fluß entdeckte er Sebell und Menolly und ärgerte sich gleichzeitig, daß er Ausschau nach den beiden gehalten hatte. Er selbst haßte es, wenn jemand seine zärtlichen Stunden mit Corana überwachte.

Aber die beiden brachten ihn auf einen Gedanken. Lytol würde ihn kaum zu einer bestimmten Zeit erwarten. Und da er auch keine Feuer-Echsen sah, die seine Pläne verraten konnten, bat er Ruth, ihn zur Hochfläche zu bringen. Ruth pflichtete ihm eifrig bei, und Jaxom fragte sich, ob der weiße Drache sein Innenleben besser kannte als er selbst.

Im Westen von Pern war jetzt Mittagszeit, und Jaxom überlegte, wie er Coranas Aufmerksamkeit auf sich ziehen konnte, ohne daß die übrigen Bewohner des Hofes von seinem Besuch erfuhren.

Die kommt, erklärte Ruth und wies mit der Flügelspitze in die Tiefe. Das Mädchen hatte gerade den Hof verlassen und wanderte mit einem Korb auf der Schulter zum Fluß hin.

Günstiger hätte der Zufall nicht spielen können! Jaxom bat Ruth, am Flußufer zu landen, an der Stelle, wo sich die Frauen des Hofes meist zum Wäschewaschen trafen.

Der Fluß ist nicht sehr tief, meinte Ruth beiläufig, *aber es liegt ein großer Felsen in der Sonne. Dort habe ich es warm und bequem.* Und ehe Jaxom antworten konnte, glitt er zum Fluß hinunter, vorbei an den schnellen Strudeln, wo das Wasser zwischen Felsbrocken dahinschoß, bis zu einer Biegung, in der das Wasser einen stillen Tümpel bildete. Ruth landete auf einem breiten, flachen Stein, ohne auch nur die Äste zu streifen, die in einem dichten Gewirr das Ufer säumten. *Sie kommt,* wiederholte er und senkte die Schulter, damit Jaxom absteigen konnte.

Mit einemmal fühlte sich Jaxom von Zweifeln gequält. Mirrims bissige Worte fielen ihm wieder ein. Und Ruth war wirklich schon über das Alter hinaus, in dem Drachen ihren ersten Paarungsflug unternahmen ...

Sie kommt, und sie macht dich glücklich. Wenn du glücklich bist, bin ich es auch, erklärte Ruth. *Und der warme Stein hier entspannt mich wunderbar. Nun geh schon zu ihr!*

Verblüfft von den energischen Gedanken seines Weyrgefährten, schaute Jaxom auf. Die Augen des weißen Drachen kreisten gemächlich, und die sanften grünen und blauen Punkte darin standen im Widerspruch zu seinen strengen Worten.

Dann hatte Corana die letzte Windung des Flußpfades erreicht und sah ihn. Sie warf ihren Korb zu Boden, daß die Wäsche hervorquoll, rannte ihm entgegen und umarmte ihn so stürmisch, daß er nicht mehr zum Denken kam.

Eng umschlungen suchten sie eine schattige Moosinsel unter den Bäumen auf, wo sie allein und ungestört waren.

XII

Es war nicht leicht, vor seinem Drachen ein Geheimnis zu hüten. Wollte Jaxom über Dinge nachdenken, die Ruth nichts angingen, so konnte er das nur spät nachts tun, wenn sein Freund fest schlief, oder in den frühen Morgenstunden, wenn er zufällig eher aufwachte als der Gefährte. Bisher hatte er seine Gedanken allerdings selten abgeschirmt, und das erschwerte die Angelegenheit noch, weil ihm einfach die Übung fehlte. Außerdem war er von früh bis spät so beschäftigt – das ewige Training mit dem Jungreiter-Geschwader, die vielen Aufgaben in der Burg, die Lytol nicht allein bewältigen konnte, und nicht zuletzt seine Ausflüge auf die Hochfläche – daß er abends wie ein Stein auf sein Lager sank und sofort einschlief. Am Morgen geschah es oft, daß ihn Tordril oder ein anderer Pflegling wachrütteln mußte, damit er nicht zu spät zu irgendwelchen Verabredungen kam.

So geschah es, daß ihm das Problem mit Ruths Reife zu den unpassendsten Zeiten in den Sinn kam und er es dann mit aller Gewalt unterdrücken mußte, um seine Sorgen vor dem Freund zu verbergen.

Wie um die Sache zu verschlimmern, stiegen im Fort-Weyr in kurzen Abständen zwei grüne Drachenweibchen zum Paarungsflug auf, verfolgt von den blauen und braunen Männchen, die sich kräftig genug fühlten, sie zu erobern. Beim erstenmal hatte sich Jaxom mitten in einem Formationsflug befunden und nur zufällig die wilde Jagd bemerkt, die sich ein wenig abseits des Übungsgeländes abspielte. Ruth schien das Ereignis überhaupt nicht zur Kenntnis zu nehmen.

Das zweitemal befanden sich Jaxom und Ruth am Boden, als ein grünes Drachenweibchen ein Herdentier zu reißen begann und mit schrillem Kreischen sein Blut trank. Die anderen Jungreiter und ihre Drachen waren noch zu unreif, um Anteil zu nehmen, aber Jaxom fiel auf, daß der Blick des Geschwaderausbilders lange auf ihm und Ruth lag. Mit einemmal wurde ihm klar, daß K'nebel überlegte, ob er und Ruth sich an der Verfolgungsjagd beteiligen würden.

Ein solcher Sturm von widersprüchlichen Gefühlen – Furcht, Scham, Erwartung, Zögern und blankes Entsetzen – erfaßte Jaxom, daß Ruth erschrocken die Schwingen spreizte und ein Stück vom Boden aufflog.

Was hat dich so erregt? fragte Ruth und betrachtete seinen Reiter mit besorgt kreisenden Augen.

»Es ist alles in Ordnung – wirklich alles in Ordnung«, versicherte Jaxom hastig und strich dem Drachen über den Kopf. Er fragte sich, ob Ruth überhaupt Lust hatte, mit dem grünen Weibchen aufzusteigen, und hoffte insgeheim, daß dem nicht so war.

Mit einem herausfordernden Fauchen schwang sich das grüne Weibchen in die Lüfte. Angestachelt von der Paarungsbereitschaft, hatte es rasch an Höhe gewonnen, ehe die Schar der blauen und braunen Männchen ihm folgen konnten. Dann aber jagten alle hinter ihr her. Inzwischen drängten sich die Reiter in einem dichten Knäuel um die Besitzerin des grünen Drachen. Bald erkannte man die Drachen nur noch als winzige Punkte am Himmel. Die Reiter hasteten zu den Unteren Höhlen, wo eine geräumige Kammer für Ereignisse wie dieses bereitstand.

Jaxom hatte noch nie einen Paarungsflug aus der Nähe miterlebt. Etwas schnürte ihm die Luft ab. Sein Herz hämmerte, das Blut pochte in den Schläfen, und er spürte die gleiche Erregung, die ihn erfaßte, wenn er Coranas biegsamen Körper in den Armen hielt. Mit einemmal kam ihm der Gedanke, welcher Drache wohl Mirrims Path erobert hatte, und welcher Reiter . . .

Eine Hand legte sich auf seine Schulter. Er zuckte mit einem leisen Aufschrei zusammen. »Also, wenn Ruth noch nicht reif genug ist – du bist es jedenfalls, Jaxom«, sagte K'nebel. Der Lehrmeister der Jungreiter starrte zu den fernen Punkten am Himmel hinauf. »Selbst der Paarungsflug eines grünen Weibchens kann einem durch und durch gehen.« Seine Miene verriet Verständnis. Dann deutete K'nebel mit dem Kinn zu Ruth hin. »Ihn hat die Sache überhaupt nicht berührt, was? Nun, lassen wir ihm Zeit. Aber du verschwindest jetzt am besten. Das Training war ohnehin fast zu Ende. Ich muß mich um die Kleinen kümmern, wenn die Grüne mit ihrem Partner zurückkommt.«

Jetzt erst merkte Jaxom, daß die meisten Jungreiter zum Weyr geflogen waren. Mit einem aufmunternden Klaps auf die Schulter ging K'nebel zu seinem Bronzedrachen, schwang sich geschickt auf den Rücken seines Gefährten und stob davon.

Jaxom dachte an den Paarungskampf in der Luft; er stellte sich die Reiter vor, die nun drunten in der Kammer das Ende der Eroberung abwarteten, durch starke Gefühle mit ihren Drachen verbunden. Mirrim kam ihm in den Sinn. Und Corana.

Mit einem Stöhnen schwang er sich auf Ruths Nacken. Er mußte weg von der knisternden Atmosphäre des Fort-Weyr. Theoretisch hatte er längst gewußt, was sich in einer solchen Stunde unter den Reitern abspielte, aber die Realtität war mehr, als er im Moment ertragen konnte.

Er hatte beabsichtigt, an den See zu fliegen und ein kühles Bad zu nehmen, um seine Nerven und seinen Körper zu beruhigen. Aber Ruth brachte ihn statt dessen zur Hochfläche.

»Ruth! Wir wollten doch zum See.«

Der weiße Drache verblüffte ihn mit seiner Antwort. *Hier ist es im Moment besser für dich. Die Feuer-Echse sagt, daß Corana am oberen Feld arbeitet.* Wieder ergriff Ruth die Initiative und glitt zum Feld hinüber, wo das junge Getreide leuchtendgrün in der Mittagssonne wogte. Corana jätete mit einer langstieligen Hacke die zähen Kriechpflanzen, die sich immer wieder vom Waldrand vorschoben und die Saat zu überwuchern drohten.

Ruth landete auf dem schmalen Streifen zwischen Acker und Schutzwall. Corana, ein wenig überrascht von seinem unerwarteten Erscheinen, winkte ihnen zu. Anstatt jedoch wie sonst auf Jaxom loszustürmen, strich sie ihr Haar zurück und wischte sich den Schweiß von der Stirn.

»Jaxom«, begann sie, als er näherkam, von ihrem Anblick aufs neue erregt, »es wäre mir lieber, wenn . . .«

Er brachte sie mit einem Kuß zum Schweigen und drückte sie an sich. Corana versuchte, sich von ihm freizumachen, ebenso verwirrt von seiner Leidenschaft wie er selbst. Er zog sie noch näher an sich, bemühte sich, den Druck, der in ihm aufstieg, zu bekämpfen, bis das Mädchen seine Scheu und Unsicherheit abgelegt hatte. Sie roch nach frischer Erde und Schweiß. Ihr Haar war warm von der Sonne. Irgendwo in seinem Innern hörte er das Kreischen eines grünen Drachen und sah die Drachenreiter zu den unteren Höhlen strömen. Er preßte Corana an sich, und ihr Widerstand ließ nach. Sie lagen auf der warmen Erde, die feucht und frisch roch. Die Sonne brannte ihm auf den Rücken, und er hatte nur den Wunsch, die Erinnerung an die Reiter und das grüne Drachenweibchen auszulöschen. Er spürte Ruths Nähe, als sich der Aufruhr in seinem Körper und Geist noch einmal zusammenballte und dann wohltätig in einem Orgasmus entlud.

Jaxom schaffte es am nächsten Vormittag nicht, mit den Jungreitern zu üben. Lytol und Brand hatten die Burg früh verlassen, um mit den Pfleglingen zu einem entfernten Hof zu reiten, und niemand kümmerte sich um ihn. Als er am Nachmittag endlich aufstand, lenkte er Ruth entschlossen zum See und schrubbte ihn so gründlich, daß der Drache nach einer Weile schüchtern fragte, was denn los sei.

»Ich liebe dich, Ruth. Du gehörst mir. Ich liebe dich«, sagte Jaxom und hätte am liebsten mit seiner früheren blinden Offenheit hinzugefügt, daß er alles in der Welt für seinen Freund tun würde. »Ich liebe dich!« wiederholte er mit zusammengebissenen Zähnen und tauchte dann tief ins eiskalte Wasser des Sees.

Ich glaube, ich bin hungrig, meinte Ruth, während Jaxom gegen den Druck des Wassers und die Atemnot ankämpfte.

Jaxom tauchte prustend auf und holte tief Luft. »Ich kenne einen Hof im Süden von Ruatha, wo gerade eine Herde Wherhennen gemästet wird.«

Das klingt nicht schlecht.

Jaxom rubbelte sich schnell trocken, schlüpfte in seine Kleider und Schuhe und legte sich das feuchte Badetuch geistesabwesend über die Schultern, ehe er auf Ruths Rücken kletterte und den Freund ins *Dazwischen* führte. Als er die Eiseskälte des *Dazwischen* im Nacken spürte, wurde ihm sein leichtsinniges Handeln bewußt. Er konnte sich die schlimmste Erkältung holen.

Ruth stieß wie immer schnell auf seine Beute herab, ohne die übrigen Masthennen in Panik zu versetzen. Feuer-Echsen in den Farben von Ruatha tauchten auf und nahmen an dem Festmahl teil. Jaxom beobachtete die Szene. Er konnte freier denken, wenn Ruth damit beschäftigt war, seine Beute zu verzehren. Irgendwie empfand er Ekel vor sich selbst. Er hatte Corana ausgenutzt. Daß sie bereitwillig und gern auf seine sexuellen Wünsche eingegangen war, bedeutete ihm wenig Trost. Ihre bis dahin heitere Beziehung schien beschmutzt. Er war unschlüssig, ob er das Verhältnis überhaupt fortsetzen sollte – ein Gedanke, der neue Schuldgefühle in ihm weckte. Eines konnte er zu seinen Gunsten anführen: Er hatte den ganzen Acker gründlich gejätet. So bekam Corana wenigstens keine Vorwürfe von Fiello, daß sie ihre Arbeit vernachlässigte. Das junge Getreide war wichtig. Aber er hätte das Mädchen nicht auf diese Weise nehmen dürfen. Dafür gab es keine Entschuldigung.

Ihr hat es gefallen. Ruths Gedanken erreichten ihn so unerwartet, daß Jaxom sich kerzengerade aufsetzte.

»Woher weißt du das?«

Wenn du bei Corana bist, zeigt sie ebenso starke Gefühle wie du. Deshalb spüre ich auch sie. Sonst nicht. Es klang, als sei Ruth erleichtert, daß der Kontakt auf diese Ausnahmen beschränkt blieb.

Der weiße Drache kam langsam näher, satt und zufrieden.

»Und das, was du spürst, gefällt dir? Daß wir uns lieben, meine ich.« Jaxom hatte sich unvermittelt entschlossen, seine Besorgnis ehrlich zu äußern.

Ja. Dir macht es große Freude. Es ist gut für dich. Ich mag alles, was gut für dich ist.

Jaxom sprang auf, frustriert und zugleich erfüllt von Schuldgefühlen. »Aber du selbst möchtest dieses Gefühl nicht genießen? Warum kümmerst du dich immer nur um mich? Warum bist du nicht diesem grünen Drachenweibchen gefolgt?«

Weshalb beunruhigt dich das? Warum sollte ich das grüne Weibchen fliegen?

»Weil du ein Drache bist.«

Ich bein ein weißer Drache. Blaue und braune Drachen fliegen grüne Weibchen – auch mal ein Bronzedrache, wenn er sehr jung ist.

»Du hättest sie fliegen können, Ruth. Du hättest sie fliegen können.«

Ich wollte nicht. Du bist schon wieder erregt. Ich habe dich erregt. Ruth machte den Hals lang, und seine Nase stupste Jaxoms Wange an.

Jaxom warf die Arme um Ruth, preßte die Stirn gegen die glatte, duftende Haut und versicherte dem Freund immer wieder, wie sehr er ihn liebte, seinen außergewöhnlichen Drachen, den einzigen weißen Drachen von ganz Pern.

Ja, ich bin der einzige weiße Drache, den es je auf Pern gegeben hat, bestätigte Ruth. Er legte sich ein wenig zur Seite, so daß Jaxom sich in den Halbkreis seiner Pfoten schmiegen konnte. *Ich bin der weiße Drache. Du bist mein Reiter. Wir gehören zusammen.*

»Ja«, wiederholte Jaxom müde. »Wir gehören zusammen.«

Ein Frösteln überfiel ihn. Verdammt, wenn sie das auf der Burg merkten, mußte er eine dieser gräßlichen Medizinen schlucken, mit denen Deelan jeden belästigte. Er schloß die Reitjacke, wickelte sich das inzwischen trockene Badetuch um die Schultern und schlug Ruth vor, daß sie so rasch wie möglich nach Ruatha zurückkehren sollten.

Der Medizin entkam er nur, weil er Deelan aus dem Wege ging und sich mit der Entschuldigung, er habe etwas für Robinton zu erledigen, in seine eigenen Räume zurückzog. Er hoffte nur, daß sein Schnupfen nicht schlimmer wurde. Lytol stattete ihm abends sicher noch einen Besuch ab. Das brachte ihn auf den Gedanken, daß er auch irgend etwas vorweisen mußte, um den Vormund nicht mißtrauisch zu machen. Jaxom hatte in der Tat beabsichtigt, seine Eindrücke von jener herrlichen Bucht im Süden mit dem gewaltigen Bergkegel im Hintergrund auf einer Karte festzuhalten. Nun nahm er einen der weichen Kohlestifte, die Meister Bendarek für das neue Papier entwickelt hatte, und machte sich an die Arbeit. Viel einfacher, mit solchen Geräten zu arbeiten, fand er, als die Konturen mühsam in den Sand zu ritzen. Fehler konnte man mit einem Klumpen aus weichem Baumharz abradieren, solange man dabei nicht das dünne Papier selbst beschädigte.

Eine ordentliche Skizze von D'rams Bucht lag vor ihm auf dem Tisch, als ein Klopfen an der Tür seine Konzentration unterbrach. Er putzte sich noch einmal gründlich die Nase, ehe er »Herein« rief. Zumindest seine Stimme schien von dem Schnupfen und dem Druck in den Schläfen nicht beeinträchtigt.

Lytol trat ein, begrüßte ihn und trat an seinen Arbeitstisch, den Blick höflich von dem ausgebreiteten Material abgewandt.

»Hat Ruth heute gefressen?« fragte er. »N'ton schickte nämlich eine Botschaft, daß für morgen im Norden unseres Gebietes ein Sporenfall erwartet wird und du mit dem Geschwader ausrücken könntest. Glaubst du, daß Ruth genügend Zeit zur Verdauung bleibt?«

»Ganz sicher«, erwiderte Jaxom. Bei dem Gedanken, auf Ruths Rücken Fäden zu bekämpfen, spürte er Erregung. Nun würde sich endgültig erweisen, ob er zu den Drachenreitern gehörte oder nicht.

»Du hast deine Ausbildung bei den Jungreitern abgeschlossen?«

Lytol war also nicht entgangen, daß er sein Training am Vormittag geschwänzt hatte. Jaxom glaubte eine leise Überraschung im Tonfall seines Vormunds zu hören.

»Nun, man könnte sagen, daß ich das Notwendigste gelernt habe, da ich ja nicht regelmäßig mit den Geschwadern fliegen soll. Schau, ich habe hier eine Skizze von D'rams Bucht angefertigt. Ist sie nicht schön?« Er reichte Lytol das Blatt hin.

Zu Jaxoms Befriedigung ließ sich Lytol ablenken. Er betrachtete die Skizze mit zusammengekniffenen Augen.

»Wenn du diesen Bergkegel exakt wiedergegeben hast, dann muß es sich um den größten Vulkan handeln, den man je auf Pern entdeckt hat. Du bist sicher, daß die Perspektive stimmt?

Einfach prachtvoll! Und dieses Gebiet?« Lytol deutete auf die Zone jenseits der Bäume, die Jaxom in ihrem ganzen Artenreichtum eingetragen hatte.

»Der Wald erstreckt sich bis zum Vorgebirge hier, aber wir blieben natürlich am Strand . . .«

»Man kann verstehen, weshalb sich der Harfner so genau an diesen Ort erinnerte.«

Mit einem merklichen Zögern legte Lytol das Blatt wieder auf Jaxoms Arbeitstisch.

»Die Karte gibt nur die Lage wieder, nicht die Atmosphäre. Man muß die Stelle sehen, um sie in ihrer ganzen Schönheit zu begreifen.« Jaxom schaute seinen Vormund fragend an. Wie so oft bedauerte er, daß Lytol sich nur in den allerdringendsten Fällen dazu bereitfand, einen Drachenritt zu unternehmen.

Lytol warf Jaxom ein schwaches Lächeln zu und schüttelte den Kopf. »Die Zeichnung reicht aus, um einem Drachen den richtigen Eindruck zu vermitteln. Aber sag mir bitte Bescheid, falls du mal die Absicht hast, die Bucht wieder aufzusuchen.«

Damit verabschiedete sich Lytol von ihm. Jaxom war ein wenig verwirrt. Hatte ihm sein Vormund mit diesen Worten die Erlaubnis gegeben, in den Süden zurückzukehren? Warum? Kritisch betrachtete Jaxom die Skizze und überlegte, ob er die Bäume wirklich genau genug getroffen hatte. Es wäre schön, die Bucht wiederzusehen. Vielleicht nach dem Sporenregen, wenn der Flug Ruth nicht allzusehr anstrengte . . .

Ich könnte den Feuerstein-Gestank mit Meerwasser herunterspülen, meinte Ruth schläfrig.

Jaxom drehte sich halb herum. Ruth lag in seiner Schlafkuhle und hatte beide Liderpaare fest geschlossen.

Ich glaube, das würde mir sehr gefallen.

»Und vielleicht könnten wir von den Feuer-Echsen noch mehr über diese Menschen erfahren.« Ja, dachte Jaxom erleichtert, das war bestimmt nicht schlecht. Weder F'lar noch Lessa hatten ihm verboten, zur Bucht zurückzukehren. Sie befand sich so weit vom Süd-Weyr entfernt, daß es bestimmt keinen Ärger mit den Alten gab. Und wenn er mehr über die Menschen erfuhr, tat er Robinton einen Gefallen. Vielleicht fand er sogar ein Echsen-Gelege irgendwo an der Küste. Vielleicht hatte Lytol das im Sinn gehabt, als er ihm die Erlaubnis erteilte. Natürlich! Warum war ihm das nicht gleich eingefallen?

Man hatte errechnet, daß die Sporen am nächsten Morgen um die neunte Stunde niedergehen würden. Obwohl Jaxom nicht wie gewöhnlich mit der Flammenwerfer-Mannschaft losritt, weckte ihn in aller Frühe eine Magd, die ein Tablett mit Klah und gesüßtem Brot sowie ein Paket Dörrfleisch für unterwegs brachte.

Jaxom spürte einen dumpfen Druck im Kopf. Sein Hals schmerzte, und er fühlte sich nicht besonders wohl. Insgeheim ärgerte er sich, daß sein Leichtsinn tags zuvor diesen ersten Kampf gegen die Fäden zu einem unerfreulichen Ereignis machte. Was in aller Welt hatte ihn dazu gebracht, in den eiskalten See zu tauchen, um dann klitschnaß ins *Dazwischen* zu gehen? Ganz zu schweigen von seinem Abenteuer auf dem feuchten, frisch umgegrabenen Acker! Er nieste mehrmals heftig, als er sich ankleidete. Das machte zwar die Nase frei, aber die Kopfschmerzen wollten nicht schwinden. Er zog seine wärmsten Sachen an und knöpfte ein dickes Futter in die Reitstiefel. Als er mit Ruth seine Räume verließ, war er in Schweiß gebadet. Pächter strömten in den Hof, ihre Reittiere am Zügel und Flammenwerfer in den Händen. Der Wachdrache und die Echsen kauten bereits Feuerstein. Lytol stand auf der Treppe zur Burg und winkte ihm kurz zu, ehe er in seinen Anweisungen für das Gesinde fortfuhr. Jaxom nieste noch einmal mit Urgewalt.

Fühlst du dich nicht wohl? Ruths Augen kreisten schneller.

»Ich habe mir zwar eine idiotische Erkältung geholt, aber die stört nicht weiter. Komm, fliegen wir los! Ich ersticke sonst in dem warmen Zeug.«

Ruth kam seinem Wunsch nach, und Jaxom fühlte sich wohler, als eine Brise ihm den Schweiß von der Stirn trocknete. Da sie noch Zeit genug hatten, ließ er Ruth zum Weyr fliegen, ohne ins *Dazwischen* zu gehen. Nie wieder verschwitzt in diese Kälte tauchen! Das hatte er sich fest vorgenommen. Vielleicht sollte er im Weyr doch leichtere Sachen anziehen. Aber Fort lag höher in den Bergen als Ruatha, und bei seiner Ankunft war ihm nicht mehr zu heiß.

Jede einzelne Phase des Ernstfalls war hundertmal geprobt. Jaxom brachte seinem Drachen einen Sack, den sie mit Feuerstein aus dem Weyrkessel füllten. Ruth begann die harten Brocken zu kauen. Wenn sein zweiter Magen rechtzeitig mit dem Verdauen anfing, hauchte er im Flug eine schön gleichmäßige Flamme aus. Während Ruth den Feuerstein zerkleinerte, trank Jaxom einen Becher Klah, in der Hoffnung, daß das heiße Gebräu ihn beleben würde. Er fühlte sich elend. Die Nasenschleimhäute schwollen an, und er bekam kaum Luft.

Zum Glück war das Mahlen und Knirschen der Drachen rings-um so laut, daß niemand auf sein Niesen achtete. Wenn es nicht gerade sein erster Flug gegen die Fäden gewesen wäre, hätte Jaxom wohl auf den Einsatz verzichtet. Aber er sagte sich vor, daß die Jungreiter meist in den hinteren Geschwaderreihen einge-setzt wurden und er deshalb wohl selten, wenn überhaupt, ins *Dazwischen* gehen mußte, um den Fäden auszuweichen. Die Ge-fahr, daß er seine Erkältung verschlimmerte, schien gering.

N'ton und Lioth zeigten sich neben den Sternsteinen. Lioth stieß ein helles Trompeten aus, und der Weyrführer hob den Arm. Alles schwieg. Die vier Königinnen von Fort flankierten den großen Bronzedrachen. Die übrigen Drachen saßen auf den Weyrsimsen und hörten sich die Befehle an, die Lioth ihnen gab. Dann formierten sich die Geschwader. Jaxom prüfte noch einmal die Kampfriemen, die er um die Schenkel gezurrt hatte.

»Wir sollen im Königinnen-Geschwader mitreiten, erklärte ihm Ruth.

»Alle Jungreiter?« wollte Jaxom wissen, da er von K'nebel nichts über einen Positionswechsel gehört hatte.

Nein, nur wir. Das klang geschmeichelt, aber Jaxom war sich der Auszeichnung nicht so sicher.

Der Ausbilder der Jungreiter bemerkte sein Zögern und gab ihm mit einem kurzen Zeichen zu verstehen, daß er seinen Platz einnehmen solle. So lenkte Jaxom Ruth zu den Sternsteinen hin-auf. Während Ruth dicht neben Selianth, der jüngsten Königin im Fort-Weyr, landete, überlegte Jaxom, ob er genauso lächerlich aussah, wie er sich fühlte – winzig klein neben den mächtigsten Drachen des Geschwaders.

Lioth stieß erneut einen hellen Schrei aus, und die Weyrführer verließen die Sternsteine. Die Drachen sackten ein Stück in die Tiefe, bis sie genug Raum hatten, um ihre breiten Schwingen zu entfalten, und stiegen dann mit kraftvollen Flügelschlägen auf. Ruth benötigte kaum Platz zum Start; er kreiste einfach einen Moment, bis Selianth nach oben kam und er seinen Platz neben ihr einnahm. Prilla, ihre Reiterin, winkte Jaxom ermutigend zu. Dann erhielt Ruth von Lioth den Befehl, ins *Dazwischen* zu gehen und den Ort des Sporeneinfalls anzusteuern.

Als sie über dem öden Bergland im Norden Ruathas auftauch-ten, spürte Jaxom eine Freude wie nie zuvor. Der Himmel schien erfüllt von Drachen, die mit mächtigen Schwingen nach Osten flogen, der Gefahr entgegen.

Jaxom schniefte, ein wenig verärgert, daß die Erkältung ihm

den Triumph verdarb. Jaxom, der Herr von Ruatha, flog mit seinem weißen Drachen gegen die Sporenplage! Er spürte ein schwaches Vibrieren an den Innenseiten der Schenkel; Ruth verdaute den Feuerstein, und die Gase in seinem Magen rumorten heftig. Ob er sich ähnlich elend fühlte wie sein Reiter?

Unvermittelt stürmte der Königinnen-Flügel vorwärts, und Jaxom blieb keine Zeit mehr zum Nachdenken; er sah den schwachen Schleier am Himmel, jenes vage Grau, das die näherrückende Fädenfront ankündigte.

Selianth will, daß ich immer über ihr bleibe, damit ihre Flammen mich nicht versengen, erklärte Ruth und änderte seine Position. Auch die weiter unten fliegenden Drachen setzten sich nun in Bewegung.

Der graue Schleier verwandelte sich im Nu in silbernen Sporenregen. Flammenbälle zuckten durch den Himmel, als die ersten Drachen ihren uralten, verstandlosen Feind zu Staub verkohlten. Jaxoms Erregung legte sich rasch; er hatte zahllose Übungsflüge mit den Jungreitern absolviert, und so setzte sich die kühle Logik der Routine durch. Heute wollten er und Ruth ohne Brandwunden heimkehren!

Der Königinnen-Flügel schwenkte leicht nach Osten, unter der ersten Woge von Drachen hinweg, um die Fäden zu vernichten, die den Flammen der Frontkämpfer eventuell entwischt waren. Sie durchflogen dichte Staub-Barrieren – die Überreste versengter Sporen. Dann wendete der Flügel scharf, und Jaxom entdeckte in seiner Nähe ein silbernes Knäuel. Er lenkte den mehr als willigen Ruth hin, sein Drache scheuchte die Gefährten zur Seite und vernichtete die Sporen mit einem gutgezielten Flammenstoß.

Jaxom fragte sich, ob jemand gesehen hatte, wie geschickt Ruth zu Werke ging: der Strahl reichte gerade aus, um den Feind zu vernichten. Der kleine Drache beging nicht den Fehler des Anfängers, seinen Flammenatem zu verschwenden. Gleich darauf stürmte der Königinnen-Flügel erneut in eine andere Richtung, einer dichten Konzentration von Fäden entgegen.

Von diesem Moment an bis zum Ende des Sporenregens kam Jaxom nicht mehr zum Denken. Er begann den Angriffsrhythmus des Königinnen-Flügels in seinem Innern zu spüren. Margatta auf Luduth schien einen unheimlichen Instinkt für die Fädenklumpen zu besitzen, die selbst dicht gestaffelten Drachenreihen entkommen konnten. Jedesmal tauchten die Königinnen unter dem silbernen Regen auf und versengten ihn. Jaxom erkannte, daß seine Position im Königinnen-Flügel weder

Auszeichnung noch besonderen Schutz bedeutete. Die goldenen Drachen konnten ein größeres Gebiet überwachen, waren aber lange nicht so beweglich wie Ruth. Der weiße Drache jagte von einer Seite der V-Formation auf die andere, ohne an Höhe zu verlieren, und sprang überall dort ein, wo er benötigt wurde.

Unvermittelt hörte der Sporenregen auf. In den höheren Regionen waren keine grauen Schleier mehr zu sehen. Die Drachen begannen in langsamen Spiralen tiefer zu kreisen und formierten sich dann zur letzten Phase des Kampfes, einem Flug dicht über dem Erdboden, bei dem sie die Bodenmannschaften auf Spuren von Fädenknäueln aufmerksam machten, die sich ins Erdreich gegraben hatten.

Sobald das Kampffieber in Jaxom nachließ, machte sich sein körperliches Unbehagen wieder bemerkbar. Er hatte das Gefühl, als sei sein Kopf zur doppelten Größe aufgeschwollen, die Augen tränten, er hatte Halsschmerzen und einen starken Druck in der Brust. Idiotisch von ihm, in diesem Zustand die Fäden zu bekämpfen! Er dachte jetzt allen Ernstes daran, sich mit Ruth aus dem Geschehen zurückzuziehen, aber das ging nur mit Erlaubnis des Geschwaderführers. Pflichtbewußt behielt er seine Position oberhalb Selianth.

Die große Königin meint, wir sollen jetzt verschwinden, erklärte Ruth plötzlich, *bevor uns die Bodenmannschaften erkennen.*

Jaxom warf einen Blick zu Margatta hinüber, und sie winkte ihn zur Seite. Die Geste kränkte ihn irgendwie. Er hatte zwar nicht gerade mit einem Sonderlob gerechnet, aber Ruth und er hatten sich doch so gut geschlagen, daß sie seiner Meinung nach zumindest eine Spur von Anerkennung verdienten. Hatten sie etwas falsch gemacht? Er konnte mit seinem heißen, schmerzenden Kopf nicht denken. Aber er gehorchte. Als er Ruth in Richtung Ruatha lenkte, merkte er, daß Selianth höher stieg und neben ihm flog. Prilla hob kurz die Faust und schwenkte sie triumphierend hin und her. *Gut gemacht,* hieß das, *gut gemacht und vielen Dank!*

Jaxoms Kummer verschwand im Nu.

Wir haben gut gekämpft, erklärte Ruth triumphierend. *Kein Faden ist uns entwischt. Es fiel mir überhaupt nicht schwer, die Flamme in Gang zu halten.*

»Du warst wunderbar, Ruth. Du bist so klug ausgewichen, daß wir nicht ein einzigesmal ins *Dazwischen* mußten.« Jaxom tätschelte liebevoll den langgestreckten Hals seines Freundes. »Hast du noch Gas im Magen?«

Ruth hustete, und ein schwacher Flammenhauch wehte über Jaxom hinweg.

Nein, aber ich wäre froh, wenn ich irgendwo die Schlacke loswerden könnte. Soviel Feuerstein wie heute habe ich noch nie gekaut.

Das klang so stolz und selbstzufrieden, daß Jaxom trotz seiner elenden Verfassung lachen mußte.

Er fand es angenehm, daß nur ein Teil des Gesindes in der Burg war. Die Sporenkämpfer würden erst Stunden später zurückkommen. Während Ruth am Hofbrunnen haltmachte und Unmengen von Wasser trank, bat Jaxom einen Küchenhelfer, ihm einen Krug warmen Wein und etwas zu essen zu bringen.

Als Jaxom seine Räume betrat, um sich der stinkenden Kampfkluft zu entledigen, kam er an seinem Arbeitstisch vorbei. Beim Anblick der Skizze fiel ihm sein Versprechen vom Vorabend wieder ein. Er dachte mit Sehnsucht an die warme Sonne in der Bucht. Sie würde ihm die Erkältung aus den Knochen treiben und den Kopf wieder klarmachen.

Ich hätte nichts gegen ein gründliches Bad einzuwenden, pflichtete Ruth ihm bei.

»Bist du auch nicht zu müde?«

Ich bin müde, aber ich würde gern in der Bucht schwimmen und dann im Sand schlafen. Das wäre auch gut für dich.

»Da hast du allerdings recht.« Der Küchenhelfer kehrte mit einem Tablett zurück und klopfte an der halboffenen Tür.

Jaxom deutete auf den Arbeitstisch und bat dann den Mann, seine Reitkleider zum Waschen und Lüften fortzubringen. Er trank ein paar Züge von dem heißen Wein. Jetzt erst kam ihm zu Bewußtsein, daß Lytol bestimmt noch Stunden unterwegs war und er ihn gar nicht von seinem Vorhaben verständigen konnte. Aber er wollte nicht warten. Er konnte ja wieder da sein, ehe Lytol heimkehrte. Dann stöhnte er. Die Bucht lag auf der anderen Seite von Pern, und die Sonne, nach der er sich so sehnte, stand im Süden nun bestimmt schon am Horizont.

Es bleibt noch lange genug warm, meinte Ruth. *Ich brauche dieses Bad wirklich dringend.*

»Nun gut, dann fliegen wir eben los!« Jaxom nahm noch einen tiefen Schluck von seinem Wein und griff nach dem Käse und dem gerösteten Brot. Er hatte keinen Hunger. Im Gegenteil, der Essensgeruch drehte ihm beinahe den Magen um. Er rollte eine seiner Schlafdecken zusammen, damit er nicht auf dem blanken Sand liegen mußte, schlang sich das kleine Bündel über die Schulter und verließ den Weyr. Er überlegte, ob er dem Knecht

Bescheid sagen sollte. Aber das genügte nicht. Jaxom kehrte noch einmal um und schrieb Lytil ein paar Zeilen; dann stellte er den Zettel senkrecht zwischen Becher und Teller, damit der Vormund ihn nicht übersehen konnte.

Wann fliegen wir? fragte Ruth ungeduldig. Er wollte endlich den Schmutz und Gestank von seiner Haut spülen.

»Ich komme ja schon!« Jaxom machte noch einen kleinen Umweg durch die Küche und ließ sich etwas Fleisch und Käse zurechtmachen. Vielleicht bekam er später Hunger.

Der Koch goß gerade Fett über einen Braten. Wieder spürte Jaxom, wie Übelkeit in ihm aufstieg.

»Batunon, ich habe in meinem Zimmer eine Botschaft für Baron Lytol hinterlassen. Falls du ihn jedoch vorher siehst, sag ihm bitte, daß ich in die Bucht geflogen bin, um Ruth zu waschen.«

»Ist der Sporenregen vorbei?« fragte Batunon mit erhobenem Schöpflöffel.

»Alles in Staub zerfallen. Wir beide müssen uns jetzt von dem Schwefelgestank befreien.«

Ruths Augen hatten einen vorwurfsvollen gelben Schimmer, aber Jaxom achtete nicht darauf. Er schwang sich auf den Rücken des Freundes und schnallte locker die Kampfriemen um. Sie stanken ebenfalls nach Rauch; er mußte sie mit nassem Sand scheuern und dann trocknen lassen. Ruth flog so hastig los, daß Jaxom froh um die Gurte war. Kaum hatte der weiße Drache die nötige Höhe erreicht, da tauchte er auch schon ins *Dazwischen*.

XIII

Eine Bucht im Süden, 7. 7. 15–7. 8. 15

Beim Erwachen spürte Jaxom etwas Feuchtes auf Stirn und Nase. Verärgert tastete er danach.

Geht es dir besser? In Ruths Frage schwang solche Angst und Hoffnung mit, daß sein Reiter erstaunt blinzelte.

»Nun, wie fühlst du dich?« Jaxom war immer noch nicht ganz wach. Er versuchte sich auf einen Ellbogen zu stützen, aber er konnte den Kopf nicht heben.

Brekke sagt, daß du dich auf keinen Fall bewegen darfst.

»Bleib ganz ruhig liegen!« befahl Brekke im nächsten Moment. Er spürte ihre Hand auf seiner Brust.

Irgendwo in der Nähe tropfte Wasser. Dann legte sich erneut ein feuchtes Tuch über seine Stirn, kühl und nach Heilkräutern duftend. Er spürte zwei große, gepolsterte Keile an beiden Wangen; sie sollten wohl verhindern, daß er den Kopf hin und her drehte. Irgend etwas stimmte nicht. Weshalb war Brekke bei ihm?

Du warst sehr krank. Kummer prägte die Worte von Ruth. *Ich machte mir große Sorgen. Da rief ich Brekke. Ich weiß, daß sie Heilerin ist. Sie hat mich zum Glück gehört, denn allein konnte ich dich nicht lassen. Sie kam mit F'nor auf Canth her. Dann holte F'nor die andere.*

»Wie lange ist das her?« Der Gedanke, daß er gleich zwei Pflegerinnen beschäftigte, entsetzte Jaxom. Er hoffte nur, daß »die andere« nicht Deelan war.

»Ein paar Tage«, beruhigte ihn Brekke, aber Ruths Gedanken übermittelten eine längere Zeitspanne. »Jetzt wird es dir bald besser gehen. Das Fieber ist ausgebrochen.«

»Weiß Lytol, daß ich hier bin?« Jaxom öffnete die Augen und merkte, daß sie mit einer Binde abgedeckt waren. Er versuchte sie beiseite zu schieben. Aber noch ehe er das geschafft hatte, tanzten Flecken vor seinen Augen. Mit einem Stöhnen schloß er die Lider.

»Ich sagte dir doch ausdrücklich, daß du dich nicht rühren sollst! Und laß die Bandage über den Augen!« Brekke schob seine Hand energisch zur Seite. »Natürlich weiß Lytol, daß du hier bist. F'nor hat ihn sofort verständigt. Ich gab ihm Bescheid, als das Fieber ausbrach. Bei Menolly ist es auch soweit.«

»Menolly? Wie konnte sie meine Erkältung bekommen? Sie war doch mit Sebell zusammen.«

Es mußte noch jemand in der Nähe sein, denn Brekke konnte nicht gleichzeitig sprechen und lachen. Eine fremde Stimme erklärte ihm, daß er keine Erkältung habe, sondern die sogenannte Feuer-Krankheit, die allem Anschein nach nur im Süden auftrat und im Anfangsstadium ähnlich verlief wie eine Erkältung.

»Aber ich werde doch wieder gesund, oder?«

»Tun dir die Augen weh?«

»Ich habe eigentlich keine Lust, sie noch einmal zu öffnen.«

»Flecken? Als ob du zu lange in die Sonne geschaut hättest?«

»Genau.«

Brekke fuhr ihm sanft über den Arm. »Das ist normal, nicht wahr, Sharra? Wie lange hält das im allgemeinen an?«

»Ebenso lange wie die Kopfschmerzen. Deshalb müssen die Augen bedeckt bleiben, Jaxom.« Sharra sprach langsam, beinahe gedehnt, und sehr leise, aber die Worte klangen so melodisch, daß Jaxom sich zu fragen begann, ob das Äußere der jungen Frau ebenso angenehm war wie ihre Stimme. »Und dreh dich ja nicht herum! Du hast immer noch Kopfschmerzen, stimmt's? Laß die Lider geschlossen! Wir haben den Raum so gut wie möglich abgedunkelt, aber du könntest deinen Augen für immer schaden, wenn du jetzt leichtsinnig wirst.«

Jaxom spürte, wie Brekke die Binde zurechtrückte. »Menolly ist auch krank?«

»Ja, aber Meister Oldive hat uns wissen lassen, daß sie sehr gut auf die Medizin anspricht.« Brekke zögerte. »Natürlich hat sie weder Sporen bekämpft noch einen Ritt ins *Dazwischen* unternommen. Das dürfte die Sache bei dir verschlimmert haben.«

Jaxom stöhnte. »Ich bin schon hundertmal mit einer Erkältung ins *Dazwischen* gegangen, ohne daß es zu Komplikationen kam.«

»Mit einer Erkältung ja, aber nicht mit der Feuerkrankheit«, entgegnete Sharra. »Hier, Brekke, gib ihm das!«

Er spürte einen Halm an den Lippen. Brekke befahl ihm, daran zu saugen, da er den Kopf nicht heben konnte.

»Was ist das?« murmelte er schwach.

»Fruchtsaft«, entgegnete Sharra so prompt, daß Jaxom mißtrauisch wurde. »Reiner Fruchtsaft, Jaxom. Du brauchst jetzt sehr viel Flüssigkeit. Das Fieber hat deinen Körper ausgetrocknet.«

Der Saft schmeckte kühl und mild, daß er nicht erkennen konnte, von welcher Frucht er stammte. Aber er war genau das, wonach sich Jaxom gesehnt hatte, nicht zu scharf für seine ausgedörrte Mundhöhle und nicht zu süß für seinen leeren Magen. Er trank ausgiebig und bat um mehr, aber Brekke meinte, das sei genug für den Anfang, und er solle nun schlafen.

»Ruth? Geht es dir gut?«

Jetzt, da du wieder bei Bewußtsein bist, werde ich auf die Jagd gehen. Ich fliege nicht weit. Das ist hier nicht nötig.

»Ruth?« Beunruhigt von dem Gedanken, daß sein Drache womöglich nichts gefressen hatte, versuchte Jaxom den Kopf zu heben. Der Schmerz war unerträglich.

»Ruth geht es wirklich ausgezeichnet, Jaxom«, erklärte Brekke streng. Ihre Hände drückten seine Schultern gegen das Bett. »Er ist ständig von Feuer-Echsen umlagert, und er badet jeden Morgen und Abend. Aber er weigerte sich, weiter als zwei Drachenlängen von dir wegzufliegen. Ich habe ihn beruhigt.« Jaxom stöhnte. Er hatte völlig vergessen, daß Brekke mit jedem Drachen Kontakt aufnehmen konnte. »F'nor und Canth gingen für ihn auf die Jagd, weil er nicht von dir weichen wollte. Glaub also nicht, daß er nur noch aus Haut und Knochen besteht! Und wie du gehört hast, geht er jetzt selbst auf Nahrungssuche. Du kannst wirklich unbesorgt schlafen.«

Ihm blieb gar keine andere Wahl. Während er in den Schlaf hinüberdämmerte, festigte sich sein Verdacht, daß dieses Getränk doch noch etwas anderes als Fruchtsaft enthalten hatte.

Als er diesmal aufwachte, ausgeruht und rastlos, dachte er daran, daß er den Kopf nicht bewegen durfte. Erinnerungen bestürmten ihn. Sie schienen weit weg zu liegen. Er wußte noch, daß er die Bucht im Süden erreicht hatte und in den Schatten am Waldrand gewankt war; unter einem Rotfruchtbaum hatten ihn dann die Kräfte verlassen. Er war zu schwach gewesen, die saftigen Früchte zu pflücken, obwohl sich seine Kehle völlig ausgedörrt angefühlt hatte. Zu diesem Zeitpunkt war Ruth wohl klar geworden, daß ihm etwas Ernstliches fehlte.

Jaxom konnte sich vage an Fieberträume erinnern, in denen Brekke und F'nor aufgetaucht waren, und er wußte auch noch, daß er sie angefleht hatte, Ruth zu ihm zu bringen. Offenbar hatten sie am Strand eine Art Schutzhütte errichtet – das glaubte er zumindest Sharras Worten zu entnehmen. Er streckte langsam den linken Arm aus, hob und senkte ihn, spürte aber nichts als den Bettrahmen. Er tastete mit dem rechten Arm umher.

»Jaxom?« Er hörte Sharras sanfte Stimme. »Und Ruth schläft so fest, daß er mich nicht warnen kann! Hast du Durst?« Sie schien selbst eben erst aufgewacht zu sein. Vorsichtig befüllte sie die trockene Kompresse und stieß einen bestürzten Laut aus. »Laß die Augen ganz fest geschlossen!«

Sie entfernte die Binde, und er hörte, wie sie den Stoff in eine Flüssigkeit tauchte und auswand. Er zuckte zusammen, als sich das nasse Zeug auf seine Haut legte. Dann hob er den Arm und drückte die Kompresse selbst gegen die Stirn, vorsichtig zuerst, dann kräftiger. »He, das schmerzt ja gar nicht mehr . . .«

»*Bsst!* Brekke ist eingeschlafen, und sie wacht so leicht wieder auf.« Sharras Stimme klang gedämpft.

»Warum kann ich den Kopf nicht zur Seite bewegen?« Jaxom versuchte seiner Stimme einen ruhigen Klang zu geben.

Sharras leises Lachen beruhigte ihn. »Weißt du nicht mehr? Wir haben deinen Kopf zwischen zwei Blöcke eingekeilt, damit du ganz ruhig liegenbleibst.« Sie nahm seine Hände, führte sie zu den Steinen und schob die Hindernisse dann beiseite. »Dreh jetzt den Kopf ganz leicht hin und her! Wenn deine Haut nicht mehr schmerzt, hast du vielleicht das Schlimmste hinter dir.«

Behutsam wandte er den Kopf ein wenig nach links und dann nach rechts. Als er nichts spürte, wurde er mutiger. »Es tut nicht weh. Es tut wirklich nicht weh.«

»Laß das! Bist du wahnsinnig?« Sharra packte sein Handgelenk, als er nach der Kompresse greifen wollte. »Ein Nachtlicht brennt. Warte, bis ich den Raum abgedunkelt habe! Je weniger Helligkeit, desto besser.« Er hörte, wie sie sich an einem Leuchtkorb zu schaffen machte. »Jetzt?«

»Ich erlaube dir einen ersten Versuch.« Sie betonte das letzte Wort, während sie seine Hand an die Bandage führte. »Wir haben eine mondlose Nacht, und dir kann nicht viel zustoßen. Wenn du aber nur einen einzigen Flecken siehst, mußt du die Augen auf der Stelle wieder schließen.«

»Ist die Sache so gefährlich?«

»Meistens.«

Sachte schob er die Bandage zurück.

»Ich sehe überhaupt nichts.«

»Keine hellen Flecken oder Kreise?«

»Nein – nichts. Oh . . .« Etwas hatte seine Sicht verdeckt, denn nun konnte er schwache Umrisse erkennen.

»Ich hatte meine Hand vor deiner Nase – für alle Fälle«, erklärte sie.

Er konnte sie vage neben sich ausmachen. Sie schien an seinem Lager zu knien. Allmählich verbesserte sich seine Sicht. Aber ein paar Sandkörner klebten ihm an den Wimpern.

»Meine Augen sind voll Sand.«

»Einen Moment.« Gleich darauf spürte er ein paar Wassertropfen in den Augen. Er blinzelte heftig und beschwerte sich laut. »Ich habe dir doch gesagt, du sollst leise sein, damit Brekke nicht aufwacht. Sie ist völlig erschöpft. So – ist der Sand jetzt weg?«

»Ja, jetzt geht es viel besser. Ich wollte euch wirklich nicht so viele Umstände bereiten.«

»Na sowas! Und ich dachte schon, du seist absichtlich krank geworden.«

Jaxom hielt eines ihrer Handgelenke fest und preßte die Lippen gegen ihre Fingerspitzen. Sie stieß einen leisen Schrei aus und zog die Hand zurück.

»Danke!«

»Ich lege dir jetzt wieder die Kompresse auf«, erklärte sie mit vorwurfsvollem Unterton.

Jaxom lachte leise, weil er sie aus dem Gleichgewicht gebracht hatte. Er bedauerte nur, daß Dunkelheit herrschte. Daß sie schlank war, konnte er erkennen. Ihre Stimme wirkte zwar entschieden, aber sehr jung. Ob die Gesichtszüge zu dem Bild paßten, daß er sich von ihr gemacht hatte?

»Bitte, trink jetzt den Saft!« Er spürte einen Halm an den Lippen. »Wenn du noch einmal tüchtig schläfst, hast du das Schlimmste überstanden.«

»Du bist – Heilerin?« Jaxom war enttäuscht. Ihre Stimme hatte so jung geklungen, daß er angenommen hatte, sie sei eine Pflegetochter von Brekke.

»Sicher. Du glaubst doch nicht, daß sie den Herrn von Ruatha einem Lehrling anvertraut? Ich habe schon so manchem die Feuerkrankheit aus den Knochen vertrieben.«

Das Felliskraut, das sie in den Saft gemischt hatte, begann zu wirken. Er schien zu schweben und konnte ihr nicht mehr antworten.

Als er am nächsten Tag erwachte, sorgte zu seiner leisen Enttäuschung Brekke für ihn. Es erschien ihm unhöflich, nach Sharra zu fragen. Ebensowenig konnte er sich bei Ruth erkundigen, denn Brekke verstand die Gedanken des Drachen. Aber Sharra hatte Brekke offensichtlich davon erzählt, daß er nachts aufgewacht war, denn ihre Stimme klang erleichtert, als sie ihn begrüßte. Da sich sein Befinden gebessert hatte, erlaubte sie ihm, einen Becher schwach aufgebrühten Klah zu trinken, und reichte ihm dazu eine Schale mit aufgeweichtem Weißbrot.

Gegen Mittag durfte er sich aufsetzen und eine leichte Mahlzeit essen, aber schon diese Tätigkeit erschöpfte ihn. Dennoch beschwerte er sich bei Brekke, als sie ihm Fruchtsaft anbot.

»Mit Felliskraut gewürzt? Soll ich vielleicht bis an mein Lebensende schlafen?«

»Oh, du holst das Versäumte schon nach, davon bin ich überzeugt«, meinte sie trocken. Ihre Bemerkung verwirrte ihn, aber ehe er darüber nachdenken konnte, war er wieder eingeschlafen.

Am nächsten Tag schimpfte er von neuem über die Zwänge, die sie ihm auferlegten. Er schimpfte, aber als Sharra und Brekke ihn zu einer Bank führten und er dort abwartete, bis sie den Heusack seines Lagers mit frischen Kräutern gefüllt hatten, war er so schwach, daß er sich dankbar wieder hinlegte. Am gleichen Abend vernahm er zu seiner Überraschung N'tons Stimme im Nebenraum.

»Du siehst ja schon wieder prächtig aus, Jaxom«, meinte N'ton, als er an sein Bett trat. »Lytol wird sehr erleichtert sein. Aber falls du es noch einmal wagst . . .« – N'tons strenger Tonfall spiegelte seine Besorgnis wider – »Fäden zu bekämpfen, wenn du krank bist, dann . . . dann . . . liefere ich dich an Lessa persönlich aus.«

»Ich hatte doch nur Kopfschmerzen, N'ton«, entschuldigte sich Jaxom und zupfte nervös an ein paar Kräuterhalmen, die aus seinem Strohsack ragten. »Und es war doch mein *erster* Kampf gegen die Sporen . . .«

»Ich weiß, ich weiß.« Das klang bereits wesentlich milder gestimmt. »Du konntest nicht ahnen, was du dir zugezogen hattest. Ist dir übrigens klar, daß du Ruth dein Leben verdankst? F'nor meint, der Kleine besitzt mehr Verstand als die meisten Menschen. Und kaum ein anderer Drache hätte etwas mit einem Reiter im Fieber-Delirium anfangen können – im allgemeinen werden die Tiere von der Verwirrung ihres Gefährten angesteckt und handeln völlig konfus. Nein, du und Ruth, ihr habt euch einen guten Ruf auf Benden erworben. Einen ausgezeichneten Ruf! Sieh jetzt nur zu, daß du wieder zu Kräften kommst! Und sobald du dich einigermaßen erholt hast, möchte D'ram dir Gesellschaft leisten und dir ein paar merkwürdige Dinge zeigen, die er während seines Aufenthalts hier entdeckt hat.«

»Er ist nicht gekränkt, daß Ruth und ich ihn aufgespürt haben?«

»Aber nein.« N'ton zeigte sich verblüfft über die Frage. »Nein,

mein Junge, er schien im Gegenteil überrascht, daß wir ihn ver-
mißten – und dankbar, daß wir seine Erfahrung als Drachenreiter
noch brauchen.«

»N'ton!« Brekkes Tonfall klang sehr energisch.

»Oh, die Besuchszeit ist um.« Jaxom hörte, wie N'ton hastig
aufstand. »Aber ich komme bald wieder – großes Ehrenwort!«
Tris zeterte vorwurfsvoll. Jaxom konnte sich denken, daß der
Drachenreiter sie bei seinem Aufspringen aus dem Gleichgewicht gebracht hatte.

»Geht es Menolly schon besser? Und richten Sie bitte Lytol
aus, daß mir die ganze Geschichte leid tut. Ich wollte ihm keine
neuen Sorgen aufbürden.«

»Das weiß er doch, Jaxom. Und Menolly ist fast wieder auf der
Höhe. Bei ihr verlief die Krankheit harmloser. Sebell erkannte
die Symptome sofort und zog Oldive zu Rate. So – und du ruhst
dich jetzt gründlich aus!«

So sehr Jaxom sich über den Besuch gefreut hatte, er war doch
erleichtert, als der Drachenreiter ihn verließ. Er fühlte sich
schlapp, und sein Kopf begann zu schmerzen.

»Brekke?« Hoffentlich war das kein Rückfall!

»Sie spricht noch mit N'ton, Jaxom.«

»Sharra! Ich habe Kopfschmerzen.« Er konnte ein leises Zittern in seiner Stimme nicht verbergen.

Ihre Hand legte sich kühl auf seine Wange. »Fieber hast du
keines, Jaxom. Du ermüdest nur rasch, das ist alles. Schlaf jetzt!«

Die ruhigen Worte und ihre sanfte, melodische Stimme nahmen ihm die Furcht, und obwohl er gern noch eine Weile wach-
geblieben wäre, fielen ihm die Augen zu. Ihre Finger massierten
ihm die Schläfen und wanderten zum Nacken; sanft löste sie die
Spannung aus seinen Muskeln. Er überließ sich ihrer Fürsorge.

Im Morgengrauen weckte ihn eine kühle, feuchte Brise, und er
zog fröstelnd die leichte Decke über seine bloßen Beine. Danach
versuchte er noch einmal einzuschlafen, aber es gelang ihm
nicht, obwohl er die Augen fest geschlossen hielt. Also öffnete er
sie wieder und starrte mißmutig durch die hochgeschlagenen
Vorhänge des Lagers ins Freie. Unvermittelt stieß er einen Schrei
aus, denn ihm kam erst jetzt zu Bewußtsein, daß sich keine Binde
mehr vor seinen Augen befand. Er konnte ungehindert sehen.

»Jaxom?« Er drehte sich um. Sharra kletterte aus einer Hänge-
matte, eine hochgewachsene Gestalt mit langem, dunklem Haar,
das ihr im Moment wirr ins Gesicht hing.

»Sharra!«

»Was machen die Augen, Jaxom?« fragte sie leise und besorgt. Mit ein paar schnellen Schritten war sie neben seinem Lager.

»Alles in Ordnung, Sharra.« Er hielt ihre Hand fest und versuchte im Halbdunkel ihre Züge zu erkennen. »O nein!« sagte er mit einem leisen Lachen, als sie sich freizumachen versuchte. »Ich zerbreche mir seit Tagen den Kopf darüber, wie du aussiehst!« Mit der freien Hand schob er ihr dichtes Haar beiseite.

»Und?« Sie stellte die Frage trotzig und warf dabei den Kopf zurück, daß die dunkle Mähne flog.

Sharra war nicht schön. Das hatte er vermutet. Ihre Züge wirkten ein wenig hart und unregelmäßig. Die Nase war schmal und lang und das Kinn, wenngleich wohlgeformt, eine Spur zu kantig. Aber ihr Mund bildete weiche, volle Linien, und die etwas tiefliegenden Augen funkelten spöttisch. Sie zog die geschwungenen Brauen hoch, als er mit seiner Inspektion fertig war.

»Und?« wiederholte sie.

»Ich weiß, daß du meine Ansicht vermutlich nicht teilst, aber ich finde dich schön.« Er blieb zum zweitenmal Sieger, als sie versuchte, sich aus seinem Griff zu lösen. »Daß du eine herrliche Stimme besitzt, weißt du sicher selbst.«

»Als Heilerin brauche ich die«, meinte sie.

»Und du setzt sie so gekonnt ein, daß deine Kranken ganz zahm werden!« Er zog sie näher zu sich heran. Irgendwie war es ungeheuer wichtig für ihn, ihr Alter festzustellen.

Sie lachte leise und stemmte sich gegen seine Hand. »Komm, Jaxom, sei ein braves Kind und laß los!«

»Ich bin weder brav noch ein Kind.« Er hatte mit solchem Nachdruck gesprochen, daß der gutmütige Spott aus ihren Zügen verschwand. Sie begegnete seinem Blick mit einem ruhigen Lächeln.

»Nein, das stimmt, du bist kein Kind. Du bist ein schwerkranker Mann, und ich habe die Aufgabe . . .« – sie betonte das letzte Wort –, »dich zu heilen.« Er gab ihre Hand frei.

»Je eher ich gesund werde, desto besser.« Jaxom ließ sich zurücksinken und lächelte zu ihr auf. Sie war sicher fast genauso groß wie er, aber er fand es verlockend, in Augenhöhe mit ihr zu sein.

Sie warf ihm einen langen, etwas verwirrten Blick zu und wandte sich dann achselzuckend dem Ausgang zu. Im Gehen schlang sie das dichte schwarze Haar zu einem strengen Knoten.

Obwohl keiner von ihnen auf die Begegnung im Morgengrauen zurückkam, fand Jaxom es von da an leichter, sein Krankenlager und die damit verbundenen Einschränkungen zu ertragen. Er aß ohne Murren, was ihm vorgesetzt wurde, nahm seine Medizinen und hielt die Ruhezeiten ein, die sie ihm verordneten.

Eine Angst allerdings quälte ihn, bis er sich ein Herz faßte und Brekke darauf ansprach.

»Als ich im Fieber dalag, Brekke, habe ich da . . . ich meine, habe ich im Schlaf laut geredet oder . . .«

Brekke legte ihm lächelnd die Hand auf den Arm. »Wir achten nicht darauf, was einer völlig ohne Zusammenhang im Fieber stammelt . . .«

Etwas in ihrer Stimme beunruhigte ihn. »Wirklich nicht?« Er hatte im Schlaf also doch sein Geheimnis preisgegeben! Bei Brekke störte ihn das weniger. Aber wenn Sharra nun mitgehört hatte? Sie stammte aus der Burg im Südkontinent. Würde sie seine Reden über das gestohlene Königin-Ei auch als »Gestammel« abtun? Mußte er ausgerechnet zu einem Zeitpunkt krank werden, da es galt, ein Geheimnis zu hüten! Die Unruhe verfolgte ihn bis in den Schlaf.

Am nächsten Morgen verdrängte er die düsteren Gedanken mit Gewalt und hörte Ruth zu, der mit den Echsen fröhlich im Wasser herumplanschte.

Er kommt, erklärte Ruth plötzlich erstaunt. *Und D'ram bringt ihn her.*

»D'ram bringt wen her?« erkundigte sich Jaxom.

»Sharra!« rief Brekke aus dem Nebenraum. »Unsere Gäste landen. Könntest du sie herholen?« Sie trat rasch in Jaxoms Raum, glättete die leichte Decke und musterte ihn durchdringend. »Ist dein Gesicht sauber? Und laß mal deine Hände sehen!«

»Bekommen wir denn so hohen Besuch? Ruth, wer ist gelandet?«

Er freut sich auch, mich wiederzusehen! Ruths Gedanken drückten Staunen und Begeisterung aus.

Jaxom war zwar durch diese Bemerkung vorgewarnt, aber er starrte dennoch wie betäubt zum Eingang, als plötzlich Lytol dort auftauchte. Sein Gesicht unter dem Helm war bleich und angespannt, und er hatte sich nicht die Mühe gemacht, auf dem Wege vom Strand zur Hütte die Jacke auszuziehen. Schweißtropfen standen ihm auf Stirn und Oberlippe. Er blieb im Eingang stehen, den Blick auf seinen Schützling geheftet, und rührte sich nicht.

Dann wirbelte er mit einer heftigen Bewegung herum, räus

perte sich, streifte Helm, Handschuhe und Reitjacke ab und murmelte ein Danke, als Brekke neben ihn trat und ihm die Sachen abnahm.

Er weint, sagt Brekke, berichtete Ruth. *Du sollst so tun, als würdest du nichts merken.* Der weiße Drache machte eine Pause und fuhr dann verwundert fort: *Brekke findet außerdem, daß Lytol endlich geheilt ist. Warum? Er war doch gar nicht krank.*

Jaxom blieb keine Zeit, über diese merkwürdige Andeutung nachzudenken, denn sein Vormund hatte die Fassung wiedergewonnen und drehte sich um.

»Ziemlich heiß hier, wenn man von Ruatha kommt, was?« begann Jaxom ein wenig verkrampft.

»Der Berg sieht genauso aus, wie du ihn skizziert hast«, sagte Lytol fast in der gleichen Sekunde.

Wieder zögerten beide, und wieder fingen sie gemeinsam zu reden an.

Das war zuviel. Jaxom lachte los und winkte Lytol neben sich. Immer noch lachend umklammerte er den Arm des Vormunds, hielt ihn ganz fest und versuchte sich mit dieser wortlosen Geste für all den Kummer zu entschuldigen, den er ihm bereitet hatte. Im nächsten Moment schloß Lytol ihn rauh in die Arme, schlug ihm herzhaft auf die Schulter und gab ihn dann abrupt wieder frei. Diese unerwartete Geste der Zärtlichkeit trieb Jaxom die Tränen in die Augen. Lytol hatte zwar immer gewissenhaft für sein Wohl gesorgt, aber je älter Jaxom wurde, desto häufiger hatte er sich gefragt, ob Lytol ihn eigentlich mochte.

»Ich dachte schon, ich hätte dich für immer verloren.«

»So schnell wirst du mich nicht los.«

Jaxom grinste ganz dämlich, denn er hatte bemerkt, daß Lytol lächelte – das erste Lächeln, das er bei seinem Vormund je sah.

»Du bestehst ja nur noch aus Haut und Knochen«, fuhr Lytol in seiner gewohnt brummigen Art fort.

»Das vergeht schon wieder. Ich darf inzwischen alles essen, was mir schmeckt«, erklärte Jaxom. »Kann ich dir etwas anbieten?«

»Ich bin doch nicht zum Essen gekommen, sondern um zu sehen, wie es dir geht! Und ich sage dir eines, mein junger Freund! Die Zeichenstunden beim Meisterschmied nimmst du am besten wieder auf, wenn du daheim bist, denn die Bäume im Hintergrund der Bucht sind nicht exakt genug skizziert. Den Berg hast du gut getroffen, aber der Rest . . .«

»Ich wußte, daß die Bäume nicht ganz stimmten, Lytol – mit

ein Grund, weshalb ich diese Bucht noch einmal aufsuchen wollte. Nur, als ich hier ankam, war mir das glatt entfallen.«

»Kann ich mir denken.« Lytol lachte trocken.

»Wie geht es auf Ruatha?« Jaxom wollte mit einem Mal die kleinsten Einzelheiten wissen und fragte selbst nach Dingen, die ihn früher gelangweilt hatten.

Sie plauderten so angeregt miteinander, daß Jaxom immer wieder staunte. Jetzt erst kam ihm zu Bewußtsein, daß er seit damals, als er durch einen Zufall Ruth an sich gebunden hatte, in Lytols Gegenwart gehemmt gewesen war. Aber dieser Bann schien nun gebrochen. Zumindest einen Nutzen hatte seine Krankheit also: Sie führte ihn und Lytol näher zusammen, als er sich je in seiner Kindheit hätte träumen lassen.

Brekke trat mit einem entschuldigenden Lächeln näher. »Es tut mir leid, Baron Lytol, aber Jaxom ermüdet noch sehr rasch.«

Lytol erhob sich gehorsam und warf einen ängstlichen Blick auf seinen Schützling.

»Brekke, Lytol ist bis von Ruatha gekommen, um mich zu besuchen. Da muß man doch eine Ausnahme machen . . .«

»Laß nur, ich komme wieder.« Lytols Lächeln verwirrte Brekke. »Wir wollen nicht das geringste Risiko eingehen.« Er umarmte Jaxom ungeschickt und eilte dann ins Freie.

Brekke starrte den jungen Drachenreiter ungläubig an. Jaxom zuckte die Achseln, als wollte er sagen, sie müsse sich selbst einen Reim auf das Verhalten seines Vormunds machen. So verließ sie rasch den Raum, um die Besucher zum Strand hinunter zu begleiten.

Er hat sich sehr über das Wiedersehen gefreut, stellte Ruth fest.

Jaxom ließ sich entspannt zurückfallen und schloß die Augen. Nun hatte er Lytol also doch dazu gebracht, seinen herrlichen Berg zu besichtigen . . .

Lytol war nicht der einzige, der Jaxom besuchte und dabei die schöne Landschaft bewunderte. Einen Tag nach dem Burgverwalter von Ruatha traf Baron Groghe ein, schnaufend und halb aufgelöst von der ungewohnten Hitze. Er rief seiner kleinen Königin zu, daß sie sich ja nicht unter das fremde Echsenvolk mischen solle. Und er verbot ihr, zu lange im Meer zu baden, damit sie beim Rückflug das Schulterpolster nicht naßtropfte.

»Man hat mir schon berichtet, daß Sie die gleiche Krankheit aus dem Süden aufgeschnappt haben wie das Harfnermädchen!« Der Baron strahlte eine solche Vitalität aus, daß Jaxom sich unwillkürlich elend fühlte.

Baron Groghe musterte ihn lange und gründlich; Jaxom hatte das Gefühl, daß der Mann seine Rippen einzeln zählte. »Können Sie den Jungen nicht besser füttern, Brekke? Es heißt doch immer, Sie seien die beste Heilerin weit und breit! Dabei sieht der Junge aus wie ein Skelett. Schauderhaft! Hat sich allerdings ein hübsches Plätzchen zum Krankwerden ausgesucht! Ich will mir die Gegend mal näher betrachten, wenn ich schon hier bin. Jawohl, das werde ich – mir die Gegend ein wenig betrachten.« Groghe reckte Jaxom das Kinn entgegen und runzelte die Stirn. »Haben Sie sich schon umgesehen? Bevor Sie krank wurden, meine ich.«

Jaxom erkannte, daß Baron Groghes völlig unerwarteter Besuch mehrere Gründe hatte. Zum einen sollte er den Baronen wohl die Kunde bringen, daß der Herr von Ruatha allen Gerüchten zum Trotz noch unter den Lebenden weilte. Zum anderen . . . Jaxom wurde ein wenig unsicher. Er hatte noch deutlich Lessas Worte im Ohr, daß die Drachenreiter »das beste Stück« des Südens für sich beanspruchten.

Als Brekke den jovialen, etwas großspurigen Baron sanft daran erinnerte, daß sich Jaxom nicht überanstrengen dürfe, fühlte der sich beinahe erleichtert.

»Keine Sorge, mein Junge. Ich besuche Sie öfter – großes Ehrenwort.« Baron Groghe wandte sich zum Gehen und winkte ihm gutgelaunt zu. »Herrliches Fleckchen. Geradezu neidisch könnte man werden.«

»Weiß denn jeder im Norden, wo ich mich befinde?« stöhnte Jaxom, als Brekke zurückkehrte.

»D'ram hat ihn in der Bucht abgesetzt«, meinte sie seufzend.

»Eigentlich hätte ich D'ram mehr Verstand zugetraut.« Sharra ließ sich auf einen Hocker fallen und wedelte sich mit einem abgerissenen Zweig Kühlung zu. »Der Mann macht Gesunde fertig, ganz zu schweigen von Kranken.«

Brekke zuckte die Achseln. »Ich könnte mir denken, daß die Barone sich von Jaxoms Gesundheitszustand überzeugen wollten.«

»Aber wie der Kerl Jaxom gemustert hat! Als müßte er auf dem Markt um einen Renner feilschen! Hast du ihm dein Gebiß gezeigt?«

»Laß dich nicht von Baron Groghes Manieren täuschen, Sharra!« warnte Jaxom. »Der Mann nimmt es an Geistesschärfe selbst mit Meister Robinton auf! Und wenn D'ram ihn herbrachte, dann haben F'lar und Lessa von seiner Absicht gewußt.

Ich glaube aber nicht, daß sie begeistert sein werden, wenn er wiederkommt und hier herumschnüffelt.«

»Wenn Lessa Baron Groghe die Erlaubnis gab, Jaxom zu besuchen, dann kann sie etwas von mir hören!« fauchte Brekke. »Der Baron hat am Lager eines Schwerkranken einfach nichts zu suchen. Jetzt kann ich es dir ja sagen, Jaxom – du liegst seit sechzehn Tagen hier in der Bucht!«

»Was!« Jaxom schoß in die Höhe. »Aber . . . aber . . .«

»Die Feuerkrankheit ist bösartig«, warf Sharra ein. Sie schaute Brekke fragend an, und die nickte. »Dein Leben hing an einem dünnen Faden, Jaxom.«

»Ich . . .« Jaxom preßte beide Hände gegen die Schläfen.

Wieder nickte Brekke. »Nun begreifst du vielleicht auch, daß wir allen Grund haben, dir dieses und jenes zu verbieten.«

»Es stand wirklich so schlimm um mich?« Jaxom konnte die Nachricht nicht fassen.

»Ja. Deshalb behandeln wir dich wie ein Königin-Ei. Wir wollen deine Genesung nicht wieder gefährden.« Brekke stand auf und ging zur Tür. »So, ich glaube, es wird Zeit, daß du etwas zu essen bekommst.«

Jaxom wandte sich an Sharra: »Ist das wahr, was Brekke da eben angedeutet hat?«

»Leider ja.« Sein Entsetzen schien sie zu belustigen. »Aber nun fang dich wieder – zum Glück lebst du noch!« Ihre Blicke wanderten zum Strand, und ein Schatten huschte über ihre Züge. In ihren Augen spiegelte sich ein tiefer Schmerz.

»Woran denkst du, Sharra, daß du so traurig bist?«

»Es war niemand, den du kanntest, und auch niemand, der mir besonders nahestand. Nur – keine Heilerin verliert gern den Kampf um ihre Kranken.«

Mehr konnte er ihr nicht entlocken, und er wollte es auch nicht, um ihr nicht wehzutun.

Am nächsten Morgen wankte Jaxom zum Strand, gestützt von den beiden jungen Frauen. Ruth stürzte begeistert herbei, aber Brekke befahl dem Drachen streng, sich ganz ruhig hinzukauern, damit er Jaxom nicht zu Boden fegte. Ruths Augen kreisten besorgt; er schob die Schnauze ganz zaghaft vor und ließ sich von Jaxom kraulen. Der junge Reiter vergrub sein Gesicht in der weichen Nackenhaut des Gefährten. *Lieber Ruth, wunderbarer Ruth! Wenn ich an dieser Krankheit gestorben wäre . . .*

Bist du aber nicht, entgegnete Ruth. *Du bist bei mir geblieben. Ich wußte, daß du es schaffst. Und du bist schon viel kräftiger. Warte nur, bis*

*du dich ganz erholt hast! Dann können wir gemeinsam schwimmen und in
der Sonne liegen, und alles wird gut sein.*

Das klang so aufgeregt, daß Jaxom dem Freund gut zuredete
und ihn streichelte. Schließlich drängte Brekke und Sharra ihn,
sich hinzusetzen, ehe er umkippte. Sie hatten ein Stück vom
Wasser entfernt, damit der Kranke nicht der Sonnenhitze ausgesetzt war, eine Matte aus geflochtenen Lianen gegen einen schrägen Baumstumpf gelehnt. Ruth streckte sich so aus, daß sein
Kopf Jaxom von der Seite stützte. Violette Punkte tanzten in seinen Augen.

Mittags, nachdem Jaxom eine Weile geschlafen hatte, tauchten
F'lar und Lessa auf. Lessa war eine angenehm ruhige und sanfte
Besucherin, eine Tatsache, die Jaxom verwunderte, da er die
Weyrherrin auch streng und höchst temperamentvoll kannte.

»Wir konnten nicht verhindern, daß Baron Groghe persönlich
herkam, Jaxom, obwohl dir sein Besuch sicherlich nicht behagt
hat. Aber es ging das Gerücht um, du seist tot und dein Drache
ebenfalls.« Lessa zog die Schultern hoch. »Schlechte Nachrichten
verbreiten sich auch ohne Harfner.«

»Baron Groghe schien mehr an meiner Umgebung als an mir
interessiert«, meinte Jaxom ein wenig spitz.

F'lar nickte grinsend. »Deshalb schlugen wir auch vor, daß er
mit D'ram herflog. Der Wachdrache von Fort ist zu alt, um eine
Richtungsanweisung zu verstehen, die ihm Baron Groghe auf eigene Faust gibt.«

»Er hatte außerdem seine Feuer-Echse dabei«, fügte Jaxom
hinzu.

»Diese lästigen Biester!« fauchte Lessa.

»Die gleichen lästigen Biester haben Jaxom das Leben gerettet,
Lessa«, widersprach Brekke ruhig.

»Also schön, sie haben auch ihre guten Seiten, aber für mich
überwiegen immer noch die schlechten.«

»Baron Groghes kleine Königin mag eine gewisse Intelligenz
besitzen«, fuhr Brekke fort, »aber sie ist nicht klug genug, um
ihm den Weg nach hierher zu zeigen.«

»Das ist nicht das eigentliche Problem.« F'lar schnitt eine Grimasse. »Er hat jetzt den Berg gesehen. Und die Weite des Landes.«

»Aber wir haben unsere Ansprüche zuerst angemeldet«, entgegnete Lessa entschlossen. »Es ist mir gleich, wie viele seiner
mißratenen Söhne Groghe hier unterbringen will – die Drachenreiter von Pern haben die erste Wahl. Jaxom kann . . .«

»Jaxom wird noch eine Weile brauchen, bis er wieder auf den Beinen steht«, unterbrach Brekke sie mitten im Satz.

»Keine Sorge«, beschwichtigte F'lar. »Mir fällt schon etwas ein, um Baron Groghes Ehrgeiz zu bremsen.«

»Wenn einer hierherkommt, werden andere folgen«, sagte Brekke nachdenklich. »Und ich kann es den Leuten kaum verdenken. Diese Bucht ist viel schöner als unsere ursprüngliche Siedlung auf dem Südkontinent.«

»Mich zieht es vor allem zu dem Berg hin«, meinte F'lar und blickte nach Süden. »Jaxom, ich weiß, daß du noch nicht viel unternehmen konntest, aber hast du zufällig herausgefunden, wie viele von den Echsen, die Ruth umschwärmen, aus dieser Gegend kommen?«

»Sie stammen nicht aus dem Süd-Weyr – falls Ihnen das Kummer bereitet«, warf Sharra ein.

»Woher wissen Sie das?« erkundigte sich Lessa.

Sharra hob die Schultern. »Sie wirken ungezähmt. Sobald man ihnen zu nahe kommt, verschwinden sie im *Dazwischen*. Sie fühlen sich zu Ruth hingezogen – nicht zu uns.«

»Wir sind nicht *ihre* Menschen«, erlärte Jaxom. »Aber ich will versuchen, Ruth ein wenig über diese fremden Echsen auszuhorchen.«

»Dafür wäre ich dir dankbar«, sagte Lessa. »Und falls die eine oder andere aus dem Süd-Weyr dabei ist . . .« Sie sprach den Satz nicht zu Ende.

»Ich glaube, wir sollten Jaxom jetzt wieder ausruhen lassen«, meinte Brekke.

F'lar lachte leise und winkte Lessa zu sich. »Aufmerksame Besucher sind wir! Reden nur von unseren eigenen Problemen und lassen den Patienten nicht zu Wort kommen!«

»Es gibt wenig zu erzählen. Ich hatte in jüngster Zeit kaum Gelegenheit zu aufregenden Erlebnissen.« Jaxom warf Brekke und Sharra einen finsteren Blick zu. »Aber wenn ihr wiederkommt, wird sich das geändert haben.«

»Falls etwas Außergewöhnliches geschieht, soll Ruth sich mit Mnementh oder Ramoth in Verbindung setzen.«

Brekke und Sharra brachten die Weyrführer zum Strand, und Jaxom war froh, daß er die Augen schließen konnte. Er lachte vor sich hin, als Ruth den beiden Benden-Drachen energisch versicherte, daß keine Feuer-Echsen aus dem Süd-Weyr unter seinen neuen Freunden seien. Und er überlegte, weshalb er nicht von selbst auf den Gedanken gekommen war, Ruths Bekannte nach ihren Menschen zu befragen. Er seufzte. In den letzten Tagen hatte er sich wohl zu oft mit seinem knappen Entrinnen vor dem Tod beschäftigt. Wenn er diese morbiden Vorstellungen nicht verbannte, drehte er noch durch. Vielleicht sollte er sich zur Abwechslung einmal um andere Dinge kümmern.

Zu klären gab es nämlich genug. Am meisten bedrückte ihn die Frage, was er im Fieber alles erzählt haben mochte. Brekkes Antwort hatte äußerst vage geklungen. Er versuchte sich zurückzuerinnern, aber da waren nur verworrene Alpträume, die sein Inneres mit Kälte erfüllten, bis das Fieber wieder die Oberhand gewann.

Der Besuch seines Vormunds fiel ihm ein. Er hatte ganz vergessen, Lytol nach Corana zu fragen. Sicher hatte sie von seiner Krankheit gehört. Vielleicht sollte er ihr ein kleines Lebenszeichen schicken. Aber dann verwarf er die Idee. Eine längere Trennung half ihm am ehesten, das Verhältnis mit ihr zu beenden. Denn jetzt, da er Sharra gesehen hatte, konnte er nicht mehr bei Corana bleiben, ohne sie zu belügen. Wenn Lytol wiederkam, mußte er ihn um Rat fragen.

Daß Baron Groghe aufgetaucht war, um nach ihm zu sehen, paßte ihm ganz und gar nicht. Wäre er nicht krank geworden, so hätte der Baron nie von diesem Berg erfahren. Zumindest so lange nicht, bis die Drachenreiter es für richtig hielten, das Geheimnis preiszugeben. Ein Landschaftsmerkmal, das sich jeder Drache merken konnte. Wirklich? Wenn die Reiter kein klares Bild übermittelten, fand sich der Drache nicht im *Dazwischen* zurecht. Und ein Bild aus zweiter Hand? D'ram und Tiroth hatten die Bucht zwar nach Meister Robintons Schilderung gefunden, aber die beiden waren ein erfahrenes Gespann.

Jaxom wollte endlich gesund sein. Er wollte sich näher an den Berg heranpirschen. Er wollte als erster dort sein. Wie lange mochte es noch dauern, bis er sich erholt hatte?

Am nächsten Tag durfte er zum erstenmal schwimmen – um seine Muskeln zu stärken, wie Brekke sagte. Leider stellte sich dabei heraus, daß er überhaupt keine Muskeln mehr besaß. Erschöpft wankte er zu seinem Lager neben dem Baumstumpf und fiel sofort in einen tiefen Schlaf.

Er stieß einen Schrei aus, als er Sharras sanfte Berührung spürte, und setzte sich kerzengerade auf. Verwirrt schaute er umher.

»Was ist denn los, Jaxom?«

»Ein Traum. Ein Alptraum.« Er war sicher, daß etwas nicht stimmte. Dann sah er Ruth zu seinen Füßen zusammengerollt. Der Drache schlief fest, umgeben von einem halben Dutzend Feuer-Echsen, die sich an ihn geschmiegt hatten und ebenfalls dösten.

»Du bist jetzt wach – komm endlich zu dir!«

»Der Traum war so lebhaft – ich wollte ihn unbedingt festhalten. Und jetzt ist er mir doch entglitten.«

Sharras Hand legte sich kühl auf seine Stirn. Er schob sie zur Seite.

»Ich habe kein Fieber«, erklärte er ruhig.

»Nein, wirklich nicht. Kopfschmerzen? Ein Flimmern vor den Augen?«

Ärgerlich schüttelte er den Kopf, dann zuckte er die Achseln und lächelte sie an. »Du hast es nicht leicht mit mir, was?«

»Beklage ich mich?« Sie lachte und setzte sich neben ihn in den Sand.

»Wenn ich täglich etwas weiter schwimme, wie lange wird es dann dauern, bis ich meine alten Kräfte wiedergewonnen habe?«

»Weshalb die Eile?«

Jaxom lachte und deutete mit dem Daumen über die Schulter. »Ich möchte vor Baron Groghe dort sein.«

»Keine Sorge, das schaffst du schon.« In Sharras Augen blitzte leiser Spott. »Du wirst jetzt von einem Tag zum anderen kräftiger. Wir möchten dich nur nicht überanstrengen, sonst erleidest du einen Rückfall und mußt die ganze Prozedur noch einmal über dich ergehen lassen.«

»Einen Rückfall! Woran erkennt man den?«

»Ganz einfach. Du hast Kopfschmerzen und ein Flimmern vor den Augen. Jaxom – es ist fast geschafft! Bitte, verlier jetzt nicht die Geduld!«

Die Sorge in ihren blauen Augen war echt, und er hoffte, daß sie dem Menschen und nicht dem Patienten Jaxom galt. Zögernd nickte er, und sie lächelte ihm zu.

Am Spätnachmittag trafen F'nor und D'ram ein, ausgerüstet mit ihren Kampfanzügen und prall gefüllten Feuersteinsäcken.

»Für morgen ist ein Sporenregen vorausgesagt«, erklärte Sharra, als sie Jaxoms fragenden Blick bemerkte.

»Was?«

»Die Fäden fallen auf ganz Pern. Seit du hier bist, gab es bereits dreimal Sporenalarm in der Bucht. Den ersten gleich einen Tag nach deiner Ankunft.« Sie lachte, als sie sein Entsetzen bemerkte. »Ein seltener Anblick für uns, Drachen beim Kampf gegen die Fäden zu beobachten. Sie mußten nur die Fläche um die Schutzhütte freihalten. Alles andere übernahmen die Würmer.« Sharra deutete auf Ruth. »Dein kleiner weißer Held ließ sich absolut nicht davon abhalten, in das Geschehen einzugreifen. Tiroth und Canth leiteten ihn an, und Brekke half ihm ein wenig. Er war so stolz, daß er dich beschützen durfte.«

Jaxom schluckte und versuchte die Gefühle zu verdrängen, die ihn bestürmten.

»Du hast das Heraufziehen der Fäden übrigens gespürt. Offenbar entwickelt man dafür einen gewissen Instinkt, wenn man erst mal Drachenreiter ist. Du hast immer wieder gestöhnt, daß uns Sporen bedrohten und du nichts dagegen tun könntest.« Zum Glück beobachtete sie den Landeanflug der Drachen, während sie sprach, denn Jaxom war sicher, daß sein Gesichtsausdruck ihn verraten hätte. »Meister Oldive meint, in uns Menschen säßen tiefe Instinkte, auf die wir automatisch reagieren. Ich habe Ruth übrigens immer besonders gelobt und dafür gesorgt, daß die Feuer-Echsen seine Haut gründlich sauberschrubbten.«

Sharra winkte F'nor und D'ram zu, die über den Sand näherkamen. Canth und Tiroth hatten ihre Feuersteinsäcke abgeworfen und wateten freudig in das warme Wasser der Bucht. Ein gewaltiger Schwarm von Feuer-Echsen umflatterte die drei Drachen, sichtlich begeistert von dem hohen Besuch.

»Du hast schon wieder Farbe bekommen, Jaxom!« meinte F'nor, als er den jungen Drachenreiter mit einem kräftigen Händedruck begrüßte.

D'ram nickte zustimmend.

Jaxom wußte, daß er tief in der Schuld der beiden Reiter stand, und er suchte nach Dankesworten.

F'nor winkte nur ab. »Ich will dir mal was sagen«, meinte er und kauerte sich in den Sand. »Es war ein seltenes Schauspiel, deinen kleinen Drachen in der Luft zu beobachten. Die reinsten Kunststücke hat er vollführt und dreimal so viele Sporen erwischt wie unsere großen Drachen. Du hast ihn gut ausgebildet.«

»Ich schätze, daß ich morgen noch nicht mitfliegen darf, oder?«

»Weder morgen noch in näherer Zukunft«, entgegnete F'nor mit großer Entschiedenheit. Er warf dem jungen Mann einen Blick von der Seite zu. »Ich weiß, was in dir vorgeht. Ich fühlte mich ähnlich, als ich verwundet war und nicht mehr fliegen durfte. Aber im Moment hast du die Pflicht gegenüber Ruatha und deinem Weyr, daß du gesund wirst. Gesund genug, um dich hier gründlich umzusehen. Ich beneide dich um diese Aufgabe, Jaxom, ehrlich!« F'nor lachte. »Leider hatte ich bisher nie die Zeit für größere Ausflüge; ich habe aus der Luft nur gesehen, daß der Wald sich zu beiden Seiten ausdehnt.« F'nor beschrieb mit einem Arm einen großen Halbkreis. »Du wirst das alles selbst sehen. Soll ich dir bei meinem nächsten Besuch Zeichenmaterial mitbringen, damit du eine Karte anfertigen kannst? Auch wenn du eine Zeitlang keine Fäden bekämpfst – du wirst hier genug zu tun kriegen.«

»Das sagen Sie nur zum Trost . . .« Jaxom unterbrach sich, selbst überrascht, daß seine Stimme so bitter klang.

»Das sage ich, weil du einen Ansporn brauchst.« F'nor legte ihm die Hand auf die Schulter. »Ich verstehe dich gut, Jaxom. Ruth hat Canth nämlich von deiner Niedergeschlagenheit erzählt.« Er zuckte die Achseln. »Tut mir leid, aber Ruth macht sich nun mal Sorgen, wenn du leidest. Hast du das nicht gewußt?« Er lachte leise.

»Ich danke Ihnen jedenfalls, daß Sie mich aufzuheitern versuchen, F'nor.«

In diesem Moment tauchten Brekke und Sharra vom Waldrand auf. Brekke trat auf ihren Weyrgefährten zu. Jaxom hatte erwartet, daß sie auf den Reiter losstürmen und ihn umarmen würde, aber sie legte ihm nur sacht die Hand auf den Arm und schaute ihm in die Augen. Die Zärtlichkeit dieser Geste sagte mehr über die Liebe zwischen den beiden aus, als es eine stürmische Begrüßung vermocht hätte. Ein wenig verlegen wandte Jaxom sich ab. Auch Sharra beobachtete Brekke und F'nor mit einem eigentümlichen Gesichtsausdruck. Ihre Miene verschloß sich jedoch sofort, als sie Jaxoms Blick bemerkte.

»So – erst mal ein kühler Schluck für alle!« sagte sie betont forsch und reichte D'ram einen Becher, während Brekke F'nor versorgte. Es war ein angenehmer Abend. Sie entfachten am Strand ein Feuer und aßen im Freien. Die drei Dachen hatten sich oberhalb der Flutgrenze Kuhlen in den warmen Sand gebuddelt, und ihre Augen blitzten wie Juwelen im Dunkel.

Brekke und Sharra sangen eine von Menollys Balladen, begleitet von D'rams rauhem Baß. Jaxoms Kopf sank immer tiefer, und er widersprach nicht, als Brekke ihm vorschlug, sein Lager in der Hütte aufzusuchen. Er nickte ein, in den Schlaf gewiegt vom leisen Gesang der anderen.

Ruths Erregung schreckte ihn auf, und er starrte verständnislos ins Dunkel. Erst nach einer Weile durchdrangen die Gedanken des Drachen seine Schlaftrunkenheit. *Fäden!* Natürlich – Ruth sollte an der Seite von D'rams Tiroth und F'nors Canth Fäden bekämpfen. Jaxom warf die Decke zur Seite, schlüpfte rasch in seine Hose und lief zum Strand hinunter. Brekke und Sharra halfen den beiden Drachenreitern, ihre Tiere mit Feuersteinsäkken zu beladen. Ruth lag im Sand und kaute fleißig Steinbrokken, kritisch beäugt von vier Echsen. Im Osten zog der erste helle Streifen herauf. Jaxom blinzelte ins Halbdunkel und hielt nach dem milchigen Grau Ausschau, das die Sporenfront ankündigte. Die Drei Schwestern standen hoch über ihm, unerwartet hell. Neben ihrem Glanz verblaßten die übrigen Sterne im Westen. Jaxom runzelte die Stirn. Ihm war bisher nicht aufgefallen, wie stark und nahe sie strahlten. Über Ruatha wirkten sie stumpfer, fahle Tupfen am südöstlichen Morgenhimmel. Vielleicht konnte F'nor ihm eines der neuen Fernrohre mitbringen. Und Lytol würde er um die Sterngleichungen und Karten bitten, die er auf Ruatha zurückgelassen hatte. Dann fiel Jaxom auf, daß die Schwärme von Feuer-Echsen, die Ruth Tag und Nacht heimsuchten, verschwunden waren.

»Jaxom!« Brekke hatte ihn entdeckt. Die beiden Reiter winkten ihm zur Begrüßung zu und schwangen sich auf ihre Drachen. Jaxom trat zu seinem Gefährten, streichelte ihn, untersuchte, ob er wirklich genug Feuerstein geschluckt hatte, und lobte ihn wegen seines tapferen Entschlusses, ohne Reiter aufzusteigen und die Fäden zu bekämpfen.

Ich kenne noch alle Flugmanöver, die wir im Fort-Weyr geübt haben. Außerdem helfen mir Canth und Tiroth. Und Brekke läßt mich nicht aus den Augen. Ich habe bisher nie die Anweisungen einer Frau befolgt. Bei Brekke macht mir das aber nichts aus. Sie ist manchmal noch traurig, doch Canth meint, es sei gut für sie, daß sie uns hören kann. So weiß sie, daß sie nie allein ist.

Sie wandten sich alle nach Osten, wo der Rote Stern am Himmel glomm. Ein Schleier schien sich vor ihn zu schieben. F'nor hob die Hand und gab Ruth das Zeichen zum Start. Canth und Tiroth arbeiteten sich mit mächtigen Schwingenschlägen in die Höhe, aber Ruth schoß mit Leichtigkeit an ihnen vorbei. Vier Feuer-Echsen tauchten neben ihm auf, winzige Silhouetten gegen den Morgenhimmel.

»Du sollst die Fäden nicht allein bekämpfen, Ruth!« rief Jaxom.

»Das tut er schon nicht.« Brekke lachte nachsichtig. »Er ist noch jung und will natürlich der erste sein. Außerdem erspart er den älteren Drachen echt eine Menge Arbeit. Komm, wir müssen jetzt nach drinnen!«

Die beiden jungen Frauen und Jaxom warfen noch einen Blick auf ihre Verteidiger und kehrten dann rasch in die Hütte zurück.

»Du wirst kaum etwas sehen«, sagte Sharra zu Jaxom, der am Eingang stehengeblieben war.

»Ich erkenne zumindest, ob sich Fädenknäuel ins Unterholz graben.«

»Bestimmt nicht. Wir haben geschickte Reiter.«

Jaxom spürte, wie seine Haut zu kribbeln begann, und er fuhr zusammen wie bei einem Schüttelfrost.

»Hol dir ja keine Erkältung!« Sharra lief in seinen Raum und kam mit einem Hemd wieder.

»Ich friere nicht. Ich denke nur daran, was die Sporen in diesem prächtigen Wald anrichten können.«

Sharra winkte ab. »Ich vergesse immer wieder, daß du aus dem Norden kommst. Bei uns reißt ein Fädenknäuel höchstens ein Loch ins Laub. Der Boden ist durchsetzt von Würmern. Das war das erste, was F'nor und D'ram nachprüften.«

Wir haben die Fädenfront erreicht, berichtete Ruth. *Mein Flammenatem kommt stark und gleichmäßig. Canth und Tiroth übernehmen den Osten und den Westen. Ich fliege ein Stück unter ihnen, so daß wir ein Dreieck bilden. Wir befinden uns in großer Höhe. Die Feuer-Echsen leisten gute Arbeit. Dorthin, Berd! Du bist dem Knäuel am nächsten. Meer, rechts von dir! Hilf ihm, Talla! Ich komme ja schon. Tiefer! Ich komme.*

Brekke warf Jaxom einen Blick zu und lächelte. »Er hält uns auf dem laufenden, nicht wahr?« Einen Moment lang wirkte sie geistesabwesend. »Manchmal sehe ich die Sporenfront durch drei Augenpaare. Ich weiß nicht, wohin ich zuerst schauen soll. Aber die Sache läuft gut.«

Jaxom horchte auf die Gedanken seines Freundes, so intensiv, daß er zusammenzuckte, als Ruth plötzlich verstummte.

»Keine Sorge, es ist alles in Ordnung. Sie verfolgen die Fädenfront nicht weiter«, erklärte Brekke. »Uns droht keine Gefahr mehr. Morgen abend kämpft Benden über Nerat gegen die Sporen. Deshalb sollen sich F'nor und Canth heute nicht überanstrengen.«

Jaxom erhob sich so hastig, daß die Bank umkippte. Er murmelte eine Entschuldigung, stellte sie wieder auf und lief dann zum Strand hinunter. Als er den Sandstreifen erreichte, starrte er angestrengt nach Westen. Wenn er die Augen zusammenkniff, konnte er den fernen Sporenschleier noch erkennen. Wieder erschauerte er. In der Bucht, die sonst so friedlich dalag, schäumte Wasser. Fische sprangen hoch und schnappten nach Fädenknäueln.

Sharra war neben ihn getreten. »Ein Fest für die Fische, nicht wahr? Im allgemeinen schaffen sie es, die Bucht von Fäden zu säubern, bis unsere Drachen zurückkehren und ein Bad nehmen. Da! Da sind sie schon.«

Eine Menge Sporen! Ruths Gedanken verrieten Triumph und gleich darauf eine Spur von Trotz. *Aber wir dürfen sie nicht weiter verfolgen. Canth und Tiroth sagen, daß sich jenseits des großen Flusses felsiges Ödland befindet und es deshalb dumm wäre, Feuer zu verschwenden. Oooh!*

Sharra und Jaxom lachten, als der kleine weiße Drache eine Flamme ausstieß und sich fast die Schnauze versengte, weil er den falschen Flugwinkel hatte. Er korrigierte den Fehler sofort und glitt der Küste entgegen.

Noch während die großen Drachen landeten, hatte sich das Wasser beruhigt. Ruth berichtete stolz, daß sein Feuersteinvorrat ganz genau gereicht habe. Canth drehte den mächtigen Kopf zur Seite und beobachtete den kleinen Drachen mit gutmütiger Toleranz.

Tiroth schnaubte nur kurz und watete ins Wasser, sobald D'ram ihm den Feuersteinsack abgenommen hatte. Gleich darauf kreiste ein Schwarm Echsen über dem alten Bronzedrachen, der sich prustend in die Fluten sinken ließ. Die Echsen übersprühten seine Haut mit Sand und bearbeiteten sie dann kräftig mit ihren Klauen. Tiroth hatte die inneren Lider geschlossen, wälzte sich von einer Seite auf die andere und stöhnte wohlig.

Canth stieß einen durchdringenden Schrei aus, und die Hälfte des Schwarms flatterte zu ihm herüber. Als Ruth sah, daß seine Freunde alle beschäftigt waren, ging er etwas abseits von den beiden großen Drachen ins Wasser und tauchte zögernd unter. Die vier Echsen mit den Farbmarkierungen des Nordkontinents lösten sich aus der Schar der übrigen und begannen den kleinen weißen Drachen abzurubbeln.

»Komm, Jaxom, wir helfen mit!« rief Sharra.

Einen Drachen vom Feuersteingestank zu befreien, war schon für einen gesunden Reiter eine anstrengende Arbeit. Und obwohl Jaxom in Sharra eine tüchtige Helferin hatte, fühlte er sich am Ende so schlapp, daß er kaum noch stehen konnte.

Sharra kniff die Augen zusammen, als sie sich aufrichtete und ihn ansah. »Habe ich dir nicht gesagt, daß du es langsam angehen sollst?« Ihre Stimme klang besorgt. »Los, aus dem Wasser mit dir! Du bist ja weißer als Ruth. Ich bringe dir etwas zu essen.«

»Ich werde nie wieder fit, wenn ich meine Muskeln nicht übe!«

»Hör auf zu meutern!«

»Ich weiß. Und sag jetzt bitte nicht, daß du es nur gut mit mir meinst!«

»Nein, ich habe eher an mich selbst gedacht. Glaubst du, ich möchte deine schlechte Laune noch einmal ertragen, wenn du einen Rückfall erleidest?«

Sie funkelte ihn so wütend an, daß er die Schultern straffte und hochaufgerichtet zum Strand ging. Obwohl es nicht weit bis zu seinem Lager neben dem Baumstumpf war, fühlten sich seine Beine wie Blei an, als er es endlich erreichte. Mit einem Seufzer der Erleichterung legte er sich hin und schloß die Augen.

Jemand rüttelte ihn wach. Er blinzelte und sah, daß Brekke sich über ihn beugte. »Wie fühlst du dich jetzt?«

»Habe ich wieder im Schlaf geredet?«

»Mhm. Alpträume?«

»Nein, aber ganz merkwürdiges Zeug. Leider sehr verschwommen.« Jaxom schüttelte den Kopf, um sich aus der Verworrenheit der Bilder zu lösen. Die Sonne stand im Mittag. Ruth lag neben ihm und schnarchte. Ein Stück zu seiner Rechten entdeckte er D'ram, der sich an Tiroth gelehnt hatte und ebenfalls ausruhte. Von F'nor und Canth war nichts zu sehen.

»Vielleicht hast du Hunger.« Brekke hielt ihm ein Tablett entgegen.

»Wie lange habe ich eigentlich geschlafen?« Jaxom streckte sich. Seine Muskeln waren steif von der ungewohnten Arbeit.

»Ein paar Stunden. Hat dir sicher gutgetan.«

»Komisch, ich träume in jüngster Zeit soviel. Ist das eine Nachwirkung der Krankheit?«

Brekke runzelte die Stirn und überlegte. »Wenn ich es recht bedenke, so muß ich zugeben, daß auch ich mehr als sonst träume. Zuviel Sonne vielleicht.«

In diesem Moment erwachte Tiroth mit lautem Trompeten und richtete sich so hastig auf, daß eine Sandfontäne über D'ram spritzte. Brekke stieß einen Schrei aus und erhob sich, die Augen auf den alten Bronzedrachen gerichtet. Er schüttelte sich und spannte die Flügel aus.

»Brekke, ich muß fort!« rief D'ram. »Hast du gehört?«

»Ja. Beeilt euch!« rief sie und winkte dem Bronzereiter zu. Was immer Tiroth geweckt hatte, es erregte auch die Feuer-Echsen, die unruhig zu kreisen begannen und schrill zirpten. Ruth hob den Kopf, warf ihnen einen schläfrigen Blick zu und ließ dann

die Schnauze wieder in den Sand sinken. Brekke betrachtete den weißen Drachen mit einem merkwürdigen Gesichtsausdruck.

»Was ist los, Brekke?«

»Die Bronzedrachen im Ista-Weyr trinken Blut.«

»Beim Ei!« Jaxoms anfängliche Überraschung wich Ärger über die eigene Schwäche. Er hatte gehofft, diesen Paarungsflug mitansehen zu können. Ihm lag sehr viel daran, daß G'dened und Barnath es schafften.

»Ich weiß«, meinte Brekke besänftigend. »Aber Canth wird ebenso dort sein wie Tiroth. Sie berichten mir alles. Iß jetzt!«

Jaxom gehorchte. Beim Essen fiel ihm wieder der seltsame Blick auf, mit dem Brekke seinen Drachen bedachte.

»Hast du etwas gegen Ruth?«

»Gegen Ruth? Aber nein, wie kommst du darauf? Der Ärmste war so stolz darauf, daß er für dich kämpfen durfte – und nun hat er sich so verausgabt, daß er seine Umwelt nicht mehr wahrnimmt!«

Sie erhob sich. Berd und Grall flatterten ihr auf die Schultern, als sie in den Schatten des Waldes zurückkehrte.

XIV

Morgen in der Harfnerhalle, Vormittag im Ista-Weyr,
Nachmittag in Jaxoms Bucht, 28. 8. 15

Silvina rüttelte Robinton im Morgengrauen wach.

»Meister Robinton, eben hat uns vom Ista-Weyr die Nachricht erreicht, daß die Bronzedrachen Blut trinken. Caylieth wird in Kürze zum Paarungsflug aufsteigen. Man rechnet mit Ihrer Anwesenheit.«

»Danke, Silvina.« Er blinzelte gegen die Helligkeit der Leuchtkörbe, von denen sie die Tücher nahm. »Sie haben nicht zufällig . . .« Er sah den dampfenden Becher Klah neben seinem Bett. »Ah, wenn ich Sie nicht hätte, Silvina!«

»Das sagen Sie immer«, lachte Silvina und verließ seine Räume, damit er sich herrichten konnte.

Der Harfner fröstelte in der Morgenkühle. Er zog sich rasch an und eilte den Korridor entlang. Zair nahm unter leisem Protest seinen gewohnten Platz auf Robintons gut gepolsterter Schulter ein.

Silvina wartete bereits am großen Eisentor, eine Fackel in der Hand. Sie betätigte die Handkurbel, und die großen Querriegel lösten sich. Meister Robinton schob das schwere Portal auf. Ein Stich durchzuckte seine Brust, aber er achtete nicht weiter darauf, denn Silvina reichte ihm die Gitarre, die wegen der Eiseskälte im *Dazwischen* in einer dicken Hülle steckte.

»Hoffentlich schafft es Barnath«, sagte sie. »Ah – da ist Drenth schon.«

Der Harfner sah den braunen Drachen landen und lief die Stufen hinunter. Drenth war erregt. Seine Augen kreisten und glommen orangerot. Robinton begrüßte den Reiter, blieb kurz stehen, um den Gitarrenriemen über die Schulter zu streifen, und schwang sich dann, unterstützt von D'fio, auf den Rücken des Braunen.

»Wie stehen die Wetten?« fragte er den Reiter.

»Barnath ist ein prachtvoller Drache, Harfner. Er wird Caylith fliegen. Obwohl . . .« – ein leiser Zweifel schlich sich in seine Stimme – »die vier Bronzedrachen, die N'ton geschickt hat, sind kräftige junge Tiere und brennen darauf, eine Königin für sich zu gewinnen. Es könnte knapp ausgehen.«

Sie erhoben sich über die schwarze Silhouette der Burgfelsen von Fort, der sich nur vage gegen den Nachthimmel abhob. Robinton spürte die Anspannung in D'fios Rücken und atmete tief ein, ehe sie ins *Dazwischen* tauchten. Gleich darauf rief Drenth dem Wachdrachen vom Ista-Weyr seinen Namen zu.

Robinton legte eine Hand über die Augen. Grell spiegelte sich die Sonne auf dem Wasser. Als er in die Tiefe schaute, erkannte er die schroffen dunklen Klippen des Ista-Weyrs, die gleich Riesenfingern in den blauen Himmel ragten. Ista war der kleinste aller Weyr, und ein Teil der Drachen, die hier lebten, hatten sich ihre Schlafhöhlen im Wald am Fuße des Bergstocks gegraben. Aber die breite Hochfläche jenseits des Kegels war jetzt übersät von Bronzedrachen. Ihre Reiter scharten sich in einer dichten Traube um die Königin, die gerade über ihrer Beute kauerte und Blut trank. In sicherer Entfernung standen die Zuschauer. Dorthin glitt Drenth.

Zair verließ Robintons Schulter und gesellte sich zu den anderen Feuer-Echsen, die in einem aufgeregten Tanz durch die Luft wirbelten. Robinton fiel auf, daß die kleinen Geschöpfe einen Respektabstand zu den Drachen wahrten. Aber es war schon ein Fortschritt, daß sie überhaupt wieder in einem Weyr erschienen.

D'fio stieg ebenfalls ab und gab seinem Braunen die Erlaubnis, im warmen Wasser der Bucht unterhalb des Weyr-Plateaus zu baden. Andere Drachen, die nichts mit dem Wettflug zu tun hatten, nutzten bereits die herrliche Schwimmgelegenheit von Ista.

Caylith näherte sich der Herde des Ista-Weyrs, die auf einer eingezäunten Weide graste. Cosira folgte ihr und ließ sie nicht aus den Augen. Sie mußte dafür sorgen, daß die junge Königin kein Fleisch in sich hineinschlang, sonst war sie zu schwerfällig für diesen ungeheuer wichtigen Paarungsflug. Robinton zählte sechsundzwanzig Bronzedrachen, die sich um die Weide versammelt hatten. Ihre Augen funkelten rot vor Erregung, die Schwingen waren halb eingerollt und die Körper geduckt und sprungbereit. Sie waren alle jung, wie F'lar empfohlen hatte, und ungefähr gleich groß. Ihre Blicke hefteten sich starr auf Caylith.

Caylith ließ ein dumpfes Grollen vernehmen, während sie dem gerissenen Bock das Blut aus der Kehle sog. Sie hob den Kopf, betrachtete den Kreis der Bronzedrachen und fauchte verächtlich.

Plötzlich trompetete der Wachdrache unsicher. Selbst Caylith drehte sich um, einen Moment lang abgelenkt. Von Süden her kamen zwei Bronzereiter über das Meer näher.

In der gleichen Sekunde, da Robinton klar wurde, daß die Tiere dicht über dem Wasser geflogen sein mußten, um so lange unentdeckt zu bleiben, sah er auch, daß es sich um ältere Drachen handelte. Ihre Nackenwülste wirkten verhärtet, die Schnauzen grau. Tiere aus dem Süd-Weyr. Zwei Bronzedrachen der Alten. Der Harfner überlegte. T'kul auf Salth? Ja – und vermutlich B'zon auf Ranilth. Er rannte zur Weide hinunter, dem Ring der wartenden Bronzedrachen entgegen, denn dies war offensichtlich auch das Ziel der Bronzedrachen aus dem Süden.

Sie hatten den Zeitpunkt genau richtig gewählt, dachte Robinton; aus dem Augenwinkel sah er, daß zwei weitere Männer den Neuankömmlingen entgegeneilten – der untersetzte, ein wenig langsame D'ram und daneben F'lar, hager und sehnig. T'kul und B'zon sprangen von ihren Tieren. Die Drachen schoben sich in den Kreis der Wartenden, die sie mit einem feindseligen Zischen empfingen. Robinton hoffte aus ganzem Herzen, daß keiner der Bronzereiter sich zu einer unüberlegten Handlung hinreißen ließ. Die meisten waren so jung, daß sie T'kul und B'zon wohl gar nicht kannten. Aber D'ram und F'lar wußten Bescheid.

Robinton spürte, wie sein Herz zu hämmern begann; ein beängstigender Druck lastete auf seiner Brust. Er verzerrte das Gesicht zu einer Schmerzgrimasse und verlangsamte seine Schritte. B'zon stand ihm gegenüber, ein grimmiges Lächeln auf den Lippen. Der Alte stieß T'kul an, und der einstige Weyrführer vom Hochland warf dem Harfner einen flüchtigen Blick zu. Offenbar sah er in Robinton keine Gefahr, denn er wandte sich wieder an die beiden Weyrführer.

D'ram erreichte T'kul zuerst. »Bist du wahnsinnig? Dieser Flug ist nichts für alte Tiere! Du wirst Salth dabei umbringen.«

»Welche Wahl habt ihr uns denn gelassen?« fragte B'zon, als Robinton und F'lar neben die beiden Südländer traten. In der Stimme des Mannes schwang Hysterie mit. »Unsere Königinnen sind so alt, daß sie nicht mehr aufsteigen; und es gibt keine Grünen, die den männlichen Tieren Erleichterung verschaffen. Wir müssen . . .«

Mit einem hellen Aufschrei stürzte sich Caylith ein zweites Mal in die Herde, riß einem der fliehenden Böcke mit einem einzigen Schlag ihrer Vorderpranke die Flanke auf und zog ihn zu sich heran.

»D'ram, du hast diesen Paarungsflug für alle Weyr freigegeben, oder?« fragte T'kul hart. Trotz der Sonnenbräune wirkten seine Züge leidend. Er schaute von D'ram zu F'lar.

»Ja, aber eure Bronzedrachen sind zu alt, T'kul.« Er deutete auf die kraftvollen, sprungbereiten Drachen, die sich um Caylith scharten. Der Unterschied zwischen ihnen und den beiden Tieren aus dem Süden war nicht zu übersehen.

»Salth muß ohnehin bald sterben. Soll es meinetwegen während des Paarungsfluges geschehen! Ich habe diese Möglichkeit ins Auge gefaßt, D'ram, als ich ihn herbrachte.« T'kul ließ keinen Blick von F'lar; die Bitterkeit und der Haß gegenüber dem Benden-Führer waren so deutlich, daß Robinton den Atem anhielt. »*Warum* habt ihr das Ei zurückgeholt? Wie habt ihr es gefunden?« Verzweiflung brach einen Moment durch T'kuls stolze Kälte und Arroganz.

»Wärt ihr zu uns gekommen, wir hätten euch geholfen«, erklärte F'lar ruhig.

»Ich auch.« D'ram schien Mitleid für seinen einstigen Gefährten zu empfinden.

Ohne F'lar zu beachten, warf T'kul dem Weyrführer von Ista einen langen, verächtlichen Blick zu. Dann straffte er die Schultern und gab B'zon durch ein Kopfnicken zu verstehen, daß er seinen Weg fortsetzen solle. F'lar stand genau vor dem Bronzereiter aus dem Süden. Der Weyrführer von Benden wollte etwas sagen, doch dann schwieg er, zuckte bedauernd die Achseln und trat zur Seite. B'zon und T'kul nahmen ihre Plätze gerade noch rechtzeitig ein. Caylith hob den Kopf; ihre Haut glänzte tiefgolden, und ihre Augen loderten. Mit einem wilden Aufschrei schwang sie sich in die Luft. Barnath war der erste Bronzedrache, der ihr folgte, doch zu Robintons Überraschung brauchte T'kuls Salth kaum länger.

T'kul wandte sich zu F'lar um. Der Triumph in seinen Augen war fast eine Kriegserklärung. Dann trat er neben Cosira. Die junge Drachenreiterin schwankte, so sehr strengte sie der telepathische Kontakt mit ihrer Königin an. Sie bemerkte nicht einmal, daß G'dened und T'kul sie zu ihren Räumen führten, um dort den Ausgang des Paarungsfluges abzuwarten.

»Er wird Salth umbringen«, murmelte D'ram voller Angst.

Robinton spürte wieder den schmerzhaften Druck in der Brust.

»Das gleiche gilt für B'zon.« D'ram umklammerte F'lars Arm. »Können wir denn gar nichts dagegen tun? Zwei Drachen!«

»Wenn sie nur zu uns gekommen wären . . .«, murmelte F'lar und legte seine Hand tröstend auf die von D'ram. »Aber sie haben immer nur mit Gewalt genommen. Das war von Anfang an ihr Fehler!« Seine Züge wurden hart.

»Und sie nehmen immer noch«, fügte Robinton hinzu. »Von Zeit zu Zeit kommen sie in den Norden und reißen an sich, was ihnen gefällt. Junge Mädchen, Stoffe, Steine, Eisen, Juwelen. Sie plündern mit System, seit wir sie ins Exil schickten. Die Gilden berichteten mir davon – und ich gab mein Wissen an F'lar weiter.«

F'lars Blicke folgten besorgt den fernen dunklen Punkten am Himmel.

»Was sollte das eigentlich?« Baron Warbret von Ista kam auf sie zugelaufen. »Diese beiden Nachzügler-Drachen waren uralt – oder ich muß mich sehr getäuscht haben.«

»Der Paarungsflug war für alle Drachen freigegeben«, entgegnete F'lar, aber Warbret beobachtete aufmerksam D'rams düstere Miene.

»Auch für alte Drachen? War nicht ausdrücklich von jungen Tieren die Rede, die bisher keine Chance hatten, eine Königin zu erobern? Ich begreife auch nicht, was wir mit einem weiteren alten Weyrführer anfangen sollen – womit ich Sie nicht kränken möchte, D'ram! Aber jeder Wechsel bringt mir die Pächter völlig durcheinander.« Er starrte zum Himmel. »Wie wollen sie mit den jungen Drachen konkurrieren? Das Tempo ist atemberaubend.«

»Sie haben das Recht, es zu versuchen«, sagte F'lar. »Kommen Sie, D'ram, trinken wir einen Schluck Wein, bis der Ausgang feststeht.«

»Ja, ein guter Gedanke! Baron Warbret . . .« D'ram faßte sich etwas und gab dem Baron zu verstehen, daß er ihn begleiten möge. Sein Schritt war schleppend.

»Machen Sie sich keine Sorgen, D'ram! Der andere Drache mag beim Start schnell gewesen sein – aber ich habe volles Vertrauen in G'dened und Barnath. Ein prächtiger junger Mann! Und ein ausgezeichneter Drache! Außerdem hat er Caylith bereits geflogen, oder? Ist das nicht ein Vorteil?«

Während Robinton mit Erleichterung feststellte, daß der Baron D'rams Ängste falsch auslegte, beantwortete F'lar die Fragen des Burgherrn.

»Caylith legte vierunddreißig Eier nach der ersten Paarung mit Barnath. Wir sehen es zwar nicht gern, wenn sich eine junge Königin übernimmt, aber die Jungen waren alle gesund und kräftig. Kein goldenes Ei dabei, doch das kommt oft vor, wenn sich in einem Weyr genug Königinnen befinden. Eine vorangegangene Paarung kann ein starker Faktor sein, das stimmt, aber genau läßt sich so etwas nicht vorhersagen.«

Robinton bemerkte eine gewisse Spannung unter den Weyrbewohnern, als man ihnen den Wein auftrug. Wie viele von ihnen mochten die Südländer als solche erkannt haben? Er hoffte nur, daß keiner seinen Verdacht in Gegenwart des Barons aussprach.

T'kuls Salth hatte seine Königin sicher Dutzende von Malen geflogen. Er besaß also Erfahrung und kannte alle Tricks, aber das nützte ihm nichts, wenn er die Königin nicht während der ersten Minuten des Fluges einfangen konnte. Er hatte einfach nicht die Ausdauer der jüngeren Drachen und vermutlich nicht einmal die Energie, sie einzuholen. Unter seinen Gegnern waren ein paar ausgezeichnete Drachen. Robinton wußte, wie sorgfältig N'ton die vier Bronzereiter von Fort ausgewählt hatte. Jeder war seit Planetenumläufen Geschwaderzweiter und hatte sich in vielen Fädeneinfällen als starker Kämpfer bewährt. Auch F'lar hatte bei den Männern, die Benden vertraten, darauf geachtet, daß sie Führer-Qualitäten besaßen. Und es war anzunehmen, daß Telgar, Igen und der Hochland-Weyr ebenfalls ihre tüchtigsten Leute geschickt hatten. Ista war der kleinste der sechs Weyr; hier mußten alle Bewohner Einigkeit zeigen, um überleben zu können.

Er nippte an seinem Glas und hoffte, daß der stechende Schmerz in seiner Brust nachlassen würde. Was mochte diesen Druck nur verursachen? Nun, der Wein heilte viele Leiden. Er wartete, bis sich D'ram kurz abwandte, und füllte dann den Becher des einstigen Weyrführers neu. F'lar nickte ihm unauffällig zu.

Immer wieder blieben Weyrbewohner am Tisch stehen, um Baron Warbret und D'ram zu begrüßten. D'ram spürte die echte Wiedersehensfreude der Leute und schien daraus neue Kraft zu schöpfen. Er begann mit ihnen zu plaudern, und des öfteren huschte ein Lächeln über seine Züge.

Robinton dagegen gingen T'kuls bittere Worte über das geraubte Ei nicht aus dem Sinn. Begriff der Führer des Süd-Weyrs denn nicht, daß einer von seinen eigenen Leuten das Ei zurückgebracht hatte? Dann versteifte sich der Harfner. Nein – es konnte niemand aus dem Süden gewesen sein; T'kul hätte den Schuldigen sicher längst gefunden.

Robinton hoffte mit ganzem Herzen, daß keiner der beiden alten Drachen bei dem Versuch, die junge Königin zu erobern, sein Leben lassen mußte. Typisch T'kul – einen Mißklang in dieses große, festliche Ereignis zu bringen! Bestimmt war das Leben im Süd-Weyr nicht so unerträglich, daß er seinen Drachen kaltblütig in den Tod schicken mußte, anstatt die Wärme und den Überfluß des Südens zu genießen. Robinton kannte den Weyr gut; er lag in einem fruchtbaren kleinen Tal und hatte ganz eindeutige Vorteile gegenüber dem öden, unfruchtbaren Hochland-Weyr. Ein mächtiger Bau, umgeben von einem gepflasterten, grasfreien Hof, bot dem Weyrführer bequem Unterkunft. Die Früchte wuchsen praktisch bis an den Weyr heran, es gab Wild in Hülle und Fülle, herrliches Wetter und keine Pflichten – wenn man Torics Gehöft an der Küste außer acht ließ.

Dann aber entsann sich Robinton der haßerfüllten Blicke, die T'kul dem Weyrführer von Benden zugeworfen hatte. Es war Bosheit und Rachedurst, die den einstigen Hochland-Führer anstachelte – Haß auf ein Exil, das er nicht selbst gewählt hatte.

Möglich, daß die Königinnen zu alt waren, um zum Paarungsflug aufzusteigen, aber diese Entwicklung hatte sich wohl erst in jüngster Zeit angebahnt; außerdem alterten die Bronzedrachen ebenfalls. So leicht geriet ihr Blut nicht mehr in Wallung, und der Geschlechtsdrang hielt sich sicher in Grenzen.

Was würde mit T'kul geschehen, wenn Salth den Flug nicht überlebte? Der Harfner seufzte tief. Es fiel ihm schwer, diese Möglichkeit ins Auge zu fassen, aber ihm blieb keine andere Wahl. Der Tod von Salth würde bedeuten, daß . . .

Robintons Blicke schweiften zum Weyr der jungen Drachenreiterin. T'kul hatte ein Gürtelmesser getragen wie alle anderen Anwesenden. Robinton spürte, daß sein Herz schneller klopfte. Sollte er, obwohl es sich nicht ziemte, D'ram den Vorschlag machen, daß sich jemand zum Königinnen-Weyr begab – nur für den Fall, daß Probleme auftauchten? Jemand, dessen Drache am Paarungsflug nicht beteiligt war? Wenn ein Drache den Tod fand, kam es oft vor, daß sein Reiter dem Wahnsinn verfiel und nicht mehr wußte, was er tat. Die Vision von T'kuls Haß stand wieder klar vor den Augen des Harfners. Robinton besaß viele Privilegien, aber auch er durfte nicht die Räume einer Weyrherrin betreten, deren Königin zum Paarungsflug aufgestiegen war. Dennoch . . .

Robinton riß die Augen auf. F'lar saß nicht mehr am Tisch. Der Harfner sah sich im Gewölbe um, konnte aber nirgends die hochgewachsene Gestalt des Benden-Führers erspähen. Er erhob sich betont lässig, nickte D'ram und Warbret freundlich zu und schlenderte zum Ausgang. Der Harfner von Ista schnitt ihm den Weg ab.

»F'lar hat zwei unserer kräftigsten Reiter mitgenommen, Meister Robinton.« Der Mann deutete unauffällig zum Quartier der Drachenreiterin. »Er fürchtet, daß es Schwierigkeiten geben könnte.«

Robinton nickte erleichtert und blieb dann stehen.

»Wie hat er das geschafft? Ich sah keine Menschenseele auf den Stufen.«

Baldor lachte. »Unser Weyr ist durchzogen von Tunnel- und Stollensystemen. Warum sollten wir das Problem an die große Glocke hängen?« Er deutete auf die Gäste, die sich im Gewölbe versammelt hatten.

»Das stimmt.«

»Wir werden früh genug erfahren, was sich abspielt.« Baldor stieß einen besorgten Seufzer aus. »Unsere Feuer-Echsen geben uns sicher Bescheid.«

Robinton war durch die Vorsichtsmaßnahmen ein wenig beruhigt und kehrte zurück an den Tisch. Er füllte von neuem seinen und D'rams Becher. Kein Benden-Wein, aber durchaus trinkbar, wenngleich ein wenig zu süß für seinen Geschmack. Wie kam es nur, daß fröhliche Feste so rasch verflogen und ein Ereignis wie dieses sich ewig hinzuschleppen schien?

Der Wachdrache stieß einen Schrei aus, angsterfüllt und dumpf. Aber es war nicht das langgezogene Wimmern, das den Tod eines anderen Drachen ankündigte! Robinton spürte, wie der Druck in seiner Brust nachließ. Seine Erleichterung kam zu früh, denn im Gewölbe machte sich ein beunruhigtes Wispern breit. Einige der Weyrbewohner liefen nach draußen und schauten hinauf zu dem blauen Wachdrachen, der die Schwingen gespreizt hatte. Zair stieß ein paar eigentümlich kehlige Laute aus, aber Robinton konnte von seiner Echse keine klaren Bilder erhalten.

»Einer der Bronzedrachen muß zurückgefallen sein.« D'ram schluckte nervös. Trotz der Sonnenbräune wirkte sein Gesicht aschgrau. Er starrte Robinton an.

»Wetten, daß es eines dieser alten Tiere war!« warf Warbret ein, erfreut, daß sich seine Zweifel als berechtigt erwiesen.

»Vermutlich«, sagte Robinton leichthin. »Aber der Flug war nun mal offen, und so mußte man sie zulassen.«

»Dauert das alles nicht viel zu lange?« Warbret schaute mit gerunzelter Stirn zum Himmel, von dem man nur einen winzigen Ausschnitt sah.

»Ach, das kommt einem nur so vor«, meinte Robinton. »Wahrscheinlich weil der Ausgang von so großer Wichtigkeit für den Weyr ist. Zumindest macht Caylith es ihren Anbetern nicht leicht.«

»Ob diesmal ein Königin-Ei dabei sein wird?« fragte Warbret eifrig.

»*So* früh wollen wir die Eier aber nicht zählen, Baron Warbret!« Der Harfner bemühte sich um einen lockeren Tonfall.

»Ja, da haben Sie natürlich recht. Ich meine nur – es wäre eine Riesenleistung von Barnath, oder?«

»Das wäre es in der Tat, aber nur, wenn Barnath es schafft, Caylith zu erobern!«

»Das steht doch außer Frage, Harfner! Wo bleibt denn Ihr Sinn für Gerechtigkeit?«

»Da, wo er immer ist. Ich kann mir vorstellen, daß Caylith im Moment an andere Dinge als Gerechtigkeit denkt.«

Kaum hatte er diese Worte ausgesprochen, da stieß Zair einen ängstlichen, fast entsetzten Schrei aus. Seine Augen flimmerten in einem grellen Gelb. Mnementh tauchte dicht über dem Weyrkessel auf und trompetete besorgt.

Robinton war aufgesprungen und rannte los. Unterwegs hielt er Ausschau nach Baldor. Der Harfner von Ista spürte die Gefahr ebenfalls. Er kam mit vier Reitern auf den Weyr zu.

»Was ist geschehen?« fragte Warbret.

»Bleiben Sie an Ihrem Platz!« rief Robinton ihm zu.

Mit einemmal wimmelte es in der Luft von Drachen, die schrill klagten und heulten, während sie in gewagten Flugmanövern ihren Gefährten auswichen. Robinton lief, so schnell er konnte, ungeachtet der stechenden Schmerzen in der Seite. Das Gewicht, das auf seiner Brust lag, schien immer stärker zu drücken; es nahm ihm den Atem, den er so dringend zum Laufen brauchte.

Zair begann über Robintons Kopf zu kreischen. Er übermittelte Bilder von einem stürzenden Drachen und von Männern, die kämpften. Leider konnte die kleine Bronzechse nicht die Informationen liefern, die Robinton am notwendigsten brauchte: *welcher Drache – und welche Männer?* Sicher hatte F'lar damit zu tun, sonst wäre Mnementh nicht aufgetaucht.

Der mächtige Bronzedrache landete auf dem Felsvorsprung des Königinnen-Weyrs und hinderte Baldors Leute, die Gemächer zu betreten. Sie preßten sich flach an die Felswand und versuchten den wilden Schlägen seiner breiten Schwingen auszuweichen.

Mnementh! Hör mir zu! Laß uns vorbei! Wir wollen F'lar helfen.

Robinton hastete die Stufen nach oben, vorbei an Baldor und den anderen Männern, und faßte Mnementh hart an der Flügelspitze. Er wurde beinahe zu Boden geschleudert, als der Drache sich losriß, den Kopf nach hinten drehte und laut zischte. In seinen Augen wirbelten grellgelbe Flecken.

»Hör mir zu, Mnementh!« schrie der Harfner. »Laß uns vorbei!«

Zair flog auf den Bronzedrachen zu und zeterte erregt.

Ich höre. Salth ist nicht mehr. Helft F'lar!

Der Bronzedrache faltete seine Schwingen und hob den Kopf. Robinton winkte Baldor und seinen Leuten, vorauszugehen. Er benötigte etwas Zeit, um Atem zu schöpfen.

Als Robinton, die Hand gegen die Seite gepreßt, den Korridor betrat, flatterte Zair dicht vor ihm her und stieß ermutigende Schreie aus. Gleich darauf hörten sie aus der Schlafkammer der Weyrherrin Kampfeslärm. Der Vorhang am Eingang wurde von seiner Stange gerissen, und zwei Gestalten schwankten in den großen Vorraum. F'lar und T'kul! Baldor und zwei seiner Helfer standen dicht dahinter und versuchten die beiden Männer zu trennen. In der Kammer dahinter lagerten die übrigen Bronzereiter, in telepathischem Kontakt mit ihren Drachen gefangen, und die Weyrherrin, die nichts von ihrer Umgebung wahrnahm. Jemand war zusammengebrochen. B'zon vermutlich, dachte der Harfner, als er die Szene in Bruchteilen von Sekunden aufnahm.

Was Robintons Entsetzen auslöste, war die Tatsache, daß F'lar kein Messer hatte. Seine Linke umklammerte T'kuls rechtes Handgelenk und versuchte das Messer des Gegners – kein gewöhnliches Gürtelmesser, sondern eine lange Klinge zum Häuten der Jagdbeute – von seinem Hals wegzudrücken. Seine Finger gruben sich in die Sehnen von T'kuls Faust, wohl in der Absicht, den Griff des Gegners zu lockern oder die Nerven zu lähmen. Seine Rechte preßte T'kuls linken Arm nach unten. T'kul wand und drehte sich; das wirre Flackern in den Augen des Mannes verriet Robinton, daß der Weyrführer aus dem Süden nicht mehr bei Verstand war.

Einer von Baldors Leuten versuchte F'lar ein Messer in die Hand zu schieben, aber F'lar war ganz damit beschäftigt, die Faust des Gegners abzuwehren.

»Ich bringe dich um, F'lar«, stieß T'kul zwischen zusammengepreßten Zähnen hervor, und seine Rechte näherte sich gefährlich dem Hals des Benden-Führers. »Ich bringe dich um! So wie du

Salth umgebracht hast! Wie du uns alle umgebracht hast! Ich bringe dich um!« Das klang wie eine Beschwörungsformel, ein Rhythmus, mit dem T'kul die letzten Kräfte aus sich herauspeitschte.

F'lar erwiderte nichts, um seinen Atem zu sparen. Seine Nakken- und Armmuskeln waren hart, die Adern traten hervor, seine Beine stemmten sich in den Boden.

»Ich bringe dich um! Ich bringe dich um, wie es T'ron hätte tun sollen! Ich bringe dich um, F'lar!«

T'kuls Stimme glich einem rauhen Schluchzen. Die Messerspitze näherte sich unaufhaltsam dem Hals des Gegners.

Unvermittelt schwang F'lar das linke Bein vor, umklammerte damit T'kuls linken Fuß und riß den wutschnaubenden, halb wahnsinnigen Mann aus dem Gleichgewicht. Mit einem Aufschrei fiel T'kul gegen F'lar, der ihn zu Boden rollen ließ, ohne seine Hand mit dem Messer freizugeben. Mit einem bösartigen Tritt traf der Alte F'lar in die Magengrube. Einen Moment lang bekam der Weyrführer keine Luft und krümmte sich zusammen. T'kul wollte ihm das Meser in den Hals stoßen. F'lar rollte blitzschnell zur Seite und kam auf die Beine. Im nächsten Moment hielt er Baldors Messer in der Hand.

Die beiden Gegner standen sich erneut gegenüber. Robinton erkannte an F'lars entschlossener Miene, daß er T'kul diesmal nicht verschonen würde, besonders jetzt nicht, da der Drache des alten Weyrführers tot war.

Im Normalfall konnte es keinen Zweifel am Ausgang dieses Kampfes geben. F'lar war drahtig und stark und dazu weit jünger als sein Angreifer. Aber T'kul befand sich nach dem Tod seines Drachen in einem Ausnahmezustand. Außerdem besaß er die längere Klinge, so daß F'lar nicht nahe genug an ihn herankam.

Ein lauter Triumphschrei erklang aus dem Gemach der Weyrherrin. Das reichte, um T'kul für den Bruchteil einer Sekunde abzulenken. F'lar hatte auf dieses Nachlassen der Konzentration nur gewartet. Er warf sich gegen T'kul, senkte den Arm mit dem Messer und stieß dem Gegner, ehe der parieren konnte, die Waffe von unten her ins Herz. T'kul brach tot zusammen.

F'lar taumelte erschöpft. Er wischte sich mit dem linken Handrücken müde über die Stirn. Seine Schultern sanken nach vorn und drückten die Niedergeschlagenheit aus, die er fühlte.

»Sie hatten keine andere Wahl, F'lar«, murmelte Robinton. Er besaß nicht die Kraft, neben den Weyrführer zu treten.

Aus dem Gemach der Weyrherrin kamen die zurückgewiese-

nen Bewerber, noch ganz wirr von den Eindrücken der Paarungs-
jagd, die ihnen ihre Drachen übermittelt hatten. Da sie den Raum
in einer dichten Traube verließen, konnte Robinton nicht erkennen, wer bei der Weyrherrin geblieben war – mit anderen Worten, wer der neue Führer von Ista sein würde.

Die unerklärliche Schwäche, die ihn befallen hatte, verwirrte
den Harfner. Er bekam keine Luft, und er hatte nicht die Energie,
Zair zu beruhigen, der ein schrilles, angsterfülltes Gezeter ausstieß. Der Schmerz war wieder von der Seite in die Brust gewandert und drückte ihn nieder wie ein schwerer Stein.

»Baldor!«

»Meister Robinton!« Der Harfner von Ista beugte sich über
ihn. Seine Miene verriet Bestürzung, als er Robinton zu einer
Bank führte. »Sie sehen ja ganz grau aus! Und Ihre Lippen sind
blau verfärbt!«

»Grau – genauso fühle ich mich. Meine Brust! Wein! Ich brauche Wein!«

Der Raum begann sich immer enger um den Harfner zu schließen. Er konnte kaum atmen. Er vernahm Rufe, spürte Panik ringsum und versuchte sich aufzuraffen, um die Lage wieder unter
Kontrolle zu bringen. Hände drängten ihn zurück, bis er flach
dalag und überhaupt keine Luft mehr bekam. Er kämpfte sich
hoch.

»Laßt ihn! So fällt ihm das Atmen leichter!«

Schwach erkannte Robinton Lessas Stimme. Wie kam sie hierher? Dann stützte ihn jemand, und die Angst vor dem Ersticken
wich. Wenn er nur ausruhen könnte, ein wenig schlafen!

»Sorgt dafür, daß niemand den Raum betritt!« befahl Lessa.

*Harfner, Harfner, hörst du uns? Hör uns zu! Harfner, du darfst jetzt
nicht einschlafen! Bleib bei uns! Harfner, wir brauchen dich! Wir lieben
dich. Hör uns zu!*

Die Stimmen in seinem Kopf waren fremd. Warum schwiegen
sie nicht endlich, damit er sich mit den Schmerzen in seiner Brust
beschäftigen konnte, damit er die verzweifelt ersehnte Ruhe
fand?

*Harfner, du darfst uns nicht allein lassen! Du mußt bei uns bleiben!
Harfner, wir lieben dich.*

Die Stimmen verwirrten ihn. Er kannte sie nicht. Weder F'lar
noch Lessa sprachen so. Es waren dunkle, beharrliche Stimmen,
und er hörte sie in seinem Innern, wo er sie nicht verdrängen
konnte. Er war so unsäglich müde. T'kul hatte es nicht mehr geschafft, seinen Drachen zum Paarungsflug zu zwingen. Und er

hatte den Kampf gegen F'lar verloren. Dabei war er selbst viel älter als T'kul, der jetzt tot dalag. Wenn ihn die Stimmen nur schlafen ließen! Er war so müde.

Wir können dich noch nicht schlafen lassen, Harfner. Wir sind bei dir. Verlaß uns nicht! Harfner, du mußt am Leben bleiben! Wir lieben dich.

Am Leben bleiben? Aber sicher, was denn sonst! Alberne Stimmen! Er war nur müde. Er wollte schlafen.

Harfner, Harfner, verlaß uns nicht! Harfner, wir lieben dich. Geh nicht fort!

Die Stimmen waren nicht laut, aber sie blieben hartnäckig in ihm, in seiner Seele. Das war es. Sie ließen seine Seele nicht frei.

Aber auch von außen wurde er bedrängt. Jemand hielt ihm ein Glas an die Lippen.

»Meister Robinton, Sie müssen versuchen, die Medizin zu schlucken. Bitte, helfen Sie mit! Das lindert den Schmerz.« Diese Stimme kannte er. Lessa. Weshalb wirkte sie so bestürzt?

Aber natürlich! F'lar hatte einen Drachenreiter getötet. Und dann all der Wirbel um das geraubte Ei und die zornige Drachenkönigin . . .

Harfner, du mußt Lessa gehorchen. Tu, was Lessa sagt! Öffne die Lippen! Du mußt es versuchen, Harfner!

Er konnte Lessa beiseiteschieben, er konnte den Becher zurückstoßen und versuchen, die bittere Medizin auszuspucken, aber er konnte sich nicht gegen diese eindringlichen Stimmen wehren. Er ließ es zu, daß sie ihm Wein einflößten, und schluckte die Pille herunter. Wenigstens gaben sie ihm Wein und kein Wasser. Wasser war so würdelos. Zu den Schmerzen in seiner Brust paßte Wein, kein Wasser.

Etwas in seinem Innern schien zu zerreißen. Ah, der Schmerz – er ließ nach, als sei das Band zerrissen, das sein Herz zusammengepreßt hatte.

Er seufzte erleichtert. Seltsam, daß man es immer als selbstverständlich betrachtete, keine Schmerzen zu haben. Das war ungerecht.

»Nehmen Sie noch einen Schluck, Meister!« Wieder spürte er den Becher an den Lippen.

Wein – ja, das würde sein Leiden kurieren. Wein hatte ihn stets auf die Beine gebracht. Aber er sehnte sich immer noch nach Schlaf. Er war so unendlich müde.

»Und noch einen Schluck!«

Schlafen kannst du später. Hör uns zu! Du mußt bei uns bleiben! Hör zu, Harfner! Wir lieben dich. Du mußt bleiben.

Der Harfner fand ihre Beharrlichkeit lästig.

»Wie lange dauert es denn noch, bis der Mann hier ist?« Das war Lessas Stimme, und sie klang heftiger denn je. Weshalb weinte sie denn? Lessa und Tränen?

Lesa weint um dich. Du willst doch nicht, daß sie weint! Bleib bei uns, Harfner! Du kannst nicht gehen. Wir lassen dich nicht fort. Lessa darf nicht weinen, oder?

Das stimmte. Lessa durfte nicht weinen. Robinton glaubte auch nicht, daß sie weinte. Er zwang sich, die Augen aufzuschlagen. Sie stand über ihn gebeugt – und sie weinte! Tränen rollten auf seine Hand, die schlaff über der Brust lag.

»Sie dürfen nicht weinen, Lessa!« Beim Ei, seine Stimme versagte schon wieder. Er räusperte sich. Aber er brachte keinen Ton heraus.

»Nicht sprechen, Robinton!« sagte Lessa und unterdrückte ihr Schluchzen. »Sie müssen ganz still liegenbleiben. Oldive ist bereits auf dem Weg hierher – per Zeitsprung, damit es schneller geht. Entspannen Sie sich! Noch etwas Wein?«

»Hätte ich so ein Angebot je ausgeschlagen?«

»Nein!« Und Lessa lachte und weinte gleichzeitig.

»Die Stimmen plagen mich – sie wollen mich nicht fortlassen. Sagen Sie ihnen, daß ich schlafen will, Lessa! Ich bin so müde.«

»Bitte, Meister Robinton!«

Bitte was?

Harfner, bleib bei uns! Lessa wäre untröstlich!

»Endlich, Meister Oldive! Hierher!« Das war Lessa. Sie entfernte sich von seinem Lager.

Robinton versuchte sie festzuhalten.

»Nicht anstrengen!« Sie kauerte wieder neben ihm. Liebe Lessa! Selbst wenn er wütend auf sie war, liebte er sie. Vielleicht um so mehr, denn ihre Schönheit kam erst voll zur Geltung, wenn sie wütend war.

»Nun, Meister Robinton?« Oldives sanfte Stimme erklang dicht neben seinem Ohr. »Wieder die Schmerzen in der Brust? Nicken Sie einfach! Mir ist es lieber, wenn Sie im Moment nicht sprechen.«

Ramoth erklärt, daß er große Schmerzen hat und sehr müde ist.

»Oh? Das ist ja prächtig, daß die Drachenkönigin seine Gedanken auffängt!«

Meister Oldive preßte kalte Instrumente auf seine Brust und gegen seinen Arm. Robinton hätte sich gern zur Wehr gesetzt.

»Ja, ich weiß, die Dinger sind kalt, mein lieber Harfner, aber das läßt sich nicht ändern. Nun hören Sie mir gut zu! Sie haben Ihrem Herzen eine Menge zugemutet. Das war der Druck in der Brust. Lessa hat Ihnen eine Pille gegeben, die den Schmerz im Moment etwas betäubt. Die akute Gefahr ist vorüber. Versuchen Sie jetzt zu schlafen! Sie werden in nächster Zeit sehr viel Ruhe brauchen, mein Lieber. Sehr viel Ruhe!«

»Dann sagen Sie ihnen, daß sie still sein sollen!«

»Wer soll still sein?« Oldives Stimme klang besänftigend, und Robinton war insgeheim verärgert, weil er das Gefühl hatte, der Heiler glaubte ihm nicht. »Hier nehmen Sie noch eine Pille und einen Schluck Wein! Ich weiß, daß Sie bei Wein nicht Nein sagen werden.«

Robinton lächelte schwach. Wie gut sie ihn kannten, Oldive und Lessa!

»Ramoth und Mnementh haben versucht, ihn zurückzuholen, Oldive. Sie erklärten, daß er um ein Haar gegangen wäre . . .« Lessa konnte nicht weitersprechen.

Um ein Haar gegangen – tatsächlich? Fühlte man sich so, wenn man dem Tod nahe war? Als sei man einfach müde?

Jetzt bleibst du bei uns, Harfner. Jetzt können wir dich schlafen lassen. Aber wir werden auf dich achten. Wir lieben dich.

Drachen, die Kontakt mit mir aufnehmen? Drachen, die mich vor dem Tod bewahren? Wie schön! Denn sterben wollte ich wirklich noch nicht. Es gibt soviel zu tun. Probleme, die gelöst werden müssen. Da war doch die Sache mit dem Drachen . . .

»Wer hat Caylith geflogen?«

Hatte er das laut genug gefragt? Er hörte seine eigene Stimme nicht mehr.

»Was meint er, Oldive?« erkundigte sich Lessa.

»Irgend etwas mit Caylith.«

»Fällt ihm das ausgerechnet jetzt ein?« Lessa schien wieder die Alte zu sein, energisch und ein wenig bissig. »Barnath hat Caylith erobert, Robinton. Werden Sie jetzt schlafen?«

Schlaf, Meister! Wir achten gut auf dich.

Der Harfner atmete tief durch, ließ sich zurücksinken und schlief ein.

XV

Abend in Jaxoms Bucht und später Abend im Ista–Weyr,
28. 8. 15

Sharra legte gerade mit Stöcken und Kieseln ein Spiel, das bei den Kindern im Süden sehr beliebt war, und versuchte Jaxom und Brekke die Regeln zu erklären, als sich Ruth, der gleich hinter ihnen schlief, plötzlich aufbäumte. Er reckte den Hals und stieß den langgezogenen, klagenden Laut aus, der den Tod eines Drachen verkündete.

»Das darf nicht wahr sein!« Brekke reagierte etwas schneller als Jaxom. »Salth lebt nicht mehr!«

»Salth?« Jaxom überlegte, zu welchem Reiter das Tier gehören mochte.

»Salth!« Sharra war mit einem Mal aschfahl. »Frag Ruth, wo er umkam!«

»Canth berichtet, daß er versuchte, Caylith zu erobern, und dabei sein Herz überanstrengte.« Brekke sagte es ganz leise. Sie war in sich zusammengesunken und durchlebte noch einmal die Trauer, die sie beim tragischen Tod ihrer eigenen Drachenkönigin empfunden hatte. »Der Narr! Er muß gewußt haben, daß die jüngeren Drachen kräftiger waren als der arme, alte Salth!«

»Das geschieht T'kul recht!« Sharras Augen blitzten, als Brekke herumwirbelte, um sie zu tadeln. »Bitte, Brekke, verschon mich mit deiner Predigt! Du mußtest nicht mit T'kul und seinen Leuten auskommen. Die sind ganz anders als die Drachenreiter im Norden. Sie – sie benehmen sich einfach unmöglich. Ich könnte euch Geschichten erzählen, die euch die Haare zu Berge stehen ließen! Wenn T'kul eigensinnig genug war, seinen Drachen zum Wettkampf gegen die kräftigsten Tiere von ganz Pern zu schicken, dann verdient er es nicht besser. Tut mir leid. Das mögen harte Worte in euren Ohren sein, aber ihr kennt die Drachenreiter des Südens nicht!«

»Ich wußte, daß es eines Tages Probleme geben würde«, meinte Brekke langsam. »Man durfte sie nicht einfach so ins Exil schicken. Aber . . .«

Jaxom sah Brekkes bekümmerten Gesichtsausdruck und versuchte sie zu trösten. »Wenn die Berichte stimmen, Brekke, dann gab es keine andere Möglichkeit, ihnen Einhalt zu gebieten. Sie dachten nicht daran, die Menschen in den Burgen und Höfen vor den Fäden zu beschützen. Und sie begnügten sich nicht mit den Abgaben, die sie ohnehin reichlich erhielten, sondern rissen alles an sich, was ihnen gefiel. Selbst Lytol . . .« – er machte eine bedeutungsvolle Pause – »kritisierte ihr Verhalten.«

»Das weiß ich alles, Jaxom, aber sie kamen immerhin aus der Vergangenheit zu uns, um Pern zu retten . . .« Ohne es zu merken, preßte Brekke die Fingerspitzen zusammen, bis die Knöchel weiß hervortraten.

»Um Pern zu retten, jawohl – und dann verlangten sie von uns, daß wir uns mit jedem Atemzug bei ihnen bedankten.« Jaxom hatte noch deutlich die Arroganz und Geringschätzung vor Augen, mit der T'ron seinen Vormund behandelt hatte.

»Wir beachten die Alten gar nicht«, sagte Sharra achselzuckend. »Wir gehen unserer Arbeit nach, halten die Höfe frei von Grün und treiben die Herden bei Fädeneinfall in die Ställe. Danach machen wir einen kurzen Rundgang mit den Flammenwerfern, um uns zu vergewissern, daß die Würmer kein Knäuel übersehen haben.«

»Kämpfen die Drachenreiter denn überhaupt nicht gegen den Sporenregen an?« fragte Brekke überrascht.

»O doch, hin und wieder. Wenn es ihnen gerade Spaß macht oder wenn sich ihre Drachen zu sehr aufregen . . .« Sharras Verachtung war abgrundtief. Dann bemerkte sie die Bestürzung auf den Zügen der beiden anderen und fügte hinzu: »Die Mehrzahl der Alten blieb ja im Norden. Es sind nur eine Handvoll Reiter, die ihren Stand in Verruf bringen. Immerhin – wenn sie uns auf halbem Wege entgegengekommen wären . . . wir hätten ihnen geholfen.«

»Ich glaube, ich muß zurück.« Brekke erhob sich und starrte nach Westen. »T'kul ist jetzt nur noch ein halber Mensch. Ich weiß, wie man sich fühlt, wenn . . .« Sie sprach nicht weiter, sondern starrte mit weitaufgerissenen Augen ins Leere. Unvermittelt stieß sie einen Entsetzensschrei aus. »O nein!« Sie fuhr sich mit einer Hand an die Kehle und machte mit der anderen eine abwehrende Geste.

»Brekke, was ist los?« Sharra war aufgesprungen.

Ruth schmiegte sich wimmernd gegen Jaxom.

Sie hat große Angst. Sie spricht mit Canth. Er ist unglücklich. Ein zweiter Drache ringt mit dem Tode. Canth befindet sich bei ihm. Jetzt hat sie Kontakt mit Mnementh. T'kul kämpft gegen F'lar!

»Was?« Jaxom umklammerte Ruths Schulter.

Die Feuer-Echsen begannen erregt zu kreisen und stießen schrille Schreie aus, bis Jaxom sie mit einer heftigen Geste zum Schweigen brachte.

»Das ist ja entsetzlich, Jaxom«, rief Brekke. »Ich muß fort. T'kul weiß im Moment nicht, was er tut. Warum überwältigen sie ihn denn nicht? Hat auf Ista niemand Ruhe und Besonnenheit bewahrt? Wo bleibt D'ram? Ich hole meine Reitkleider.« Sie rannte in die Hütte.

»Jaxom!« Sharra drehte sich hilfesuchend zu ihm um. »T'kul haßt F'lar! Ich habe oft genug seine Reden mitangehört. Er gibt F'lar die Schuld an jedem Mißgeschick im Süden. Wenn T'kul seinen Drachen verloren hat, ist er nicht mehr bei Sinnen. Er wird F'lar töten.«

Jaxom zog das Mädchen eng an sich. Er benötigte den Trost ebenso wie sie. T'kul im Kampf mit F'lar? Er bat Ruth, genau aufzupassen.

Ich höre nichts. Canth ist im Dazwischen. *Ich spüre nur eine große Hektik. Ramoth kommt . . .*

»Hierher?«

Nein, zu den anderen! In Ruths Augen zeigten sich Purpurflekken. *Mir gefällt das nicht.*

»Was, Ruth?«

»O bitte, Jaxom, was sagt er? Ich habe solche Angst!«

»Ich auch. Und Ruth ebenfalls.«

Brekke kam zurückgelaufen, ihre Reitjacke in einer Hand, einen Beutel mit Medikamenten in der anderen. Als sie den Sandstreifen betrat, blieb sie unvermittelt stehen und sah ratlos umher.

»Ich kann ja gar nicht weg! Canth muß bei B'zons Ranilth bleiben. Es geht nicht, daß wir an einem Tag gleich zwei Bronzedrachen verlieren.« Sie biß sich auf die Unterlippe. »Aber sie brauchen mich!«

Im nächsten Moment trompetete Ruth entsetzt los.

»Robinton!« Brekke schwankte und wäre wohl umgekippt, wenn Jaxom und Sharra sie nicht gestützt hätten. »O nein, nicht Robinton! Was ist geschehen?«

Dem Meisterharfner geht es sehr schlecht. Aber sie lassen ihn nicht fort. Sie halten ihn fest. Wie damals dich.

»Ich bringe dich hin, Brekke. Auf Ruth. Ich hole nur rasch meine Sachen.«

Beide Frauen schüttelten energisch den Kopf.

»Du darfst noch nicht fliegen, Jaxom. Die Kälte im *Dazwischen* würde einen Rückfall auslösen.« Sharra schaute ihn beschwörend an. »Bitte, Jaxom, sei vernünftig!«

Jetzt haben sie Angst um dich. Ruths Gedanken drückten Verwirrung aus. *Große Angst. Ich weiß nicht, warum, aber es ist lebensgefährlich, wenn ich dich ins* Dazwischen *bringe.*

»Er hat recht, Jaxom. Die Folgen wären nicht auszudenken.« Müde nahm Brekke den Reithelm ab. »Du mußt mindestens vier bis sechs Siebenspannen warten, sonst riskierst du Kopfschmerzen für den Rest deines Lebens oder gar Blindheit . . .«

»Woher wißt ihr das?« fragte Jaxom in hilflosem Zorn.

Sharra warf ihm einen ernsten Blick zu. »Ich habe das schon einmal erlebt. Ein Drachenreiter aus dem Süden ging ins *Dazwischen,* bald nachdem er die Feuerkrankheit überwunden hatte. Wir wußten damals nicht um die Gefahr. Zuerst wurde er blind, dann wahnsinnig vor Kopfschmerzen. Schließlich suchte er zusammen mit seinem Drachen den Tod. Es war eine Erlösung für ihn.« Ihre Stimme schwankte.

Jaxom starrte sie wie betäubt an.

»Und warum habt ihr mir das bisher verschwiegen?«

»Wir dachten, es sei vielleicht nicht nötig, dich zu beunruhigen.« Sharras Blicke waren bittend auf ihn gerichtet. »Du wirst mit jedem Tag kräftiger, und wir hofften, dir würde die Zeit hier schnell vergehen.«

»Also weitere sechs Siebenspannen hier?« Er ballte die Hände zu Fäusten.

Sharra nickte langsam, mit ausdrucksloser Miene. »Eine blöde Lage, nicht wahr, denn im Augenblick brauchen wir nun mal einen Drachenreiter.« Er schaute Brekke an. Sie hatte den Kopf nach Westen gewandt. Jaxom spürte den Widerstreit ihrer Empfindungen. Auf der einen Seite wußte sie, daß sie dringend gebraucht wurde, auf der anderen scheute sie davor zurück, Canth von Ranilth fortzuholen. Plötzlich schlug er sich mit der flachen Hand gegen die Stirn. »Aber Brekke könnte doch – Ruth, würdest du Brekke allein nach Ista bringen?«

Ich bringe Brekke an jeden Ort, den sie aufsuchen möchte! Der kleine weiße Drache hob den Kopf, und seine Augen kreisten, als er auf Brekke zutrat.

Von Brekkes Zügen waren der Kummer und die Hilflosigkeit wie weggewischt. »Jaxom – würdest du das wirklich zulassen?«

Die überwältigende Dankbarkeit, die aus ihrer Frage sprach, rührte ihn. Er nahm sie am Arm und führte sie zu Ruth.

»Du mußt nach Ista. Wenn Meister Robinton . . .« Jaxom schluckte. Die Angst schnürte ihm die Kehle zu.

»Vielen, vielen Dank, Jaxom! Und dir auch, Ruth – vielen Dank!« Brekke schloß mit zitternden Fingern den Helmriemen. Der weiße Drache duckte sich, damit sie sich auf seinen Rücken schwingen konnte.

»Ich schicke Ruth sofort zurück, Jaxom!« rief Brekke. Dann richtete sich ihr Blick in die Ferne. »Nein! Bitte nicht! Laßt ihn nicht einschlafen!«

Wir halten ihn fest! lautete Ruths ruhige Antwort. Er stupste Jaxom noch einmal mit der Nase an und stieß sich dann kräftig vom Boden ab. Eine Sandwolke hüllte Jaxom und Sharra ein. Sekunden später war Ruth im *Dazwischen* verschwunden.

»Jaxom?« Sharras Stimme klang so unsicher, daß er sich besorgt umdrehte. »Was kann geschehen sein? T'kul wird in seiner Raserei doch nicht etwa den Harfner angegriffen haben?«

»Vielleicht versuchte Robinton den Streit zu schlichten. Übrigens – kennst du ihn denn?«

»Ich habe viel über ihn gehört«, meinte sie und zupfte nachdenklich an einer Haarsträhne. »Von Piermur und Menolly. Und er war in unserer Burg. Ich hörte ihn singen. Ein wunderbarer Mann! Ach, Jaxom! Sämtliche Drachenreiter im Süden haben den Verstand verloren! Sie sind krank, wirr, verrückt!« Sie lehnte den Kopf an seine Schulter. Sanft zog er sie an sich.

Er lebt! Ruths Nachricht drang schwach, aber unverkennbar zu ihm durch.

»Ruth sagt, daß er lebt, Sharra.«

»Er muß weiterleben, Jaxom. Er muß! Er muß ganz einfach!« Sie trommelte mit den Fäusten gegen seine Brust.

Jaxom nahm ihre Hände, hielt sie fest und schaute ihr lächelnd in die großen, blitzenden Augen.

»Ich bin sicher, daß er es schafft.«

In diesem unpassendsten aller Augenblicke kam Jaxom Sharras Nähe quälend zu Bewußtsein. Er spürte ihren warmen, pulsierenden Körper durch den Stoff des dünnen Kittels, den sie trug, fühlte die weiche Linie ihrer Hüften, die sich an seine schmiegten, und den Sonnenduft ihrer Haare. Der verwirrte Blick, den sie ihm zuwarf, verriet ihm, daß der Funke auch auf sie übergesprungen war.

Er lockerte den Griff um ihre Handgelenke, bereit, sie jederzeit freizugeben. Sharra war nicht irgendein Mädchen. Sie bedeutete ihm soviel, daß er das zarte Band der Zuneigung nicht durch Hast und Ungestüm zerrreißen wollte. Und er hatte irgendwie den Verdacht, daß Sharra seine Gefühle als Dankbarkeit auslegte und nicht als Liebe. Er hatte selbst diese Möglichkeit in Betracht gezogen und war zu dem Schluß gelangt, daß sie sich täuschte. Er mochte alles an ihr – von der Stimme bis zu den ruhigen Händen, nach deren Berührung er sich sehnte. Er hatte sie in den letzten Tagen genau beobachtet, aber er brannte darauf, mehr, sehr viel mehr über sie zu erfahren. Ihr Zorn auf die Drachenreiter des Südens hatte ihn verblüfft; überhaupt verblüfften ihn ihre Reaktionen oft. Ein Teil ihrer Anziehungskraft rührte wohl daher, daß er nie wußte, was sie im nächsten Moment sagen – oder wie sie es sagen würde.

Unvermittelt ließ er sie los, legte ihr einen Arm leicht um die Schultern und führte sie zu den Flechtmatten, wo sie noch kurz zuvor ganz unbefangen ein Kinderspiel begonnen hatten. Er drückte sie sanft zu Boden.

»Es wird vermutlich eine ganze Weile dauern, Sharra, bis wir erfahren, wie es dem Harfner geht.«

»Wenn ich nur wüßte, was mit ihm los ist! Falls dieser T'kul unserem Harfner etwas angetan hat . . .«

»T'kuls Kampf gegen F'lar berührt dich gar nicht?«

»Ich kenne F'lar nicht, obwohl es mir natürlich sehr leid täte, wenn T'kul ihn verwundet hätte.« Sie schlang geistesabwesend die Arme um die Knie. »Und in gewisser Hinsicht ist es F'lars Aufgabe, T'kul zu bekämpfen. Schließlich hat *er* die Alten ins Exil geschickt – also muß er die Angelegenheit irgendwie zu einem Ende bringen.«

»Und das geschieht durch T'kuls Tod?«

»Oder durch seinen eigenen.«

»Das wäre der Zusammenbruch!« rief Jaxom mit mehr Nachdruck, als er beabsichtigt hatte. Ihre Gleichgültigkeit gegenüber F'lars Schicksal stachelte ihn auf. »Der Benden-Führer *ist* Pern – begreifst du das nicht?«

»Tatsächlich?« Sharra warf ihm einen neugierigen Blick zu. »Ich habe ihn noch nie gesehen . . .«

Es sind viele Drachen da und noch mehr Menschen, berichtete Ruth. Die Gedanken erreichten Jaxom immer noch aus weiter Ferne, aber er konnte sie klar verstehen. *Sebell kommt. Menolly darf noch nicht fliegen.*

»Spricht Ruth mit dir?« fragte Sharra. Sie umklammerte seinen Arm. Er legte ihr sachte die Finger auf die Hand. Sie beobachtete seine Züge so angespannt, daß er ihr beruhigend zunickte.

*Aber ihre Feuer-Echsen sind da. Der Harfner schläft. Meister Oldive
betreut ihn. Die anderen warten draußen. Wir lassen ihn nicht fort. Soll
ich jetzt zu dir zurückkehren?*

»Wen meinst du mit ›die anderen‹?« erkundigte sich Jaxom,
obwohl er die Antwort zu kennen glaubte.

Lessa und F'lar. Der Mann, der F'lar angriff, ist tot.

»T'kul ist tot – und F'lar unverletzt?«

Genau.

»Frag ihn, was dem Harfner fehlt!« wisperte Sharra.

Jaxom mußte lange warten, bis der kleine Drache antwortete,
ein wenig verwirrt, wie es schien.

*Mnementh berichtet, daß Robinton Brustschmerzen bekam und ein-
schlafen wollte. Ein Becher Wein hat ihn wieder aufgerichtet. Mnementh
und Ramoth wußten, daß er nicht einschlafen durfte, weil er dann für immer gegangen wäre. Kann ich jetzt wieder zurück?*

»Braucht Brekke dich?«

Es sind viele, viele Drachen hier.

»Dann komm zu uns, mein Freund!«

Ich komme.

»Schmerzen in der Brust?« murmelte Sharra, als Jaxom Ruths
Worte wiederholte. »Es könnte das Herz sein. Der Harfner ist
nicht mehr der Jüngste, und er arbeitet zuviel.« Sie sah sich nach
ihren Feuer-Echsen um. »Ich könnte Meer hinschicken . . .«

»Ruth erklärte, daß sich im Moment eine Unzahl von Menschen und Drachen im Ista-Weyr befinden. Es ist wohl besser,
wenn wir noch warten.«

»Ich weiß.« Sharra stieß einen tiefen Seufzer aus. Sie nahm
eine Handvoll Sand auf und ließ ihn durch die Finger rieseln.
Dann lächelte sie Jaxom zu. »Ich habe warten gelernt – aber das
heißt nicht, daß es mir leichtfällt.«

»Wir wissen, daß er lebt. Das gleiche gilt für F'lar – auch wenn
dich das vielleicht weniger freut . . .« Jaxom sah sie von der Seite
an.

»Ich hatte doch nicht die Absicht, deinen Weyrführer zu kränken, Jaxom. Ich kenne ihn nur nicht.«

Unvermittelt kreischten Meer und Talle los, reckten die Hälse
und starrten zum Westausläufer der Bucht. Mit gespreizten Flügeln duckten sie sich in den Sand.

»Was ist los?«

Im nächsten Moment hatten sich die beiden Echsen wieder beruhigt. Meer begann einen Flügel zu putzen, als sei nichts gewesen.

»Kommt jemand zu uns?« fragte Sharra und sah Jaxom erstaunt an.

Jaxom war aufgestanden und suchte den Himmel ab. »Ich weiß nicht. Ruths Ankunft hätte sie sicher nicht erschreckt.«

»Es muß aber jemand sein, den sie kennen.« Sharra schüttelte den Kopf. Der Gedanke kam ihr ebenso unwahrscheinlich vor wie Jaxom.

In diesem Moment hörten sie ein Knacken im Wald. Ein unterdrückter Fluch deutete darauf hin, daß der Besucher ein Mensch war, aber was zuerst durch das dichte Laub brach, war eine Mähne – und sie gehörte zu dem kleinsten Renner, den Jaxom je gesehen hatte.

Die Flüche wurden allmählich verständlich. »He, paß doch auf, plattfüßiger roter Teufel! Stößt mit seinem dicken Schädel an die Äste, daß sie mir ins Gesicht peitschen! Irgendwann werfe ich deinen räudigen Kadaver den Drachen zum Fraß vor! Hallo, Sharra, ein lauschiges Plätzchen hast du dir ausgesucht! Ich wollte meinen Ohren nicht trauen, als ich von der Geschichte erfuhr. Na, Jaxom, das Schlimmste hast du wohl überstanden. Du siehst kerngesund aus.«

»Piemur?« Die kleine gedrungene Gestalt mit dem wiegenden Gang war unverkennbar, obwohl sie sich nicht denken konnten, was der junge Harfner in dieser verlassenen Gegend machte. »Piemur! Was suchst du denn hier?«

»Dumme Frage! Euch natürlich! Wißt ihr eigentlich, wie viele Buchten es hier entlang der Küste gibt, auf die Meister Robintons Beschreibung zutrifft?«

»So im Weyr geht alles wieder seinen geregelten Gang«, sagte F'lar leise zu Lessa, als er den Vorraum zu Cosiras Gemächern betrat. Man hatte den Weyr der Drachenreiter kurzerhand für den Meisterharfner geräumt, denn Meister Oldive wollte nicht einmal erlauben, daß man ihn auf die Burg brachte. Im Moment betreuten ihn der Heiler und Brekke, mißtrauisch beobachtet von Zair, der sie keine Sekunde aus den Augen ließ.

Lessa streckte die Hand aus. Sie brauchte jetzt die Nähe ihres Weyrgefährten. F'lar legte den Arm um sie, küßte sie und schenkte sich dann einen Becher Wein ein.

»D'ram organisiert die Weyrbewohner. Er hat die älteren Bronzedrachen losgeschickt, damit sie zusammen mit Canth und F'nor Ranilth heimgeleiten. Der Ärmste lebt höchstens noch eine oder zwei Planetenumläufe – wenn B'zon so lange durchhält.«

»Nicht noch ein Toter heute!«

F'lar schüttelte den Kopf. »B'zon schläft wie ein Stein. Wir haben den enttäuschten Bronzereitern genug Wein vorgesetzt, daß sie ihren Kummer hinunterspülen können. Und Cosira und G'dened sind allem Anschein nach so – beschäftigt, daß sie von den Ereignissen auf Ista noch nichts mitbekommen haben.«

»Um so besser.« Lessa lachte.

F'lar fuhr ihr mit den Fingern sanft über die Wange. »Und wann steigt Ramoth wieder auf, Mädchen?«

»Ich werde es dir rechtzeitig sagen.« Sie bemerkte, daß sein Blick immer wieder zum Schlafgemach des Kranken wanderte, und setzte hinzu: »Er kommt ganz sicher durch!«

»Du glaubst nicht, daß Oldive uns etwas verschwiegen hat?«

»Wie könnte er? Sämtliche Drachen von Pern stehen mit Robinton in Verbindung.« Sie schüttelte nachdenklich den Kopf. »Also, das kam völlig unerwartet für mich. Ich weiß, daß die Drachen ihn mit Namen kennen, aber daß sie Kontakt aufnehmen würden . . .«

»Für mich war noch erstaunlicher, daß Brekke allein auf Ruth hierherkam.«

»Warum?« Lessa zuckte die Achseln. »Sie war schließlich Drachenreiterin. Und sie versteht es, mit diesen sensiblen Geschöpfen umzugehen.«

»Dennoch – es war eine schöne Geste von Jaxom. Er hatte, wie mir Brekke erzählte, bis dahin keine Ahnung, daß er noch nicht ins *Dazwischen* fliegen durfte. Es muß eine bittere Erkenntnis für ihn gewesen sein.«

Lessa nickte. »Es ist gut, daß sie gleich kam.« Lessa warf einen Blick in Richtung Vorhang. »Weißt du, wenn man so miterlebt, wie Grall und Berd ihr dieses und jenes bringen und ständig Aufträge für sie erledigen – man könnte sich fast an die kleinen Biester gewöhnen.«

»Was?« F'lar starrte sie fassungslos an.

»Ich habe *fast* gesagt! Und dann die kleine Bronze-Echse von Robinton! Kauerte einfach da und klagte zum Steinerweichen . . .« Lessa liefen Tränen über die Wangen.

»Ist ja gut, Liebes!« F'lar nahm sie in die Arme: »Zum Glück ist das Furchtbare nicht eingetreten.«

Sie nickte ernst. »Und was fangen wir jetzt mit dem verwaisten Süd-Weyr an?«

»Darum kümmere ich mich!« D'ram hatte unbemerkt den Raum betreten. »Ich bin einer der ihren . . .« Er seufzte tief. »Von mir werden sie Befehle annehmen, die sie von Ihnen nicht ertragen könnten, F'lar.«

Der Benden-Führer zögerte. Das Angebot war verlockend. »Ich erkenne Ihren guten Willen an, D'ram, aber Ihre Gesundheit geht vor . . .«

D'ram schnitt ihm mit einer raschen Geste das Wort ab. »Ich bin robuster, als ich dachte. Die Erholung im Süden hat mir gutgetan. Aber ich werde Unterstützung brauchen.«

»Mit uns können Sie jederzeit rechnen.«

»Gut, ich nehme Sie gleich beim Wort. Das Wichtigste für den Anfang sind wohl ein paar Grüne, am besten vom Telgar- oder Igen-Weyr, denn Ista besitzt im Moment selbst zu wenige. Die Südbwohner bevorzugen sicher die Drachen ihrer einstigen Gefährten. Dann brauche ich zwei jüngere Bronzedrachen und genug Blaue und Braune, um zwei Kampfgeschwader zu bilden.«

»Die Drachenreiter des Südens haben seit Planetendrehungen keine Fäden mehr bekämpft«, sagte F'lar verächtlich.

»Ich weiß. Aber es wird höchste Zeit, daß sie es wieder tun. Das würde den überlebenden Drachen ein Ziel geben. Und ihren Reitern eine Beschäftigung sowie neue Hoffnung.« D'rams Miene war düster. »Ich erfuhr heute von B'zon Dinge, die mich schmerzen. Ich war so blind . . .«

»Die Schuld liegt nicht bei Ihnen, D'ram. *Ich* faßte den Entschluß, sie in den Süden zu schicken.«

»Ich habe den Entschluß geachtet, weil er richtig war, F'lar. Aber . . . als Fanna starb . . .« – er stieß diese Worte hastig hervor –, »hätte ich mich zum Süd-Weyr begeben sollen. Es wäre kein Verrat gewesen, und ich hätte vielleicht verhindern können . . .«

»Das bezweifle ich«, warf Lessa ein. »Von dem Moment an, da T'kul geplant hatte, das Königin-Ei zu stehlen . . .«

»Warum ist er nicht gekommen und hat seine Probleme vorgebracht?«

Lessas Miene blieb hart. »Ich bezweifle, daß T'kul das konnte – andere um etwas bitten«, sagte sie und sah D'ram verlegen an. »Und ich muß gestehen, daß ich ihn wohl weggeschickt hätte. Sie wären in diesem Punkt sicher toleranter gewesen – ähnlich wie F'lar.« Sie bedachte ihren Weyrgefährten mit einem Lächeln und fuhr dann fort: »Es lag nicht in T'kuls Natur, um etwas zu bitten – und es liegt nicht in meiner Natur, ein Unrecht zu vergessen. Ich kann den Südländern nicht verzeihen, daß sie Ramoth das Königin-Ei raubten. Sie hätten mich um ein Haar dazu gebracht, Drachen gegen Drachen zu hetzen . . .«

D'ram richtete sich auf. »Dann sind Sie dagegen, daß ich in den Süden gehe, Weyrherrin?«

»Aber nein, im Gegenteil!« Sie schüttelte erstaunt den Kopf. »Ich finde, daß Sie weise und menschlich handeln – großmütiger, als ich es je geschafft hätte. Sie haben recht – die Alten werden Sie als Führer anerkennen. Ich habe mich wohl nie so recht um die Vorgänge im Süden gekümmert – ich wollte es nicht«, gestand sie freimütig.

»Dann darf ich andere Reiter einladen, mit mir zu kommen?« D'ram schaute erst sie und dann F'lar an.

»Nehmen Sie die Leute mit, die Sie für geeignet halten. Alle bis auf F'nor – denn Brekke kann man es nicht zumuten, in den Süden zurückzukehren.«

D'ram nickte.

»Ich glaube, die übrigen Weyrführer werden Ihnen zur Seite stehen. Diese Angelegenheit berührt die Ehre aller Drachenreiter. Und . . .« F'lar räusperte sich. »Und wir wollen nicht, daß sich die Nachkommen der Barone unter dem Vorwand, wir könnten die Weyr-Disziplin nicht mehr aufrechterhalten, das Land im Süden aneignen.«

»Das würden sie nicht wagen . . .«, begann D'ram entrüstet.

»Da bin ich gar nicht so sicher. Und sie haben durchaus Gründe, die man anerkennen muß«, entgegnete F'lar. »Torics Siedlung ist im Laufe der letzten Planetenumläufe stetig gewachsen, ein paar Leute hier und da, Handwerker, die Unzufriedenen, ein paar Jungbarone, die im Norden nicht die geringste Hoffnung auf eigenes Land hatten . . . Alles klammheimlich, um die Alten nicht zu beunruhigen. Diese Dinge sind der Allgemeinheit nicht bekannt . . .«

»Es gibt Händler, die aus dem Süden kommen«, meinte D'ram.

»Ja – ein Teil unseres Problems. Händler sind schwatzhaft, und es hat sich herumgesprochen, daß es im Süden viel Land gibt. Auch wenn manches übertrieben wurde, habe ich Grund zu der Annahme, daß der Südkontinent genauso groß wie der Norden ist – und durch die zahlreichen Würmer besser gegen Fäden geschützt als unsere Gebiete.« Er machte wieder eine Pause und fuhr mit Daumen und Zeigefinger geistesabwesend die scharfen Falten zwischen Nase und Kinn nach. »Diesmal, D'ram, werden die Drachenreiter als erste ihr Stück Land wählen. Während des kommenden Sporen-Intervalls soll kein Drachenreiter auf die Gnade der Burgherren angewiesen sein. Wir werden uns selbst versorgen und nie mehr um Wein oder Brot betteln!«

D'ram hatte genau zugehört, anfangs erstaunt, dann jedoch mit leuchtenden Augen. Er straffte die Schultern, nickte kurz und schaute den Weyr-Führer fest an.

»Sie können sich auf mich verlassen, F'lar. Ich werde den Süden zu diesem Zweck erschließen lassen. Ein großartiges Ziel! Beim Ersten Ei, der Gedanke gefällt mir! Dieses herrliche Land im Besitz der Drachenreiter!«

F'lar reichte D'ram ernst die Hand. Dann huschte ein Lächeln über seine Züge. »Wenn Sie nicht selbst angeboten hätten, im Süden nach dem Rechten zu sehen, so hätte *ich* Ihnen den Vorschlag gemacht. Sie sind der einzige, der mit der gegenwärtigen Situation fertig wird. Aber ich beneide Sie nicht um Ihre Aufgabe!«

D'ram erwiderte den Händedruck des Benden-Führers. Dann meinte er ruhig: »Ich habe um meine Gefährtin getrauert, wie es sich ziemt. Aber nun geht das Leben weiter. Die Ruhe in jener Bucht hat mir gutgetan, doch ich war nicht ausgelastet. Deshalb fühlte ich mich fast erleichtert, als Sie mich holten, F'lar. Es ist keine Lösung, das gewohnte Leben einfach aufzugeben. Das habe ich klar erkannt. ›Drachenreiter müssen streiten, wenn Silberfäden vom Himmel gleiten!‹« Er seufzte noch einmal, verneigte sich vor Lessa und verließ dann hochaufgerichtet den Weyr.

»Glaubst du, er wird es schaffen, F'lar?«

»Er ist am besten dafür geeignet – mit Ausnahme von F'nor vielleicht. Und ihn kann ich nicht darum bitten. Es wäre eine Qual für Brekke.«

Lessa nickte. Nachdenklich betrachtete sie ihren Gefährten. Tiefe Falten, die ihr bis dahin nicht aufgefallen waren, hatten sich in sein Gesicht gegraben, die Lippen wirkten schmal, und der Augenausdruck war müde. Er hatte zwar einen Teil seiner Weyr-Pflichten an F'nor und T'gellan weitergegeben und auch R'mart und N'ton eingesetzt, wenn es Probleme auf Pern gab, aber die Hauptverantwortung lastete dennoch auf ihm. Lessa trat neben ihn und schloß ihn mit einer impulsiven Geste in die Arme.

Er lächelte, und die scharfen Linien verschwanden für einige Augenblicke.

Eilige Schritte vor dem Eingang ließen die beiden aufschauen. Lessa trat einen Schritt zurück. Sebell, das Gesicht vom Laufen gerötet, stürmte herein, ohne anzuklopfen. Er blieb erst stehen, als Lessa ihn mit einer energischen Geste zurückscheuchte.

»Wie geht es ihm?«

»Er schläft jetzt – aber werfen Sie selbst einen Blick auf ihn!« Lessa deutete auf den Vorhang, der das Schlafgemach vom Vorraum abtrennte.

Zwei Feuer-Echsen schossen in den Weyr, stießen ein erschrockenes Gezeter aus, als sie Lessa sahen, und tauchten wieder ins *Dazwischen*.

»Ich wußte gar nicht, daß Sie zwei Königinnen besitzen«, meinte Lessa.

»Die eine gehört Menolly. sie durfte mich noch nicht begleiten.« Sebells Gesichtsausdruck verriet den Weyrführern, wie die Harfnerin auf dieses Verbot reagiert hatte.

»Na, dann holen Sie die Kleinen zurück! Ich fresse keine Feuer-Echsen«, sagte Lessa mit unterdrücktem Ärger. Sie wußte nicht, was sie mehr störte, die Echsen selbst oder die Art und Weise, wie die anderen Leute das Thema in ihrer Gegenwart mieden. »Der kleine Braune von Robinton hat heute höchst vernünftig gehandelt. Nun lassen Sie Menollys Prinzeßchen schon herkommen! Wenn die Königin sieht, daß dem Meister nichts fehlt, wird Menolly beruhigt sein.«

Mit einem erleichterten Lächeln hob Sebell den Arm. Zwei Königinnen tauchten auf, mit angstvoll kreisenden Augen. Eine davon zirpte leise in Lessas Richtung, als wolle sie sich bei ihr bedanken. Dann ging Sebell auf Zehenspitzen zum Lager des Kranken.

»Übernimmt nun Sebell die Führung in der Harfner-Halle?« fragte Lessa.

»Er ist am besten geeignet dafür.«

»Hätte ihm nur der gute Robinton schon vorher einen Teil seiner Aufgaben übertragen!«

»Vielleicht lag es auch an mir, Lessa. Benden hat zuviel vom Meisterharfner verlangt.« F'lar schenkte zwei Becher Wein ein und reichte einen davon seiner Gefährtin. »Benden-Wein!«

»Der Wein, der ihm das Leben gerettet hat!«

»Und er wird zum Glück noch manchen Tropfen davon genießen können!« hörten sie die ruhige Stimme von Meister Oldive, der unbemerkt zu ihnen getreten war. Der bucklige Heiler mit dem gütigen, weisen Gesicht goß sich ebenfalls einen Becher Wein ein. Einen Moment lang betrachtete er das satte Rot, dann trank er Lessa zu. »Wie Sie ganz recht sagten – der Wein hat ihm das Leben gerettet. Es kommt selten genug vor, daß ein Laster so positive Folgen hat.«

»Glauben Sie, daß Meister Robinton wieder gesund wird?«

»Ja, wenn er sich sehr schont. Puls- und Herzschlag sind gleichmäßig, wenn auch etwas verlangsamt. Probleme darf man ihm im Augenblick aber nicht zumuten. Ich habe ihm wiederholt geraten, die Arbeit etwas einzuschränken – obwohl ich wußte, daß meine Worte in den Wind gesprochen waren. Sebell, Silvina und Menolly haben getan, was sie konnten, um ihn zu entlasten, aber dann wurde Menolly selbst krank ... Es gibt soviel in der Harfnerhalle zu tun – und nicht nur dort!« Oldive nahm mit einem Lächeln Lessas Hand und führte die Weyrherrin zu F'lar. »Sie können hier im Moment nichts tun. Sebell bleibt auf Ista, um Robinton zu berichten, daß in der Gildehalle alles in Ordnung ist. Brekke und ich werden den Kranken mit Unterstützung der Weyrbewohner hier pflegen. Ihr beide braucht jetzt auch Schlaf. Kehrt zurück nach Benden! Dieser Tag hat uns alle gefordert.« Er geleitete sie zum Korridor. Lessa war zu müde, um ihm zu widersprechen.

Wir lassen den Harfner nicht allein, erklärte Ramoth, als F'lar Lessa beim Aussteigen half. *Wir bleiben bei ihm. Alle Drachen sind bei ihm,* fügte Mnementh hinzu.

XVI

Als Jaxom und Sharra Piemur berichteten, was im Ista-Weyr vorgefallen war, liefen dem jungen Harfner die Tränen über die Wangen, auch wenn er versuchte, seinen Kummer durch flapsige Sprüche zu überspielen.

Dann kehrte Ruth zurück, und Piemurs Renner floh entsetzt in den Wald. Piemur mußte seinen Freund, den er liebevoll *Dummkopf* nannte, mit vielen Überredungskünsten wieder hervorlocken.

»Er ist im Grunde gar nicht dumm«, meinte Piemur und wischte sich den Schweiß und die Tränen von den Wangen. »Er weiß ganz genau, daß der da . . .« er deutete mit dem Daumen zu Ruth – »seine Artgenossen gern verspeist.« Er ruckte an dem Knoten des Seils, mit dem er Dummkopf festgebunden hatte.

Ich würde ihn niemals fressen, erklärte Ruth. *Er ist klein und nicht besonders saftig.*

Lachend gab Jaxom die Botschaft an Piemur weiter, der sich tief vor Ruth verneigte.

»Schade, daß ich das Dummkopf nicht klarmachen kann«, meinte er mit einem Seufzer, »aber es fällt ihm schwer, zwischen freundlichen und hungrigen Drachen zu unterscheiden. Auf der anderen Seite hat mir seine Eigenschaft, daß er sich in die Büsche schlägt, sobald er die Nähe eines Drachen spürt, mehr als einmal das Leben gerettet. Im Grunde genommen wandle ich nämlich auf verbotenen Pfaden und darf mich nicht erwischen lassen.« Nach diesen rätselhaften Worten schwieg er.

»Weiter!« forderte Jaxom ihn auf. »Erst alles mögliche andeuten und uns dann zappeln lassen, das gilt nicht. Du hast echt und ehrlich nach uns gesucht?«

Piemur grinste. »Unter anderem.« Er streckte sich gemächlich im Sand aus, nahm den Fruchtsaft, den Sharra ihm reichte, und trank ihn in langen Zügen leer.

Jaxom beobachtete den jungen Mann geduldig. Er kannte Piemurs Art noch aus den Tagen, da sie gemeinsam bei Meister Fandarel und in der Harfnerhalle Erfahrungen ausgetauscht hatten.

»Hat es dich nie gewundert, weshalb ich plötzlich nicht mehr im Unterricht erschien, Jaxom?«

»Menolly verbreitete, du hättest anderswo eine Stelle angetreten.«

»*Anderswo!*« Mit einer weitausholenden Geste umfaßte Piemur den ganzen Südkontinent. »Wetten, daß ich mehr von diesem Planeten gesehen habe als jeder andere Bewohner – einschließlich der Drachen?« Er nickte heftig, um noch mehr Eindruck zu schinden. »Ich habe zwar nicht den gesamten Südkontinent umrundet oder durchquert, aber die Stellen, an denen ich vorbeikam, kenne ich gründlich.« Er deutete auf seine durchgelaufenen Sohlen. »Die waren vor vier Siebenspannen neu. Also, was euch allein meine Stiefel erzählen könnten!« Er betrachtete Jaxom mit zusammengekniffenen Augen. »Es ist eine Sache, mein lieber Baron, auf Drachenschwingen über dem Land zu schweben und alles aus erhabenen Höhen zu betrachten – aber eine ganz andere, das Gelände mit eigener Kraft zu durchwandern. Da weiß man, wo man war!«

»Ist F'lar eingeweiht?«

»Mehr oder weniger«, entgegnete Piemur mit einem Grinsen. »Eher weniger als mehr. Seht ihr, vor etwa drei Planetenumläufen begann Toric einen Tauschhandel mit dem Norden. Hochwertiges Eisen, Kupfer und Zinn – alles Dinge, die Fandarel dringend benötigte, weil sie bei uns knapp geworden sind. Robinton hielt es für angebracht, die Ursprungsgebiete dieser Rohstoffe genauer zu erforschen. Und er war klug genug, mich mit dieser Aufgabe zu betrauen ... Glaubt ihr wirklich, daß er wieder gesund wird? Ihr verschweigt mir doch nichts?« Piemurs Angst verdrängte seine Großspurigkeit.

»Du weißt ebensoviel wie wir und Ruth.« Jaxom warf seinem Drachen einen fragenden Blick zu. »Ruth sagt, daß er im Moment schläft. Er versichert auch, daß die Drachen ihn nie und nimmer fortlassen würden.«

»Die Drachen lassen ihn nicht fort! Hat man sowas schon gehört!« Piemur schüttelte langsam den Kopf. »Allerdings überrascht mich das gar nicht«, fuhr er in seiner gewohnten Munterkeit fort. »Die Drachen wissen, wer ihre Freunde sind. Aber wo war ich stehengeblieben? Ah ja. Meister Robinton fand, wir müßten mehr über diesen Südkontinent in Erfahrung bringen, vor allem, weil er das Gefühl hatte, F'lar wollte den Süden für das nächste Sporen-Intervall als Zuflucht für die Drachenreiter beanspruchen.«

»Du scheinst ja um Robintons und F'lars geheimste Gedanken zu wissen«, warf Sharra ein.

Piemur winkte ab. »Kleinigkeit. Aber ich habe doch recht, Jaxom, oder?«

»Ich kenne F'lars Pläne nicht, aber ich möchte wetten, daß er nicht der einzige ist, der sich lebhaft für den Süden interessiert.«

»Stimmt. Allerdings ist er der einzige, der zählt, versteht ihr das nicht?«

»Offen gestanden, nein«, meinte Sharra. »Mein Bruder ist Burgherr . . . O doch«, fügte sie mit Nachdruck hinzu, als Piemur ihr widersprechen wollte. »Er wäre es zumindest, wenn ihn die Barone des Nordens anerkennen würden. Er hat die erste Siedlung im Süden aufgebaut. Kein anderer wollte das wagen. Und obwohl er gegen die Alten zu kämpfen hatte, gelang es ihm, eine große, fädengeschützte Burg zu errichten. Niemand hat das Recht, ihm das wieder wegzunehmen, was er sich mit eigenen Händen geschaffen hat . . .«

»Das will doch auch keiner«, warf Piemur rasch ein. »Aber wenngleich Toric eine Menge Leute aus dem Norden geholt hat, so kann er doch nur ein begrenztes Gebiet kontrollieren. Und der Südkontinent ist sehr viel größer, als die meisten Leute ahnen.« Er schloß einen Moment lang die Augen. »Da war eine Bucht«, sagte er leise, »so groß, daß sich das Gegenufer im Dunst verlor. Dummkopf und ich hatten uns bereits zwei Tage lang durch Sanddünen gequält, und unser Wasser reichte nur noch für kurze Zeit. Ich ritt weiter, weil ich dachte, irgendwann müßte der Sand doch in normales Gelände übergehen . . . Farli flog uns voraus, zuerst zum Gegenufer, dann zur Mündung der Bucht, doch alle Bilder, die sie übermittelte, zeigten nur Sand. Schweren Herzens entschloß ich mich zur Umkehr. Aber . . .« – er schaute seine Zuhörer an – »jenseits dieser Bucht liegt vermutlich genausoviel Land, wie ich bereits auf meinem Hinweg von Torics Burg aus durchquert hatte – und dabei war der Kreis noch lange nicht geschlossen. Toric könnte nicht mal die Hälfte der Gebiete verwalten, die ich gesehen habe. Im Westen, wohlgemerkt. Nach Osten hin dauerte es von Torics Burg aus drei volle Siebenspannen, bis ich euch erreichte – und wir mußten viel Wasser durchqueren. Er ist ein prächtiger Schwimmer, mein Dummkopf! Der Kleine scheut vor keiner Mühe zurück. Wenn ich daran denke, wie mein Vater mit seiner Renner-Herde umging! Immer nur das beste Futter! Dummkopf dagegen frißt, was er unterwegs findet, und leistet die doppelte Arbeit!« Piemur schüttelte den Kopf, entrüstet über die Ungerechtigkeit der Welt.

»Ich habe also«, setzte er seinen Bericht fort, »den Süden erforscht, wie es mein Auftrag war, und mich zugleich in eure Richtung begeben. Allerdings hatte ich viel früher mit einem Zusammentreffen gerechnet. Ich bin todmüde, ehrlich, und ich habe keine Ahnung, wie lange ich noch reiten muß, um an mein Ziel zu gelangen.«

»Ich dachte, wir seien das Ziel!«

»Ja, auch, aber irgendwann muß ich weiter.« Er streckte mit schmerzverzerrter Miene das linke Bein aus und sah Sharra hilfesuchend an. »So schaffe ich allerdings keinen Schritt mehr.«

Besorgt beugte sich die Heilerin über das Bein. Er hatte einen Stoffstreifen um die Wade gewickelt. Darunter kam eine lange, aber durchaus verheilte Narbe zum Vorschein.

»Die Wunde da braucht Pflege, Sharra, findest du nicht auch?«

»Also, meiner Meinung nach hat er eine Ruhepause dringend nötig«, warf Jaxom ein und beäugte kritisch die Narbe. »Was denkst du, Sharra?«

»Unbedingt«, bestätigte sie. »Das Bein benötigt warmes Salzwasser und viel Sonnenschein!« Sie lachte. »Ein Glück, daß sie dich nicht als Harfner abgestellt haben, Piemur! Du wärst ein Schock für jeden anständigen Hof- oder Burgbesitzer.«

»Hast du eigentlich Aufzeichnungen über die Gebiete angefertigt, durch die du geritten bist?« fragte Jaxom neugierig.

»Das fragst du noch!« Piemur schaute ihn entrüstet an. »Was glaubst du, befindet sich wohl in Dummkopfs Packtaschen? *Nur* Aufzeichnungsmaterial! Weshalb komme ich in Lumpen daher? Weil ich keinen Platz für Ersatzkleidung habe!« Er rutschte etwas näher an Jaxom heran. »Du hast nicht zufällig eine Handvoll von Bendareks dünnen Schreibfolien bei dir?«

»Jede Menge – samt Zeichenstiften! Komm!«

Jaxom lief zur Hütte, gefolgt von Piemur, der nur noch ganz leicht humpelte. Jaxom hatte nicht beabsichtigt, Piemur seine Skizzen von der Umgebung der Bucht zu zeigen, aber den scharfen Augen des jungen Harfners entging nichts. Im Nu hatte er die zusammengerollten Blätter in der Hand und breitete sie aus. Nach einer Weile nickte er anerkennend.

»Nicht schlecht!« meinte er, und von Piemur war das ein dickes Kompliment. »Du hast Ruths Länge als Maßstab benutzt? Gute Idee! Ich habe Farli beigebracht, bestimmte Strecken, die ich messen will, in einem ganz gleichmäßigen Tempo abzufliegen. Dabei zähle ich die Sekunden bis zu ihrem Wiederauftauchen und rechne die Entfernung aus. N'ton hat die Abstände nachgeprüft, und sie stimmen einigermaßen, wenn ich den

Windfaktor in meine Überlegungen einbeziehe.« Er pfiff durch die Zähne, als er den Stapel blütenweißer Blätter entdeckte. »Die könnte ich brauchen, ehrlich, um all die Dinge aufzuzeichnen, die ich auf dem Herweg entdeckt habe. Wenn du mir ein wenig dabei hilfst . . .«

»Ich denke, du willst in erster Linie dein verletztes Bein pflegen?« fragte Jaxom mit ausdrucksloser Miene.

Piemur schaute ihn erstaunt an, und dann lachten sie beide laut los.

Die nächsten Tage verbrachten sie in schöner Eintracht, beruhigt durch Ruths Berichte, daß es Meister Robinton schon viel besser ginge. Gleich am ersten Morgen entdeckte Piemur, daß Dummkopf sämtliche Grasbüschel der Umgebung abgefressen hatte, und erkundigte sich, ob irgendwo in der Nähe ein Stück Wiese sei. So brachte Jaxom Piemur auf Ruth zu den Flußweiden, die etwa eine Stunde entfernt im Süden und Osten der Bucht lagen. Ruth half bereitwillig, die hohen Grasrispen einzusammeln, die Dummkopf nach Piemurs Worten besonders liebte. Ruth erklärte Jaxom, er habe noch nie einen Renner gesehen, der so ausgehungert wirkte wie Dummkopf.

»Wir mästen ihn aber nicht für dich!« meinte Jaxom lachend.

Er ist Piemurs Freund. Piemur ist mein Freund. Ich fresse nie die Freunde meiner Freunde.

Jaxom gab die Zusicherung an Piemur weiter. Der lachte dröhnend und tätschelte Ruth mit der gleichen rauhen Zärtlichkeit, mit der er auch Dummkopf bedachte.

Dann bepackten sie Ruth mit einem halben Dutzend Grasbündeln und flogen los. Piemur wollte wissen, ob Jaxom schon am Berg gewesen sei.

»Ich darf nicht ins *Dazwischen* fliegen.« Jaxom gelang es nicht ganz, seinen Ärger vor Piemur zu verbergen.

»Keine Sorge – du kommst schon noch früh genug hin!« Piemur starrte mit zusammengekniffenen Augen zu dem symmetrischen Bergkegel hinüber. »Das Ding sieht zum Greifen nahe aus, aber es liegt doch vier bis fünf Tagesreisen entfernt. Unwegsames Gelände, schätze ich. Aber du mußt dich erst richtig erholen.« Er versetzte Jaxom einen Rippenstoß, daß dem die Luft wegblieb. »Ich habe dich keuchen gehört, als wir das Gras schnitten. Mann, o Mann!«

»Wäre es nicht einfacher, Dummkopf auf die Weide hier zu bringen? Außer Ruth gibt es keine Drachen in der Nähe. Und Ruth hat versprochen, deinem kleinen Freund nichts zu tun.«

»Lieber nicht. Ich fürchte, Dummkopf würde nicht zurückkkommen, wenn er seinen wilden Artgenossen begegnete. Er ist zu dämlich, um zu erkennen, daß er es bei mir am besten hat.«

Dummkopf zeigte sich begeistert von der Bereicherung seines Speiseplans und schnaufte vergnügt, ehe er den Kopf in die Schwaden vergrub und zu fressen begann.

»Wie klug ist Dummkopf eigentlich?« fragte Sharra und strich dem Kleinen über den struppigen braunen Hals.

»Nicht ganz so klug wie Farli, aber alles andere als dumm. Innerhalb seiner Grenzen kann man ihn sogar als äußerst schlau bezeichnen.«

»Ja?« Jaxom hatte sich nie Gedanken über Renner gemacht.

»Seht ihr, ich kann Farli befehlen, sie solle so und so viele Stunden in eine bestimmte Richtung fliegen, dann landen und etwas aufnehmen, das am Boden liegt. Meist bringt sie mir Gräser oder Zweige, manchmal auch Steine und Sand. Ich kann sie auch nach Wasser Ausschau halten lassen. Damit hat sie mich bei der Großen Bucht übrigens reingelegt. Sie fand Wasser, sicher, denn ich hatte ihr nicht ausdrücklich befohlen, nach Trinkwasser zu suchen.« Piemur zuckte lachend mit den Schultern. »Dummkopf und ich dagegen müssen uns zu Fuß fortbewegen, und Dummkopf hat ein ausgezeichnetes Gespür für die Beschaffenheit des Geländes. Ich weiß nicht, wie oft er mich davor bewahrt hat, in einem Schlammloch oder Treibsand zu versinken. Er entdeckt instinktiv die einfachste Route durch unwegsame Gebiete. Außerdem wittert er Trinkwasser schon von weitem. Ich hätte also auf ihn hören sollen, als er den Sand zur Großen Bucht nicht überqueren wollte. Er wußte, daß kein Wasser dort zu finden war, obwohl Farli das Gegenteil versicherte. Damals verließ ich mich leider auf Farli. Aber ganz allgemein gesprochen, ergänzen sich die beiden wunderbar. Wir bilden ein gutes Team, Dummkopf, Farli und ich.

Oh – das Wichtigste hätte ich beinahe vergessen! Wir entdeckten unterwegs das Gelege einer Echsenkönigin, fünf . . .« Farli zeterte, und Piemur machte eine beruhigende Geste. »Also gut, vielleicht auch sechs oder sieben Buchten zurück. Irgendwie habe ich den Überblick verloren, aber Farli erinnert sich genau an die Stelle. Falls also noch jemand Echsen benötigt . . .«

Sharra lachte. »Ich erinnere mich noch genau, wie ich mein erstes Gelege im Sand entdeckte. Es waren die Eier eines grünen Weibchens, aber damals kannte ich den Unterschied nicht. Tagelang habe ich die Eier belauert und keiner Menschenseele ein Wort verraten. Ich wollte alle für mich behalten.«

»Vier oder fünf?« erkundigte sich Piemur lachend.

»Sogar sechs. Nur war mir entgangen, daß eine Sandnatter schon vor mir das Nest entdeckt und die Eier von unten her geöffnet hatte.«

»Wie kommt es eigentlich, daß Sandnattern nie an Königinnen-Gelege gehen?« wollte Jaxom wissen.

»Weil sich eine Königin selten weit von ihrem Nest entfernt«, sagte Sharra. »Sie hätte einen Schlangentunnel auf der Stelle entdeckt und den Räuber getötet. Grüne Echsen dagegen besitzen nicht die Spur von Intelligenz.« Sie schüttelte sich. »Schlangen – brr. Die hasse ich noch mehr als Sporen.«

»Nun ja, groß ist der Unterschied nicht«, meinte Piemur. »Die einen greifen von oben an und die anderen von unten.«

Während der größten Tageshitze zogen sich Jaxom, Sharra und Piemur in die Hütte zurück und legten von den Aufzeichnungen, die Piemur gemacht hatte, saubere Karten an. Piemur hatte die Absicht, seinen Reisebericht so rasch wie möglich an Sebell, Robinton oder F'lar weiterzuleiten.

In der Kühle des nächsten Morgens wanderten die drei Freunde am Küstenraum entlang zu der Bucht, in der Piemur das Königinnen-Gelege entdeckt hatte. Dummkopf kam als Packtier mit, und Ruth kreiste dicht über ihnen. Einundzwanzig Eier waren in dem Nest, alle bereits mit gehärteten Schalen; man konnte damit rechnen, daß die jungen Echsen in ein bis zwei Tagen schlüpfen würden. Die Echsenkönigin hatte bei ihrer Ankunft die Flucht ergriffen; sie buddelten die Eier aus, verpackten sie und schichteten sie in die Satteltaschen. Jaxom bat Ruth, Canth zu verständigen, daß sie Echsen-Eier gefunden hätten.

Canth sagt, daß sie morgen ohnehin hierherkommen, erwiderte Ruth. *Der Harfner hat heute tüchtig gegessen.*

Den Rückweg zu ihrer Bucht legten sie durch den Wald zurück. Da sie die Rotfrüchte nahe der Lichtung bereits abgeerntet hatten, wollten sie für F'nors Besuch ein wenig frisches Obst sammeln.

»Darf F'nor dich hier überhaupt sehen?« fragte Jaxom den jungen Harfner.

»Warum nicht? Er ist in den Plan eingeweiht.« Piemur machte eine Pause und fügte hinzu: »Wißt ihr, was mich immer wieder wundert, wenn ich diesen herrlichen Kontinent betrachte? Warum unsere Vorfahren eigentlich in den Norden zogen ...«

»Vielleicht war der Süden so ausgedehnt, daß sie ihn nicht unter Kontrolle halten konnten, solange es noch zu wenige Würmer gab«, meinte Sharra.

»Guter Gedanke.« Dann seufzte Piemur. »Diese alten Überlieferungen sind schlimmer als nutzlos, weil sie die wesentlichen Dinge weglassen. Sie befehlen den Bauern zwar, auf die Würmer zu achten, erwähnen aber mit keinem Wort, warum. Sie warnen vor dem Süden, nennen aber keinen Grund. Obwohl – wenn es damals nur halb so viele Erdstöße gab wie heute, dann kann ich unsere Vorfahren fast begreifen. Auf meiner Wanderung zur Großen Bucht wäre ich um ein Haar bei einem Beben umgekommen. Und Dummkopf ergriff vor lauter Hysterie die Flucht. Ein Glück, daß Farli ihn im Auge behielt – ich hätte den kleinen Idioten nie mehr eingeholt.«

»Erdbeben gibt es auch im Norden«, widersprach Jaxom. »In Crom und im Hochland – gelegentlich sogar in Igen oder auf der Ebene von Telgar.«

»Nicht die Beben, die ich miterlebt habe«, meinte Piemur. »Da sackt einem plötzlich der Boden unter den Füßen weg, und Wälle von einer halben Drachenlänge schieben sich in die Höhe.«

»Wann war das?« fragte Sharra. »Vor drei, vier Monaten?«

»Genau.« – »Bei uns in der Burg zitterten nur die Mauern, aber das war schon gespenstisch genug.«

»Habt ihr je miterlebt, wie ein Vulkan aus dem Meer tauchte und glühendes Gestein oder Asche ausspie?« fragte Piemur.

»Nein, und ich bin auch sicher, daß du uns jetzt ein Märchen auftischst, Piemur!« entgegnete Sharra und warf ihm einen mißtrauischen Blick zu.

»N'ton war dabei – ihr könnt ihn fragen!«

»Verlaß dich drauf, das werden wir.«

»Wo war das, Piemur?« fragte Jaxom neugierig.

»Ich zeige euch den Fleck später auf der Karte. N'ton will die Stelle im Auge behalten. Als er das letztemal dort war, hatte sich der Vulkan beruhigt und eine Insel gebildet – so gleichmäßig wie euer Berg da drüben.«

»Trotzdem – ich würde ihn gern mit eigenen Augen sehen«, beharrte Sharra.

»Vielleicht läßt sich das arrangieren«, erwiderte der junge Harfner gutmütig. »Ah, das ist ein Baum, wie ich ihn brauche!« fügte er im gleichen Atemzug hinzu, packte den untersten Ast und schwang sich geschickt in die Krone. Er begann Rotfrüchte zu pflücken und warf sie Jaxom und Sharra zu.

Entlang der Küste hatten sie die Bucht mit dem Echsen-Gelege in zwei Stunden erreicht. Aber nun, da sie sich einen Weg durch das dichte Unterholz bahnen mußten, brauchten sie dreimal so lange. Jaxom bekam eine Vorstellung von Piemurs Wanderschaften, als er beobachtete, mit welchem Geschick der junge Harfner einen Pfad durch Schlinggewächse und harzige Sträucher hieb. Jaxoms Schultern schmerzten, und in seinen Armen und Beinen steckten Dornen und Schiefer, als sie endlich nahe der Hütte auftauchten. Er hatte längst die Orientierung verloren. Piemur dagegen fand sich mit unheimlicher Sicherheit zurecht und führte sie, unterstützt von Ruth und den Feuer-Echsen, auf einer schnurgeraden Linie heim.

Nur der Stolz hielt Jaxom davon ab, sich sofort auf sein Lager zu werfen und zu schlafen. Piemur plädierte für ein Bad in der Bucht, um den Schmutz der langen Expedition herunterzuspülen, und Sharra war sofort einverstanden, weil sie meinte, die Männer könnten nebenbei ein paar Fische zum Abendessen fangen. Also kämpfte sich Jaxom zur Bucht hinunter.

Vielleicht trug diese Überanstrengung die Schuld an seinem späteren unruhigen Schlaf. Der feuerspeiende Berg beherrschte seine Träume, durch die Scharen flüchtender Menschen strömten. Für Jaxom war das ganz folgerichtig, aber auch er gehörte zu den Fliehenden, und irgendwie hatte es den Anschein, als käme er nicht schnell genug vom Fleck. Der grellrot glühende Strom, der sich über den Rand des Gipfels in die Tiefe ergoß, drohte ihn zu verschlingen.

»Jaxom!« Piemur schüttelte ihn. »Du redest im Schlaf! Du wirst noch Sharra wecken!« Das erste Grau des Morgens zog herauf; sie hörten, wie nebenan Sharra stöhnte. »Vielleicht wäre das sogar besser«, fügte der Harfner hinzu. »Sie scheint auch schlecht zu träumen.«

Piemur schlug die Decke zurück, aber da seufzte Sharra noch einmal tief und schlief von da an ruhiger.

»Ich hätte wohl nichts von dem Vulkan erzählen sollen. Wenn ich mich recht erinnere, geisterte er durch meinen Traum. Vielleicht habe ich auch schlicht und einfach zuviel gegessen.« Mit einem Seufzer rollte er sich zusammen.

»Danke, Piemur!«

»Wofür?« fragte Piemur gähnend.

Jaxom drehte sich um, fand eine gute Lage und schlief ebenfalls wieder ein.

Ruths Trompeten weckte sie alle drei am nächsten Morgen.

»F'nor ist im Anflug!« erklärte Jaxom den anderen.

Und er kommt nicht allein, fügte Ruth hinzu.

Jaxom, Sharra und Piemur liefen zum Strand, da tauchten auch schon die Drachen in der Luft auf, drei jüngere Tiere, angeführt von Canth mit seinen mächtigen Schwingen. Mit lautem Gekreische flatterten die Feuer-Echsen auf, die sich um Ruth geschart hatten. Nur Meer, Talla und Farli blieben zurück.

Canth setzte seinen Reiter am Strand ab, dann watete er gutgelaunt in das warme Wasser der Bucht, gefolgt von Ruth.

»Ein schönes Zusammentreffen, Piemur!« rief F'nor und zog im Gehen seine Reitjacke aus. »Ich machte mir schon Sorgen um dich.«

»Sorgen?« Piemur schaute ihn gekränkt an. »Typisch Drachenreiter! Ihr habt einfach keinen Respekt vor Entfernungen. Für euch ist so etwas ganz einfach. Schwupp – und ihr seid am Ziel – ohne jede Mühe.« Er schüttelte abfällig den Kopf. »Ich dagegen *weiß,* wo ich mich aufgehalten habe. Ich kenne jeden Fingerbreit Land, durch den ich mich gequält habe.«

F'nor grinste und hieb dem jungen Harfner so kräftig auf die Schulter, daß Jaxom sich wunderte, weshalb Piemur nicht in die Knie ging. »Dann kannst du ja deinem Meister die Zeit mit herrlich ausgeschmückten Reiseberichten vertreiben . . .«

»Sie bringen mich zu Meister Robinton?«

»Nein. Er kommt hierher.« F'nor deutete auf die Bucht.

»Was?«

F'nor kramte in seiner Gürteltasche und zog ein gefaltetes Stück Papier hervor. »Das ist der Grund meines heutigen Besuches. Und die Echsen-Eier, versteht sich! Die darf ich auf keinen Fall vergessen.«

Jaxom, Sharra und Piemur drängten sich um den braunen Reiter, als er mit wichtiger Miene das Blatt entfaltete. »Was ist das?«

»Ein Entwurf für das Haus des Meisterharfners, das hier in der Bucht errichtet werden soll.«

»Hier?« fragten die drei im Chor.

»Aber wie soll er denn in den Süden gelangen?« erkundigte sich Jaxom. »Er darf doch sicher nicht ins *Dazwischen* fliegen, oder?« Seine Stimme nahm einen so gereizten Ton an, daß F'nor fragend die Augenbrauen hochzog.

»Meister Idarolan hat dem Harfner sein schnellstes und größtes Schiff zur Verfügung gestellt. Menolly und Brekke begleiten ihn. Auf See gibt es nichts, das Robinton in Unruhe oder Sorge versetzen könnte.«

»Er wird leicht seekrank«, gab Jaxom zu bedenken.

»Nur auf kleinen Booten.« F'nor sah sie der Reihe nach an und klatschte in die Hände. »Ich schlage vor, daß wir uns gleich an die Arbeit machen. Ich habe Werkzeug und Helfer mitgebracht.« Er deutete auf die drei Jungreiter, die zu ihnen getreten waren. »Wir vergrößern die Schutzhütte auf der Lichtung und machen ein richtig bequemes Haus daraus.« Er tippte mit dem Zeigefinger auf die Skizze. »Zuerst einmal wird das ganze Gelände dort drüben abgeholzt . . .«

»Dann schmort der gute Harfner in seinem eigenen Saft, und das kann sehr unangenehm sein«, warf Sharra kühl ein.

»Wie bitte?«

Sharra nahm ihm den Entwurf ab und betrachtete ihn mit kritisch gerunzelter Stirn. »Kleines Haus? Das ist ja die reinste Burg – und nicht im geringsten für unseren Kontinent geeignet.« Sie kauerte sich in den Sand, nahm ein Stück Muschel und begann damit eine neue Skizze. »Erstens würde ich nicht da bauen, wo unsere Unterkunft steht – der Platz liegt bei rauher See zu nahe an der Wellenfront. Und wir haben durchaus Zeiten mit rauher See. Dort drüben . . .« – sie deutete auf eine Stelle östlich der Hütte – »liegt eine Anhöhe mit Obstbäumen.«

»Mit Obstbäumen? Genau das Richtige für die Fäden!«

»Ach, ihr Drachenreiter! Wann merkt ihr euch endlich, daß wir im Süden leben! Der Boden ist durchsetzt von Würmern. Hin und wieder zerfrißt ein Sporenknäuel vielleicht ein Blatt oder zwei, aber die Pflanzen gehen davon nicht kaputt. Außerdem ist die heiße Jahreszeit nahe, und glauben Sie mir, da braucht man soviel Grün wie nur möglich, um die Sonne abzuschirmen. Am günstigsten wäre ein Haus auf Säulen. Wir haben genug Klippenfelsen für das Fundament. Außerdem benötigen wir breite Fenster, die jede noch so kleine Brise einfangen. Mit diesen winzigen Schlitzen da läßt sich nichts anfangen. Gut, wenn Sie unbedingt meinen, versehen wir sie eben mit Läden, aber ich habe mein ganzes Leben hier im Süden verbracht und mich nie vor den Fäden verbarrikadiert. Breite Fenster, jawohl, und Korridore, die quer durch das Haus laufen und für genügend Durchzug sorgen . . .« Während sie sprach, legte sie mit energischen Strichen im Sand die Umrisse eines neuen Gebäudes an. »Wichtig ist außerdem eine Kochstelle im Freien. Brekke und ich haben uns mit Steinmulden beholfen.« Sie deutete zum Strand. »Und ein Bad im Haus ist absolut unnötig, wenn Sie die Bucht mit warmem Wasser direkt vor der Nase haben.«

»Gegen Wasserleitungen haben Sie aber nichts einzuwenden, oder?«

»Nein, das ist praktischer, als wenn man ständig mit Eimern zum Bach laufen müßte. Wir könnten vielleicht eine Abzweigung zur Kochstelle führen. Vielleicht sogar mit einem Speichertank, damit wir ständig heißes Wasser haben . . .«

»Sonst noch etwas, Baumeisterin?« F'nor wirkte verblüfft, aber in seiner Stimme schwang Bewunderung mit.

»Ich sage Ihnen Bescheid, wenn mir noch etwas einfällt«, entgegnete sie mit Würde.

F'nor grinste sie an und zog dann die Stirn kraus, als er ihren Entwurf im Sand betrachtete. »Ich weiß nicht recht, ob der Meisterharfner mit soviel Grün rund um das Haus einverstanden sein wird. Sicher, ihr Südländer seid es gewohnt, während des Sporenregens im Freien zu sein . . .«

»Meister Robinton ebenfalls«, warf Piemur ein. »Sharra hat recht. Wir brauchen hier im Süden eine andere Bauweise als im Norden. Und ein paar Bäume kann man notfalls später immer noch fällen, F'nor. Das geht schneller, als neue anzupflanzen.«

»Ein Punkt für dich.« Er wandte sich an die Jungreiter. »B'refli, K'van, und M'tok, paßt auf! Eure Drachen können ruhig in der Bucht baden. Ihr benötigt sie erst wieder, wenn wir ein paar Stämme geschnitten haben. K'van, du hast die Äxte mitgebracht, oder?« F'nor verteilte das Werkzeug, ohne auf Piemurs Gemaule zu achten, wozu man sich eigentlich tagelang einen Weg durch den Wald kämpfe, wenn die Bäume letzten Endes doch kleingesägt wurden. »Sharra, zeigen Sie uns bitte den Fleck, den Sie vorhin erwähnt haben? Wir können gleich an Ort und Stelle ein paar Bäume fällen und als Stützen verwenden.«

»Hart genug sind sie«, meinte Sharra vielsagend und zeigte ihnen den Weg.

F'nor steckte das Gebiet ab, auf dem die Hütte errichtet werden sollte, und markierte die Bäume, die zu fällen waren. Das war weit leichter gesagt als getan. Die Axtschneiden schienen das Holz kaum zu ritzen und sprangen mehr als einmal ab. F'nor war überrascht, murmelte etwas von stumpfen Beilen und holte den Wetzstein hervor. Nachdem er das Werkzeug geschärft und sich empfindlich in den Finger geschnitten hatte, versuchte er es noch einmal. Doch der Erfolg war nicht wesentlich größer.

»Ich begreife das nicht«, meinte er und betrachtete kopfschüttelnd die Kerben im Stamm. »Das Holz dürfte eigentlich nicht so zäh sein. Das sind doch Obstbäume und keine Harthölzer wie bei uns im Norden. Nun, irgendwie müssen wir sie wegschaffen!«

Der einzige, der mittags keine Blasen an den Fingern hatte, war Piemur, der bei seinen Wanderungen gelernt hatte, mit Axt und Buschmesser umzugehen. Entmutigend war allerdings die Ausbeute – insgesamt hatten sie nicht mehr als sechs Bäume gefällt.

»Dabei schuften wir wie die Wilden«, seufzte F'nor und wischte sich den Schweiß von der Stirn. »Mal sehen, was Sharra für uns gekocht hat. Es riecht jedenfalls verlockend.«

Sie hatten Zeit für ein Bad im Meer, ehe Sharras Mittagessen fertig war. Das Salzwasser brannte in den Blasen, und sie stöhnten, bis Sharra ihre Finger mit Heilsalbe behandelte. Nach einer üppigen Mahlzeit aus Fisch und gebackenen Wurzelknollen schärften sie noch einmal die Axtschneiden und setzten ihre Arbeit fort. Den Rest des Nachmittags verbrachten sie damit, die gefällten Stämme von Astwerk und Rinde zu befreien. Sharra beseitigte das Unterholz und schleppte mit Ruths Hilfe von den Küstenklippen schwarze Felsbrocken herbei, mit denen sie die Ecken des Fundaments markierten.

Jaxom und Piemur sanken völlig erschöpft in den Sand, als F'nor mit seinen Helfern zum Weyr aufgebrochen war. Sie hielten sich gerade noch lange genug wach, um Sharras Abendessen zu verschlingen.

»Lieber wandere ich noch einmal um die Große Bucht«, murmelte Piemur und rieb sich die verkrampften Schultermuskeln.

»Es ist für Meister Robinton«, wandte Sharra ein.

Jaxom betrachtete nachdenklich seine Blasen und Schwielen. »Wenn wir weiter so vorankommen wie heute, dann können wir nur hoffen, daß es Monate dauert, bis er hier eintrifft.«

Sharra erbarmte sich ihres Muskelkaters und rieb sie mit einer Salbe ein, die aromatisch duftete und angenehm auf der Haut prickelte. Etwas erleichtert schliefen sie ein.

Am nächsten Morgen weckte Sharra sie in aller Frühe mit der Ankündigung, daß F'nor eingetroffen sei und weitere Helfer mitgebracht habe.

Ihr Tonfall, dazu die Rufe und Befehle, die vom Strand her kamen, hätten Jaxom warnen sollen. Aber er war völlig unvorbereitet auf den Anblick, der sich ihm bot, als er, steif von der Arbeit des Vortags, mit Piemur ins Freie trat.

Die Bucht, die Lichtung, der Himmel – überall wimmelte es von Drachen und Menschen. Ruth stand ganz am Rand des

Sandstreifens, hatte den Kopf erhoben und begrüßte jeden Neuankömmling mit einem freudigen Trompeten. Auf dem Dach der Hütte saßen Schwärme von Feuer-Echsen.

»Flammen und Schwefel, sieh dir das an!« murmelte Piemur. Dann lachte er und schüttelte die Arme. »Eines steht jedenfalls fest – wir beide müssen heute keine Bäume fällen!«

»Jaxom, Piemur!« Die beiden jungen Männer drehten sich um, als sie F'nors Stimme hörten. Der braune Reiter kam gutgelaunt auf sie zu, gefolgt von Meisterschmied Fandarel, Forstmeister Bendarek, N'ton und einem Geschwaderführer von Benden, den Jaxom nicht genau kannte.

»Habe ich dir gestern abend die beiden Skizzen gegeben, Jaxom? Ich kann sie nämlich nicht finden ... Ach, da sind sie ja!« F'nor deutete auf den kleinen Tisch. Da lag Brekkes Zeichnung und daneben ein Blatt mit den Änderungen, die Sharra vorgeschlagen hatte. Der braune Reiter nahm beides und begann mit den Gildemeistern zu diskutieren.

Fandarel betrachtete die Skizzen genau. Dann schüttelte er mißbilligend den Kopf. »Gut gemeint«, murmelte er, »aber unzweckmäßig.«

»Weyrführer R'mart hat mir genügend Reiter zur Verfügung gestellt«, warf Bendarek ein. »Wir können gut durchgetrocknetes Hartholz für den Rahmenbau einfliegen.«

»Ich habe Rohre für die Wasserleitung und die sanitären Anlagen, dazu Metall für einen vernünftigen Herd, Küchengeräte, Fensterläden ...«

»Baron Asgenar gab mir einige seiner Maurer mit. Das Fundament und die Böden sind seiner Ansicht nach das Wichtigste ...«

»Erst müssen wir die Zeichnung hier ändern, Meister Bendarek ...«

»Da bin ich ganz Ihrer Meinung. Eine hübsche kleine Hütte, durchaus, aber absolut nicht die geeignete Behausung für den Meisterharfner von Pern.«

Die beiden Gildemeister gingen daran, die Handskizzen zu verbessern und auszufeilen und vergaßen darüber die Umstehenden. Piemur konnte gerade noch den Blätterstapel retten, den er von Jaxom für seine Karten erhalten hatte.

F'nor kniff ein Auge zu und grinste. »Ehrlich, Jaxom«, flüsterte er, »ich bat F'lar und Lessa nur um *einige* Helfer. Im Morgengrauen standen dann auf Benden ganze Drachengeschwader und nahezu alle Gildemeister von Pern bereit. Ramoth hat offenbar die Kunde auf Lessas Geheiß hin verbreitet ...«

»Das war *die* Gelegenheit, den Süden kennenzulernen«, meinte Piemur und betrachtete kopfschüttelnd das Gewimmel am Strand.

»Ja, ich weiß, aber mit einem solchen Andrang hatte ich wirklich nicht gerechnet. Und schließlich konnte ich die Leute kaum wieder heimschicken.«

»Ich glaube eher, sie wollen damit dem Meisterharfner ihre Achtung beweisen«, sagte Sharra, die sich zu ihnen gesellt hatte. Jaxom sah sie an und spürte, daß sie seine Gedanken teilte. Die stille, friedliche Bucht, die ihnen allein gehört hatte, war plötzlich erfüllt von Leben und Aktivität.

Dann merkte er, daß F'nor ihn musterte, und zwang sich zu einem Lächeln. »Nun, dann heilen unsere Wasserblasen vielleicht, ehe wir wieder gebraucht werden, was, Piemur?«

Piemur nickte und ließ seine Blicke über den Strand schweifen. »Ich mache mich am besten auf die Suche nach Dummkopf. Der Kerl ist in seiner Angst sicher in den Wald geflohen. Farli!« Er streckte den Arm aus, und seine Echsenkönigin kam vom Dach heruntergeflattert. »Such Dummkopf, Farli! Bring mich zu ihm!«

Die Echse schaute über ihre linke Schulter und zirpte leise. Piemur marschierte in diese Richtung los, ohne sich noch einmal umzudrehen.

»Der junge Mann hat zu lange in der Einsamkeit gelebt«, meinte F'nor.

»Stimmt.«

»Du kennst seine Gefühle?« fragte F'nor, belustigt über Jaxoms knappe Antwort. Er legte ihm eine Hand auf die Schulter. »Ich würde mich nicht darüber ärgern, mein Junge. Bei so vielen Helfern ist das Haus im Nu fertig, und du hast bald wieder deine gewohnte Ruhe.«

»Idioten!« fauchte Sharra plötzlich.

Jaxom, der F'nors fragendem Blick ausgewichen war, schaute sie an. Sie hatte nebenbei das Gespräch zwischen den beiden Gildemeistern mitverfolgt.

»Nun muß ich denen wieder alles von vorn erklären!« Die Hände in die Hüften gestemmt, trat sie mit entschlossenen Schritten auf die beiden Männer zu. »Ich glaube, ich muß Sie auf etwas hinweisen, werte Meister, das Sie eindeutig übersehen haben. Wir leben hier im heißen Süden. Sie sind beide an kalte Winter und eisige Regenfälle gewöhnt. Wenn Sie das Haus aufgrund dieser Erfahrungen bauen, ersticken seine Bewohner in der Bruthitze, die uns hier bald bevorsteht. Ich selbst stamme aus der Burg des Südens. Die Mauern dort sind dick – sie weisen die Hitze ab und halten die Kühle im Innern fest. Wir errichten unsere Häuser auf Säulen, damit die Böden Luft bekommen. Wir haben viele Fenster – breite Fenster, ohne Läden. Ja, ich weiß, aber die Fäden plagen uns selten, während wir die Hitze täglich spüren. Nun hören Sie gut zu . . .«

F'nor schnalzte mit der Zunge. »Den Ton kenne ich von Brekke – und mache mich dann meist aus dem Staub.« Er tippte Jaxom mit dem Zeigefinger auf die Brust. »Du könntest uns eigentlich zeigen, wo hier die günstigsten Jagdgründe liegen. Wir haben zwar einigen Proviant mitgebracht, aber als Herrscher über die Bucht hast du die Pflicht, deine Gäste mit einem ordentlichen Braten zu versorgen . . .«

»Einen Augenblick, ich hole nur meine Reitsachen.« In Jaxoms Stimme schwang ehrliche Erleichterung mit.

Sie kämpften sich durch ein Gewirr von Balken, Metallteilen und allen möglichen Packen und Ballen bis zur Bucht vor. Unterwegs hielten die Leute Jaxom immer wieder an und erkundigten sich nach seinem Befinden.

Er lebte nun seit vielen Siebenspannen in der Bucht, und so war ihm eigentlich nie der Gedanke gekommen, daß seine Krankheit ein Gesprächsthema in Weyr, Burg und Hof sein könnte. Er fühlte sich zugleich verlegen und dankbar, aber das linderte nicht seinen Kummer über das Eindringen der Nordbewohner in den Frieden und die Stille seiner Bucht.

Wie hatte F'nor ihn genannt? Herrscher über die Bucht? Er warf mit einem Lachen den Kopf zurück. Im gleichen Augenblick landete Ruth neben ihm, tropfnaß vom Baden.

So viele Menschen! So viele Drachen! Das macht Spaß! Ruths Augen wirbelten begeistert.

Jaxom tätschelte ihm liebevoll die Nase und schwang sich auf seinen Nacken. Die anderen Reiter warteten bereits, und so hob er die Hand zum Zeichen, daß alles startklar war. Ruth stieß sich vom Sand ab und schnellte senkrecht in die Luft. Die großen, schweren Drachen der übrigen Reiter blieben weit zurück, und Ruth zog eine Schleife, bis sie die Lücke geschlossen hatten. Dann führte er sie nach Südosten.

Jaxom brachte die Jäger zu einer weit entfernten Flußwiese, die sie bei ihrer Wanderung mit Piemur entdeckt hatten. Im allgemeinen suchten Wherhühner und Renner diese Gegend am späten Vormittag auf, um sich im Wasser und im kühlen

Schlamm zu wälzen. Außerdem hatten dort auch die größeren Drachen genügend Platz für Verfolgungsmanöver.

Wie er es erwartet hatte, weideten einige Herden und Wherhuhn-Schwärme auf dem schräg abfallenden Gelände zwischen dem Waldrand und dem Hochwasserbett des Flusses, das sich zu Regenzeiten füllte und den Wurzeln von Sträuchern und Bäumen kaum Halt bot. Im Moment gedieh hier hohes Sumpfgras, das in der sengenden Frühsommerhitze allmählich vergilbte.

Wir sollen einzeln jagen. F'nor schlägt vor, daß wir uns einen großen Wherhahn schnappen. Die anderen werden versuchen, je einen Bock zu erbeuten. Das müßte für heute reichen.

»Und wenn es nicht reicht«, meinte Jaxom, »angeln wir eben noch ein paar Fische.«

Wenn er ehrlich war, mußte Jaxom zugeben, daß er sich auf die Jagd freute. Er hatte zwar noch nie Gelegenheit gefunden, einen Speerlasso zu benutzen, aber . . . Er entdeckte einen prächtigen Wherhahn, der die Schwanzstachel stolz aufrichtete und majestätisch hinter einer Hennenschar herstolzierte. Jaxom preßte die Schenkel gegen Ruths Nacken und wog den Lasso in der Hand. Er übermittelte Ruth ein Bild des Wherhahns, und der weiße Drache tauchte mit halb angewinkelten Schwingen, so daß Jaxom genug Raum zum Auswerfen der metallbeschwerten Schlinge hatte. Das Seil legte sich um den großen Kopf des Wherhahns – der bäumte sich erschrocken auf und wich zurück. Die Schlinge zog sich zu, Jaxom verstärkte den Schenkeldruck, Ruth stieg abrupt ein Stück in die Höhe, und mit einem schnellen Ruck brach Jaxom seiner Beute das Genick.

F'nor meint, wir haben einen guten Fang gemacht. Er hofft auf ein ähnliches Jagdglück.

Sie landeten am Rand der Weide, ein gutes Stück entfernt von den übrigen Jägern. Jaxom stieg ab, löste die Beute aus der Schlinge, verschnürte sie und befestigte sie auf Ruths Rücken. Als sie wieder aufstiegen, sahen sie, daß auch F'nor und N'ton erfolgreich gewesen waren. F'nor ballte triumphierend die Hand zur Faust und zeigte mit einer Geste an, daß sie zur Bucht zurückfliegen konnten. T'gellan hetzte gerade hinter einem Bock her, den er beim ersten Wurf verfehlt hatte. Kurz vor der Waldgrenze holte er ihn ein und brachte ihn zu Fall. Erleichtert folgte Jaxom dem Geschwaderführer. Es war eine gute, schnelle Jagd gewesen; sie mußten nicht befürchten, daß die Herden durch ihr Auftauchen scheu geworden waren und beim nächsten Mal in den Wald flohen. Jaxom rechnete nämlich damit, daß der Fleischvorrat nicht lange reichen würde. Die riesige Helferschar mußte verköstigt werden, und ein paar Tage dauerte es sicher noch, bis das Haus des Meisterharfners fertig dastand.

Sie waren nicht allzu lange fort gewesen, doch bei ihrer Rückkehr entdeckten sie eine breite Lichtung auf der Anhöhe im Wald. Verwundert starrte Jaxom in die Tiefe. Er wußte inzwischen, mit welcher Zähigkeit sich das Holz den Äxten widersetzte. Da sah er, wie ein Drache einen Baum mitsamt den Wurzeln aus dem Erdreich hob und ihn zur nächsten Bucht im Osten schleppte, wo bereits ein ganzer Stapel lag.

Als Ruth sich dem Bauplatz näherte, bemerkte Jaxom, daß die Eckpfeiler aus schwarzem Klippenstein bereits errichtet waren; die ersten Querbalken aus nordischem Hartholz wurden gerade befestigt. Ein breiter, geschwungener Weg führte zu der Anhöhe, aufgestreut mit Sand, den die Drachen in Feuersteinsäcken herbeischleppten. Am Rande der Lichtung wurde mit Feuereifer gesägt, gehobelt, genagelt und eingepaßt, während vom Strand her ein Helfertrupp die nächste Ladung schwarzer Felsbrocken heranschaffte.

Am Ostrand der Bucht hatte man Gruben ausgehoben, in denen Feuer flackerten. Bratspieße aus Metall warteten auf Arbeit. Im Schatten des Waldsaums standen Holztische, und Jaxom erkannte Körbe mit roten, gelben und grünen Früchten.

Ruth schwebte einen Moment lang über der Lichtung, ehe er sanft landete. Zwei Männer von den Feuergruben eilten herbei, nahmen die Jagdbeute in Empfang und brachten sie zu den Kochstellen. Ruth flog gleich wieder auf, um den anderen Drachen Platz zum Landen zu machen.

F'nor streifte seine Reitjacke ab und trat neben Jaxom. Er blinzelte in das grelle Licht, als er das geschäftige Treiben in der vorher so stillen Bucht beobachtete. Der Drachenreiter seufzte tief, doch mit einemmal nickte er, als sei ihm ein befriedigender Gedanke gekommen.

»Ja«, sagte er leise, »ja, ich bin sicher, daß sie den Übergang schaffen.«

»Welchen Übergang?« fragte Jaxom.

F'nor dachte nicht an den Hausbau, soviel stand fest.

»Von Drachenreitern zu Landbesitzern. Wieviel von der Gegend ringsum hast du bisher eigentlich erforscht?«

»Die Buchten bis zur Flußweide, an der wir heute waren, und ein Stück des Waldes dahinter.«

Wie auf einen geheimen Befehl drehten sich beide Männer zu dem Vulkankegel um, der wolkenverhüllt in der Ferne lag.

»Er zieht den Blick auf sich, nicht wahr?« F'nor lachte. »Du wirst als erster dorthin vorstoßen, Jaxom. Offen gestanden, mir wäre es sogar lieb, wenn du zusammen mit Piemur gezielte Vorbereitungen für eine Erforschung dieses Berges treffen würdest. Das ist Musik in deinen Ohren, nicht wahr? Es gibt euch beiden eine vernünftige Beschäftigung. Ach ja, und ehe ich es wieder vergesse – wo ist dieses Echsen-Gelege, das du uns versprochen hattest?«

»Es sind insgesamt einundzwanzig Eier. Wäre es vielleicht möglich, daß fünf davon . . .«

»Aber sicher!«

». . . nach Ruatha gebracht werden?«

»Heute abend sind sie dort.«

Jaxom schaute sich mit einemmal verwundert um und schüttelte den Kopf. »Also, das ist merkwürdig.«

»Was?«

»Sonst treiben sich hier Scharen von Feuer-Echsen herum. Im Moment zähle ich höchstens ein Dutzend. Und sie tragen alle die Farbmarkierungen des Nordens.«

XVII

Burg Fort, Benden-Weyr, in Jaxoms Bucht und an Bord der Morgenstern 1. 10. 15–2. 10. 15

Nachdem sich die drei Feuer-Echsen freudig begrüßt hatten, nahmen die drei Männer an einem Tisch im Kleinen Saal der Burg Fort Platz. Hier hielt Baron Groghe im allgemeinen seine privaten Besprechungen ab.

Sebell kannte den Raum gut, aber er war noch nie als Sprecher seiner Gilde hierhergekommen und noch nie gleichzeitig mit dem Weyrführer von Fort. Allem Anschein nach hatte Baron Groghe ein wichtiges Anliegen.

»Ich weiß nicht recht, wo ich anfangen soll«, meinte Baron Groghe und schenkte den Männern Wein ein. Sebell fand, das sei bereits ein ausgezeichneter Anfang, vor allem, da der Baron Benden-Wein auftischte. »Am besten ohne Umschweife . . . Die Sache ist die: Ich stand auf F'lars Seite, als er T'ron bekämpfte . . .« – Groghe nickte dem gegenwärtigen Weyrführer von Fort zu –, »weil ich wußte, daß er im Recht war. Ging völlig in Ordnung, diese Taugenichtse ins Exil zu schicken, wo sie keinen Schaden anrichten konnten. Und solange die Alten im Süden lebten, fand ich es auch richtig, sie in Ruhe zu lassen, solange sie uns in Ruhe ließen. Was sie meist auch taten . . .« Baron Groghes buschige Brauen zogen sich zusammen; er schaute erst N'ton und dann Sebell grimmig an.

Beide Männer wußten, daß es im Einflußbereich von Fort gelegentlich zu Raubüberfällen gekommen war, die eindeutig die Handschrift der verbannten Drachenreiter trugen, und sie nickten verständnisvoll. Baron Groghe räusperte sich und faltete die Hände vor dem stattlichen Bauch.

»Was ich sagen wollte, ist, daß die Kerle jetzt aber tot sind – oder doch allmählich wegsterben. Machen auch keine Scherereien mehr. D'ram hat sich sozusagen als Stellvertreter von F'lar ein paar Drachenreiter aus den Nord-Weyrn zusammengeholt und bringt den vergammelten Süd-Weyr wieder auf Zack. Bin ich völlig damit einverstanden.« Er warf dem Harfner und dem Weyrführer einen langen, bedeutungsvollen Blick zu. »Hmm. Eine prächtige Entwicklung, wenn die Weyrleute wieder gegen Fäden kämpfen, was? Mit anderen Worten, das Land da unten wird jetzt geschützt. Nun weiß ich, daß der junge Troic im Süden eine Burg errichtet hat. Will ihm auch keiner wegnehmen, beileibe nicht. Hat sich sein Land sauer genug verdient. Aber ein Weyr, in dem alles klappt, kann mehr als eine kleine Burg beschützen, oder?« Er schaute N'ton bohrend an. Der Weyrführer mimte höfliches Interesse, aber er schwieg und half Baron Groghe nicht weiter.

»Also dann – hmm. Das Problem sieht folgendermaßen aus: Da zieht man eine Schar Kinder groß und bringt ihnen bei, wie man das Land bebaut und sich um einen Hof kümmert. Und genau das wollen sie dann tun. Wenn man sie nicht läßt, stellen sie nur Blödsinn an. Fangen Raufhändel an und fechten Duelle aus! Hat auch wenig Sinn, sie in Pflege zu geben. Dafür kriegt man die Bälger der anderen Leute, und die benehmen sich nicht besser. Beim Ei! Land brauchen die Burschen alle, damit sie mal tüchtig arbeiten!« Baron Groghe schlug mit der flachen Hand auf den Tisch, um seine Worte zu unterstreichen. »Aber ich kann mein Land nicht noch mehr aufteilen! Nutze ohnehin jeden Fleck, der nicht gerade blanker Fels ist! Ich kann auch nicht Leute aus ihren Pachthöfen werfen, die schon seit Generationen da sitzen. Dagegen wehre ich mich, auch wenn das eigene Fleisch und Blut noch so drängelt!

Also, solange die Alten drunten im Süden lebten, hätte ich den Vorschlag nie gewagt. Aber jetzt führt D'ram den Weyr; er ist F'lars Mann, und er kriegt sicher alles so ins Lot, daß man mehr Burgen und Höfe anlegen könnte, oder?«

Baron Groghe ließ seine Blicke düster vom Harfner zum Weyrführer schweifen, als versuche er jeden Widerspruch im Keim zu ersticken. »Es gibt eine Menge freies Land im Süden, habe ich nicht recht? Niemand weiß genau, wie groß der Kontinent ist. Aber ich hörte Schiffsmeister Idarolan erzählen, daß eines seiner Boote mehrere Tage eine Küste entlangsegelte. Hmm. Tja – das wäre es also.« Er begann unvermittelt vor sich hinzukichern, ein glucksendes Lachen, das immer heftiger wurde, bis er keine Luft mehr bekam und mächtig schnaufen mußte. Halb erstickt deutete er mit seinem Zeigefinger erst auf den einen, dann auf den anderen Besucher, ohne ein Wort herauszubringen.

N'ton und Sebell zuckten hilflos die Achseln und lachten unsicher mit. Sie errieten weder den Anlaß der Heiterkeit noch was Baron Groghe ihnen sagen wollte. Erst nach geraumer Zeit fand der Baron seine Beherrschung wieder. Er wischte sich die Lachtränen aus den Augen.

»Fabelhaft auf Zack! Jawohl, das seid ihr beide. Fabelhaft auf Zack!« Er trommelte mit einer Faust gegen seine Brust, weil er immer noch Schwierigkeiten mit dem Atmen hatte. Nach einem langen Hustenanfall wurde er endlich wieder ernst. »Ich kann es euch nicht verübeln. Weyr-Geheimnisse darf man nicht ausplaudern. Verstehe ich sehr gut! Aber tut mir einen Gefallen! Redet mit F'lar! Sagt ihm, daß Angriff besser ist als Verteidigung! Aber das weiß er vermutlich selbst. Ich finde nur, er sollte vorbereitet sein – bald. Inzwischen weiß nämlich ganz Pern, daß sich der Meisterharfner in den Süden begibt, um wieder gesund zu werden. Alle wünschen Meister Robinton das Beste. Aber die Leute fangen natürlich an, Fragen über den Südkontinent zu stellen, besonders jetzt, da er frei zugänglich wird.«

»Der Süden ist so groß, daß man ihn nicht ausreichend gegen die Sporen schützen kann«, erklärte N'ton.

Baron Groghe nickte und murmelte, daß er sich über dieses Problem im klaren sei. »Nur – es hat sich herumgesprochen, daß man diese Fäden auch außerhalb der Burgmauern überleben kann.« Er starrte Sebell aus zusammengekniffenen Augen an. »Ihr Mädchen, diese Menolly, hat es bewiesen. Und wie man hört, bekam Toric drunten im Süden bei Fädeneinfall wenig Unterstützung von den Alten.«

»Sagen Sie mal, Baron Groghe«, warf Sebell in seiner ruhigen Art ein, »waren Sie je bei einem Sporenregen im Freien?«

Baron Groghe zuckte zusammen. »Ein einziges Mal. Ist ja gut, Harfner, ich verstehe, was Sie sagen wollen. Aber was soll's – gerade hier würde sich erweisen, wo die Männer sind und wo die Weichlinge!« Er nickte heftig. »Jawohl, das ist meine Ansicht. Wir müssen die Weichlinge aussondern.« Er starrte N'ton listig an. »Oder sind die Weyr da anderer Meinung?«

Zur Überraschung des Barons lachte N'ton. »Es wird Zeit, daß wir mehr als nur die Weichlinge aussondern, Baron Groghe!«

»Häh?«

»Jedenfalls werde ich Ihre Botschaft heute noch an F'lar weitergeben.« Der Weyrführer von Fort hob seinen Becher.

»Danke. Mehr kann ich nicht verlangen. Was hört man Neues von Meister Robinton, Sebell?«

Sebells Augen leuchteten auf. »Er ist vier Tagesreisen von Ista entfernt, und es geht ihm gut.«

»Auf dem Schiff? Na, ich weiß nicht . . .«

»Zumindest hörte ich, daß es ihm gut geht. Ob er der gleichen Ansicht ist, weiß ich nicht«, setzte Sebell hinzu.

»Sucht diese idyllische Bucht auf, in der Jaxom festgehalten wird, was?«

»Festgehalten?« Sebell schaute den Burgherrn mit gespieltem Entsetzen an. »Baron Jaxom wird nicht festgehalten, aber er muß noch eine Weile warten, ehe er wieder ins *Dazwischen* fliegen darf.«

»Ich habe ihn besucht. Sagen Sie, wo liegt diese Traumbucht eigentlich genau?«

»Im Süden«, entgegnete Sebell knapp.

»Hmm. Na schön, Sie wollen nicht raus mit der Sprache. Nehme ich Ihnen gar nicht übel. Herrlicher Fleck. Also dann, ihr beiden, richtet F'lar meine Worte aus! Ich glaube nicht, daß ich der einzige bleiben werde, der das Problem auf den Tisch bringt, aber ich dachte mir, es könnte nicht schaden, wenn ich der erste bin. Hilft vielleicht ihm und mir weiter. Meine Söhne, die verdammte Brut, treiben mich allmählich in den Suff!« Der Baron erhob sich, und seine beiden Besucher taten das gleiche. »Richten Sie Ihrem Meister meine besten Wünsche aus, Sebell, wenn Sie ihn das nächstemal sehen.«

»Danke, ich werde es nicht vergessen.«

Baron Groghes kleine Königin Merga verabschiedete sich mit fröhlichem Gezirpe von Kimi und Tris, als die drei Männer die Burg verließen. Sebell schloß daraus, daß der Baron zufrieden mit dem Verlauf des Gesprächs war.

Erst als die beiden Besucher die breite Auffahrt verlassen hatten, die vom Hof der Burg zur gepflasterten Straße hinunterführte, lachte Sebell leise vor sich hin. »Es hat geklappt, N'ton, es hat geklappt!«

»Was?«

»Der Baron bittet den Weyrführer von Benden um Erlaubnis, in den Süden zu gehen.«

»Ja und?« N'ton schaute ihn kopfschüttelnd an.

Sebell grinste breit. »Beim Ei, und Sie fallen auch darauf herein! Haben Sie Zeit, mich zum Benden-Weyr zu bringen? Baron Groghe hat recht. Andere werden das Problem ebenfalls zur Sprache bringen, und möglicherweise hat Baron Corman bereits den Anfang gemacht.«

»Worauf bin ich reingefallen, Sebell?«

Sebells Grinsen wurde noch breiter, und in seinen braunen Augen blitzte der Spott. »Ich habe es gelernt, Gildegeheimnisse zu hüten, mein Freund.«

N'ton fauchte ungeduldig. Dann blieb er mitten auf dem Pflaster stehen. »Erklären Sie mir die Zusammenhänge, Sebell, oder ich gehe keinen Schritt weiter!«

»Es ist doch so augenfällig, N'ton! Denken Sie selbst darüber nach! Wenn Sie das Rätsel auf dem Flug nach Benden nicht lösen, dann erkläre ich es Ihnen dort. Ich muß F'lar ohnehin einweihen.«

»Also auch Baron Groghe – sieh mal einer an!« F'lar warf den beiden jüngeren Männern einen müden Blick zu.

Er war eben von einem Sporenregen über Keroon zurückgekehrt und hatte sich nach dem Einsatz eine lange Rede von Baron Corman anhören müssen, oftmals unterbrochen von dem lauten Geschniefe des Burgherren, der an chronischem Schnupfen zu leiden schien.

»Fäden über Keroon?« fragte Sebell, und als F'lar säuerlich nickte, grinste der junge Gildemeister N'ton an. »Dann war Baron Groghe nicht der erste!«

Ärgerlich warf F'lar seine Reithandschuhe auf den Tisch.

»Entschuldigen Sie, daß ich gerade jetzt hereinplatze, wo Sie sicher todmüde sind«, meinte Sebell, »aber wenn Baron Groghe sich Gedanken über jene ungenutzten Gebiete im Süden machte, dann ist er sicher nicht der einzige. Er fand, daß man Sie warnen müßte.«

»Warnen – hmm.« F'lar schob sich eine widerspenstige Strähne aus der Stirn und trank einen Becher Wein leer. Dann erst kam ihm zu Bewußtsein, daß er unhöflich war. Er bot seinen Besuchern ebenfalls etwas zu trinken an.

»Noch haben wir die Sache in der Hand, Weyrführer.«

»So, finden Sie? Horden abenteuerlustiger junger Männer, die sich im Süden eigene Reiche aufbauen wollen . . .«

»Erst einmal müssen sie Benden um Erlaubnis bitten.«

F'lar verschluckte sich und begann zu husten. »Benden um Erlaubnis bitten? Wie das?«

N'ton grinste von einem Ohr zum anderen. »Das hat Meister Robinton eingefädelt.«

»Irgendwie kann ich dieser Logik nicht ganz folgen.« F'lar setzte sich und tupfte ein paar Tropfen Wein von seinem Kinn. »Was hat Meister Robinton, der im Moment friedlich in Richtung Süden segelt, mit Groghe, Corman und den anderen Burgherren zu tun?«

»F'lar, Sie wissen vielleicht, daß mich der Meisterharfner auf Wanderschaft durch ganz Pern geschickt hat. In jüngster Zeit hatte ich neben meinen gewohnten Aufgaben eine Mission zu erfüllen, die Meister Robinton für ungeheuer wichtig hielt. Erstens sollte ich jedem kleinen Pächter und Hofbesitzer seine Pflichten gegenüber Burg und Weyr eintrichtern. Und zweitens sollte ich den Glauben verbreiten, daß Benden in allen Dingen die letzte Instanz sei.«

F'lar riß die Augen auf, schüttelte den Kopf und beugte sich vor. »Fahren Sie fort! Das ist ja sehr interessant.«

»Nur der Benden-Weyr konnte die Veränderungen, die während des Langen Intervalls in Burgen und Gilden vorgegangen waren, richtig einschätzen, da Benden als einziger Weyr diese Veränderungen selbst mitgemacht hatte. Sie, F'lar, retteten Pern vor den Fäden, zu einem Zeitpunkt, da die meisten Bewohner gar nicht mehr an die Gefahr des Roten Sterns glaubten. Sie schützten später Ihr Volk vor den Übergriffen der Alten, die sich nicht an die neue Selbständigkeit der Burgen und Gilden gewöhnen konnten. Aber Sie verteidigten auch die Rechte von Burgen und Gilden gegen die Drachenreiter, denen Sie selbst angehören, und schickten jene ins Exil, die sich Ihrer Führung nicht unterstellen wollten.«

»Hmm.« F'lar schaute ihn ungläubig an. »Von der Seite habe ich die Zusammenhänge bisher nie betrachtet.« Er wand sich verlegen.

»Und seit damals ist der Süden verbotenes Territorium.«

»Also, nicht gerade verboten«, schränkte F'lar ein. »Torics Leute konnten stets gehen und kommen, wie sie wollten.«

»Sie kamen nach Norden, das stimmt, aber Händler und alle anderen, die in den Süden wollten, konnten das nur mit ausdrücklicher Erlaubnis von Benden tun.«

»Ich glaube nicht, daß ich das damals in Telgar forderte.« F'lar dachte an jenen Tag zurück, an die Hochzeit, den Zweikampf mit T'ron, den Fädeneinfall . . .

»Vielleicht nicht mit diesen Worten«, entgegnete Sebell. »Aber Sie baten drei Weyrführer und sämtliche Burgherren um Unterstützung – die Ihnen auch gewährt wurde . . .«

»Und Meister Robinton leitete daraus ab, daß Benden von nun an zu bestimmen hatte, was im Süden geschah und was nicht?«

»Mehr oder weniger«, sagte Sebell vorsichtig.

»Vielleicht nicht mit diesen Worten, was, Sebell?« fragte F'lar. Wieder einmal empfand er Bewunderung für die Weitsicht des Harfners.

»Ja, F'lar. Es schien der einzig mögliche Weg, nachdem Sie den

Wunsch geäußert hatten, einen Teil des Südkontinents als Zufluchtsort für die Drachenreiter während des nächsten Intervalls zu sichern.«

»Ich ahnte ja nicht, daß der Meisterharfner eine beiläufige Bemerkung von mir so ernst nahm.«

»Meister Robinton war immer bestrebt, die Weyr zu unterstützen.«

Beschämt dachte F'lar an die Spannungen, die es zwischen ihm und dem Harfner wegen des geraubten Königin-Eies gegeben hatte. Auch damals war es dem Harfner um Pern gegangen. Hätte sich Lessa mit ihrer Rache durchgesetzt . . .

»Wir verdanken dem Harfner viel.«

»Ohne die Weyr . . .« Sebell breitete die Hände aus und sprach nicht weiter.

»Nicht alle Burgen würden Ihnen da zustimmen«, meinte F'lar. »Im Untergrund schwelt immer noch der Verdacht, daß die Drachenreiter den Roten Stern nur deshalb in Ruhe lassen, weil sie ihre Vormachtstellung behalten wollen. Oder konnte Meister Robinton auch diese Meinung ausräumen?«

»Das war nicht nötig«, meinte Sebell lachend, »nachdem F'nor und Canth den Versuch gewagt hatten, zum Roten Stern zu gelangen. Heute glaubt ganz Pern an die Zeilen: *Drachenreiter müssen streiten, wenn Silberfäden vom Himmel gleiten.*«

»Leider hat sich herumgesprochen, daß die Drachenreiter im Süden kaum etwas gegen die Sporenplage taten«, wandte F'lar grimmig ein.

»Das stimmt. Aber Sie müssen zugeben, F'lar, daß ein Leben ohne den Schutz des Weyrs in der Theorie verlockender aussieht als in der Praxis.«

»Sie scheinen da Erfahrungen gesammelt zu haben . . .«

»Allerdings.« Sebell zuckte die Achseln. »Und ich gestehe offen, daß ich Angst habe, wenn ich bei einem Sporenregen keine dicken Mauern um mich weiß. Sicher, man müßte nur mit den Gewohnheiten der frühen Jahre brechen, aber das schaffe ich nicht. Erst der Anblick von Drachenschwingen beruhigt mich.«

»Mit anderen Worten – das Problem mit dem Süden liegt jetzt wieder auf meinem Tisch.«

»Welches Problem mit dem Süden?« Lessa hatte unbemerkt den Weyr betreten. »Ich dachte, es sei ein für allemal vereinbart, daß wir die erste Wahl im Süden haben.«

F'lar lachte leise. »Das scheint zum Glück niemand anzuzweifeln – dank unserem guten Meister Robinton.«

»Worin liegt dann die Schwierigkeit?« Sie nickte Sebell und N'ton zu und wartete dann mit gerunzelter Stirn auf F'lars Antwort.

»Nur darin, welchen Teil des Südens wir für die jüngeren Söhne des Nordens öffnen sollen, ehe sie hier bei uns Ärger machen. Corman hat nach dem Sporeneinfall ein ernstes Gespräch mit mir geführt.«

»Ich habe euch beide beobachtet. Ehrlich gestanden, ich rechnete seit T'kuls Tod damit.« Lessa lockerte ihren Reitgürtel und seufzte. »Wenn wir nur mehr über den Süden wüßten! Hat Jaxom denn noch gar nichts in Erfahrung gebracht? Er weilt jetzt schon ziemlich lange dort unten.«

Sebell zog einen dicken Papierstapel aus seiner Tasche. »O doch – und nicht er allein. Vielleicht hilft Ihnen das weiter, Lessa!« Triumphierend entfaltete Sebell die sorgfältig aneinandergefügten Blätter einer großen Karte, von der allerdings noch viele Teile weiß waren. Eine deutliche Küstenlinie zeichnete sich ab, und hier und da reichten farbige Flächen ein Stück landeinwärts. An den Rändern befanden sich Daten und die Namen derer, welche die einzelnen Teile erforscht hatte. Nur der Landfinger, der in Richtung Nerat zeigte, war in allen Einzelheiten erforscht. Hier befanden sich der Weyr und die Burg des Südens. Zu beiden Seiten dieses Orientierungsmerkmals erstreckten sich weite Landgebiete, im Westen begrenzt von einer großen Sandwüste, die eine riesige Bucht säumte. Im Osten sah man eine lange Küstenlinie, die plötzlich scharf nach Süden abknickte; an ihrer äußersten Kante war ein hoher, symmetrischer Bergkegel eingetragen, dazu eine kleine, mit einem Stern versehene Bucht.

»Soviel wissen wir bis jetzt über den Südkontinent«, sagte Sebell nach einer langen Pause, während der die beiden Weyrführer die Karte studierten. »Wie Sie sehen, ist es uns bisher nicht gelungen, die ganze Küste zu erforschen, geschweige das Landesinnere. In dieser Karte stecken drei Planetenumläufe harte Arbeit.«

»Wer war daran beteiligt?« erkundigte sich Lessa.

»Viele Leute, N'ton, Torics Pächter, auch ich – vor allem aber ein junger Harfner namens Piemur.«

»Der kleine Sänger!« rief Lessa überrascht. »Das also wurde seine neue Aufgabe nach dem Stimmbruch.«

»Wenn man die Skizze betrachtet«, sagte F'lar langsam, »so könnte man den Norden Perns fast in die Westhälfte der Südküste schieben.«

Sebell legte den linken Daumen auf den Vorsprung des Süd-Weyrs und die restliche Hand mit gespreizten Fingern auf den Westen. »Dieses Gebiet würde die Söhne der Burgherren leicht aufnehmen.« Er hörte, wie Lessa scharf durchatmete, und lächelte sie an. Dann bedeckte er mit der rechten Hand das Land im Osten. »Aber das hier ist nach Piemurs Worten der schönste Teil des Südens.«

»In der Nähe jenes Bergkegels?« wollte Lessa wissen.

»In der Nähe jenes Bergkegels!«

Piemur kam erst bei Einbruch der Dunkelheit aus dem Wald, Dummkopf am Zügel und Farli auf der Schulter. Er legte Sharra ein großes, mit Lianen zusammengeflochtenes Bündel Obst vor die Füße.

»Da. Als Entschuldigung, weil ich euch heute im Stich gelassen habe.« Er kauerte sich nieder und grinste schuldbewußt. »Dummkopf war nicht der einzige, dem der Lärm hier zuviel wurde.« Er wischte sich den Schweiß von der Stirn. »So viele Leute auf einen Haufen habe ich das letztemal auf dem Singfest von Süd-Boll gesehen – und das liegt zwei Planetenumläufe zurück. Ich fürchtete schon, die würden nie mehr gehen. Kommen sie morgen noch einmal?«

Jaxom nickte lachend. »Mir ging es ähnlich, Piemur. Zum Glück bestand F'nor auf einem Jagdausflug. Den Rest des Nachmittags spannte ich Fischnetze aus.« Er deutete auf die Nachbarbucht.

»Komisch, wenn man plötzlich kein Gedränge mehr verträgt«, sagte Piemur langsam. »Ich hatte Angst, die würden mir die Luft zum Atmen wegnehmen. Und das ist echt albern.« Er warf einen Blick auf die dunklen Umrisse der Holz- und Werkzeugstapel, welche die Bucht säumten, und schüttelte den Kopf. »Dabei habe ich früher die Nase meist in den dicksten Trubel gesteckt . . .«

»Ich gebe zu, daß meine Nerven auch nicht mehr die besten sind«, meinte Sharra. »Vielen Dank für die Früchte, Piemur. Diese . . . diese Horde hat all unsere Vorräte aufgebraucht. Ein kleines Stück Wherbraten ist noch übrig und vielleicht eine Rippe vom Bock.«

Piemur seufzte erleichtert, als Sharra aufstand und ihm etwas zu essen holte. »Ich könnte Dummkopf fressen, wenn der Kerl nicht so zäh wäre!«

Jaxom und Piemur saßen am Strand, immer noch ein wenig erschöpft, als der junge Harfner plötzlich den Kopf hob und zum

Himmel deutete. »Da sind sie wieder! Wenn ich nur ein Fernrohr hier hätte!«

»Wer ist wo?« Jaxom drehte sich träge herum. Er rechnete damit, erneut ein Rudel Drachenreiter auftauchen zu sehen.

»Die Tag-Schwestern. Hier heißen sie Dämmer-Schwestern, weil man sie nur morgens und abends sieht. Sie stehen auch viel höher am Himmel. Da – die drei ganz hellen Punkte! Ich habe sie oft als Leitsterne benutzt.«

Jaxom betrachtete die drei gleißenden Sterne und fragte sich verwundert, weshalb er sie nicht schon früher bemerkt hatte.

Piemur stach mit dem Zeigefinger mehrmals in Richtung des Dreiergestirns. »Die meisten Sterne verändern ihre Position – die hier bleiben immer an der gleichen Stelle.«

»Von Ruatha aus sieht man sie ganz schwach über dem Horizont . . .«

»Siehst du? Genau das meine ich. Ganz gleich, wann ich im Süden unten bin, ob in der kalten oder warmen Zeit, sie stehen immer am gleichen Fleck.«

»Unmöglich. Das gibt es nicht. Wansor sagt, daß Sterne in bestimmten Bahnen über den Himmel ziehen wie . . .«

»Die Dämmer-Schwestern rühren sich aber nicht von der Stelle.«

»Und ich sage dir, das kann nicht sein!«

»He, nun faucht euch doch nicht so an! Was kann nicht sein?« Sharra kam mit einem schwerbeladenen Tablett und einem Weinschlauch zurück. Sie setzte das Essen vor Piemur ab und reichte dann gefüllte Becher herum.

Piemur zuckte lachend die Achseln. »Also, ich werde jedenfalls Wansor eine Botschaft schicken. Ich behaupte, daß das ein verdammt komisches Sternverhalten ist.«

Die leise Brise erschlaffte, und der Meisterharfner erwachte. Zair lag zusammengerollt neben seinem Kopf und stieß einen sanften Begrüßungsruf aus. Ein Sonnendach war über dem Kopf des Harfners errichtet, aber die flirrende Hitze machte ihm dennoch zu schaffen.

Ausnahmsweise saß niemand an seinem Lager. Robinton atmete erleichtert auf. Die Fürsorge der anderen hatte ihn gerührt, doch manchmal erdrückte sie ihn schier. Er bezähmte seine Ungeduld. Eine andere Wahl blieb ihm nicht; denn er war zu schwach und zu müde, um sich gegen die gutgemeinte Pflege zur Wehr zu setzen. Offenbar hatte sich sein Befinden leicht ge-

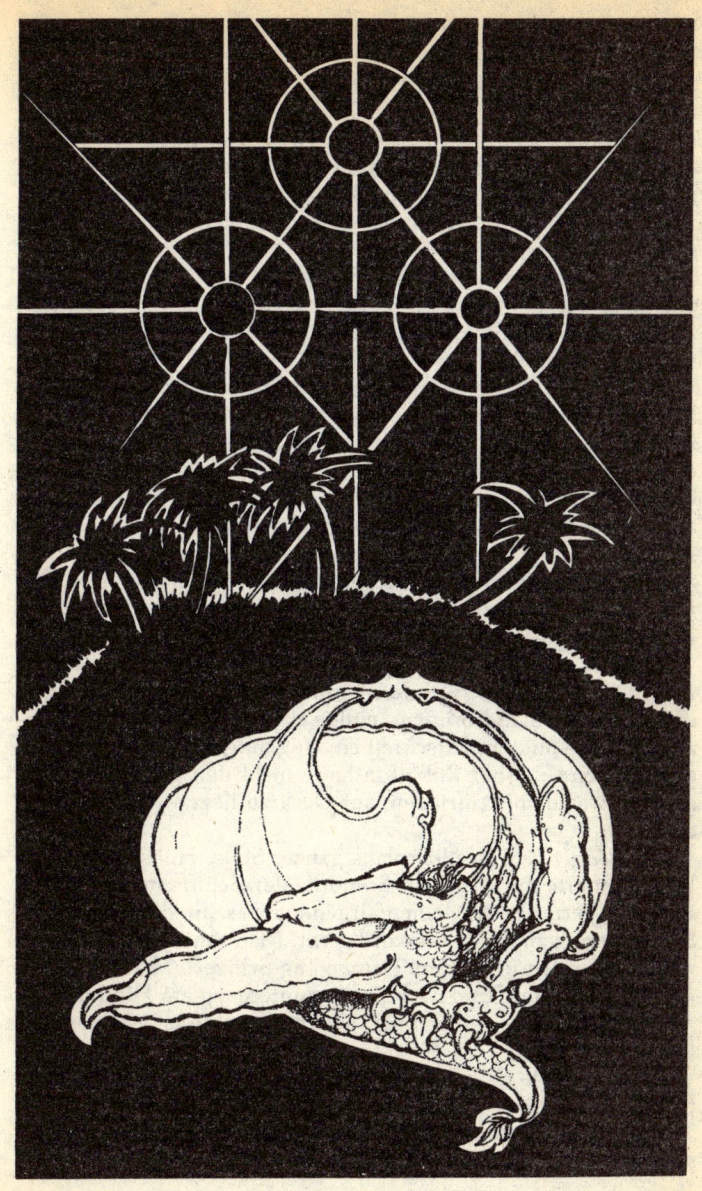

bessert, weil sie ihn heute in Ruhe ließen. Die Segel hingen schlaff herab. Einzig das sanfte Rollen der Wogen schien das Schiff langsam voranzutragen. Die Wellen mit ihren Schaumkronen besaßen einen magischen Rhythmus; er mußte den Kopf schütteln, um sich ihrem Bann zu entziehen. Robinton wußte, daß sie noch Tage unterwegs sein würden, ehe sie wieder Land zu Gesicht bekamen, obwohl Meister Idarolan erklärte, daß sie nun die Große Südströmung erreicht hätten und gute Fortschritte machten.

Der Schiffsmeister war über diese Reise ebenso begeistert wie alle anderen, die mit dem Vorhaben zu tun hatten. Robinton lachte vor sich hin. Allem Anschein nach profitierte jeder von seiner Krankheit.

Nur keine Bitterkeit, schalt er sich selbst. Weshalb hast du Sebell so gründlich und lange ausgebildet? Damit er eines Tages für dich einspringen kann! Nur, gestand sich Robinton ein, hatte er nie im Ernst damit gerechnet, daß es notwendig werden würde. Flüchtig dachte er darüber nach, ob Menolly ihm auch alle Botschaften von Sebell ausrichtete. Sie und Brekke waren sich darin einig, jede Aufregung von ihm fernzuhalten.

Zair rieb seinen weichen Kopf gegen Robintons Wange. Die Feuer-Echse erspürte mit untrüglichem Instinkt die Emotionen der Umgebung, und sie schien völlig ruhig und zufrieden.

Wenn er nur seine Müdigkeit abschütteln und die lange Reisezeit nutzbringend verwenden könnte – die Gildegeschäfte auf den neuesten Stand bringen, einige Balladen, die in seinem Innern herumspukten, aufschreiben, lang aufgeschobene Projekte abschließen ... Aber Robinton hatte nicht den geringsten Ehrgeiz. Er war damit zufrieden, auf Deck zu liegen und nichts zu tun.

Die *Morgenstern* war Idarolans ganzer Stolz. Hübscher Name. Und erinnerte ihn an etwas. Er mußte den Schiffsmeister bitten, ihm ein Fernrohr zu leihen. Irgend etwas an den Dämmer-Schwestern kam ihm merkwürdig vor. Man sah das Gestirn, das man im Norden unter dem Namen Tag-Schwestern kannte, hier im Morgengrauen und nach Sonnenuntergang am Himmel, ungewöhnlich hoch, wie er fand. Vielleicht sollte er Wansor darüber berichten.

Er spürte, wie Zair das Köpfchen hob. Leichte Schritte näherten sich, und die Echse übermittelte ein Bild von Menolly.

»Immer auf leisen Sohlen!« sagte er verdrießlicher als beabsichtigt.

»Ich dachte, Sie würden schlafen.«

»Was sollte ich auch sonst den ganzen Tag tun?« Er lächelte, um seinen Worten die Schärfe zu nehmen.

Zu seiner Überraschung lachte sie und reichte ihm einen Becher Fruchtsaft, vermischt mit etwas Wein.

»Ihre Laune hat sich gebessert.«

»Findest du? Ich benehme mich die meiste Zeit wie ein grämlicher alter Mann. Ihr müßt mein Geschimpfe allmählich leid sein.«

Sie kauerte neben ihm nieder und legte ihm eine Hand auf den Arm. »Ich bin sogar über Ihre schlechte Laune froh«, sagte sie, und Tränen schimmerten in ihren Augen.

»Mein liebes Mädchen . . .« Er bedeckte ihre Hand mit der seinen.

Sie wandte den Kopf ab, und Zair begann unruhig zu zetern. Prinzeßchen tauchte auf und flatterte hysterisch umher. Robinton stützte sich auf einen Ellbogen und beugte sich über die Harfnerin.

»Menolly, es geht mir doch gut! Brekke meint, daß ich in den nächsten Tagen wieder aufstehen kann!« Der Harfner strich ihr über das Haar. »Wein doch nicht! Es ist alles vorbei.«

»Albern von mir, ich weiß. Denn Ihr Zustand bessert sich wirklich, und wir werden schon dafür sorgen, daß Sie sich nie mehr überanstrengen . . .« Menolly wischte sich ungeduldig mit dem Handrücken über die feuchten Augen.

Die Geste rührte ihn so, daß er Menolly sanft auf die Wange küßte. Er spürte, wie sie sich versteifte und dann an ihn schmiegte. Ihre beiden Feuer-Echsen begannen leise zu summen.

Vielleicht war es die Reaktion ihrer kleinen Freunde, vielleicht auch die eigene Verblüffung, die Robinton zusammenzucken ließ. Jedenfalls löste sich Menolly von ihm.

»Ich . . . ich wollte das nicht«, murmelte sie mit gesenktem Kopf.

»Ich auch nicht, Menolly«, entgegnete der Harfner leise. In diesem Moment verwünschte er sein Alter, ihre Jugend, die Zuneigung, mit der er das Mädchen betrachtete, und die Schwäche, die ihn verleitet hatte, seine Gefühle einzugestehen. Sie wandte sich wieder ihm zu, und ihr Blick war dunkel vor Schmerz.

Er hob die Hand und brachte sie mit einer behutsamen Geste zum Schweigen, noch ehe sie ein Wort sagen konnte. Seufzend schloß er die Augen. Er fühlte sich plötzlich erschöpft von diesem kurzen Moment, in dem sie beide ihre Empfindungen offen gezeigt hatten. Wie bei der Gegenüberstellung, dachte er, ein kurzer Eindruck, der sich für alle Ewigkeit einprägt. Vermutlich hatte er immer um die gefährliche Zwiespältigkeit seiner Gefühle für die Tochter des Seebarons gewußt, deren seltenes Musiktalent er selbst erschlossen hatte. Eine Ironie des Schicksals, daß er sich und ihr die Wahrheit ausgerechnet jetzt enthüllte, in diesem ungünstigsten Moment der Schwäche. Dennoch schien sie glücklich mit Sebell. Er war sicher, daß sich die beiden in jeder Hinsicht gut verstanden. Er selbst hatte getan, was in seiner Macht stand, um diese Bindung zu festigen, denn Sebell war der Sohn, den er sich immer gewünscht und nie bekommen hatte.

»Sebell . . .«, begann er und unterbrach sich, als er ihre Finger auf seinem Arm spürte.

»Ich habe Sie vor ihm geliebt.«

»Für mich warst du immer ein Kind, das ich gern hatte . . .« Er hoffte, daß es ihm gelang, sich das selbst einzureden. Einen Moment lang drückte er ihre Hand, dann setzte er sich auf und nahm einen tiefen Zug aus dem Becher, den sie gebracht hatte.

Als er aufschaute, lächelte er wieder.

Zair flatterte auf und kündigte die Nähe des Schiffsmeisters an.

»Ah, Sie sind wach, mein Freund. Fühlen Sie sich ausgeruht?« fragte Idarolan.

»O ja. Gut, daß Sie kommen. Ich habe eine Frage an Sie. Sagen Sie, haben Sie diese Dämmer-Schwestern abends schon einmal beobachtet? Ich werde den Verdacht nicht los, daß nicht nur mein Allgemeinbefinden schlechter geworden ist, sondern auch meine Sehkraft.«

»Keineswegs, mein Lieber, keineswegs. Ich habe wegen dieses Gestirns bereits Meister Wansor benachrichtigt. Mir war das Phänomen bisher nicht aufgefallen, weil ich noch nie so weit in den Osten dieses Kontinents vorgedrungen bin. Die Position dieser drei Sterne gibt in der Tat Rätsel auf.«

»Leihen Sie mir heute abend einmal Ihr Fernrohr?« fragte der Harfner. Er sah Menolly mit einem Lächeln an. »Falls ich ausnahmsweise die Erlaubnis bekomme, etwas länger aufzubleiben . . .«

»Aber sicher, Meister Robinton. Ihre Meinung interessiert mich sehr. Ich weiß, Sie hatten länger Zeit als ich, Wansors Gleichungen zu studieren. Vielleicht finden wir selbst heraus, wodurch das absonderliche Verhalten dieses Gestirns verursacht wird.«

»Sehr gut. Und um uns die Wartezeit zu verkürzen, setzen wir die Partie fort, die wir gestern angefangen haben, ja? Menolly, könntest du uns bitte das Spielbrett von dort drüben reichen?«

XVIII

Die Schar der fleißigen und fachkundigen Helfer benötigte nicht länger als elf Tage, um das Haus in der Bucht fertigzustellen, auch wenn sich die Maurer nicht gerade begeistert darüber zeigten, daß man den Mörtel nur so kurze Zeit trocknen ließ. Weitere drei Tage dauerte es, bis die Inneneinrichtung vollständig war. Lessa, Manora, Silvina und Sharra berieten sich lange Zeit, ehe sie die Möbel und anderen Haushaltsgegenstände, die als Geschenk von sämtlichen Burgen, Gildehallen und Höfen eintrafen, im Haus verteilten.

Abends schwankte Sharras Tonfall zwischen Selbstmitleid und Stolz. Sie hatte den ganzen Tag über Sachen ausgepackt, gewaschen und dekoriert. »Wo bist du denn hingeraten?« fragte sie Piemur und deutete auf ein paar böse Kratzer auf seinen Armen und im Gesicht.

»Er wollte sich und uns etwas beweisen«, grinste Jaxom, obwohl auch auf seiner Stirn ein Riß zu sehen war.

Da sich genügend eifrige Helfer um das Haus kümmerten, hatten N'ton, F'nor und F'lar die Zeit genützt und zusammen mit Piemur und Jaxom das Land rings um die Bucht zu Fuß erkundet.

Piemur hielt dabei F'lar einen hochmütigen Vortrag, daß Drachen bereits eine Vorstellung von einem bestimmten Ort besitzen mußten, um ihn mit einem Sprung ins *Dazwischen* aufsuchen zu können. Er habe zu Fuß die Pionierarbeit geleistet, prahlte er, damit ihm später die Drachenreiter folgen könnten. Die Weyrleute überhörten seine etwas anmaßenden Worte, aber Jaxom ging Piemurs Verhalten allmählich auf die Nerven.

Man hatte im übrigen damit begonnen, in einem weiten Bogen um die Bucht provisorische Lager zu errichten. Der Abstand zu Meister Robintons Haus war etwa so groß wie die Strecke, die ein Drache in einem Tag zurücklegen konnte. Jeder Unterschlupf bestand aus einer Hütte mit Ziegeldach und einem Steinbunker, in dem man Notvorräte und Schlafdecken unterbringen konnte. In stillschweigender Übereinkunft schoben sie von einem der Stützpunkte ein weiteres Lager vor – auf den Berg zu.

F'lar hatte Jaxom erklärt, daß er wieder ins *Dazwischen* gehen dürfe, sobald Meister Oldive ihn gründlich untersucht und seine Einwilligung gegeben habe. Und da der Heiler bestimmt in die Bucht kam, um Meister Robinton zu versorgen, war die lange Wartezeit sicher bald vorbei.

»Dann kann auch Menolly endlich herkommen«, sagte Maxom erleichtert.

»Wo liegt da der Zusammenhang?« fragte Sharra scharf. Jaxoms Herz schlug schneller. Er glaubte eine Spur von Eifersucht in ihrer Stimme zu erkennen.

»Sie und Meister Robinton haben diese Bucht immerhin entdeckt.« Sein Blick wanderte sehnsüchtig in Richtung des Bergkegels.

»Mit dem Boot«, warf Piemur geringschätzig ein.

Sharra musterte ihn lange. »Ich muß zugeben, Piemur«, sagte sie dann, »daß man die Füße als Fortbewegungsmittel benutzt hat, ehe man Boote und Drachen kannte. Aber ich bin dankbar, daß es auch andere Methoden gibt, und ich finde es keine Schande, sie zu benutzen.«

Damit drehte sie sich um und ging, und Piemur starrte ihr verblüfft nach.

Dieser Zwischenfall reinigte die Atmosphäre, und Jaxom stellte zu seiner Erleichterung fest, daß Piemur seine bissigen Bemerkungen über Drachenreiter und Segelboote von da an unterdrückte.

Es sprach für die Genauigkeit von Piemurs Karten, daß Meister Idarolan seine Position nach den Umrissen der Küste erkennen konnte, sobald sich die Große Südströmung dem Land näherte. Die *Morgenstern* war zweiundzwanzig Tage von Ista aus unterwegs, als sie eines strahlenden Vormittags die Westspitze der Bucht erreichte, ein Ereignis, das durch ein besonders ausgewähltes Begrüßungskomitee gebührend gewürdigt wurde.

Meister Oldive und Brekke hatten eine anstrengende Empfangsfeier verboten, um die Genesung des Kranken nicht zu gefährden. Meister Fandarel vertrat all die Handwerker und Gildemeister, die an dem prachtvollen Haus mitgebaut hatten. Lessa repräsentierte die Weyr, deren Drachen Menschen und Material transportiert hatten, und Jaxom war der Sprecher für die Barone, die ihre Leute und Vorräte zur Verfügung gestellt hatten.

Die letzten Minuten, als der elegante Dreimaster auf den steinernen Kai zuhielt, schienen am schwersten zu sein. Jaxom blinzelte in die grelle Sonne und stieß einen lauten Jubelschrei aus, als er die Gestalt des Harfners am Bug erkannte. Die Feuer-Echsen flogen auf und umwirbelten das Schiff.

»Seht mal, er ist richtig braungebrannt!« rief Lessa und packte Jaxom aufgeregt am Arm.

»Gut sieht er aus – gut«, murmelte Fandarel und grinste breit. Er freute sich schon auf das Gesicht seines alten Freundes, wenn der seinen neuen Wohnsitz sah.

Und dann schaukelte das Schiff neben dem Kai, und die Seeleute klappten eine Laufplanke herunter.

»Ich liefere ihn hiermit unversehrt ab!« rief der Schiffsmeister mit dröhnender Stimme und geleitete den immer noch geschwächten Meister Robinton an Land. Lessa umarmte den Harfner mit Tränen in den Augen, und Fandarel schlug ihm auf die Schulter, daß er beinahe in die Knie ging. Jaxom half inzwischen Brekke und Menolly ans Ufer. Alle redeten gleichzeitig los. Dann aber übernahm Brekke wie gewohnt das Kommando und drängte den Meisterharfner, den Schatten des Waldes aufzusuchen.

Die Heilerin wollte wie immer den Weg zur Hütte einschlagen, aber Fandarel nahm sie lachend am Arm und führte sie zu dem Sandpfad, der sich zwischen Bäumen und Sträuchern zur Anhöhe wand.

»Aber die Hütte liegt doch . . .«

»Stimmt«, entgegnete Fandarel, der neben Robinton ging. »Aber wir haben einen besser geeigneten Platz für unseren Meisterharfner gefunden.«

Brekke hatte die erste Wegbiegung erreicht und blieb wie angewurzelt stehen. Ungläubig starrte sie das neue Haus im Schatten der Baumkronen an. »Das darf nicht wahr sein!« wisperte sie. Ihre Blicke wanderten von Lessa zu Jaxom und weiter zu Fandarel. »Was – wie habt ihr das geschafft? Das gibt es doch gar nicht.«

Robinton und Fandarel hatten die beiden Frauen erreicht, und der Schmied lachte über das ganze Gesicht.

»Sagte Brekke nicht etwas von einer kleinen Hütte?« meinte Robinton und lächelte zögernd. »Das da . . .«

Lessa und Fandarel konnten die Spannung nicht mehr ertragen. Sie zerrten den Harfner zu den breiten Verandastufen.

»Warten Sie nur, bis Sie das Innere sehen!« rief Lessa.

»Ganz Pern hat bei dem Bau mitgeholfen«, erklärte Jaxom der völlig erstarrten Brekke. »Du ahnst ja nicht, wie es hier von

Handwerkern gewimmelt hat!« Er gab Menolly durch einen Wink zu verstehen, daß sie sich beeilen sollte.

Die junge Harfnerin musterte die friedliche Bucht, den sorgfältig geglätteten Sand, die Bäume und die blühenden Sträucher, die so unberührt aussahen wie an dem Tag, als sie mit Jaxom hier angekommen war. Nur das weiträumige Haus und der Weg, der zur Anhöhe führte, waren Zeugen dafür, daß hier eine Veränderung stattgefunden hatte. »Ich kann es nicht glauben.«

»Ich weiß, Menolly. Sie haben sich Mühe gegeben, die Natur nicht zu zerstören. Die Burg in der Süd-Bucht ist ein Meisterwerk geworden.«

»Was – einen Namen hat sie auch schon?« Das schien sie eher zu ärgern als zu freuen. Jaxom verstand ihre Reaktion. Er hegte ähnliche Gefühle wie sie.

Brekke schaute hierhin und dorthin und zeigte sich begeistert. »Komm, Menolly, hör auf zu schmollen! Wenn ich bedenke, wie das bei unserer Ankunft aussah . . Und du mußt zugeben, daß dieses Haus für unseren Meisterharfner wirklich besser geeignet ist als eine primitive Hütte.«

Sie hatten die Stufen aus schwarzem Klippstein erreicht. Weißer Mörtel füllte die Ritzen und bildete ein bizarres Muster. Das sattrote Ziegeldach war weit heruntergezogen und überdeckte die Veranda, die das Haus von allen Seiten umgab und fast bis zum Wald reichte. Die Metall-Jalousien der ungewöhnlich breiten Fenster standen offen. Drinnen hörten sie die Stimme des Harfners, der sich bereits im großen Wohnraum umsah. Als Brekke, Jaxom und Menolly eintraten, stand er gerade staunend in seinem neuen Arbeitszimmer. Kein Wunder, denn Silvina hatte dafür gesorgt, daß seine gesamten Habseligkeiten von der Harfnerhalle hierhergebracht und neu geordnet worden waren. Zair saß auf einem Deckenbalken und kreischte aufgeregt. Prinzeßchen und Berd gesellten sich zu ihm, und dann tauchten auch noch Meer und Farli auf.

»Aber das ist ja Farli!« rief Robinton. »Ich hatte schon gehört, daß Piemur in der Bucht sei. Aber gezeigt hat er sich bis jetzt nicht.« Die Stimme des Harfners klang überrascht und fast etwas gekränkt.

»Sharra und er kümmern sich um die Bratspieße. Wir wollten jeden Trubel vermeiden, damit Sie nicht gleich ermüden«, fügte Lessa besänftigend hinzu.

»Ich und ermüden? Ermüden! Im Gegenteil – ich brauche Arbeit! PIEMUR!«

Wäre nicht schon sein gesundes Aussehen Beweis genug gewesen – der dröhnende Ruf, den er ausstieß, ließ nicht den geringsten Zweifel an seiner Vitalität.

Deutlich hörte man aus der Ferne die verängstigte Antwort: »Meister Robinton?«

»KOMM SOFORT HIERHER, PIEMUR!«

»Ein Glück, daß wir ihm auf dem Schiff eine Zwangspause verordnen konnten«, sagte Brekke und lächelte der Weyrherrin zu. »Stellen Sie sich vor, welche Mühe wir an Land mit ihm gehabt hätten! Der Mann ist nicht zu bändigen.«

»Ihr beide wollt eben nicht einsehen, daß meine vorübergehende Schwäche einige äußerst wichtige Dinge . . .«

»Vorübergehende Schwäche?« Fandarels Augen schienen vorzuquellen. »Mein lieber Robinton . . .«

»Meister Robinton?« Menolly war an den gutgefüllten Geschirrschrank getreten und hielt dem Harfner nun einen Kelch entgegen, ein herrlich geformtes Trinkgefäß mit blau getöntem Fuß. Unter einer Harfe war der Name des Meisters eingeschliffen.

Robinton nahm das Glas vorsichtig in die Hand. »Harfnerblau!« murmelte er.

»Aus meiner Gildehalle!« Fandarel strahlte. »Mermal hatte vor, den ganzen Kelch blau einzufärben, aber ich riet ihm davon ab. Roter Benden-Wein leuchtet am schönsten aus klarem Glas.«

Die Bewunderung, die sich in Robintons Zügen gezeigt hatte, wich mit einem Mal Trauer.

»Nur schade, daß er leer ist«, meinte er mit einem dumpfen Seufzer.

In diesem Moment hörte man von den Wirtschaftsräumen her schnelle Schritte. Jemand riß den Vorhang zur Seite, und Piemur stolperte atemlos herein.

»Meister?« stieß er hervor.

»Sieh an, Piemur!« Der Harfner dehnte seine Worte und sah den jungen Gesellen an, als sei ihm einen Moment lang entfallen, weshalb er ihn gerufen hatte. Piemur wischte sich den Schweiß von der Stirn. »Piemur, du bist doch sicher schon lange genug hier, um zu wissen, wo sie den Wein verwahren. Sieh dir das an – ein wundervoller Kelch, aber er ist leer!«

Piemur schaute ihn einen Moment lang ungläubig an, dann schüttelte er langsam den Kopf und murmelte: »Ein Glück – er ist wieder gesund! Aber wenn mir jetzt dieser Wherhahn verkohlt . . .« Er wirbelte herum und rannte aus dem Zimmer.

Jaxom schaute Menolly fragend an. Sie blinzelte ihm zu. Piemur war es nicht gelungen, mit seinen schnoddrigen Worten die Rührung zu verbergen, die ihn erfaßt hatte. Er kam von neuem in den Wohnraum gestapft und schwenkte einen Weinschlauch, auf dem das Wachssiegel von Benden prangte.

»Nicht schütteln, Mann!« Der Harfner hob entsetzt beide Hände. »Wein will mit Respekt behandelt werden . . .« Er nahm Piemur den Schlauch ab und warf einen Blick auf das Siegel. »Hmm. Einer der besten Jahrgänge! Piemur, Piemur, hast du gar nichts bei mir gelernt?« Er entfernte mit geübtem Griff das Siegel und atmete erleichtert auf, als er sah, daß der Verschlußstopfen unversehrt geblieben war. Mit geschlossenen Augen roch er daran. »Ah! Wunderbar! Hat nicht im geringsten unter dem Transport gelitten! So, Piemur, und nun schenkst du eine Begrüßungsrunde ein, ja? Wie ich sehe, ist das neue Haus reichlich mit Weingläsern bestückt . . .«

Jaxom und Menolly verteilten sie bereits, und Piemur goß den Wein mit gebührender Ehrfurcht ein. Der Harfner beobachtete die Zeremonie mit wachsender Ungeduld.

»Damit Sie sich auch in Zukunft so wohl fühlen wie heute!« sagte Fandarel und hob das Glas. Die anderen nickten beifällig.

»Ihr beschämt mich.« Der Harfner nahm einen winzigen Schluck von dem Wein, sah sich in der Runde seiner Freunde um und schüttelte den Kopf. »Wirklich, ihr beschämt mich!«

»Sie haben noch längst nicht alles gesehen, Robinton«, sagte Lessa und nahm ihn am Arm. »Brekke, komm, für dich ist das Haus auch neu. Piemur, Jaxom, bringt bitte das Gepäck herein!«

»Nicht so schnell, Lessa! Ich verschütte noch den Wein.« Der Harfner hielt sein Glas mit übertriebener Vorsicht hoch, während die Weyrherrin ihn weiterzerrte.

Sie führten ihn durch eine Schiebetür in den schmalen Korridor, der den Wohnbereich von den Schlafräumen trennte. Brekke folgte neugierig.

Das Schlafzimmer des Harfners war der größte Raum und lag gegenüber seinem Arbeitsstudio. Vier weitere Räume waren als Gästezimmer ausgestattet, aber allein die Veranda bot, wie Lessa feststellte, einem Dutzend Besuchern Platz zum Schlafen. Robinton zeigte sich begeistert von dem Bad und der großen Küche und lobte auch die zusätzliche Kochstelle im Freien. Die Meerbrise trug den Duft von gebratenem Fleisch heran. Der Harfner sog prüfend die Luft ein.

»Woher kommt das?«

»Wir haben es uns angewöhnt, am Strand unten zu kochen, wenn wir viele Gäste haben«, erklärte Jaxom.

»Probieren Sie mal Ihren neuen Arbeitsstuhl aus!« forderte Fandarel ungeduldig, als sie in den Wohnraum zurückkehrten. »Bendarek hat ihn nach Maß angefertigt.«

Der Harfner betrachtete eingehend den schön geschnitzten Stuhl mit der hohen Lehne, der mit dunkelblau gefärbtem Wherleder bespannt war. Er setzte sich, legte die Arme bequem auf die Seitenlehnen und schloß die Augen.

»Ein Prachtstück – richten Sie das Meister Bendarek aus! Und wirklich perfekt auf meine Größe abgestimmt. Ich weiß gar nicht, wie ich euch allen danken soll. Ich bin überwältigt – sprachlos. All die Mühe, die in diesem Haus steckt! Ich hätte nie mit soviel Luxus und Behaglichkeit hier draußen in der Wildnis gerechnet.«

»Für einen Sprachlosen war das eine ganz schön lange Rede«, sagte jemand trocken. Sie drehten sich um. Der Schiffsmeister stand lachend in der offenen Tür. Lessa winkte Idarolan näher und reichte ihm ein Glas Wein.

»Da draußen ist noch eine Menge Gepäck für Sie«, sagte der Seemann zu Robinton und deutete auf die Bündel, die sich neben der Veranda stapelten.

»Sie und Ihre Mannschaft sind heute unsere Gäste, Meister Idarolan!« rief Lessa.

»Ich hatte heimlich darauf gehofft. Sagen Sie es nicht weiter, aber manchmal hängen mir die Fischgerichte zum Hals heraus, und ich sehne mich nach einem herzhaften Stück Fleisch.«

»Meister Robinton! Sehen Sie sich das an!« Menollys Stimme klang verblüfft. Sie starrte in eines der Regale, die zwischen den Fenstern entlang der Wände standen. »Ich möchte schwören, daß daran Dermently persönlich gearbeitet hat! Jede Ballade, jeder der alten Lehrgesänge auf Papier geschrieben und in blaues Wherleder gebunden! Wie lange hatten Sie Arnor schon darum gebeten!«

Meister Robinton konnte nicht widerstehen; er setzte sich und blätterte jeden der Bände einzeln durch. Danach wanderte er im Haus umher und inspizierte sämtliche Schränke, Kommoden und Truhen, bis die Nachmittagshitze sie alle an den Strand trieb, wo sie ein ausgiebiges Bad nahmen. Brekke jammerte, daß der Harfner eigentlich schlafen müsse, aber Fandarel winkte ab und deutete auf Robinton, der ausgelassen mit den anderen ins Meer hinausschwamm.

»Das hier ist genauso erholsam für ihn. Schlafen kann er nachts immer noch.«

Die Sonne neigte sich dem Horizont entgegen, und eine Abendbrise kam auf. Stapel von Flechtmatten wurden ausgebreitet, und die Gäste nahmen darauf Platz. Als F'lar und F'nor auftauchten, wollte Robinton sie unbedingt ins Haus schleppen und ihnen seine neuen Schätze vorführen. Er war fast enttäuscht, daß sie alles schon kannten.

»Sie vergessen, wie viele Menschen daran mitgearbeitet haben«, sagte F'lar. »Ich glaube, Robinton, ganz Pern kennt Ihr Heim bis in den kleinsten Winkel.«

In diesem Moment kamen Sharra und der Schiffskoch und erklärten, das Festessen sei fertig. Sie wurden von der hungrigen Meute fast überrannt.

Später, als alle mehr als satt waren und der Harfner ein letztes Glas Wein genoß, bildeten sich drei Gruppen: die Seeleute, die Drachenreiter und die Gildemeister und schließlich Jaxom, Piemur, Menolly und Sharra.

»Ich frage mich, welche Arbeit sie jetzt schon wieder für uns aushecken«, wisperte Piemur und starrte die ernsten Mienen der Drachenreiter und Handwerksmeister an.

Menolly lachte. »Vermutlich die gleiche wie bisher. Du kannst dir gar nicht vorstellen, wie gründlich Meister Robinton an Bord der *Morgenstern* deine Karten studiert hat!« Sie zog die Knie hoch, und ein schwaches Lächeln huschte über ihre Züge. »Morgen kommt Sebell mit N'ton und Meister Oldive hier an.« Und rasch, ehe die anderen sie necken konnten, fuhr sie fort: »Soviel ich erfahren habe, liefern Sebell, N'ton und F'lar eine ganze Horde junger Männer aus dem Norden bei Toric ab. Sie sollen den westlichen Teil des Südkontinents erforschen ... die Grenzlinie ist jener Fluß mit den schwarzen Felsen, den du in die Karte eingezeichnet hast, Piemur.«

Piemur stöhnte und wand sich dramatisch im Sand. »Puh! Nie wieder möchte ich da herumkrebsen! Hat Tage gedauert, bis ich einen Spalt zwischen den Klippen fand. Und Dummkopf mußte den Fluß durchschwimmen, umlauert von Raubfischen.«

»Wir«, fuhr Menolly fort, »werden uns zusammen mit F'nor und dem Harfner den Osten ansehen.«

»Landeinwärts, hoffe ich?« fragte Piemur angespannt.

Sie nickte. »Soviel ich weiß, soll Idarolan die Küste entlang segeln ...«

»Das ist natürlich einfacher als zu Fuß«, warf Piemur ein.

»Komm, Piemur, nicht wieder das alte Lied!« unterbrach ihn Jaxom. »Wir dringen also ins Landesinnere vor?« Menolly nickte.

Jaxom grinste sie an. »Morgen kommt Meister Oldive, und ich darf endlich wieder ins *Dazwischen* fliegen.«

»Das wird dir schon was nützen!« meinte Piemur geringschätzig. »Erst mußt du dein Ziel mal direkt anfliegen.«

»Na und?«

Feuerechsen-Gekreisch in den Bäumen schreckte sie auf und lenkte Piemur von seinem Lieblingsthema ab. Man sah zwei Gold-Echsen gegen das schwärzliche Grün der Baumkronen.

»Prinzeßchen und Farli hassen Streit«, meinte Menolly. Dann sah sie neugierig umher. »Komisch, ich kann nur unsere Echsen sehen, Jaxom. Hat der Wirbel hier in der Bucht die einheimischen Tiere verscheucht?«

»Ich bezweifle es. Sie kommen und gehen. Ich habe den Verdacht, daß einige von ihnen in den Bäumen sitzen und sich ärgern, weil sie nicht in Ruths Nähe können.«

»Hast du inzwischen Näheres über diese Menschen herausgefunden, deren Bilder sie übermittelt?«

Jaxom mußte gestehen, daß er sich nicht weiter darum gekümmert hatte. »Aber es gab auch jeden Tag ein neues Ereignis hier.«

»Versuchen hättest du es wenigstens können.« Menollys Stimme klang verärgert.

»Was? Und dich um das Vergnügen bringen?« Jaxom spielte den Gekränkten. »Nicht im Traum würde ich das wagen . . .« Er unterbrach sich unvermittelt und dachte zurück an seine sonderbaren Träume, in denen er stets glaubte, Bilder und Ereignisse durch Hunderte von Augen zu sehen. Konnte es sein, daß die Echsen ihm diese Szenen übermittelten?

»Was ist los mit dir, Jaxom?«

»Ach was, es war sicher nur ein Traum«, sagte er und lachte unsicher. »Paß auf, Menolly, wenn du heute nacht träumst, dann versuch dich daran zu erinnern.«

»Träume?« Sharra hob den Kopf und musterte ihn. »Was für Träume?«

»Hattest du auch welche?« Jaxom wandte sich ihr zu. Sharra saß gelassen am Boden, mit locker überkreuzten Beinen, und schaute ihn prüfend an.

»Sicher. Nur fallen sie mir nicht mehr ein. Ich weiß noch, daß ich die Bilder irgendwie unscharf sah. Als sei mein Traumauge getrübt.«

»Ein schönes Bild«, meinte Menolly. »Ein Traumauge – getrübt.«

Piemur stöhnte und warf sich in den Sand. »Verlaßt euch drauf, da ist eine neue Ballade im Busch!«

»Ach, komm, halt den Mund!« entgegnete Menolly scharf. »Die langen, einsamen Wanderungen haben dich irgendwie verändert, Piemur. Und diese Veränderung gefällt mir gar nicht!«

»Muß sie auch nicht!« fauchte Piemur. Mit einer geschmeidigen Bewegung sprang er auf und lief in den Wald, wo er zornig das Unterholz zur Seite schlug.

»Seit wann ist der denn so eklig?« wollte Menolly von Jaxom und Sharra wissen.

»Seit er hier ankam«, entgegnete Jaxom und zuckte die Achseln.

»Ich denke, er macht sich große Sorgen um Meister Robinton«, verteidigte ihn Sharra.

»Wir alle machen uns große Sorgen um Meister Robinton«, sagte Menolly. »Aber das ist doch kein Grund, seinen Charakter zu ändern.«

Es entstand ein peinliches Schweigen. Sharra erhob sich unvermittelt. »Ich will mal nach Dummkopf sehen. Vermutlich hat den heute noch keiner gefüttert.« Sie ging los, in eine etwas andere Richtung als Piemur.

Menolly schaute ihr lange nach. Dann wandte sie sich wieder Jaxom zu, und in ihren Augen blitzte der Schalk. »Wenn wir schon mal unter uns sind, Jaxom«, flüsterte sie und schaute vorsichtig über die Schulter nach hinten, »kann ich dir eines verraten. Es steht inzwischen so gut wie fest, daß niemand aus dem Süd-Weyr Ramoths Ei zurückgebracht hat.«

»Tatsächlich?«

»Tatsächlich!«

Damit stand sie auf und ging zu dem Weinschlauch, der von einem Ast in der Nähe hing.

Wollte sie ihn warnen? Weshalb? Nun, da der Süd-Weyr wieder unter Bendens Führung stand, war es unnötiger denn je, seine Rolle in dieser Angelegenheit zu enthüllen.

Menolly holte ihre Gitarre, setzte sich an einen der Tische und begann leise zu spielen. Ein neues Lied, dachte Jaxom. Über Traumaugen. Dann schaute er zum Wald hinüber. Sharra war verschwunden. Ob es dumm aussah, wenn er ihr folgte? Er seufzte. Eigentlich mochte er Piemur gern, trotz seiner boshaften Zunge. Er hatte sich gefreut, den jungen Harfner wiederzusehen, und er war dankbar für seine Gesellschaft und seine Hilfe. Er wünschte nur, er wäre einen Tag später in der Bucht aufgetaucht. Seit seiner Ankunft hatte Jaxom keine Sekunde mehr allein mit Sharra verbracht. Mied sie ihn absichtlich? Oder waren es nur die Umstände, die sie trennten? Er mußte endlich einmal unter vier Augen mit ihr sprechen! Oder Corana aufsuchen!

XIX

Vormittag in Jaxoms Bucht, Sternbeobachtungen am späten Abend, der Morgen danach, Entdeckung am Bergkegel, 15. 10. 15–16. 10. 15

Als Jaxom und Piemur endlich aus ihren Schlafdecken krochen, berichtete ihnen Sharra, daß der Harfner mit den ersten Sonnenstrahlen aufgestanden und weit ins Meer hinausgeschwommen sei. Nach einem selbst zubereiteten Frühstück und einem eingehenden Studium der neuen Karten wünschte er nun Jaxom und Piemur zu sprechen – falls sie dazu schon in der Lage seien.

Meister Robinton lachte mitfühlend, als die beiden eintraten, noch schlapp und träge vom Fest des Vorabends. Nachdem sie ein paar Einzelheiten der neuesten Karten besprochen hatten, lehnte sich der Harfner in seinem Sessel zurück, spielte mit dem Stift und setzte eine so undurchdringliche Miene auf, daß Jaxom überlegte, was Robinton wohl jetzt wieder plante.

»Hat einer von euch zufällig schon mal dieses Dreiergestirn beobachtet, das wir unter der Bezeichnung Tag-Schwestern kennen? Die Bewohner des Südens nennen es die ›Dämmer-Schwestern‹.«

Jaxom und Piemur tauschten einen langen Blick.

»Besitzen Sie zufällig ein Fernrohr, Meister?« fragte Jaxom.

»Meister Idarolan hat eines an Bord seines Schiffes. Ich entnehme eurer Frage, daß – ihr euch bereits mit der Sache beschäftigt habt?«

Piemur nickte. »Man sieht diese Sterne morgens und abends – und wann immer genügend Mondlicht herrscht . . .«

»Und ständig am gleichen Fleck.«

»Sehr schön. Ihr habt bei Meister Wansor nicht geschlafen. Der Harfner strahlte. »Fandarel und ich haben die Absicht, Wansor zu einem mehrtägigen Besuch hier im Süden zu überreden. Aber darf ich fragen, weshalb ihr beide da so satt grinst?«

Piemur räusperte sich. »Ich kann mir denken, daß Sie dafür keine großen Überredungskünste brauchen. Die Bucht im Süden scheint sämtliche Nordbewohner wie ein Magnet anzuziehen.«

»Hat Meister Wansor eigentlich sein neues Fernrohr schon fertig entwickelt?« erkundigte sich Jaxom.

»Das hoffe ich doch sehr . . .«

»Meister Robinton . . .« Brekke stand im Eingang.

Der Harfner hob abwehrend die Hände. »Brekke, wenn Sie gekommen sind, um mich ins Bett zu schicken oder mir einen Ihrer abscheulichen Gesundheitstees einzuflößen, dann ergreife ich auf der Stelle die Flucht. Ich habe genug Schlaf und mehr als genug Medizinen.«

»Ich wollte Ihnen eigentlich nur eine Nachricht übergeben, die Kimi eben von Sebell brachte«, sagte sie und reichte ihm eine längliche Kapsel.

»Ach so!«

»Und was Ihren Gesundheitszustand betrifft, so wacht Zair vortrefflich darüber. Er weiß genau, wann Sie eine Ruhepause nötig haben.« Sie verließ das Arbeitszimmer, aber nicht, ehe sie Piemur und Jaxom mit einem warnenden Blick bedacht hatte. Überanstrengt mir den Harfner nicht! hieß die stumme Botschaft.

Meister Robinton zog erstaunt die Brauen hoch, als er die Nachricht las. »Ach, du liebe Güte! Gestern abend kam eine Schiffsladung junger Nordländer auf Torics Besitz an. Sebell hält es für besser, wenigstens noch so lange zu bleiben, bis die Söhne der Burgherren und Pächter sich notdürftig eingerichtet haben.« Er lachte leise, als er die Mienen von Jaxom und Piemur bemerkte, und fügte dann hinzu: »Ich nehme an, daß die Dinge nicht ganz so glatt verlaufen, wie es die jungen Herrschaften erwartet hatten.«

Piemur schnitt eine verächtliche Grimasse. Zum einen kannte er die einfachen Unterkünfte bei Toric, und zum anderen wußte er durch seine langen Wanderschaften, was es bedeutete, den Süden zu erforschen.

»Sobald du wieder ins *Dazwischen* darfst, Jaxom«, fuhr Robinton fort, »kommen wir mit unserer Suche bestimmt schneller voran. Ich habe mir gedacht, daß ihr in Zweiergruppen arbeitet.«

»Harfner und Burgleute?« warf Jaxom schnell ein. Er sah endlich eine Gelegenheit, allein mit Sharra zu sein.

»Ja, warum nicht? Piemur, du verstehst dich gut mit Menolly, nicht wahr? Dann kann Sharra Jaxom begleiten.« Piemur warf Jaxom einen durchdringenden Blick zu, aber der junge Baron achtete nicht darauf. »Aus der Luft sieht man die Dinge in einer Perspektive, wie das vom Boden aus gar nicht möglich ist«, fuhr Robinton fort. »Umgekehrt gilt natürlich das gleiche. Deshalb brauchen wir für eine Erforschung des Südens beide Methoden.

Jaxom, hör zu: Piemur weiß bereits, wonach ich vor allem suche...«

»Ja?«

»Nach Spuren der Urbewohner auf diesem Kontinent. Ich kann mir nicht um alles in der Welt vorstellen, warum unsere einstigen Vorfahren diese schöne, fruchtbare Gegend verließen und in den rauhen, öden Norden zogen. Aber ich nehme doch an, daß sie ihre guten Gründe dafür hatten. In einer unserer ältesten Schriften steht: *Als die Menschen nach Pern kamen, errichteten sie eine Feste im Süden.* Wir dachten immer, daß damit Burg Fort gemeint sei, weil sie am weitesten südlich auf unserem Nordkontinent liegt.« Der Harfner hob die Schultern und lächelte entschuldigend. »Dann geht der Text aber äußerst vieldeutig weiter: *Doch es erwies sich als notwendig, daß sie nach Norden zogen und dort Schutz suchten.* Das ergab nie einen Sinn – aber so viele der alten Schriften waren kaum lesbar und erschienen uns ohne Zusammenhang.

Und dann entdeckte Toric eines Tages eine Erzmine, in der man das Eisen im Tagebau gefördert hatte. Und N'ton und ich fanden an einem Berghang einige merkwürdige Formationen, die sich aus der Nähe eindeutig als Bergwerksstollen entpuppten.

Wenn unsere Vorfahren lange genug im Süden gelebt hatten, um Erz abzubauen, dann muß es noch mehr Spuren von ihrem Wirken hier unten geben.«

»Bei der Hitze und den feuchten Wäldern verfällt alles viel schneller als bei uns«, gab Jaxom zu bedenken. »D'ram baute vor knapp fünfundzwanzig Planetenumläufen in dieser Bucht eine Hütte, aber heute kann man kaum noch Überreste davon erkennen. Die Dinge, auf die F'lessan und ich damals im Benden-Weyr stießen, waren gut versiegelt und vor Witterungseinflüssen geschützt.«

Piemur meldete sich zu Wort, seine Stimme klang begeistert. »Die Stützpfeiler, die wir in jener Erzgrube fanden«, sagte er, »waren aus einem so harten Material, daß weder Messer noch Steinkanten auch nur einen Kratzer hinterließen. Und unsere tüchtigsten Steinbrucharbeiter stehen hilflos vor den glatten Stollen, die mitten durch den Fels führen. Unsere Ahnen hatten allem Anschein nach eine Technik, die der unseren weit überlegen ist.«

»Wir haben jedenfalls die ersten Spuren entdeckt. Es muß noch mehr geben.«

Jaxom hatte den Harfner noch nie so energisch erlebt. Dennoch stieß er unwillkürlich einen Seufzer aus, als er den Umfang der Karte betrachtete.

»Ich weiß, Jaxom, das Ausmaß des Unternehmens ist entmutigend, aber stell dir den Triumph vor, wenn wir den Ort finden! Oder die Orte . . .« Meister Robintons Augen leuchteten. »Also«, fuhr er entschlossen fort, »sobald Jaxom die Erlaubnis erhält, wieder ins *Dazwischen* zu fliegen, dringen wir nach Süden vor. Der symmetrische Bergkegel soll uns dabei als Orientierung dienen. Irgendwelche Einwände?« Ohne eine Antwort abzuwarten, setzte er hinzu: »Piemur wird auf dem Landweg folgen. Menolly kann ihn begleiten, wenn sie will, oder sich von Jaxom in eines der vorgeschobenen Lager bringen lassen, wo sie dann mit Sharra auf seine Ankunft wartet. Während die Mädchen die unmittelbare Umgebung des Stützpunkts erforschen, was bisher ja noch nicht geschehen ist, kann Jaxom mit Ruth vorausfliegen und eine neue Unterkunft errichten – und so fort.«

Der Harfner warf Jaxom einen prüfenden Blick zu. »Ich hoffe, man hat dir im Fort-Weyr beigebracht, Bodenformationen aus größerer Höhe zu erkennen. Und noch eines: Obwohl das Ganze ein Gemeinschaftsunternehmen ist, muß ich betonen, daß Piemur die weitaus größte Erfahrung im Erkunden von Neuland besitzt. Denk bitte daran, Jaxom, falls Probleme auftauchen! Ich erwarte, daß ihr mich ständig auf dem laufenden haltet!« Er deutete auf die Karte. »So, ab jetzt mit euch! Seht zu, daß ihr eure Ausrüstung und Proviant herrichtet! Und unterrichtet die Mädchen!«

Obwohl es nicht lange dauerte, bis sie Menolly und Sharra in die Pläne eingeweiht und ihre Reisevorbereitungen getroffen hatten, verließen die jungen Entdecker die Bucht an diesem Tag noch nicht.

N'ton und Lioth brachten nämlich Meister Oldive. Der Harfner begrüßte den Besucher überschwenglich, und auch Brekke und Sharra freuten sich über seine Ankunft. Nur Jaxom hielt sich mit gemischten Gefühlen im Hintergrund. Robinton bestand darauf, daß der Heiler sich zuerst das neue Haus ansah, ehe er – wie der Harfner sich ausdrückte – seinen alten Kadaver begutachtete.

»Meister Oldive kann er nicht beeindrucken, wenn er den Kraftprotz spielt«, flüsterte Sharra Jaxom zu, als sie den beiden nachsahen. »Der durchschaut ihn bis in den kleinsten Winkel seiner Seele.«

»Das erleichtert mich«, meinte Jaxom. »Ich weiß, daß Meister Robinton uns am liebsten begleiten würde.«

»Er kann doch nicht ins *Dazwischen!*«

»Der reitet notfalls auch auf Dummkopf mit!«

Sharra lachte, aber dann wurde sie wieder ernst, als der Heiler Meister Robinton mit großer Bestimmtheit ins Schlafzimmer geleitete und ruhig die Tür hinter sich schloß.

»Nein«, sagte sie und schüttelte langsam den Kopf. »Oldive kann man nichts vormachen.«

Jaxom war froh, daß es für ihn keinen Grund gab, dem Meisterheiler etwas vorzuspielen. Die Untersuchung verlief kurz: ein paar Fragen, ein Sehtest, ein Abhorchen des Herzens – und dann lächelte Meister Oldive zufrieden.

»Meister Robinton wird doch wieder gesund, nicht wahr?« fragte Jaxom beunruhigt, nachdem ihm Oldive die Erlaubnis erteilt hatte, wieder ins *Dazwischen* zu fliegen.

Der Harfner war ihm allzu still und nachdenklich erschienen, als er wieder aus dem Schlafzimmer auftauchte, und seine Schritte wirkten irgendwie weniger elastisch als zuvor. Menolly hatte ihm ein Glas Wein eingeschenkt, das er mit einem wehmütigen Lächeln entgegennahm.

»Natürlich wird Meister Robinton wieder gesund«, entgegnete Oldive. »Es geht ihm schon sehr viel besser. Aber . . .« – der Heiler hob warnend den Zeigefinger – »er muß lernen, sich rechtzeitig zu bremsen, mit seiner Energie sparsam umzugehen und seine Kräfte einzuteilen, sonst besteht die Gefahr eines neuen Herzanfalls. Ihr jungen Leute könnt ihn ein wenig entlasten.«

»Das werden wir – verlassen Sie sich darauf!«

»Gut. Wenn er sich schont, ist er bald wieder in Ordnung. Ich hoffe, er hat eine Lehre aus dem Zusammenbruch gezogen.« Meister Oldive warf einen Blick aus dem Fenster und tupfte sich den Schweiß von der Stirn. »Ein herrlicher Fleck, das muß ich sagen.« Er bedachte Jaxom mit einem schwachen Lächeln. »Die Hitze macht den Harfner mittags schläfrig und zwingt ihn zum Ausruhen. Die reizvolle Landschaft ringsum erfreut das Auge, und der Blütenduft weckt angenehme Gedanken. Wie ich Sie um diese Bucht beneide, Baron Jaxom!«

Die Schönheit der Bucht hatte offensichtlich auch ihre Wirkung auf den Meisterharfner, denn er fand seine gute Laune wieder, noch ehe Meister Fandarel und Meister Wansor von Telgar eintrafen. Robintons Begeisterung stieg, als ihm Wansor und Fandarel stolz das neue Fernrohr vorführten, an dem der Meisterschmied während des vergangenen halben Planetenumlaufs in jedem freien Moment gebastelt hatte. Das Instrument, ein

Rohr von der Länge eines Männerarms und so dick, daß man zwei Hände brauchte, um es zu umspannen, war sorgfältig in Leder gehüllt und besaß ein Okular, das seitlich angebracht war und nicht unten, wo es nach Jaxoms Meinung sein mußte.

Meister Robinton wunderte sich ebenfalls über die Neuerung, und er sagte das auch. Wansor murmelte etwas von Spiegeln, Refraktoren, Linsen und Abbildungen und daß dies die günstigste Anordnung für das Betrachten weit entfernter Gegenstände sei. Das Instrument, das Jaxom im Benden-Weyr entdeckt habe, setzte er hinzu, diene zwar zur Vergrößerung kleiner Gegenstände, sei aber im Prinzip ganz ähnlich gebaut.

»Aber darum geht es im Moment gar nicht«, meinte Wansor und wischte sich den Schweiß von der Stirn. Er hatte so eifrig sein neues Gerät erklärt, daß er gar nicht daran dachte, seine Reitkleider abzustreifen. »Ich freue mich jedenfalls, daß wir das neue Fernrohr erstmals hier im Süden einsetzen können.«

Meister Robinton blinzelte Menolly und Sharra zu, und die beiden Mädchen halfen dem Stern-Schmied, sich aus seinen Kleidern zu schälen, während er geistesabwesend weiterredete. Auch er hatte schon vom abweichenden Verhalten der drei Sterne gehört, die man die Dämmer-Schwestern nannte. Bis vor kurzem hatte er die Anomalie der Unerfahrenheit der Beobachter zugeschrieben. Aber nun, da auch Meister Robinton von einer Eigentümlichkeit berichtete, fand er es gerechtfertigt, die Angelegenheit mit seinem kostbaren Instrument persönlich zu untersuchen. Sterne besaßen nun einmal keine festen Positionen am Himmel. All seine Gleichungen, dazu so erfahrene Beobachter wie N'ton und Baron Larad, bestätigten diesen Lehrsatz. Außerdem hieß es in den alten, wenngleich unvollständigen Schriften, daß die Sterne bestimmten Bahnen folgten und festen Naturgesetzen gehorchten. Wenn man nun auf Himmelskörper stieß, die gegen die Regel verstießen, mußte man eine Erklärung suchen. Wansor rechnete damit, sie noch an diesem Abend zu finden.

Es folgte eine lange Diskussion über den günstigsten Standort des Instruments. Man entschied sich für die leichte Anhöhe bei der felsigen Ostspitze der Bucht, ein Stück jenseits der Stelle, wo man die Kochgruben ausgehoben hatte. Meister Fandarel errichtete mit Jaxoms und Piemurs Hilfe eine Plattform, auf der das dreh- und schwenkbare Untergestell des Fernrohrs montiert wurde. Wansor überwachte diese Tätigkeit, bis er dem Meisterschmied so im Wege stand, daß der ihm einen Platz nahe dem Waldsaum zuwies, wo er die Vorbereitungen mitverfolgen konnte, ohne zu stören. Als die Plattform fertig war, lag der Stern-Schmied im Sand, hatte den Kopf in beide Arme gestützt und schnarchte leise.

Fandarel legte grinsend den Finger auf die Lippen und kehrte mit Jaxom und Piemur an den Strand zurück. Sie nahmen alle ein erfrischendes Bad, ehe sie sich zu den anderen gesellten und eine kurze Nachmittagsruhe hielten. Um nur ja das Auftauchen der Dämmer-Schwestern nicht zu versäumen, verlegte man das Abendessen auf den Felsvorsprung, wo das Instrument aufgebaut war. Meister Idarolan holte vom Schiff das zweite Fernrohr, und man errichtete rasch eine zweite provisorische Plattform.

Endlich ging die Sonne unter und färbte den Himmel im Westen mit ihren leuchtenden Farben. Sobald sich vom Osten her die Abenddämmerung ausbreitete, warf Wansor einen Blick durch das Instrument. Er stieß einen verblüfften Schrei aus.

»Das kann nicht sein! Dafür gibt es keine logische Erklärung!« Er richtete sich auf und korrigierte die Feineinstellung.

Meister Idarolan hatte ebenfalls einen Blick durch sein eigenes Instrument geworfen. Er zuckte die Achseln. »Ich sehe die Dämmer-Schwestern in ihrer gewohnten Anordnung – so wie sie immer am Horizont stehen.«

»Aber diese Anordnung stimmt nicht. Die Abstände sind viel zu gering. Zwischen den einzelnen Sternen klaffen im allgemeinen Riesenentfernungen.«

»Darf ich?« Der Meisterschmied schob sich ungeduldig an das Fernrohr. Wansor machte nur zögernd Platz und wiederholte ein um das andere Mal, daß diese Anordnung nicht stimmen könne.

»N'ton, kommen Sie, Ihre Augen sind jünger als meine!« Idarolan winkte den Bronzereiter zu sich.

»Ich erkenne drei runde Objekte«, verkündete Fandarel mit dröhnender Stimme. »Runde, metallische Körper. Das sind keine Sterne, Wansor«, wandte er sich an den aufgeregten Stern-Schmied. »Das sind *Dinge,* von Menschenhand gefertigt!«

Robinton drängelte den hünenhaften Schmied vom Fernrohr weg und warf einen Blick durch das Okular. Er keuchte.

»Sie sind rund! Und sie schimmern! Wie Metall – nicht wie Sterne.«

»Eines steht jedenfalls fest«, sagte Piemur respektlos in das ehrfürchtige Schweigen, »wir haben wieder eine Spur unserer Vorfahren im Süden entdeckt, Meister Robinton.«

»Deine Bemerkung ist absolut zutreffend«, sagte der Harfner. Seine Stimme klang unterdrückt, und Jaxom wußte nicht genau, ob er gegen ein Lachen oder gegen Zorn ankämpfte, »obwohl du genau weißt, daß ich andere Spuren im Sinn hatte.«

Jeder durfte einen Blick durch Wansors Instrument werfen, da Meister Idarolans Gerät offensichtlich nicht stark genug war, um das Phänomen zu zeigen. Alle bestätigten Fandarels Aussage: Die sogenannten Dämmer-Schwestern waren keine Sterne, Ebenso unbestreitbar war, daß es sich um runde, metallische Objekte handelte, die allem Anschein nach am Himmel schwebten, ohne ihre Position zu verändern.

Man verständigte F'lar, Lessa und F'nor und forderte sie auf, unverzüglich in den Süden zu kommen, ehe das abendliche Schauspiel vorbei war. Lessas Ärger über den drängenden Tonfall der Botschaft schwand, als sie das Phänomen selbst beobachtete. Nach ihr traten F'lar und F'nor an das Instrument und gaben es nicht mehr frei, bis die Dunkelheit die sonderbaren Himmelsobjekte unsichtbar machte.

Jaxom sah, daß Wansor ein paar Gleichungen in den Sand kritzelte; er winkte Piemur, und gemeinsam trugen sie einen Tisch und Schreibmaterial ins Freie. Der Stern-Schmied schrieb und schrieb und betrachtete dann das Ergebnis, als sei das Rätsel noch größer geworden. Verwirrt bat er Fandarel und N'ton, seine Zahlen nachzurechnen.

»Welcher Schluß ergibt sich denn, wenn die Gleichungen keinen Fehler enthalten, Meister Wansor?« fragte ihn F'lar.

»Diese . . . diese Objekte sind in der Tat unbewegt. Sie schweben ständig in der gleichen Position über Pern. Als ob sie dem Planeten folgten . . .«

»Das würde beweisen, daß sie von Menschenhand angefertigt wurden, nicht wahr?« fragte Robinton ruhig.

»Das ist zumindest mein Schluß«, meinte Wansor nachdenklich. »Man hat sie so konstruiert, daß sie stets am gleichen Fleck bleiben.«

»Und wir können sie nicht aufsuchen«, murmelte F'nor.

»Komm mir ja nicht wieder auf die Idee . . .!« fauchte Brekke so heftig, daß F'lar und der Harfner loslachten.

»Man hat sie so konstruiert, daß sie stets am gleichen Fleck bleiben«, wiederholte Piemur. »Aber man hat sie nicht hier konstruiert, Meister Fandarel, oder?«

»Ich bezweifle es. In den alten Schriften gibt es Hinweise auf viele Wunderdinge, welche unsere Vorfahren auf Pern benutzten, aber nirgends sind Sterne erwähnt, die am Himmel schweben.«

»In den Schriften steht aber, daß die Menschen *nach Pern kamen* . . .« Piemur warf dem Harfner einen fragenden Blick zu, und der nickte. »Vielleicht benutzten sie diese Objekte, um von einem anderen Ort – einer anderen Welt – hierher zu gelangen. Nach Pern.«

Brekke unterbrach das nachdenkliche Schweigen, das Piemurs Worten folgte. »Weshalb hätten sie ausgerechnet Pern wählen sollen?«

»Gar so schlecht ist es hier auch wieder nicht«, widersprach Piemur, »wenn man die Fäden außer acht läßt, versteht sich . . .«

»Manche von uns dürfen das nicht«, warf F'lar trocken ein.

Menolly versetzte Piemur einen Rippenstoß, um ihn daran zu erinnern, daß er mit den Führern von Pern sprach, aber F'lar lachte nur.

»Das ist ja eine verblüffende Entwicklung«, meinte Robinton, und seine Blicke schweiften über den Nachthimmel, als könne der noch weitere Geheimnisse enthüllen. »Sphären, in denen unsere Vorfahren hierherkamen . . .«

»Ein gutes Thema für ein paar Stunden Nachdenken in aller Ruhe, nicht wahr, Meister Robinton?« fragte Oldive lächelnd.

Der Harfner winkte ungeduldig ab.

»Also, hinfliegen können Sie im Moment ohnehin nicht«, gab der Heiler zu bedenken.

»Ich nicht.« Meister Robinton nickte. Dann deutete er zur Verblüffung der Umstehenden zu den Drei Schwestern hinauf. »Zair, siehst du die drei Lichter am Himmel? Kannst du sie erreichen?«

Jaxom hielt den Atem an und spürte, wie sich auch Menolly neben ihm versteifte. Brekke stieß einen leisen Schrei aus. Alle beobachteten Zair.

Die kleine Bronze-Echse neigte das Köpfchen und zirpte fragend.

»Zair! Die Dämmer-Schwestern!« Robinton wiederholte seine Worte. »Kannst du sie erreichen?«

Die Bronze-Echse hielt den Kopf schräg. Sie verstand nicht, was er von ihr verlangte.

»Zair! Ein Flug zu einem anderen Objekt am Himmel, wie damals auf den Roten Stern!«

Mit einem angsterfüllten Schrei verschwand Zair, und die Feuer-Echsen, die sich um Ruth geschart hatten, folgten ihm.

»Das scheint beide Fragen zu beantworten«, meinte F'lar.

»Was hält Ruth davon?« flüsterte Menolly Jaxom zu.

»Von den Dämmer-Schwestern? Oder von Zair?«

»Sowohl als auch . . .«

»Er hat geschlafen«, erklärte Jaxom nach einem kurzen Gedankenaustausch mit seinem Drachen.

»Das sieht ihm ähnlich!«

»Pah! Welche Bilder hat denn Prinzeßchen übermittelt, ehe sie verschwand?«

»Gar keine.«

Obwohl die Besucher bis in den späten Abend hinein debattierten, fanden sie keine Lösung. Robinton und Wansor hätten am liebsten die Nacht durchgemacht, aber Meister Robinton mischte unbemerkt ein Schlafmittel in den Wein des Harfners. Niemand sah ihn dabei, aber Meister Robinton befand sich mitten in einem heftigen Wortgefecht mit Wansor, als sein Kopf plötzlich gegen die Tischplatte sank und er zu schnarchen begann.

»Er darf den Genesungsprozeß nicht gefährden«, stellte Meister Oldive ruhig fest. Die Drachenreiter halfen ihm, den Harfner zu Bett zu bringen.

Damit fand der lange Abend ein Ende. Lessa, F'lar und F'nor kehrten in ihre Weyr, Oldive und Fandarel in ihre jeweiligen Gildehallen zurück. Wansor dagegen blieb im Süden. Ihn hätte kein Drachengeschwader aus Jaxoms Bucht wegholen können.

Man hatte beschlossen, das neue Wissen über die Dämmer-Schwestern geheimzuhalten, bis Wansor und andere Sternkundige Zeit gefunden hatten, das Phänomen genau zu studieren. Man wollte nicht, daß sich im Volk die Idee breitmachte, von den drei runden Himmelskörpern könnte eine ähnliche Gefahr drohen wie vom Roten Stern.

»Unsinn!« hatte Fandarel ausgerufen. »Wenn von diesen Sphären eine Gefahr ausginge, hätten wir das schon vor vielen Planetenumläufen bemerkt.«

F'lar pflichtete ihm bei, fügte aber hinzu, man müsse vorsichtig sein, denn das Volk sei daran gewöhnt, daß alles Schlechte vom Himmel komme.

Der Weyrführer versprach darüberhinaus, ein paar Drachenreiter von Benden zu schicken, damit sie bei der Erforschung des Südkontinents mithalfen. F'lar fand, es sei wichtiger denn je, herauszubringen, welche Geheimnisse dieses Land noch barg.

Als Jaxom in seine Schlafdecken kroch, nagte ein leiser Ärger in seinem Innern. Er hatte so gehofft, endlich eine Weile allein mit

Sharra zu sein, aber nun stand eine neue Invasion von Fremden bevor.

Hatte sie ihn in letzter Zeit bewußt gemieden? Oder waren es die Umstände, die ihm immer wieder einen Strich durch die Rechnung machten? So wie Piemurs verfrühte Ankunft in der Bucht, die Sorge um Robinton, der Hausbau, das Eintreffen des Meisterharfners – und nun dies! Nein, Sharra hatte ihn nicht gemieden. Sie schien ... nahe. Ihr weiches, dunkles Lachen, ihr schwarzes Haar, das sich nicht bändigen ließ und ihr immer wieder ins Gesicht fiel ...

Jaxom seufzte. Meister Oldive hatte ihm erlaubt, wieder ins *Dazwischen* zu gehen. Das bedeutete, daß er und Ruth nach Ruatha zurückkehren konnten. Aber er wollte nicht – und das keineswegs nur wegen Sharra.

Lytol brauchte ihn nicht auf Ruatha. Er würde die Geschäfte der Burg so umsichtig führen wie immer. Und Ruth mußte keine Fäden bekämpfen. F'lar hatte klargestellt, daß weder der weiße Drache noch der Burgherr von Ruatha ein unnötiges Risiko eingehen durften.

Jaxom atmete tief durch und verscheuchte sein schlechtes Gewissen. Eigentlich hatte ihm niemand verboten, den Süden zu erforschen. Und niemand hatte ihm befohlen, nach Ruatha zurückzukehren.

Der Gedanke tröstete ihn etwas; aber der Ärger über F'lars Drachenreiter blieb – Reiter, deren Drachen sicher schneller und weiter flogen als Ruth, Reiter, die den Berg vor ihm erreichen konnten ... Reiter, die vielleicht jene Spuren entdeckten, auf deren Fährte er sich begab. Reiter, die Sharras innere Wärme und Schönheit schätzen lernten ...

Er wälzte sich herum und fand keinen Schlaf. Vielleicht änderte sich gar nichts an Meister Robintons Plan, ihn, Sharra, Menolly und Piemur auf Entdeckungsreise zu schicken. Sagte Piemur nicht ständig, daß man das Land zu Fuß durchstreifen mußte, um es gründlich kennenzulernen? F'lar und Robinton planten vielleicht, die Drachenreiter so zu verteilen, daß sie ein möglichst großes Terrain von oben her erkundeten, während ihre Vierergruppe zum Berg vorstieß.

Erst als er bei diesem Gedankengang angelangt war, gestand sich Jaxom den wahren Grund seiner Mißstimmung ein: Er wollte unbedingt als erster am Berg sein! Der Kegel, der Anmut und Vollkommenheit ausstrahlte, hatte ihn mit unwiderstehlicher Macht in die Bucht zurückgelockt, obwohl er krank war, vom Fieber geschüttelt, und ließ ihn selbst in seinen Träumen nicht mehr los. Jaxom wollte ihn als erster erreichen, so verrückt der Gedanke auch scheinen mochte.

Irgendwann schlief er dann doch ein. Wieder tauchten die ineinander verwobenen Traumbilder auf. Wieder explodierte der Berg, und eine seiner Flanken stürzte ein. Wieder floß rotglühende Lava den Berg herab, und flammendes Gestein jagte durch die Luft. Wieder war Jaxom zugleich verängstigter Flüchtling und nüchterner Beobachter. Dann schob sich der Glutstrom auf ihn zu, drohte ihn mit seinem heißen Atem zu verschlingen ...

Er setzte sich auf und öffnete verwirrt die Augen. Die ersten Sonnenstrahlen fielen schräg durch die Baumkronen und zeichneten Kringel auf seine nackten Beine. Es war Morgen!

Jaxoms Gedanken tasteten nach Ruth. Sein Drache schlief noch in der Lichtung der alten Hütte, wo er sich eine bequeme Kuhle ins Erdreich gebuddelt hatte.

Jaxom warf einen Blick zu Piemur hinüber. Der Harfner lag zusammengerollt auf seinem Bett, beide Hände unter die Wange geschoben. Lautlos öffnete Jaxom die Tür und schlich, die Sandalen in der Hand, durch die Küchenräume ins Freie. Ruth warf sich unruhig hin und her, als Jaxom an ihm vorbeikam, und zwei Feuer-Echsen begannen leise zu schimpfen. Keines der Tierchen, die Ruths Schlaflager teilten, trug eine Farbmarkierung. Er nahm sich vor, Ruth später zu fragen, ob die Echsen immer bei ihm schliefen. Wenn ja, dann waren seine Träume vielleicht Bilder, welche die Feuer-Echsen übermittelten – Erinnerungen, neu erweckt durch die Ankunft der Menschen in der Bucht. Der Berg! Von dieser Seite erschien er vollkommen ebenmäßig. Keine der Flanken wies auch nur die Spur einer Eruption auf.

Sobald er den Strand erreichte. warf Jaxom einen Blick zum Himmel und hielt Ausschau nach den Dämmer-Schwestern. Aber es war bereits zu spät. Man konnte sie nicht mehr erkennen.

Die beiden Fernrohre standen noch auf ihren Plattformen, mit Wherleder-Hüllen gegen den Morgentau geschützt. Jaxom konnte nicht widerstehen. Er deckte Wansors Instrument ab und warf einen Blick durch das Rohr, obwohl er wußte, daß es sinnlos war. Dann hüllte er es sorgfältig wieder ein und wandte sich nach Südosten, dem Berg zu.

In seinem Traum war der Kegel explodiert. Und es ließ sich nicht leugnen, daß er nur die eine Seite des Berges sah. Entschlossen deckte der Idarolans Fernrohr ab. Er wußte, daß er mit

Wansors Gerät mehr gesehen hätte, aber er wagte nicht, die Einstellung zu verändern. Außerdem reichte Idarolans Instrument für seinen Zweck völlig aus. Nicht daß es den Krater zeigen konnte, den Jaxom zu sehen gehofft hatte ...

Nachdenklich senkte er das Fernrohr. Er durfte wieder ins *Dazwischen* gehen. Und er hatte von Meister Robinton den Befehl erhalten, das Landesinnere zu erforschen. Außerdem – und das zählte stärker als alles andere – er wollte als erster am Berg sein!

Er lachte. Dieses Wagnis war sicher weit harmloser als das Zurückholen des Königin-Eies. Er konnte mit Ruth ins *Dazwischen* tauchen und wiederkehren, ehe in der Bucht jemand bemerkte, was sie vorhatten. Jaxom schraubte das Fernrohr von seiner Haltung. Er brauchte es für sein Unternehmen. Sobald er und Ruth sich in der Luft befanden, mußte er den Berg eingehend studieren und eine Stelle ausfindig machen, wo Ruth nach dem Sprung ins *Dazwischen* landen konnte.

Er drehte sich um und blieb wie angewurzelt stehen. Piemur, Sharra und Menolly standen in einer Reihe hinter ihm und beobachteten ihn.

»Nun, Baron Jaxom, was hat das Fernrohr des Schiffsmeisters uns denn gezeigt?« grinste Piemur. »Einen Berg vielleicht?«

Prinzeßchen saß auf Menollys Schulter und schimpfte.

»Hat er genug gesehen?« wandte sich Menolly an Piemur, ohne Jaxom zu beachten.

»Ich denke schon. Als Orientierungshilfe reicht es sicher.«

»Er wird doch nicht etwa geplant haben, ohne uns aufzubrechen?« fragte Sharra.

Sie musterten ihn spöttisch.

»Ruth kann doch nicht vier Leute tragen!«

Ich würde es schaffen, widersprach Ruth. *Keiner von euch ist schwer!*

Sharra lachte und deutete dann anklagend auf Jaxom.

»Wetten, daß Ruth eben heftig protestiert hat?« meinte sie.

»Die Wette gewinnst du!«Menollys Blicke wichen keine Sekunde von Jaxoms Gesicht. »Aber nun mal im Ernst – ich halte es für besser, wenn du bei *diesem* Abenteuer nicht allein bist.«

»Bei *diesem* Abenteuer?« Piemur, hellhörig wie immer, schaute erst Menolly und dann Jaxom an.

Jaxom schluckte und setzte eine undurchdringliche Miene auf. »Bist du sicher, daß du uns alle tragen kannst?« fragte er Ruth.

Ich mußte in letzter Zeit lange Strecken fliegen, weil wir nicht ins Dazwischen durften. Das hat meine Muskeln gekräftigt. Keiner von euch ist

schwer. Die Entfernung schaffe ich ohne weiteres. Werden wir den Berg
sehen?

»Ruth ist offensichtlich einverstanden«, stellte Menolly fest.
»Aber wenn wir uns nicht beeilen . . .« Sie deutete zum Haus hinüber. »Komm, Sharra, wir holen die Reitausrüstung!«

»Ich muß erst noch zusätzliche Riemen für euch alle anbrin-
gen.«

»Dann mach rasch!« Menolly und Sharra liefen bereits über
den Sand.

Jagd-Lassos waren zur Hand, und Jaxom fertigte mit Piemurs
Hilfe Halteriemen daraus. Eben als sie die letzten Schlingen fest-
zurrten, kamen die Mädchen mit Wherleder-Jacken und Helmen
zurück. Jaxom nahm das Fernrohr des Schiffsmeisters an sich
und gelobte insgeheim feierlich, daß sie wieder in der Bucht sein
würden, ehe Idarolan das Verschwinden seines kostbaren Instruments bemerkte.

Ruth brauchte viel Kraft, um sich vom Boden abzustoßen, aber
sobald er seine Kreise in der Luft zog, versicherte er Jaxom, daß
er keinerlei Probleme mit dem Fliegen habe. Er wandte sich nach
Südosten, während Jaxom das Instrument auf den fernen Gipfel
einstellte. Selbst aus dieser Höhe konnte er nicht die Spur einer
Eruption erkennen. Er senkte das Fernrohr ein wenig, bis er im
Vordergrund des Bergkegels einen klar gegliederten Kamm entdeckte.

Jaxom fragte Ruth, ob das Ziel für ihn klar erkennbar sei. Der
Drache bejahte, und ehe Jaxom Zeit fand, die Konsequenzen des
Abenteuers noch einmal zu überdenken, waren sie im *Dazwi-*
schen. Unvermittelt tauchten sie über dem Grat auf, atemlos
durch den Kälteschock nach so langer Zeit in der tropischen
Sonne, aber auch atemlos wegen des großartigen Panoramas, das
sich vor ihnen ausbreitete.

Zum erstenmal begriffen sie, was Piemur meinte, wenn er von
trügerischen Entfernungen sprach. Der Berg erhob sich auf der
Schräge eines Hochplateaus, das selbst Tausende von Drachenlängen über den Ozean aufragte. Weit unter ihnen zerschnitt ein
breiter, schimmernder Meeresarm die Klippen: Gras bedeckte
die unteren Hänge des Vulkankegels, dichter Wald den Höhenzug, über dem sie schwebten. Weiter im Süden riegelte eine
hohe, dunstverschleierte Felsenbarriere das Land nach Osten
und Westen hin ab.

Der symmetrische Kegel, der immer noch ein gutes Stück von
ihnen entfernt lag, beherrschte das Bild.

»Da!« Sharra deutete plötzlich nach links, in Richtung des Meeres. »Es gibt noch mehr Vulkane. Und einige stoßen Rauch aus.«

Aus der offenen See erstreckte sich in einem langgezogenen Bogen eine Kette von Vulkanen in Richtung Nordosten, manche von größeren Inseln umgeben, während andere nur knapp aus dem Wasser ragten.

»Leihst du mir bitte das Fernrohr, Jaxom?« Piemur richtete das Instrument aufs Meer. »Ja«, sagte er ruhig, nachdem er die Vulkanspitzen lange Zeit betrachtet hatte, »zwei davon sind aktiv. Aber weit, weit draußen. Keinerlei Gefahr für uns.« Damit schwenkte er das Fernrohr in Richtung der Gebirgsbarriere. Nach einer Weile schüttelte er langsam den Kopf. »Es könnte sich um die gleichen Berge handeln, die ich im Westen sah.« Seine Stimme klang zweifelnd. »Eine kalte Gegend – und man braucht Monate, bis man dorthin gelangt.« Er beschrieb mit dem Sucher einen kurzen Bogen. »Der Meeresarm reicht weit landeinwärts. Idarolan könnte ihn vielleicht mit einem Segelschiff befahren.« Er gab das Fernrohr zurück und betrachtete den Bergkegel, der vor ihnen lag.

»Ein herrlicher Anblick«, meinte Sharra mit einem langen Seufzer.

»Es muß doch die verdeckte Flanke sein, die bei der Eruption einbrach«, murmelte Jaxom vor sich hin.

»Die verdeckte Flanke?« wiederholten Sharra und Menolly wie aus einem Mund. Jaxom hob mit einem Ruck den Kopf.

»Habt ihr letzte Nacht etwa auch geträumt?« wollte Jaxom wissen.

»Was mag uns wohl heute aus den Betten getrieben haben, ehe du heimlich davonschleichen konntest?« entgegnete Menolly ein wenig bissig.

»Also schön, dann sehen wir uns die andere Seite eben an«, sagte Piemur, und das klang, als fordere er die anderen vergnügt auf, mit ihm schwimmen zu gehen.

»Warum nicht?« unterstützte ihn Sharra mit der gleichen Sorglosigkeit.

Ich würde auch gern den Ort meiner Träume sehen, erklärte Ruth und ließ sich ohne Warnung vom Grat aus ein Stück in die Tiefe fallen.

Menolly und Sharra schrien auf, und Jaxom war froh, daß er auf Halteriemen für alle bestanden hatte. Ruth entschuldigte sich, aber Jaxom kam nicht dazu, die Entschuldigung weiterzugeben, da der weiße Drache im gleichen Moment einen warmen Aufwind erwischte und sie hoch über den Meeresarm hinaustrug. Sobald sie wieder ruhig dahinglitten, warf Jaxom einen Blick durch das Fernrohr und entdeckte eine Felsformation mit ausgeprägten Merkmalen an der Nordschulter des Berges. Er übermittelte Ruth das Bild.

Sie waren im *Dazwischen.* Dann schwebten sie über den Felsen, und ein paar Atemzüge lang schien ihnen der Berg bedrohlich entgegenzukippen. Ruth fing sich ab und bog mit kräftigen Schwingenschlägen zur Ostflanke hinüber.

Einen Moment lang waren sie alle geblendet vom gleißenden Licht der Morgensonne, die bis dahin der Gipfel verdeckt hatte. Ruth wandte sich ein Stück nach Süden. Vor ihnen lag unendlich weites Land – ausgedehnter noch als die Tiefebenen von Telgar oder die Wüste von Igen. Aber Jaxoms Blicke lösten sich rasch von diesem eindrucksvollen Bild und wandten sich dem Berg zu.

Die Gegend war ihm mehr als vertraut – er kannte sie aus seinen unruhigen Nächten und verworrenen Träumen. In der Ostseite des Berges klaffte ein Loch. Das aufgerissene Maul schien bösartig zu fauchen, und dabei einen Mundwinkel weit herunterzuziehen. Jaxoms Blicke folgten der Linie, und er entdeckte entlang der Südostflanke drei weitere Vulkanspalten, häßliche Abkömmlinge der großen Vertiefung. Ein Lavastrom wies nach Süden, der weiten Ebene zu.

Ruth flog instinktiv ein Stück vom Berg weg, dem freundlicheren Tal entgegen.

Hatte das herrliche Nordpanorama des Vulkankegels Jaxom ganz in seinen Bann gezogen, so wandte er sich nun schaudernd von dem verzerrten Maul der eingesunkenen Flanke ab, die ihn nachts in seinen Träumen verfolgt hatte.

Diesen Ort kenne ich, berichtete Ruth. *Sie sagen, daß ihre Menschen von hier kamen.*

Schwärme von Feuer-Echsen wirbelten in der Morgensonne. Prinzeßchen, Meer, Talla und Farli lösten sich von Ruth und gesellten sich zu den Neuankömmlingen.

»Schau doch, Jaxom! Da unten!« schrie ihm Piemur plötzlich ins Ohr und deutete aufgeregt zu einem Punkt neben Ruths linker Vorderpfote. Das helle Licht ließ die Umrisse klar hervortreten. Gerade Linien zerschnitten den Fels, kreuzten sich und bildeten Quadrate – unnatürliche Formationen in dieser Berglandschaft.

»Meister Robintons Spuren der Vergangenheit!« Er drehte

sich um und grinste Piemur an, der seinerseits versuchte, die Mädchen auf seine Entdeckung aufmerksam zu machen.

Dann aber keuchte Jaxom und lenkte Ruth mit einem Schenkeldruck nach Nordosten. Piemurs Hand krallte sich in seine Schulter. Der Harfner sah die gleiche Gefahr wie er. Die Rauchsäulen der fernen Vulkane verschwanden in einer grauen Wand, die sich vom Himmel senkte – Fäden!

»Fäden!«

Fäden! Ehe Jaxom Ruth einen Befehl erteilen konnte, war der Drache ins *Dazwischen* vorgestoßen. Im nächsten Moment schwebten sie über der Bucht. Die mächtigen Umrisse von fünf Drachen waren am Strand zu erkennen. Meister Idarolans Matrosen legten in aller Hast Platten auf Gerüste, um die hölzernen Decks der *Morgenstern* vor den Sporen zu schützen.

Canth fragt, wo wir waren. Ich muß sofort Feuerstein kauen. Die Feuer-Echsen sollen mithelfen, das Schiff von Fäden freizuhalten. Alle sind wütend auf uns. Warum?

Jaxom bat Ruth, in der Nähe des Feuersteinvorrats am Strand zu landen und sich sofort auf den Kampf gegen die Sporen vorzubereiten.

»Ich muß Dummkopf suchen!« murmelte Piemur und lief zum Wald hinüber.

Sharra legte Jaxom beruhigend die Hand auf den Arm. »Ich will versuchen, da drinnen die Wogen zu glätten«, meinte sie und wies zum Haus hinüber. »Das ist mir der Ausflug wert.«

Wir haben den Süden erforscht, wie es uns der Meisterharfner befahl, verkündete Ruth plötzlich und starrte die anderen Drachen trotzig an. *Und wir kommen rechtzeitig zum Kampf gegen die Fäden zurück. Was wollt ihr mehr?*

Jaxom war verblüfft über den entschiedenen Tonfall seines Drachen, und er faßte wieder Mut. Ruth hatte recht. Dennoch war er ganz froh, daß ihm das Heraufziehen der Sporen eine Konfrontation mit F'nor oder N'ton ersparte.

Ich habe genug Feuerstein geschluckt, erlärte Ruth seinem Reiter. *Komm – die Fäden haben die Bucht fast erreicht!* Und erstaunt fügte er hinzu: *Brekke befürchtet, du könntest noch nicht kräftig genug sein, den Kampf durchzustehen. Du sollst mir sofort Bescheid sagen, wenn du dich erschöpft fühlst.*

Selbst wenn er volle vier Stunden im Einsatz gewesen wäre – nichts hätte Jaxom dazu bringen können, eine Ermüdung einzugestehen. Sie stießen drei Buchten weiter im Osten auf die Fäden – und begegneten ihnen mit einem Flammenangriff. Jaxom hoffte nur, daß Piemur seinen kleinen Renner rechtzeitig in Sicherheit gebracht hatte. Ruth erklärte gelassen, daß Dummkopf auf der Veranda des Harfnerhauses stünde, beaufsichtigt von Farli.

Auf dem Rückflug zur Bucht bemerkte Jaxom lohende Fackeln über den Masten der *Morgenstern*. Erst dachte er, das Schiff sei in Brand geraten, aber dann erkannte er, daß dichte Schwärme von Echsen über den Decks flatterten und die herabsinkenden Sporen mit ihrem Feueratem zerstörten.

Jaxom fühlte sich todmüde, als Canth endlich das Zeichen zum Rückzug gab. Ruth flog in einem weiten Bogen nach Osten, und F'nor gab ihm durch eine Geste zu verstehen, daß er seine Sache gut gemacht habe.

Ruth und Jaxom begaben sich zu dem schmalen Weststreifen des Sandstrandes, weil die größeren Drachen mehr Platz zum Landen brauchten. Jaxom nieste, als ihm der Feueratem von Ruth in die Nase stieg.

Es fällt mir immer leichter, die Feuersteinmenge, die ich schlucken muß, richtig abzuschätzen. Heute habe ich alles verbraucht. Ruth hob den Kopf und schaute zu Canth hinüber, der neben ihnen gelandet war. *Warum ist F'nor wütend? Uns ist kein einziger Faden entwischt.* Ruths Augen wirbelten schneller, und er warf seinem Reiter einen hilflosen Blick zu. *Ich verstehe das nicht.*

»Jaxom! Ich habe ein Wörtchen mit dir zu reden!«

F'nor kam über den Sand auf ihn zu. Er nahm seinen Helm mit einer heftigen Bewegung ab.

»Ja?«

»Wo wart ihr vier heute morgen? Warum habt ihr keine Nachricht hinterlassen? Und was soll das heißen, so spät zu einem Sporeneinsatz zu erscheinen? Hattest du vergessen, daß für heute Fäden angesagt waren?«

Jaxom beobachtete F'nor. Ärger und Erschöpfung spiegelten sich in den Zügen des braunen Reiters. Und plötzlich spürte der junge Baron den gleichen kalten Zorn, der ihn damals, vor langer Zeit, auf Ruatha erfaßt hatte. Er straffte die Schultern und warf den Kopf zurück. Seine Augen waren in gleicher Höhe mit F'nors Augen, eine Tatsache, die ihm bis jetzt entgangen war. Er konnte und würde nicht zulassen, daß er die Selbstbeherrschung verlor wie an jenem Morgen auf der Burg.

»Wir waren rechtzeitig zur Stelle, F'nor«, entgegnete er ruhig. »Meine Pflicht als Drachenreiter bestand darin, die Bucht vor dem Sporenregen zu schützen. Diese Pflicht habe ich erfüllt.« Er

verneigte sich leicht und sah befriedigt, daß der Ärger in F'nors Zügen einem sprachlosen Staunen wich. »Die anderen haben Meister Robinton inzwischen sicher von der Entdeckung berichtet, die wir heute morgen machten. Los, geh schon voraus ins Wasser, Ruth! Ich bin gern bereit, all Ihre Fragen zu beantworten, F'nor, sobald ich meinen Drachen von den Spuren des Kampfes gesäubert habe.« Damit verneigte er sich ein zweites Mal vor F'nor, der ihn verblüfft anstarrte, streifte seinen verschwitzten Wherlederanzug ab und schwamm zu Ruth hinaus.

Ruth blies ihm eine mächtige Wasserfontäne entgegen und tauchte unter.

Canth meint, daß F'nor verwirrt ist. Gibt es Dinge, die einen braunen Reiter verwirren?

»Es gibt Dinge, die er von einem weißen Reiter wohl nicht erwartet hat. Aber ich kann dich nicht waschen, wenn du dich ständig auf die Seite rollst.«

Du bist wütend. Du schürfst mir noch die Haut auf, wenn du so heftig schrubbst!

»Ich bin wütend – aber nicht deinetwegen.«

Sollen wir nicht lieber zu unserem See fliegen? fragte Ruth vorsichtig.

»Wozu brauchen wir einen eiskalten See, wenn wir hier genug warmes Meerwasser haben? Ich ärgere mich über F'nor. Er tut, als sei ich schwer krank oder ein Kind, das einen Aufpasser braucht. Ich habe mit dir die Fäden bekämpft. Wer das schafft, muß nicht für jeden seiner Schritte Rechenschaft ablegen!«

Ich hatte vergessen, daß für heute Fäden angesagt waren.

»Ich auch – aber das verraten wir keinem, einverstanden?«

Es fiel Jaxom schwer, seinen Freund gründlich zu waschen, aber er biß die Zähne zusammen und sagte sich vor, daß er später eine lange Ruhepause einlegen konnte.

Zum Glück erhielt er bald Unterstützung. Sharra kam zu ihnen herausgewatet und schwenkte zwei langstielige Bürsten. »Sieh mal, was Brekke mitgebracht hat! Damit sparen wir uns die Hälfte der Arbeit. Schöne, starre Borsten. Das wird dir Spaß machen, Ruth!«

Sie hob vom Grund eine Handvoll nassen Sand auf, verteilte ihn auf Ruths Rücken und begann kräftig zu scheuern. Ruth schnaufte wohlig.

»Haben sie dich in die Zange genommen, während wir die Fäden bekämpften?« fragte Jaxom und sah einen Moment von seiner Arbeit auf.

»Menolly beantwortet immer noch Fragen.« Sharra lachte ihn an. »Sie redete so schnell, daß der Harfner sie kein einziges Mal unterbrechen konnte, und als ich mich aus dem Haus schlich, war sie immer noch nicht fertig. Ich hätte nie geglaubt, daß jemand den Meisterharfner niederreden könnte. Aber ich muß sagen, daß sich sein Zorn bereits nach den ersten Sätzen legte. Hat F'nor Schwefel und Flammen gespuckt?«

»Nun ja . . . es gab einen Meinungsaustausch.«

»Das hatte ich mir fast gedacht. Brekke ist nicht ganz unschuldig daran. Sie führte sich auf, als seist du vom Sterbelager aufgestanden, um Fäden zu bekämpfen.« Sharra stand da, auf Ruths Schulter gestützt, und musterte ihn aufmerksam.

Wassertropfen schimmerten in ihrem Haar, ihre Haut war tief gebräunt, und ihre Augen blitzten belustigt. Jaxom starrte sie unverwandt an.

Meine Haut juckt! beschwerte sich Ruth. *Genau an der Stelle, wo du deine Hand hast!*

»Siehst du?« lachte Sharra und fuchtelte mit der Bürste vor seinem Gesicht herum. »Du vernachlässigst Ruth.«

»Woher weißt du, daß Ruth Kontakt mit mir hatte?«

»Das erkenne ich immer an deinem Blick.«

»Sag mal, wohin fährt eigentlich die *Morgenstern?*« Jaxom sah zu seiner Verwunderung, daß Idarolans schnelles Schiff mit geblähten Segeln aus der Bucht fuhr.

»Zum Fischfang natürlich. Der Fädeneinfall zieht immer ganze Schwärme an. Und unser Ausflug von heute morgen lockt garantiert Scharen von Neugierigen in die Bucht. Wie sollen wir die durchfüttern, wenn nicht mit Fisch?«

Jaxom stöhnte und schloß die Augen.

»Das ist die Strafe für unser unerlaubtes Entfernen von den anderen!« lachte Sharra.

Sie plumpsten beide ins Wasser, als Ruth aufsprang.

»Ruth!«

Meine Freunde kommen! Der weiße Drache trompetete los, und Jaxom sah ein halbes Drachengeschwader am Himmel, als er sich das Wasser aus den Augen wischte.

Ich erkenne Ramoth und Mnementh, Tiroth, Gyamath, Branth, Orth . . .

»Sämtliche Weyrführer, Sharra!«

Sie hatte Wasser geschluckt und rang nach Luft.

»Großartig!« Das klang alles andere als begeistert. »Wo ist meine Bürste?« Sie begann im Wasser zu suchen.

Dazu Golanth, Path, Drenth – und er kommt auch. Auf unserem Wachdrachen!

»Lytol besucht uns! Halt still, Ruth, wir bürsten noch rasch deinen Schwanz!«

Ich muß doch meine Freunde willkommen heißen, wie es sich gehört! Ruth bäumte sich erneut auf und schmetterte der zweiten Gruppe von Neuankömmlingen seinen Gruß entgegen.

»Wenigstens bin ich jetzt sauber«, meinte Sharra und wand ihr triefnasses Haar aus.

Ich bin auch sauber genug. Und meine Freunde wollen sicher noch mit mir schwimmen.

»Damit würde ich gar nicht rechnen, Ruth. Du bekommst heute sicher noch eine Menge Arbeit.«

Sharra winkte Jaxom zu sich. »Hast du heute morgen schon etwas gegessen?« Er schüttelte den Kopf, und sie faßte ihn an der Hand. »Dann los, verschwinden wir auf Schleichpfaden, ehe sie uns entdecken!«

Am Ufer sammelte er rasch seine Reitkleider auf, und dann rannten sie beide über den alten Weg zum Kücheneingang des Harfnerhauses. Sharra seufzte erleichtert, als sie sah, daß die Wirtschaftsräume leer waren. Sie tranken warmen Klah und aßen jeder eine Schüssel Frühstücksbrei mit Fruchtstücken.

Draußen hörten sie Stimmen. Robintons voller Bariton beherrschte die Unterhaltung. Jaxom wollte aufstehen und zu ihm auf die Veranda gehen, aber Sharra hielt ihn fest.

»Iß jetzt! Die finden uns noch früh genug.«

»Ruth hat mich am Strand drunten begrüßt«, sagte Lytol gerade. »Aber Jaxom kann ich nirgends sehen . . .«

»Weit weg ist er bestimmt nicht . . .«, begann Robinton.

Ein Bronzepfeil schwirrte in die Küche, stieß ein Triumphgezeter aus und verschwand wieder.

»Werfen Sie mal einen Blick in die Küche, Lytol!« sagte Der Harfner lachend.

»Manchmal verstehe ich Lessa«, murmelte Jaxom mißbilligend und schluckte hastig noch einen großen Löffel Brei, ehe Lytol auf der Schwelle stand.

»Entschuldigung«, sagte er mit vollem Mund, »Ich bin heute ohne Frühstück losgeflogen, Lytol.«

Der Burgverwalter musterte ihn so gründlich, daß Jaxom ganz nervös wurde.

»Prächtig siehst du aus, Junge, sehr viel besser als das letztemal. Guten Tag, Sharra.« Lytol nickte ihr geistesabwesend zu, stürmte auf Jaxom los und hielt seine Hände ganz fest. Ein Lächeln huschte über seine Züge. »Braungebrannt und gesund! Das freut mich. So – und nun zu dem Wirbel, den du heute morgen angerichtet hast. Was war los?«

»Ich? Ich habe gar nichts angerichtet.« Gegen seinen Willen mußte Jaxom grinsen. Lytol war gar nicht verärgert! »Der Berg ist an allem schuld. Mein Fehler war nur, daß ich ihn als erster aus der Nähe betrachten wollte.«

»*Jaxom!*« Den sonoren Ruf des Harfners konnte er nicht gut überhören.

»Meister Robinton?«

»Komm hierher, Jaxom!«

Während der nächsten Stunden war Jaxom dankbar, daß Sharra ans Essen gedacht hatte. Denn als er den großen Saal betrat, bestürmten ihn sämtliche Anwesenden mit ihren Fragen. Piemur hatte sich offenbar während des Sporenregens mächtig angestrengt, denn Meister Robinton konnte seinen ungläubigen Besuchern bereits eine Skizze von der Südostflanke des Bergkegels sowie eine grobe Umrißkarte der ganzen Gegend zeigen. Und der Rhythmus, mit dem Menolly ihre Erlebnisse vortrug, verriet Jaxom, daß sie an diesem Tag schon mehr als einen Bericht hinter sich hatte.

Was Jaxom am schärfsten in Erinnerung blieb, war seine Trauer darüber, daß Robinton nicht selbst zum Hochplateau fliegen und die Spuren der Vergangenheit untersuchen konnte. Aber wenn sie gewartet hätten, bis Oldive dem Harfner einen Flug ins *Dazwischen* erlaubte . . .

»Jaxom, ich weiß, daß du eben erst vom Fädenkampf zurückkommst, aber es reicht ja, wenn du Mnementh die Zielkoordinaten gibst . . .« F'lar unterbrach sich, weil N'ton laut auflachte und auf Jaxom deutete. »Wenn du jetzt dein Gesicht sehen könntest, Junge! F'lar, Sie glauben doch nicht im Ernst, daß Jaxom diese Gelegenheit ausläßt! Er wird uns zu seinem Bergkegel führen.«

So schlüpfte Jaxom noch einmal in seine Reitsachen, obwohl sie ein wenig feucht waren, und weckte Ruth, der im Sand döste. Sein Gefährte verriet Stolz und Freude, daß er den mächtigsten Drachen von Pern den Weg weisen durfte.

Jaxom hätte Ruth bitten können, direkt zur Südostflanke des Berges zu fliegen. Aber er wollte auch den anderen den krassen Gegensatz zwischen den beiden Seiten des geheimnisvollen Berges vor Augen führen.

In den Mienen der Reiter las er, daß er sein Ziel erreicht hatte. Er ließ ihnen Zeit, die Gebirgsbarriere zu betrachten, die in der Sonne glitzerte – weiße hohe Zacken am Horizont. Er deutete zum Meer hinüber, das jetzt nicht mehr vom Morgendunst verschleiert war, und sie erblickten die Kette aus Vulkaninseln, die nach Nordosten vorstieß, sahen die fernen Rauchsäulen aufsteigen ...

Auf seine Bitte hin flog Ruth über den Meeresarm und schraubte sich in schwindelnde Höhen, ehe Jaxom die Koordinaten für den nächsten Sprung ins *Dazwischen* gab. Sie tauchten über der Südostflanke des doppelgesichtigen Berges auf, die sich vor ihnen ausbreitete wie die Kulisse zu einem düsteren Drama.

Mnementh schoß plötzlich nach vorn, und Ruth übermittelte Jaxom, daß F'lar landen wolle. Höflich warteten sie, bis der große Bronzedrache einen geeigneten Platz gefunden hatte, in der Nähe der merkwürdigen Linien und so weit entfernt wie möglich von den düsteren drei Nebenkegeln. Nacheinander landeten die großen Bronzedrachen von Pern im Gras, die Reiter stiegen ab und gingen durch die hohen, wogenden Halme zu F'lar, der sich neben einer der merkwürdigen Linien niedergekauert hatte und mit dem Gürtelmesser am Rand herumkratzte.

»Überweht von dicken Staubschichten, auf denen Gras wächst«, sagte er schließlich mit einem Seufzer und erhob sich.

»Vulkane stoßen oft gewaltige Aschemengen aus«, gab T'bor vom Hochland zu bedenken. Er mußte es wissen, denn auf Tillek, das zu seinem Weyr gehörte, befanden sich einige erloschene Vulkane. »Wenn dieser Berg da tatsächlich einen Ausbruch hatte, dann müssen Sie sich durch eine halbe Drachenlänge Asche wühlen, ehe Sie auf irgend etwas stoßen.«

Eine Sekunde lang befürchtete Jaxom, daß sich eine Aschewolke auf sie niedersenken würde. Eine dunkle, unruhige Masse verdrängte das Sonnenlicht und stieß in die Tiefe. Dann stob sie dicht vor Mnementh auseinander – Hunderte von Feuer-Echsen, die wild durcheinanderkreischten.

Während die Drachenreiter verwirrt aufschauten, verkündete Ruth gelassen:

Sie sind glücklich, weil die Menschen zu ihnen zurückkehren.

»Frag sie nach den drei Kegeln, Ruth! Erinnern sie sich an irgendwelche Eruptionen?«

Das taten sie zweifellos, denn plötzlich war keine einzige Echse des Südens mehr am Himmel zu sehen.

Sie erinnern sich an die Kegel, sagte Ruth. *Sie erinnern sich an Flam-*

men in der Luft und Feuer, das die Hänge herabfloß. Sie haben Angst vor den Bergen. Ihre Menschen hatten auch Angst vor den Bergen.

Menolly kam mit besorgter Miene zu Jaxom gelaufen. »Hat Ruth die Feuer-Echsen gefragt? Prinzeßchen und die anderen spielen verrückt.«

Auch F'lar trat jetzt zu ihnen. »Was soll dieser Unsinn? Selbstverständlich waren hier einmal Menschen. Damit sagen uns die Echsen nichts Neues. Aber daß sie sich an Menschen erinnern?« F'lars Stimme klang geringschätzig. »Ich war froh, daß sie uns bei der Suche nach D'ram halfen – aber da betrug die Spanne fünfundzwanzig Planetenumläufe. Dies hier ist weit älter . . .« Wortlos deutete F'lar auf die erloschenen Vulkane und die überwehten Spuren der alten Siedlung.

»Dagegen läßt sich zweierlei anführen, F'lar.« Menolly schaute den Weyrführer von Benden furchtlos an. »Zum einen kannte keine unserer Feuer-Echsen die Gefahr des Roten Sterns aus eigener Erfahrung – und doch fürchteten sie ihn alle. Außerdem . . .« Unvermittelt stockte Menolly. Jaxom war sicher, daß sie um ein Haar das Geheimnis um Ramoths Ei verraten hätte. Hastig warf er ein: »Die Feuer-Echsen besitzen eine Art Kollektiv-Erinnerung, F'lar, daran gibt es keinen Zweifel. Seit ich hier in der Bucht bin, quälen mich Alpträume. Anfangs dachte ich, das seien Nachwirkungen des Fiebers. Erst gestern abend fand ich heraus, daß Sharra und Piemur ähnliche Träume hatten . . . Wir sahen verschwommene Bilder von diesem Berg. Und zwar Bilder von der Flanke hier, obwohl man sie von der Bucht aus gar nicht erkennen kann.«

»Ruth ist nachts immer von einer Schar Feuer-Echsen umringt«, erklärte Menolly. »Vielleicht übermittelt der Drache Jaxom die Eindrücke, die er von ihnen erhält. Und wir bekommen die Bilder durch unsere Echsen.«

F'lar nickte zögernd.

»Und – letzte Nacht waren eure Träume lebhafter als zuvor?«

»Genau.«

Der Weyrführer begann leise zu lachen, und seine Blicke wanderten von Menolly zu Jaxom. »Und da wolltet ihr heute morgen nachprüfen, ob diese Träume etwas zu bedeuten hatten?«

»Ja.«

»Also schön.« F'lar hieb Jaxom gutmütig auf die Schulter. »Ich kann dir den Flug nicht verübeln. Ich hätte in deinem Fall wohl nicht anders gehandelt. Aber was meinen eure Echsen jetzt? Wie sollen wir weitermachen?«

»Ich bin zwar keine Feuer-Echse, F'lar, aber ich würde graben«, sagte der Meisterschmied, der sich zu ihnen gesellt hatte. Sein Gesicht glänzte schweißnaß, und seine Hände waren fleckig von Gras und Erde. »Wir müssen zuerst die Grasnarbe und das Erdreich abheben. Es ist wichtig, daß wir herausbringen, wie sie diese schnurgeraden Wege anlegten, die all die Planetenumläufe überdauert haben. Und wie sahen ihre Häuser aus? Ich bin nämlich sicher, daß sich unter den Hügeln da Häuser verbergen. Graben, graben – das ist die einzige Möglichkeit.« Er drehte sich langsam um und beobachtete die mühseligen Versuche der Drachenreiter, Rasenstücke abzuheben. »Wenn Sie nichts dagegen haben, werde ich Bergwerksmeister Nicat um einige seiner Leute bitten. Wir brauchen Männer, die mit Schaufel und Spaten umzugehen wissen. Außerdem habe ich Robinton versprochen, daß ich sofort zurückkehre und ihm berichte, was ich gesehen habe.«

»Ich würde auch gern zurückfliegen, F'lar«, warf Menolly ein. »Meister Robinton erwartet uns sicher voller Ungeduld, denn Zair war schon zweimal hier. Wir sollten ihn nicht unnötig aufregen.«

»Ich bringe die beiden in die Bucht, F'lar«, erklärte Jaxom. Plötzlich war er von dem unerklärlichen Wunsch besessen, diesen Ort zu verlassen, der ihn noch am Morgen so sehr angezogen hatte.

F'lar aber fand, daß man Ruth nach dem Ausflug am Morgen und dem anschließenden Fädenkampf nicht überanstrengen durfte, und schickte Meister Fandarel und Menolly auf F'lessans Golanth zurück. Der junge Bronzereiter erhielt Anweisung, sich zur Verfügung des Meisterschmieds zu halten. Wenn sich F'lar darüber wunderte, daß Jaxom fort wollte, so ließ er sich jedenfalls nichts anmerken.

Ruth flog los, noch ehe der Schmied und Menolly Golanth bestiegen hatten. Als sie in der Bucht anlangten, herrschte dort eine wohltuende Stille. Die warme, träge Luft war nach der kühlen, frischen Atmosphäre auf dem Hochplateau wie eine Decke, die alles einhüllte. Jaxom nutzte die Gelegenheit der unbemerkten Ankunft und bat Ruth, in ihrer Lichtung zu landen. Es war kühler dort, und sobald Ruth es sich in seiner Kuhle bequem gemacht hatte, streckte sich Jaxom neben ihm aus. Er war im Nu eingeschlafen.

Eine Hand rüttelte ihn unsanft wach. Er fröstelte.

»Ich sagte doch, daß *ich* ihn wecken würde, Mirrim«, hörte er Sharra verärgert sagen.

»Ist doch egal, wer ihn weckt! Hier, Jaxom, ich habe dir einen Krug Klah mitgebracht. Meister Robinton will dich sprechen. Du hast den ganzen Nachmittag verschlafen. Wir konnten dich nirgends finden.«

Jaxom murmelte etwas vor sich hin. Es wäre ihm lieber gewesen, wenn Mirrim sich zurückgezogen hätte. Ihre Stimme enthielt meist einen unausgesprochenen Vorwurf.

»Los, Jaxom! Ich weiß, daß du wach bist.«

»Du täuschst dich. Ich schlafe noch halb.« Jaxom gähnte ihr ins Gesicht. »Geh zu Meister Robinton, Mirrim, und sag ihm bitte, daß ich gleich komme!«

»Er will, daß du *sofort* kommst.«

»Ich bin schneller bei ihm, wenn du nicht drängelst.«

Mirrim warf ihm einen durchdringenden Blick zu, schob sich gekränkt an Sharra vorbei und verschwand in den Küchenräumen.

»Mirrim macht mich ganz fertig«, seufzte Jaxom. »Menolly meinte, daß sich ihre Reizbarkeit legen würde, wenn Path erst mal zum Paarungsflug aufgestiegen sei, aber davon merke ich nicht das geringste.«

Sharra lächelte ihm zu. »Kein schlechter Gedanke, daß du dich hierher zum Schlafen zurückgezogen hast. Im Harfnerhaus wuselt es von Menschen und Echsen. Die Biester sind total hysterisch. Man wird nicht klug aus den Bildern, die sie übermitteln.«

»Und Meister Robinton meint, daß Ruth sie beruhigen könnte?«

Wenn einer es schafft, dann Ruth.« Sie betrachtete den schlafenden weißen Drachen. »Armer Kerl, er ist völlig erschöpft.« Ihre Stimme klang so zärtlich, daß Jaxom wünschte, sie hätte ihn gemeint. Sharra bemerkte seinen Blick und wurde rot. »Und trotzdem – ich bin froh, daß wir als erste auf dem Hochplateau waren!«

»Ich auch.«

»*Jaxom!*«

Sharra, die eben einen Schritt auf ihn zugekommen war, zuckte zusammen, als sie Mirrims Ruf hörte.

»Lästiges Frauenzimmer!« fluchte Jaxom leise.

Er nahm Sharra an der Hand und lief mit ihr zum Harfnerhaus hinüber.

»Habe ich nur einen Nachmittag oder den ganzen Tag verschlafen?« fragte Jaxom kopfschüttelnd, als er die Karten, Skizzen und Diagramme an den Wänden und auf den Tischen sah.

Der Harfner saß mit dem Rücken zu ihnen über den langge-streckten Eßtisch gebeugt. Piemur zeichnete eifrig, Menolly schaute dem Harfner über die Schulter, und Mirrim stand etwas abseits, gelangweilt und schlecht gelaunt. Feuer-Echsen spähten von den Deckenbalken herab. Hin und wieder verschwand eine aus dem Saal, und eine andere nahm ihren Platz ein. Vom Meer wehte eine leichte Brise und trug den Geruch von gebratenem Fisch herein.

»Brekke wird wütend auf uns sein«, sagte Jaxom zu Sharra.

»Warum? Wir halten ihn hier im Haus fest, und das ist gar nicht leicht.«

»Hört auf zu tuscheln, ihr beiden! Kommt hierher und helft mir bei den Details!« Der Harfner drehte sich um und schaute sie mit gerunzelter Stirn an. »Jaxom, glaubst du, daß Ruth aus dem Unsinn klug wird, den die Feuer-Echsen übermitteln?«

»Ich bin gern bereit, einen Versuch zu wagen, Meister Robin-ton«, erwiderte Jaxom. »Aber ich fürchte, Sie verlangen mehr von Ruth und den Feuer-Echsen, als sie geben können.«

Meister Robinton setzte sich kerzengerade auf. »Wie meinst du das?«

»Es scheint in der Tat so, daß die Feuer-Echsen eine Kollektiv-Erinnerung an besonders schlimme Erlebnisse besitzen – etwa wie . . .« Jaxom deutete stumm in Richtung des Roten Sterns. »Oder an Canths Sturz – und nun an diesen Berg. Aber das sind alles Einzelereignisse, keine Alltagsdinge.«

»Du hast mit ihrer Hilfe immerhin D'ram in der Süd-Bucht aufgestöbert.«

»Da war eine Menge Glück im Spiel. Hätte ich die Echsen zuerst nach Menschen gefragt, wäre die richtige Antwort nie ge-kommen«, entgegnete Jaxom lachend.

»Und bei deinem *ersten* Abenteuer hattest du kaum mehr An-haltspunkte.«

»Wie bitte?« Jaxom starrte den Harfner verwirrt an. Ihm war die Betonung nicht entgangen, auch wenn Robinton trügerisch sanft sprach. Irgendwie wußte der Harfner, daß Jaxom das Ei ge-rettet hatte. Jaxom warf Menolly einen anklagenden Blick zu, doch die wirkte ebenso verblüfft wie er.

»Genau genommen erhielt ich die gleichen Informationen wie du, und zwar von Zair, aber ich deutete sie nicht richtig. Mein Kompliment, auch wenn es reichlich spät kommt.« Er verbeugte sich und wechselte dann das Thema, als sei es eine Nebensache. »Falls es dir und Ruth gelingen würde, unser neues Problem zu lösen, blieben uns viele Stunden mühevoller – und vielleicht vergeblicher – Arbeit erspart. Wie immer ist die Zeit gegen uns, Jaxom. Dieses Hochplateau . . .« – Robinton deutete auf die Skizze – »können wir den anderen nicht verheimlichen. Es ist das Erbe von allen Bewohnern Perns . . .«

»Aber es liegt im Osten, Meister Robinton«, sagte Mirrim beinahe feindselig. »Und der Osten soll Drachenreiter-Land werden.«

»Gewiß, mein liebes Kind«, erwiderte der Harfner besänftigend. »Wenn nun Ruth die Feuer-Echsen überreden könnte, ihre Erinnerungen auf einen bestimmten Punkt zu konzentrieren . . .«

»Probieren kann ich es«, meinte Jaxom, als der Harfner ihn erwartungsvoll anschaute, »aber Sie wissen selbst, wie die Kleinen reagieren . . .« Wieder deutete er in Richtung des Roten Sterns. »Was die Eruptionen angeht, scheinen sie sich ganz ähnlich zu verhalten.« Er machte eine Pause. »Warum benötigen wir die Bilder eigentlich? Wir wissen, daß der Vulkan explodierte. Wir wissen, daß die Siedler vom Hochplateau fliehen mußten und die Überlebenden in den Norden zogen . . .«

»Es gibt aber noch eine Menge Dinge, von denen wir keine Ahnung haben. Vielleicht finden wir einige wichtige Antworten – vielleicht sogar einige Relikte wie jenes Vergrößerungs-Instrument, das in den verlassenen Räumen des Benden-Weyrs auftauchte. Überleg doch, in welchem Ausmaß allein dieses Gerät unser Wissen über Pern erweitert hat! Es wäre durchaus denkbar, daß noch das eine oder andere Modell jener faszinierenden Maschinen existiert, von denen in den alten Schriften die Rede ist.« Er hob eine der Skizzen hoch. »Hier haben wir eine ganze Reihe von Hügeln in allen Größen und Formen. Sicher befinden sich unter den meisten die Überreste von Wohnhäusern, aber vielleicht stoßen wir auch auf Lagerräume und Werkhallen . . .«

»Woher wissen wir denn, daß unsere Vorfahren so lebten wie wir?« fragte Mirrim. »Ich meine, daß sie Nahrungsmittel speicherten, in Hallen arbeiteten und so fort?«

»Weil sich in der langen Zeit, die zwischen dem Heute und den ältesten Aufzeichnungen liegt, weder die menschliche Natur noch die menschlichen Bedürfnisse geändert haben«, erklärte der Harfner.

»Das heißt nicht, daß sie bei ihrem Aufbruch vom Hochplateau etwas zurückließen«, beharrte Mirrim.

»Die Traumbilder stimmen in manchen Einzelheiten völlig überein.« Meister Robinton zeigte mehr Geduld mit Mirrims

Sturheit und Besserwisserei, als die anderen erwartet hätten. »Der Berg, der in Flammen stand, die Lavaströme, die fliehenden Menschen . . .«

»Menschen in Panik!« ergänzte Sharra. »Sie hatten sicher nicht die Zeit, all ihre Habseligkeiten mitzuschleppen. Das Notwendigste vielleicht, aber mehr nicht.«

»Vielleicht kamen sie zurück, nachdem die Eruption vorüber war«, gab Menolly zu bedenken. »Und erinnert euch nur an den Vulkanausbruch im Westen von Tillek . . .«

»Genau den hatte ich im Sinn«, meinte der Harfner und nickte zustimmend.

»Aber, Meister«, fuhr Menolly verwirrt fort, »der Vulkan spie damals wochenlang Asche. Am Ende bedeckte sie das ganze Tal.«

»Auf dem Plateau bläst ständig ein scharfer Südostwind«, warf Piemur ein und durchschnitt mit der Handkante die Luft. »Ist euch das nicht aufgefallen?«

»Genau aus diesem Grund konntet ihr aus der Luft die Überreste der Siedlung erkennen«, meinte der Harfner. »Ich weiß, Jaxom, es ist nur eine winzige Chance, aber ein Gefühl sagt mir, daß die Katastrophe völlig unerwartet über unsere Vorfahren hereinbrach. Warum, das begreife ich nicht. Menschen, die Himmelskörper wie die Dämmer-Schwestern bauen konnten, mußten doch in der Lage sein, einen aktiven Vulkan zu erkennen. Deshalb neige ich zu der Annahme, daß die Eruption plötzlich erfolgte, ohne jede Vorwarnung. Die Menschen wurden mitten in ihrer gewohnten Arbeit überrascht. Wenn es Ruth gelingt, einige der Echsen-Bilder scharf wiederzugeben, erkennen wir womöglich aus der Menge der Flüchtlinge oder anderen Hinweisen, welche Bauwerke wichtig waren und welche nicht.

Ich selbst kann das Plateau nicht besichtigen, aber ich will wenigstens aus der Ferne meinen Beitrag leisten, so gut es geht.«

»Wann sollen wir beginnen?« fragte Jaxom.

»Äh – ginge es vielleicht schon morgen?« strahlte der Harfner.

»Bei mir bestimmt. Piemur, Menolly, Sharra – ich werde euch und eure Echsen brauchen . . .«

»Ich könnte euch ebenfalls begleiten«, erklärte Mirrim.

Jaxom bemerkte Sharras verschlossene Miene und folgerte daraus, daß ihr Mirrims Anwesenheit ebenso lästig war wie ihm selbst.

»Lieber nicht, Mirrim. Path würde die einheimischen Feuer-Echsen vergraulen.«

»Mann, das ist doch lächerlich!« Mirrim wischte den Einwand mit einer zornigen Geste beiseite.

»Ich glaube, Jaxom hat recht, Mirrim«, kam Menolly ihm zu Hilfe. »Schau dich in der Bucht um! Nur die Markierten Feuer-Echsen aus dem Norden sind in der Nähe. Alle anderen verschwinden, sobald sie einen Drachen außer Ruth sehen.«

»So ein Quatsch! Ich habe drei der bestabgerichteten Feuer-Echsen von ganz Pern und ...«

»Darum geht es doch nicht, Mirrim«, vermittelte Robinton. »Wir alle wissen, wie gut deine Echsen gehorchen, aber die hier heimischen Geschöpfe lassen sich in der kurzen Zeit einfach nicht an Path gewöhnen.«

»Path muß gar nicht in Erscheinung treten ...«

»Mirrim, die Sache ist entschieden«, unterbrach Robinton sie ruhig. Das Lächeln aus seinen Zügen war gewichen.

»Danke, ich habe verstanden. Da ich hier nicht mehr gebraucht werde ...« Sie rauschte beleidigt ab.

Jaxom bemerkte, daß der Blick des Harfners ihr folgte, und irgendwie genierte er sich für Mirrims schlechtes Benehmen. Auch Menolly wirkte beunruhigt.

»Ist Path in Hitze?« erkundigte sich der Harfner.

»Nein, ich glaube nicht, Meister Robinton«, sagte Menolly.

In diesem Moment zeterte Zair auf Robintons Schulter los, und der Harfner setzte eine bekümmerte Miene auf. »Brekke ist wieder da. Und sie hatte mir einen Ruhetag verordnet.«

Er legte einen Finger auf die Lippen und floh in sein Schlafzimmer. Piemur trat einen Schritt zur Seite, um die plötzlich entstandene Lücke zu füllen. Eine Sekunde später flatterten Berd und Grall in den Raum.

»Meister Robinton brauchte wirklich viel mehr Ruhe«, meinte Menolly und strich nervös die Skizzen glatt.

»Er hat sich eigentlich nicht überanstrengt«, widersprach Piemur. »Diese Entdeckung am Berg weckt seine Lebensgeister sogar. Merkt ihr denn nicht, wie es ihm auf die Nerven geht, ständig gegängelt und umsorgt zu werden? Er gräbt die alte Siedlung schließlich nicht eigenhändig aus ...«

Brekke betrat den Raum, gefolgt von F'nor, und trat ohne Umschweife an den Tisch. »Menolly, seit wann schläft Meister Robinton?«

Piemur deutete grinsend auf einen halbleeren Weinschlauch. »Er hat seine Medizin genommen und ist brav zu Bett gegangen.«

Brekke musterte den jungen Harfner durchdringend. »Ihnen traue ich keine Sekunde, Harfner Piemur!« Dann schaute sie Jaxom an. »Warst du den ganzen Nachmittag hier?«

»Ich? Aber nein. Ruth und ich haben geschlafen, bis uns Mirrim weckte.«

»Wo ist denn Mirrim?« F'nor schaute sich um.

»Irgendwo draußen«, erklärte Menolly betont gleichgültig. Brekke schaute sie an.

»Hat Mirrim etwa wieder . . .?« Brekke preßte die Lippen zu einem schmalen Strich zusammen. »Verflixtes Mädchen!« Sie schaute Bernd an, und der schoß wie ein Pfeil ins Freie.

F'nor beugte sich über die Karten und lobte sie.

»Ihr arbeitet ja für zwanzig!« meinte er.

Piemur streckte sich, daß seine Gelenke knackten. »Also, ein Teil der zwanzig hat für heute genug getan«, meinte er. »Ich brauche ein ausgiebiges Bad, um mir den Schweiß von der Stirn und die Tinte von den Fingern zu waschen. Wer kommt mit zur Bucht hinunter?«

Die anderen pflichteten ihm begeistert bei und rannten los. F'nors Beschwerde, was er denn ganz allein anfangen solle, hörten sie gar nicht mehr. Jaxom hielt Menolly einen Moment lang fest, während Piemur und Sharra vorausliefen.

»Menolly, woher wußte Meister Robinton, daß . . .«

»Ich hab's ihm nicht verraten, Jaxom. Das war aber auch nicht nötig. Alle Spuren weisen inzwischen auf dich.« Sie zählte die einzelnen Punkte an den Fingern ab. »Ein Drache brachte das Ei zurück. Vorzugsweise ein Drache, der sich in der Benden-Brutstätte genau auskannte. Und der Drachenreiter mußte jemand sein, dem viel daran lag, das Ei zurückzubringen, außerdem jemand, der es auch finden konnte.« Sie machte eine Pause. »Ich denke, daß immer mehr erkennen werden, wer der ›Täter‹ war.«

»Warum gerade jetzt?«

»Weil jetzt feststeht, daß kein Reiter aus dem Süd-Weyr Ramoths Ei zurückbrachte.« Menolly legte ihm eine Hand auf den Arm. »Ich war so stolz auf dich, Jaxom, als ich merkte, welche Leistung du vollbracht hattest. Und noch stolzer, weil du deine Heldentat mit keinem Ton erwähntest! Damals war es ungeheuer wichtig, daß die Weyrführer von Benden glaubten, ein Süd-Reiter habe das Ei gebracht . . .«

»He, Jaxom, Menolly – wo bleibt ihr denn?« rief Piemur.

»Willst du mal sehen, wer von uns beiden schneller am Strand ist?« Menolly rannte los, und die anderen blieben weit zurück.

Viel Zeit zum Schwimmen bekamen sie allerdings nicht. Meister Idarolans Schiff kehrte in die Bucht zurück, und am Bug wehte der blaue Wimpel zum Zeichen dafür, daß die Laderäume bis oben mit Fischen gefüllt waren. Brekke bat sie, beim Säubern und Ausnehmen des Fangs zu helfen. Sie wußte nicht, wie viele der Männer am Hochplateau zum Abendessen bleiben würden, aber gekochten Fisch konnte man auch noch am nächsten Tag servieren. Mirrim bekam den Auftrag, Meister Wansor und N'ton mit Proviant zu versorgen. Die beiden wollten die Nacht am Fernrohr verbringen und die Dämmer-Schwestern beobachten – oder die Tag-und-Nacht-Schwestern, wie Piemur respektlos sagte.

»Wetten, daß Mirrim versuchen wird, im Freien zu übernachten, damit sie sieht, ob ihr Path wirklich die Echsen aus dem Süden verscheucht!« meinte Piemur mit einem boshaften Grinsen.

»Ihre Echsen sind aber wirklich gut abgerichtet«, hielt ihm Menolly entgegen.

»Und keifen genauso wie sie!« ergänzte Piemur.

»Also, das ist unfair«, nahm Menolly sie in Schutz. »Sie ist immerhin eine meiner besten Freundinnen . . .«

»Dann erklär ihr mal in aller Freundschaft, daß sie nicht ganz Pern herumkommandieren kann!«

Menolly hatte schon eine scharfe Antwort auf den Lippen, aber in diesem Moment tauchten Drachen über der Bucht auf und landeten mit lautem Begrüßungsgeschrei.

Die Drachen waren nicht die einzigen, die gute Laune ausstrahlten. Eine Atmosphäre der freudigen Erwartung hatte alle Anwesenden erfaßt.

Jaxom war froh, daß er nachmittags etwas Schlaf gefunden hatte, denn der Abend wurde lang. Alle sieben Weyrführer hatten sich eingefunden, D'ram mit Nachrichten aus dem Süden, die er F'lar unter vier Augen mitteilte. N'ton blieb nur eine Weile, weil er den Rest der Nacht mit Wansor am Fernrohr verbringen wollte. Außerdem waren die Gildemeister Nicat, Fandarel, Idarolan und Robinton da, ganz zu schweigen von seinem Vormund Lytol.

Zu Jaxoms Überraschung zeigten die drei Weyrführer aus der alten Zeit weniger Interesse an den Geheimnissen der Siedlung auf dem Hochplateau als etwa N'ton, T'bor, G'dened und F'lar. Sie wollten nicht »in der Vergangenheit herumstochern«, wie sie sagten, sondern die weiten Ebenen jenseits des Vulkans und die ferne Gebirgskette erforschen.

»Was vorbei ist, sollte vorbei bleiben«, erklärte R'mart von Telgar. »Tot und begraben. *Wir* müssen uns mit der Gegenwart auseinandersetzen, eine Kunst, wohlgemerkt, die Sie uns gepredigt haben, F'lar!« Er lachte, um seinen Worten die Schärfe zu nehmen. »Sagten Sie nicht, daß es wenig Zweck habe, sich an die Lösungen der Alten zu klammern ... daß es besser sei, mit eigenen Händen aufzubauen, was uns heute nützt?«

F'lar grinste breit, als er das Echo seiner eigenen Lehrsätze vernahm. »Nun ja, insgeheim spukt da wohl die Hoffnung herum, daß wir irgendwo auf unversehrte Aufzeichnungen stoßen könnten, welche die Lücken in unserer Vergangenheit schließen. Vielleicht sogar auf das eine oder andere nützliche Instrument wie jenes Vergrößerungsgerät, das wir in Benden entdeckten.«

»Sie sehen ja selbst, wohin uns das gebracht hat!« meinte R'mart mit einer Geste, die den gesamten Süden umfaßte.

»Maschinen und Instrumente wären von unschätzbarem Wert für uns«, meinte Fandarel sehr ernst.

»Ich halte es durchaus für möglich, daß wir den einen oder anderen Fund machen«, erklärte Nicat nachdenklich, »denn im Grunde wurde nur ein kleiner Teil der Siedlung beschädigt.« Die Aufmerksamkeit der anderen wandte sich ihm zu. Er holte eine Skizze des Hochplateaus zu sich heran. »Da – der Lavastrom des Hauptkegels führte südlich der Anlage vorbei. Hier, hier und hier brachen die Nebenkrater aus; ihr Lava folgte der Hangschräge und kann die Siedlung höchstens gestreift haben. Und der starke Wind, der dort oben ständig weht, blies die Asche weg von den Häusern. Ich habe zwar erst mit dem Graben begonnen, aber ich fand nur eine dünne Schicht Vulkanasche.«

»Gab es eigentlich nur diese eine Siedlung?« fragte R'mart. »Unsere Vorfahren hatten immerhin eine ganze Welt zur Verfügung.«

»Wir werden die anderen morgen finden, nicht wahr, Jaxom?« warf der Harfner ein.

»Meister?« Jaxom schaute auf, überrascht, daß Robinton ihn in die Diskussion einbezog.

»Ganz im Ernst, R'mart, Sie könnten durchaus recht haben«, meinte F'lar und beugte sich über den Tisch. »Und wir wissen auch nicht, ob die Eruption unsere Vorfahren zur sofortigen Flucht zwang.«

»Wir wissen überhaupt nichts, solange wir nicht einen dieser Hügel geöffnet haben«, sagte N'ton.

»Aber Vorsicht, Weyrführer!« warnte Meister Nicat. Er

schaute N'ton an, aber die anderen spürten, daß er sie alle meinte. »Ich halte es für das Beste, wenn ich einen meiner Meister und ein paar tüchtige Gesellen auf das Plateau schicke, damit sie die Ausgrabungsarbeiten leiten.«

»Es wird höchste Zeit, daß die Drachenreiter etwas von Ihrer Gilde lernen, was?« meinte R'mart.

»Drachenreiter, die Stollen anlegen?« Nicats Stimme klang entsetzt.

»Warum nicht?« fragte F'lar. »Die Fädeneinfälle werden eines Tages aufhören. Das nächste Intervall rückt näher. Und nun, da uns der Süden offensteht, verspreche ich euch eines: Während der kommenden Sporenpause werden die Drachenreiter weder von Burg noch von Gilde abhängig sein.«

»Ein vernünftiger Gedanke, Weyrführer, sehr vernünftig!« murmelte Meister Nicat, aber man merkte, daß er Zeit brauchen würde, um diese revolutionäre Idee zu verarbeiten.

Die Drachen am Strand draußen schienen einen Neuankömmling zu begrüßen.

N'ton erhob sich plötzlich. »Ich muß zu Wansor, sonst hält er ganz allein Sternenwache. Ich nehme an, daß Path und Mirrim vom anderen Ende der Bucht zurückgekehrt sind. Guten Abend.«

»Ich begleite Sie und zeige Ihnen den Weg, N'ton«, erklärte Jaxom. Er nahm einen Leuchtkorb und deckte ihn ab.

Als sie außer Hörweite der anderen waren, wandte sich N'ton dem jungen Baron zu. »Nun, Jaxom, das hier ist sicher mehr nach Ihrem Geschmack, als brav in einem Königinnen-Geschwader mitzufliegen?«

»Ich wollte wirklich keinen Wirbel veranstalten, N'ton«, entgegnete Jaxom lachend. »Ich war rein von dem Gedanken besessen, den Berg vor allen anderen zu besichtigen.«

Sie sahen die dunklen Umrisse eines Drachen, der eben am Strand landete, und dann zwei große, leuchtende Augen, als Lioth sich ihnen zuwandte.

»Ein weißer Drache hat nachts seine Vorteile«, meinte N'ton und deutete auf Ruth, der gut sichtbar neben seinem Bronzegefährten lag.

Ich bin froh, daß du kommst. Meine Haut juckt – an einer Stelle, die ich nicht erreichen kann, begrüßte ihn Ruth.

»Ruth braucht meine Pflege, N'ton.«

»Dann nehme ich den Leuchtkorb und gebe ihn an Mirrim weiter, damit sie den Weg zum Haus findet.«

Sie trennten sich, und Jaxom kümmerte sich um seinen Freund. Er hörte, wie N'ton Mirrim begrüßte. In der Nachtstille waren ihre Stimmen deutlich zu verstehen.

»Natürlich geht es Wansor gut«, sagte Mirrim ein wenig verdrießlich. »Er klebt an diesem Fernrohr und schaut keine Sekunde auf. Er bemerkte meine Ankunft nicht einmal und rührte keinen Bissen von dem Zeug an, das ich brachte.« Sie machte eine Pause und holte tief Luft. »Außerdem hat Path die Echsen aus dem Süden *nicht* verscheucht!«

»Warum auch?«

»Jaxom und die anderen wollen mich nicht dabei haben, wenn Ruth versucht, den Süd-Echsen ein paar vernünftige Bilder zu entlocken.«

»Wie? Ach so, Ruth soll die verschwommenen Eindrücke der einheimischen Echsen klarer herausarbeiten? Nun, darüber würde ich mir nicht den Kopf zerbrechen, Mirrim. Es gibt so viele andere nützliche Dinge, die du erledigen kannst.«

»Allerdings. Mein Drache ist jedenfalls kein albernes Neutrum, das sich nur zum Aushorchen von Feuer-Echsen gebrauchen läßt!«

»Mirrim!«

Jaxom hörte den kühlen Tadel in N'tons Stimme; das paßte zu der Kälte, die sich in seinem Innern ausbreitete. Mirrims boshafte Bemerkung schien endlos in seinem Gehirn widerzuhallen.

»Sie wissen genau, was ich meine, N'ton ...

Echt Mirrim, dachte Jaxom. Sie begriff nicht, daß der Weyrführer sie warnen wollte.

»Schließlich haben Sie selbst F'nor und Brekke gegenüber geäußert, daß es zweifelhaft sei, ob Ruth je zu einem Paarungsflug aufsteigen würde. Wohin gehen Sie denn jetzt, N'ton? Ich dachte ...«

»Du denkst zu wenig, Mirrim!«

»Was ist denn los, N'ton?« Das plötzliche Entsetzen in ihrer Stimme tröstete Jaxom ein wenig.

Mach weiter! befahl Ruth. *Es juckt immer noch.*

»Jaxom!« N'tons Ruf war nicht laut, aber Mirrim hörte ihn.

»Jaxom?« Das Mädchen stieß einen Schrei aus. »O nein!« Dann hörte Jaxom sie schluchzend davonrennen; der Leuchtkorb in ihrer Hand wippte heftig auf und ab. Das sah ihr ähnlich: Erst teilte sie taktlose Hiebe aus, und dann bereute sie ihre Worte tagelang. Vermutlich hing sie jetzt wieder eine Ewigkeit in seiner Nähe herum und bat ihn um Verzeihung.

»Jaxom!« N'tons Stimme klang beunruhigt.

»Ja, N'ton?« Jaxom bearbeitete Ruths Rücken und fragte sich, weshalb ihn Mirrims häßliche Anspielung nicht mehr aufregte. *Albernes Neutrum!* Während N'ton auf ihn zukam, spürte er sogar eine seltsame Gelassenheit. Flüchtig tauchte die Erinnerung an jene Reiter auf, die fiebrig und verkrampft der Paarung des grünen Weibchens entgegengelechzt hatten. Ja, er war damals froh gewesen, daß Ruth sich gleichgültig gezeigt hatte. Er bedauerte zwar, daß seinem Drachen dieses Erleben nicht gegönnt sein sollte; aber er war zugleich erleichtert, daß er nicht daran teilnehmen mußte.

»Du hast sicher mitbekommen, was sie sagte!« Eine vage Hoffnung schwang in N'tons Worten mit.

»Ja. In der Nähe des Wassers pflanzt sich der Schall besonders gut fort.«

»Wir wollten schon einmal mit dir darüber sprechen, aber dann kam das Fieber dazwischen. Bis jetzt war einfach keine Gelegenheit . . .« N'ton verhaspelte sich nervös.

»Ich kann damit leben. Es gibt genügend andere Beschäftigungen.«

»Jaxom – es tut mir so leid!«

»Es war doch nicht Ihre Schuld, N'ton!«

»Versteht Ruth, was sie gesagt hat?«

»Ruth will im Moment nur, daß ich ihm den Rücken kraule.« Noch während er das sagte, wunderte sich Jaxom, daß Ruth nicht den geringsten Ärger zeigte.

Da, das ist genau die Stelle! Etwas stärker, bitte!

»Damals im Fort-Weyr ahnte ich wohl bereits, daß etwas nicht stimmte«, fuhr Jaxom fort. »K'nebel rechnete ganz fest damit, daß Ruth das grüne Weibchen verfolgen würde. Ich nahm an, daß Ruth eine längere Reifeperiode als die anderen Drachen hatte, weil er so klein war.«

»Er ist völlig erwachsen, Jaxom.«

In der Stimme des Bronzereiters klang Bedauern mit.

»Und? Er ist mein Drache, und ich bin sein Reiter. Wir sind zusammen.«

»Er ist jedenfalls einmalig!« N'ton sagte es mit Nachdruck und strich liebevoll über Ruths Nacken. »Genau wie du, mein junger Freund!« Lioth summte im Hintergrund, und Ruth wandte ihm den Kopf zu.

Lioth ist ein feiner Kerl. Und sein Reiter ist ein guter Mensch. Ich mag sie beide.

N'ton legte Jaxom einen Moment lang den Arm um die Schultern. »Ich muß jetzt zu Wansor. Glaubst du, daß du allein zurechtkommst?«

»Aber ja, N'ton. Ich möchte nur noch Ruth versorgen.«

Einen Moment zögerte der Weyrführer von Fort, dann drehte er sich um und ging rasch auf seinen Bronzedrachen zu.

»Ich glaube, wir ölen die Haut besser ein, Ruth«, meinte Jaxom. »Ich habe dich in letzter Zeit arg vernachlässigt.«

Ruth hob den Kopf, und in seinen Augen schimmerten blaue Punkte. *Du vernachlässigst mich nie!*

»Dann wäre deine Haut nicht so rissig.«

Du hattest eine Menge zu tun.

»Warte, ich hole etwas Öl aus der Küche!«

Jaxoms Augen waren an die tropische Nacht gewöhnt. Er fand den Weg zum Haus, besorgte sich in der Küche ein Gefäß mit Öl und lief zurück. Müdigkeit setzte sich in seinem Innern fest. Mirrim war eine eklige Person. Nur weil er es abgelehnt hatte, sie und Path mitzunehmen ... Aber das Urteil der Drachenreiter über Ruth hätte er früher oder später ohnehin erfahren. Warum blieb Ruth so völlig gelassen? Ob der weiße Drache eher gereift wäre, wenn er selbst sich bereit gezeigt hätte, die Paarung mitzumachen? Ruth war durchaus nicht immun gegen sexuelle Erregung, das wußte er. Immer, wenn Jaxom Corana in den Armen gehalten hatte, war der Drache in Gedanken bei ihm gewesen.

Ich liebe mit dir, und ich liebe dich. Aber mein Rücken ist mir im Moment wichtiger.

Jemand stand neben Ruth und kraulte ihn. Wenn diese Mirrim es wagte ... Wütend trat Jaxom einen Schritt vor.

Sharra ist bei mir, erklärte Ruth in aller Ruhe.

»Sharra?« Er schluckte seinen Ärger herunter. »Ich habe Öl mitgebracht. Ruths Haut ist ganz rissig, so sehr habe ich ihn vernachlässigt.«

»Du hast Ruth nie vernachlässigt«, erklärte Sharra mit solchem Nachdruck, daß Jaxom erstaunt lächelte.

»Hat Mirrim ...?« begann er und hielt ihr das Öl entgegen, so daß sie die Finger eintauchen konnte.

»Ja, und du darfst sicher sein, daß sie auf wenig Mitgefühl bei uns stieß!« Sie rieb das Öl so heftig in Ruths Haut, daß der Drache sich beschwerte. »Entschuldige, Ruth! Der Harfner schickte Mirrim nach Benden zurück.«

Jaxom warf einen Blick zum Strand, und Mirrims Path war tatsächlich verschwunden.

»Und dich schickte er zu mir?« fragte er vorsichtig.

»Nun – eigentlich nicht.« Sharra zögerte. »Ich wurde hergerufen.«

»Gerufen?« Jaxom hörte auf, Ruths Haut zu massieren, und starrte sie an.

»Von Ruth. Er sagte, daß Mirrim . . .«

Jaxom unterbrach sie mitten im Satz. »Du kannst Ruth verstehen?«

Sie mußte mich doch verstehen, als du schwerkrank warst, Jaxom, erklärte Ruth im gleichen Moment, als Sharra laut sagte: »Ja, seit deiner Krankheit.«

»Ruth, warum hast du Sharra gerufen?«

Sie ist gut für dich. Du brauchst sie. Mirrims und N'tons Worte haben dich so verärgert, daß ich deine Gedanken nicht mehr fühlen kann. Ich mag das nicht. Sharra wird dich lockern.

»Willst du das wirklich für uns tun, Sharra?«

Diesmal zögerte Jaxom nicht. Er nahm Sharras Hände, ölverschmiert, wie sie waren, und zog sie an sich, beglückt, daß sie fast so groß war wie er und er nur leicht den Kopf neigen mußte, um sie zu küssen.

»Ich würde alles für dich tun, Jaxom, für dich und für Ruth.«

Eine Wärme stieg in seinem Innern auf und vertrieb die Barriere, die seinen Drachen beunruhigt hatte – eine Wärme, die mit Sharras geschmeidigem Körper zusammenhing, mit dem Duft ihrer langen, dunklen Haare, dem Druck ihrer Hände . . . Es waren nicht die Hände der Heilerin, die auf seinen Hüften lagen, sonden die Hände einer leidenschaftlichen Frau.

Sie liebten sich in der weichen, warmen Dunkelheit und wußten, daß Ruth mit ihnen liebte und ihre Ekstase teilte.

XX

Am Vulkankegel und auf Ruatha, 18. 10. 15–20. 10. 15

Jaxom empfand eine seltsame Unruhe, wenn er die Ostflanke des Berges betrachtete, und so wählte er für Sharra, Ruth und sich einen Platz, an dem sie die Wand nicht im Blickfeld hatten. Die anderen fünf lagerten in einem lockeren Halbkreis um Ruth.

Die siebzehn Echsen aus dem Norden – im letzten Moment hatten sich Sebell und Brekke der Gruppe angeschlossen – saßen auf Ruths Rücken. Je mehr abgerichtete Echsen, desto besser, hatte Meister Robinton erklärt. und ihnen auch noch Zair mitgegeben.

Die Nachricht von dem archäologischen Fund auf dem Hochplateau hatte sich so blitzschnell über Pern verbreitet, daß selbst der Harfner verblüfft war. Jeder drängte danach, den Ort zu besichtigen. F'lar ließ dem Such-Team ausrichten, daß sie sich beeilen sollten, um nicht von einer Neugierigen-Schar überrollt zu werden.

Sobald Ruth sich niedergelassen hatte, kamen die einheimischen Echsen in Schwärmen, angeführt von ihren Königinnen, und umflatterten den weißen Drachen, der sie mit einem leisen Summen begrüßte.

Sie freuen sich über mein Kommen, erklärte Ruth. *Und sie sind glücklich, daß wieder Menschen hier landen.*

»Frag sie, wann sie zum ersten Mal Menschen sahen!«

Jaxom fing das Bild von vielen Drachen auf, die über der Bergschulter erschienen.

»Das hatte ich nicht gemeint.«

Ich weiß, entgegnete Ruth bedauernd. *Ich versuche es noch einmal. Nicht die Zeit der Drachen, sondern lange vorher, ehe der Berg in Flammen aufging.*

Die Reaktion der Feuer-Echsen war vorhersehbar – und entmutigend. Sie stoben hoch und vollführten wilde Lufttänze.

Enttäuscht wandte sich Jaxom ab, doch im gleichen Moment hob Brekke die Hand. Ihre Miene verriet äußerste Konzentration. Er wartete, an Ruths Flanke gelehnt. Was mochte ihre Aufmerksamkeit geweckt haben? Auch Menolly, die dicht neben Jaxom saß, hatte mit einem Mal einen völlig starren Blick, der in weite Fernen gerichtet schien. Prinzeßchen auf ihrer Schulter hielt den Kopf schräg; in den Augen der Echse glommen rote Funken. Die fremden Feuer-Echsen über ihnen vollführten wilde Kapriolen.

Sie sehen den brennenden Berg, erklärte Ruth. *Sie sehen Menschen auf der Flucht. Das Feuer verfolgt sie. Sie empfinden die gleiche Angst, die vor langer, langer Zeit herrschte. Es ist der Traum, der uns oft quälte . . .*

»Kannst du die Hügel erkennen – ehe sie von Asche überdeckt wurden?« In seiner Erregung sprach Jaxom laut.

Ich sehe nur Menschen, die hierhin und dorthin fliehen. Nein, sie laufen auf . . . uns zu? Ruth hob den Kopf, als erwartete er, jeden Moment von einer Woge der Flüchtenden überrannt zu werden.

»Auf uns zu – und wohin dann?«

Zum Wasser hinunter? Ruth wirkte unsicher. Sein Blick schweifte zum fernen, unsichtbaren Meer.

Sie erinnern sich nicht gern an den Berg.

»Er flößt ihnen Angst ein wie der Rote Stern«, sagte Jaxom unbedacht. Im nächsten Moment stoben sämtliche Echsen ins *Dazwischen.*

»Jetzt hast du's geschafft, Jaxom!« meinte Piemur seufzend. »Man darf ihn nicht einmal erwähnen. Den Berg gerade noch, nicht aber den Roten Stern!«

»Zweifelsohne gibt es Momente, die für immer im Gedächtnis unserer kleinen Freunde eingeprägt sind«, warf Sebell mit seiner dunklen, ruhigen Stimme ein. »Sobald sie sich daran erinnern, ist alles andere ausgelöscht.«

»Gedanken-Assoziation«, meinte Brekke.

»Was wir brauchen, ist ein Ort, der weniger schmerzhafte Erinnerungen weckt«, meinte Piemur.

»Wichtiger ist wohl noch, daß wir versuchen, ihre Bilder richtig zu deuten.« Menolly wägte ihre Worte sorgfältig ab. »Ich habe etwas gesehen. Ja, das stimmt – es war nicht der Hauptkrater, der ausbrach, sondern . . .« Sie drehte sich um und deutete auf den kleinsten der drei Nebenkrater. »Der hier ist in unseren Träumen explodiert.«

»Nein, es war der große Kegel«, widersprach Piemur und zeigte nach oben.

»Du täuschst dich, Piemur«, erklärte Brekke ruhig, aber bestimmt. »Es muß der kleinste gewesen sein – in meinen Traumbildern ist die gesamte Ansicht des Berges nach links verschoben. Der große Krater liegt viel höher als der, von dem die Lava kam.«

»Ja, genau!« rief Menolly aufgeregt. »Der Winkel ist wichtig.

Die Feuer-Echsen besitzen nicht unser Gesichtsfeld. Den großen Krater hätten sie von hier aus kaum erblickt.« Sie sprang auf und deutete umher. »Von da kamen die Menschen, hier entlang flohen sie – weg von dem kleinsten Vulkan! Sie kamen von jenen Hügeln – den größeren.«

»So habe ich es auch gesehen«, pflichtete Brekke ihr bei. »Von jenen Hügeln . . .«

»Hier fangen wir also an?« fragte F'lar am nächsten Morgen mit einem Stoßseufzer. Lessa stand neben ihm und schaute über die stummen Hügel hinweg. Der Meisterschmied, Bergwerksmeister Nicat, F'nor und N'ton hatten sie begleitet. Jaxom, Piemur, Sharra und Menolly hielten sich ehrerbietig abseits.

»Da können wir graben bis zum nächsten Intervall!« meinte Lessa resigniert und schlug sich mit den Reithandschuhen auf die Schenkel.

»Eine große Fläche«, pflichtete Fandarel ihr bei. »Größer als die Burganlagen von Fort und Telgar zusammen.« Er warf einen Blick zu den Dämmer-Schwestern. »Ob all die Menschen von dort oben kamen?«

In diesem Moment tauchte über dem Berg ein Bronzedrache auf. »Ganz Pern scheint sich hier ein Stelldichein zu geben.« Lessa kniff die Augen zusammen. »D'rams Tiroth! Mit Toric?«

»Wir können ihn nicht gut ausschließen«, sagte F'lar, aber seine Stimme klang wenig erfreut.

»Das stimmt.« Sie lächelte ihren Weyrgefährten an und setzte hinzu: »Im Grunde finde ich ihn ganz nett.«

»Mein Bruder versteht es, sich beliebt zu machen«, flüsterte Sharra Jaxom zu. Ein seltsames Lächeln spielte um ihre Lippen. »Aber trauen darf man ihm nicht.« Sie schüttelte langsam den Kopf. »Er ist ein sehr ehrgeiziger Mann.«

»Nun, er sieht sich genau um, was?« stellte N'ton fest, als der Drache in langsamen Spiralen zur Landung ansetzte.

»Der Anblick lohnt sich aber auch«, entgegnete F'nor.

»Ist das Toric?« wollte Nicat wissen. »Schön, daß er kommt! Er hat mich damals rufen lassen, als er die Stollen in den Westbergen entdeckte.«

»Ich vergaß, daß er bereits Erfahrung mit Spuren der Vergangenheit besitzt«, sagte F'lar.

»Und er kann uns tüchtige Leute zur Verfügung stellen«, grinste N'ton.

Als D'ram und Toric abgestiegen waren, glitt Tiroth die Grasebene entlang zu einem Felsensims, wo sich bereits die anderen Drachen sonnten. Jaxom betrachtete den Burgherrn aus dem Süden näher. Toric war ein hochgewachsener, kräftiger Mann – beinahe so hünenhaft wie Meister Fandarel. Das sonnengebleichte Haar betonte noch die tiefe Bräune seiner Haut, und das breite Lachen, mit dem er auf die Wartenden zutrat, verriet Selbstbewußtsein – ja, fast eine Spur von Arroganz. Jaxom fragte sich,wie die Weyrführer von Benden seine Haltung aufnehmen würden.

»Nun, Benden, Ihr seid ein schönes Stück in den Süden vorgedrungen!« Er schüttelte F'lar die Hand und verneigte sich mit einem Lächeln vor Lessa. Dann nickte er den übrigen Weyrführern und Gildemeistern zu, ehe seine Blicke zu den jungen Leuten schweiften. Jaxom versteifte sich, als Sharras Bruder ihn hochmütig musterte und sich gleich darauf betont lässig abwandte. Da spürte er Sharras Hand auf seinem Arm.

»Er macht das, um andere Leute zu reizen«, flüsterte sie mit einem dunklen Lachen. »Meist hat er damit Erfolg.«

»Schade nur, daß unsere Vorfahren so wenig Brauchbares zurückließen«, fuhr Toric fort. »Scheinen sparsame Leute gewesen zu sein, die alles mitnahmen und wiederverwendeten.«

»Tatsächlich?« F'lar schaute den Südländer fragend an.

Toric hob die Schultern. »Wir haben uns die Stollen, die sie gruben, genau angesehen. Sogar die Schienen für ihre Erzwagen rissen sie heraus und die eisernen Fackelhalter. Gleich neben dem Eingang des einen Stollen befand sich eine geräumige Hütte – etwa so groß!« Er deutete auf einen der kleineren Hügel. »Sie stand völlig leer. Dabei sah man noch genau, wo sie die Möbel im Boden verankert hatten. Sogar die Bolzen waren verschwunden.«

»Wenn das auch für diesen Ort zutrifft«, meinte Fandarel, »dann finden wir am ehesten etwas in den Hügeln dort drüben.« Er deutete auf eine kleine Gruppe von Erhebungen dicht neben dem einstigen Lavastrom. »Die Hitze an dieser Stelle war vermutlich so stark, daß man sich ihnen lange Zeit nicht nähern konnte.«

»Könnte die gleiche Hitze nicht auch die Häuser und ihren Inhalt zerstört haben?« warf Toric ein.

»Dann wären keine Hügel zu sehen«, entgegnete Fandarel.

Der Südländer schlug ihm jovial auf die Schulter; Fandarel, der im allgemeinen besonderen Respekt gewohnt war, schaute ihn verwirrt an. »Ein Punkt für Sie, Meisterschmied«, lachte Toric. »Ich helfe Ihnen gern beim Graben.«

»Ich würde gern sehen, was sich in den kleineren Buckeln da befindet«, erklärte Lessa. »Es gibt so viele davon. Katen oder Hütten vielleicht – und ich bin sicher, daß die Bewohner bei ihrer eiligen Flucht einige Dinge zurückließen.«

»Ich habe dieses Ding im Auge.« F'lar stieß mit der Stiefelspitze gegen einen mächtigen, grasbewachsenen Hügel.

»Es sind genug Helfer da . . .« Toric war mit drei langen Schritten bei dem Werkzeug-Stapel, wählte eine Schaufel und drückte dem verblüfften Meisterschmied eine zweite in die Hand. Dann wandte er sich den Hügeln zu, die Fandarel zuvor erwähnt hatte.

»Wenn Torics Überlegungen stimmen – lohnt es sich dann überhaupt, hier zu graben?« fragte F'lar seine Weyrgefährtin.

»Ich weiß es nicht«, entgegnete Lessa mit großer Entschiedenheit. »Aber ich möchte *sehen*, was sich im Innern dieser Buckel verbirgt.«

F'lar lachte. »Du hast recht. Mein Hügel könnte ein Drachen-Weyr gewesen sein . . .«

»Wir helfen Ihnen, Lessa«, erklärte Sharra, und Jaxom holte zwei Schaufeln.

»Menolly, sollen wir mit F'lar zusammenarbeiten?« F'nor brachte der Harfnerin einen leichten Spaten.

»Und Sie, Meister Nicat, wo graben Sie am liebsten?« erkundigte sich N'ton.

Der Bergwerksmeister ließ seine Blicke skeptisch über den Ausgrabungsort wandern. »Ich glaube, unser Schmied hat tatsächlich die größten Erfolgsaussichten. Aber wir sollten uns möglichst weit verteilen. Deshalb schlage ich vor, daß wir hier anfangen.« Er deutete auf die Seite des Plateaus, die dem Meer zugewandt war. Dort bildeten sechs kleinere Hügel einen lockeren Kreis.

Keiner von ihnen war diese Art von Arbeit gewöhnt. Jaxom stand bald der Schweiß am ganzen Körper, und er hatte obendrein das unangenehme Gefühl, daß ihn ständig jemand beobachtete. Doch obwohl er sich des öfteren umdrehte, sah er nichts.

Der Große achtet auf jede deiner Bewegungen, meinte Ruth plötzlich.

Jaxom wandte sich unvermittelt dem Hügel zu, an dem Fandarel und Toric arbeiteten – und tatsächlich, Toric starrte zu ihm herüber. Lessa hörte plötzlich mit einem leisen Stöhnen zu graben auf und betrachtete die Blasen an ihren Händen. »Es ist lange her, seit ich so schwer geschuftet habe«, seufzte sie.

»Und wenn Sie Ihre Reithandschuhe anziehen?« schlug Sharra vor.

»Dann sind meine Hände im Nu klitschnaß vom Schwitzen«, entgegnete Lessa mit einer Grimasse. Sie warf einen Blick auf die anderen Arbeitsgruppen und ließ sich dann lachend im Gras nieder. »So sehr ich den Gedanken hasse, wir werden noch mehr Leute in den Süden holen müssen. Allein schaffen wir das nie.« Sie zerrieb einen Brocken dunkler Erde zwischen den Fingern. »Wie Asche. Körnig. Dabei hatte ich mir geschworen, nie wieder Asche anzurühren. Wußtest du eigentlich, Jaxom, daß ich gerade die Asche vor dem Kamin zusammenkehrte, als damals deine Mutter auf Ruatha eintraf?«

»Nein.« Jaxom war erstaunt über dieses unerwartete Geständnis. »Aber die meisten Leute vermeiden es, mit mir über jene Zeit zu sprechen.«

Lessas Miene wurde düster. »Ich frage mich, weshalb ich ausgerechnet jetzt an Fax denke . . .« Sie warf einen Blick zu Toric und zuckte die Achseln. »Nun, Fax war auch sehr ehrgeizig. Aber er beging Fehler.«

»Er raubte dem Geschlecht von Ruatha die Stammburg«, sagte Jaxom und rammte den Spaten hart in das Erdreich.

»Das war sein schlimmster Frevel«, erklärte Lessa grimmig. Dann bemerkte sie Sharras Blick und lächelte. »Nun, ich habe die Angelegenheit wieder in Ordnung gebracht. Hör doch einen Moment zu buddeln auf, Jaxom! Deine Begeisterung macht mich ganz schlapp.« Sie wischte sich den Schweiß von der Stirn. »Ja, ich glaube, wir brauchen noch ein paar kräftige Helfer. Zumindest für meinen Hügel!« Sie schlug mit der Hand gegen die Grasnarbe. »Man kann nicht mal sagen, wie hoch die Asche liegt. Vielleicht befindet sich gar nichts Besonderes darunter . . .« Der Gedanke schien sie zu belustigen.

Jaxom, der sich immer noch von Toric beobachtet fühlte, grub verbissen weiter, obwohl seine Arme und Schultern wie verrückt schmerzten. In diesem Moment tauchten Sharras Feuer-Echsen auf und tschilpten ratlos, als verstünden sie nicht, was ihre Freundin da tat. Sie ließen sich an der Stelle nieder, wo Sharra eben den Spaten einstecken wollte, und wirbelten mit ihren schafen Klauen das Erdreich beiseite, daß der Staub nur so flog. Ehe sich Lessa, Sharra und Jaxom von ihrem Staunen erholten, hatten sie einen armlangen Tunnel gegraben.

»Ruth? Könntest du uns vielleicht auch helfen?« rief Jaxom. Der weiße Drache verließ gehorsam seinen Platz in der Sonne und glitt zu Jaxom herüber. In seinen Augen war Neugier zu lesen.

»Würde es dir etwas ausmachen, Löcher für uns zu graben, Ruth?«

Wo? Hier? Ruth begab sich an eine Stelle links von den Echsen, die unbeirrt weiterbuddelten.

»Das ist egal. Wir wollen nur sehen, was sich unter dem Grashügel verbirgt.«

Kaum hatten die anderen Drachenreiter gesehen, was Ruth machte, da riefen auch sie ihre Freunde zu Hilfe. Selbst Ramoth erklärte sich bereit, die Erde beiseitezuscharren.

»Das gibt es doch nicht!« meinte Sharra kopfschüttelnd. »Drachen, die eine alte Siedlung ausgraben!«

»Lessa war schließlich auch nicht zu stolz, eine Schaufel in die Hand zu nehmen.«

»Aber wir sind Menschen . . .«

Jaxom lachte über ihren ungläubigen Tonfall. »Du kennst eben nur die trägen Drachen aus dem Süden!« Er schlang ihr den Arm um die Taille und zog sie an sich. Sharra versteifte sich, und Jaxom schaute in Torics Richtung. »Er beobachtet uns gerade nicht – falls dir das Sorgen bereitet.«

»*Er* nicht, aber seine Echsen!« Sie deutete zum Himmel. »Ich hatte mich schon gewundert, wo sie eigentlich waren.«

Drei Feuer-Echsen, eine Königin und zwei Bronzetiere, kreisten in langsamen Spiralen über Jaxom und Sharra.

»Und wenn schon! Ich werde Meister Robinton persönlich zu unserem Fürsprecher machen . . .«

»Toric hat andere Pläne für mich.«

»Und *du*?« Plötzlich hatte er ein eiskaltes Gefühl im Magen.

»Du weißt, was ich für dich empfinde. Deshalb kam ich nachts auch zum Strand herunter. Ich wollte dir meine Liebe beweisen, solange das möglich war . . .« Sharras Blick wirkte traurig.

»Weshalb sollte er diese Verbindung denn ablehnen? Ruatha ist ein großer Besitz . . .« Jaxom ließ ihre Hände nicht los, obwohl er Sharras Widerstand spürte.

»Er hält nicht viel von den jungen Männern aus dem Norden, Jaxom. Immerhin mußte er sich in den letzten drei Planetenumläufen mit Scharen von Jungbaronen herumplagen, die wirklich allerhand Geduld forderten.« Sharra seufzte. »Ich weiß, daß du nicht wie sie bist, aber Toric . . .«

»Ich werde Toric beweisen, daß ich deiner würdig bin«, erklärte Jaxom mit Nachdruck. Er zog ihre Hände an seine Lippen.

»Und ich werde offiziell um dich anhalten, über Lytol und Meister Robinton. Wenn du meine Gefährtin sein willst, Sharra . . .«

»Das weißt du! Solange es mir möglich ist . . .«

»Solange wir leben«, verbesserte er sie und umklammerte ihre Handgelenke so hart, daß sie zusammenzuckte.

»Jaxom! Sharra!« Lessa war so beschäftigt gewesen, daß sie den leisen Wortwechsel gar nicht mitverfolgt hatte.

Jaxom merkte, daß Sharra sich von ihm lösen wollte, aber er hatte beschlossen, Torics Arroganz zu trotzen. Er hielt Sharras Hand fest in seiner, als er sich der Weyrherrin von Benden zuwandte. »Kommt doch her! Ramoth ist auf etwas Hartes gestoßen. Stein scheint das nicht zu sein . . .«

Sie erklommen den kleinen Erdhügel. Ramoth saß vor einem Graben und blinzelte in die Tiefe.

»Dreh den Kopf etwas zur Seite, Ramoth, du verdeckst mir die Sicht!« sagte Lessa. »Hier, nimm meine Schaufel, Jaxom, und räume bitte das lose Erdreich weg!«

Jaxom sprang in den Graben, der ihm bis über die Hüften reichte. »Harter Untergrund!« Er schlug mit dem Werkzeugstiel dagegen, und das Material hallte dumpf wider. Jaxom schaufelte die Erdbrocken beiseite und kletterte dann nach oben, damit die anderen etwas sehen konnten.

»F'lar, hierher! Wir haben etwas entdeckt!«

»Wir auch!« hörten sie die triumphierende Antwort des Weyrführers.

Eine gegenseitige Inspektion ergab, daß unter F'lars Hügel die gleiche harte Substanz zum Vorschein kam, nur daß sie ein bernsteinfarbenes Rechteck enthielt, das in die Wölbung eingepaßt war. Schließlich hob der Meisterschmied die muskelbepackten Arme und forderte mit seinem mächtigen Baß Ruhe. Das aufgeregte Durcheinander verstummte.

»So verschwenden wir nur Zeit und Energie!« Toric klatschte herablassend Beifall und lachte. »Die Sache ist alles andere als komisch«, setzte der Schmied ernst hinzu. »Ich schlage vor, wir kümmern uns erst einmal um Lessas Hügel, weil er der kleinste ist. Dann arbeiten wir bei Meister Nicat weiter und anschließend . . .«

»Alles an einem Tag?« fragte Toric mit spöttisch hochgezogenen Augenbrauen.

»Wir wollen sehen, was wir schaffen. Fangen wir an!«

Jaxom fiel auf, daß der Schmied Torics aggressives Verhalten überging, und er beschloß, das gleiche zu tun.

Es zeigte sich bald, daß an Lessas kleinem Hügel nicht mehr als zwei Drachen gleichzeitig graben konnten, da sie sich sonst gegenseitig im Weg standen. So baten F'lar und N'ton ihre Bronzedrachen, Meister Nicat zu helfen.

Am Nachmittag hatten sie die gewölbten Seiten von Lessas Bauwerk bis zum Talboden freigelegt. Sechs in die Mauern eingesetzte Paneele, drei davon in der Dachkuppel, stachelten die Neugier an, aber ihre Oberfläche, in alter Zeit sicher transparent, war nun stark zerkratzt und undurchsichtig. Zu ihrer Enttäuschung fanden sie keine Öffnung an den Längsseiten der Kuppel, und so machten sie sich daran, eine Stirnwand auszugraben. Die Drachen zeigten nicht die Spur von Ermüdung; im Gegenteil, die ungewohnte Arbeit schien sie anzuspornen. Und kurz darauf schaufelten sie tatsächlich den Eingang frei: eine Schiebetür auf dem gleichen Material wie die Dachpaneele.

Doch die verstopften Laufschienen mußten erst gereinigt und die Rollen geölt werden, ehe man die Tür einen Spalt öffnen konnte. Lessa wollte sich durchzwängen, aber der Schmied hielt sie zurück.

»Warten Sie! Die Luft da drinnen ist abgestanden und faulig. Zuerst müssen die schädlichen Gase entweichen. Dieses Bauwerk war ganze Äonen von der Außenwelt abgeschlossen.«

Der Schmied, Toric und N'ton stemmten sich gegen die Tür und schoben sie schließlich ganz zur Seite. Die ausströmende Luft roch in der Tat faulig, und Lessa wich keuchend zurück. Vage Vierecke bräunlichen Lichts fielen auf einen staubigen Boden und erhellten gesprungene, fleckige Wände. Als Lessa und F'lar, gefolgt von den anderen, den Innenraum betraten, wirbelte der Staub unter ihren Füßen hoch.

»Wozu diente das Haus?« fragte Lessa mit unterdrückter Stimme.

Toric zog den Kopf ein, unnötigerweise, wie sich zeigte, denn auch er konnte aufrecht stehen. Er deutete auf die Überreste eines breiten Holzgestells, das sich in einer Ecke des Raumes befand.

»Darauf könnte jemand geschlafen haben.« Er inspizierte die andere Ecke. Plötzlich bückte er sich, hob etwas auf und überreichte es Lessa mit einer tiefen Verbeugung. »Ein Schatz aus der Vergangenheit!«

»Ein Löffel!« Lessa hielt den Fund hoch, damit ihn alle sehen konnten, dann fuhr sie mit den Fingern vorsichtig die Konturen entlang. »Aber woraus besteht er? Das hier ist kein Metall, das ich kenne. Und ganz bestimmt kein Holz. Es fühlt sich eher an wie – die Fensterscheiben und die Tür.« Sie versuchte den Löffel zu biegen. »Und obwohl er transparent ist, zerbricht er nicht.«

Der Schmied bat, den Löffel aus der Nähe betrachten zu dürfen. »Es scheint tatsächlich das gleiche Material zu sein. Löffel und Fenster – komisch, was?«

Nachdem die erste Scheu verflogen war, begannen alle das Innere des Bauwerks zu untersuchen. An der Wandfarbe sah man, wo einst Regale und Schränke gestanden hatten. Das Haus war früher in mehrere Räume unterteilt gewesen, und es gab Dellen im widerstandsfähigen Boden, die darauf hinwiesen, daß hier und da große, schwere Dinge gestanden hatten. In einer Ecke entdeckte Fandarel runde Abflußöffnungen. Als er die Außenmauern betrachtete, kam er zu dem Schluß, daß die Rohre durch die Wand in die Tiefe führten. Eines der Systeme war zweifellos eine Wasserleitung, aber die vier übrigen gaben ihm Rätsel auf.

»Ich kann nicht glauben, daß all diese Häuser leer sind!« Lessa kämpfte gegen die Enttäuschung an, die wohl jeder von ihnen fühlte.

»Man darf wohl vermuten«, sagte Fandarel energisch, als sie Lessas Ausgrabungsstätte verlassen hatten, »daß die meisten Hügel ähnlicher Größe und Form die Wohnhäuser unserer Vorfahren beherbergen. Sie nahmen bei der Flucht ihre persönliche Habe mit. Deshalb schlage ich vor, daß wir uns bei den größeren oder kleineren Strukturen umschauen.«

Ohne abzuwarten, ob die anderen ihm zustimmten, ging der Schmied mit festen Schritten auf Nicats Hügel zu. Das Gebäude, das sie hier freilegten, war viereckig. Als sie die gleichen Dachpaneele entdeckten wie bei Lessas Kuppel, konzentrierten sie ihre Anstrengungen gleich auf die Stirnfläche. Die tropische Nacht brach herein, als sie schließlich den Eingang freigeschaufelt hatten, aber es gelang ihnen nicht, die Schiebetür weiter als einen Spalt zu öffnen. Im Dämmerlicht erkannten sie eine Art Wanddekoration. Niemand hatte daran gedacht, Leuchtkörbe mitzubringen, und diese zweite Enttäuschung nahm ihnen vollends den Schwung. Auf die Idee, die Feuer-Echsen mit einer Botschaft loszuschicken, kamen sie nicht.

Lessa lehnte an der halboffenen Tür und schaute an sich herunter. Sie machte einen erschöpften Eindruck.

»Ramoth ist müde und schmutzig und verlangt nach einem ausgiebigen Bad – wie ich!«

»Ein guter Vorschlag!« F'lar nickte begeistert. Er versuchte die

Tür zu schließen, gab aber achselzuckend auf, als sie sich nicht von der Stelle rührte. »Ach was – bis morgen wird schon nichts passieren. Fliegen wir zurück in die Bucht!«

»Begleiten Sie uns, Toric?« fragte Lessa und schaute zu dem hochgewachsenen Südländer auf.

»Heute abend lieber nicht, Lessa. Die Verwaltung meiner Ländereien kostet viel Kraft und Zeit. Ich kann nicht immer das tun, was mir Spaß macht.« Jaxom sah Torics Blicke auf sich gerichtet und verstand die Anspielung. »Wenn alles glatt läuft, schaue ich morgen mal vorbei, um mich nach dem Fortgang der Ausgrabungen zu erkundigen. Soll ich ein paar kräftige Männer herschikken, damit eure Drachen verschnaufen können?«

»Die Drachen? Denen macht die Arbeit Spaß!« meinte Lessa. »*Ich* brauche eine Pause, nicht die Drachen. Was meinst du, F'lar? Nehmen wir das Angebot an, oder holen wir noch ein paar Reiter von Benden hierher?«

»Natürlich, wenn ihr den Stand der Dinge vorerst geheimhalten wollt . . .«, fuhr Toric glatt fort und schaute F'lar dabei an.

»Das Plateau ist für alle zugänglich«, erklärte F'lar, ohne auf Torics Worte näher einzugehen. »Und da es den Drachen Spaß macht, die alten Bauwerke auszugraben . . .«

»Darf ich morgen Benelek mitbringen, F'lar?« warf der Meisterschmied ein und rieb sich die Erde von den Fingern. »Und vielleicht den einen oder anderen Gesellen mit Verstand und Phantasie?«

»Verstand und Phantasie? Das werdet ihr wohl brauchen, um etwas aus dem Vermächtnis der Alten zu machen«, meinte Toric mit einer Spur von Verachtung. »Wann könnten wir aufbrechen, D'ram?«

Aus irgendeinem Grund behandelte Toric den alten Weyrführer mit größerem Respekt als die anderen. Zumindest kam es Jaxom, der auf jedes Wort seines künftigen Schwagers achtete, so vor. Innerlich kochte er wegen Torics Unverschämtheit. Der Kerl deutete an, daß er sich hier vergnügte, anstatt auf Ruatha nach dem Rechten zu sehen. Er kochte vor allem deshalb, weil der Vorwurf nicht ganz ungerechtfertigt war. Aber warum sollte er brav auf Ruatha sitzen, wo Lytol ohnehin alles fest im Griff hatte, wenn hier die aufregendsten Dinge der Welt geschahen? Er spürte Sharras Hand auf seinem Arm.

»Ich muß Ruth baden«, sagte er mit einem Seufzer, nahm Sharras Hand fest in die seine und ging mit ihr zu seinem Drachen.

Noch ehe die Gruppe über der Bucht auftauchte, stand der

Harfner hochaufgerichtet am Strand und erwartete sie ungeduldig. Die Feuer-Echsen umflatterten ihn in hektischen Spiralen. Als er jedoch sah, wie abgekämpft Menschen und Tiere waren und wie sehr sie sich nach einem Bad sehnten, entledigte er sich ganz einfach seiner Kleider und schwamm von einem zum anderen, um sie auszufragen.

Es war ein völlig ausgepumptes Häuflein, das an diesem Abend um das Feuer saß.

»Es gibt also keine Garantie«, faßte der Harfner zusammen, »daß wir etwas von Wert finden, selbst wenn wir die Energie aufbringen, Hunderte von Hügeln auszugraben?«

Lessa hielt lachend ihren Löffel hoch. »Nichts von echtem Wert vielleicht, aber ich muß sagen, daß mich der Gedanke, eine meiner Urahnen könnte dieses Ding benutzt haben, mit einem ehrfürchtigen Schauer erfüllt.«

Fandarel nahm den kleinen Gegenstand noch einmal in die Hand und untersuchte ihn von allen Seiten. »Das Material fasziniert mich.« Er hielt den Löffel über die Flamme und griff nach seinem Gürtelmesser. »Wenn ich nur . . .«

»O nein, kommt nicht in Frage, Fandarel!« rief Lessa erschrokken und nahm ihm das kostbare Relikt wieder ab. »Es gab in dem freigelegten Haus genug Splitter und Scherben von diesem Material. Mit denen dürfen Sie herumexperimentieren!«

»Splitter und Scherben!« seufzte der Harfner. »Ist das alles, was uns die Alten hinterließen?«

»Wir stehen doch erst am Anfang, Freund«, sagte Nicat, dessen Begeisterung ungebrochen geblieben war. »Und ich glaube, wir können sogar aus den Scherben unserer Vorfahren lernen. Ich schlage vor, daß wir die Ausgrabungen systematisch fortführen. Vielleicht gab es gute Gründe für die Reihen-Struktur der Siedlung. Vielleicht gehörte jedes Quadrat einer anderen Gilde oder . . .«

»Sind Sie auch wie Toric der Meinung, daß unsere Vorfahren ihre gesamte Habe mitnahmen?« fragte F'lar.

»Nein!« Nicat hob abwehrend die Hand. »Das Bett beispielsweise brauchten sie nicht, weil sie wußten, daß sie auch anderswo Holz finden und einen neuen Raum bauen konnten. Ich bin überzeugt davon, daß es noch mehr Dinge dieser Art gab, die für sie vielleicht unwichtig waren, uns aber manche Ungereimtheit in den alten Schriften erklären könnten. Die Siedlung ist sehr groß. Irgendwo stoßen wir bestimmt auf Spuren.«

»Sie müssen gewaltige Lasten aus diesen Häusern geschleppt

haben«, murmelte Fandarel. Das Kinn war ihm auf die Brust gesunken, und er schien angestrengt nachzudenken. »Wohin brachten sie all das Zeug? Doch sicher nicht gleich in den Norden, um in Fort ein neues Leben anzufangen?«

»Ja – wohin begaben sie sich?« fragte F'lar. »Das bleibt ein großes Rätsel.«

»Die Bilder der Echsen deuten darauf hin, daß sie zum Meer liefen«, meinte Jaxom.

»Aber das Meer bot keine Sicherheit«, widersprach Menolly.

»Das Meer nicht«, sagte F'lar langsam. »Doch es liegt eine Menge Land zwischen dem Hochplateau und dem Meer.« Er starrte Jaxom einen Moment lang an. »Glaubst du, Ruth kann von den Feuer-Echsen erfragen, wohin die Flüchtlinge zogen?«

· »Heißt das etwa, daß ich die Ausgrabungen am Hochplateau nicht weiterführen soll?« erkundigte sich Nicat verärgert.

»O doch, warum nicht – falls Sie genug Leute zur Verfügung haben . . .«

»Mehr als genug!« entgegnete Nicat grimmig. »Bei drei Bergwerken, die kein Erz mehr hergeben . . .«

»Wollten Sie nicht die Stollen erkunden, die Toric in den Westbergen entdeckt hat?«

»Wir haben sie bereits untersucht, das stimmt, aber bis jetzt gelang es uns nicht, von Toric die Schürfrechte zu erlangen.«

»Von Toric? Besitzt er denn dieses Land? Es liegt weit im Südosten, eine gewaltige Strecke von seinen Ländereien entfernt.« F'lar warf dem Bergwerksmeister einen aufmerksamen Blick zu.

»Es war immerhin eine Forschergruppe von Torics Burg, die diese Stollen entdeckte.« Nicats Blicke wanderten zwischen F'lar und dem Meisterharfner hin und her.

»Ich sagte dir doch, daß mein Bruder ehrgeizig ist!« flüsterte Sharra Jaxom zu.

»Eine Forschergruppe?« F'lar schien sich zu entspannen. »Die gibt ihm noch lange kein Besitzrecht. Sämtliche Bergwerke von Pern fallen unter Ihre Zuständigkeit, Meister Nicat, und Benden wird Ihre Ansprüche voll unterstützen. Ich muß mich morgen einmal ernsthaft mit Toric unterhalten.«

»Höchste Zeit«, murmelte Lessa und erhob sich.

»Ich hatte gehofft, daß Sie hinter meiner Gilde stehen würden, Weyrführer!« Der Bergwerksmeister verbeugte sich.

Bald darauf verabschiedeten sich die Drachenreiter. N'ton versprach, Meister Nicat nach Crom zu bringen und ihn am nächsten Tag dort wieder abzuholen. Meister Fandarel übernachtete in Robintons Haus. Piemur und Menolly wollten noch Dummkopf suchen und ihn füttern, und so blieben Jaxom und Sharra allein am Feuer zurück.

»Dein Bruder kann doch nicht den ganzen Südwesten für sich beanspruchen«, meinte Jaxom, sobald die anderen sich zurückgezogen hatten. »Wie will er so ein Riesengebiet verwalten?«

»Nun, vielleicht nicht den ganzen Südwesten, aber doch ein möglichst großes Stück.« Sharra lachte. »Ich glaube nicht, daß ich einen Verrat begehe, wenn ich dir das erzähle. Du besitzt selbst eine Burg und die dazugehörigen Ländereien und brauchst kein Land im Süden, oder?« Sie warf ihm einen scharfen Blick zu.

»Nein.« Er schüttelte den Kopf. »So sehr ich unsere Bucht hier liebe, besitzen möchte ich sie nicht. Heute vormittag auf dem Hochplateau habe ich mich nach einer Brise von Ruathas Bergen und einem Bad in meinem kühlen Gebirgsee gesehnt. Ruth und ich bringen dich einmal dorthin – es ist ein herrlicher Fleck, den nur ein Drache erreichen kann.« Er nahm einen flachen Stein und ließ ihn über die Wellenkämme hüpfen. »Nein, ich brauche keine Ländereien im Süden, Sharra. Ich bin auf Ruatha geboren und aufgewachsen. Lessa hat mich übrigens heute nachmittag versteckt daran erinnert. Sie rief mir die Umstände meiner Geburt ins Gedächtnis. Weißt du eigentlich, daß ihr leiblicher Sohn F'lessan mehr Ruatha-Blut in den Adern hat als ich?«

»Aber er ist Drachenreiter.«

»Ja – auf Lessas Wunsch im Weyr aufgewachsen, damit ich der unbestrittene Herr von Ruatha bleiben konnte. Ich glaube, allmählich wird es Zeit, daß ich mich auf meine Pflichten besinne.«

»Jaxom?« fragte Sharra mißtrauisch. »Hast du etwas Bestimmtes vor?«

Er nahm ihre Hände und schaute ihr einen Moment lang ernst in die Augen. »Ich muß mich um die Burg-Angelegenheiten kümmern, damit mir dein Bruder keine Vorwürfe machen kann.«

»Aber du und Ruth – ihr werdet *hier* gebraucht! Ruth ist der einzige Drache, der mit den Feuer-Echsen umgehen kann.«

»Und mit Ruths Unterstützung kann ich der Burg *und* dem Weyr dienen – du wirst schon sehen!« Er wollte sie an sich ziehen, aber sie wandte sich ab und wies über seine Schultern. In ihren Zügen spiegelten sich Ärger und Empörung. »Was ist denn los, Sharra? Was habe ich nun wieder verbrochen?«

Sie deutete auf einen Baum am Waldsaum, in dem zwei Feuer-Echsen kauerten. »Die gehören Toric. Er läßt mich beobachten. *Uns!*«

»Großartig! Dann soll er nicht im Zweifel über meine Absichten bleiben!« Er küßte sie, bis ihre Abwehr nachließ und sie sich an ihn schmiegte. »Ich würde ihm am liebsten noch mehr zeigen, aber heute abend muß ich leider nach Ruatha.« Er streifte mit raschen Bewegungen seine Reitsachen über und rief Ruth zu sich. »Morgen früh bin ich wieder hier, Sharra. Könntest du das den anderen ausrichten?«

Müssen wir fort? fragte Ruth, während er sich niederbeugte, um Jaxom beim Aufsteigen zu helfen.

»Wir kommen bald zurück, Ruth.« Jaxom winkte Sharra zu, die ein wenig verloren im Dunkel stand und ihm nachstarrte.

Sein plötzlicher Drang, nach Ruatha zurückzukehren und die Formalitäten einzuleiten, die ihn als Herrscher von Ruatha bestätigten, war nicht nur die Folge von Torics Anspielungen. Er hatte seit geraumer Zeit ein schlechtes Gewissen, wenn er an Ruatha dachte, und Lessas wehmütiger Rückblick hatte dieses Gefühl nicht verstärkt. Außerdem war ihm der Gedanke gekommen, daß ein Mann von Lytols Umsicht und Erfahrung hier oben am Hochplateau eine wunderbare neue Aufgabe finden konnte.

Er gab Ruth die Koordinaten seines Geburtsortes. Die klirrende Kälte im *Dazwischen* wich einer klammen Nässe, sobald sie über Ruatha auftauchten. Der Himmel war bleigrau, und dünne Schneeflocken sanken zu Boden. In den Südostnischen des Innenhofes hatte sich eine wässerige weiße Schicht gebildet.

Früher mochte ich Schnee sehr gern, meinte Ruth, als wolle er sich selbst Mut zusprechen.

Wilth begrüßte sie mit einem erstaunten Trompetenstoß. Gleich darauf wirbelten die Feuer-Echsen der Burg herbei und kreischten aufgeregt.

»Wir bleiben nicht lange, mein Freund«, beruhigte Jaxom den Drachen. Er fröstelte trotz seiner dicken Wherlederjacke. An den Winter in Ruatha hatte er überhaupt nicht gedacht.

Ruth landete im Hof, und im gleichen Moment kamen Lytol, Finder und Brand die Treppe heruntergestürzt.

»Ist etwas vorgefallen, Jaxom?« fragte Lytol besorgt.

»Aber nein, überhaupt nichts, Lytol. Wäre es möglich, daß der Weyr geheizt wird? Ich vergaß die kalte Jahreszeit. Ruth friert ganz erbärmlich.«

»Sofort«, rief Brand. Er lief über den Hof zum Küchentrakt und befahl den Mägden, Kohlebecken in Jaxoms Räume zu schaffen, während Lytol und Finder den Besucher die Stufen hinaufgeleiteten. Ruth folgte dem Verwalter.

»Du wirst dich noch erkälten, wenn du so unvermittelt von einer Klimazone in die andere wechselst«, meinte Lytol besorgt. »Warum hast du nicht vorher Kontakt mit mir aufgenommen? Und was führt dich so plötzlich hierher?«

»Wird es nicht höchste Zeit, daß ich heimkehre?« fragte Jaxom. Er ging mit langen Schritten zum Kamin, streifte die Reithandschuhe ab und hielt die erstarrten Finger über die Flammen. »Genau an dieser Stelle . . .«, murmelte er.

»Was meinst du?« fragte Lytol, während er seinem Mündel einen Becher Wein einschenkte.

»Als wir heute in der Sonnenhitze des Plateaus einen der Hügel öffneten, erzählte mir Lessa, daß sie gerade die Kaminasche zusammenkehrte, als mein ungeliebter Erzeuger Fax mit meiner armen Mutter diesen Saal betrat.«

»Und das erinnerte dich daran, daß du eigentlich Herr von Ruatha bist?« Lytols Mundwinkel zuckten leicht, und in seinen Augen stand ein Lächeln.

»Ja.«. Jaxom nickte. »Zugleich wurde mir klar, daß dein Organisationstalent im Moment anderswo dringend gebraucht wird.«

»Ich höre.« Lytol deutete auf den reichgeschnitzten Stuhl, der nahe am Feuer stand.

»Aber, Lytol – das ist dein Platz!« wehrte Jaxom verlegen ab.

»Es wird bald deiner sein.«

»Heißt das, daß meiner Herrschaft auf Ruatha nichts mehr im Wege steht?«

»Du meinst, ob deine Ausbildung abgeschlossen ist?«

»Das auch – aber ich dachte eher an die äußeren Umstände, die es bis jetzt ratsam erscheinen ließen, Ruatha in deine Obhut zu geben.«

»Ach so.« Lytol machte eine kleine Pause. »Nun, die Umstände haben sich in den letzten zwei Planetenumläufen in der Tat grundlegend geändert – was wir größtenteils dir verdanken.«

»Mir? Ach, die verdammte Krankheit! Es gibt also keine echten Schranken gegen meine Ernennung zum Baron von Ruatha?«

»Ich sehe keine.«

Jaxom hörte, wie der Harfner tief durchatmete, aber seine ganze Aufmerksamkeit galt Lytol.

»Darf ich wissen, was deinen Entschluß so beschleunigt hat?« fragte Lytol mit einem Lächeln. »Doch sicher nicht nur die Erkenntnis, daß das Gedränge im Norden ein wenig nachgelassen hat? Vielleicht dieses hübsche junge Mädchen – Sharra heißt sie, nicht wahr?«

Jaxom nickte. »Sie hat nichts mit meinem Entschluß, aber eine Menge mit meiner Eile zu tun.«

»Eine Schwester von Toric, dem Landbesitzer im Süden, habe ich recht?« Lytol schien abzuwägen, ob die Verbindung standesgemäß war.

»Ja. Weißt du übrigens etwas von Bestrebungen, Toric den Erbtitel eines Barons zu verleihen?«

»Nein – und ich glaube auch nicht, daß er den Antrag gestellt hat.« Lytol dachte angestrengt nach.

»Was hältst du von Toric, Lytol?«

»Weshalb fragst du? Ich denke, die Braut ist deiner ebenbürtig, auch wenn der Mann nicht deinen Rang besitzt.«

»Er braucht den Rang nicht – er hat den nötigen Ehrgeiz.« Das klang so bitter, daß sowohl Vormund wie Harfner aufhorchten.

In der Stille, die seinen Worten folgte, meinte Finder nachdenklich: »Seit D'ram den Süd-Weyr führt, wird angeblich kein Landbewerber mehr abgewiesen . . .«

»Verspricht Toric den Leuten, daß die Gebiete, die sie bewirtschaften, in ihren Besitz übergehen?« fragte Jaxom scharf. Der Harfner warf ihm einen erstaunten Blick zu.

»Ich weiß es nicht.«

»Baron Groghe hat zwei seiner Söhne in den Süden geschickt.« Lytol kaute nachdenklich an seiner Unterlippe. »Und soviel ich von ihm erfuhr, besitzen sie Land dort unten. Auch ihren Erbtitel durften sie behalten.« In diesem Moment kam der Hausverwalter zurück, und Lytol wandte sich an ihn: »Brand, was hat man Dorse versprochen?«

»Dorse? Ist der etwa in den Süden gegangen, um Land zu erwerben?« Jaxom wirkte zugleich verblüfft und erleichtert.

»Ich sah keinen Grund, ihm die Chance zu verwehren«, meinte Lytol trocken. »Nun, Brand?«

»Man stellte ihm in Aussicht, daß er soviel Land bebauen konnte, wie er nur wollte. Von Besitz war nicht die Rede. Vermittelt hatte das Angebot allerdings ein Händler aus dem Süden und nicht Toric persönlich.«

»Immerhin – man empfindet Dankbarkeit gegenüber einem Menschen, der sich so großzügig zeigt, nicht wahr?« sagte Jaxom. »Und man würde ihn gegen jene unterstützen, die einem früher Land verweigerten . . .«

Lytol nickte. »Dankbarkeit und Loyalität sind eng verwandt. Doch es hieß ausdrücklich, daß gutes Ackerland nur weit außerhalb des Weyr-Gebietes zu finden sei. Ich gab Dorse einen gut erhaltenen Flammenwerfer mit – samt Ersatzdüsen.«

»Das möchte ich sehen – Dorse im Freien, wenn Sporen fallen und kein Drachenreiter in der Nähe ist!« spottete Jaxom.

»Wenn Toric so schlau ist, wie es scheint«, meinte Lytol, »dann verläßt er sich auf das Prinzip der natürlichen Auslese. Wer mit den Fäden fertig wird, erwirbt ein Anrecht auf eigenes Land . . .«

Jaxom trank seinen Wein leer und erhob sich dann. »Lytol, wenn es dich nicht stört, kehren wir heute noch in den Süden zurück. Mein Körper ist an die Schneekälte des Nordens nicht mehr gewöhnt. Außerdem haben Ruth und ich morgen einen Auftrag zu erledigen. Glaubst du, daß Brand eine Zeitlang ohne dich zurechtkommt? Wir brauchen dich bald im Süden . . .«

»Zu dieser Jahreszeit sehne ich mich manchmal nach Sonnenwärme«, erklärte Lytol, und Brand murmelte, daß er die Arbeit bestimmt allein schaffen würde, weil im Winter nicht so viel zu tun sei.

Als Jaxom mit Ruth über der Bucht des Südens auftauchte, dankbar für die Milde der sternklaren Nacht, war der junge Baron mehr denn je überzeugt, daß Lytol der Wechsel des Aufgabengebietes keine Schwierigkeiten machen würde. Ganz allmählich entspannte er sich. Auf Ruatha war er zu verkrampft gewesen. Er hatte gefürchtet, Lytol mit seinem Ansinnen zu kränken. Und die Erkenntnis, daß Toric ein äußerst raffinierter Gegner war, hatte ihn zusätzlich beunruhigt.

Jaxom glitt von Ruths Schultern. Hier am Strand hatte er noch vor kurzem Sharra in den Armen gehalten. Der Gedanke an sie war tröstlich. Er wartete, bis sich Ruth im warmen Sand zusammegerollt hatte, dann begab er sich leise zum Haus. Überrascht sellte er fest, daß hinter Robintons Fenster kein Licht mehr brannte. Offenbar war es doch später, als er gedacht hatte.

Er kroch in sein Bett, ohne Piemur zu wecken. Farli, die sich an ihren Gefährten gekuschelt hatte, blinzelte verschlafen, schloß aber gleich wieder die Augen. Jaxom zog die leichte Decke über sich, dachte fröstelnd an den Schnee in Ruatha und war im nächsten Moment eingeschlafen.

Im Morgengrauen wachte er unvermittelt auf. Hatte jemand seinen Namen gerufen? Piemur und Farli atmeten tief und gleichmäßig. Draußen herrschte der erste trübe Schimmer des heraufziehenden Tages. Jaxom lag angespannt da unhd horchte. Der Harfner? Jaxom bezweifelte das, denn Menolly sprang beim leisesten Geräusch aus Robintons Zimmer auf. Er drang vorsichtig in Ruths Gedanken ein. Der Drache schlief ebenfalls.

Jaxom hatte Muskelkater von der ungewohnten Arbeit des Vortags. Es war noch zu früh, etwas zu unternehmen, aber schlafen konnte er auch nicht mehr. So erhob er sich ganz leise, um weder Piemur noch Sharra zu wecken, und schlüpfte ins Freie. Wenn er ein Stück ins Meer hinausschwamm, lockerten sich seine Muskeln vielleicht. Als er an Ruth vorbeikam, erhob sich der Drache eben mit viel Geächze. Er war begeistert von der Idee eines Morgenbades, da er sich vom Vortag her immer noch staubig fühlte. Die Dämmer-Schwestern schimmerten im Licht der Sonne, die noch nicht über den Horizont gestiegen war. Konnte es sein, daß die Siedler nach der Eruption dort Zuflucht gefunden hatten? Aber auf welche Weise?

Jaxom watete in die Bucht hinaus, tauchte und schwamm ein Stück unter Wasser, das in der Frühdämmerung geheimnisvoll dunkel wirkte. Dann schoß er an die Oberfläche. Nein, es mußte zwischen der Siedlung und dem Meer einen weiteren Zufluchtsort gegeben haben. Die Flucht hatte in eine bestimmte Richtung geführt.

Er rief Ruth zu sich und tröstete den enttäuschten Freund mit dem Hinweis, daß auf dem Hochplateau bereits die Sonne schien. In aller Eile zog er seine Reitsachen an und holte ein wenig Proviant aus der Speisekammer. Er hielt es für das beste, seine Theorie sofort zu überprüfen.

Sie starteten, als die Sonne eben über den Horizont stieg und den klaren, wolkenlosen Himmel gelb tönte. Die unversehrte Flanke des fernen Bergkegels begann sich zu vergolden.

Ruth tauchte ins *Dazwischen* und kreiste dann auf Jaxoms Wunsch in weiten, lässigen Kreisen über dem Plateau. Jaxom stellte lächelnd fest, daß sie durch ihre Ausgrabungen neue Hügel aufgeworfen hatten. Er ließ Ruth von der Siedlung aus in Richtung des Ozeans fliegen. Bis dort war es bestimmt ein langer Marsch für die verängstigten Menschen gewesen. Jaxom hatte beschlossen, vorerst auf die Echsen zu verzichten; sie regten sich bei der Erinnerung an die Eruption zu stark auf. Er mußte sie an einen Ort lenken, wo ihr Rassen-Gedächtnis weniger kritische Assoziationen hervorrief. Sicher entsannen sie sich noch an alle Einzelheiten der Flucht.

Hatten die Ahnen der heutigen Pern-Bewohner vielleicht abseits der Wohnanlage Ställe für Reit- und Herdentiere errichtet? Wenn man die Größe der Siedlung zum Maßstab nahm, dann war so ein Stall sicher groß genug, um Hunderte von Menschen vor dem Glutregen zu schützen.

Er bat Ruth, etwa den Weg einzuschlagen, den auch der Flüchtlingsstrom genommen hatte. Jenseits der Grasebene ragten vereinzelte Sträucher aus dem Ascheboden; nach und nach wurde die Vegetation dichter und ging in Wald über. Man brauchte schon eine Menge Glück, wenn man in diesem grünen Gewirr etwas Außergewöhnliches entdecken wollte. Jaxom überlegte eben, ob sie umkehren und die Strecke noch einmal abfliegen sollten, als ihm eine Bresche im Dschungel auffiel – ein Grasstreifen, nur einige Drachenlängen breit, aber sehr langgestreckt. Die Bäume und Sträucher zu beiden Seiten wuchsen spärlich, als könnten sie nicht recht Wurzeln fassen. Am Ende der seltsamen Narbe glitzerte Wasser, kleine, flache Tümpel, die miteinander in Verbindung zu stehen schienen.

In diesem Moment stieg die Sonne über den Rand des Plateaus, und als Jaxom den Kopf nach links wandte, um dem grellen Glanz auszuweichen, bemerkte er die drei Schatten am Anfang der Schneise. Aufgeregt lenkte er Ruth zu der Stelle. Sie kreisten lange, bis Jaxom sicher war, daß diese Hügel keine natürliche Formation sein konnten. Allerdings hatten sie weder in der Struktur noch in der Anordnung Ähnlichkeit mit den Hügeln der Siedlung. Einer befand sich etwa sieben Drachenlängen vor den beiden anderen, die parallel, aber weit auseinander standen.

Er bat Ruth, niedrig über die Hügel hinwegzufliegen, und studierte die merkwürdigen Umrisse: vorne eine mächtige Wölbung, die zum hinteren Ende hin schräg abflachte und sich verjüngte – eine Kontur, die man trotz der darübergewehten Erdschichten und der Vegetation gut erkennen konnte.

Ruth setzte zur Landung an. Im Gelände wirkten die Hügel zwar nicht ganz so unnatürlich wie aus der Luft, aber sie hätten wohl auch die Aufmerksamkeit eines Beobachters erregt, der die Gegend zu Fuß durchstreifte. Kaum hatte Ruth am Boden aufgesetzt, da schwirrte es ringsum von aufgeregten und hocherfreuten Feuer-Echsen. »Was wollen sie, Ruth? Wir müssen versuchen, sie so zu beruhigen, daß die Bilder, die sie ausstrahlen, einen Sinn ergeben. Wissen sie etwas über diese Hügel?«

Zuviel. Ruth hob den Kopf und begann leise zu summen. Die Echsen wirbelten so wild durcheinander, daß Jaxom nicht erkennen konnte, ob sie Farbmarkierungen trugen oder nicht. *Sie sind glücklich. Sie freuen sich, daß du zurückgekommen bist. Sie warten schon so lange . . .*

Jaxom hatte inzwischen gelernt, daß man die Feuer-Echsen nicht durch Generationen-Denken durcheinanderbringen durfte. »Wann war ich das erstemal hier? Erinnern sie sich noch?«

Als du in langen grauen Maschinen vom Himmel kamst? Ruth übermittelte die Eindrücke einigermaßen verwirrt. Jaxom achtete kaum auf die Antwort. Er lehnte sich an Ruths Flanke und sagte: »Zeig mir, was sie meinen!«

Grelle, widersprüchliche Bilder betäubten ihn. Es dauerte eine Zeitlang, bis Ruth die zahllosen Eindrücke zu einer zusammenhängenden Ansicht geordnet hatte.

Die Zylinder waren grau, mit Stummelflügeln, die wie armselige Imitationen der weitgespannten Drachenschwingen aussahen. Am Heck trugen die Zylinder einen Kranz aus kleineren Rohren, während das vordere Ende stumpf abgeschnitten war. Plötzlich zeigte sich eine Öffnung, etwa ein Drittel vom Heck des ersten Schiffes entfernt. Männer und Frauen kamen eine Rampe herunter. Es folgte ein Wirrwarr von Bildern. Menschen liefen umher, umarmten sich, sprangen jubelnd hoch. Und von da an herrschte Chaos – so, als habe sich jede Feuer-Echse einen bestimmten Menschen ausgesucht, dessen Eindrücke sie nun wiedergab.

Jaxom war jetzt überzeugt davon, daß die Vorfahren der Menschen hier Zuflucht vor der Wut des Vulkans gesucht hatten, in diesen Himmelsschiffen, die sie von den Dämmer-Schwestern nach Pern gebracht hatten. Und die Schiffe standen immer noch hier, weil sie aus irgendeinem Grund nicht zu den drei schimmernden Sphären zurückkehren konnten. Die Öffnung war im hinteren Drittel des Schiffes zu sehen gewesen? Umringt von ekstatischen Echsen, ging Jaxom den Hügel entlang, bis er glaubte, ungefähr die richtige Stelle gefunden zu haben.

Hier ist es, sagen sie. In Ruths Augen brannte ein gelbes Feuer.

Dutzende von Feuer-Echsen ließen sich zu seinen Füßen nieder und begannen mit ihren Klauen an den niedrigen Sträuchern und Gräsern zu rupfen.

»Ich müßte eigentlich zurück in die Bucht und den anderen Bescheid sagen«, murmelte Jaxom.

Alles schläft. Auch auf Benden.

Jaxom mußte zugeben, daß Ruth recht hatte.

Ich weiß, wie man gräbt. Ich habe schon gestern gegraben. Wir fangen einfach an, bis die anderen wach sind – dann können sie uns helfen.

»Du hast Krallen, ich nicht. Holen wir ein paar Schaufeln vom Plateau!«

Aufgeregte, glückliche Echsen begleiteten sie auf ihrem Flug. Mit einem Spaten umstach Jaxom das Gebiet, in dem er den Schiffseingang vermutete. Danach mußte er nur noch Ruth und die etwas hektischen Echsen überwachen. Zuerst deckten sie die verfilzte Grasnarbe ab und legten die Stücke beiseite. Die Erdschicht, die sich im Laufe der vielen Planetenumläufe angesammelt hatte, war durch Regen und Sonne fest und hart geworden, und Jaxoms Muskeln begannen bald wieder zu schmerzen. Er machte eine Pause, aß eine Kleinigkeit und zeigte den Echsen, an welchen Stellen sie graben sollten.

Ruths Klauen stießen gegen etwas Hartes. *Es ist kein Stein!* Jaxom eilte zu ihm und trieb den Spaten durch das Erdreich. Die Kante traf auf eine harte, unnachgiebige Fläche. Jaxom stieß ein so lautes Triumphgeheul aus, daß die Echsen aufstoben.

Mit vorsichtigen Fingern berührte er das seltsame Material. Kein Metall und auch nicht der Werkstoff, aus dem Häuser bestanden, eher wie – so merkwürdig das schien – trübes Glas. Aber Glas konnte nie und nimmer so hart sein!

»Ruth, ist Canth schon wach?«

Nein, aber Menolly und Piemur. Sie überlegen gerade, wo wir sein könnten.

»Ich glaube, wir sagen ihnen Bescheid!« rief Jaxom freudig.

Als Ruth in der Bucht auftauchte, standen der Harfner, Piemur und Menolly bereits am Strand und warteten. Menolly und Piemur bestürmten Jaxom so mit Fragen, daß Robinton die jungen Leute schließlich mit einem mächtigen: »Halt!« zum Schweigen brachte. Die Feuer-Echsen stoben verängstigt ins *Dazwischen*. Sobald völlige Stille herrschte, holte der Harfner tief Luft.

»Wer kann denn bei diesem Lärm einen klaren Gedanken fassen? Menolly, hol uns erst mal ein ordentliches Frühstück! Piemur, du besorgst Zeichenmaterial! Zair, komm her, mein kleiner Teufel! Du mußt eine Botschaft nach Benden bringen. Beiß Mnementh notfalls in die Nase, wenn er nicht aufwacht! Ja, ich weiß, du bist tapfer genug, um mit dem Großen zu kämpfen. Aber du sollst nicht mit ihm kämpfen, du sollst ihn aufwecken! Wird ohnehin Zeit, daß die Faulpelze von Benden aus ihren Betten kriechen!« Der Harfner war glänzend gelaunt. Er trug den Kopf hoch, seine Augen blitzten, und seine Gesten waren weit ausladend. »Beim Ei, Jaxom, dieser Tag hat langweilig begonnen, aber du gibst ihm Würze. Ich wollte erst gar nicht aufstehen, weil ich Angst vor der nächsten Enttäuschung hatte.«

»Diese Zylinder sind vielleicht ebenso leer wie . . .«

»Pah! Sie können so leer sein wie erpreßtes Versprechen, sehenswert bleiben sie dennoch! Die Schiffe, die unsere Vorfahren von den Dämmer-Schwestern nach Pern brachten!« Der Harfner atmete tief durch.

»Ich hoffe, die Aufregung schadet Ihnen nicht, Meister Robinton«, sagte Jaxom und schaute sich besorgt um. »Wo ist denn Sharra?« Er sah nur Menolly und Piemur umherflitzen. Sharra schlief doch nicht etwa? Auch Meer und Talle entdeckte er nirgends.

»Ein Drachenreiter aus dem Süden hat sie gestern abend geholt. Zu einem Kranken, wie es hieß. Ich glaube, es war ganz schön egoistisch von mir, gleich zwei Heilerinnen zu beanspruchen, obwohl ich mich schon wieder völlig gesund fühle. Und überhaupt – warum bist du nicht in Ruatha geblieben?« Robinton zog die Brauen hoch.

Jaxoms Stimme klang zerknirscht. »Es schneite bei meiner Ankunft, und ich fror ganz erbärmlich. Aber Lytol und ich führten ein langes Gespräch.«

»Inzwischen gibt es sicher keine Einwände mehr gegen deinen Herrschaftsanspruch auf Ruatha«, meinte der Harfner mit einem Lachen. »Die neiderfüllten Jungbarone, die dich am liebsten ganz zu den Drachenreitern abgeschoben hätten, befinden sich jetzt im Süden.« Dann wurde er ernst und legte Jaxom die Hand auf die Schulter. »Wie reagierte Lytol?«

»Er schien nicht überrascht.« In Jaxoms Worten schwang Erleichterung mit. »Und ich dachte mir, wenn Meister Nicat die Ausgrabungen am Hochplateau wirklich fortsetzen will, dann brauchen wir hier jemanden mit Lytols Organisationstalent ...«

»Du sprichst mir aus der Seele, mein Junge«, sagte Robinton begeistert. »Die Vergangenheit ist eine gute Beschäftigung für zwei alte Männer ...«

»Meister Robinton!« rief Jaxom empört. »Weder Sie noch Lytol werden je alt werden!«

»Danke für das Kompliment, Jaxom, aber die erste Warnung habe ich bereits bekommen. Ah, ein Drache – Canth, wenn ich mich nicht täusche!« Robinton blinzelte in die grelle Sonne.

F'nors Miene wirkte verwirrt, als er den Strand betrat. Zair hatte ihm die sonderbarsten Bilder übermittelt und die übrigen Echsen im Weyr so aufgeregt, daß Lessa die ganze Schar durch Ramoth verscheuchen ließ. Zum Beweis dafür wimmelte es nun in der Bucht von Echsenschwärmen, die einen fürchterlichen Radau veranstalteten.

»Ruth, bring sie zur Vernunft!« meinte Jaxom. »Sonst verstehen wir unser eigenes Wort nicht mehr.«

Ruth stieß ein solches Gebrüll aus, daß er selbst erschrak. Canth betrachtete den kleinen weißen Drachen mit neuem Respekt. Die Echsen flatterten eingeschüchtert auf die Bäume, die den Strand säumten, und wagten nur noch ganz leise zu tschilpen.

Sie haben mir gehorcht! Das klang erstaunt und nicht wenig geschmeichelt.

»Also, mein Freund«, begann F'nor, »was hast du da mitten in der Nacht entdeckt?« Er hieb Jaxom so kräftig auf die Schulter, daß der in die Knie ging.

Nicht ohne Stolz berichtete Jaxom von seinem morgendlichen Ausflug zum Hochplateau, und F'nors Augen begannen zu leuchten.

»Die Schiffe, mit denen sie landeten? Los, fliegen wir hin!« Er schnallte Gürtel und Helm fest und gab Jaxom durch eine ungeduldige Geste zu verstehen, daß er rasch in seine Reitsachen schlüpfen solle. »Für morgen ist zwar ein Sporenregen über Benden angesagt, aber wenn es stimmt, was du sagst . . .«

»Ich komme auch mit«, erklärte der Harfner.

Nicht einmal die vorwitzigste Echse wagte es, in das Schweigen hineinzupiepsen, das seinen Worten folgte.

»Ich komme auch mit«, wiederholte Meister Robinton in einem Ton, der keinen Widerspruch duldete. »Was mir bis jetzt alles entgangen ist! Die ständige Anspannung schadet mir!« Er preßte eine Hand dramatisch gegen sein Herz. »Wenn ich allein hierbleiben und warten muß, bringt mich die Aufregung noch um!« Er hielt die Hand hoch, als er sah, daß sich Menolly von ihrem Schock erholt hatte und etwas einwenden wollte. »Ich verspreche euch, daß ich keinen Spaten anrühre. Ich möchte nur dabei sein und alles beobachten. Stellt euch vor, ich erleide einen Herzanfall, während ihr alle fort seid!«

»Meister Robinton, wenn das Brekke erfährt . . .« Menollys Widerstand war schwach.

F'nor schüttelte den Kopf. »Gib dem Mann den kleinen Finger, und er nimmt die ganze Hand! Gemeine Taktik, die Sie da anwenden, Harfner! Sie sollten sich schämen.«

»Keine Sorge!« warf Menolly grimmig ein. »Wenn er nicht stillhält, feßle ich ihn an einen Baum!«

»Hol lieber meine Reitsachen, Mädchen!« sagte der Meisterharfner und gab ihr einen liebevollen Schubs. »Und mein

Schreibzeug vom Arbeitstisch! Ich werde euch wirklich keinen Kummer machen. Der Aufenthalt im *Dazwischen* ist so kurz, daß er mir nicht schaden kann.« Er hob die Stimme. »Menolly! Vergiß den Wein nicht!«

Sobald Menolly mit seiner Ausrüstung zurückkehrte, gab es keine Diskussion mehr. F'nor ließ den Harfner und Piemur bei sich aufsteigen, während Menolly hinter Jaxom auf Ruth Platz fand. Flüchtig wünschte Jaxom, daß Sharra dabei wäre. Er überlegte, ob Ruths Gedanken bis zu ihr vordringen würden, aber dann verdrängte er den Impuls. In der Süd-Burg zog eben erst der Tag heraus. Die beiden Drachen flogen los, begleitet von dichten Feuerechsen-Schwärmen. Ruth wies Canth den Weg, und noch während Jaxom überlegte, ob der Harfner nicht vorschnell gehandelt habe, glitten sie auf die drei merkwürdigen Hügel zu.

Jaxom grinste über die Begeisterung der anderen. Menolly boxte ungestüm auf ihn ein und jubelte laut, während Robinton auf F'nors Canth heftig gestikulierte. Der große Bronzedrache steuerte die Fundstelle genau an und landete dicht neben dem Fleck, wo Ruth zu graben begonnen hatte. Der Meisterharfner erhielt einen schattigen Platz am Waldrand.

Umflattert von aufgeregt kreischenden Echsen, setzten die anderen ihre Arbeit fort. Der Bronzedrache konnte weit mehr Erdreich wegschaffen als Ruth, und da nur Platz für einen von ihnen war, überließ Jaxoms Gefährte dem Neuankömmling das Graben. Jaxom spürte eine innere Erregung, die er am Hochplateau nicht empfunden hatte.

Sie gruben jetzt senkrecht in die Tiefe, da Jaxom die Oberseite der Maschine freigelegt hatte. Canth schaufelte so begeistert, daß die Erdbrocken manchmal bis zu Meister Robinton flogen, und es dauerte nicht lange, bis sie einen feinen Schlitz in dem sonst völlig nahtlosen Material entdeckten.

Die Feuer-Echsen gesellten sich zu Canth und halfen ihm, den Eingang ganz freizulegen. Dabei kam der Ansatz eines Stummelflügels zum Vorschein, ein Beweis dafür, daß die Erinnerungen den Feuer-Echsen sehr exakt überliefert waren.

Alle traten beiseite, damit der Harfner als erster das Schiffsinnere besichtigen konnte. Aber er zögerte.

»Ich finde, wir sollten erst Lessa und F'lar herholen. Und es wäre höchst unpassend, Meister Fandrel auszuschließen. Er kann uns vielleicht sogar sagen, aus welchem Material dieses Schiff besteht.«

»Gut – aber das reicht für den Anfang«, warf F'nor ein, ehe Robinton noch mehr Namen nennen konnte. »Ich hole den Meisterschmied persönlich her. Damit sparen wir Zeit und ersticken Gerüchte im Keim. Canth verständigt inzwischen Ramoth.« Er rieb sich den Schweiß von der Stirn und säuberte seine schmutzigen Hände, so gut es ging, ehe er seine Reitjacke wieder anzog. »Laßt alles stehen und liegen, bis ich wiederkomme!« fügte er hinzu und bedachte ganz besonders den Harfner mit einem strengen Blick.

»Was dachten Sie denn!« entgegnete Robinton vorwurfsvoll. »Wir nehmen eine kleine Stärkung zu uns.« Er griff nach dem Weinschlauch und winkte den anderen, neben ihm Platz zu nehmen.

Die Ausgräber konnten eine Verschnaufpause gebrauchen. Immer wieder betrachteten sie das Wunderding, das da aus der Erde zum Vorschein kam.

»Falls unsere Vorfahren mit diesen Dingern fliegen konnten . . .«

»*Falls*, Piemur?« unterbrach Robinton. »Du zweifelst doch nicht daran? Sie *sind* damit geflogen! Die Feuer-Echsen sahen sie landen.«

»Ich wollte sagen, falls unsere Vorfahren mit diesen Dingern fliegen konnten, weshalb brachten sie dann die Maschinen nach der Eruption nicht fort von hier? Mit anderen Worten – weshalb stehen die Zylinder hier?«

»Ein ausgezeichneter Gedanke! Vielleicht kann uns Meister Fandarel die Antwort geben.« Meister Robinton betrachtete bekümmert den Eingang. »Ich weiß es nicht.«

»Möglicherweise brauchten sie eine gewisse Starthöhe – wie manche Jungdrachen«, sagte Menolly.

Der Harfner seufzte. »Wie lange läßt uns denn F'nor noch warten? So ein Sprung ins *Dazwischen* ist doch im Nu geschafft.«

»Nun ja, starten und landen muß er schließlich auch.«

Die Weyrführer von Benden trafen zuerst ein, dicht gefolgt von Canth mit F'nor und Fandarel. Der Meisterschmied stürmte sofort zum Ausgrabungsplatz und fuhr mit den Fingerspitzen ehrfürchtig über die glatte Oberfläche dieses neuen Wunders. F'lar und Lessa erklommen die frisch aufgeworfenen Erdwälle und wandten sich dem matt glänzenden Eingang zu.

»Aha!« rief der Schmied plötzlich triumphierend. Er hatte die Türritze genau untersucht. »Das hier bewegt sich vielleicht.« Er ging in die Knie und betrachtete die rechte untere Ecke. »Ja. So-

bald wir das ganze Schiff freilegen, ist diese Stelle hier etwa mannshoch. Wenn ich da draufdrücke . . .« Er ließ seinen Worten die Tat folgen, und neben der Tür sprang ein Rechteck auf. Dahinter zeigte sich eine Nische mit Farbpunkten.

Alle umdrängten Fandarel, dessen Finger unschlüssig über der obersten Reihe aus grünen Kreisen verharrte. Die unteren Kreise waren rot.

»Rot hat stets Gefahr bedeutet – eine Übereinkunft, die wir wohl von den Alten übernommen haben«, meinte er. »Deshalb schlage ich vor, daß wir es zuerst mit Grün versuchen.« Entschlossen tippte er auf den grünen Knopf.

Zuerst geschah gar nichts. Jaxom spürte eine sonderbare Kälte in seinem Innern, wie das erste Ahnen einer schlimmen Enttäuschung.

»Seht doch, sie öffnet sich!« Piemurs scharfe Augen entdeckten zuerst, daß sich der Türspalt verbreiterte.

»Ein uralter Mechanismus«, sagte der Schmied bewundernd. »Und immer noch funktionstüchtig!« Sie alle vernahmen das schwache Knirschen und Reiben.

Langsam glitt die Tür ein Stück nach innen und schob sich dann zu ihrer Verblüffung seitlich in den Rumpf des Schiffes. Pfeifend entwich ein Schwall fauliger Luft. Sie begannen zu husten und traten zurück. Als sie den Eingang wieder betrachteten, war die Tür ganz verschwunden. Sonnenlicht fiel auf den Boden, der etwas dunkler wirkte als der Schiffsrumpf selbst, aber offensichtlich aus dem gleichen Material bestand.

»Moment!« Fandarel hielt die anderen zurück. »Warten wir, bis das Innere gut durchlüftet ist!«

Robinton griff als erster entschlossen nach einem Leuchtkorb und deckte ihn ab. »Wir erfahren bestimmt nichts, wenn wir hier draußen herumstehen!« Damit betrat er das Schiff.

Fandarel, F'lar, F'nor und Lessa folgten ihm, während die drei jungen Leute den Schluß bildeten.

Eine zweite Tür, versehen mit einem Handrad, mit dessen Hilfe man Riegel in Decken- und Bodenschlitze schieben konnte, stand einladend offen. Meister Fandarel konnte sich kaum fassen. Er berührte die Wände und begutachtete verschiedene Hebel. Überall waren die roten und grünen Kreise zu sehen. Weiter vorn stießen sie erneut auf zwei Türen; die linke stand offen, die rechte dagegen, die wohl zum Schiffsheck mit seinem Kranz von Zylindern führte, war verschlossen.

Sie wandten sich alle nach links und kamen in einen langen,

schmalen Korridor. Ihre Stiefel klangen gedämpft auf dem nicht-metallischen Boden.

»Das gleiche Material wie die Bergwerkspfeiler«, meinte Fandarel, der sich gebückt hatte und mit den Fingern über die Substanz fuhr. »Ah, was hatten die hier für einen Sinn?« Er betrachtete einige leere Halterungen. »Faszinierend. Und überhaupt nicht eingestaubt.«

»Weder Wind noch Regen konnte hier eindringen – und das seit vielen Äonen«, stellte F'lar ruhig fest. »Wie in den Räumen, die wir im Benden-Weyr entdeckten.«

Sie wanderten durch einen Gang mit vielen Türen, manche offen, andere geschlossen, aber keine zugesperrt. Piemur und Jaxom warfen einen Blick in die leeren Kabinen. Löcher im Boden und an den Innenwänden verrieten die Anschlußstellen von Armaturen.

»He, kommt einmal alle hierher!« hörten sie die aufgeregte Stimme des Harfners, der ein Stück vorausgegangen war.

»Nein, zu mir!« rief F'nor von noch weiter vorn. »Hier befand sich vermutlich der Steuerraum!«

»Später, F'nor – das hier ist für uns ungeheuer wichtig!« unterstützte F'lar den Harfner.

Im Schein der Leuchtkörbe sahen die anderen dann, was die Aufmerksamkeit von Robinton geweckt hatte. Die Wände waren mit Karten bedeckt. In allen Einzelheiten hatten ihre Vorfahren die vertrauten Umrisse von Nord-Pern und den weniger vertrauten Süd-Kontinent in seiner gewaltigen Ausdehnung an die Wand gezeichnet.

Mit einem erstickten Aufschrei berührte Piemur die Karte und fuhr mit dem Zeigefinger das Gebiet nach, das er so mühsam durchwandert hatte: es stellte nur einen kleinen Teil der gesamten Küstenlinie dar.

»Da, Meister Idarolan könnte bis fast zur östlichen Barriere segeln ... und es ist nicht der gleiche Gebirgszug, den ich im Westen sah. Außerdem ...«

»Was könnte diese Karte denn bedeuten?« unterbrach F'nor Piemurs aufgeregte Erläuterungen. Er stand vor einer Seitenwand und studierte ebenfalls eine Karte von Pern. Die Umrisse waren die gleichen, aber ein Gewirr von Farben überzog die Landgebiete, während die Meere in verschiedenen Blaustufen leuchteten.

»Das könnte die Wassertiefe bedeuten«, meinte Menolly und zeigte auf die Straße von Nerat, die dunkelblau eingetragen war.

»Seht doch, und die Pfeile da folgen dem Verlauf der Großen Südströmung. Das hier ist der Weststrom.«

»Vielleicht geben dann die verschiedenen Farben der Landgebiete die jeweilige Höhe wieder?« überlegte Robinton. Dann schüttelte er den Kopf. »Nein – denn in Crom, Fort, Benden und Telgar haben wir Berge, die Farbe auf der Karte ist aber die gleiche wie für die Ebenen von Telgar. Rätselhaft. Was könnten die Alten gemeint haben?« Sein Blick wanderte zum Süd-Kontinent. »Und von dieser Schraffur gibt es nur einen winzigen Fleck ganz unten. Ich durchschaue das nicht. Da steht uns noch eine Menge Arbeit bevor.« Er versuchte die Ränder der Karte zu ertasten, aber sie war offensichtlich an die Wand selbst gemalt.

»Hier haben wir etwas für Meister Wansor.« Fandarel war so vertieft in das Studium einer anderen Karte, daß er gar nicht auf Meister Robintons Worte geachtet hatte.

Piemur und Jaxom traten neben den Schmied und hielten ihre Leuchtkörbe hoch.

»Eine Sternenkarte!« rief der junge Harfner.

»Nicht ganz«, widersprach der Schmied.

»Eine . . . eine Karte *unserer* Sterne?« fragte Jaxom.

Die kräftige Hand des Meisterschmieds berührte den größten Punkt. Er war grellorange und von züngelnden Flammen umgeben.

»Dies ist unsere Sonne. Und das dort muß der Rote Stern sein.« Sein Finger folgte der Bahn um die Sonne, die für den Wanderstern ermittelt worden war. Dann tippte er auf einen dritten winzigen Punkt. »Pern!«

»Und was hat das zu bedeuten?« fragte Piemur. Er wies auf eine dunkle Welt hinter der Sonne, weit entfernt von den übrigen Planeten und ihren Bahnen.

»Ich weiß es nicht. Sie müßte sich eigentlich auf dieser Seite befinden wie alle Planeten.«

»Und diese Linien?« Jaxom fuhr die mit Pfeilen versehenen Striche nach, die vom unteren Rand der Karte zum Roten Stern und von da bis hin zur rechten Kante führten.

»Faszinierend!« murmelte der Meisterschmied immer wieder und rieb sich das Kinn, während er die geheimnisvollen Skizzen betrachtete.

»Mir gefällt *diese* Karte am besten«, erklärte Lessa und musterte zufrieden die Darstellung der beiden großen Kontinente.

»Warum?« F'lar wandte sich einen Moment lang von dem Sternen-Diagramm ab. »Ach so, ich verstehe«, lachte er, als sie auf den westlichen Teil des Süd-Kontinents wies. »Du hast recht, Lessa. Sie ist sehr aufschlußreich.«

»Aber sie stimmt nicht!« warf Piemur geringschätzig ein. »Da – die Vulkane, die jenseits des Hochplateaus aus dem Meer ragen, sind überhaupt nicht eingezeichnet. Und die Uferlinie ist durchgezogen, obwohl sich an dieser Stelle die Große Bucht befindet. Ich weiß es – ich war schließlich da!«

Lessas Augen blitzten gefährlich, aber F'lar hob beruhigend die Hand. »Piemur hat recht – die Karte stimmt nicht. Sieh dir nur Tillek an! Die Halbinsel ist in Wirklichkeit wesentlich kleiner. Und von dem Vulkan an ihrem Südrand sieht man auch nichts.« Er lächelte. »Allerdings glaube ich, daß die Karte ganz genau stimmte, als sie angefertigt wurde.«

»Natürlich!« rief Lessa triumphierend. »Die vielen Passagen des Roten Sterns haben das Land im Laufe der Zeit verändert und zerstört . . .«

»Da – die Landspitze, wo heute die Drachensteine aus dem Wasser ragen!« rief Menolly. »Mein Urgroßvater wußte zu erzählen, daß hier ein Stück Land ins Meer gesunken war!«

Fandarel winkte ab. »Auch wenn sich hier und da etwas verändert hat«, meinte er, »diese Karten sind ein kostbarer Fund.« Er betrachtete von neuem aufmerksam die farbige Skizze. »Die Brauntöne kennzeichnen unsere ersten Siedlungen im Norden. Paßt auf – Fort, Ruatha, Benden, Telgar – und die Weyr! Sie alle sind in Gebieten der gleichen Farbe untergebracht. Ist das vielleicht die Lösung? Daß alle Orte, an denen sich Menschen niederlassen konnten, braun schraffiert wurden?«

»Aber zuerst siedelten sie doch auf dem Hochplateau, und das besitzt eine völlig andere Farbstufe«, widersprach Piemur.

»Wir müssen Meister Wansor nach seiner Meinung fragen. Und Meister Nicat.«

»Und ich hätte gern, daß sich Benelek mal die Türmechanismen ansieht und das Schiffsheck untersucht«, setzte F'nor hinzu.

»Mein lieber F'nor«, widersprach der Schmied, »Benelek hat eine geschickte Hand, aber das hier . . .« – er schüttelte den Kopf – »das hier ist ein paar Nummern zu groß für uns alle.«

»Vielleicht wissen wir eines Tages genug, um sämtliche Geheimnisse dieser Schiffe zu ergründen«, meinte F'lar lächelnd und studierte wieder versonnen die Karten. »Aber die hier sind schon heute von unschätzbarem Wert für Pern.« Er blinzelte Lessa und Meister Robinton zu. »Und ich schlage vor, daß wir im Moment noch nichts von diesem Fund verraten.« Seine Stimme klang mit einemmal ernst, und er hob die Hand, als Fandarel ihm widersprechen wollte. »Nur für kurze Zeit, Fandarel! Ich habe gute Gründe für meinen Wunsch. Sicher, Wansor muß die Skizzen und Gleichungen sehen. Und Benelek kann sich mit der Technik der Schiffe auseinandersetzen. Aber die beiden sind schweigsame Leute und werden das Geheimnis wahren. Menolly und Piemur unterstehen ohnehin dem Redeverbot ihrer Gilde, und Jaxom hat wiederholt bewiesen, daß er diskret sein kann . . .« Er schaute dem jungen Baron in die Augen, und Jaxom erkannte, daß auch der Weyrführer von Benden wußte, wer Ramoths Ei aus dem Süden zurückgeholt hatte. »Die Siedlung auf dem Hochplateau ist Sensation genug. Sie wird die Bewohner von Pern eine Zeitlang in Atem halten.« Er betrachtete noch einmal die gewaltige Ausdehnung des Süd-Kontinents und hob dann ruckartig den Kopf. »Toric! Er wollte heute herkommen und bei den Ausgrabungen helfen!«

»Ja, und N'ton hatte versprochen, mich abzuholen«, sagte der Meisterschmied. »Aber erst in einer Stunde oder so. F'nor hat mich praktisch aus dem Bett gezerrt.«

»Die Südburg liegt in der gleichen Zeitzone wie Telgar. Gut – dann ist dieses Problem gelöst. Aber ich brauche so schnell wie möglich eine Kopie dieser Karte. Wen von den drei jungen Leuten können wir heute am ehesten entbehren?«

»Jaxom!« entgegnete Meister Robinton. »Er zeichnet sauber, und ich halte es für klug, Ruth ein wenig aus dem Verkehr zu ziehen. Die einheimischen Echsen können ihm hier Gesellschaft leisten und bekommen keine Gelegenheit, mit Torics kleinen Spionen zu plaudern.«

So blieb Jaxom mit Zeichenmaterial und Leuchtkörben zurück. Man errichtete einen Schirm aus Laub und Ästen, um die Schiffsöffnung vor einer zufälligen Entdeckung zu schützen. Ruth erhielt den Auftrag, die einheimischen Echsen in seine Nähe zu locken und sich mit ihnen irgendwo in der Sonne niederzulassen. Alle anderen kehrten in die Bucht zurück, während Jaxom die große Karte zu kopieren begann.

Er überlegte, weshalb die Weyrführer gerade von dieser Karte so begeistert gewesen waren. Und dann ging ihm mit einemmal ein Licht auf. Toric hatte keine Ahnung, wie groß der Süd-Kontinent war. Aber die Weyrführer kannten jetzt seine Ausdehnung. Jaxom betrachtete die winzige Halbinsel, auf der sich die Süd-Burg befand. Selbst wenn Sharras Bruder sämtliche besitzungrigen jungen Leute aus dem Norden holte – er würde es nie und nimmer schaffen, diesen gewaltigen Kontinent zu erforschen. Bis zur Westkette im Süden vielleicht und der Großen Bucht im Westen ... Sollte er die Große Bucht in die Karte eintragen? Nein, er durfte nichts verändern. Und er freute sich schon auf Torics Gesicht, wenn der die Karte zum erstenmal erblickte.

XXI

Tags darauf am Berg, in Jaxoms Bucht und an der Brutstätte im Süden, 21. 10. 15

»Ich weiß, was wir Toric zugesagt hatten«, erklärte Robinton den Weyrführern von Benden. Sie saßen an einem Tisch in seinem neuen Haus und tranken Klah.

»Daß er alles Land, das er bis zum Abzug der Alten verwaltete, in seinen Besitz nehmen könne«, führte F'lar noch einmal aus. »Genau genommen leben noch eine Handvoll Drachenreiter aus der Vergangenheit im Süden. Toric darf seinen Besitz also immer noch ausdehnen.«

»Oder sich zumindest die Loyalität der anderen Landnehmer sichern!« warf Robinton ein.

Lessa starrte ihn an und nickte langsam. »Hat er deshalb so viele Männer aus dem Norden bereitwilligst aufgenommen?« Einen Moment lang wirkte sie entrüstet, aber dann lachte sie. »Auf diesen Toric werden wir im Laufe der nächsten Planetenumläufe gut achten müssen. Ich hatte keine Ahnung, daß er einen so starken Ehrgeiz entwickeln würde.«

»Und so große Weitsicht«, setzte Robinton trocken hinzu. »Er plant die Dankbarkeit der neuen Siedler voll mit ein.«

»Wir haben am eigenen Leib erfahren, wie lange Dankbarkeit währt!« meinte F'lar.

Lessa winkte ab. »So wie ich den Mann einschätze, verläßt er sich nicht auf Dankbarkeit allein.« Sie schaute sich um. »Wo bleibt eigentlich Sharra? Ich habe sie den ganzen Vormittag nicht zu Gesicht bekommen.«

»Ein Reiter holte sie gestern abend heim. Ein Krankheitsfall in . . .« Der Harfner unterbrach sich und sah die anderen erschrocken an. »Ach, ich alter Narr! Mir kam nicht eine Sekunde in den Sinn, den Wahrheitsgehalt dieser Botschaft anzuzweifeln! Natürlich! Seine Schwestern und Töchter spielen wichtige Rollen bei seinen Zukunftsplänen. Wenn er sie mit den richtigen Männern verheiratet . . . Ich vermute, daß Jaxom sich das nicht bieten lassen wird.«

»Ich hoffe es sehr!« erklärte Lessa mit Nachdruck. »Die beiden passen gut zusammen, obwohl ich bei Jaxom nicht recht weiß, ob er Liebe mit Dankbarkeit verwechselt . . .«

»Schon wieder diese Dankbarkeit!« Robinton lachte. »Brekke und Menolly sind überzeugt davon, daß die beiden eine tiefe Zuneigung verbindet. Eigentlich hatte ich seit Tagen damit gerechnet, daß Jaxom mich bitten würde, die Heirat in die Wege zu leiten. Gestern war er übrigens im Norden und bat Lytol, ihn als Herrscher und Erbbaron von Ruatha zu bestätigen.«

»Tatsächlich?« F'lar nickte seiner Weyrgefährtin erfreut zu. »Ob das Sharras Einfluß war? Ich tippe eher auf Torics bissige Anspielungen.«

»Offensichtlich habe ich gestern auf dem Hochplateau allerhand versäumt«, sagte der Harfner verärgert. »Was für Anspielungen?«

Draußen trompeteten Ramoth und Mnementh los, und das Gespräch stockte.

»N'ton ist hier, mit Meister Nicat und Wansor«, sagte F'lar. Er stand auf und wandte sich noch einmal Robinton und Lessa zu: »Sollen wir den Dingen einfach ihren Lauf lassen?«

»Das ist für gewöhnlich das beste«, sagte Robinton.

Lessa lächelte geheimnisvoll und wandte sich zum Gehen.

N'ton hatte außer Meister Nicat drei Bergwerksgesellen mitgebracht. Kurz darauf traf F'nor mit Wansor, Benelek und zwei Lehrlingen ein, die man offensichtlich ihrer kräftigen Statur wegen ausgewählt hatte. Ohne die Ankunft von D'ram und Toric abzuwarten, flogen sie alle zum Hochplateau und landeten so dicht wie möglich an Meister Nicats kleinem Hügel. Im Tageslicht erkannten sie auch rasch die Funktion des freigelegten Bauwerks. Zahlen und Buchstaben waren groß an die Stirnflächen gemalt, während große und kleine Tiere, wie man sie noch nie auf Pern gesehen hatte, die Seitenwände schmückten.

»Ein Harfnerraum, wo man den ganz Kleinen ihre ersten Balladen und Lehrgesänge beibrachte«, erklärte Meister Robinton. Er war längst nicht so enttäuscht wie die anderen, denn schließlich hing der Fund eng mit der Tradition seiner Gilde zusammen.

»Hmm.« Benelek drehte sich auf dem Absatz herum und deutete auf den Hügel gleich links neben der Ausgrabungsstätte. »Dies dürfte dann der Bau sein, in dem die älteren Schüler unterrichtet wurden. Natürlich nur, wenn unsere Vorfahren einem logischen Schema folgten und bei allen Kreisformationen die gleiche Richtung einschlugen.« Er verneigte sich knapp vor den Weyrführern und Gildemeistern, winkte einen der Lehrlinge zu sich, wählte eine Schaufel aus dem Werkzeugstapel und begann zu graben.

Lessa wartete, bis Benelek sie nicht mehr hören konnte, dann lachte sie los. »Wehe, wenn die Alten seinen Sinn für Logik enttäuschen!«

»Ich mache heute jedenfalls an meinem großen Hügel weiter.« F'lar hatte sich von Beneleks Eifer anstecken lassen. Da sie nun wußten, daß sich die Eingänge meist an den Schmalseiten der Hügel befanden, kümmerten sie sich nicht mehr um den Graben vom Vortag, der den Kamm entlangführte. Ramoth und Mnementh räumten gehorsam Riesenmengen der merkwürdigen grauschwarzen Erde beiseite, und nach kurzer Zeit standen sie vor einer Tür, die auf Schienen glitt und groß genug war, einen grünen Drachen einzulassen. In der unteren Ecke befand sich eine kleinere Tür. »Mannshoch«, stellte F'lar fest. Die kleine Tür besaß Scharniere, die nicht aus Metall bestanden – eine Tatsache, die bei Nicat und Fandarel neue Begeisterung und neue Fragen hervorrief.

Eben als sie die kleine Tür öffnen wollten, landete Ruth mit Jaxom, und gleich darauf tauchten drei weitere Drachen am Himmel auf.

»D'ram«, stellte Lessa fest. »Und die beiden Braunen von Benden, die wir als Aushilfe in den Süden schickten.«

»Tut mir leid, daß es so lange gedauert hat, Meister Robinton«, sagte Jaxom und drückte dem Harfner eine Rolle in die Hand. »Guten Morgen, Lessa. Was war in Meister Nicats Bau?«

Der Harfner klemmte sich die Rolle unter den Arm, erfreut über Jaxoms Diskretion. »Ein Unterrichtsraum für kleine Kinder. Sieh ihn dir ruhig an!«

»Könnte ich Sie vorher einen Moment sprechen, Meister Robinton. Außer . . .« Jaxom deutete auf den Hügel und die Tür, die einladend offenstand.

»Ich muß ohnehin warten, bis alles durchgelüftet ist«, erklärte Robinton. Ihm war weder die Bitte in Jaxoms Augen noch sein angespannter Gesichtsausdruck entgangen. »Nun?« fragte er, als sie sich ein paar Schritte von den anderen entfernt hatten.

»Sharra wird von ihrem Bruder im Süden festgehalten«, erklärte Jaxom mit leiser, aber ruhiger Stimme.

»Woher weißt du das?« fragte Robinton nach einem Blick auf D'rams Bronzedrachen, der in weiten Spiralen zur Landung ansetzte.

»Sie hat es Ruth mitgeteilt. Toric will sie mit einem seiner neuen Pächter verheiraten. Er hält die Barone aus dem Norden für Taugenichtse.«

Jaxoms Augen blitzten gefährlich, und zum ersten Mal fiel Robinton die Ähnlichkeit mit Baron Fax, dem Vater des jungen Mannes, auf.

»Auf einige trifft das ganz sicher zu«, entgegnete Robinton belustigt, aber Jaxom blieb ernst, und der Harfner wunderte sich, wie erwachsen der junge Baron in den letzten zwei Planetenumläufen geworden war. »Was hast du vor?« fragte er besorgt.

»Ich werde Sharra zurückholen«, erklärte Jaxom ruhig, aber mit großer Entschiedenheit. Er deutete auf seinen Drachen. »Toric hat nicht mit Ruth gerechnet.«

»Du willst zu Torics Burg fliegen und sie entführen?«

»Warum nicht?« Unvermittelt huschte ein Lächeln über Jaxoms Züge. »Ich bezweifle, daß Toric mit einem schnellen Gegenschlag rechnet. So etwas traut er den Schwächlingen aus dem Norden nicht zu.«

»Du wirst deine Pläne ein wenig aufschieben müssen«, murmelte Robinton. »Toric hat dich erspäht.«

Toric und seine Leute waren in der freien Gasse zwichen zwei Hügelreihen abgestiegen. Der Landbesitzer aus dem Süden hatte Lessa begrüßt, hielt sich aber nicht lange bei den Weyrführern und Gildemeistern auf. Sein Ziel war unverkennbar Jaxom.

»Harfner!« Er verneigte sich höflich vor Robinton und schaute dann Jaxom an.

»Toric!« Jaxom nickte ihm kühl und gleichgültig zu. Er sah, wie der hochgewachsene Mann zusammenzuckte. Toric betrachtete sich den Baronen als gleichgestellt, auch wenn er den Erbtitel nie offiziell erhalten hatte. Nun musterte er Jaxom mit zornglitzernden Augen.

»*Baron* Jaxom?« Er betonte spöttisch den Titel.

Jaxom drehte sich langsam um. »Wie ich von Sharra höre, halten Sie nichts von verwandschaftlichen Beziehungen zu Ruatha.« Toric blieb ruhig, aber seine Blicke streiften die Feuer-Echsen, die sich wie immer um Ruth scharten.

»Was höre ich da, Toric?« Lessa war neben Jaxom getreten. Sie lächelte, aber ihre Augen waren hart wie Stahl.

»Toric hat große Pläne mit Sharra«, erklärte Jaxom eher belustigt als verärgert. »Ein so armseliger Besitz wie Ruatha kommt für sie nicht in Frage.«

»Ich wollte nichts gegen Ruatha sagen«, warf Toric hastig ein, als er Lessas düstere Miene bemerkte.

»Das wäre auch höchst unklug. Sie wissen, wie stolz ich auf

das Geschlecht von Ruatha und den jetzigen Träger des Erbtitels bin«, sagte sie sanft.

»Vielleicht sollten Sie die Sache noch einmal überdenken, Toric«, warf jetzt der Harfner ein. »Die Verbindung, die obendrein von beiden jungen Leuten gewünscht wird, hätte beträchtliche Vorteile für Sie. Sie wären verwandt mit einem der ältesten und edelsten Geschlechter von ganz Pern, das enge Bande zu Benden besitzt.«

Toric stand da und kratzte sich geistesabwesend im Nacken. Sein Lächeln war verschwunden.

»Kommen Sie, wir erörtern die Sache in aller Ruhe!« Lessa nahm Toric am Arm und führte ihn weg. »Leisten Sie uns Gesellschaft, Meister Robinton? Ich meine, der kleine Hügel da ist ein ausgezeichneter Ort für ein ungestörtes Gespräch.«

»Sind wir nicht hier, um Perns glorreiche Vergangenheit freizulegen?« fragte Toric mit gutmütigem Spott, aber er schüttelte Lessas Arm nicht ab.

»Die Gegenwart ist wichtiger«, erklärte Lessa und blickte ihn lächelnd an. »In der Gegenwart stellen wir die Weichen für die Zukunft. Ihre Zukunft!«

F'lar hatte sich zu ihnen gesellt. Der Meisterharfner warf einen Blick über die Schulter; er wollte Jaxom mit einer Geste beruhigen, aber der junge Mann hatte sich seinem Drachen zugewandt.

»Ja«, begann F'lar gewandt, »nun, da so viele Menschen in den Süden strömen, müssen wir allmählich festlegen, welche Ländereien Sie in Besitz nehmen möchten, Toric. Ich halte nichts von Blutfehden im Süden. Und sie sind auch unnötig, denn es gibt Raum genug für diese Generation – und so manche danach.«

Torics Antwort war ein herzhaftes Lachen. Robinton fand, daß der Mann eine unerschütterliche Selbstsicherheit ausstrahlte.

»Eben. Und wenn uns soviel Land zu Füßen liegt – soll ich da nicht auch für meine Schwester Ehrgeiz entwickeln?«

»Sie haben mehr Schwestern als die eine. Außerdem sprechen wir im Moment nicht von Jaxom und Sharra.« Lessa machte eine kleine Pause. »Eigentlich hätte ich mir einen festlicheren Rahmen gewünscht, um Ihre Besitzansprüche zu legalisieren ...« – sie deutete auf die Ruinen aus der Vergangenheit –, »aber Meister Nicat möchte unbedingt die Bestätigung, daß alle Bergwerke ihm unterstehen, und Baron Groghe legt Wert darauf, daß seine beiden Söhne keine benachbarten Ländereien bekommen – und so fort. In den letzten Tagen häufen sich die Probleme, die eine rasche Lösung erfordern.«

»Welche Probleme?« fragte Toric höflich. Er lehnte sich an das Mauerwerk und verschränkte die Arme.

Robinton überlegte, ob seine Haltung gespielt oder echt war. Ging Torics Ehrgeiz etwa so weit, daß er die Vernunft ausschaltete?

»Eine wichtige Frage ist die, wieviel Land der Einzelne im Süden besitzen soll.« F'lar kratzte lässig mit der Messerspitze ein paar schwarze Erdkrümel aus seinem Fingernagel.

»War denn nicht vereinbart, daß ich alles Land in Besitz nehmen könnte, das ich bis zum Abzug der Alten erworben hatte?«

»Noch leben einige der Alten im Süden«, sagte Robinton.

Toric nickte. »Keine Sorge – ich bin kein Wortklauber! Ich weiß, daß sich die Lage geändert hat. Aber ich höre, daß nicht nur mein Besitz von hoffnungsvollen Jünglingen aus dem Norden überschwemmt wird. Andere schlagen meine Hilfe aus und landen, wo immer ihre Schiffe vor Anker gehen.«

»Um so wichtiger, daß man Sie nicht um die Früchte Ihrer Arbeit bringt!« sagte F'lar. »Ich weiß, daß Sie Gruppen ausgesandt haben, die den Süden erforschen. Wie weit sind sie vorgedrungen?«

»Mit Unterstützung von D'rams Drachenreitern . . .« – Toric versuchte in F'lars Miene zu lesen, ob der Weyrführer davon gewußt hatte – »kennen wir nun das Gelände bis hin zu den Westbergen.«

»So weit?« Der Bronzereiter tat überrascht und eine Spur beunruhigt.

Das Gebiet vom Meer bis zu den Westbergen war zwar gewaltig, stellte aber doch nur einen winzigen Teil des Süd-Kontinents dar. Robinton bewunderte F'lars Taktik.

»Und im Westen ist Piemur, wie Sie wissen, bis an die Bucht der Großen Wüste vorgestoßen«, ergänzte Toric.

»Mein lieber Toric, glauben Sie wirklich, daß Sie bei soviel Land den Überblick behalten können?« fragte F'lar besorgt.

»Ich habe Kleinpächter entlang der Küste und an strategisch wichtigen Punkten im Landesinnern angesiedelt. Die meisten von ihnen besitzen eine Schar Kinder. Ich bin froh, daß Sie mir vor einigen Planetenumläufen so viele fleißige Leute schickten.« Torics Lächeln verriet Selbstsicherheit.

»Ich nehme an, daß die Neusiedler Ihre Großzügigkeit zu schätzen wissen und Ihnen treu ergeben sind?« fragte F'lar.

»Selbstverständlich.«

Lessa lachte. »Als ich Sie damals in Benden kennenlernte,

hatte ich sofort das Gefühl, einem tatkräftigen Mann gegenüberzustehen. Sie wußten von Anfang an, was Sie wollten, ja?«

»Es ist doch genug Land da, meine liebe Weyrherrin. Und mancher kleine Besitz scheint sich als wertvoller zu erweisen als die großen Ländereien – zumindest für jene, die echte Werte zu schätzen wissen.«

»Dann würde ich meinen«, fuhr Lessa fort, ohne Torics Anspielung auf Ruatha zu beachten, »daß Sie eine Menge zu tun haben, wenn Sie alles Land vom Meer bis zu den Westbergen und bis zur Großen Bucht verwalten . . .«

Unvermittelt spannte sich Toric an. Lessa hatte F'lar einen Blick zugeworfen, um zu sehen, ob er mit ihrem Vorgehen einverstanden war, und so fiel nur Robinton Torics plötzlicher Argwohn auf. Der Südländer hatte sich aber sofort wieder in der Gewalt.

»Bis zur Großen Bucht im Westen – ja, das hatte ich gehofft. Aber ich besitze genaue Karten in der Burg. Wenn ich die rasch holen darf . . .«

Er hatte einen Schritt zur Tür getan, als Ramoths lautes Trompeten ihn zurückhielt. Mnementh stimmte ein, und F'lar schob sich lässig zwischen ihn und den Ausgang.

»Es ist bereits zu spät, Toric.«

Als Jaxom sah, daß die Weyrführer und Robinton mit Toric zu dem halb ausgegrabenen Bauwerk schlenderten, atmete er tief durch. Ruatha, ein armseliger Besitz? Ruatha, die zweitälteste Burg von ganz Pern! Wenn Lessa nicht dazwischengetreten wäre, hätte er es diesem Kerl gezeigt . . .

Jaxom schluckte. Toric war größer und bestimmt kräftiger als er. Vermutlich hatte der Südländer auf ein Duell nur gewartet. Jaxom war wie betäubt gewesen, als Ruth ihm von seinem Kontakt mit Sharra erzähte: Man hatte sie in den Süden gelockt, wo Toric ihr eröffnete, daß er die Heirat mit einem Nordländer auf keinen Fall dulden würde. Ihr Geständnis, daß sie Jaxom ehrlich liebte, hatte er mit einer unwirschen Geste abgetan. Und er hatte seine Königin auf ihre Echsen angesetzt, damit sie Jaxom keine Botschaft schicken konnte. Toric hatte nicht gewußt, daß Sharra mit Ruth Verbindung aufnehmen konnte, und das hatte sie genutzt.

Jaxom wartete, bis die vier das niedrige Bauwerk betreten hatten, ehe er sich zu Ruth begab. »Du willst zu Torics Burg fliegen und sie entführen?« hatte der Harfner im Spaß gefragt. Aber genau das war es, was Jaxom beabsichtigte.

»Ruth?« fragte er, als er sich seinem Freund näherte. »Sind Torics Echsen bei dir?«

Nein! Fliegen wir los, um Sharra zu retten? Welchen Treffpunkt soll ich mit ihr vereinbaren? Wir kennen nur die Brutstätte des Süd-Weyrs. Ramoth wüßte vielleicht einen besseren Ort . . .

»Ich möchte die Drachen von Benden nicht in diese Geschichte verwickeln. Wir fliegen zur Brutstätte. Dieses geraubte Ei erweist sich letzten Endes noch als Vorteil für uns.« Er schwang sich auf Ruths Rücken. »Übermittle ihr das Bild, Ruth, und frag sie, ob sie den Ort erreichen kann!«

Sie sagt ja.

»Dann nichts wie hin!«

Jaxom stieß einen herausfordernden Schrei aus, ehe Ruth ins *Dazwischen* tauchte.

Sie flogen tief vom Osten herein, wie sie es einen knappen Planetenumlauf zuvor getan hatten. Nun jedoch war das Oval aus heißem Sand leer. Allerdings nur kurz, denn sofort flatterten Feuer-Echsen herbei und begrüßten Ruth.

»Torics Biester?« fragte Jaxom. Er überlegte, ob er absteigen und nach Sharra suchen sollte.

Sie kommt. Torics Königin ist bei ihr. Schsch! Fort! Ich mag keine Echsen, die meine Freunde belauern!

Jaxom wunderte sich nicht wenig über die Heftigkeit seines Drachen, aber dann kam Sharra schon quer über die Brutstätte gelaufen. Sie schleifte eine Decke hinter sich her. Immer wieder schaute sie ängstlich zurück.

Sie sagt, daß zwei von Torics Leuten sie verfolgen. Ruth glitt auf Sharra zu, Jaxom beugte sich herunter, packte sie an den Schultern und half ihr beim Aufsteigen. Zwei Männer mit gezückten Schwertern kamen in die Brutstätte gestürmt. Aber Ruth hatte bereits Höhe gewonnen, und die beiden fluchten hilflos.

»Ich glaube, dein Bruder hat sich verrechnet, Sharra«, sagte Jaxom, als Ruth in die sonnigen Höhen aufstieg.

»Bring mich weg von hier, Jaxom! Bring mich nach Ruatha! Ich war noch nie im Leben so wütend. Ich möchte meinen Bruder nicht wiedersehen, solange ich lebe. Dieser hinterhältige, raffinierte . . .«

»Wir müssen deinen Bruder wiedersehen«, unterbrach Jaxom sie. »Ich habe nicht die Absicht, mich vor ihm zu verstecken. Wir tragen die Sache heute aus.«

»Jaxom!« Sharra umklammerte ihn voller Angst. »Er wird dich töten, wenn es zu einem Kampf kommt.«

»Unsere Angelegenheit erfordert kein Duell, Sharra«, beruhigte Jaxom sie lachend. »Wickle dich gut in die Decke ein! Ruth geht ins *Dazwischen*, aber nur für einen Augenblick.«

»Jaxom, ich hoffe, du weißt, was du tust.«

Ruth tauchte mit einem hellen Begrüßungsschrei über dem Plateau auf.

»Puh, ich bin halb erfroren, aber sie hatten meine Reitsachen versteckt!« Sharra deutete auf ihre Beine, die blau vor Kälte waren. »Und da ist Toric! Mit Lessa, F'lar und Robinton.«

»Und den größten Benden-Drachen!«

»Jaxom . . .«

»Dein Bruder löst die Probleme auf seine Weise – und ich auf die meine.«

Sie klammerte sich fest an ihn, aber er spürte, daß ihre Angst allmählich wich.

Ruth landete und begleitete die jungen Leute, als sie Toric entgegengingen. Das Lächeln des Südländers war verschwunden.

»Toric, es wird Ihnen nicht glücken, Sharra festzuhalten. Ruth und ich spüren sie überall auf«, sagte Jaxom, nachdem er den Weyrführern und Meister Robinton kurz zugenickt hatte. In Torics harten Zügen war keine Spur von Kompromißbereitschaft zu erkennen. Der Baron von Ruatha hatte auch nicht damit gerechnet.

Eine kleine Echsen-Königin umflatterte Toric mit jämmerlichem Kreischen, aber der Mann vertrieb sie zornig.

»Noch eines – sämtliche Feuer-Echsen von Pern gehorchen Ruth!« Jaxom strich sanft über den Nackenwulst seines Drachen. »Befiehl den Echsen auf dem Plateau, von hier zu verschwinden!«

Ruth tat es, und im nächsten Moment war die weite Fläche wie leergefegt.

Torics Augen verengten sich. Die Echsen kehrten zurück, und diesmal erlaubte er der kleinen Königin, auf seiner Schulter zu landen. Seine Blicke ließen Jaxom keine Sekunde los.

»Sie scheinen sich im Süd-Weyr auszukennen. Soviel ich weiß, waren Sie noch nie dort.« Er wirbelte halb herum und musterte F'lar und Lessa, als wolle er sie einer Verschwörung bezichtigen.

»Sie wissen eben nicht alles«, entgegnete Jaxom ruhig. »Ich habe heute nicht zum erstenmal eine Kostbarkeit aus dem Süden geholt, die eigentlich in den Norden gehört.« Er legte den Arm besitzergreifend um Sharra.

Um Torics Fassung war es geschehen. »*Sie!*« Er deutete mit ausgestrecktem Finger auf Jaxom. In seinen Zügen wechselten Entrüstung, Zorn, Frustration und widerwilliger Respekt. »*Sie* haben das Ei zurückgeholt? Sie und Ihr weißer Drache . . . Aber die Echsen übermittelten Bilder von einem dunklen Drachen!«

»Es wäre schwachsinnig gewesen, Ruth für das nächtliche Abenteuer nicht zu tarnen!« In Jaxoms Stimme schwang Herablassung mit.

»Ich wußte, daß es keiner von T'rons Reitern war.« Toric ballte die Hände zu Fäusten und öffnete sie wieder. »Aber ausgerechnet Sie . . . nun ja!« Mit einemmal begann Toric zu grinsen. Er sah die Weyrführer und Meister Robinton an, warf den Kopf zurück und lachte schallend los. »Wenn Sie wüßten, junger Mann! Welche Pläne Sie kaputtgemacht haben . . .!« Er wandte sich anklagend an die anderen. »War Ihnen bekannt, daß er . . .?«

»Wir ahnten es«, gab Robinton zu.

»Brekke und ich wußten Bescheid«, erklärte Sharra. »Aber nur, weil Jaxom sich in seinen Fieberträumen verriet.« Sie schaute ihren Bruder stolz an.

»Aber darum geht es im Moment nicht«, fuhr Jaxom fort. »Die Frage ist, ob ich Ihre Einwilligung erhalte, Sharra zur Herrin von Ruatha zu machen!«

»Ich glaube nicht, daß ich Sie daran hindern kann.« Toric deutete achselzuckend auf die Weyrführer und ihre Drachen.

»Allerdings«, meinte F'lar. »Denn was Jaxom über Ruths Fähigkeiten gesagt hat, stimmt in der Tat. Drachenreiter sollte man nicht unterschätzen, Toric.« Dann lächelte er und setzte hinzu: »Ganz besonders nicht Drachenreiter aus dem Norden.«

»Ich werde es mir merken.« Torik hatte seine kühle Selbstsicherheit wiedergefunden. »Hatten wir nicht, ehe diese stürmischen jungen Leute uns unterbrachen, über die künftigen Grenzen meines Besitzes gesprochen?«

Er kehrte Jaxom und Sharra den Rücken zu und ging mit den anderen zurück in ihren provisorischen Beratungsraum.

Nachwort

Frühling herrschte im Norden von Pern. Sobald die schlimmsten Schäden des Winters beseitigt und die ersten Felder bestellt waren, hatte auf Ruatha eine große Geschäftigkeit eingesetzt, mit dem Ziel, die alte Burganlage wieder auf Hochglanz zu bringen.

Die Mauern Ruathas strahlten, das Pflaster der Innenhöfe war frisch verfugt, und Banner flatterten aus allen Fenstern, während im Großen Saal farbenprächtige Blumenbuketts prangten. In der Nacht hatte man Lianen aus dem Süden eingeflogen, um die Feuerhöhen mit Girlanden zu schmücken. Die großen Wiesen unterhalb der Burg waren mit bunten Zelten übersät; auf einer eingezäunten Koppel weideten die Renner der Gäste. Die ersten Drachen trafen ein und wurden von Wilth begrüßt; der alte Wachdrache war sicher heiser, noch ehe die Festlichkeiten begannen.

Feuer-Echsen schwirrten überall umher und mußten von Drachen und Menschen ständig zur Ordnung ermahnt werden. Aber die Atmosphäre war so entspannt, so heiter, daß man ihre Streiche gern übersah.

Es schien, als hätten sich die Köche sämtlicher Burgen und Weyr zusammengetan, um für das leibliche Wohl der Besucher zu sorgen. Toric hatte von den Weiden und Wäldern im Süden ganze Drachenladungen von Obst und wilden Wherhühnern geschickt, die viel zarter schmeckten als die gemästeten Tiere des Nordens. Schon am Vorabend hatte man Bratspieße und Kochstellen im Freien errichtet, und die Düfte, die seit dem frühen Morgen von dort aufstiegen, ließen allen Gästen das Wasser im Mund zusammenlaufen.

Bis tief in die Nacht hinein war bereits getanzt und gefeiert worden, denn die Händler waren zum Teil schon vor den Gästen eingetroffen und nützten die Gelegenheit zu Wiedersehens-Gelagen. Nun füllten sich auch die Straßen und Plätze, denn der Augenblick rückte näher, da man dem jungen Baron von Ruatha offiziell seinen Erbtitel verleihen wollte.

Der Harfner kommt, berichtete Ruth Jaxom und Sharra. Er schob das Tor seines Weyrs auf und trat in den Hof hinaus.

Jaxom und Sharra, die im Wohnraum ihrer ebenerdigen Suite standen, hörten Ruth freudig trompeten, als habe er den Harfner eine Ewigkeit nicht wiedergesehen.

Lioth läßt ausrichten, daß ihr hier warten sollt! Der Harfner und N'ton möchten euch einen Moment allein sprechen.

Jaxom warf Sharra einen erstaunten Blick zu.

»Sicher nichts Schlimmes, Jaxom«, meinte sie mit einem Lächeln. »Sonst hätte uns Meister Robinton schon gestern abend Bescheid gesagt.«

Ramoth und Mnementh sind eingetroffen! Ruth richtete sich auf und trompetete von neuem los.

»Man könnte denken, es sei sein Ehrentag!« lachte Sharra.

»Nun, er hat daran ebenso einen Anteil wie du.« Jaxom zog sie rasch noch einmal an sich, froh darüber, daß sie endlich ihm gehörte und die Zeit der Ungewißheit vorbei war.

Er hatte selten mehr zu tun gehabt als in den letzten Monaten. Wann immer die Geschäfte der Burg ihm ein paar freie Stunden ließen, hatte er sich auf das Hochplateau oder zu den drei Schiffen begeben und die rätselhaften Funde der Vergangenheit studiert. Lytol verbrachte immer mehr Zeit im Haus des Harfners und organisierte von dort aus die Ausgrabungen. Und seit feststand, daß Jaxom die Herrschaft über Ruatha antreten würde, lud man ihn zu den Ratsversammlungen der Barone ein, zum einen seines Ranges wegen, zum anderen aber auch, weil er mit Toric verwandt war. Jaxom bezweifelte allerdings, daß Toric die konservativen Ansichten der Barone teilen würde. Lediglich Larad von Telgar, Asgenar von Lemos, Begamon und Sigomel schienen ein wenig fortschrittlicher, und der junge Herrscher von Ruatha schloß sich vor allem ihnen an. Groghe, Sangel und die übrigen begriffen einfach nicht, daß sich die Zeiten gewandelt hatten – daß der weite, unbesiedelte Süden eine Herausforderung für die Jugend darstellte.

Die Bestätigung seines Erbtitels war im Grunde nur eine Formsache – ein Vorwand für ein großes Fest, mit dem man den Winter endgültig vertreiben wollte.

Lioth landete im kleinen gepflasterten Hof neben der Küche, und Ruth zog sich in seinen Weyr zurück, damit der Bronzedrache Platz genug fand. Der Harfner glitt zu Boden und schwenkte triumphierend eine große Rolle. N'ton grinste von einem Ohr zum anderen. Allem Anschein nach hatten sie eine wichtige Neuigkeit.

»Warten wir noch, bis F'lar und Lessa hier sind«, erklärte N'ton, nachdem er und der Harfner das junge Paar begrüßt hatten. »Sie landen gerade.«

Die beiden Männer zogen ihre Reitjacken aus, und Lioth flog

hinauf zu den Feuerhöhen. Robinton gab die Rolle keine Sekunde aus der Hand. Sie beobachteten mit wachsender Ungeduld, wie erst Ramoth und dann Mnementh ihre Reiter absetzten und zu Lioth hinaufflogen, um ihm Gesellschaft zu leisten.

»Nun, Harfner, Mnementh sagt mir, daß Sie vor Neuigkeiten schier platzen!« meinte F'lar, während Jaxom ihm Reitjacke und Helm abnahm. Sharra war unterdessen Lessa behilflich.

»Und ob, Benden, und ob!« Der Harfner schwenkte nun triumphierend seine Rolle.

»Also – heraus mit der Sprache!« forderte Lessa ihn auf. »Was haben Sie hier?«

»Nicht mehr und nicht weniger als den Schlüssel zu der farbigen Karte aus dem Schiff!« strahlte der Harfner. »Piemur arbeitete die Lösung gemeinsam mit Meister Nicat aus. Wir vermuteten von Anfang an, daß sie etwas mit der Beschaffenheit des Geländes zu tun hatte. Das stimmt in der Tat. Sie zeigt die Verteilung der verschiedenen Gesteinstypen.« Er glättete die Karte, und F'lar und Lessa hielten sie an den Ecken fest. »Diese dunkelbraunen Flecken bedeuten sehr altes Gestein; Erdbeben oder Vulkantätigkeit kamen in solchen Gebieten praktisch nicht vor. Das Plateau, das hier gelb eingetragen ist, mußte eindeutig der Eruption wegen geräumt werden. Seht – hier und hier im Süden von Tillek haben wir die gleiche Farbe. Meine lieben Freunde, unsere Vorfahren kamen in den Norden, nach Fort, Ruatha, Benden und Telgar, weil das Land weniger anfällig für Naturkatastrophen war als der Süden.«

»Ah – dann sind Fäden keine Naturkatastrophe?« fragte Lessa.

»Das schon«, gab F'lar zu bedenken. »Aber wenn man gleichzeitig gegen Sporen *und* Vulkane kämpfen muß, ist man vielleicht etwas überfordert.«

»Außerdem fanden Nicat und Piemur heraus, in welchen Zonen die Alten Metalle, Schwarzes Wasser und Schwarzen Stein entdeckt hatten. Die Vorkommen sind gut gekennzeichnet, sowohl im Norden wie im Süden. Die meisten Minen im Norden haben wir allerdings schon erschöpft.«

»Gibt es auch einige im Süden?« fragte F'lar angespannt.

Robinton deutete auf ein halbes Dutzend kleinerer Flächen. »Wie reich die Lagerstätten sind, wissen wir noch nicht, aber Nicat kann es uns sicher in Kürze sagen. Er und Priemur geben ein tüchtiges Gespann ab.«

»Wie viele davon befinden sich in Torics Besitz?« erkundigte sich F'lar.

N'ton lachte leise. »Nur diejenigen, die wir bereits kennen. Dagegen gibt es im Drachenreiter-Land einige, die bis jetzt nicht erschlossen wurden.« Er deutete nach Südosten. »Wenn uns der Rote Stern erst wieder in Ruhe läßt, werde ich Erzsucher!«

Jaxom nickte eifrig. »Wenn uns der Rote Stern erst wieder in Ruhe läßt, können wir uns eingehend mit dem Hochplateau beschäftigen. Wir werden den Süden neu erforschen und vielleicht das Geheimnis der alten Schiffe lösen. Und eines Tages gelangen wir zu den Dämmer-Schwestern . . .« Jaxoms Blicke wanderten nach Südosten, aber das Dreiergestirn war im Moment nicht zu sehen.

»Und wir werden die Gefahr des Roten Sterns für immer bannen«, fügte Sharra leise hinzu.

F'lar lachte trocken und schob sich eine Haarsträhne aus der Stirn. »Früher einmal brannte ich darauf, den Roten Stern zu erreichen. Vielleicht schafft es die Jugend – mit dem Wissen der Vorfahren . . .«

»BARON JAXOM!« dröhnte Lytols Stimme von einem der oberen Burgfenster.

»Ja, Lytol?«

»Benden? Fort? Die übrigen Weyrführer und die Barone von Pern haben sich versammelt!«

Jaxom winkte seinem Vormund zu, während F'lar rasch die Karte zusammenrollte und sie dem Harfner zurückgab.

»Ich sehe sie mir später genau an, Robinton.«

Jaxom bot seiner Gefährtin Sharra den Arm und wartete einen Augenblick, um dem Meisterharfner den Vortritt zu geben.

»Aber nein, Baron Jaxom von Ruatha, heute ist Ihr großer Tag!« erklärte der alte Harfner und verneigte sich tief.

Lachend traten Jaxom und Sharra ins Freie, gefolgt von N'ton und Robinton. F'lar wandte sich an Lessa, die verträumt den engen Küchenhof betrachtete. Es fiel dem Bronzereiter nicht schwer, ihre Gedanken zu lesen.

»Es ist auch dein großer Tag, Lessa«, sagte er leise und führte ihre Hand an seine Lippen. »Ein Tag, den nur deine Entschlossenheit und dein Mut ermöglicht hat!« Er nahm sie in die Arme und zwang sie, zu ihm aufzuschauen. »Die Ruatha herrschen wieder über Ruatha-Land.«

Sie schmiegte sich an ihn, machte jedoch ein ernstes Gesicht. »Was nur beweist, daß man alles erreichen kann, wenn man es nur ehrlich will!«

»Hoffentlich hast du recht«, meinte F'lar, und sein Blick wanderte einen Moment lang zum Roten Stern. »Eines Tages werden Drachenreiter dieses Gestirn besiegen.«

»BENDEN!« Die Stimme des Harfners riß sie aus ihren Gedanken.

Lachend liefen Lessa und F'lar durch den kleinen Hof zur Außentreppe des Großen Saales. Die Drachen auf den Feuerhöhen richteten sich auf und stießen ein mächtiges Trompeten aus, während Feuer-Echsen ihre Kreise am sporenfreien Himmel zogen.

Drachen-Index

DIE WEYR

In der Reihenfolge ihrer Gründung

Fort-Weyr
Benden-Weyr
Hochland-Weyr
Igen-Weyr
Ista-Weyr
Telgar-Weyr
Süd- oder Südkontinent-Weyr

DIE WICHTIGSTEN BURGEN UND IHRE
WEYR-ZUGEHÖRIGKEIT:

Fort-Weyr
Burg Fort (älteste Burg), Erb-Baron Groghe
Ruatha (zweitälteste Burg), Erb-Baron Jaxom, Burgverwalter Lytol
Süd-Boll, Erb-Baron Sangel

Benden-Weyr
Burg Benden, Erb-Barone Raid und Toronas
Bitra, Erb-Barone Sifer und Sigonal
Lemos, Erb-Baron Asgenar

Hochland-Weyr
Burg Hochland, Erb-Baron Bargen
Nabol, Erb-Barone Fax, Meron, Deckter
Tillek, Erb-Baron Oterel

Igen-Weyr
Keroon, Erb-Baron Corman
Teile von Ober-Igen
Burg Süd-Telgar

Ista-Weyr
Burg Ista, Erb-Baron Warbret
Burg Igen, Erb-Baron Laudey
Nerat, Erb-Barone Vincet und Begamon

Telgar-Weyr
Burg Telgar, Erb-Baron Larad
Crom, Erb-Baron Nessel

Süd-Weyr
Burg des Südens, Burgherr Toric

DIE EINFLUSSREICHSTEN BURGHERREN
(Und ihre Stammsitze)

Asgenar (Lemos)
Banger (Ebenen von Igen)
Bargen (Hochland)
Begamon (Nerat, 2)
Corman (Keroon)
Deckter (Nabol, 3)
Fax (Nabol, 1)
Groghe (Fort)
Jaxom (Ruatha)
Larad (Telgar)
Laudey (Igen)
Lytol (Verwalter von Ruatha, Vormund von Jaxom)
Meron (Nabol, 2)
Nessel (Crom)
Oterel (Tillek)
Raid (Benden)
Sangel (Boll)
Sifer (Bitra, 1)
Sigomal (Bitra, 2)
Toric (Burg des Südens)
Toronas (Benden, 2)
Vincet (Nerat, 1)
Warbret (Ista)

HANDWERKS- UND GILDEMEISTER VON PERN

Name	Rang/Gilde	Ort
Andemon	Saatmeister	Burg Nerat
Arnor	Handwerksmeister, Archivar	Harfnerhalle, Burg Fort
Baldor	Weyr-Harfner	Ista-Weyr
Belesdan	Gerbermeister	Burg Igen
Bendarek	Handwerksmeister, Forstangelegenheiten	Lemos
Benelek	Geselle, Metallschmied	Schmiedehalle
Briaret	Herdenmeister	Keroon
Brudegan	Harfner-Geselle	Harfnerhalle, Burg Fort
Chad	Harfner	Telgar-Weyr
Domick	Handwerksmeister, Komponist	Harfnerhalle, Burg Fort
Elgin	Harfner	Meeresburg in der Halbkreis-Bucht
Facenden	Handwerksmeister, Schmied	Schmiedehalle,
Fandarel	Meisterschmied	Burg Telgar
Idarolan	Schiffsmeister	Tillek
Jerint	Handwerksmeister, Instrumentenbauer	Harfnerhalle, Burg Fort
Ligand	Gerbergeselle	Burg Fort
Menolly	Harfnergesellin	Harfnerhalle, Burg Fort
Morshall	Handwerksmeister, Musiktheorie	Harfnerhalle, Burg Fort
Nicat	Bergwerksmeister	Crom
Oharan	Weyr-Harfner	Benden-Weyr
Oldive	Meisterheiler	Harfnerhalle, Burg Fort
Palim	Bäckergeselle	Schmiedehalle
Petiron	Harfner	Meeresburg in der Halbkreis-Bucht

Piemur	Lehrling/Geselle	Harfnerhalle, Burg Fort
Robinton	Meisterharfner	Harfnerhalle, Burg Fort
Sebell	Geselle/Meister	Harfnerhalle, Burg Fort
Sharra	Heiler-Gesellin	Burg des Südens
Shonegar	Handwerksmeister, Stimmausbildung	Harfnerhalle, Burg Fort
Sograny	Herdenmeister	Keroon
Tagetarl	Harfnergeselle	Harfnerhalle, Burg Fort
Talmor	Harfnergeselle	Harfnerhalle, Burg Fort
Terry	Handwerksmeister, Schmied	Schmiedehalle, Burg Telgar
Timareen	Handwerksmeister, Weber	Burg Telgar
Wansor	Handwerksmeister, Glasschleifer	Schmiedehalle, Burg Telgar
Yanis	Handwerksmeister	Meeresburg in der Halbkreis-Bucht
Zurg	Meisterweber	Süd-Boll

BESITZER VON FEUER-ECHSEN

Besitzer	*Echse(n)*
Asgenar	Rial (braun)
Baner	–
Bargen	–
Brand	blau
Brekke	Berd (Bronze)
Corman	–
Deelan	grün
Famira	grün
F'nor	Grall (Königin)
Groghe	Merga (Königin)
G'sel	Bronze
Kylara	Königin
Larad	grün
Menolly	Prinzeßchen (Königin); Rocky, Taucher, Poll (Bronze); Faulpelz, Spiegel, Brownie (braun); Tantchen Eins und Zwei (grün); Onkelchen (blau)
Meron	Bronze
Mirrim	Reppa, Lok (grün); Tolly (braun)
Nessel	–
Nicat	–
N'ton	Tris (braun)
Oterel	
Piemur	Farli (Königin)
Robinton	Zair (Bronze)
Sangel	–
Sebell	Kimi (Königin)
Sharra	Meer (Bronze), Talla (braun)
Sifer	–
Toric	Königin, zwei Bronze-Echsen
Vincet	–

WORTERKLÄRUNGEN

Alten, die: Angehörige der fünf Weyr, die von Lessa vierhundert Planetenumläufe in die Zukunft geholt wurden; später abwertender Ausdruck für die in den Südkontinent verbannten Drachenreiter.

Dämmer-Schwestern: ein von Pern aus sichtbares Dreier-Gestirn.

Dazwischen, das: ein Kontinuum, das Drachen durchqueren, um von einem Ort zum anderen zu gelangen; ein eiskaltes Nichts.

Fäden: pilzgeflechtartige Sporen vom Roten Stern, die über Pern niedergehen und sich ins Erdreich graben, wo sie jegliche organische Materie zersetzen.

Fellis-Saft: Schlaftrunk, der aus den Früchten des Fellis-Strauches gewonnen wird.

Feuerstein: phosphinhaltiges Gestein, das die Drachen kauen, um Flammen ausatmen zu können.

Gegenüberstellung: die telepathische Kontaktaufnahme zwischen einem neugeborenen Drachen und seinem künftigen Reiter.

Hochland: bergiges Gebiet auf dem Nordkontinent von Pern (siehe Karte)

Intervall: die Zeit zwischen zwei Annäherungen des Roten Sterns, im allgemeinen 200 Planetenumläufe, bei einem Großen Intervall meist doppelt so lang.

Klah: ein heißes, anregendes Getränk, das aus Baumrinde gebraut wird und schwach nach Zimt schmeckt.

Pern: der dritte von Rubkats fünf Planeten; er besitzt zwei natürliche Monde.

Planetenumlauf: ein Jahr auf Pern.

Roter Stern: Perns Schwesterplanet; besitzt eine sehr exzentrische Bahnellipse.

Rubkat: ein gelber Stern im Sagittarius-Sektor, besitzt fünf Planeten und zwei Asteroidengürtel.

Salbe: eine aus Heilkräutern zusammengebraute Tinktur, die eine schmerzbetäubende Wirkung besitzt.

Schwarzer Stein: Kohle.

Siebenspanne: das Äquivalent einer Woche auf Pern.

Tag-Schwestern: Synonym von Dämmer-Schwestern.

Wachwher: ein Nachtreptil, entfernt verwandt mit den Drachen.

Weyr: Heimstatt der Drachen und ihrer Reiter, auch Schlaflager
der Drachen.
Wherhühner: eine Art Geflügel, die Ähnlichkeit mit den Trut-
hühnern auf der Erde haben, aber so groß wie
Straußvögel werden können.

DIE MENSCHEN AUF PERN

Abuna:	Wirtschafterin in der Harfnerhalle
Alemi:	der dritte von den sechs Söhnen des Meeres-Barons in der Halbkreis-Bucht
Andemon	Saatmeister, Burg Nerat
Arnor:	Archivar in der Harfnerhalle
Balder:	Harfner im Ista-Weyr
B'dor:	Reiter vom Ista-Weyr
Bedella:	Weyrführerin der Alten vom Telgar-Weyr; Drachenkönigin Solth
Belesdan:	Gerbermeister, Igen
Bendarek:	Handwerksmeister, Forstangelegenheiten, Lemos
Benelek:	Geselle, Metallschmied, Schmiedehalle
Benis:	einer von Baron Groghes siebzehn Söhnen
B'fol:	Reiter von Benden; grüner Drache Gereth
B'irto:	Reiter von Benden; Bronzedrache Cabenth
B'naj:	Reiter von Fort; grüner Drache Beth
Brand:	Gesindeaufseher in Ruatha; blaue Echse
B'rant:	Reiter von Benden; brauner Drache Fanth
B'refli:	Reiter von Benden; brauner Drache Joruth
Brekke:	Weyrherrin im Süd-Weyr; Drachenkönigin Wirenth; Bronze-Echse Berd
Briala:	Schülerin in der Harfnerhalle
Briaret:	Herdenmeister (ersetzt Sograny), Keroon
Brudegan:	Geselle für Gesang, Harfnerhalle
Camo:	schwachsinniger Knecht in der Harfnerhalle
Celina:	Königin-Reiterin von Benden; Drachenkönigin Lamanth
C'gan:	Weyrsänger von Benden; blauer Drache Tegath
Corana:	Schwester von Fidello, einem Ruatha-Pächter
Cosira:	Reiter von Ista; Drachenkönigin Caylith
Dellan:	Amme und Ziehmutter von Jaxom, Ruatha
Dorse:	Sohn Deelans, Ruatha
D'nek:	Reiter von Fort; Bronzedrache Zagenth
D'nol:	Reiter von Benden; Bronzedrache Valenth
Domick:	Handwerksmeister und Komponist, Harfnerhalle
D'ram:	Weyrführer von Ista; Bronzedrache Tiroth
Dunca:	Pensionswirtin und Aufsicht der Schülerinnen in der Harfnerhalle
D'wer:	Reiter von Benden; blauer Drache Trebeth

Elgion:	der neue Harfner in der Meeresburg der Halbkreis-Bucht
Fandarel:	Meisterschmied, Schmiedehalle
Fanna:	Weyrherrin der Alten von Ista; Drachenkönigin Miranth
Fax:	Herrscher über sieben Burgen, Jaxoms Vater
Felena:	Stellvertreterin der Küchenaufseherin Manora im Benden-Weyr
Fidello:	Pächter auf der Hochfläche von Ruatha
Finder:	Harfner auf Ruatha
F'lar:	Weyrführer von Benden; Bronzedrache Mnementh
F'lessan:	Reiter von Benden, Sohn von Lessa und F'lar; Bronzedrache Golanth
F'lon:	Weyrführer von Benden, Vater von F'nor und F'lar
F'nor:	Geschwader-Zweiter von Benden; Bronzedrache Canth, goldene Feuer-Echse Grall
F'rad:	Reiter von Benden; grüner Drache Telorth
Gandidan:	Kind im Benden-Weyr
Gemma:	Gemahlin von Fax und Mutter von Jaxom
G'dened:	künftiger Weyrführer von Ista, Sohn von D'ram; Bronzedrache Baranth
G'nag:	Reiter im Süd-Weyr, blauer Drache Nelanth
G'narisch:	Weyrführer der Alten in Igen; Bronzedrache Gyamath
G'sel:	Reiter im Süd-Weyr; grüner Drache Roth, Bronze-Echse
Groghe:	Erb-Baron von Fort; Echsenkönigin Merga
H'ages:	Geschwader-Zweiter von Telgar; Bronzedrache Kerth
Horon:	Sohn von Baron Groghe
Idarolan:	Schiffsmeister von Tillek
Jaxom:	Erb-Baron (unmündig) auf Ruatha; weißer Drache Ruth
Jerint:	Handwerksmeister, Instrumentenbauer, Harfnerhalle
Jora:	Weyrherrin vor Lessa auf Benden; Drachenkönigin Nemorth
J'ralt:	Reiter von Benden; grüner Drache Palanth
Kayla:	Magd in der Harfnerhalle
K'der:	Reiter von Ista; blauer Drache Warth
Kenelas:	eine Frau der Unteren Höhlen von Benden

Kern:	ältester Sohn von Baron Nessel, Crom
Kirnety:	Junge von Burg Telgar; gewinnt bei der Gegenüberstellung den Bronzedrachen Fidirth
K'nebel:	Ausbilder der Jungreiter in Fort; Bronzedrache Firth
K'net:	Reiter von Benden; Bronzedrache Pianth
K'van:	Reiter von Benden; Bronzedrache Hetz
Kylara:	Schwester von Baron Larad und Weyrherrin im Süd-Weyr, die in den Hochland-Weyr zog, als die Alten ins Exil geschickt wurden; Drachenkönigin Prideth
Lessa:	Weyrherrin von Benden; Drachenkönigin Ramoth
Lidith:	Drachenkönigin vor Nemorth, Reiterin unbekannt
Ligand:	Gerbergeselle von Fort
L'tol:	Reiter von Benden; nach dem Tod des braunen Drachen Larth, Verwalter von Ruatha, nun Lytol
L'trel:	Vater von Mirrim, Süd-Weyr; blauer Drache Falgrenth
Lytol:	vormaliger Drachenreiter L'tol, Vormund des minderjährigen Baron Jaxom und Verwalter auf Ruatha
Manora:	Wirtschafterin im Benden-Weyr
Mardra:	Weyrführerin der Alten in Fort, später ins Exil des Süd-Weyrs gebracht; Drachenkönigin Lorant
Margatta:	Weyrherrin von Fort; Drachenkönigin Ludeth
Mavi:	Gemahlin des Seebarons Yanis in der Halbkreis-Bucht
Menolly:	jüngste Tochter des Seebarons Yanis von der Halbkreisbucht, später Gesellin in der Harfnerhalle, zehn Feuer-Echsen: Prinzeßchen (Königin), Rocky, Taucher und Poll (Bronze), Faulpelz, Spiegel, Brownie (braun); Tantchen Eins und Zwei
Merelan:	Mutter von Robinton, dem Meisterharfner
Merika:	Weyrherrin der Alten im Hochland-Weyer: in den Süd-Weyr verbannt; Drachenkönigin
Mirrim:	Reiterin eines grünen Drachens, Pflegetochter von Brekke im Benden-Weyr; grüner Drache Path; Feuer-Echsen: Reppa, Lok (grün), Tolly (braun)
Moreta:	einstige Weyrherrin von Benden; Drachenkönigin Orlith
Morshall:	Handwerksmeister, Musiktheorie, Harfnerhalle
M'rek:	Geschwader-Zweiter von Telgar; Bronzedrache Zigith

M'tok:	Reiter von Benden; Bronzedrache Litorth
Nadira:	Weyrherrin von Igen
Nicat:	Bergwerksmeister, Crom
N'ton:	Geschwaderführer von Benden, später Weyrführer von Fort; Bronzedrache Lioth, braune Echse Tris
Oharan:	Harfnergeselle im Benden-Weyr
Oldive:	Meisterheiler, Harfnerhalle
Palim:	Bäckergeselle der Burg Fort
Petiron:	der alte Harfner in der Halbkreis-Bucht
Piemur:	Lehrling/Geselle in der Harfnerhalle; Echsenkönigin Farli, Renner Dummkopf
Pilgra:	Weyrherrin vom Hochland; Drachenkönigin Selgrith
P'llomar:	Reiter von Benden; grüner Drache Ladrarth
Pona:	Enkelin von Baron Sangel, Süd-Boll
P'ratan:	Reiter von Benden; grüner Drache Poranth
Prilla:	jüngste Weyrherrin von Fort; Drachenkönigin Selianth
Rannelly:	Amme und Dienerin von Kylara
R'gul:	Weyrführer von Benden vor F'lar; Bronzedrache Hath
R'mart:	Weyrführer der Alten in Telgar; Bronzedrache Branth
R'mel:	Reiter von Benden; Drache Sorenth
R'nor:	Reiter von Benden; brauner Drache Virianth
Robinton:	Meisterharfner in der Harfnerhalle; Bronze-Echse Zair
Sanra:	Erzieherin im Benden-Weyr
Sebell:	Geselle/Meisterharfner, Robintons Stellvertreter in der Harfnerhalle; Echsenkönigin Kimi
Sella:	ältere Schwester von Menolly in der Halbkreis-Bucht
S'goral:	Reiter im Süd-Weyr; grüner Drache Betunth
Sharra:	Heiler-Gesellin in der Burg des Südens; Feuer-Echsen Meer (Bronze) und Talla (braun)
Shonagar:	Handwerksmeister für Stimmausbildung in der Harfnerhalle
Silon:	ein Kind im Benden-Weyr
Silvina:	Gesinde-Aufseherin in der Harfnerhalle
S'lan:	Reiter von Benden; Bronzedrache Binth
S'lel:	Reiter von Benden; Bronzedrache Tuenth

HEYNE
SCIENCE FICTION

*Romane
und Erzählungen
internationaler
SF-Autoren im
Heyne-
Taschenbuch.*

06/4746

06/4783

06/3600

06/4747

06/4798

06/4785

06/4786

06/4791

BATTLETECH®

HEYNE SCIENCE FICTION
UND FANTASY

William H. Keith jr.
Entscheidung am Thunder Rift

06/4628

William H. Keith jr.
Der Söldnerstern

Roman

06/4629

William H. Keith jr.
Der Preis des Ruhms

Roman

06/4630

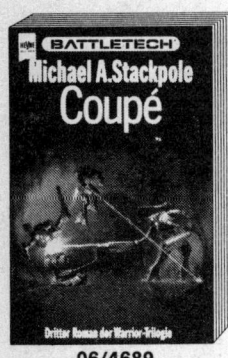

Michael A. Stackpole
Coupé

Dritter Roman der Warrior-Trilogie

06/4689

Robert Charette
Wölfe an der Grenze

Roman

06/4794

Robert Charette
Ein Erbe für den Drachen

06/4829

Weitere Bände
in Vorbereitung

Wilhelm Heyne Verlag München